朝鲜柳梦寅散文
与中国文化

The Relationship Between the Prose of Korean
Litterateur Yu Mong-In and Chinese Culture

曹春茹　著

社会科学文献出版社
SOCIAL SCIENCES ACADEMIC PRESS (CHINA)

国家社科基金后期资助项目
出版说明

后期资助项目是国家社科基金设立的一类重要项目，旨在鼓励广大社科研究者潜心治学，支持基础研究多出优秀成果。它是经过严格评审，从接近完成的科研成果中遴选立项的。为扩大后期资助项目的影响，更好地推动学术发展，促进成果转化，全国哲学社会科学工作办公室按照"统一设计、统一标识、统一版式、形成系列"的总体要求，组织出版国家社科基金后期资助项目成果。

全国哲学社会科学工作办公室

序

王向远

  朝鲜半岛研究是中国的"东方研究"或"东方学"的重要组成部分，而朝鲜文学也是东方文学的重要组成部分，中朝文学关系的研究，又是比较文学研究的重要领域。我在《比较文学研究》中说过："朝鲜、韩国是我国的邻邦，属于中华文化圈的范围，与我国有着两千多年的文化与文学交流的历史。两千年来，中国文学持续不断地输入并影响到朝鲜文学，对朝鲜文学的产生、发展和演变产生了重大作用，也为今天的比较文学研究，提供了无数的研究课题。"进入 21 世纪后，新一代的研究者在以往的基础上，也推出不少成果。其中，曹春茹教授就是突出的一位。她与她的丈夫王国彪教授合著的《朝鲜诗家论明清诗歌》一书，早在 2011 年就被列入"国家社科基金后期资助项目"出版文库，出版后影响很大，2019 年又获得山东省社会科学优秀成果一等奖。现在，这部《朝鲜柳梦寅散文与中国文化》再次被遴选列入该项目，足见其选题的创新与研究的扎实。

  据春茹教授介绍，柳梦寅生活于 16~17 世纪的朝鲜半岛，是一位出色的汉文学家，保存下来的汉文散文有 200 多篇，汉诗有 900 多首，散文代表了他创作的最高成就。看来，柳梦寅的散文属于典型的"汉语文学"。"汉语文学"是东方文学的三种形式之一，属于"东方学"意义上的"东方文学"。也就是说，像柳梦寅散文这样的文学，不仅是朝鲜的民族文学，而且是东亚、东方的区域文学；不仅表现了对朝鲜民族文化的认同，也是对作为东方文化之中心的中国文化的认同；不仅仅是文学趣味上的认同，更是对以中国美学趣味为中心的东方美学的认同。今天我们提倡人类文化共同体建设，文化上、文学上、美学上的共同体的建设显然是精神基础。像春茹教授的这部著作，通过具体个案的研究呈现以往的东方、东亚的共同体的历史基础，不仅具有历史意义，也有现实意义与未来指向。

出于种种原因,柳梦寅的作品一直少有人问津。春茹教授的这部著作,以柳梦寅的散文创作为个案,对朝鲜文学接受中国文学的影响加以微观的分析研究,是十分有价值的。她运用比较文学的影响研究的方法,立足于作品文本分析,将研究对象与中国文化的关联这一主题阐述得十分详尽、清晰,不仅有文本分析,也有一定的理论概括,可谓有哲思,有趣味,有情感,为我们打开了柳梦寅的散文世界。这是一个充满政治理想、人文情怀的文学世界,同时也是一个五彩斑斓的中国文化世界,让我们在了解一位朝鲜儒家学者的生命历程和精神世界的同时,也感受到中国文化和文学之于朝鲜—韩国古代文学产生、发展、演变的重要作用。

《朝鲜柳梦寅散文与中国文化》的主体部分共有六章,分别从柳梦寅散文创作的多元文化语境、柳梦寅的创作意识、柳梦寅的文学理论等创作的背景、动机、基础与中国文化的渊源切入,然后重点阐述了柳梦寅散文的思想意涵、创作艺术与中国文化的密切关系,最后总结了柳梦寅散文接受中国文化的贡献与局限。

全书以实证研究为主,脉络清晰、逻辑严密、论证严谨,看起来是很常规的思路,从各章标题看,也似乎平淡无奇,但细读之后会发现这部著作"平中见奇",亮点频现。下面我指出几处精彩之处供大家先睹为快。

其一,对一些小标题,作者用了柳梦寅散文中的原话,如"儒以忠孝节义为尚""结民心以固邦本""苏民活国之策""彼亦国也,此亦国也""所思在橘柚梅竹之乡""用韩、柳文立模范"等。毫无疑问,这是柳梦寅的观点,是柳梦寅散文思想精髓的概括,是柳梦寅散文创作与中国文化、中国文学有事实联系的最有力证明。所以这既是标题,又是论点。这样的设计十分巧妙,没有一丝牵强之感。

其二,柳梦寅虽然在散文中融入了大量中国文化元素,但严谨、细心的作者会发现并指出柳梦寅没有完全被动、全盘接受中国文化和文学,对一些中国文化和文学现象提出了疑问甚至批评。如他反对骈文、倡导古文的态度十分鲜明;当本国文化与中国文化冲突时,他不卑不亢,据理力争。1609 年,柳梦寅任圣节使兼谢恩使出使中国,因处于守丧期(宣祖于 1608 年 2 月薨),他请求免礼部宴,曾两度呈文。当时明朝守丧时间是二十七日，而朝鲜要守丧三年，在此期间要素服、素食，杜绝娱乐活动。这也是当时朝鲜礼制文化的一个特色。柳梦寅没有入乡随俗，而是坚决遵守本国礼制，他说：

> 第以小邦动遵天朝之制，而独于丧制一事，不无异同。国临三年内张乐宴乐者，以不行君父丧科罪。举一国士大夫皆遏音服素，不敢逾越其规。与中华二十七日之制不同。……而百里不同风，千里不同俗。区区习尚，不必强而同之也。今兹万寿之日，万国咸会，其俗之与中国异制者何限？吴侬楚伧，各殊其音。蜀髻赵躧，亦异其风。琉球之文身不可洗也，刺麻之剃发不可长也，西域之缁衣不可脱也，北虏之辫发不可解也。况乎箕子之遗风，先王之经制，自有朝鲜之旧俗，人臣为君丧尽礼，有何所伤于义乎？

虽然柳梦寅没有认同和接受中国的礼仪文化，但春茹教授没有站在文化大国的立场上指责柳梦寅，而是对这篇文章予以充分肯定，认为柳梦寅坚守民族文化的态度和理由恰恰是这篇文章的灵魂。这才是一个研究者应有的客观和辩证的态度。

其三，春茹教授还指出，柳梦寅有选择地接受中国文化并将其与本民族文化相融合，使之本土化、民族化，更符合本国的国情，更利于本国读者的阅读和接受，因而创作出了具有多元文化特征的优秀散文。这是春茹教授对柳梦寅散文创作特色的精辟总结，也是本书的一个亮点。

《朝鲜柳梦寅散文与中国文化》的亮点、平中见奇的例子还有很多，此处不再一一列举，请读者朋友们自行阅读、发现。

春茹教授的这一研究所使用的原典文献，即柳梦寅的《於于集》，虽是汉文，但200多篇散文都没有注释。这些散文内容涉及文学、历史、政治、哲学、经济等诸多领域和学科，用典极多，有些典故十分生僻，阅读起来就非常困难。由此可知这一研究的难度之大，研究过程必定十分艰辛。春茹教授为此付出了很多精力和心血，她首先完成了18万字的博士学位论文《朝鲜柳梦寅散文研究——兼论与中国文化的关联》，毕业后继续研究，不断修改、完善，并获批2015年国家社科基金后期资助项目。现在这部书稿已经超过30万字，结构更加合理，论证更加充分，观点更加明确，即将付梓与读者见面，想必会得到学界的认可。

春茹教授十几年来一直致力于中朝比较文学的研究，至今已经取得不少研究成果，这些成果在学界被广泛关注和认可，也多次获奖。她在该领域已有一定的名气，但她在学界还算年轻学者，希望她在将来的研究中继续开拓研究视野，扩大研究范围，特别是由微观研究逐渐向宏观的理论研究提升，由知识生产向思想生产推进。我相信，有了这样的扎实基础，春茹教授必将继续大有作为。

2019 年 8 月于北京回龙观

目 录

绪 论 …………………………………………………………………… 1

第一章 柳梦寅散文创作的多元文化语境 …………………………… 15
第一节 国内环境及对外政治、文化交流 ……………………… 16
第二节 唐宋古文和明代复古文学的广泛传播与影响 ………… 25
第三节 朝鲜朝中期文学创作的总体形势 ……………………… 33

第二章 柳梦寅的创作意识与中国文化 ……………………………… 41
第一节 "华国"的创作意识 …………………………………… 42
第二节 "不朽"的创作意识 …………………………………… 46

第三章 柳梦寅的文学理论与中国文化 ……………………………… 54
第一节 对儒家文学理论的接受及其民族性 …………………… 54
第二节 对韩、柳古文理论的接受与变通 ……………………… 67

第四章 柳梦寅散文的思想意涵与中国文化 ………………………… 81
第一节 "儒以忠孝节义为尚"——传统儒学的恪守 ………… 81
第二节 "结民心以固邦本"——民本思想的表达 …………… 101
第三节 "苏民活国之策"——实学思想的践行 ……………… 111
第四节 "彼亦国也，此亦国也"——民族意识的彰显 ……… 128
第五节 "仙也释也，亦能养心养生"——佛道思想的濡染 … 141
第六节 "友朋相聚，如麂如垠"——珍视友谊的情怀 ……… 155
第七节 "所思在橘柚梅竹之乡"——乐山悦水的志趣 ……… 161

第五章 柳梦寅散文的创作艺术与中国文化 ………………………… 171
第一节 吸收先秦两汉散文之精髓 ……………………………… 171
第二节 "用韩、柳文立模范" …………………………………… 194
第三节 援引中国文化典故 ……………………………………… 225
第四节 《於于野谈》对中国笔记的接受 ……………………… 242

第五节　精巧缜密的结构艺术 ·············· 253
　　第六节　灵活多样的语言特色 ·············· 260
　　第七节　异彩纷呈的修辞手法 ·············· 268
　　第八节　变化、多样的艺术风格 ············ 277

第六章　柳梦寅散文接受中国文化的贡献与局限 ········ 285
　　第一节　接受中国文化的贡献 ·············· 285
　　第二节　接受中国文化的局限 ·············· 295

结　语 ··· 305

参考文献 ··· 311

附　录 ··· 318
　　附录1　柳梦寅集评 ······················· 318
　　附录2　柳梦寅年谱（重要文学纪年） ········ 319
　　附录3　柳梦寅《於于集》《於于集后集》散文目录 ··· 334
　　附录4　柳梦寅《於于野谈》条目 ············ 343

后　记 ··· 355

绪　论

柳梦寅（1559～1623），字应文，号於于堂、艮庵、默好子，朝鲜①全罗道兴阳县人，既有清醒的政治头脑，又有出众的文学天赋，是朝鲜朝②中期重要的政治家、正统诗人、散文家。65岁时，柳梦寅在光海君被废后受到诬陷，又誓死不愿出仕仁祖新朝，终以谋逆罪被处死。

柳梦寅的文学创作使用汉语并以中国文化为依托，成就很高。他一生三次出使中国明朝，每次都出色地完成政治任务并与中国人进行文学交流。在国内，柳梦寅也经常作为朝鲜国王的代言人上书中国明朝。可以说，柳梦寅是中朝政治交往的使者，也为中朝的文化交流做出了很大的贡献。

一　柳梦寅的政治地位和主张

柳梦寅出身书香世家，从小接受儒家文化教育，形成了浓厚的儒家思想，并始终保持强烈的民族意识和爱国情感。他31岁中文科状元后主要在朝中为官，曾任汉城左尹、艺文提学、吏曹参判等职务，是朝鲜朝中期著名的政治家，宣祖（1568～1608）、光海君（1609～1622）时代（壬辰战争前后）少壮派士林（"东人"）中的"北人"，"中北"派的代表。柳梦寅以自己坚定的政治主张和出色的政治才能在壬辰战争前后发挥了重要作用，朝鲜正史《李朝实录》③ 中有200多次提及或评论他。如以下两段：

> 以柳梦寅为司宪府执义，庆暹为司宪府掌令，宋锡庆为司宪府持平，李庆全为弘文馆校理（李庆全，山海之子也。依阿洩沓，乃

---

① 本书所说的朝鲜指整个朝鲜半岛，因柳梦寅生活于朝鲜朝时代，当时没有朝鲜、韩国之分，故统称朝鲜。
② 朝鲜朝（1392～1910）又称李氏王朝，是古代朝鲜的一个朝代。
③ 〔朝〕春秋馆撰，〔日〕末松保和编《李朝实录》，东京：学习院东洋文化研究所，1953～1967。

其家风，临是非而模糊，处朋侪而不信。柳梦寅文雅有余，庆遑粗鄙无能，为权势所汲引，得跻清路，人多笑骂）。(《宣祖实录》卷110，三十二年三月二十八日)①

　　吏曹参判柳梦寅，以被儒疏之斥，上札辞职，答曰："省疏具悉，安心勿辞。"(《光海君日记》卷122，九年十二月九日)②

　　当时，朝鲜面临多重内忧外患。国内残酷的党争仍然十分激烈，严重威胁着政局的稳定，成为朝鲜朝统治的不定时炸弹，随时可能爆炸；日本、女真等周边国家和民族不断伺机侵扰，边疆地区极不稳定。此时朝鲜与中国往来密切，政治关系十分友好。但作为藩属国，朝鲜方面一直小心翼翼地"以诚事大"，文物制度完全效仿中国，有人甚至主张政治、文化全盘中国化。面对国运衰微和复杂的政局，柳梦寅仍然满怀爱国热情，忠心耿耿，一心为朝鲜朝的复兴而努力。他反对国内的党争，认为当务之急是解决国计民生问题，并提出了一系列切实可行的措施，也因此成为朝鲜实学的先驱之一。对解决外敌入侵的问题，朝鲜当时有不同的政见，柳梦寅是立场坚定的主战派，主张对外敌要坚决予以武力打击，决不姑息，决不手软。

　　在与中国的关系以及如何与中国相处的问题上，柳梦寅的观点也很明确，他赞许中国在政治、文化方面的先进性，主张朝鲜方面要积极吸收借鉴、努力学习。同时柳梦寅又否定政治、文化的全盘中国化，主张保留和积极发扬朝鲜独特的优良文化传统和政治优势。在与中国交往的问题上，柳梦寅认为既要尊重中国的"天朝"地位，保持和发展与中国的友好往来关系，也要维护朝鲜国的尊严，不能一切都毫无原则地听从中国的安排，要在对中国恭敬的基础上保持独立，态度不卑不亢。

二　柳梦寅与中国文化

　　柳梦寅热爱中国文化，一生都与中国文化有不解之缘，对中国传统

---

① 〔朝〕春秋馆撰，〔日〕末松保和编《李朝实录》（第29册），东京：学习院东洋文化研究所，1961，第458页。
② 〔朝〕春秋馆撰，〔日〕末松保和编《李朝实录》（第33册），东京：学习院东洋文化研究所，1962，第316页。

文化有极深的造诣。他五六岁就开始接受启蒙教育，10岁开始研习诸家学问，和哥哥一起学习《十九史略》（从《史记》到《新五代史》），11岁便能以汉文写诗作赋，12岁开始研读《六经章句》（《诗》《书》《礼》《乐》《易》《春秋》）及笺注，13岁跟着母亲学诸子义方，15岁开始学习中国古文和性理学。到了30岁时，柳梦寅已经读破万卷书，九流、百家、天文、地志、象胥、言语、兵法，无不知晓，成了一个地道的中国文化通。31岁时，柳梦寅凭借自己深厚的中国文化功底高中文科状元。此后，他在日常生活、为官和创作中依然与中国文化相伴，能够随时援引中国历代文化典籍的内容辅助自己在创作上叙事、说理、抒情，在日常交往和政治生活中表达立场。

可以说，柳梦寅一生都是在中国传统文化的熏陶中度过的。他的主导思想是典型的儒家思想，其立身处世、行为规范都恪守儒家道德规范；其热爱山水、崇尚自然的品性又受到中国道家文化的影响，如他自号"於于堂"，"於于"语出《庄子·天地》的"於于以盖众"[①]。而柳梦寅的诗歌和散文创作更是在中国文化的丰饶沃土中生长繁茂起来的。

三 柳梦寅的创作概况

柳梦寅自幼聪颖好学，且一生坚持读书学习，创作成果丰硕，作品主要收入汉语诗文集《於于集》[②]，还有笔记体散文集《於于野谈》。《於于集》收录了900多首汉诗和240多篇散文，汉诗包括在国内和中国期间所作的《关东录》《星槎录》《朝天录》《南归录》《头流录》《布衣录》《拾遗录》等。相较而言，柳梦寅散文的成就更高，很多当时和后代的评论家都对柳梦寅的各体散文赞誉有加。如同时代的车云辂（1559~?）说："柳於于文非但擅东国，当旷世无比。"[③] 学者杨树增先生指出：

> 散文这种文体最易于便捷地表述作者的思想感情，直接揭示文

[①]（清）王先谦：《庄子集解》（《新编诸子集成》本），北京：中华书局，1987，第106页。
[②] 本文所参考的《於于集》（包括《於于集后集》）见韩国民族文化推进会1991年编《影印标点韩国文集丛刊》第63辑。
[③]〔朝〕柳梦寅：《於于集》（《影印标点韩国文集丛刊》第63辑），汉城：韩国民族文化推进会，1991，第453页。

章的主题思想，最容易成为历史发展过程中所形成的与所积累起来的精神文明成果的载体。散文与诗歌、小说、戏剧比较起来，它缺少诗歌、小说、戏剧那样的抒情娱性功能，更偏重于实用性，与现实政治联系更及时紧密，所以自古以来，人们便把它当作阐述、宣传内容丰富、意蕴深刻的社会思想意识的有力工具。①

柳梦寅的散文正如此，这也是笔者选择柳梦寅散文进行研究的主要原因。关于散文尤其是古代散文的定义和范畴，历来众说纷纭，莫衷一是。本书借用传统广义散文的界定，所研究的柳梦寅散文是指囊括了政治、哲学、历史，兼容了实用性和审美性，集文学因素与非文学因素于一体的无韵之文，即包括除诗歌以及少量"铭""赋"等韵文之外的所有文章，主要是文学性较强的游记和诗序、赠序、应制文等各类应用文。

据《於于集》（包括《於于集后集》）统计，柳梦寅现存并刊印的文章共249篇，包括诗序、赠序101篇（《於于集》卷三37篇、卷四29篇，《於于集后集》卷三35篇），记32篇（《於于集》卷四13篇，《於于集后集》卷四19篇），应制文13篇（《於于集》卷五5篇，《於于集后集》卷四8篇），疏札5篇（《於于集》卷五5篇），书21篇（《於于集》卷五15篇，《於于集后集》卷四6篇），文10篇（《於于集》卷五6篇，《於于集后集》卷四4篇），墓道文18篇（《於于集》卷六2篇，《於于集后集》卷五16篇），行状1篇（《於于集》卷六1篇），哀辞8篇（《於于集》卷六4篇，《於于集后集》卷五4篇），列传7篇（《於于集》卷六1篇，《於于集后集》卷五6篇），题跋14篇（《於于集》卷六8篇，《於于集后集》卷四6篇），杂著8篇（《於于集》卷六6篇，《於于集后集》卷五2篇），杂识11篇（《於于集后集》卷六11篇）。这249篇文章中有属于本成果研究对象的散文241篇，篇名见附录。

据柳梦寅自己说："余之摈于朝适四载，初年读左氏，次年读杜诗、著杜评，次年诵杜诗，抵今年不替。其隙则阅诸子氏，又述酬应自遣长篇短韵并三百数十篇，序、记、辞、说、碑碣文、长言大策四十余篇，

---

① 杨树增、马士远：《儒学与中国古代散文》，北京：中国社会科学出版社，2017，第8页。

小说百许编。"① 这只是罢官四年中的创作，也就是说柳梦寅的作品远不止前面《於于集》《於于集后集》《於于野谈》所列的那些。另外，《於于集后集》的"后叙"记载，1831年（辛卯）到1832年（壬辰）年，柳梦寅的八世旁孙柳荣茂陆续刊刻了柳梦寅的《於于集》和《於于集后集》，"至于《续集》若干编，《年谱》一编，《野谭》四编，未能并梓，深庸慨恨"（《於于集后集后叙》）②。这也是让后代读者十分遗憾的。我们不知道，《於于集续集》中还有多少优秀的诗歌和散文没有公之于众。而令人欣慰的是，《柳梦寅年谱》和《於于野谈》已经被刊刻、影印。而《於于集续集》不知是否包含了柳梦寅所说的那些作品，也不知道是否流传了下来，如果有幸保存下来，希望能够早日与读者见面，笔者也非常愿意继续阅读、研究。

四　柳梦寅的研究现状

柳梦寅作为出色的诗文大家，20世纪70年代初开始在韩国受到研究者的重视。据韩国国会图书馆、韩国国立中央图书馆、高丽大学图书馆等机构的论文索引统计，从1971年到2019年，共有学位论文约40篇（多数为硕士学位论文）、主要期刊论文约50篇。这些论文多数为《於于野谈》研究，如柳敬淑《於于诗话研究：〈於于野談〉文藝篇을중심으로》（忠南大学硕士学位论文，1989）、유권석《『於于野談』소재妓女譚의形象化研究》（《語文論集》第52辑，2012）、朴明淳《於于柳夢寅文學의性格考察》（朝鲜大学硕士学位论文，1990），其次是柳梦寅的汉诗研究、柳梦寅的诗论研究，如卞鍾鉉《於于柳夢寅의漢詩研究》（延世大学硕士学位论文，1988）、柳敬淑《於于诗话研究》（《語文研究》第21辑，1991）、곽은정《柳夢寅漢詩의내면의식연구》（高丽大学博士学位论文，2015）、尹載煥《於于柳夢寅의詩論과詩世界의相關關係》（《漢文學論集》第46辑，2017），还有柳梦寅文学的整体研究以及柳梦寅的政治经历研究，如朴明淳《於于柳夢寅文學의性格考察》（朝

---

① 〔朝〕柳梦寅：《於于集》（《影印标点韩国文集丛刊》第63辑），汉城：韩国民族文化推进会，1991，第380页。
② 〔朝〕柳梦寅：《於于集》（《影印标点韩国文集丛刊》第63辑），汉城：韩国民族文化推进会，1991，第607页。

鲜大学硕士学位论文，1990）、金连姬《柳夢寅의文學世界》（东国大学硕士学位论文，1992）、김홍백《유몽인의 1623 년》（《한국문화》第 74 辑，2016）。

专门针对柳梦寅散文的研究主要包括以下几个方面。

一是柳梦寅的文学观念和散文理论研究，如金永云《柳夢寅의文學論研究》（高丽大学硕士学位论文，1988）、申翼澈《柳夢寅의文章觀과散文의特徵》（《泰東古典研究》第 11 辑，1995）、裴富起《柳夢寅散文论研究》（釜山大学硕士学位论文，2002）、신승훈《於于柳夢寅散文論研究》（《東洋漢文學研究》第 18 辑，2003）、金东燮《柳梦寅散文理论的构造和意味》（《韩国汉文学研究》2004 年第 12 期）等。

二是柳梦寅散文创作的特征和面貌研究，如裴富起《柳梦寅散文论的特征和样相》（《晓原汉文学研究》2003 年第 5 期）、안득용《柳夢寅散文에나타난悲劇性》（《韓國漢文學研究》第 43 辑，2009）、李承淑《燕行之路的文明样态及其意义和局限：以 17 世纪朝鲜柳梦寅散文为中心》（《韩国语言文化》2010 年第 4 期）、안득용《柳夢寅散文에나타난孤獨의양상과그의미》（《어문논집》第 68 辑，2013）、안득용《柳夢寅末年散文의樣式과그의미：승려에게준贈序의書簡을중심으로》（《大東漢文學》第 43 辑，2015）等。

三是柳梦寅的某一类或某一篇散文研究，如崔錫起《於于柳夢寅의〈遊頭流山錄〉에대하여》（《漢文學報》第 3 辑，2000）、洪性旭《柳夢寅의〈頭流記行錄〉研究：朝鮮前期智異山記行錄의史的展開와關聯하여》（《漢文學研究》第 15 辑，2001）、안세현《柳夢寅의贈序類散文研究》（《고전문학연구》第 31 辑，2007）、안세현《16 세기후반——17 세기전반碑誌文의典範과서술양상에대한고찰》（《韓國漢文學研究》第 39 辑，2007）、강동석《〈文章指南跋〉의작자와주제의식》（《語文研究》第 90 卷，2016）、김홍백《〈大家文會〉의선록양상과그의미》（《고전문학연구》第 49 辑，2016）等。

四是柳梦寅散文与中国文学的联系研究，如姜明官《16 세기 17 세기초秦漢古文派의산문비평론》（《大東文化研究》第 41 卷，2002）、금동현《柳夢寅散文理論의構造와意味：이른바'秦漢古文派'論理에대한再檢討를겸하여》（《韓國漢文學研究》第 34 辑，2004）、申承勋

《於于柳夢寅의古文論에나타난六經중심의視角》(《東洋漢文學研究》第22辑,2006)、安得镕《柳夢寅效〈國語〉의양상과그의미》(《東方漢文學》第66辑,2016)等。

概括而言,这些散文研究成果的主要观点有:第一,柳梦寅具有"风教论的文学观",即主张文学创作要"裨补世教";第二,柳梦寅具有"尚古的文学观",主张"法古建新";第三,柳梦寅的散文创作受到中国秦汉散文和韩、柳散文的影响;第四,柳梦寅散文的创作内容和手法具有多样性特征。

在中国大陆,《朝鲜古典诗话研究》一书第三编专门研究了柳梦寅《於于野谈》中的诗话,分别从诗歌本质论、诗歌创作论、诗歌功用论、诗歌批评观几个角度探讨了柳梦寅的诗歌理论。[①] 该书作者进一步认为,柳梦寅的"文艺美学思想属于儒家范畴"[②]。此外,崔桂英《柳梦寅的诗歌理论》[《延边大学学报》(社会科学版)2008年第5期]一文的观点与《朝鲜古典诗话研究》基本相同,不再赘述。

在台湾,有少数学者研究朝鲜古代文学时涉及过《於于野谈》,但主要从民俗文化的角度进行解析。如花莲教育大学李进益的《韩国汉文小说中的民俗文化现象——以〈野谈集〉为中心》(《成大中文学报》2007年7月),探讨了《於于野谈》中的巫觋、占卜命相、风水地理等民俗文化现象。

而对于与中国文化有密切联系的柳梦寅诗歌和《於于集》中的散文,中国还没有人进行研究。

从以上柳梦寅散文研究的情况看,还存在一些问题。

第一,没有深究柳梦寅散文创作的中国文化渊源,对柳梦寅散文中的中国文化元素和典故没有进行深入准确的分析,这影响了对其"多元文化特征"的理解。柳梦寅精通中国文化,在散文创作中多处用中国文化典故来辅助说理、叙事、抒情。目前的大部分研究成果没有论及柳梦寅散文中的这些寓意深刻的典故。再如研究者们都注意到了柳梦寅散文受到中国秦汉散文和韩、柳古文以及明代复古派散文的影响,但都没有

---

① 任范松、金东勋主编《朝鲜古典诗话研究》,延吉:延边大学出版社,1995。
② 孙德彪:《朝鲜诗家论唐诗》,北京:民族出版社,2006,第255页。

详细论述其如何受到影响以及受影响的具体表现。

第二，研究内容简单。柳梦寅的散文具有深刻的思想和精辟的见解，需要深入文本仔细分析才能领悟到。许多柳梦寅散文研究的成果都将其简单化，点到为止，没能深入本质层面。如有些文章或著作对柳梦寅的散文只做简单分类和整理，缺少系统分析和理论阐述。

第三，对柳梦寅的笔记《於于野谈》研究比较多，对《於于集》中的散文研究比较少，而《於于集》中的各类散文成就更高，更能体现柳梦寅的政治观、文学理论和创作水平，有更大的研究价值。

第四，宏观、概括性研究比较多，微观、细致的研究比较少。柳梦寅的散文是一个非常丰富、深邃的精神世界，需要宏观把握，掌握其总体特征和面貌，也需要微观审视和解读，以获得其文化和艺术的精髓。

鉴于以上几方面的问题，学界对柳梦寅的研究还远远不够，这还是一个很有研究价值的课题，所以非常有必要深入、细致地进行研究。

五　本书的主要内容及创新之处

（一）主要内容

本书以柳梦寅散文为研究对象，分析了柳梦寅的创作背景、创作意识、创作思想和其散文的思想内涵、艺术特色，重点探讨这些内容与中国文化的密切联系，突出了中国文化对柳梦寅散文创作的重要作用。全书主体部分共有六章。

第一章，"柳梦寅散文创作的多元文化语境"。在当时的朝鲜，由中国输入的性理学由鼎盛到式微，新兴的实学开始萌生，这是柳梦寅创作的思想基础；内忧外患的严峻形势以及与中国的频繁交流为柳梦寅的创作提供了政治、文化背景；同时，唐宋韩、柳、欧、苏等中国作家的古文和明代前后七子复古文学的广泛传播与影响是柳梦寅创作的文学基础，加之朝鲜朝中期"诗盛于文""骈文与古文并行"，这种创作倾向也影响了柳梦寅的创作态度和内容。在这样的总体创作形势下，柳梦寅能够积极创作散文，难能可贵。

第二章，"柳梦寅的创作意识与中国文化"。柳梦寅受中国传统儒家思想观念如"三不朽""盖文章，经国之大业，不朽之盛事""文敏足以华国，威略足以振众"之影响，再加上对国家的一片赤诚，形成了"华国""不朽"的创作意识。他还在散文中阐述了如何以文章来"华国"和"不朽"。

第三章,"柳梦寅的文学理论与中国文化"。柳梦寅也是一位著名的文学理论家,他接受了"诗言志""诗缘情""诗关风教""知人论世"等中国传统的儒家文学理论观点,也积极接受了韩愈、柳宗元等大家所倡导的"文以明道""不平则鸣""旁推交通"等古文理论。而当柳梦寅运用中国文学理论探讨本国创作时,又表现出鲜明的民族性和灵活变通的特色。

第四章,"柳梦寅散文的思想意涵与中国文化"。柳梦寅的散文以实用文为主,充满了爱国、忧民的儒家思想,如"儒以忠孝节义为尚""结民心以固邦本"。他还能结合具体文化语境将传统儒学时代化、民族化,如散文中表达的"苏民活国之策""彼亦国也,此亦国也"等内容。柳梦寅的一些写景抒情文也表达了友谊亲情、个人喜好、生活态度、人生理想等内涵,如"友朋相聚,如簾如堨""所思在橘柚梅竹之乡"等,表现了柳梦寅深邃的思想和美好的情怀。柳梦寅散文的思想内容虽然以儒家思想为主,但也描述了自己与山僧释子的交流和对得道成仙的渴望,流露出佛教和道教思想的影响,体现了其思想的多元化特征。

第五章,"柳梦寅散文的创作艺术与中国文化"。柳梦寅的散文积极吸收先秦两汉散文之精髓,"用韩、柳文立模范",援引中国文化典故,其《於于野谈》则充分接受了中国笔记的艺术特色。其散文在布局谋篇、素材运用、叙述方式、语言表达、修辞手法等方面,也积极吸收、借鉴了中国散文的特色和其他文化典籍的元素,表现为结构精巧缜密、语言灵活多变、表现手法异彩纷呈,因而形成了奇丽、真挚、精思、激昂、凌厉、平和、冲淡等多样而又独特的艺术风貌。

第六章,"柳梦寅散文接受中国文化的贡献与局限"。柳梦寅努力在创作中融入中国文化。这种创作的态度和方法也表现出贡献与局限并存的两面性特征。当然其贡献是主要的,主要表现为:超越了模仿中国古文的阶段,创作上"取诸心得";努力抵制骈文、科举文等形式主义的文风,总结了散文创作的原则和方法;丰富了朝鲜的散文创作,指导了后学;反映和促进了中朝政治、文化的交流。其局限表现为:排斥骈文、追求古文的态度过于偏激,且一味排斥唐后散文,否定欧、苏甚至整个宋代的创作；过分宣扬忠孝、妇德等伦理教化；部分散文堆砌中国文化典故，冗长、拖沓；偶有表述不够准确、客观；等等。这些局限或瑕疵并不能影响柳梦寅散文接受中国文化的贡献。

此外，本书还包括 4 篇附录。附录 1 是"柳梦寅集评"，这部分内容主要来自《韩国文集丛刊》《韩国诗话丛编》《李朝实录》《韩国诗话全编》等文献，主要是柳梦寅同时代或之后的朝鲜文人对其人品、诗文的评价。附录 2 是"柳梦寅年谱（重要文学纪年）"，这一部分内容主要翻译、借鉴了《影印标点韩国文集丛刊》中吴世玉先生编制的《柳梦寅年谱》（韩语版），笔者又据《李朝实录》《於于野谈》等补充了柳梦寅的重要经历和重要文学作品纪年，使得年谱更详细，也更有利于人们了解柳梦寅的生平和创作情况。附录 3 是"柳梦寅《於于集》《於于集后集》散文目录"，此部分内容由笔者据收录于《影印标点韩国文集丛刊》的《於于集》和《於于集后集》中的属于本成果研究对象的 241 篇散文整理而成。附录 4 是"柳梦寅《於于野谈》条目"，此部分是笔者据收录于《韩国文献说话全集》（东国大学校韩国文学研究所编，太学社，1987）的《於于野谈》整理而成的。

（二）创新之处

笔者从 2008 年开始阅读柳梦寅的诗歌和散文，同时了解他的生平经历和创作思想。在阅读中，笔者发现他的作品非常出色，他的经历也让人震撼，其作品和思想都值得研究，于是开始收集韩国、日本、中国的关于柳梦寅的研究资料。遗憾的是，这些研究不够全面，更不够深入，甚至连一篇详细的文本分析都没有，根本没有真正进入柳梦寅的精神世界和艺术王国。于是笔者决定将柳梦寅作品中最出色的散文作为研究对象。在研究过程中，笔者力求深入文本，同时紧密结合文本的创作背景，在以下几个方面有所创新。

1. 新资料

柳梦寅的作品生前没有刊刻，由于死因特殊和后代经济条件的限制，死后也没有立即刊刻。1794 年 5 月，在柳梦寅被处死的 171 年后，正祖为其平反昭雪。他去世 208 年后的 1831 年，他的八世旁孙柳荣茂开始刊刻《於于集》，1832 年完成，当时印数较少，流传不广，关注的人很少，直到 20 世纪 70 年代才有人开始研究。1991 年，《於于集》被收录进

《影印标点韩国文集丛刊》第 63 辑,这也是本研究所依据的版本。虽然这个影印本已经出版 20 多年,但使用率很低,其中很多散文没有被引用、研究过,所以也算是比较新的资料。

《於于集》(《影印标点韩国文集丛刊》第 63 辑)

《於于野谈》也是本书的主要研究对象,《於于野谈》现存几个不同版本,各种版本的内容和编排体例略有不同。本书主要使用影印本《韩国文献说话全集》①中的版本,同时参考《修正增补韩国诗话丛编》(第 2 册)②、洪万宗《诗话丛林》③中两个版本的《於于野谈》。

除了柳梦寅的散文文本,笔者还从《修正增补韩国诗话丛编》《影印标点韩国文集丛刊》《韩国诗话全编校注》④等其他文人作品集和诗话著作中收集了不少有关柳梦寅的评价资料,尤其是《影印标点韩国文集丛刊》中的资料,是以往研究不曾使用过的新资料。此外,笔者还查阅了《明史》《明实录》和朝鲜王朝的大型史书《李朝实录》等文献,也

---

① 〔韩〕东国大学校韩国文学研究所编《韩国文献说话全集》(六),汉城:太学社,1987。
② 〔韩〕赵锺业编《修正增补韩国诗话丛编》(第 2 册),汉城:太学社,1996。
③ 〔朝〕洪万宗:《洪万宗全集》(下),汉城:太学社,1986,第 607~668 页。
④ 蔡美花、赵季主编《韩国诗话全编校注》,北京:人民文学出版社,2012。

找到了一些有关柳梦寅的记载，这些对了解他的生平和创作也有所帮助，也是以往研究没有涉及的新资料。

2. 新角度

以往的柳梦寅研究主要以朝鲜的政治历史为背景，较为单纯地研究柳梦寅的散文或文论，涉及中国文化的内容不多。本书则根据柳梦寅创作的实际情况，完全将其和中国文化联系起来，从柳梦寅散文的创作思想、创作意识、内涵、艺术等方面与中国文化紧密联系的角度展开研究，从各个层面揭示柳梦寅散文对中国文化的接受。这就突破了以往将其作为国别文学进行研究的限制，融入了东方文学①的研究范围，进而也进入"东方学"②的范畴。这个角度的研究既挖掘了柳梦寅创作的渊源，又凸显了中国文化在东亚汉文学产生、发展中的重要作用。

3. 新方法

以往的柳梦寅研究主要运用简单的文本分析、知人论世等传统研究方法，少数成果涉及了比较文学的影响研究法。本书除了运用传统的研究方法外，还重点将柳梦寅的散文置于比较文学的视域中，综合运用了比较文学的"影响研究"（流传学、渊源学）、"平行研究"（类比、对比）、"接受研究"（文学阐释学）、"跨学科研究"（文学与历史、文学与政治）等多种研究方法，这就使得研究有了坚实的理论支撑，得出的结论更有依据。

4. 新观点

笔者在全面阅读、解析柳梦寅散文的基础上，得出了以下新观点。

第一，柳梦寅为中朝的政治交流做出了贡献，是中朝文化交流的光辉使者。

第二，柳梦寅散文所体现的特殊时代的民族意识和实学思想是其将

---

① 东方文学的三种形式之一是"汉语文学"，即"东亚有关民族用汉语进行的文学创作的总称"。见王向远《近四十年来我国"东方文学史"的三种形态及其建构》，《社会科学文摘》2019年第4期，第109~111页。

② 王向远教授指出，"东方学"是"研究东方（亚洲）各国历史文化及现实问题的一门综合性学科"，"如今提倡东方学不仅可以为国学的发展提供更广阔的空间，有助于突破东方国别研究的局限，有助于打破学科藩篱、推动跨学科的综合研究与比较研究，而且更可为我国'一带一路'倡议的实施提供学术支持"。见王向远《东方学研究》，《社会科学研究》2018年第1期，第1页。

传统儒家思想民族化、时代化的具体表现。

第三，柳梦寅有浓厚的中国文化情结，其文学理论和散文创作主要依托中国文化，散文创作表现出多元文化特征和多样而又独特的艺术风貌。

第四，柳梦寅散文创作接受中国文化，对朝鲜文学的改革发展和中朝文化交流做出了很大贡献，但其接受中国文化的局限性也客观存在。

六　本书的研究方法和意义

柳梦寅的散文既是朝鲜朝政治、历史、文化、社会生活的反映，也是他个人"认知形态"的文学表达，其中也包含丰富的中国文化元素，所以非常适合在"比较文学"领域进行研究。正如严绍璗教授所概括的那样："'比较思维'中对于'文化'的认知和判定，总是要比'单一思维'即'国别范畴'内或'民族范畴'内的结论更加接近事实本身。"[①]因此，本书主要将柳梦寅散文置于"比较文学"领域进行基础性研究，目的是结合柳梦寅散文创作的"多元文化语境"了解其文学理论体系、创作的主体意识、思想意涵、艺术特色、贡献与局限，归纳其诗歌理论、古文理论及其来源，重点探寻柳梦寅散文在文体、主题、思想、艺术方面与中国文化的关联，也就是其"多元文化特征"的表现。因此本书在研究时，以马克思主义美学的观点和历史的观点为主导批评方法和原则，运用比较文学的多种研究方法，力求使研究的结论更科学、合理。

第一，总体上以马克思主义美学的观点和历史的观点为主导批评方法和原则，因为这种研究方法具有宏观的视野，科学地选择和包容了各种批评形态的合理因素，也作为权威性批评话语形式指导着各种具体批评方法的运用。而文学作品是思想性与艺术性的结合，所以在具体作品分析时还要坚持思想和艺术的双重标准。

第二，综合运用广义的比较文学的多种研究方法。美国学派雷马克指出："比较文学研究超越一国范围的文学，并研究文学跟其他知识和信仰领域，诸如艺术（如绘画、雕塑、建筑、音乐）、哲学、历史、社会

[①] 严绍璗：《对"比较文学与世界文学专业"名称的质疑》，载严绍璗、陈思和主编《跨文化研究：什么是比较文学》，北京：北京大学出版社，2007，第62页。

科学（如政治学、经济学、社会学）、其他科学、宗教之间的关系。简而言之，它把一国文学同另一国文学或几国文学进行比较，把文学和人类所表达的其他领域相比较。"① 根据这一定义，柳梦寅的散文非常适合运用比较文学的研究方法，如"影响研究"（渊源学、流传学）、"接受研究"（文学阐释学）、"跨学科研究"（文学与历史、文学与政治、文学与宗教）等方法进行研究。本书综合运用这些方法，在"多元文化语境"中实证柳梦寅散文文本的"发生"，阐释其思想、艺术特色与中国文化的密切联系，进而揭示其"多元文化特征"。

本书研究柳梦寅散文的意义和价值在于以下几个方面。

第一，深入文本，了解柳梦寅其时其人其文，充分展示其人格魅力和文学成就。

第二，柳梦寅散文在思想、艺术方面与中国文化的诸多关联等主要研究成果将为朝鲜汉文学研究领域增添新鲜的内容，深化读者对中朝文学交流广度和深度的认识。

第三，以"原典文本实证"的研究模式，立足文本、具体而微，为中朝比较文学提供一种良好的借鉴；研究思路和方法对研究中国文化对外国作家和文学的深远影响有参考价值。

第四，本书的内容、主题与近年国家强调、支持的弘扬中国传统文化、文化强国以及在外交中充分发挥传统文化优势的文化发展方向相一致，进一步凸显了中国文化的魅力和域外影响。

---

① 〔美〕雷马克：《比较文学的定义和功能》，金国嘉译，载干永昌等选编《比较文学研究译文集》，上海：上海译文出版社，1985，第208页。

第一章　柳梦寅散文创作的多元文化语境

任何文学作品都是特定历史时段中的文化产品，是人对自然、社会、人本身具有的特定文化特色的认识、理解和阐释。因此，文化语境对文学的创作有至关重要的作用，要真正理解、研究某一作家的创作，就必须了解他所在的文化语境。

严绍璗教授在《对"比较文学与世界文学专业"名称的质疑》一文中对"文化语境"做了明确、细致的阐释，并指出比较文学研究要特别关注"多元文化语境"。他说，"文化语境"是"文学文本生成的本源"，是"在特定的时空中由特定的文化积累与文化现状构成的'文化场'"。而"任何'文化'和'文学'都是在'多元层面'的'文化语境'中生成的"。因此，"'比较文学'的真正意义，就是要求研究者在接触自己研究的对象时，与一般人把对象看作为一个'整体'不同，他应该自觉地透过'整体'，在'解剖'的意义上把对象'解构'在多元文化语境中，并在多元文化语境中'还原显现'其本来的面貌，进而体验'整体'被'解构'后的'部件'在各个层面的'文化语境'中的价值意义——例如审美意识特征、生命特征、生存特征等等"。①

"由于不同文化区域的传统、语言及表述模式存在着差异，因而对不同模式的参照就可能起到互补和激发的作用。换言之，文学研究既可以

---

① 严绍璗：《对"比较文学与世界文学专业"名称的质疑》，载严绍璗、陈思和主编《跨文化研究：什么是比较文学》，北京：北京大学出版社，2007，第57~63页。严教授在此文中还详细阐释了"文化语境"两个层面的内容："其第一层面的意义，指的是与文学文本相关联的特定的文化形态，包括生存状态、生存习俗、心理形态、伦理价值等组合成的特定的'文化氛围'，它具有特定时间中的共性特征；其第二层面的意义，指的是文学文本的创作者（有意识或无意识的创作者，个体或群体的创作者）在这一特定的'文化场'中的生存方式、生存取向、认知能力、认知途径与认知心理，以及由此而达到的认知程度，此即是文学的创作者们的'认知形态'，它具有特定时间中的个性特征。"（第62页）

从本学科、本文化的语境出发进行纵向研究，也可以从跨学科及不同文化语境进行横向探讨，而二者的结合往往更有意义。"① 因此，在"比较文学"领域研究柳梦寅散文的"多元文化（跨文化）"特征，就需要将纵向研究与横向探讨相结合，充分关注他所处的朝鲜民族文化与中国文化相融合的多元文化语境。

第一节　国内环境及对外政治、文化交流

柳梦寅所生活的宣祖、光海君时期，朝鲜社会的思想基础及政治、文化环境都十分复杂，新儒学发展成性理学而达到高峰，成为统治者维护政权的思想武器，新兴实学思想逐渐萌生，实学家们主张以实学救国；国内政局变幻不定，党争激烈，外敌虎视眈眈，屡次侵犯；与中国的政治、文化交流空前频繁，大量中国文化输入。这样的环境和氛围更能激发作家的创作意识和创作激情，也使得柳梦寅的创作更具时代特征和历史意义。

一　性理学由鼎盛到式微，实学萌生

13 世纪末，高丽的一些学者如安珦（1243～1306）、白颐正（1260～1340）、李齐贤（1288～1367）等开始到元朝学习中国文化，并将朱子学引进朝鲜半岛。此后，以朱子学为核心的新儒学逐渐被民族化而发展成性理学，在朝鲜半岛传播开来，并在意识形态领域不断壮大。而"进入朝鲜朝以后，因为性理学作为一种统治理念，有国教一样的地位，是所谓的'官学化'了"②。

在统治者的积极倡导和学者们的热烈拥护下，朝鲜的性理学发展很快，不仅出现了郑道传（1342～1398）、权近（1352～1409）、徐敬德（号花潭，1489～1546）、李彦迪（号晦斋，1491～1553）、李滉（号退溪，1501～1570）、李珥（号栗谷，1536～1584）等一大批性理学家和一

---

① 王晓路：《文化语境与文学阐释——简论西方汉学界的中国古代文论研究》，《文艺理论研究》2002 年第 2 期，第 71～78 页。
② 〔韩〕韩国哲学会编《韩国哲学史》（中卷），龚荣仙译，北京：社会科学文献出版社，1996，第 104 页。

系列颇有影响的性理学著作,如《理气说》(徐敬德)、《五箴》(李彦迪)、《圣学十图》(李滉)、《人心道心图说》(李珥)等,而且形成了大批学者崇拜和追随程朱理学的社会风气和学术风气,如郑汝昌"依朱子学规,以涵养本源,为进德之基。以穷探性理,为修业之本。俯读仰思,所见高明。……癸卯,中进士入泮宫,同列以理学推尊之"(《郑汝昌行状》)①。正如李廷龟(1564~1635)的《大学讲语》所概括的那样:"我国尊尚程朱,虽新学小儿,绝无他技。"② 张维(1587~1638)的《谿谷漫笔》也说:"我国则无论有识无识,挟筴读书者,皆称颂程朱,未闻有他学焉。"③

16 世纪前后,性理学在朝鲜发展到鼎盛时期,成为"主导的意识形态,礼乐文化的终极依据,行为举止的规范所依,公私学校的教育内容"④。这种学问也成为不可动摇的统治基础和解决一切问题的依据。如士林派赵光祖(1482~1519)主张以性理学治国,他说:"所以治国者,道而已。所谓道者,率性之谓也。盖性无不有,故道无不在。大而礼乐刑政,小而制度文为,不假人力之为,而莫不各有当然之理。是乃古今帝王所共由为治。"(《谒圣试策》)⑤

到了朝鲜朝中期,性理学的显著特征是空谈性理,不重视客观实践,同时又绝对排斥他学。其他一切学说均被视作"异端邪说"而受到性理学者的攻击。赵光祖一派甚至主张以性理学统一学术。因此,当时的文学创作也受到性理学的极大影响,如梁彭孙(1480~1545)"以性理之学,抱经济之志,发以为文章"(梁楫《学圃先生文集跋》)⑥。而著名的性理学家兼诗人郑汝昌、徐敬德、李彦迪、李滉、曹南冥等人的诗歌更

---

① 〔朝〕郑汝昌:《一蠹集》(《影印标点韩国文集丛刊》第 15 辑),汉城:韩国民族文化推进会,1988,第 488 页。
② 〔朝〕李廷龟:《月沙集》(《影印标点韩国文集丛刊》第 69 辑),汉城:韩国民族文化推进会,1991,第 436 页。
③ 〔朝〕张维:《谿谷集》(《影印标点韩国文集丛刊》第 92 辑),汉城:韩国民族文化推进会,1992,第 573 页。
④ 张立文:《孔门儒学怎样影响了朝鲜》,《中国教育报》2010 年 2 月 7 日,第 4 版。
⑤ 〔朝〕赵光祖:《静庵集》(《影印标点韩国文集丛刊》第 22 辑),汉城:韩国民族文化推进会,1988,第 17 页。
⑥ 〔朝〕梁彭孙:《学圃集》(《影印标点韩国文集丛刊》第 21 辑),汉城:韩国民族文化推进会,1988,第 246 页。

是表现出鲜明的性理学特色。如徐敬德的《冬至吟》："阳吹九地一声雷，气应黄宫已动灭。泉味井中犹淡泊，木根土底始胚胎。人能知复道非远，世或改图治可回。广大工夫要在做，君看驯致至朋来。"① 诗人能够由冬至节气联想到自然事物的生发、人的进取、世道的治乱。再如学者蔡彭胤（1669～1731）的 37 首《〈论语〉集句》，将《论语》改编成五言诗歌，如第十三首曰："箪食一瓢饮，陋巷亦自得。人不堪其忧，贤哉回也乐。"② 诗句直接源于《论语》，表达了儒者安贫乐道的生活态度。

　　出身儒家的柳梦寅也不反对性理学，还一度要师从李珥学习性理学，虽然因故没能如愿，但在柳梦寅的思想中，性理学占重要地位。他多次强调"天理""人伦"，如："宜君子之体之以自强不息，不息于天理为不违。"（《无尽亭记》）③ "而欲蕲其无尽者，违天理也。""闻局者志滞，天之理也。"（《送冬至副使郑令公谷神子士信序效〈国语〉》）④ "君臣父子夫妇之伦，亘天地贯古今。……万化之根，不外乎人性之纲。而三纲之目，最首于五常之列。"（《撰集厅三纲行实跋》）⑤ 当然，性理学对柳梦寅的散文创作也有重要影响。首先，其散文宣扬"礼"的观念，比如他认为做人应该"举止中礼"，"不以礼则近乎面墙而无以遵圣贤之准绳"（《与尹进士彬书》）⑥，因此要做到"匪礼不行"。其次，他一直坚持"义理"观，强调："夫士生斯世，抱负甚大，经纶天地，参赞化育。自修身齐家，至于国治而天下平，不其重矣乎！百年有限，义理无穷。欲至尧舜周孔之域，其可杂以末事？"在创作上，他认为"不归诸义理，

---

① 〔朝〕徐敬德：《花潭集》（《影印标点韩国文集丛刊》第 24 辑），汉城：韩国民族文化推进会，1988，第 291 页。
② 〔朝〕蔡彭胤：《希庵集》（《影印标点韩国文集丛刊》第 182 辑），汉城：韩国民族文化推进会，1997，第 296 页。
③ 〔朝〕柳梦寅：《於于集》（《影印标点韩国文集丛刊》第 63 辑），汉城：韩国民族文化推进会，1991，第 392 页。
④ 〔朝〕柳梦寅：《於于集》（《影印标点韩国文集丛刊》第 63 辑），汉城：韩国民族文化推进会，1991，第 514 页。
⑤ 〔朝〕柳梦寅：《於于集》（《影印标点韩国文集丛刊》第 63 辑），汉城：韩国民族文化推进会，1991，第 558 页。
⑥ 〔朝〕柳梦寅：《於于集》（《影印标点韩国文集丛刊》第 63 辑），汉城：韩国民族文化推进会，1991，第 418 页。

则语野而不法"(《与尹进士彬书》)①。最后,柳梦寅认为"儒以忠孝节义为尚",并多次在散文中强调忠孝节义思想。这些都是性理学影响其散文创作的直接表现。

到了 16 世纪中后期,"随着封建统治阶级的腐朽无能和日益加深的政治危机,程朱理学愈来愈暴露出空疏性和反动性。它不但不再能给封建制度的肌体注入新的活力,反而成为民族的沉重负担,拖住历史前进的脚步。这时期理学的一个显著特点,是它已经堕落成腐败政治的一个附庸。……朱子学者……大肆宣扬《朱子家礼》是'救国'的唯一法宝,鼓吹'礼出于天理'、'忠乃礼之本'等等教条,企图以矫正'礼'来恢复封建统治秩序和等级制度"②。当朝鲜面临异族入侵的民族危急时刻,仍然有人主张以义理来抵抗外敌。这种荒谬的观念和不切实际的政治主张以及由此带来的社会问题使得性理学越来越受到怀疑并逐渐呈现式微的趋势。

大量有识之士开始批判性理学的空洞、僵化,如李晬光(1563~1628)批判了性理学的"能言而不能行""资口说以为知"(《芝峰类说·儒道部》)③。许筠(1569~1618)的《闻罢官作》说:"礼教宁拘放,浮沉只任情。君须用君法,吾自达吾生。"④ 这也是对性理学禁锢人性的公开反叛。他们在批判性理学的同时也努力寻找新的切实可行的治国理论、措施和文学创作的真谛。如李晬光倡导"懋实"思想,具体提出了"养民""强兵""用钱币""引进西方先进的科学技术"等"富国之术"和"足兵之策"。作为文人,许筠则更关注性理学笼罩下的文学创作领域的一些弊端,并提出了与性理学文学观念相悖、具有实学特色的文学主张,如强调自然、真实性情的"天机"说与"别趣"说,充分肯定《诗经·国风》的艺术性,并将其置于《雅》《颂》之上,还鼓励创作为正统文人所不齿的小说、戏曲等文艺作品。许筠因此成为实学派文学理论的先驱之一。而同一时期的柳梦寅虽然没有系统的实学理论体

---

① 〔朝〕柳梦寅:《於于集》(《影印标点韩国文集丛刊》第 63 辑),汉城:韩国民族文化推进会,1991,第 417 页。
② 李岩:《朝鲜李朝实学派文学观念研究》,北京:北京大学出版社,1994,第 20~21 页。
③ 〔朝〕李晬光:《芝峰类说》,汉城:景仁文化社,1970,第 78 页。
④ 〔朝〕许筠:《惺所覆瓿稿》(《影印标点韩国文集丛刊》第 74 辑),汉城:韩国民族文化推进会,1991,第 139 页。

系，却根据朝鲜的实际情况，从实用的角度提出了一系列切实可行的救国、强军、富民的具体措施（具体内容见第四章第三节），这在同时代作家中是较为少见的。此外，柳梦寅还提出了一系列具有实学特色的文学观念，比如他认为文章"出自性情"，"凡人言语之发，皆由性情"（《於于野谈》）[①]。从这两个层面上看，柳梦寅也是朝鲜实学萌生时期的一位先驱。因此，实学思想对柳梦寅的政治见解和散文创作有更加积极的影响。

二 党争激烈，外敌屡犯

朝鲜朝时期，性理学被大力宣扬和广泛传播，在政治和社会生活中产生了极为深远的影响。"朱子学传入之初便被新兴士大夫们接受，后来以此为指导理念建立了朝鲜王朝，从而被定为国学。与政治的这种紧密而又特殊的关系，使得儒学不再是一门单纯的学问，而成为了指导阶层的统治理念、士人阶层的权斗工具。朝鲜儒学者对人的道德心性的深入探索、士人们强烈的历史和现实意识以及学派的分化和党争都与此息息相关。"[②] 再加上统治的昏庸腐朽，朝鲜政治上的内忧外患接连不断，致使国无宁日。

自高丽末期起，受过书堂教育的中小地主出身的两班，主张以忠义思想事君，以清廉治民。两班的这种思潮，源于高丽末期的郑梦周及其弟子吉再，再经吉再弟子金叔滋传至其子金宗直。被成宗信任的金宗直在自己周围纠合新兴官僚形成了一股反对勋旧大臣的政治势力，称为"士林"。此后士林和勋旧大臣以及士林内部的斗争日益激烈，在柳梦寅之前的100多年中曾经发生四次骇人听闻的大规模士祸。

1498年（燕山君四年，戊午），李克墩、柳子光等勋旧大臣利用国王不满于士林势力限制王权的机会，以编《成宗实录》初稿的一篇文章《吊义帝文》为借口，怂恿燕山君把同金宗直有牵连的人全部流放、驱逐或除掉，没收财产，史称"戊午士祸"。1504年（燕山君十年，甲子），燕山君没收勋旧大臣的土地和奴婢，并屠杀勋旧大臣和士林，史称

[①] 〔韩〕东国大学校韩国文学研究所编《韩国文献说话全集》（六），汉城：太学社，1987，第215页。
[②] 邢丽菊：《试论韩国儒学的特性》，《中国哲学史》2007年第4期，第90~101页。

"甲子士祸"。1506 年,朴元宗等勋旧大臣逮捕燕山君并将其流放,拥其异母弟为国王,即"中宗反正"。中宗反正后,士林和大臣继续斗争。1519 年(中宗十四年,己卯),勋旧大臣利用国王对士林势力过分扩张感到不安的机会,诬害赵光祖等士林,以"叛逆罪"判处其死刑或流放,史称"己卯士祸"。这次士祸对士林是个致命的打击。中宗反正后根据士林的主张实行的各种政策几乎全被推翻,幸存的士林也多隐居。十余年后,中宗再次重用士林,士林又在中央担任官职。1545 年(乙巳),士林参加了王室外戚间的斗争,又遭到一定的打击,史称"乙巳士祸"。1565 年,策划士祸的尹元衡一派被逐,士林再次当政。

1567 年,宣祖当政后,政府官员变成清一色的士林。此后,士林内部又产生矛盾,那些早已担任显要官职并拥有土地和奴婢的老成士林,同虽已为官但政治经济基础尚很薄弱的后起士林之间围绕录用官吏问题展开了激烈的斗争。1575 年左右,士林分化成"西人"(老成士林首领居住在汉城西)、"东人"(少壮派士林首领居住在汉城东),此后两派势力各有消长。1591 年,东人内部根据对西人的态度的温和与严格又分化为"南人"和"北人",此时刚入仕途才 33 岁的柳梦寅成为"北人"中的一员,"北人"在壬辰战争中是主战派。但后来根据对战后一系列遗留问题的态度,"北人"又分化为"大北""小北","大北"又分化为"骨北""肉北""中北",柳梦寅又成为"中北"派的代表人物,政治上基本持中立态度。《李朝实录》记载,在党争中,柳梦寅也多次被弹劾或褫职,1618 年被递职后就再也没有回朝。此后二百年间,两班内部党争形势仍然错综复杂。

在激烈的党争中,大批无辜的士林和文人惨遭杀害,这不能不对幸存者产生威慑,同时也让文人的创作蒙上了鲜明的政治特色,如当时著名的作家李山海(北人,1538～1609)、柳成龙(南人,1542～1607)以及柳梦寅等人的创作都不同程度地反映了党争的事实。如柳梦寅在《报郑进士梦说书》中所言:"朝廷自有朋党来,举世逐逐,竞相递交,自公卿下至吏胥,无不自分一队。余甚痛之,以为人臣苟立私党,是无君也。"[①]

[①] 〔朝〕柳梦寅:《於于集》(《影印标点韩国文集丛刊》第 63 辑),汉城:韩国民族文化推进会,1991,第 409 页。

当李至男的父亲"谪死舒川"时,没有人敢祭奠或帮忙,因为当时"党祸惨甚,旧识皆远之莫恤"(《孝子李至男传》)①。

国内的混乱与纷争使朝鲜忽略了经济的发展,也减弱了对外敌的防范,周边女真、日本等民族和国家趁机多次入侵,致使朝鲜生灵涂炭,损失惨重。

一是女真的不断侵扰。"十六世纪前半期,他们(女真,笔者注,下同)又乘我国(朝鲜)国防逐步衰弱之机,侵入我国四郡地区狩猎,有时还劫持我国人民,掠走牛马和其他财物,造成很大灾难。……1583年尼荡介(女真酋长)……纠合女真族入侵我国。……嗣后,女真族小规模的入侵一直未断。……十五世纪末至十六世纪女真族的连续不断入侵,虽一时被击退,但其侵略力量却未被摧毁。"② 这种形势一直威胁着朝鲜的边境安全和人民的生活。

二是日本的多次入侵。经过15世纪之前的多次冲突,朝鲜在完全掌握主动权的情况下,于1443年与日本缔结了"癸亥条约"。但日本方面一有机会就违反条约,15世纪末期,更是加强了对朝鲜的侵犯。1510年,日本人在釜山登陆,妄图占领釜山和荠浦,不久被击退。1544年,日本军队侵入朝鲜沙梁岛,大肆抢掠。1555年,日本侵入达梁镇抢掠。1592年(壬辰)4月,做了多年准备的日本侵略者以十七万陆军和三四万海军在釜山登陆,发动了侵朝战争。这就是著名的壬辰战争。朝鲜的正规军队和各地的义兵共同作战,全力抵抗,再加上明朝军队的大力支援,经过6年艰苦卓绝的战争,终于赶走了侵略者,取得了保家卫国的胜利。

朝鲜虽然取得了最后的胜利,但战争给国家和人民所造成的损失非常惨重。战后,统治者没有积极采取措施来恢复国力,加强国防,而是继续肆意剥削人民,捞取资本。同时,残酷的党争重新抬头。1609年,"大北"派策划宣祖的庶出世子光海君掌握政权。这一时期,选拔官吏

---

① 〔朝〕柳梦寅:《於于集》(《影印标点韩国文集丛刊》第63辑),汉城:韩国民族文化推进会,1991,第574页。
② 〔朝〕朝鲜民主主义人民共和国科学院历史研究所:《朝鲜通史》(上卷第三分册),吉林省延边朝鲜族自治州《朝鲜通史》翻译组译,长春:吉林人民出版社,1973,第715~717页。本节中的史实内容多参考该书。

任人唯贤的制度已不复存在，官场竞争非常激烈，土地被大量非法占有，国库收入大量流失，国力削弱，政局动荡。同时，朝鲜还面临后金的军事威胁，可谓雪上加霜。1623 年，"西人"发动武装政变，驱逐"大北"派和光海君，拥立仁祖，史称"仁祖反正"。一批"北人"又因此丧命，柳梦寅就是其中的一个（详见第四章第一节）。

复杂的国内外政治环境和斗争为柳梦寅的创作提供了背景和素材，他也在散文中将那个特殊的时代细腻、客观地勾勒、描绘出来，为后人留下了真实的文学和形象的历史。

三 与中国的政治、文化交流空前频繁

要了解、研究柳梦寅的散文，还不能忽略此时朝鲜与中国密切的政治、文化关系这一更加复杂的语境。

朝鲜朝建立之初就极力采取亲明的外交政策，在此后的交往中，也将中国视为"父母之邦"并极力表现出"以诚事大"的态度。明朝方面也将朝鲜视为"众夷之首"而格外照顾。朱元璋就曾在祖训中将朝鲜列为周边 15 个不征国家之首："今将不征诸夷国名开列于后。东北：朝鲜国；正东偏北：日本国……"[①]"壬辰倭乱"期间，明朝军队大力支援朝鲜，与朝鲜军民共同作战。中朝合力取得了战争的胜利，朝鲜称明朝对自己有"再造之恩"。如朝鲜《中京志·附录》记载："我国受皇朝再造之恩，涵濡感戴，天地高深，虽沧桑万变，志士仁人《匪风》《下泉》之思，乌能已也。本府前修之见诸文字者，盖亦有可述焉。"[②]闵丙承在《果庵先生行状》中概括中朝关系说："国朝之于明，有君臣、父子之义。"[③] 于是，朝鲜王朝一直将结好明朝作为外交的重心，将明朝作为自己的依靠。二百多年间，两国频繁互派使节，据《明实录》和《李朝实录》的记载统计，明朝曾向朝鲜遣使 170 余次，而朝鲜向明朝遣使超过 1200 次。在这频繁的来往中，两国的政治友好达到历史的高峰。

---

① 《皇明祖训》，四库全书存目丛书编纂委员会编《四库全书存目丛书》（史部第 264 册）（影印本），济南：齐鲁书社，1996，第 168 页。
② 〔朝〕赵敬夏等撰《中京志》第 10 卷，朝鲜刻本，第 7 页。
③ 〔朝〕宋德相：《果庵集》（《影印标点韩国文集丛刊》第 229 辑），汉城：韩国民族文化推进会，1999，第 302 页。

随着政治的友好往来，两国的文化、文学交流也达到高峰。首先，使臣和商人在往来的过程中将大量的中国书籍带到朝鲜，这也就将中国文化输入到了朝鲜。同时，朝鲜的一些工艺、文化用品和文学作品也传到了中国。这些都有力地促进了两国的文化交流。其次，两国互派使臣不仅要选择政治才能杰出者，还要选择文学才华出众者，因为他们在完成政治任务的同时也和对方进行文化与诗文交流。1396 年，权近来到北京。《阳村先生年谱》载，"七月十九日，以撰表事随使赴京。九月十一日入朝，敕留在文渊阁。命游观三日以赐宴。命题赋诗二十四篇，仍赐《御制诗》三篇"①，题为《赐朝鲜国秀才权近》。② 这就促进了使臣出使期间与对方进行诗文交流这一有意义的活动。此后，中国使臣在朝鲜期间也要和陪臣进行诗文交流，其间所作诗文被朝鲜官方收集、整理后刊刻发行，命名为《皇华集》，此举一直持续了二百年。直到今天，《皇华集》仍是当时两国文化交流的有力见证。朝鲜派到中国的使臣更加热衷于索求或购买中国的各代各类书籍，还抓住一切机会与中国文人交流，也有人将自己的诗文送给中国文人或请求其作序、跋。朝鲜的多数文人都希望自己的创作能够得到中国学者的认可，在中国流传开来，这也成为他们努力创作出优秀作品的一个动力。这一点在柳梦寅的创作中表现得尤其明显。

柳梦寅曾作为质正官、谢恩兼进慰使书状官、圣节使兼谢恩使于 1591 年、1596 年、1609 年三次出使中国，亲自见证了中朝两国的政治友善和文化交流。他在出使中国期间和回国后创作了大量有关中国的诗歌和散文，还多次为即将出使中国的朋友、同事作诗写序，也曾代表朝鲜政府向中国上书商洽有关事宜。可以说，中朝两国的政治友好和文化交流为柳梦寅的创作奠定了基础，也提供了丰富的经验和素材。于是他在散文中又为读者展示了一段辉煌的中朝政治、文化交流史，而这类散文也为研究两国的政治、历史交流提供了佐证。

---

① 〔朝〕权近：《阳村集》（《影印标点韩国文集丛刊》第 7 辑），汉城：韩国民族文化推进会，1990，第 11 页。

② 〔朝〕权近：《阳村集》（《影印标点韩国文集丛刊》第 7 辑），汉城：韩国民族文化推进会，1990，第 14 页。

第二节 唐宋古文和明代复古文学的
广泛传播与影响

在中朝政治、文化友好往来的同时,两国的文学交流也空前密切,交流规模更大,交流形式更多。在各种交流中,中国的大量文学作品传到朝鲜,此前及当时的文学思潮也开始或进一步影响到朝鲜的汉文学创作。唐宋古文和明代中期兴起的复古思潮对朝鲜汉文学的发展、变革影响尤其深远。

一 唐宋古文的广泛传播与影响

受到地域、交通、信息传递等因素的影响,中国的文学作品东传到朝鲜并受到关注进而产生影响较中国境内往往要滞后一些。如李德懋(1741~1793)曾形象地说:"大抵东国文教,较中国,每退计数百年后始少进。东国始初之所嗜,即中国衰晚之所厌也。如岱峰观日,鸡初鸣,日轮已腾跃,而下界之人,尚在梦中。又如峨眉山雪,五月始消。"(《孤云论儒释》)[①]

中唐的韩愈(768~824)、柳宗元(773~819)正式倡导古文运动,积极创作自由灵活的古文,虽然当时有些散文家与之呼应,但直到晚唐时期,骈文仍占主导地位,一些文章大家如李商隐等仍以骈文创作为主。朝鲜新罗时代的大文豪崔致远(857~?)于唐末在中国考取进士,并在中国生活、创作多年,其创作受中国文学影响很深,他的大部分文章也都是骈文。这说明唐代的古文运动对朝鲜新罗时期创作的影响很小。宋代以后,欧阳修、苏轼等继续倡导古文运动,呼应者更多,他们的作品于12世纪中期前后开始东传到朝鲜,此时的朝鲜正处于高丽王朝(918~1392)中期。但从高丽时代的文人创作情况看,骈文仍然是主要形式。直到高丽末期,李齐贤等才正式倡导古文,如郑道传说:"近世大儒,有若鸡林益斋李公,始以古文之学倡焉。韩山稼亭李公、京山樵隐

[①] 〔朝〕李德懋:《青庄馆全书》(《影印标点韩国文集丛刊》第259辑),汉城:韩国民族文化推进会,2000,第245页。

李公从而和之。"(《陶隐集序》)① 从此,朝鲜的古文创作才拉开序幕。所以,唐宋的古文运动以及唐宋两代的古文在朝鲜的传播和影响到了朝鲜朝才达到高潮。

15世纪后半期,朝鲜文坛已经认识到唐宋古文运动对改变散文创作风气的贡献。成伣(1439~1504)的《文变》说:"而革累代对偶之病,为一世风雅之正者,独昌黎一人而已。晚唐五季之陋,颓圮垫溺。宋初,杨文公、王黄州虽名为文,而犹袭其迹。庐陵倡为古文,三苏踵而随之,其针文之病,救世之功,与昌黎无以异也。"② 成伣认为韩愈、欧阳修、三苏等人倡导古文,不仅能"针文之病",而且有"救世之功"。在唐宋古文中,韩愈、柳宗元、欧阳修、苏轼等唐宋八大家的古文在朝鲜更有影响力。《李朝实录》记载:"上谓知事徐居正曰:'后世文章,如古文乎?'居正对曰:'古人有非三代、两汉之书不读者,文章之盛,莫如三代、两汉,东汉又不及西汉。后世文章之盛,莫如唐之韩愈、柳宗元,宋之欧阳修、苏轼。'"(《成宗实录》卷55,六年五月七日)③ 由此可见,朝鲜政府也积极向文人宣传、推广唐宋古文。1444年,世宗"命赐《通鉴训义》、《性理群书》、《近思录》、《通鉴纲目》、柳文、韩文、《通鉴节要》、《集成小学》、《丝纶集》各一件于清州乡校,令生徒习之。生徒等上笺称谢"(《世宗实录》卷105,二十六年八月十四日)④。唐宋古文不仅是学习的对象,还是科考的科目之一。《李朝实录》又载:"盖今文科初场讲经之时,四书五经外,如韩文、柳文等书任意试讲。"(《世祖实录》卷3,二年三月二十八日)⑤ 朝鲜政府还曾将唐宋古文的精品作为礼物赐给外国的使臣。如"命注书李寿男往太平馆,赐琉球国使普须古、副使蔡璟等鞍子一面,屏风一座,韩文、柳文、李白选诗法帖各一

---

① 〔朝〕李崇仁:《陶隐集》(《影印标点韩国文集丛刊》第6辑),汉城:韩国民族文化推进会,1990,第522页。
② 〔朝〕成伣:《虚白堂文集》(《影印标点韩国文集丛刊》第14辑),汉城:韩国民族文化推进会,1988,第531页。
③ 〔朝〕春秋馆撰,〔日〕末松保和编《李朝实录》(第15册),东京:学习院东洋文化研究所,1958,第496页。
④ 〔朝〕春秋馆撰,〔日〕末松保和编《李朝实录》(第9册),东京:学习院东洋文化研究所,1956,第407页。
⑤ 〔朝〕春秋馆撰,〔日〕末松保和编《李朝实录》(第13册),东京:学习院东洋文化研究所,1957,第71页。

件"(《世祖实录》卷 27,八年一月十日)①。这些措施加快了唐宋古文的传播,也扩大了其在朝鲜文人中的影响。

于是,许多朝鲜文人开始以唐宋古文(尤其是唐宋八大家古文)为典范进行创作。如金时习(1435~1493)的朋友敏上人"雄文学韩柳,雅句师李杜"(《释老赠敏上人三首》)②。"(李东皋)博极群书,以广识趣。素喜古文,尤好左氏、两汉。而韩子以后之文,卑弱不取。"(《领议政赠谥忠正东皋先生李公行状》)③ 尹根寿(1537~1616)的朋友李清江创作时也"韩、柳并取,吐辞雄健"(《次权金知彦忱恂西山精舍韵》)④。学习、模仿欧阳修和三苏等人的创作在朝鲜也成为一种风尚,如尹斗寿(1533~1601)就真诚地把欧阳修当作老师:"何方得就《归田录》,颍上欧阳是我师。"⑤ 尤其是欧阳修的名作《醉翁亭记》传到朝鲜后,在文坛产生了轰动的效应,成为文人们纷纷模仿的对象。权应仁(1478~1548)和金麟厚(1510~1560)都创作了《醉翁亭赋》,尹斗寿则反用其意,创作了《醒翁亭记》。父子都是散文家的三苏同样是朝鲜文人推崇的对象,如郑士龙(1491~1570)赞叹曰:"西蜀系地眉阳邑,三苏卓卓留名迹。"(《皇华和稿·次重过东坡馆副使韵》)⑥ 名列朝鲜朝文章"月象溪泽四大家"的张维和李植(1584~1647)则全面学习唐宋古文。张维致力于"先秦两汉、韩柳欧苏诸子之说"(李明汉《谿谷集序》)⑦。李植将唐宋古文当作模范:

---

① 〔朝〕春秋馆撰,〔日〕末松保和编《李朝实录》(第 13 册),东京:学习院东洋文化研究所,1957,第 460 页。
② 〔朝〕金时习:《梅月堂集》(《影印标点韩国文集丛刊》第 13 辑),汉城:韩国民族文化推进会,1988,第 130 页。
③ 〔朝〕李浚庆:《东皋遗稿》(《影印标点韩国文集丛刊》第 28 辑),汉城:韩国民族文化推进会,1988,第 377 页。
④ 〔朝〕尹根寿:《月汀集》(《影印标点韩国文集丛刊》第 47 辑),汉城:韩国民族文化推进会,1989,第 287 页。
⑤ 〔朝〕尹斗寿:《梧阴遗稿》(《影印标点韩国文集丛刊》第 41 辑),汉城:韩国民族文化推进会,1989,第 530 页。
⑥ 〔朝〕郑士龙:《湖阴杂稿》(《影印标点韩国文集丛刊》第 25 辑),汉城:韩国民族文化推进会,1988,第 203 页。
⑦ 〔朝〕张维:《谿谷集》(《影印标点韩国文集丛刊》第 92 辑),汉城:韩国民族文化推进会,1992,第 7 页。

韩文，文之宗，不可不先读。七八十首抄读，若得臭味，仍以为终身模范可也。然末学之得力者少，不可专为归宿。如诗之杜诗也。茅鹿门坤所抄八大家文，最为中正。柳之于韩，如伯仲。欧、王、曾，专出于韩。三苏虽学《庄》《国》，亦不出韩之模范。大苏虽诡，文气不下于韩。以意为主，笔端有口，以此为归宿地。抄读七八十首，寻常熟覆，不必多读而得力也。柳以下六家之文，抄其尤绝妙者四五十篇，余力一读，时复阅览，从其所好，增减其所抄可也。此是古文章正脉。(《作文模范》)①

李植不仅自己学习唐宋古文，还将其列为儿孙的必读书目："《文选》、八大家文、《古文真宝》、《文章轨范》等中，从所好抄读一卷，限百番，此属先读。"(《示儿孙等》)② 而那些能够积极倡导、创作古文者，得到的评价往往非常高。如："我大父文贞公月汀先生，当明宣两庙右文之际，崇学卫道，倡为古文辞，有辟草莱之功。"(《跋尹新之》)③ 有些人甚至认为朝鲜文风不振，必以古文方可振之。如徐居正在《崔文靖公碑铭并序》中说："止斋权文景公，深器之，以姊子妻之。每见著述，叹曰：'吾东方文体萎薾，日就卑下。能以古文发扬振起者，必此人也。'"④

由此可见，在唐宋古文的影响下，朝鲜文人学古文、倡古文、作古文的风气越来越盛。

柳梦寅本人对韩、柳古文推崇备至，创作时"用韩、柳文立模范"(详见第五章第二节)。虽然他多次强调宋以后文章不古，自己不肯挂眼，甚至否定欧、苏等人的文章，但他毕竟生活在唐宋古文在朝鲜盛行的时代，也读过宋代欧、苏等人的文章，不可能不受任何影响。如他的游记《水镜堂记》曰："日余携客舟汉江，泊济川亭下。秋涛洞澈，景

---

① 〔朝〕李植：《泽堂集》(《影印标点韩国文集丛刊》第88辑)，汉城：韩国民族文化推进会，1992，第518页。

② 〔朝〕李植：《泽堂集》(《影印标点韩国文集丛刊》第88辑)，汉城：韩国民族文化推进会，1992，第513页。

③ 〔朝〕尹根寿：《月汀集》(《影印标点韩国文集丛刊》第47辑)，汉城：韩国民族文化推进会，1989，第314页。

④ 〔朝〕徐居正：《四佳集》(《影印标点韩国文集丛刊》第11辑)，汉城：韩国民族文化推进会，1988，第299页。

色澄鲜。咏秋风之辞，歌河广之章。酒阑兴酣，不觉惝然如梦。……但见水光接天，十里一色。江山定位，云物得所。"① 再看苏轼《赤壁赋》中的一段："苏子与客泛舟，游于赤壁之下。清风徐来，水波不兴。举酒属客，诵明月之诗，歌窈窕之章。少焉，月出于东山之上，徘徊于斗牛之间。白露横江，水光接天。"② 二者在叙述、描写上有异曲同工之妙，前者明显受到后者的影响。因此，柳梦寅的古文创作与唐宋古文在朝鲜的传播和影响是分不开的。

二 明代复古文学的东传与影响

和前代相比，明代文学传到朝鲜并在那里传播进而产生影响就要快很多。当时，中朝的政治友好达到高峰，两国频繁互派使臣，使臣在完成政治任务的同时也进行文化交流。中国历代的各类典籍因此被带到朝鲜，其中也包括当时著名文人的文学作品。明代复古派前后七子的作品也在这一过程中很快传到朝鲜。其中李梦阳、何景明、李攀龙、王世贞这几位复古派领袖的作品传到朝鲜的时间更早。

《月汀漫笔》记载："辛巳年嘉靖登极，诏使唐修撰皋出来时，远接使容斋李公问于天使曰：'当今天下文章谁为第一？'唐答曰：'天下文章以李梦阳为第一。'其时崆峒致仕，家居汴梁，而名动天下。我国不知……"③ 而在此之前，一些文人很可能已经知道李梦阳甚至还看过他的某些作品，如朴祥（1474～1530）曾在《靖节陶征士诗集跋》中说："右靖节先生诗集康州须溪本，不但文集之不具，而其所载且有阙失，是岂陶氏之全书耶？余尝得国朝李梦阳所校定诗文两帙。……皇明嘉靖元年壬午秋七月上浣，通训大夫忠州牧使朴某谨跋。"④ 朴祥作此文在嘉靖元年即1522年，此前，他既然能得到李梦阳校订的《陶渊明集》，也就

---

① 〔朝〕柳梦寅：《於于集》（《影印标点韩国文集丛刊》第63辑），汉城：韩国民族文化推进会，1991，第391页。
② 〔宋〕苏轼：《东坡全集》（《景印文渊阁四库全书》第1107册），台北：台湾商务印书馆，1986，第468～469页。
③ 〔朝〕尹根寿：《月汀集》（《影印标点韩国文集丛刊》第47辑），汉城：韩国民族文化推进会，1989，第369页。
④ 〔朝〕朴祥：《讷斋集》（《影印标点韩国文集丛刊》第19辑），汉城：韩国民族文化推进会，1988，第71页。

有可能得到李梦阳的部分诗文，但可惜没有记录。由此可以推知，李梦阳至晚在去世前 10 年已经名扬海东。后七子领袖王世贞的作品也很快传到朝鲜。尹根寿《上王主事书士骐》一文记载："昔年黄翰林之颁诏敝邦也，从其行掌故者始得闻先生诗文。"① 黄翰林即黄洪宪，《明实录》载："万历十年九月乙亥，命翰林院编修黄洪宪、工科右给事中王敬民使朝鲜颁皇子诞生诏敕。"② 万历十年即 1582 年。又，《月汀集·朝天录》载，尹根寿 1589 年"因赴京之行，而购得《四部稿》"③。也就是说，王世贞的部分诗文最晚在他去世前 8 年已传到朝鲜，而其绝大部分作品也都在去世前传到了朝鲜。

许筠完成于 1593 年的《鹤山樵谈》说："明人以诗鸣者：何大复景明、李崆峒梦阳。人比之李杜。一时称能者：边华泉贡、徐博士祯卿、孙太白一元、王检讨九思。何李之长篇七律俱善。"又说："近古李于鳞、王元美亦称二大家，而吴国伦、徐中行、张佳胤、王世懋、李世芳、谢榛、黎民表、张九一等，皆并驱争先。"④ 这说明，前后七子中其他人的作品传到朝鲜的时间也不晚于 1593 年。

复古派文学在朝鲜迅速传播，影响很大。柳希春（1513～1577）《眉岩日记》记载："壬申（隆庆六年我宣庙五年）……见昨日谢恩使贸来书册《文苑英华》一百卷、《濂溪周元公集》五卷、《敬轩先生集》八卷……《崆峒集》三卷……"⑤ 隆庆六年即 1572 年，朝鲜政府派到中国的谢恩使就将《崆峒集》买了回去，而能被政府认可说明李梦阳在朝鲜已经很有影响。

朝鲜的文人对前后七子的各类作品梦寐以求，如郑弘溟（1582～1650）的《次韵张内翰维梦月汀先生》的《引言》记载："上年八月十

---

① 〔朝〕尹根寿：《月汀集》（《影印标点韩国文集丛刊》第 47 辑），汉城：韩国民族文化推进会，1989，第 258～259 页。
② 刘菁华等选编《明实录朝鲜资料辑录》，成都：巴蜀书社，2005，第 253 页。
③ 〔朝〕尹根寿：《月汀集》（《影印标点韩国文集丛刊》第 47 辑），汉城：韩国民族文化推进会，1989，第 259 页。
④ 〔韩〕成均馆大学校大东文化研究院编《许筠全集》，汉城：成均馆大学校出版部，1981，第 358 页。
⑤ 〔朝〕柳希春：《眉岩集》（《影印标点韩国文集丛刊》第 34 辑），汉城：韩国民族文化推进会，1989，第 314 页。

二日,弘溟方抱沉疴,晓头假寐,梦拜月汀尹相公于城西第。侍坐移时,言语颇多,公抽得《李沧溟文集》,披览久之,问于某曰:'近闻君读皇明文字,翻到几家?'某对以沧溟艰苦难晓。"① 从中国输入的复古派作品在朝鲜供不应求,很多文人便向朋友借阅,也有人看到后如获至宝,亲手抄录。更有人想到了更快捷的方式,那就是刊印。1580 年,尹根寿最先用活字刊印了李梦阳的诗集,他在《序》中说:"(李梦阳诗文)已大行于中土,而在吾东得见者寡矣,不亦可羞乎?而余不此之印以蕲其传,而尚谁印乎?"② 在此,他交代了刊印的目的,那就是希望李梦阳诗集能在朝鲜广泛传播。《李朝实录·光海君日记》中也记载了光海君与大臣关于刊刻王世贞作品的一段对话:"王曰:'王世贞所述,何册耶?'许筠曰:'《南弇山集》也。'王曰:'此集,中朝盛行耶?'闵馨男曰:'王世贞,文章大家也,家家皆有之矣。'王曰:'王世贞文集,可以刊改耶?'"(卷94,七年闰八月八日)③ 此后王世贞的作品在朝鲜被大量刊印。直到今天,韩国首尔大学的奎章阁还保存着许多朝鲜刻本的王世贞文集。

前后七子"倡言复古,使天下毋读唐以后书,持论甚高,足以竦当代之耳目,故学者翕然从之,文体一变"(《四库全书总目提要》"《空同集》六十六卷"条)④。这也很快影响到了朝鲜的文学创作,主要表现在,朝鲜的很多文人有意学习、模仿复古派的创作,与中国的复古派遥相呼应。如朴世采(1631~1695)说:"皇朝自弘、正之际,文道再兴,北地(李梦阳)为之首,骎骎东渐于海外。至我宣祖时,诗有芝川黄公,专学杜诗,文有月汀尹公,倡崇马史,实为同文之化。"⑤ 学《史记》、学杜诗正是复古派所极力倡导的,朝鲜文人与其遥相呼应,正是七

---

① 〔朝〕郑弘溟:《畸庵集》(《影印标点韩国文集丛刊》第 87 辑),汉城:韩国民族文化推进会,1992,第 21~22 页。
② 〔朝〕尹根寿:《月汀集》(《影印标点韩国文集丛刊》第 47 辑),汉城:韩国民族文化推进会,1989,第 239 页。
③ 〔朝〕春秋馆撰,〔日〕末松保和编《李朝实录》(第 33 册),东京:学习院东洋文化研究所,1962,第 59 页。
④ (清)永瑢等撰《四库全书总目提要》(《万有文库》本第 33 册),上海:商务印书馆,1931,第 81~82 页。
⑤ 〔朝〕朴世采:《南溪集》(《影印标点韩国文集丛刊》第 142 辑),汉城:韩国民族文化推进会,1995,第 500 页。

子"文必秦汉,诗必盛唐"的复古理论"东渐于海外"的结果。

在理论和创作上,后七子继承前七子并有所发展,复古理论更加成熟,创作的总体成就也更高一些。所以,朝鲜学习后七子的文人也更多一些。如崔锡鼎说:"及至穆陵之世,文苑诸公,拟议修辞,学嘉隆诸子。"① 金昌协(1651~1708)说:"中朝王李之诗,又稍稍东来。人始希慕仿效,锻炼精工。自是以后,轨辙如一,音调相似。"② 复古派对朝鲜文学的影响之深由此可见。

柳梦寅本人也赞同明代的复古文风,他在晚年所作的《题汪道昆副墨》中表明了这一观点。

> 空同弇州诸杰先倡此道立旗鼓,发号于文坛。天下之士靡然从风。谛视其文字,出入《经》、《传》、《左》、《国》、《庄》、马③者多,至于班史④以下,略不及焉。其着意于古,能自树立,尽高大矣。……今汪之文,盖摸拟王李,而以雄豪遒健之气,充之以高古。前后百许篇,无一语或累于唐宋。明儒之立意高尚,实可法也。……深恨少年时误读韩、柳两书也。继自今欲劝后学儿曹先秦而溯唐虞,下汉而止于两马。⑤

青、中年时期,柳梦寅的散文创作还广取先秦至唐代韩、柳。晚年,他看了明代复古派的文章,继而接受了"文必秦汉"的复古主张,甚至认为自己以前学韩、柳是错误的,应像明代复古派那样学古文自先秦而止于两汉。对此,韩国学者赵文珠进行了总结,认为柳梦寅的散文受前后七子的影响,以先秦古文为典范,追求自得之意、文气之正。⑥

由此可知,唐宋古文和明朝复古文风对朝鲜文学创作的影响在柳梦

---

① 〔朝〕崔锡鼎:《明谷集》(《影印标点韩国文集丛刊》第153辑),汉城:韩国民族文化推进会,1995,第578页。
② 〔朝〕金昌协:《农岩集》(《影印标点韩国文集丛刊》第162辑),汉城:韩国民族文化推进会,1996,第377~378页。
③ 指司马迁的《史记》,下同。
④ 指班固的《汉书》,下同。
⑤ 〔朝〕柳梦寅:《於于集》(《影印标点韩国文集丛刊》第63辑),汉城:韩国民族文化推进会,1991,第442~443页。
⑥ 〔韩〕赵文珠:《柳梦寅散文研究》,首尔:檀国大学博士学位论文,2009。

寅生活的时代达到高潮。而柳梦寅在《〈大家文会〉跋》中说自己"自毁龇嗜古文"①，又在《答崔评事有海书》中说自己"于文章，知有古而不知有今，未尝挂眼于唐以下之文"②。他自己所作也几乎都是古文，这并非孤立和偶然的现象，应该与时代文风联系起来。因为"作家是生活于具体的历史文化环境中的，任何作家都不能脱离他的时代。他必须也必然是社会文化环境中的客观存在，任何超越于时代文化气氛的个体都是不存在的"③。所以，要研究柳梦寅的散文就一定要了解当时唐宋古文以及明代复古文学在朝鲜的传播以及对朝鲜文风改革的影响这一文化语境。

第三节　朝鲜朝中期文学创作的总体形势

柳梦寅所处的朝鲜朝中期是一个文学大发展的时代，当时的文坛名家辈出，诗歌、散文、笔记、诗话等文学作品和文学批评都十分丰富。文学创作一度出现"穆陵盛世"的辉煌。而当时的文学发展形势主要表现为：诗胜于文、骈文与古文并行。

一　诗胜于文

纵观朝鲜的汉文学发展历史，诗歌是当之无愧的最主流的文学体裁，文人们对诗歌的重视远超过散文。朝鲜朝前中期的文学创作是继高丽之后的又一个高峰期，当时文坛人才济济、大家辈出。从创作的总体情况看，诗胜于文，诗仍然是文学创作的最主要形式。其一，朝鲜的古代文学一直是在中国文学影响下发展的，而中国古代文学中诗歌也是最主要的一种体裁。其二，韦旭升说："用框架整齐固定的齐言体诗歌形式来写景抒情，对于外国人来说，比用那些舒卷自如、平易如白话的散文更为容易、方便一些。这也许就是朝鲜文人偏重于用五、七言诗来绘景抒情，

---

① 〔朝〕柳梦寅：《於于集》（《影印标点韩国文集丛刊》第63辑），汉城：韩国民族文化推进会，1991，第445页。
② 〔朝〕柳梦寅：《於于集》（《影印标点韩国文集丛刊》第63辑），汉城：韩国民族文化推进会，1991，第554页。
③ 张斌荣：《西汉散文的特点及其研究方法简论》，《鲁东大学学报》（哲学社会科学版）2007年第4期，第61~64页。

而较少用散文小品来达此目的的一个原因吧!"① 其三，两国使节的诗歌唱和也成为一个推动因素。《皇华集》所记载的内容，就以诗歌为主，这是因为使臣在抒发所见所感时，诗歌的篇幅短小而含义隽永的优势就凸显出来了，况且篇幅相对较长的散文也降低了交流的速度和效率。其四，在朝鲜朝时期的科举考试中，作诗一直是必考科目。如："进士试的考试科目多变。世宗十七年（1435）六月重设进士试时，试赋、排律十韵诗各一，各取 50 名。……文宗二年（1452）四月，为恢复进士试制定试取标准，规定试古赋一，古诗和律诗二者择一……"② "文科也采用初试复试三场连卷法……初场试经学，中场试诗、赋、表，末场试实务策。"③ 因此，直到朝鲜朝前中期，朝鲜的文学创作仍然以诗歌为最主要形式。

这一时期著名的诗人有很多，如"海东江西派"的领袖李荇（1478～1534）、朴誾（1479～1504），号称"三唐诗人"的白光勋（1537～1582）、崔庆昌（1539～1583）、李达（1539～1618），以及柳成龙、刘希庆（1545～1636）、车天辂（1556～1615）、权韠（1569～1612）、许筠、李廷龟、李睟光、李安讷（1571～1637）、许楚姬（1563～1589）、金尚宪（1570～1652）、洪瑞凤（1572～1645）、申钦（1566～1628）等。他们同时也创作散文，但是从现存的作品来看，无论是数量还是成就，诗歌都要胜于散文。

随着中国唐宋散文和明代复古散文的传入、盛行，到了朝鲜朝前中期，一些作家认识到散文的重要性，于是开始着力于散文的创作，如崔岦（1539～1612）、柳梦寅等。许多著名的诗人同时也是散文家，其中成就较高者如号称"月象溪泽四大家"的李廷龟、申钦、张维、李植。他们企望步唐宋八大家后尘，努力进行散文创作，且为文力求醇正。

柳梦寅对朝鲜"诗胜于文"的创作情况非常清楚，也有些担忧。他说："今之学者，喜作小诗而不事文。文者文章之首，而吾道之翼也，而

---

① 韦旭升：《韦旭升文集》（第 3 卷），北京：中央编译出版社，2000，第 58 页。
② 〔韩〕李成茂：《高丽朝鲜两朝的科举制度》，张琏瑰译，北京：北京大学出版社，1993，第 120 页。
③ 〔韩〕李成茂：《高丽朝鲜两朝的科举制度》，张琏瑰译，北京：北京大学出版社，1993，第 121 页。

世人皆忽之。"(《答崔评事有海书》)① 在柳梦寅看来,和诗歌相比,文更加重要,却被朝鲜的许多文人所忽视,这就必然导致文的创作水平不高,有的人甚至"读八百韩文全帙,而不能成一句文"(《与尹进士彬书》)②。于是他又在《报沧洲道士车万里云辂书》中总结说:"东方之文,到今尤生疏。"③ 为了改变这种状况,柳梦寅一直不懈地努力。他自己"自壬寅以后,凡友人别章及与人往复及人有求之者,皆以文应之。自此已成数十卷"(《报沧洲道士车万里云辂书》)④。他晚年的代表作《於于野谈》也是以随笔的形式写成的。因此柳梦寅也博得了"文胜于诗"的评价。他不仅自己着力于散文创作,还经常鼓励年轻人不要只攻诗歌,还要多作散文。他的这些努力为朝鲜朝散文的兴盛做出了较大的贡献。"17世纪以前的韩国汉文学以诗为中心,17世纪以后的韩国汉文学以文为中心。"⑤ 而这一转变与柳梦寅等人的积极倡导、努力实践是有一定关系的。

二 骈文与古文并行

与中国相比,朝鲜的文体改革也有所滞后。直到高丽中后期,朝鲜的散文创作仍以骈文为主。高丽末朝鲜初,这种情况有所改变,如李崇仁曰:"近世大儒,有若鸡林益斋李公,始以古文之学倡焉。韩山稼亭李公、京山樵隐李公从而和之。"⑥ 此后,古文创作引起朝鲜文人的重视,倡导和创作散体古文的人越来越多(详见本章第二节)。但盛行了几百年的骈文也没有戛然而止,依然在文坛占据不小的比重。所以,在朝鲜

---

① 〔朝〕柳梦寅:《於于集》(《影印标点韩国文集丛刊》第63辑),汉城:韩国民族文化推进会,1991,第555页。
② 〔朝〕柳梦寅:《於于集》(《影印标点韩国文集丛刊》第63辑),汉城:韩国民族文化推进会,1991,第416页。
③ 〔朝〕柳梦寅:《於于集》(《影印标点韩国文集丛刊》第63辑),汉城:韩国民族文化推进会,1991,第418页。
④ 〔朝〕柳梦寅:《於于集》(《影印标点韩国文集丛刊》第63辑),汉城:韩国民族文化推进会,1991,第418页。
⑤ 朱升泽:《性理学与韩国文学》,载《儒学与东亚文化国际学术研讨会论文集》,山东师范大学,2006,第169~178页。
⑥ 〔朝〕李崇仁:《陶隐集》(《影印标点韩国文集丛刊》第6辑),汉城:韩国民族文化推进会,1990,第522页。

朝前中期，散文的创作处于骈文与古文并行的状态。

第一，骈文仍是政治公文的主要形式。如郑士龙在辞免大提学职务时就以自己不善于作骈文为理由，他说："偶俪适用之文，亦未尝从事。……况两国通情，专倚辞命，毫忽之差，实系轻重。如臣者不能为四六，侪僚所共知。"（《辞免大提学状》）① 柳梦寅在《辞艺文提学疏》中也说自己："其为文涩而不畅，其为诗朴而无华。至于妃②青配白，尤非所长。四六诸作，多所乖剌。"③ 两位大家都以同样的理由来辞职，说明当时如大提学、艺文提学这样的高级文官，其著述还是以骈文为主。而当时著名文人李廷龟、李晬光、柳成龙等的一些应用文体也主要是骈文。一向反对骈文的柳梦寅也创作了少量骈体文。

第二，在朝鲜朝的科举考试中，赋一类的骈文是必考科目。如朝鲜朝式年试文科的中场科目屡有变化："据《经国大典》记载，考试内容是从赋、颂、铭、箴、记中选作一篇，从表、笺中选作一篇。但是由于四字一句的颂、铭、箴、记作起来过于简单，所以出题时极少选之，一般是令考生作赋一篇，表或笺中任选作一篇。……增广文科的初试和殿试与式年试文科考试科目同。但是，复试初场试赋一篇，表、笺中任选一篇。"④ "圣谒文科、庭试文科等亲临科，因为需要当日公布考中者名单，故考试时避开费时的策一类科目，试题仅从表、笺、赋、箴、颂、铭、诏、制、论中出，其中最多见的是作表、赋等四六体骈文。"⑤ 这种考试科目就使朝鲜的学风和文风都出现了形式主义的弊病。如郑介清（1529~1590）在《论举子学弊》中说："今之为举子业，无一人读圣贤书。据吾所见而为文者，惟饰词说工缀缉，以希悦于执事之目。"⑥ 而这

---

① 〔朝〕郑士龙：《湖阴杂稿》（《影印标点韩国文集丛刊》第25辑），汉城：韩国民族文化推进会，1988，第264页。
② 妃，音"配"。妃青配白，指对仗工整的骈文。
③ 〔朝〕柳梦寅：《於于集》（《影印标点韩国文集丛刊》第63辑），汉城：韩国民族文化推进会，1991，第404页。
④ 〔韩〕李成茂：《高丽朝鲜两朝的科举制度》，张琏瑰译，北京：北京大学出版社，1993，第123~124页。
⑤ 〔韩〕李成茂：《高丽朝鲜两朝的科举制度》，张琏瑰译，北京：北京大学出版社，1993，第124页。
⑥ 〔朝〕郑介清：《愚得录》（《影印标点韩国文集丛刊》第40辑），汉城：韩国民族文化推进会，1989，第360页。

样的科体文章形式很华美,却没有实际内容。如金时习的《与柳自汉》说:"今之科场之文,看之则似美,究之则无趣,但以'之'、'而'、'乎'、'也'饰浅意。其辞虽流于唇吻,其意似晓露春霜之无实。"① 李晬光也担忧地说:"我国科举之文,其弊甚矣。四六冗长,全似行文,所谓行文又似公事场文字。诗赋有入题、铺叙、回题等式,尤与文章家体样全别。故虽得决科,遂为不文之人,何以致用于世乎?必大变机轴而后可矣。"(《芝峰类说·文体》)② 而对一般的读书人来说,通过科举进入仕途是主要途径,所以很多人为了进入仕途便专攻科体诗赋、骈文,否则很难通过考试。柳梦寅曾说自己"文虽早成,过三十始登第。虽占魁科,而文不由程序"(《与尹进士彬书》)③。因为没有专攻科体,才华出众的柳梦寅三十多岁才登第,而文章仍然不完全符合科体要求。文人李植积极倡导古文,认为:"四六文毋过一册,老子庄列之属,读《近思录》诸书时,旁考不读。"但他又无奈地建议儿孙:"东人科制,抄得数册,作文时考阅。"(《示儿孙等》)④ 李穑(1328~1396)的一段话更道出了很多读书人的无奈:"予年十七岁,赴东堂赋和氏璧。二十一岁,入燕都国学月课。吴伯尚先生赏予赋,每日可教。既归,赴癸巳东堂赋黄河,乡试赋琬圭,会试赋九章,今皆不录。非古文也,非吾志也。非吾志而出身于此,非此无阶于荣养耳。呜呼悲哉!"(《观鱼台小赋并序》)⑤ 可见,朝鲜朝科举考试科目和内容决定了骈文的重要性,所以不管是刻意追求,还是无奈为之,无疑都助长了骈文创作的风气,这就使得这种流于形式的文体依然与散体古文并驾齐驱。

柳梦寅的散文就是在这样的环境中创作出来的,他的很多文章都表达了对骈文的不满和对朝鲜文学发展的担忧。因此他自己旗帜鲜明地倡

---

① 〔朝〕金时习:《梅月堂集》(《影印标点韩国文集丛刊》第13辑),汉城:韩国民族文化推进会,1988,第360页。
② 〔朝〕李晬光:《芝峰类说》,汉城:景仁文化社,1970,第141页。
③ 〔朝〕柳梦寅:《於于集》(《影印标点韩国文集丛刊》第63辑),汉城:韩国民族文化推进会,1991,第416页。
④ 〔朝〕李植:《泽堂集》(《影印标点韩国文集丛刊》第88辑),汉城:韩国民族文化推进会,1992,第513页。
⑤ 〔朝〕李穑:《牧隐稿》(《影印标点韩国文集丛刊》第3辑),汉城:韩国民族文化推进会,1989,第520页。

导古文，反对骈文。

柳梦寅从小就喜欢中国古文，"十五岁，始遇申校理濩，从事于古文"（《重答南都宪书》）①。他对古文达到近乎痴迷的程度，非古文不读，非古文不作。他自己说："仆幼时学韩文、《汉书》于申濩氏，每劝诵东人赋策百许首，当时仆志气冲斗牛，窃伏而笑之。平生只读古文，不肯挂眼乎宋以下之文。"（《与尹进士彬书》）② "仆性嗜古文，谬言今古一体。学经则经，学传则传。圣贤非有定位，我不必让于古。每读五经四书，不读笺注，恶其文不古也。余于文章，知有古而不知有今，未尝挂眼于唐以下之文。"（《答崔评事有海书》）③ 甚至连苏东坡、欧阳修这样的散文大家，柳梦寅也有些不屑，原因是认为他们的散文"不古"。

因为痴迷于古文，柳梦寅在1606年8月至12月编选了《大家文会》，该集共10册21卷。其中，"凡《左传》四篇④、《国语》二篇、《战国策》二篇、《史记》三篇、《汉书》三篇、韩文四篇、柳文三篇，皆余手自抄拣。每簿领余，夜引学徒，揣摩至鸡戒参横乃罢。凡裒诸什，惟余意所归，未曾仿古人如《文选》、《崇古文》、《古文真宝》等书。随题目略取子集为也，皆专一家而钞之，俾便其模拟焉"（《〈大家文会〉跋》）⑤。他为《大家文会》所作的跋，是其倡导古文观念的集中体现。在跋文中，他说自己"自毁龀嗜古文，于文眼高心亢。季世诸作，辄手扔而喙唾之，独求最高古者读焉"⑥。这段话的主要意思是柳梦寅自幼好古文，于文章只求最高古者读之。对数百年来朝鲜收藏的大批古文，柳梦寅视若珍宝。但这些古文在壬辰之乱中多被毁掉，这让柳梦寅痛心不已。乱后，柳梦寅慨然谓海牧尹君晖曰："今之世文甚庳，简籍甚稀，向

---

① 〔朝〕柳梦寅：《於于集》（《影印标点韩国文集丛刊》第63辑），汉城：韩国民族文化推进会，1991，第412页。
② 〔朝〕柳梦寅：《於于集》（《影印标点韩国文集丛刊》第63辑），汉城：韩国民族文化推进会，1991，第416页。
③ 〔朝〕柳梦寅：《於于集》（《影印标点韩国文集丛刊》第63辑），汉城：韩国民族文化推进会，1991，第554页。
④ 此处"篇"应为"卷"之意，下同。
⑤ 〔朝〕柳梦寅：《於于集》（《影印标点韩国文集丛刊》第63辑），汉城：韩国民族文化推进会，1991，第445页。
⑥ 〔朝〕柳梦寅：《於于集》（《影印标点韩国文集丛刊》第63辑），汉城：韩国民族文化推进会，1991，第445页。

我圣上尝有志辑古文，令典文者开局，会国有事未就，圣旨深惜之。今余虽鲁，亦尝粗涉子家，欲网罗古文最高古者衰一帙，以新一代文。则何如？"①他的请求得到了君晖的同意和支持。于是他着手选编《大家文会》，其中每一篇都由他亲自选取、亲手抄写。编成后，"每簿领余，夜引学徒，揣摩至鸡戒参横乃罢"。柳梦寅在公事之余带领学徒们夜以继日地阅读、研习。这一做法足以说明柳梦寅对古文的喜爱和珍惜，也说明他希望后辈们能够继续学习、创作古文。1608年，宣祖将《大家文会》赐给大臣，这说明该选集得到了官方的认可。

柳梦寅不仅爱好、创作古文，也经常以是否读古文、作古文为标准来评价他人的才学。他为申熟作墓志铭曰："……申熟者，字仁仲，文章士也。……卢苏斋守慎、崔简易岦，斯文哲匠也，皆称引公文曰：'古文有句法章法。'于申氏文见之，余亦伟其文，叹其人。"（《赠礼曹判书行承文判校申公熟墓碣铭并序》）②他赞叹申熟的主要原因是其古文写得好，"有句法章法"。柳梦寅和南季献是多年的好友，他对比自己年长的南季献尊敬有加，主要原因也是南氏自幼好古文，写文章日益高古。他在给南季献的信中说："六月十六日，某谨再拜复书大司宪阁下。自公归来，伏见华札在案，展读弥数月，日觉文章高古。……惯闻阁下自幼年嗜古文，与时尚大悬，不事口耳训诂。就古文中讽诵，最熟韩昌黎、柳柳州、庄南华等书。至当世文，不肯苟有许可。"（《答南都宪季献书》）③

对于如何读古文、如何作古文，柳梦寅也有自己的看法，他在《与尹进士彬书》中有所阐述。柳梦寅首先以李山海、李恒福、申熟几个登第者为例证，强调了读《孟子》、韩文一类的古文对于登第的重要作用："俗称期读《孟子》千遍，未有满其数而登第者。"其次，柳梦寅指出作古文并非易事，"才力不堪"不能从事古文，"徒充虚箦而心每驰于鸿鹄"者不能从事古文，"专作诗而不作文"者也不能写出像样的古文。最后，设一比喻："为文岂异于食饮哉？龙炰凤煮、熊蹯豹胎与夫韭菹藿

---

① 〔朝〕柳梦寅：《於于集》（《影印标点韩国文集丛刊》第63辑），汉城：韩国民族文化推进会，1991，第445页。
② 〔朝〕柳梦寅：《於于集》（《影印标点韩国文集丛刊》第63辑），汉城：韩国民族文化推进会，1991，第561页。
③ 〔朝〕柳梦寅：《於于集》（《影印标点韩国文集丛刊》第63辑），汉城：韩国民族文化推进会，1991，第411页。

羹、粝饭脱粟，其味虽殊，同归于饱。设令只食一龙炰而却稻粱，非徒不饱，终乃病焉。"① 这就形象地说明读书与作文"不可一厚一薄，必须两济其功"，久而久之才能在古文创作上有所成就。这既是柳梦寅对古人创作情况的概括，也是对自己创作经验的总结，对朝鲜朝中期的文风改革以及后人的学习和创作都有指导意义。

在骈文与古文并驾齐驱的创作形势下，柳梦寅坚定地倡导散体古文，非常难能可贵。也正是柳梦寅这样的先驱的不懈努力，才使得更加自由灵活的散体文在朝鲜的散文创作中逐渐取代骈文而占据主体地位。

---

① 〔朝〕柳梦寅：《於于集》（《影印标点韩国文集丛刊》第63辑），汉城：韩国民族文化推进会，1991，第416页。

第二章　柳梦寅的创作意识与中国文化

　　创作意识是创作者的一种主动的、自觉的也非常复杂的意识，它是包含创作动机、贯穿创作过程、力图实现创作目的的一种强烈意识。"创作意识是促使创作能力转化为创作行为的意识。没有创作意识，能力再强的'创作主体'永远只是理论意义的创作主体，或称潜在创作主体。"① 柳梦寅一生著述丰硕，这和他在朝鲜朝中期特定的文化语境中自觉、强烈的创作意识密不可分。

　　关于为什么创作，柳梦寅在文章和诗歌中多有阐述："仆自幼时，学为文章，小者欲以华诸国，大者欲以立言垂后。"（《报郑进士梦说书》）② 他又说自己生平自期，就"在于立言不朽"（《辞艺文提学疏》）③。这些创作意识都能在中国传统儒家文化中找到理论依据。如曹丕所说："盖文章，经国之大业，不朽之盛事。年寿有时而尽，荣乐止乎其身，二者必至之常期，未若文章之无穷。是以古之作者，寄身于翰墨，见意于篇籍，不假良史之辞，不托飞驰之势，而声名自传于后。"（《典论·论文》）④ 陆云亦曰："文敏足以华国，威略足以振众。"（《张二侯颂》）⑤ 再结合柳梦寅散文的主要思想内容和深厚的爱国忧民情怀、民族意识，可以看出其创作意识的核心即"华国"和"不朽"。

---

① 张永刚：《论作家"创作意识"的构成》，《洛阳师范学院学报》2001年第1期，第48~50页。
② 〔朝〕柳梦寅：《於于集》（《影印标点韩国文集丛刊》第63辑），汉城：韩国民族文化推进会，1991，第408页。
③ 〔朝〕柳梦寅：《於于集》（《影印标点韩国文集丛刊》第63辑），汉城：韩国民族文化推进会，1991，第404页。
④ （三国魏）魏文帝撰，（清）孙冯翼辑《典论》，北京：中华书局，1985，第1~2页。
⑤ （晋）陆云：《陆士龙集》（《景印文渊阁四库全书》第1063册），台北：台湾商务印书馆，1986，第434页。

第一节 "华国"的创作意识

"华"在古汉语中有"光辉""有文采""华丽""盛"几个意思。据此,"华国"即光耀国家,有使自己的国家更辉煌、更繁盛之意。这也是柳梦寅创作的动机和目的。

第一,柳梦寅希望"耀我道德文章节行,使天下知东国有人"(《送圣节使李同枢立之春元序》)①。

柳梦寅一直坚持"东方信多文章之士也"(《於于野谈》)②。这些文章之士多发"奇言异辞",创作了大量优秀的作品,但这些作品因为朝鲜国弱小、闭塞而不能流传天下,也就没有得到世人的认可和重视,这就使许多才华出众的文人(包括他本人)及其作品被埋没。对此,柳梦寅感到十分遗憾和痛心,他说:"矧乎我国东隅极僻之域,岂无道德节行文章高天下者?虽天下有格物致知之儒,非耳目所暨,奚足以知之?余若悲之,岂流痛而止哉?余少年占魁甲,至白首纵靶青云。外之绣衣、金节……宠荣隆赫,已至秩二品而章金玉。然所志不在乎此,只悲天下之不吾知也。"(《送圣节使李同枢立之春元序》)③ 他也经常拊膺而喟曰:

> 天之赋我生,夫岂偶尔?其志其才,既无愧古之人,独何负于今之天下耶?生此偏隅,混混尘埃半世,不见知己则固也。今来豪杰之冀北,亦不遇其人,不得使燕市悲歌,入知音之耳,若吾生亦已矣。诚使大国待下邦不有内外,任其载贽,无碍于彼此,则若余者,不烦象胥,语言无不通。如以青骡角巾,彷徉天下,縣冀兖、出青徐、历豫梁、掠荆杨,出入乎邹鲁洙泗濂洛,复游乎燕赵之间,以与夫诗书礼乐之儒、忠信道德之士、瑰伟俶傥博雅之流,披心腹、倒肝胆、结义气,使天下之人皆知东国有人也,则虽死吾不恨矣。

---

① 〔朝〕柳梦寅:《於于集》(《影印标点韩国文集丛刊》第63辑),汉城:韩国民族文化推进会,1991,第509页。
② 〔韩〕赵锺业编《修正增补韩国诗话丛编》(第2册),汉城:太学社,1996,第495~496页。
③ 〔朝〕柳梦寅:《於于集》(《影印标点韩国文集丛刊》第63辑),汉城:韩国民族文化推进会,1991,第509页。

(《送朴说之东说赴京序》)①

可见，柳梦寅虽然仅以自己为例，却为整个"东国"而遗憾。所以，他一直坚持创作并努力宣传，企图改变这种状况。这样做是要让自己的创作才华得以施展，得到世人的承认。更重要的是，要让世人（主要指中国人）知道遥远的东方还有一个朝鲜——一个和中国一样不乏文化正统和文章之士的国家。

其一，在与中国的交流过程中，柳梦寅极力发挥自己作文章之能事，希望自己能以"华国词臣"的身份引起中国文人的重视。他在《於于野谈》中自豪地讲了自己以诗文与中国人交流的经历：

> 余尝赴天朝时，我国有丧，请免宴，呈礼部。礼部牢却不许，七郎官传示其文，相顾动色。舌人立于庭，终朝至日昃而不皂白，只巡观者三四回。舌人请还其帖，郎官曰："留之部中。"其年郑经世呈文礼部，郎官称善，允其请曰："此事甚难，为使臣文章之佳，特允其请。"诸郎官极称引，相与言："此文虽佳，不如前来使臣柳某之文，其文高古倍此，而以事体不当，不准其请。东方信多文章士也。"其年，余过永平府万柳庄，庄即鸿胪丞李浣之别业也。余题七言律十六韵于粉壁。时日昏，秉烛而题。一老秀才来观曰："咦！佳作，佳作。"韩御使应庚，李浣之妻弟也，与邻居文士白翰林瑜来观，称誉，刻板悬之壁。自古中国文士少我邦人，数百年来，沿路数千里无一篇我国诗悬于板者。悬板自我始，荣矣。②

柳梦寅的努力有了回报，他的诗文因"俱不愧中国"（《别冬至副使睦汤卿大钦诗序》）③ 而得到了中国人的认可和赞誉，因为他代表的是朝鲜的使臣和文人，所以他的荣耀也是朝鲜的荣耀，他为自己的国家争得了荣耀。

---

① 〔朝〕柳梦寅：《於于集》（《影印标点韩国文集丛刊》第63辑），汉城：韩国民族文化推进会，1991，第359页。
② 〔韩〕赵锺业编《修正增补韩国诗话丛编》（第2册），汉城：太学社，1996，第495～496页。
③ 〔朝〕柳梦寅：《於于集》（《影印标点韩国文集丛刊》第63辑），汉城：韩国民族文化推进会，1991，第352页。

其二，柳梦寅在自己的许多文章中极力表达朝鲜人才之丰、文章之盛，希望自己的国家因此而受到世人瞩目。柳梦寅肯定朝鲜的文人不仅多而且很出色，他曾简洁地概括说："谁知东国奎精聚。"(《送冬至副使郑令公谷神子士信序效〈国语〉》)① 在《送冬至使李昌庭序》中，柳梦寅更详细地重申了这一点："向者天朝士夫因东征，多到我邦。听其言，中国士论，多我国文章，以为若使应举中朝，其人才之多，过于湖广、江西。余闻而喜之。尝见中朝应举文，湖广、江西虽多伟作，若使东方佳篇并列于其间，吾侪强彼乎？彼强吾侪乎？昔在前朝，李稼占魁科于元朝；崔致远作官，流声于唐朝。"② 柳梦寅先借东征的中国人之口说明朝鲜的文人不仅多，而且很出色，如果参加中国的科举，将会有一大批人入选。他还认为朝鲜文人的文章和中国一些优秀的应举之文相比不相上下。最后柳梦寅又举出曾经在中国科举中取得优异成绩的大文豪崔致远、李稼来证明东国文人的杰出及其在中国的影响，让世人知道"中国之外，有高古之文章不下于左马者"(《题汪道昆副墨》)③。

《明史》记载，1621年2月，刘鸿训、杨道寅作为正副使到朝鲜颁诏，但现存《皇华集》中并没有此二人的作品。即使二人使朝期间确实与朝鲜文人有唱和的诗作而后失传，当时柳梦寅在罢黜隐居期间也不可能奉命为这一年的《皇华集》作序。而在《於于集》中却有《〈皇华集〉序》，说的正是这一年的事。柳梦寅引经据典，将序文写得内容丰富又文采斐然，如果两位明使真的看到了此序，一定非常满意。序中，柳梦寅将以明使作品为主的《皇华集》誉为"商周雅颂之续"，又说朝鲜文人的作品"亦未尝阙""攀鸿翼、附骥尾"，这也就间接肯定了朝鲜文人之作同样是流传于世的"西京新语""千金词赋""山斗文章"。因此，这篇序文既表现了柳梦寅本人出众的写作才华，也突出了朝鲜众多文人的才华。在中国使臣面前，这无疑是最恰当的"华国"之举。

第二，柳梦寅不仅希望自己的文章能为朝鲜带来文化上的声誉，也

---

① 〔朝〕柳梦寅：《於于集》(《影印标点韩国文集丛刊》第63辑)，汉城：韩国民族文化推进会，1991，第514页。
② 〔朝〕柳梦寅：《於于集》(《影印标点韩国文集丛刊》第63辑)，汉城：韩国民族文化推进会，1991，第365页。
③ 〔朝〕柳梦寅：《於于集》(《影印标点韩国文集丛刊》第63辑)，汉城：韩国民族文化推进会，1991，第443页。

希望其能为增强国力、改善人民生活发挥一些功效。

　　柳梦寅一生一意为国为民，他曾诚恳地向朝鲜宣祖上《玉堂札子》，在与国与民休戚相关的几个方面提出建议和措施。其曰："伏愿殿下下申鞫之命，严反坐之律，用为后式，永垂来戒。……伏愿殿下安民务本，以纾物力为先，抑奢崇俭，以尚平日为后。……伏愿殿下严贪赃之法而一切勿宥，奖廉素之风而万世为宪。……伏愿殿下灵承帝事，敬忌天威，无贰无虞。"① 这样的直言劝谏很可能会给自己招致祸患，但为了国家和人民的利益，柳梦寅已将个人安危置之度外。

　　在送别即将外任的官员时，柳梦寅经常为之作诗写序，而主要内容也往往是劝勉其清廉为官、执政为民，为强国富民尽心尽力。1610年，柳梦寅在送别咸镜监司韩浚谦时，以洋洋七千言作了《安边三十二策赠咸镜监司韩益之浚谦》（以下简称《安边三十二策》），殚精竭虑地为改变咸镜道的贫穷落后状况和稳固边疆献计献策，希望韩浚谦"大者上闻，小者立变而施之"，接下来关于安边的三十二策，更是全面周到，合理可行（详见第四章第三节）。

　　当韩山郡守李子信即将赴任时，柳梦寅也真诚而坦率地说："今于李子之守韩也，敢以平昔欲哭者，列为三十字为赠：曰贡，曰田，曰屯……曰豪，曰吏。此皆膏民血民、削肌剐骨民、啖嚼磔膊虀粉民者也。为守者善其政，则三十者不为民病而一邑安；不善其政，则三十者一皆病乎民而已，反为三十害之首。李子仁者也，仁者之于为政，以公不以私。……李子之郡，善行此三十字，毋谓询谋狂也。"（《送韩山郡守李子信序》）② 深深的情感，殷殷的嘱托，仍是希望李子信能勤政爱民。在这类序中，总是有建议，有劝勉，有鼓励，有期望，拳拳爱国之心历历可感。

　　柳梦寅此类文章还有很多，虽然这些文章不能从根本上改变现状，但至少也给朝鲜的国王和各级官吏敲响了警钟，且对后来切实改变了朝鲜社会的实学的兴起有一定的先导作用。从这个意义上讲，柳梦寅的文章对朝

---

① 〔朝〕柳梦寅：《於于集》（《影印标点韩国文集丛刊》第63辑），汉城：韩国民族文化推进会，1991，第405~406页。
② 〔朝〕柳梦寅：《於于集》（《影印标点韩国文集丛刊》第63辑），汉城：韩国民族文化推进会，1991，第379页。

鲜的复兴确实起了一定的作用，他所期望的以文章"华国"并非妄言。

第二节　"不朽"的创作意识

"对身后不朽之名的追求，正是古圣先贤超越个体生命而追求永生不朽、超越物质欲求而追求精神满足的独特形式。"① "中国古代散文的书写与叙事目的十分明确，即立德、立功、立言，即使前二者目的达不到，起码也要实现'立言'这个'最低纲领'。"② 柳梦寅亦如此，与"华国"相比，他更强烈的创作意识是"不朽"。他说："人孰无一死？修短同归一涂。死不立名，与腐草何异？"（《奉崔牛峰生员行衢二兄弟疏》）③ 这显然是"三不朽"（立德、立功、立言）观念的反映，是儒家读书人追求身后不朽之名的崇高理想。

"不朽"的观念时刻鼓励着柳梦寅，他一生都在为追求身后的"不朽"而努力。出身书香世家的柳梦寅对"德""功"也非常看重，1604年，他代表群臣为《上尊号启辞》作序，其中请求宣祖接受尊号的理由就是其德、其功将永垂不朽。他说："然则殿下之德之功，忠君上，光祖宗，德生民，复疆土，再造东方，赫赫照天下。……今此书出，慕之者争传写之，有力者锓梓而寿之。不独大布一时，其将传永久不朽。则天下后世为人臣效忠者劝，天下后世乱臣贼子惧也夫！"④ 在《送洗侄游洪州序》中，柳梦寅说："洗，吾柳氏主器人也。敦和醇懿，忠信恢坦，盛为流辈所称。又通《论语》、《孟子》、《朱子纲目》……求举进士，虽未能遽收摘髭之功，而高捷魁科，升名礼部者非一二。父母之喜，一家之望归焉。其立身扬名，光先人旧业，可翘足而待也。"⑤ 序文表达了柳

---

① 张海晏：《谈谈"三不朽"》，《光明日报》2007年7月6日，第9版。
② 阴志科：《修辞叙事视野中的中国古代散文研究》，《江汉学术》2013年第2期，第80~84页。
③ 〔朝〕柳梦寅：《於于集》（《影印标点韩国文集丛刊》第63辑），汉城：韩国民族文化推进会，1991，第552页。
④ 〔朝〕柳梦寅：《於于集》（《影印标点韩国文集丛刊》第63辑），汉城：韩国民族文化推进会，1991，第347页。
⑤ 〔朝〕柳梦寅：《於于集》（《影印标点韩国文集丛刊》第63辑），汉城：韩国民族文化推进会，1991，第368页。

梦寅期望侄子柳洸成就功业、显亲扬名的愿望。柳梦寅也一直严格按儒家的伦理道德要求自己,规范自己的言行,同时也一直努力追求功名。但柳梦寅作为一个文官,一直以主管文教、从事写作为主,用他自己的话说:"若我者,德不若人,智不若人,聪明不若人,独于文章,不下于古人。"(《赠金刚山僧宗远序》)① 所以他很难靠"立德""立功"实现"不朽",于是产生了以"立言"实现"不朽"的美好愿望。这也正是古代大多数文人实现"不朽"的主要方式。

第一,柳梦寅强调"立言"是"不朽"的有效途径。

"立言"即指著书立说以求"其身既没,其言尚存"②。简言之,就是将自己的思想寄于文章,以期精神不朽,因为"年寿有时而尽,荣乐止乎其身,二者必至之常期,未若文章之无穷"(《典论·论文》)③。柳梦寅非常认同这一点,多次强调写文章是"不朽"的好途径。在《送宣生时麟南归序》中,他对宣时麟所说的"为文章,文章可传于后世"④大加赞赏,认为其找到了写文章的真谛。

柳梦寅认为写文章是一件神圣却艰苦的事,他说:"文者何物?出自性情。周情孔思,传语经旨,横绝百代,覆冒天下。为此技者,岂斩浪抛于虚牝。故其为文章也,钩肝擢肾,煎焦肠肺,早夜辛勤。"(《送南原府使高用厚诗序》)⑤ 那么,如此呕心沥血写出来的文章必是学问和思想的结晶,很有必要使之流传。所以他又在这篇文章中建议说:"一朝溘然长辞,属之于其子孙。为子孙者,如使绣之梓,印之方册,传之通邑大都,流入中国,布之于天下万世,则虽曰死,其惟寿乎!"人难免一死,如果文章流传下来,则能虽死犹生,享誉身后。

既然写文章是"不朽"的好途径,当看到好文章被埋没时,柳梦寅

---

① 〔朝〕柳梦寅:《於于集》(《影印标点韩国文集丛刊》第63辑),汉城:韩国民族文化推进会,1991,第382页。
② 《十三经注疏》整理委员会整理,李学勤主编《十三经注疏·春秋左传正义》,北京:北京大学出版社,1999,第1003页。
③ (三国魏)魏文帝撰,(清)孙冯翼辑《典论》,北京:中华书局,1985,第1~2页。
④ 〔朝〕柳梦寅:《於于集》(《影印标点韩国文集丛刊》第63辑),汉城:韩国民族文化推进会,1991,第364页。
⑤ 〔朝〕柳梦寅:《於于集》(《影印标点韩国文集丛刊》第63辑),汉城:韩国民族文化推进会,1991,第349页。

痛心不已,在《答崔评事有海书》中,他惋惜地说:"独恨我国轻斯文乏财力,鸣世诸作,泯没不传者滔滔。每叹平生所著述,将与草木同腐。今者虽使马迁治史,复有杨恽之孙珍篇宝牒,不过为鼠壤之物。言念及此,徒拊卷而长吁。幸愿足下毋虚劳,死后文章,曾不若生前杯酒。"①这让我们想到了庾信所说的"眼前一杯酒,谁论身后名"(《拟咏怀》),李白所说的"且乐生前一杯酒,何须身后千载名"(《行路难》),二人虽如此说,却没少留下优品佳作。柳梦寅说此话也是无奈之下的言不由衷,他并没有因此而放弃"立言"这条"不朽"之路。就在他去世的前一年,抱病隐居在金刚山时还坚持创作,其《赠金刚山僧宗远序》说:"今者无故失官,流离转徙,抱病于穷山绝谷,始知造物者不欲令天下美事兼备于一夫之身,遂息意荣名,以云月水石为活计,仍念文章。"② 由此可知,柳梦寅对"立言"以求"不朽"是多么执着。

第二,柳梦寅提出了文章"不朽"的标准和要求。

柳梦寅认为:"夫文章之传世不朽,古之语到今犹存者,皆其精炼无疵盖范于来世。"(《於于野谈》)③ 不是什么样的文章都能"不朽",所以他虽然执着于创作以求"不朽"的心情非常急切,但他的创作非常谨慎。柳梦寅博览古今书籍,清楚地知道什么样的著作才能"不朽",所以,关于如何"立言"以求"不朽",柳梦寅在《答年兄林公直书》中给后人留下了宝贵的建议。他首先提醒创作者:"夫文者,言之精也。古人不蕲一时,必蕲千万世。"④ 即作文不能只图实用和一时的认可,要把眼光放远,求千万世的"不朽"。接下来他指出当时文人作文多用"'之、而、其、于、乎、也'以属辞",以求措辞声调的工巧,这样的文章读起来朗朗上口,能在科考中取胜,也是当时公堂简牍的时髦形式,但经不住时间的考验。而像《左传》《史记》这样不适合在公堂上吟诵的书才是不朽的经典。最后柳梦寅仍以一个形象的比喻来说明问题:"今

---

① 〔朝〕柳梦寅:《於于集》(《影印标点韩国文集丛刊》第63辑),汉城:韩国民族文化推进会,1991,第555页。
② 〔朝〕柳梦寅:《於于集》(《影印标点韩国文集丛刊》第63辑),汉城:韩国民族文化推进会,1991,第382页。
③ 〔韩〕赵锺业编《修正增补韩国诗话丛编》(第2册),汉城:太学社,1996,第541页。
④ 〔朝〕柳梦寅:《於于集》(《影印标点韩国文集丛刊》第63辑),汉城:韩国民族文化推进会,1991,第410页。

者有马于此，其名曰'白羲'也，'山子'也，牵之而市诸肆，鞯以席勒以绚，其步蜷局于一场，市之人皆顾曰此驽也。今夫为文者，朴陋其辞，藏华于内，有类白羲、山子之席鞯绚勒，则将以市诸今之世，吾知其不售也审矣。以是观之，焉知曲径之不为庄岳，黑夜之不为白昼，又焉知师旷之不为蒙瞍也哉？"① "白羲""山子"是《穆天子传》中为周穆王驾车的宝马。这样的宝马垫上席子障泥，勒上绳索，牵到市场上，人们就会将它们当成驽马。好的文章也经常因形式的朴实无华而不被看好，但因"藏华于内"，恰恰经得住时间的考验，这样的文章才会"不朽"。

柳梦寅这段关于文章"不朽"的理论非常精辟，即使今天的学者，也还是认同和提倡的，如李生龙先生说：

> 由于追求"立言"的"不朽"，追求把"立言"同个体精神的延伸联系起来，学者、作家在著书立说、从事文学创作时不仅考虑是否符合当今需要，还要考虑未来人们是否认同，希望能同子孙后代对上话，所谓"述往事，思来者"者即是。有了这么一种希望作品传世的理念，学者、作家对"立言"就会采取十分严肃、认真、慎重、负责的态度。言不空发，文不苟作，苦练内功，厚积薄发，精心结撰，惨淡经营，千锤百炼，精益求精，刻意求新，成一家之言，建万世之功，是古代许多作家的共同态度。这样不仅避免了浮躁、草率、轻肆、不讲质量等不良作风，有利于出大家、出佳作、出精品，而且也有利于培养一代又一代的优良的学术风气和创作风气。②

由此可知，柳梦寅的这一理论也是经得住时间和实践的考验的。

柳梦寅是这样说的，也是这样做的，他曾这样评价自己的创作："臣自少攻文，与时尚背驰。所读经传之外，又读世所共弃者，故其为文涩而不畅，其为诗朴而无华。至于妃青配白，尤非所长。四六诸作，多所

---

① 〔朝〕柳梦寅：《於于集》（《影印标点韩国文集丛刊》第63辑），汉城：韩国民族文化推进会，1991，第410~411页。
② 李生龙：《"三不朽"人生价值观对古代作家文学观之影响》，《衡阳师范学院学报》2005年第2期，第65~68页。

乖刺。"(《辞艺文提学疏》)① 看似自我检讨，实际上是柳梦寅在重申自己的创作观念，也是其心无旁骛作"不朽"之古文的最好概括。

第三，柳梦寅坚信自己的创作足以"不朽"。

柳梦寅博学多才，很有创作天赋，又一直坚持以极其谨慎的态度创作，所以尽管他在某些方面很谦虚，比如他说自己"德不若人，智不若人，聪明不若人"，但他对自己的创作十分自信，认为自己"独于文章，不下于古人"。其《答崔评事有海书》②一文集中探讨了自己的创作成就。柳梦寅自称"欧文不如吾文"。对于柳梦寅的这一说法，有人赞成，但更多人持反对意见，李好闵听了此话甚至勃然大怒。权韠（1562～1631）是朝鲜朝中期著名的大文章家，文鉴甚高，他初听此言也嗤笑柳梦寅自高自大，可当他看了柳梦寅的全集后，态度马上改变了，认为柳梦寅"文过欧阳修，诗轶李奎报"。另一位大文豪也是当时的"月象溪泽四大家"之一的申钦看了柳梦寅的文集后也认为："东方无可方此集，独李相国诗，稍可相上下。"当然，柳梦寅比权韠和申钦都年长，又官居高位，所以权、申二人当面的评价很可能有些阿谀奉承的成分，但实际上柳梦寅的文章也确实非常出色，所以他才十分自信。

既然"文过欧阳修，诗轶李奎报"，柳梦寅就坚信自己的文章一定可以"不朽"。当即将出使中国的书状官高用厚向柳梦寅索要诗文时，柳梦寅觉得很自豪，他说："不佞端居绝物山之巷，出半辞如河清。而世咸道：'某虽散居左地乎，其所言必不朽。异日沧变为桑，而载其书者，名姓与之新。今中朝多赏音君子，不让古之人，而得其言布之彼者，偕不朽于天下。'"（《送高书状用厚序》）③ 柳梦寅认为不仅自己的诗文将"不朽"，而且得到自己诗文的人也能受到重视。他又接着说："余亦三忝观国宾，其肤言或入人称引。高生乎其取余言，夸之沿路，又夸之京师，又夸之木铎者曰：'我东国霁峰公之子也，其行某序之云尔。'非独生之名贵余文，余之文亦赖霁峰公偕不朽于千百岁矣。昔余守南原，玉

---

① 〔朝〕柳梦寅：《於于集》（《影印标点韩国文集丛刊》第 63 辑），汉城：韩国民族文化推进会，1991，第 404 页。
② 〔朝〕柳梦寅：《於于集》（《影印标点韩国文集丛刊》第 63 辑），汉城：韩国民族文化推进会，1991，第 555 页。
③ 〔朝〕柳梦寅：《於于集》（《影印标点韩国文集丛刊》第 63 辑），汉城：韩国民族文化推进会，1991，第 376 页。

川人士得余言而重霁峰公祠宇。今又重高生行,终始为高门旋。"(《送高书状用厚序》)① 柳梦寅三次来中国,也向中国人展示过自己的作品并受到赞许,所以他认为如果高用厚申明自己是英雄高敬命(1533~1592,号霁峰)②之子,再拿着柳梦寅的诗文夸之沿路,就如锦上添花,更会受到中国人的好评,因为此前高霁峰祠宇已经因柳梦寅的诗文而受到重视。当然,柳梦寅除了炫耀自己的诗文外,没忘了表示自己的诗文也将依赖于高霁峰而不朽,这既是他的谦虚之辞,也是真实想法。

在《答柳正字书侄活》一文中,柳梦寅对自己诗文将会"不朽"的信心更加坚定。他对侄子说:"今汝以柳州已死,赏其文欲千万读。甚矣,汝之贵耳而贱目也。安知今世不复有未死之柳,其文不让于秋涛瑞锦也耶?若使后世读余文至千万,其必有识余者矣。悲夫,余之剑,自在之剑也,既不埋,夫谁掘之?汝欲拂拭之,当为汝发诸匣。"③ 侄子非常崇尚柳宗元,欲读其文千万遍,而对叔父柳梦寅的文章似乎并不太欣赏。柳梦寅对此虽然有些遗憾,但依然认为自己的文章不下于"秋涛瑞锦"。"秋涛瑞锦"语出皇甫湜(韩愈的学生)的《祭柳子厚文》:"肆意文章,秋涛瑞锦。"④ 在此,柳梦寅自称为东国的柳宗元,并坚信自己的文章也和柳宗元的文章一样将因为后世人的赏誉而"不朽"。

第四,柳梦寅抓住一切机会展示、宣传自己的作品,以期广泛流传,实现"不朽"的理想。

除了写得出色,文章"不朽"还有一个重要前提就是能够广泛传播并流传下去。因此,柳梦寅抓住一切机会展示、宣传自己的作品。比如他经常把自己的诗文送给别人,表示对受赠人的尊敬、勉励或期望,同时也扩大自己的影响。当贫寒但不弃诗礼的老书生刘希庆向他索要诗文时,他作了《刘希庆传》以勉励之。文章最后说:"余虽不佞,窃不自逊,妄期以不朽。其赠生不以诗序纪而以传者,欲使刘生志业,永有以

---

① 〔朝〕柳梦寅:《於于集》(《影印标点韩国文集丛刊》第63辑),汉城:韩国民族文化推进会,1991,第376页。
② 高敬命在壬辰倭乱中组织义军抵抗日本侵略,不幸遇难。
③ 〔朝〕柳梦寅:《於于集》(《影印标点韩国文集丛刊》第63辑),汉城:韩国民族文化推进会,1991,第407~408页。
④ (唐)皇甫湜:《皇甫持正集》(《景印文渊阁四库全书》第1078册),台北:台湾商务印书馆,1986,第99页。

传之也。"① 柳梦寅在勉励刘希庆的同时也表达了希望自己"不朽"的意愿。

柳梦寅还经常在朋友、同僚离京外任时以诗文送别,更愿意为出使中国的友人送上作品,因为他觉得自己的优秀作品在中国会遇到更多的知音,这是展示自己的最好机会。朋友柳涧即将到中国去,柳梦寅就急切而饱含期待地求他将自己的作品也带到中国,希望其能在中国流传不朽。他说:"如余者,白首读书,所著诗文俱累千篇,愿因公之行,广质于中朝大夫士,公其肯否?毋其嚣之倾夺我与公,卒有以扶予我与公,我与公困心衡虑者,永贻不朽于天下万世乎?"(《送柳老泉涧朝天诗序》)②

柳梦寅自然更加珍惜自己到中国展示才华的机会。1609 年,柳梦寅作为圣节使兼谢恩使第三次来中国,其间作诗很多,他将渡过鸭绿江进入中国境内直到任务完成再回到鸭绿江边这一过程中所作的诗歌编成一集,称为《朝天录》。柳梦寅一行在回国路上,途经永平府万柳庄时,又住进 1591 年来中国时曾住过的李浣别业。他与主人再次见面颇感亲切,于是不仅赠其《题万柳庄》十六韵题于壁上,还将沿途所作之诗赠给李浣并求其作序,在《永平府赠李好学皇明人纪行诗序》中,柳梦寅表示:得到主人厚待,无法以物质来回报,只能"聊写纪行一通,以答厚意焉"③。但这并非柳梦寅的唯一目的。他又说:"且念中国鄙夷我使臣,谓贸贸皆是也,岂不慨然!今闻府中多缙绅具眼,君亦以□连文□④自道,倘谓肤言有可采者,仍求佳章,冕其首,使斯文托之不朽,亦不敢辞也,其不覆瓿也乎哉?"⑤ 柳梦寅认为自己这组诗歌非常出色,此时正是展示的好机会,所以想趁机将其展示给中国人,以期得到中国有眼光的文人的赏誉,并因此能够得以流传不朽。

---

① 〔朝〕柳梦寅:《於于集》(《影印标点韩国文集丛刊》第 63 辑),汉城:韩国民族文化推进会,1991,第 441 页。
② 〔朝〕柳梦寅:《於于集》(《影印标点韩国文集丛刊》第 63 辑),汉城:韩国民族文化推进会,1991,第 357 页。
③ 〔朝〕柳梦寅:《於于集》(《影印标点韩国文集丛刊》第 63 辑),汉城:韩国民族文化推进会,1991,第 520 页。
④ 此处缺 2 字。
⑤ 〔朝〕柳梦寅:《於于集》(《影印标点韩国文集丛刊》第 63 辑),汉城:韩国民族文化推进会,1991,第 520 页。

柳梦寅不仅希望自己的诗文不朽，还经常鼓励朋友努力创作，妥善保存，寻找机会将作品传播出去以实现不朽。如他在《重答南都宪书》中说："近闻圣上不少东邦文，命重刊《东文选》，朝夕当讫功。讫功颁赐之后，其书必布于中国。继此而添其选者，非阁下之文而谁？伏愿阁下收聚平生私稿，勿令浪掷于虚牝，以图中国之不朽也，不胜幸甚。"①从这个角度看，柳梦寅并非只希望追求个人的不朽，而是希望朝鲜所有的优秀文章都能不朽，朝鲜的文学事业永远不朽，尤其是能在中国流传不朽，所以他这种"不朽"的创作意识也是带有民族性的，与他"华国"的创作意识是相联系的。而这两种创作意识与当时朝鲜在东亚的政治地位以及与中国的关系亦息息相关。

---

① 〔朝〕柳梦寅：《於于集》（《影印标点韩国文集丛刊》第63辑），汉城：韩国民族文化推进会，1991，第413页。

第三章　柳梦寅的文学理论与中国文化

柳梦寅不仅是一位作家、诗人，还是一位文学理论家。其关于散文、诗歌的创作理论十分丰富，广布于其《於于集》的各体散文和笔记体散文集《於于野谈》中，也值得关注。这些理论主要论及文学本质、文学创作、文学功用以及对中朝各家各类文学作品的批评等。柳梦寅的文学理论与创作紧密相关，同样受到中国文化尤其是中国各代文学理论的滋养。文学理论是一个作家创作的理论基础和指挥棒，因此，要研究柳梦寅的散文创作，有必要先探讨他的文学理论基础。柳梦寅的文学理论首先表现为对中国儒家传统诗学理论的借鉴、吸收，但在运用时又表现出强烈的民族性。其次，柳梦寅吸收了韩愈、柳宗元的古文理论但又对其适当加以变通。

第一节　对儒家文学理论的接受及其民族性

柳梦寅的文学理论在很大程度上接受了儒家诗学理论的一些精华，但柳梦寅在运用这些理论时，又表现出浓厚的民族特色，将中国儒家诗学文化与朝鲜的特色创作联系起来。

一　对儒家文学理论的接受

中国的文学理论可以追溯到春秋战国时期的儒家诗学理论，而儒家诗学理论无疑是整个东亚诗歌理论的核心。柳梦寅无论在理论上还是创作上都一直坚守着儒家的诗学观，在评论他人创作时也往往以此为标准。

（一）"诗言志"与"诗缘情"

《尚书·舜典》曰："诗言志，歌永言，声依永，律和声。八音克谐，无相夺伦，神人以和。"① 虽然关于《尚书·舜典》的创作时间还有争议，但"诗言志"仍被历代的多数学者认为是中国古代诗学"开山的纲领"②，开创了具有东方特色的伟大诗学传统。此后，在从西周至清代的诗歌发展中，"诗言志"的命题被逐渐经典化。纪昀曾总结说："钟嵘以后，诗话冗杂如牛毛，而要其本旨，不出圣人一语，《书》称'诗言志'是也。"（《郭茗山诗集序》）③ 由此可见，"诗言志"不仅是中国最早的诗歌理论，而且贯穿了整个古代诗歌发展史。

柳梦寅也坚持"诗言志"的观点，他曾说："诗言志，假酒而发。"（《题李金知升亨梅鹤帖诗序》）④ "诗者言志，虽辞语造其工而苟失意义所归，则知诗者不取也。"（《於于野谈》）⑤ 诗歌是用来表达思想的，无论辞藻多么华美，形式多么工整，如果没有实际的或明确的思想意义（"志"），就不足以称道。所以，真正懂得诗歌的人，其作诗的主要目的就是表达深刻的思想。为了证明这一观点，柳梦寅举了郑士龙赋桃花马诗一例，他说："昔先王朝有桃花马，使群臣赋之。郑士龙诗曰：'望夷宫中失天真，走入桃源避虐秦。背上落花风不扫，至今犹带武陵春。'士龙自选私稿，三选其诗而三删之，故《湖阴集》中无是诗。其赋桃花可谓巧矣，而扣其中，终无饭指。'望夷虐秦'之语，岂合应教之制乎？宜夫终见删也。"（《於于野谈》）⑥ 郑士龙的《桃花马》明显抄袭了元代胡炳文（1250~1333）的《桃花马》，胡诗曰："望夷宫里失天真，走入桃源避虐秦。背上落红吹不起，至今犹带武陵春。""望夷宫"是秦二世办公的地方，此句用赵高指鹿为马的典故，后几句用陶渊明《桃花源诗并序》的典故。郑士龙最终没有将此诗选入集中的原因是此诗并非他的原创，但柳梦寅不知此事。在柳梦寅看来，此诗重在写桃花，没能恰当

---

① 《十三经注疏》整理委员会整理，李学勤主编《十三经注疏·尚书正义》，北京：北京大学出版社，1999，第79页。
② 朱自清：《诗言志辨·序》，南宁：广西师范大学出版社，2004。
③ （清）纪昀：《纪文达公遗集》（顾廷龙主编《续修四库全书》第1435册），上海：上海古籍出版社，2002，第364页。
④ 〔朝〕柳梦寅：《於于集》（《影印标点韩国文集丛刊》第63辑），汉城：韩国民族文化推进会，1991，第375页。
⑤ 〔韩〕赵钟业编《修正增补韩国诗话丛编》（第2册），汉城：太学社，1996，第525页。
⑥ 〔韩〕赵钟业编《修正增补韩国诗话丛编》（第2册），汉城：太学社，1996，第525页。

地以马为对象来言其"志",且在宫廷之上讨论指鹿为马一事也不合"应教之制",即所言之"志"不恰当。所以柳梦寅的观点很明确,诗不能"言志"或不能恰当"言志"则不可取。

柳梦寅自己在创作诗歌时则非常注重"言志",当他一直效忠的光海君被废,仁祖登基后,他作《题宝盖山寺壁》诗曰:"七十老孀妇,单居守空壶。惯读女史诗,颇知妊姒训。傍人劝之嫁,善男颜如槿。白首作春容,宁不愧脂粉。"① 诗人以守节的孀妇自比,明确表示自己不会效忠新主,所以这是一首典型的言志诗。

"诗言志"作为经典的诗歌理论,在诗学领域和诗歌史上的地位毋庸置疑,但到了汉代,评论家们开始认识到诗中情感的重要作用。如《毛诗序》既认同"诗者,志之所之也,在心为志,发言为诗",又认为"情动于中而形于言"。② 而西晋的陆机(261~303)在其《文赋》中正式提出"诗缘情而绮靡"③ 的观点。此后,"诗缘情"说又得到众多评论家的认同,钟嵘、沈约、刘勰、严羽、李梦阳、袁枚等评论家都非常重视情在文学创作中的作用。可知,从汉代起,"诗缘情"说也一脉流传下来。

柳梦寅在强调"诗言志"的同时,也强调情感的作用,并对此多有论述。他认为:"诗者出乎性情,无心而发,终亦有征。"(《於于野谈》)④ "诗者,出性情虚灵之府,先识夭贱,油然而发,不期然而然。"(《於于野谈》)⑤ "诗所以征逸发善,不外于性情之真耳。"(《养真亭记》)⑥ 即诗歌是人的感情的自然流露,即使是无心而作,也是真实情感的反映。所以,"诗写情,贵情不贵诗"(《送光州牧使李养源庆涵绝句序》)⑦。

---

① 〔朝〕柳梦寅:《於于集》(《影印标点韩国文集丛刊》第63辑),汉城:韩国民族文化推进会,1991,第344页。
② (宋)朱熹辨说《诗序》(《景印文渊阁四库全书》第69册),台北:台湾商务印书馆,1986,第4页。
③ (晋)陆机:《陆士衡集》,北京:中华书局,1985,第2页。
④ 〔韩〕赵锺业编《修正增补韩国诗话丛编》(第2册),汉城:太学社,1996,第507页。
⑤ 〔韩〕赵锺业编《修正增补韩国诗话丛编》(第2册),汉城:太学社,1996,第526页。
⑥ 〔朝〕柳梦寅:《於于集》(《影印标点韩国文集丛刊》第63辑),汉城:韩国民族文化推进会,1991,第539页。
⑦ 〔朝〕柳梦寅:《於于集》(《影印标点韩国文集丛刊》第63辑),汉城:韩国民族文化推进会,1991,第354页。

"盖诗者，发于情讽于口者也。"(《题〈诗经〉郑卫风后》)① 柳梦寅还指出，不仅是诗歌，一切文章的写作都应该是真性情使然，于是他又说："文者何物，出自性情。"(《送南原府使高用厚诗序》)② 他还强调："文章发性情，尚直不尚曲。"(《文章》)③ 在探讨诗歌和文章的基础上，柳梦寅又进一步拓展，将人的一切表达思想的言语也和情感联系起来，认为："凡人言语之发，皆由性情。"(《於于野谈》)④ "最可畏者，言出性情。"(《与榆岾寺僧灵运书》)⑤ 这些论述充分重视了情感在创作和日常表达中的作用。所以柳梦寅的意思很明确，即文学创作不能矫揉造作，也不能只在文字篇章上下功夫，只有让真情自然而然地流露出来，才能作出好诗好文章。

柳梦寅既坚持"诗言志"，又认同"诗缘情"，但二者并不矛盾，因为自唐代以来，"情志合一"说就将二者联系起来。唐代经学家孔颖达在《左传正义》中解释《左传·召公二十五年》中的一段话时说："在己为情，情动为志，情志一也。"⑥ 郭绍虞先生也持这种观点。他在《毛诗序》的"说明"里说："序中所谓'诗者志之所之也'的志和'情动于中而形于言'的情，是二而一的东西……"⑦ 柳梦寅亦有相类观点，其《縶驹亭记》曰："古人享宾，多歌诗以道其意。载诸《左氏传》皆可据。今其诗曰：'皎皎白驹，食我场藿。縶之维之，以永今夕。'又曰：'生刍一束，其人如玉。毋金玉尔音，而有遐心。'皆为贤者之去而欲留之也。宾之如玉者，舍我而去。主人歌此诗以挽之。则其爱客敬贤

---

① 〔朝〕柳梦寅：《於于集》(《影印标点韩国文集丛刊》第63辑)，汉城：韩国民族文化推进会，1991，第556页。
② 〔朝〕柳梦寅：《於于集》(《影印标点韩国文集丛刊》第63辑)，汉城：韩国民族文化推进会，1991，第349页。
③ 〔朝〕柳梦寅：《於于集》(《影印标点韩国文集丛刊》第63辑)，汉城：韩国民族文化推进会，1991，第331页。
④ 〔韩〕东国大学校韩国文学研究所编《韩国文献说话全集》(六)，汉城：太学社，1987，第215页。
⑤ 〔朝〕柳梦寅：《於于集》(《影印标点韩国文集丛刊》第63辑)，汉城：韩国民族文化推进会，1991，第421页。
⑥ 《十三经注疏》整理委员会整理，李学勤主编《十三经注疏·礼记正义》，北京：北京大学出版社，1999，第1455页。
⑦ 郭绍虞主编《中国历代文论选》(上册)，北京：中华书局，1963，第42页。

尽其欢可想。"①主人歌诗的目的是挽留客人，其中必然也饱含着主人对客人的留恋不舍之情。此时，"志"与"情"交融，又怎能分辨呢？由此可以说柳梦寅其实是将"诗言志"和"诗缘情"统一起来，这恰是融会贯通地继承了儒家诗歌理论的一个表现。

朝鲜朝中期，"以金长生为首的御用文人……在文学上，他们则宣扬'文出于道心'、'文乃贯道之器'的理论，主张'以道为文'。这样，他们把儒家'言志'传统加以极端化，在他们那里文学就成了礼教政治的附庸品，丧失了其独立意义"②。无疑，柳梦寅这种性情、思想并重的文学观对矫正朝鲜朝中期的道统文学观念具有重要作用，有助于文学理论脱离朱子学的僵化影响，为实学派文艺思想的产生奠定了基础。

（二）诗关风教

"风教"是中国古代关于文学的社会功用的一个重要观点。《毛诗序》曰："《关雎》，后妃之德也，风之始也，所以风天下而正夫妇也。故用之乡人焉，用之邦国焉。风，风也，教也；风以动之，教以化之。"③ "故正得失，动天地，感鬼神，莫近乎诗。先王以是经夫妇，成孝敬，厚人伦，美教化，移风俗。"④ 这些说法强调的都是文学的教诲、教化作用。但《毛诗序》不仅强调诗歌的教化作用，也倡导诗歌的讽喻、讽谏作用，即"上以风化下，下以风刺上，主文而谲谏，言之者无罪，闻之者足以戒，故曰风"⑤。然而，对统治者的讽刺要用委婉曲折的方式表达，不能触犯统治者的尊严，必须"发乎情，止乎礼义"，要合乎"温柔敦厚"的诗教原则。对于统治阶级，"风教"说侧重于教化，反映了统治阶级希望利用文艺来教育民众、稳固自己统治的愿望。对于民众，"风教"说则侧重于讽喻和讽谏，是民众对统治阶级不满或合理

---

① 〔朝〕柳梦寅：《於于集》（《影印标点韩国文集丛刊》第63辑），汉城：韩国民族文化推进会，1991，第397页。
② 李岩：《朝鲜李朝实学派文学观念研究》，北京：北京大学出版社，1994，第58页。
③ （宋）朱熹辨说《诗序》（《景印文渊阁四库全书》第69册），台北：台湾商务印书馆，1986，第4~5页。
④ （宋）朱熹辨说《诗序》（《景印文渊阁四库全书》第69册），台北：台湾商务印书馆，1986，第4页。
⑤ （宋）朱熹辨说《诗序》（《景印文渊阁四库全书》第69册），台北：台湾商务印书馆，1986，第4页。

建议的艺术化表达。柳梦寅既是朝鲜朝统治阶级的一员,又具有浓厚的民本思想,不仅忧国而且爱民,所以他既强调诗歌乃至所有文艺的教化功能,也强调其讽喻的作用。

在《於于野谈》中,柳梦寅明确指出:"诗关风教,非直哦咏物色。古者,木铎者采之而载之《风》《雅》,至唐时犹有此风。"① 在此,他强调诗歌并非只是单纯地记事、咏物,古代的采诗官把收集来的民歌汇集起来成为《风》《雅》,和吟咏物色比起来,这些诗歌的风教功能更为重要。

在《撰集厅三纲行实跋》中,柳梦寅说:"我圣上《菁莪》、《麟趾》、《关雎》之化,永有辞于无穷也。诗曰:'仪刑文王,万邦作式。'又曰:'刑于寡妻,至于兄弟,以御于家邦。'"② 此说正是肯定了统治者以诗教化人民的功绩。

对于文学的讽喻、讽谏作用,柳梦寅同样重视。《於于野谈》载:"今者闵相国梦龙斥诗人曰:'作诗者多讽时事,或成白眼,或致诗案之患,宜不学也。'非无才也,而终身不作一句诗。郑尚书宗荣亦戒子孙不学诗,余以为两公虽善身谋,殊无古人三百篇遗义也。"(《於于野谈》)③ 相国闵梦龙认为,诗人以诗讽谏的做法或招致白眼,或招致案狱,索性不要写诗,所以他本人虽有诗才,为躲避祸患而终身不作一诗。尚书郑宗荣也因此禁止子孙学诗。对于他们的做法,柳梦寅持反对态度,认为他们二人虽然深谙官场学问,善于明哲保身,却对关乎风教的诗歌不够重视,没有继承儒家诗学的优良传统。

柳梦寅还讲了这样一个故事进一步申明文学的"讽喻"作用。

> 近世,奸臣金安老构新亭于东湖,扁曰"保乐堂",求申企斋光汉诗,企斋辞不获,赠诗曰:"闻说华堂结构新,绿窗丹槛照湖滨。风光亦入陶甄手,月笛还宜锦绣人。进退有忧公保乐,行藏无意我全真。烟波点检须闲熟,更与何人作上宾?"其诗多含讥讽,其

---

① 〔韩〕赵锺业编《修正增补韩国诗话丛编》(第2册),汉城:太学社,1996,第531页。
② 〔朝〕柳梦寅:《於于集》(《影印标点韩国文集丛刊》第63辑),汉城:韩国民族文化推进会,1991,第558页。
③ 〔韩〕赵锺业编《修正增补韩国诗话丛编》(第2册),汉城:太学社,1996,第532页。

曰"闻说"者，明其不自往见也；其曰"风光亦入陶甄手"者，明其朝家庶政及江山田土，皆入陶甄之手也；其曰"月笛还宜锦绣人"者，明其繁华之事，不宜于风月宜于富贵人也；其曰"进退有忧公保乐"者，明其古人进退皆有忧，安老则独保其乐，不与民共之也；其曰"行藏无意我全身"者，明其无意进退于此时，自全其节也；其曰"更与何人作上宾"者，明其我不愿作上宾于其堂，更有何人附势者为渠宾客乎？此诗句句有深意，千载之下可以暴白君子之心也。安老亦深于文章，岂不知其意？然终不害者，恐为时贤口实，而不欲露其隐也。(《於于野谈》)①

柳梦寅认为申光汉的赠诗"句句有深意"——暗含讥讽：金安老身为重臣，只考虑个人的享乐，而不能与民同乐。深谙诗道的金安老很清楚申诗之内涵，却又不能加害于申光汉，其原因是申光汉将讽谏之辞表达得比较委婉，其深意正在露与不露之间，恰到好处，这就让金安老抓不到确凿证据，无可奈何。况且他如果真的加害于申光汉，等于对自己的丑行不打自招。因此，柳梦寅认为，即使千载之后，此诗仍然能够得以流传，因为其不仅是君子之心的表白，且深得风教之旨，能够讽咏当世、教化后人。

在看了民间戏曲《贵石献草》之后，柳梦寅意味深长地总结说："自古优戏之设非为观美，要以裨益世教。"(《於于野谈》)② 这说明柳梦寅已经将诗歌的风教功能扩展到更为宽泛的文艺范畴，这也是他诗关风教的诗歌理论的升华。

不仅在理论上强调风教，柳梦寅自己在创作时也很注重风教的作用，他的《咏梳》诗曰："木梳梳了竹梳梳，乱发初分虱自除。安得大梳千万尺，一梳黔首虱无余。"③ 诗歌既有《魏风·硕鼠》式的对不劳而获的统治阶级的愤怒，又有《硕鼠》也无法与之相比的铲除剥削者的决心，

---

① 〔韩〕赵锺业编《修正增补韩国诗话丛编》（第2册），汉城：太学社，1996，第532～533页。
② 〔韩〕东国大学校韩国文学研究所编《韩国文献说话全集》（六），汉城：太学社，1987，第28页。
③ 〔朝〕柳梦寅：《於于集》（《影印标点韩国文集丛刊》第63辑），汉城：韩国民族文化推进会，1991，第340页。

可谓极尖锐的讽喻之作。

因此，可以说，不管是理论阐述、评诗论人，还是创作实践，柳梦寅都借鉴了儒家"诗关风教"的优良诗学传统。

（三）知人论世

《孟子·万章下》曰："颂其诗，读其书，不知其人，可乎？是以论其世也。是尚友也。"① 意思是只有把诗歌与诗人的身世及所处时代紧密联系起来，才能对作品做出正确的评价。这一原则有深远的影响，为历代文学批评家所认同和遵循。清代方东树对这一观点做了很好的阐释："若夫古人所处之时，所值之事，及作诗之岁月，必合前后考之而始可见。如阮公、陶公、谢公，苟不知其世，不考其次，则于其语句之妙，反若曼羨无谓；何由得其义、知其味、会其精神之妙乎？"（《昭昧詹言·通论五古》）② "知人论世"的意义就在于由其世而知其人，由其人而知其诗，因而能够更加透彻地领悟诗歌的内在意蕴，全面、正确地把握诗歌的风格特征。

柳梦寅非常推崇《孟子》，他说："余亦期读千《孟子》，至二百登第已。俗称期读《孟子》千遍，未有满其数而登第者。"（《与尹进士彬书》）③ 此说首先肯定了《孟子》对科试的重要作用。他在写文章时，也经常引《孟子》中的语录或典故。柳梦寅作为评论家，虽然没有直接谈及"知人论世"，但经常把文学作品和作者所处的时代、社会背景以及作者的出身、生平、经历、思想状况等结合起来，这实际上正是对《孟子》所倡的"知人论世"批评方法的运用。

《於于野谈》记载："卢仝《月蚀》诗曰：'一四太阳侧，一四天市傍。'无注，余未能晓。……后阅天文书，天市星傍有宦者星四，太阳守城侧有势星四，主府刑人。当时宦者用事，能作人威福，全隐其说不显称故也。"④ 初读卢仝《月蚀》诗，柳梦寅不解其意，后来查阅了天文书

---

① 杨伯峻编著《孟子译注》，北京：中华书局，1960，第 251 页。
② （清）方东树著，汪绍楹校点《昭昧詹言》，北京：人民文学出版社，1984，第 6 页。
③ 〔朝〕柳梦寅：《於于集》（《影印标点韩国文集丛刊》第 63 辑），汉城：韩国民族文化推进会，1991，第 416 页。
④ 〔韩〕赵锺业编《修正增补韩国诗话丛编》（第 2 册），汉城：太学社，1996，第 502~503 页。

籍并结合"当时宦者用事,能作人威福"的具体历史背景,才明白这首诗的深意。知其世之后才懂其诗,这正是运用了"知人论世"法。

著名诗人许筠有一首《惜婢》诗,但没有收入其《荷谷集》中,柳梦寅觉得可惜,于是记录下来。对此《於于野谈》有详细记载:

> 许筠性好色,谪甲山。初还,与金大涉家婢德介颇缱绻。洪可臣……使其弟庆臣秉笔呼韵,筠即席作《凤马引口占》……又尝遣骑邀德介,德介为其主所挽不得至。庆臣兄弟以"惜婢"命题呼韵使赋之,又作断句曰:"华堂满白璧,绣柱围黄金……双燕呢喃下,夕阳相思,无路托春心。春心已矣,空怊怅断梦,虚劳入锦衾。"其诗豪敏如此,不载于《荷谷集》中,故录之。①

柳梦寅对许筠的《惜婢》大加赞赏,收录时,却没忘记先交代一下此诗的写作背景以及诗人许筠和婢女德介的关系。没有这些,后世读者就很难理解此诗的真正内涵。诚如章学诚所说:"是则不知古人之世,不可妄论古人文辞也。知其世矣,不知古人之身处,亦不可以遽论其文也。"(《文史通义·文德》)② 所以诗前的交代能使读者更深切地理解诗歌内容和作者的思想感情。

《於于野谈》中还收录了沈守庆的一首诗:"满纸纵横总誓言,自期他日共泉原。丈夫一死终难免,愿作婵娟洞里魂。"如果没有任何注解,诗中所说的誓言缘何而发,他日欲与谁人共"泉原",婵娟洞有何典故等问题都没法搞清楚,读者也就无法明白沈守庆为何作此诗了。柳梦寅同样用知人论世之法为后代读者揭开了谜底,他说:"沈相国守庆少时,以直提学为巡抚御史,往关西,于平壤有所眄妓。箕城门外有洞名'婵娟',众妓所葬。"③ 知道了沈守庆的这段经历,再读他的诗,以上问题则可以迎刃而解。

柳梦寅对传统儒家文学理论兼收并蓄,且在创作和评论时,对这些

---

① 〔韩〕赵锺业编《修正增补韩国诗话丛编》(第2册),汉城:太学社,1996,第514页。
② (清) 章学诚:《文史通义》(顾廷龙主编《续修四库全书》第448册),上海:上海古籍出版社,2002,第172页。
③ 〔韩〕东国大学校韩国文学研究所编《韩国文献说话全集》(六),汉城:太学社,1987,第13页。

理论都能适当运用或借鉴，使自己的创作水平、鉴赏能力更高，文学理论体系更加完备。

二　运用儒家文学理论的民族性

虽然多接受中国儒家传统文学理论，但柳梦寅没有被动地接受和刻板地运用，其文学观念和理论体系仍具有鲜明的民族性特征。其民族性主要表现为，以中国儒家文学理论为标准对本国文人和创作进行高度赞誉，并在与中国人进行文学交流、比较时流露出强烈的自豪感。

（一）以儒家文学理论为标准对本国文人和创作进行高度赞誉

朝鲜朝时期，出现了大批杰出的评论家和众多优秀的评论著作，但许多评论家都热衷于评论中国的文人及作品。如和柳梦寅同时期的申钦、李晬光等大家的评论中涉及中国文人和创作的内容都占很大比重。柳梦寅则不同，他的《於于野谈》以及散见于各类散文中的评论，虽然多以中国儒家文学理论为标准，但绝大多数谈论的都是本国文人和创作，崔致远、李奎报、李穀、李穑、金时习、郑士龙、鱼叔权、李廷龟、李晬光、车天辂等文人及其作品，都是柳梦寅评论的对象。这足以说明他非常重视本国的文学创作。

朝鲜的汉文学创作和文学理论一直是在中国的影响下发展进步的，也出现了许多成就很高的作品和理论著作，但其总体成就还不能和中国相比。因此，一些朝鲜评论家对本国的文人和创作不够重视，如鱼叔权的《稗官杂记》（《诗话丛林》本）说："本国则幅员狭窄，人心碎屑，凡论人物，动以世类，苟非冠冕之胄，则鲜有能自奋于文墨者，况于商工庶人乎？"① 柳梦寅则认为："东方人，有奇言异辞，自书而自传之，虽其古可比于鼎钟盘彝，而不克与中国之肤言末学齿。"（《送户部尚书李圣征廷龟奏请天朝诗序》）② 所以他在谈诗论文时不仅以本国文人和作品为主，更加重视那些符合儒家文学观念的诗文，而且其评论的基调也总以赞誉为主。

---

① 〔朝〕洪万宗：《洪万宗全集》（下），汉城：太学社，1986，第481页。
② 〔朝〕柳梦寅：《於于集》（《影印标点韩国文集丛刊》第63辑），汉城：韩国民族文化推进会，1991，第347页。

首先，柳梦寅经常直接赞誉朝鲜的文人和创作，比如他称赞崔致远"扬旃词林，棹鞅翰苑"（《教郑汝昌家庙书》）①。这种以文学扬名不朽的观念正是儒家文化所倡导的。崔致远多年旅居中国，汉文学创作成就很高，被称为朝鲜汉文学的鼻祖，其文学成就蜚声中朝，柳梦寅以他为朝鲜民族的骄傲，并为他没有受到中国的足够重视而不平，《於于野谈》（《诗话丛林》本）说："中国下外国人，虽以崔致远作宦中国，而其诗文未曾概见于诸文士之列。"② 权擘（1520~1593）是朝鲜朝中期的著名诗人，作品收入《习斋集》。柳梦寅对他的评价是："近来东方诗惟《习斋集》为第一，圆熟不见疵病。"③ "圆熟"是中国古代文学批评中常用的术语，有灵活、纯熟之意，柳梦寅借此赞扬权擘的作品。但任何大家的诗都不可能"不见疵病"，因此，柳梦寅对权擘的评价明显过高。

而对于一些名声不大甚至没有名气的朝鲜文人，柳梦寅也大加赞赏，说："（郑）之升随其舅如德川，始与鱼川察访论文，以折简相问，用俗书辞为诗曰……其发言成诗，才气荡漾如此。"（《於于野谈》）④ "学官朴枝华号守庵，诗与文皆高绝。尝制驸马光川尉挽词，诗人郑之升称引不已，曰：'若人门地虽卑，于骚家地位最高。'"（《於于野谈》）⑤ "吾表弟闵应时来示余囊中数纸，即其玄王祖考闵孝悦、高王祖考闵泮所制诗文……观其诗典雅可传于世。"（《於于野谈》）⑥ 以上几位都不是知名文人，但柳梦寅仍然借用中国儒家文学理论术语或观点，从不同角度称赞这些诗人的创作，或从创作基础的角度说其人"才气荡漾"，或从艺术风格的角度说其诗文"高绝"，或从保存价值的角度说其诗"典雅可传于世"。总之，柳梦寅认为这些文人的创作各有各的成就，各有自己的价值，都是优秀之作，值得传世。这不仅是对本国文学创作的肯定，更是对后代创作的一种鼓舞。

---

① 〔朝〕柳梦寅：《於于集》（《影印标点韩国文集丛刊》第63辑），汉城：韩国民族文化推进会，1991，第544页。
② 〔朝〕洪万宗：《洪万宗全集》（下），汉城：太学社，1986，第608页。
③ 〔韩〕赵锺业编《修正增补韩国诗话丛编》（第2册），汉城：太学社，1996，第515页。
④ 〔韩〕赵锺业编《修正增补韩国诗话丛编》（第2册），汉城：太学社，1996，第513页。
⑤ 〔朝〕洪万宗：《洪万宗全集》（下），汉城：太学社，1986，第620~621页。
⑥ 〔韩〕赵锺业编《修正增补韩国诗话丛编》（第2册），汉城：太学社，1996，第541~542页。

其次，柳梦寅还经常以中国的优秀文人和作品作为标准来赞誉本国的创作。唐诗是柳梦寅最崇尚的，也是他赞誉朝鲜诗歌的常用标准。他赞扬金大德"诗如太白"，又说："言其诗，则偶俪精格律严，华而炼雅而熟，骎骎乎盛中之唐焉。"(《题金得之大德令公诗卷后诗序》)[①]《於于野谈》说洪庆臣："弱冠有诗名。万历己卯年间，游三角山，有诗二首……其格调近唐。"[②] 又说李晬光："吾友洪州公爱诗酷，昼诵夜吟。手写古诗百许篇，遇事必起稿，积千余轴。其诗平雅锻炼，殆与盛唐谐声。"(《送洪牧李润卿晬光序》)[③] 唐诗是中国诗歌的顶峰，而盛唐诗则是顶峰上的一颗最耀眼的明珠。说李晬光的诗歌和盛唐谐声，是对其最高的评价。《於于野谈》中还有这样一段记载："河应临年甫……及其年少登第，一时言才子以应临为首，送客西郊有诗曰：'草草西郊别，春风酒一杯。青山人不见，斜日独归来。'当时以'山中相送罢，日暮掩柴扉'并称。"[④] 王维的《山中送别》历来被诗评家誉为唐代送别诗中的精品，能和其并称者，自然亦属经典之作。柳梦寅虽未直接评价才子河年甫（字应临）的这首诗作，但将其与王维的《山中送别》相提并论，赞赏态度已经旗帜鲜明地表达出来了。

最后，柳梦寅为增强说服力和可信度，还经常借中国人之口来称赞朝鲜的文学创作。《於于野谈》(《诗话丛林》本) 说："中国文士文鉴甚明，朱天使之蕃曰：'朝鲜虽小邦，用阁老必选文章极高者。'首阁老柳永庆文章最高，每见其诗，击案称善，曰：'东方第一文章也。'时领相柳永庆每令同知崔岦制之，《皇华集》以柳永庆为名者，皆崔岦之诗也。岦之尝与二宰相联名呈文于辽东，时都御史顾养谦展帖轿上，引三宰相于前曰：'高哉！是谁文章？'曰：'第二宰相。'养谦熟视之，以手指批点于帖上曰：'是文，虽中国亦罕伦也。'"[⑤] 在这里，柳梦寅自己并不对柳永庆、崔岦等人的诗文做任何点评。他认为，中国使臣和官员

---

① 〔朝〕柳梦寅：《於于集》(《影印标点韩国文集丛刊》第 63 辑)，汉城：韩国民族文化推进会，1991，第 517 页。
② 〔韩〕赵锺业编《修正增补韩国诗话丛编》(第 2 册)，汉城：太学社，1996，第 530 页。
③ 〔朝〕柳梦寅：《於于集》(《影印标点韩国文集丛刊》第 63 辑)，汉城：韩国民族文化推进会，1991，第 358 页。
④ 〔韩〕赵锺业编《修正增补韩国诗话丛编》(第 2 册)，汉城：太学社，1996，第 528 页。
⑤ 〔朝〕洪万宗：《洪万宗全集》(下)，汉城：太学社，1986，第 636 页。

"击案称善"的举动和"虽中国亦罕伦"的评语就是对他们诗文的最可信的评价,这种方式可谓巧妙。

此外,柳梦寅还曾借明使杨镐之口赞美被许多士大夫看不起的朝鲜民间俚语歌谣,表达了对本民族民间文化的珍视和热爱(详见第四章第四节)。

(二) 与中国人交流、比较时流露民族自豪感

柳梦寅三次来中国,在中国期间曾多次与中国文人进行诗文交流,也将自己的一部分诗文留在了中国,这也是柳梦寅经常提及并非常自豪的事。他曾说:"洎余观上国光,多留题客舍。厥后闻纱笼悬板自余始,余亦不自知余之文章,再烧乎?三亥乎?麦甘乎?又未知中国亦有嗜歠醨哺糟者乎?若然则睦君之索,余之赠,俱不愧中国矣。"(《别冬至副使睦汤卿大钦诗序》)① 柳梦寅自己并不清楚中国人为什么喜欢自己的诗文,但自信地认为,自己的诗文并不愧于中国。对此事,柳梦寅在《於于野谈》(《诗话丛林》本)中记载得更详细:"某年余过永平府万柳庄,庄即鸿胪丞李浣之别业也。余题七言律十六韵于粉壁。时日昏,秉烛而题。有一老秀才来观曰:'唉!佳作,佳作。'韩御史应庚,李浣之妻弟也,与邻居文士白翰林瑜来观,称誉,刻板悬之壁。自古中国文士少我邦人,数百年来,沿海数千里,无一篇我国诗悬于板者。悬板自我始,其亦荣矣。"② 柳梦寅在叙述这件事时称"我国""我邦",可见他已经把这种交流上升到国家与国家之间的关系,而不只是个人的行为。所以,在他看来,能受到如此赞誉已经不仅是他个人的荣幸,而是整个国家和整个民族的荣耀。

能得到中国人的赞誉,柳梦寅信心倍增,因此他产生了和中国一些大家一比高下的想法。他曾给非常推崇柳宗元,欲读柳宗元文千遍的侄子写信说:"今汝以柳州已死,赏其文欲千万读。甚矣,汝之贵耳而贱目也。安知今世不复有未死之柳,其文不让于秋涛瑞锦也耶?若使后世读

---

① 〔朝〕柳梦寅:《於于集》(《影印标点韩国文集丛刊》第63辑),汉城:韩国民族文化推进会,1991,第352页。
② 〔朝〕洪万宗:《洪万宗全集》(下),汉城:太学社,1986,第637页。

余文至千万，其必有识余者矣。"(《答柳正字侄活》)① 柳梦寅意在告诫侄子，不要因柳宗元是中国前代大家就盲目崇拜，自己这位"未死之柳"的文章也并不逊色，将会和柳宗元一样受到后人的赏誉。在《赠表训寺僧慧默序》中，他又自豪地说："且也余尝病古人为文章，皆偏一而不周。太史公、扬雄能文而不能诗；太白、子美能诗而不能文。故一生勤悴，思欲左右兼而两臻其阃。所著积五十余卷，而文半焉诗半焉。"② 柳梦寅自信的理由是，司马迁和扬雄虽是中国一流的散文大家但不擅长写诗，李白、杜甫是中国一流的诗人但散文创作成就不高，而自己一生致力于创作，作品颇丰，且诗文兼擅。敢于和司马迁、扬雄、李白、杜甫这样的大家比较，实在需要勇气和自信。

"诗赋外交"是儒家的一种文学创作功用观的表现，柳梦寅在与中国文人进行交流互动时，也自觉或不自觉地践行了"诗赋外交"这一传统，而这样做的目的也是在遵循儒家文艺观的同时发扬本民族的文化优势。

第二节　对韩、柳古文理论的接受与变通

始于中唐的古文运动是中国文学史上的一次重大改革，领袖人物韩愈和柳宗元不仅积极倡导创作古文，还在创作实践中探索出一系列精辟、实用的古文理论，这些理论对中国古代散文发展贡献很大。在中国的众多古文大家中，柳梦寅对韩愈和柳宗元推崇备至，他不仅认真阅读韩、柳散文，积极学韩、柳创作古文，还接受了韩、柳的古文理论用以指导自己和后辈的创作。但柳梦寅没有完全被动地接受韩、柳理论，而是结合本国的实际情况对韩、柳的古文理论进行了适当变通，使之更适合朝鲜的文学创作和文化发展，也表现了其接受和创作的民族性。

柳梦寅"幼时学韩文、《汉书》于申濩氏"(《与尹进士彬书》)，认为"韩退之奋起于八代文衰之后，突变觳率"(《报沧洲道士车万里云辂

---

① 〔朝〕柳梦寅：《於于集》(《影印标点韩国文集丛刊》第63辑)，汉城：韩国民族文化推进会，1991，第407~408页。

② 〔朝〕柳梦寅：《於于集》(《影印标点韩国文集丛刊》第63辑)，汉城：韩国民族文化推进会，1991，第384页。

书》)①，所以"读韩文百遍"(《与尹进士彬书》)②。他对柳文也是千百遍地阅读，后代学者赵德润说："古今绩学之士，靡不以勤致之。我东文章巨公多读书者亦可历数。世传……柳於于读《庄子》、柳文千回……"③柳梦寅在熟读韩、柳古文的同时，也潜移默化地接受了他们古文理论的精髓，在柳梦寅颇有见地的散文理论中明显能发现韩愈和柳宗元古文观念的影响。

在"文以明道""不平则鸣""旁推交通"这些古文理论的核心领域，柳梦寅都吸收了韩、柳的观点，但柳梦寅没有照搬韩、柳的古文理论，而是结合朝鲜的时代特征，兼收韩、柳以后的理论成果，对韩、柳古文理论吸收继承并又有所发展、变通，形成了自己具有"多元文化特征"的散文理论体系。

一 文以明道

"文以明道"是韩愈古文理论的核心，对此他多有阐述："君子居其位，则思死其官；未得其位，则思修其辞以明其道。"(《谏臣论》)④ 他也明确表示："愈之为古文，岂独取其句读不类于今者邪！思古人而不得见，学古道则欲兼通其辞。通其辞者，本志于古道者也。"(《题哀辞后》)⑤ 所以他的结论是"读书以为学，缵言以为文，非夸多而斗靡也。盖学所以为道，文所以为理耳"(《送陈彤秀才书》)⑥，故"我将以明道也"(《谏臣论》)⑦。

---

① 〔朝〕柳梦寅：《於于集》(《影印标点韩国文集丛刊》第63辑)，汉城：韩国民族文化推进会，1991，第418页。
② 〔朝〕柳梦寅：《於于集》(《影印标点韩国文集丛刊》第63辑)，汉城：韩国民族文化推进会，1991，第415页。
③ 〔韩〕赵锺业编《修正增补韩国诗话丛编》(第2册)，汉城：太学社，1996，第55~56页。
④ (唐)韩愈：《五百家注昌黎文集》(《景印文渊阁四库全书》第1074册)，台北：台湾商务印书馆，1986，第270页。
⑤ (唐)韩愈：《五百家注昌黎文集》(《景印文渊阁四库全书》第1074册)，台北：台湾商务印书馆，1986，第369页。
⑥ (唐)韩愈：《五百家注昌黎文集》(《景印文渊阁四库全书》第1074册)，台北：台湾商务印书馆，1986，第346~347页。
⑦ (唐)韩愈：《五百家注昌黎文集》(《景印文渊阁四库全书》第1074册)，台北：台湾商务印书馆，1986，第270页。

第三章 柳梦寅的文学理论与中国文化

韩愈认为"道"是本,"文"的存在价值就在于体现正确的"道",即"文以明道",自己学古文的根本目的是通过其言辞了解古道,而作古文也正是为了"明道""扶道""颂道",所以又说:"谨献旧文一卷,扶树教道,有所明白。"(《上兵部侍郎李巽书》)① "其业则读书著文,歌颂尧舜之道。"(《上宰相书》)② 至于"道"的内容,韩愈也有明确的界定,他说,"其所著皆约六经之旨而成文"(《上宰相书》)③,并进一步肯定:"己之道,乃夫子、孟轲、扬雄之所传之道也。"(《重答张籍书》)④ "斯吾所谓道也,非向所谓老与佛之道也。尧以是传之舜,舜以是传之禹,禹以是传之汤,汤以是传之文、武、周公,文、武、周公传之孔子,孔子传之孟轲,轲之死,不得其传焉。荀与扬也,择焉而不精,语焉而不详。"(《原道》)⑤ 由此可知,韩愈所说的"道"就是儒家之道,就是以孔孟为正统的、不掺杂任何道家与佛家思想的儒家思想体系。韩愈还认为古文之"道"传至荀子、扬雄便有衰落的趋势,所以自己作古文就是要使儒家之道回归正统。他甚至表示愿意以身殉道,他说:"使其道由愈以粗传,虽灭死,万万无恨。"(《与孟简尚书书》)⑥ 这些对文与道的关系的阐述观点非常明确,即"文以明道"。

柳宗元也多次阐释"文以明道"的观念,如:"圣人之言,期以明道。学者务求诸道而遗其辞。辞之传于世者,必由于书。道假辞而明,辞假书而传。要之,之道而已耳。道之及,及乎物而已耳。"(《报崔黯秀才论为文书》)⑦ 又说:"始吾幼且少,为文章,以辞为工;及长,乃

---

① (唐)韩愈:《五百家注昌黎文集》(《景印文渊阁四库全书》第1074册),台北:台湾商务印书馆,1986,第286页。
② (唐)韩愈:《五百家注昌黎文集》(《景印文渊阁四库全书》第1074册),台北:台湾商务印书馆,1986,第291~292页。
③ (唐)韩愈:《五百家注昌黎文集》(《景印文渊阁四库全书》第1074册),台北:台湾商务印书馆,1986,第292页。
④ (唐)韩愈:《五百家注昌黎文集》(《景印文渊阁四库全书》第1074册),台北:台湾商务印书馆,1986,第282页。
⑤ (唐)韩愈:《五百家注昌黎文集》(《景印文渊阁四库全书》第1074册),台北:台湾商务印书馆,1986,第224页。
⑥ (唐)韩愈:《五百家注昌黎文集》(《景印文渊阁四库全书》第1074册),台北:台湾商务印书馆,1986,第323页。
⑦ (唐)柳宗元:《柳河东集》(《景印文渊阁四库全书》第1076册),台北:台湾商务印书馆,1986,第309页。

知文者以明道，是固不苟为炳炳烺烺、务采色、夸声音而以为能也。"（《答韦中立书》）① 关于"道"的内容，柳宗元也首先肯定儒家之道，认为自己的创作以儒家经典为"取道之原"，所以说："唯以中正信义为志，以兴尧、舜、孔子之道，利安元元为务。"（《寄许京兆孟容书》）② 但他更关注"道"的实用功能，"意欲施之事实，以辅时及物为道"（《答吴武陵论非国语书》）③，他要明的是"辅时及物之道"。柳宗元也不像韩愈那样反对佛老，而是认为道家和佛家之道也有可取之处，应该合理吸收。如他在《种树郭橐驼传》中主张"顺天致性"（原句作"顺木之天以致其性焉"）④，这明显带有道家自然观的色彩；在《送僧浩初序》中又认为佛学"往往与《易》、《论语》合"⑤，同时又主张"统合儒释"（《送文畅上人登五台遂游河朔序》）⑥。

　　柳梦寅也认同韩、柳的"文以明道"观，且同柳宗元一样，有一个从重文辞到重道的变化过程，写文章从"多尚艳丽"到"不炳炳烺烺"（《於于野谈》）。关于"文以明道"，他说："凡文章贵不沿袭前作，吾胸中所储，自得于道原。"（《报沧洲道士车万里云辂书》）⑦ "今之学者，喜作小诗而不事文。文者文章之首，而吾道之翼也。"（《答崔评事有海书》）⑧ "盖古圣人于山水，只取其重于道，而不尚乎景物也。孔子曰：'仁者乐山，智者乐水，其所乐不在山水而在仁智。'又曰：'逝者如斯。'又曰：'美哉水洋洋。'皆意有所寓，非直爱其物称之也。"（《报郑

---

① （唐）柳宗元：《柳河东集》（《景印文渊阁四库全书》第1076册），台北：台湾商务印书馆，1986，第304页。
② （唐）柳宗元：《柳河东集》（《景印文渊阁四库全书》第1076册），台北：台湾商务印书馆，1986，第267页。
③ （唐）柳宗元：《柳河东集》（《景印文渊阁四库全书》第1076册），台北：台湾商务印书馆，1986，第284页。
④ （唐）柳宗元：《柳河东集》（《景印文渊阁四库全书》第1076册），台北：台湾商务印书馆，1986，第163页。
⑤ （唐）柳宗元：《柳河东集》（《景印文渊阁四库全书》第1076册），台北：台湾商务印书馆，1986，第235~236页。
⑥ （唐）柳宗元：《柳河东集》（《景印文渊阁四库全书》第1076册），台北：台湾商务印书馆，1986，第234页。
⑦ 〔朝〕柳梦寅：《於于集》（《影印标点韩国文集丛刊》第63辑），汉城：韩国民族文化推进会，1991，第418页。
⑧ 〔朝〕柳梦寅：《於于集》（《影印标点韩国文集丛刊》第63辑），汉城：韩国民族文化推进会，1991，第555页。

进士梦说书》）① 这便形象地道出了"文"与"道"的关系，即"道"为"文"的源泉，"文"为"道"的表现形式。他还借用杜甫的诗句强化"文"中之"道"的重要性："杜子曰：'文章一小技，于道未为尊。'"（《与尹进士彬书》）②

因为柳梦寅首先是一个不折不扣的儒者，所以关于古文之道，也和韩、柳一样，首先肯定儒家之道，他说："为文章，文章可传于后世。为学问，学问不外于身。承孔、孟嫡传，与曾、思颉颃。"（《送宣生时麟南归序》）③"六籍既载其道，群儒咸述斯文。"（《寿春乡校重修上梁文》）④在他看来，作文章、学习儒家经典的目的便是掌握正统的儒家之道。

但相比之下，柳梦寅关于"道"的内容要比韩愈和柳宗元更加丰富。

其一，柳梦寅对儒、释、道各家所谓的"道"能够兼收并蓄。如他的《赠乾凤寺僧信阁序》说：

> 余处金刚山，见山中小庵多异释，餐松柏辟五谷积数十年者，式以顿悟见道称。……又闻昔者此山中，有南无大师者，嘿言向壁三年，一日呀呀而笑。群弟子长衫袈裟顶礼而问曰："大师三年向壁无一言，一朝呀呀而笑，其必顿悟大道乎，愿问大道之方。"大师抗声而应曰："横腐！"……大道也者，非心得不能语，父不能以传之子，师不能以传之弟子。三年向壁，一朝顿悟，工夫深矣。彼群弟子，俱以蒙学，无心得而欲闻大道，其横腐之流乎！故大师只以慢言浪说戏之，如庄子道在屎尿之喻也。此所以真悟道成佛者也，儒释何尝异道？……今之学者，不求诸心上，欲求之章句之末。其去大道，不已远乎？……以为学与文耶？薄有谶语而含喙不鸣，苟鸣之，奚以为道？今尔虽不文，心甚开尔之道。有禅有教，苟能禅，何

---

① 〔朝〕柳梦寅：《於于集》（《影印标点韩国文集丛刊》第63辑），汉城：韩国民族文化推进会，1991，第409页。
② 〔朝〕柳梦寅：《於于集》（《影印标点韩国文集丛刊》第63辑），汉城：韩国民族文化推进会，1991，第417页。
③ 〔朝〕柳梦寅：《於于集》（《影印标点韩国文集丛刊》第63辑），汉城：韩国民族文化推进会，1991，第364页。
④ 〔朝〕柳梦寅：《於于集》（《影印标点韩国文集丛刊》第63辑），汉城：韩国民族文化推进会，1991，第425页。

用教为? 尔自反己而内观, 如来宝光, 其在尔心上, 儒与释何异焉?①

柳梦寅声情并茂地向信闇阐述了佛家之道、儒家之道、老庄之道及文章之道, 并把这些"道"统合起来, 指出其相通之处即都要深修苦练方能悟出所求之道的真谛。相比之下, 这更接近于柳宗元关于道的范畴和内容。

其二, 柳梦寅所谓的"道"融入了朝鲜王朝的新兴之学, 具有鲜明的时代特征。朝鲜朝时期, 正是性理学、道学的极盛时期, 致力于经世致用、利民厚生的实学也开始萌芽。柳梦寅生活于朝鲜朝中期, 他除了坚守传统儒学, 兼收佛老思想外, 对这些具有时代特色的新学也很感兴趣并多有涉猎。如他在散文中多次直接或间接提及这些学问, 表达了对这些学问所包含的"道"的肯定:"当时闻李栗谷先生珥, 文章学问, 当代称程朱。余求见所著述, 爱其文平旷乐易, 而又多其多闻敏学, 欲奉而为师, 嫌其高官当涂, 遂不踵其门。"(《哭具二相思孟贞敬夫人挽诗序》)② "又疑苏东坡与两程生一时, 胡不受学于两程, 闻大道之要?"(《送忠清监司郑时晦晔序》)③ 李珥(栗谷)是朝鲜著名的性理学家, 柳梦寅曾有意学于栗谷。他还极敬重中国的二程, 甚至为苏东坡不学二程及其"大道"而感到遗憾。这体现了柳梦寅对性理学的钟爱。对道学, 柳梦寅也赞赏有加:"先生在先朝, 抗节不仕, 视轩冕犹泥涂。道德之崇, 足以配先圣, 享释菜于文庙。岂特吾道之南行, 见举东方万世道学之宗? ……自今重先生道学者, 荡渊斯院。"(《赠佳云庵曹南溟白云书院斋宫僧正和诗序》)④ 而在散文《安边三十二策》中, 柳梦寅反复论证的"守国之道""训兵之道""富民之道", 又是其实学思想的体现。由此可知, 柳梦寅古文理论中"道"的范畴和内容较韩、柳更加广博和丰富, 这也是其散文理论具有"多元文化特征"的具体表现。

---

① 〔朝〕柳梦寅:《於于集》(《影印标点韩国文集丛刊》第 63 辑), 汉城: 韩国民族文化推进会, 1991, 第 530 ~ 531 页。
② 〔朝〕柳梦寅:《於于集》(《影印标点韩国文集丛刊》第 63 辑), 汉城: 韩国民族文化推进会, 1991, 第 524 页。
③ 〔朝〕柳梦寅:《於于集》(《影印标点韩国文集丛刊》第 63 辑), 汉城: 韩国民族文化推进会, 1991, 第 525 页。
④ 〔朝〕柳梦寅:《於于集》(《影印标点韩国文集丛刊》第 63 辑), 汉城: 韩国民族文化推进会, 1991, 第 530 页。

二 不平则鸣

韩愈继承、发展了屈原的"发愤以抒情"和司马迁的"发愤之所为作"的理论,进而提出了著名的"不平则鸣"说。他的《送孟东野序》曰:"大凡物不得其平则鸣:草木之无声,风挠之鸣;水之无声,风荡之鸣。其跃也或激之,其趋也或梗之,其沸也或炙之;金石之无声,或击之鸣。人之为言也亦然:有不得已者而后言,其歌也有思,其哭也有怀,凡出乎口而为声者,其皆有弗平者乎!"① 大意是,当一个人受到现实的某种刺激时,心灵便处于不平静的状态,进而产生喜怒哀乐各种情感波澜,而情感郁积就会产生"鸣"的愿望,因此文学是"不平则鸣"的产物。韩愈还把从传说时代的唐虞到唐代的著名思想家、文学家称为"善鸣"者,且认为:"凡载于《诗》、《书》六艺,皆鸣之善者也。""韩愈的'不平'和'牢骚不平'并不相等,它不但指愤郁,也包括欢乐在内。"(钱锺书《诗可以怨》)② 但韩愈又进一步指出"愤郁"之不平比"欢乐"之不平更能产生优秀的作品:"夫和平之音淡薄,而愁思之声要妙;欢愉之辞难工,而穷苦之言易好也。"(《荆潭裴均、杨凭唱和诗序》)③ 所以说:"然子厚斥不久,穷不极,虽有出于人,其文学辞章,必不能自以力传于后,如今无疑也。"(《柳子厚墓志铭》)④ 这就导致了后代理论家对其"不平则鸣"的"不平"的片面接受和发挥,如欧阳修的"穷而后工"理论的形成:"盖愈穷则愈工。然则非诗之能穷人,殆穷者而后工也。"(《梅圣俞诗集序》)⑤ 这里的"穷"主要是指"不达"的人生状态,如诗人坎坷的经历以及由此而生发出来的人生痛苦、心灵焦虑等情感体验,尤其是各种政治苦闷,即"士之蕴其所有,而不

---

① (唐)韩愈:《五百家注昌黎文集》(《景印文渊阁四库全书》第1074册),台北:台湾商务印书馆,1986,第333页。
② 钱锺书:《七缀集》,上海:上海古籍出版社,1985,第125页。
③ (唐)韩愈:《五百家注昌黎文集》(《景印文渊阁四库全书》第1074册),台北:台湾商务印书馆,1986,第348页。
④ (唐)韩愈:《五百家注昌黎文集》(《景印文渊阁四库全书》第1074册),台北:台湾商务印书馆,1986,第475页。
⑤ (宋)欧阳修:《文忠集》(《景印文渊阁四库全书》第1102册),台北:台湾商务印书馆,1986,第332页。

得施于世者"①。

在这方面,柳梦寅充分发挥了他"博采众长"的本领,接受了"发愤之所为作"——"不平则鸣"——"穷而后工"这一整套理论。他首先认同司马迁的"发愤著书"说:"故太史公曰:'诗三百,大抵贤圣发愤之所为作也。'"(《题〈诗经〉郑卫风后》)② 对韩愈的"不平则鸣",柳梦寅则直接吸收到自己的散文理论中,他说:"余有一言,欲鸣不平,盖因子奋笔乎?"(《与榆岾寺僧灵运书》)③ 意思是写文章的目的就是"鸣不平"。所以他的大部分作品都是"鸣不平"的产物,后人为他写的行状已经说明了这一点:"其诗文几篇,大半是《离骚》壹郁不平之鸣。"(徐有防《柳公行状》)④ 柳梦寅所处的时代政局动荡、士祸频发,许多文人惨遭杀戮或凄惶度日。柳梦寅虽然正直忠诚,尽心竭力地辅佐朝鲜王朝的统治,但也屡遭诬陷或排挤。一次次磨难使他思想不断成熟,也促进了他创作的进步和文学理论的形成。所以,柳梦寅"不平"的性质和内容,就更趋向于痛苦、磨难、穷困这些使人"愤郁"的不平。他说:"司马迁生长河山,足迹遍梁、宋、齐、鲁,而又泛江淮、过洞庭、使巴蜀,是以遂其文章也。李太白生巴蜀,钟山川之秀,又因谪游吴会楚越之郊,杜子美遭难流徙,避地于锦里,又转而游巫峡,遍苍梧、潇湘之间,此皆因播越增益其诗才也。韩退之不谪潮阳,柳子厚不迁百粤,其文章岂臻其闽奥?苏东坡窜惠州,而后文益高。"(《赠金刚山三藏庵小沙弥慈仲序》)⑤ 在这里,柳梦寅想说明的是经验和阅历对文学创作的作用,不过他更重视贬谪、流徙这些困境所激发的"不平"的独特作用,这也是因为柳梦寅接受了欧阳修的"穷而后工"理论。他又进一步说:"能文章者,喜不遇,必羁旅困穷,愤恨郁结,羸病其生。"(《送平

---

① (宋)欧阳修:《文忠集》(《景印文渊阁四库全书》第1102册),台北:台湾商务印书馆,1986,第332页。
② 〔朝〕柳梦寅:《於于集》(《影印标点韩国文集丛刊》第63辑),汉城:韩国民族文化推进会,1991,第556页。
③ 〔朝〕柳梦寅:《於于集》(《影印标点韩国文集丛刊》第63辑),汉城:韩国民族文化推进会,1991,第419页。
④ 〔朝〕柳梦寅:《於于集》(《影印标点韩国文集丛刊》第63辑),汉城:韩国民族文化推进会,1991,第604页。
⑤ 〔朝〕柳梦寅:《於于集》(《影印标点韩国文集丛刊》第63辑),汉城:韩国民族文化推进会,1991,第381页。

安都事尹继善序》)① "诗有鬼名魔,其性喜忧悴贫窭困穷疾蟋羁旅,不乐纷华富贵志满意得之人。"(《送洪牧李润卿晬光序》)② 但柳梦寅对"穷而后工"理论进行了辩证发挥,他说:"诗岂穷人,我故穷于诗也。"(《养真亭记》)③ 即不仅"人穷而后诗工","诗工"亦使人穷,二者是相辅相成的。

值得注意的是,柳梦寅没有因为接受了欧阳修的"穷而后工"理论而抛弃韩愈的"不平则鸣",他说:"吾友成汝学,诗才之高,一世寡伦,而至今六十,未得一命之官。……其诗虽极工,而其寒淡萧索,殊非荣贵人气象。岂独诗之使其穷哉?诗亦鸣其穷也。"(《於于野谈》)④ 从这段话,我们能发现柳梦寅以自己朋友的实际情况为例,巧妙地将"不平则鸣""穷而后工""诗亦穷人""诗鸣其穷"融会贯通起来,在更广阔的范围内探讨了文学创作和作家的现实遭遇的辩证关系,所得出的结论也就更有说服力,而其对"不平则鸣"的接受也有所发展。

三 旁推交通

韩愈和柳宗元都非常重视从前代古文经典中吸取营养。韩愈说:"仆少好学问,自六经之外,百氏之书未有闻而不求、得而不观者也。"(《答侯继书》)⑤ 他在给李翊的书信中也说:"非三代两汉之书不敢观,非圣人之志不敢存。"(《答李翊书》)⑥ 在创作上,要"穷究于经传史记百家之说,沉潜乎训义,反复乎句读,砻磨乎事业,而奋发乎文章"(《上兵部侍郎李巽书》)⑦,而且学习借鉴并不局限在六经之中,还要

---

① 〔朝〕柳梦寅:《於于集》(《影印标点韩国文集丛刊》第63辑),汉城:韩国民族文化推进会,1991,第527页。
② 〔朝〕柳梦寅:《於于集》(《影印标点韩国文集丛刊》第63辑),汉城:韩国民族文化推进会,1991,第358页。
③ 〔朝〕柳梦寅:《於于集》(《影印标点韩国文集丛刊》第63辑),汉城:韩国民族文化推进会,1991,第539页。
④ 〔韩〕赵锺业编《修正增补韩国诗话丛编》(第2册),汉城:太学社,1996,第525~526页。
⑤ (唐)韩愈:《五百家注昌黎文集》(《景印文渊阁四库全书》第1074册),台北:台湾商务印书馆,1986,第296页。
⑥ (唐)韩愈:《五百家注昌黎文集》(《景印文渊阁四库全书》第1074册),台北:台湾商务印书馆,1986,第299页。
⑦ (唐)韩愈:《五百家注昌黎文集》(《景印文渊阁四库全书》第1074册),台北:台湾商务印书馆,1986,第286页。

"下逮庄骚,太史所录,子云、相如,同工异曲"(《进学解》)①。他认为这些都有可取之处。广博的阅读和借鉴为韩愈古文理论的形成及古文创作奠定了坚实的基础。柳宗元也在《与杨京兆凭书》中说自己的创作经验是"读百家书,上下驰骋",以期达到"博如庄周,哀如屈原,奥如孟轲,壮如李斯,峻如马迁,富如相如,明如贾谊,专如扬雄"②的目的。他还在指导后学时说:"本之《书》以求其质,本之《诗》以求其恒,本之《礼》以求其宜,本之《春秋》以求其断,本之《易》以求其动,此吾所以取道之原也。参之穀梁氏以厉其气,参之《孟》、《荀》以畅其支,参之《庄》、《老》以肆其端,参之《国语》以博其趣,参之《离骚》以致其幽,参之太史公以著其洁。此吾所以旁推交通而以为之文也。"(《答韦中立书》)③"'旁推交通'即'从旁推求,交相贯通'。即除主要的学习经书以外,还要从旁参考这些著作或作品。"④

在如何作古文这一问题上,柳梦寅吸收了韩愈和柳宗元的关于继承与创新的一些观点,概括而言即"旁推交通"作古文。对此观点,柳梦寅同样有所变通。

柳梦寅也极力主张从先人经典文章中吸收养分以提高散文创作水平。首先,他专门编辑《大家文会》,"每簿领余,夜引学徒,揣摩至鸡戒参横乃罢"(《〈大家文会〉跋》)⑤。他由此受益匪浅,曾说:"仆虽不才,自少及今凡所读,虽一二遍即收效。虽所谓画肉不画骨,而亦善能依样画葫芦者也。至于《史记》,卒未见大效,只一段数句而止耳。其余率依韩、柳、《庄》、《孟》、《尚书》诸篇而已。"(《与尹进士彬书》)⑥ 其次,柳梦寅还经常以是否精通这些古文为标准来衡量他人的才学,或鼓

---

① (唐)韩愈:《五百家注昌黎文集》(《景印文渊阁四库全书》第1074册),台北:台湾商务印书馆,1986,第237页。
② (唐)柳宗元:《柳河东集》(《景印文渊阁四库全书》第1076册),台北:台湾商务印书馆,1986,第271~272页。
③ (唐)柳宗元:《柳河东集》(《景印文渊阁四库全书》第1076册),台北:台湾商务印书馆,1986,第304页。
④ 周振甫:《柳宗元的文章论》,《文学遗产》1994年第2期,第39~43页。
⑤ 〔朝〕柳梦寅:《於于集》(《影印标点韩国文集丛刊》第63辑),汉城:韩国民族文化推进会,1991,第445页。
⑥ 〔朝〕柳梦寅:《於于集》(《影印标点韩国文集丛刊》第63辑),汉城:韩国民族文化推进会,1991,第415页。

励后学吸收古文精髓来丰富自己的创作。如:"洸,吾柳氏主器人也。敦和醇懿,忠信恢坦,盛为流辈所称。又通《论语》、《孟子》、《朱子纲目》、韩昌黎文。少微通鉴,为文操笔立书,沛然若水之建瓴。"(《送洸侄游洪州序》)① "今尊文气如许,邃见如许,皆从六经中出来,岂比应举者汲汲训诂中哉!若依《易》、《书》、《左》、《国》、马、班、韩、柳,刻峻其文律,触事著文,日添其编牍,则流传不朽,天下无敌。"(《报沧洲道士车万里云辂书》)②

继承、借鉴并不等于抄袭。韩、柳都坚决反对抄袭的文风,韩愈说:"惟古于辞必己出,降而不能乃剽贼。后皆指前公相袭,后汉迄今用一律。"(《南阳樊绍述墓志铭》)③ 他主张学古人文章要"师其意不师其辞"(《答刘正夫书》)④,要做到"惟陈言之务去"(《答李翊书》)⑤。因为"能者非他,能自树立,不因循者是也"(《答刘正夫书》),反之,"不自树立,虽不为当时所怪,亦必无后世之传也"(《答刘正夫书》)⑥。柳宗元也说:"为文之士,亦多渔猎前作,戕贼文史,抉其意,抽其华,置齿牙间,遇事蜂起,金声玉耀,诳聋瞽之人,徼一时之声。虽终沦弃,而其夺朱乱雅,为害已甚。"(《与友人论为文书》)⑦ 在《与杨诲之第二书》中他又说:"用《庄子》、《国语》文字太多,反累正气,果能遗是,则大善矣。"⑧ 他认为引用或借鉴太多会适得其反,适当参考借鉴,自出新意,方为大善。他自己在创作时就把借鉴和创新的关系处理得很好,

---

① 〔朝〕柳梦寅:《於于集》(《影印标点韩国文集丛刊》第63辑),汉城:韩国民族文化推进会,1991,第368页。
② 〔朝〕柳梦寅:《於于集》(《影印标点韩国文集丛刊》第63辑),汉城:韩国民族文化推进会,1991,第418~419页。
③ (唐)韩愈:《五百家注昌黎文集》(《景印文渊阁四库全书》第1074册),台北:台湾商务印书馆,1986,第490页。
④ (唐)韩愈:《五百家注昌黎文集》(《景印文渊阁四库全书》第1074册),台北:台湾商务印书馆,1986,第319页。
⑤ (唐)韩愈:《五百家注昌黎文集》(《景印文渊阁四库全书》第1074册),台北:台湾商务印书馆,1986,第299页。
⑥ (唐)韩愈:《五百家注昌黎文集》(《景印文渊阁四库全书》第1074册),台北:台湾商务印书馆,1986,第319页。
⑦ (唐)柳宗元:《柳河东集》(《景印文渊阁四库全书》第1076册),台北:台湾商务印书馆,1986,第286页。
⑧ (唐)柳宗元:《柳河东集》(《景印文渊阁四库全书》第1076册),台北:台湾商务印书馆,1986,第298页。

正如有学者所言:"他的古文不是复古,而是创新。"①

柳梦寅也和韩、柳一样,旗帜鲜明地主张法古建新。他认为:"夫文者,言之精也。古人不蕲一时,必蕲千万世。故虽名言格语,苟涉古人之陈,犹不屑。"(《答年兄林公直书》)②他还以"韩子(指韩愈)务去陈言"为标准,批判了当时"舍活语而求死语"(活语为自创之语,死语为古人陈言)的创作风气,也和韩愈一样,认为"能自树立"者才是好文章。对此,他在《题汪道昆副墨》中有所表述:"谛视其文字,出入《经》、《传》、《左》、《国》、《庄》、马者多,至于班史以下,略不及焉。其着意于古,能自树立,尽高大矣。"③最可贵的是,柳梦寅能够以身作则:"吾之文字,如梁如栋,如山如河,取诸心得,绰有余裕,何苦袭古人死语,以为学与文耶?"(《赠乾凤寺僧信闾序》)④因此他的散文创作曾得到很高的赞誉,朋友成晋善曾评价他说:"以我观之,子之文博采《孟》、《庄》、马、班、韩、柳,自成造化,不模古人之作。"(《於于野谈》)⑤"权习斋曰:'柳某之文,独崔岦可与为比。然崔之文,模仿古人,非自家造化。柳之文,皆出自家胸中造化,此最难处,崔殆不及。'"(《於于堂文集诸贤批评》)⑥

韩愈和柳宗元是古文运动的先驱,在论及"旁推交通"时主要是结合自己的创作经验,没有更多的创作实例可以参照。而柳梦寅毕竟晚于韩、柳近800年,有机会阅读更多的中国古文作品,而且能结合本国的创作实践发现更多的问题,如:"韩子务去陈言,柳子言无余蕴,死活之辨而高下分焉。"(《赠乾凤寺僧信闾序》)⑦ "虽牧隐、佔毕冠弁东方,

---

① 周楚汉:《柳宗元的文章理论及其历史地位》,《贵州社会科学》2001年第1期,第62~67页。
② 〔朝〕柳梦寅:《於于集》(《影印标点韩国文集丛刊》第63辑),汉城:韩国民族文化推进会,1991,第410页。
③ 〔朝〕柳梦寅:《於于集》(《影印标点韩国文集丛刊》第63辑),汉城:韩国民族文化推进会,1991,第442页。
④ 〔朝〕柳梦寅:《於于集》(《影印标点韩国文集丛刊》第63辑),汉城:韩国民族文化推进会,1991,第531页。
⑤ 〔韩〕赵锺业编《修正增补韩国诗话丛编》(第2册),汉城:太学社,1996,第516页。
⑥ 〔朝〕柳梦寅:《於于集》(《影印标点韩国文集丛刊》第63辑),汉城:韩国民族文化推进会,1991,第453页。
⑦ 〔朝〕柳梦寅:《於于集》(《影印标点韩国文集丛刊》第63辑),汉城:韩国民族文化推进会,1991,第531页。

蹈袭韩、柳、欧、苏，自以为斥泽之鲵，其气度体节，何曾仿像于斯！如晏婴跂足，不得扪防风氏之膝，可叹也已。虽然，东方亦有人所读三代先秦两汉书，以为之乔基，而略取韩、柳装束之，而不趋宋以下而浇之漓之，纯乎正宗，无穿凿附会之病者之观乎此也，瞥眼一过，便仰天犹然而笑，不须再看。余观大明文章之士，有憝宋儒，专尚韩文，而不能得其奇简处，徒学弛缦支离之末，资之以助笺注文字，使人易晓也。故或主《左氏》、《史记》，余力先秦诸氏，寸寸尺尺，剽掠句读。"（《题汪道昆游城阳山记后》）① "近世空同、弇州矫唐宋而别骛多剽西汉之刍狗，其人与语，亦已朽矣。"（《赠乾凤寺僧信闇序》）② 在这里，柳梦寅分别指出了中国和朝鲜文人在以"旁推交通"之法作古文时出现的问题，而且批评了柳宗元古文中尚存陈言的弊病。因此，柳梦寅对韩、柳"旁推交通"的理论仍然做了变通，更加辩证地进行了探讨。

首先，对韩、柳所高度赞誉的先秦两汉古文，柳梦寅虽然也肯定了它们的积极作用，但同时还指出了它们给后代古文创作带来的一些消极影响，告诫学习者要谨慎。他说："自古为文章者，恒若岐路之非一：老佛失于虚无，庄子失于诞谲，司马相如失于迟，枚皋失于捷，扬雄失于险，刘向失于异。学子方者流于庄周，学马史者不失于纵逸则失于粗冗，学韩子者不失于弛慢则失于忽略。"（《〈文章指南〉跋》）③ 因此他提醒后人在学习借鉴时一定要掌握分寸，避免犯以上这些错误。

其次，柳梦寅更进一步指出借鉴吸收也要掌握诀窍："如欲学古之所谓立言者，有妙理存焉。余观汉人学三代者，不能三代而汉人耳。宋人学退之者，不能退之而宋人耳。余则以为欲学古人，先学古人所学者。欲为西京，先学西京所学六经及左国诸子焉。欲学退之，先学退之所学三代两汉诸书焉。"（《与尹进士彬书》）④ 也就是说，读书要博，学习、

---

① 〔朝〕柳梦寅：《於于集》（《影印标点韩国文集丛刊》第63辑），汉城：韩国民族文化推进会，1991，第556~557页。
② 〔朝〕柳梦寅：《於于集》（《影印标点韩国文集丛刊》第63辑），汉城：韩国民族文化推进会，1991，第531页。
③ 〔朝〕柳梦寅：《於于集》（《影印标点韩国文集丛刊》第63辑），汉城：韩国民族文化推进会，1991，第446页。
④ 〔朝〕柳梦寅：《於于集》（《影印标点韩国文集丛刊》第63辑），汉城：韩国民族文化推进会，1991，第416页。

借鉴应该从源头开始，真正了解、学透学习的对象，且不能受到同时代作家作品的干扰。这是柳梦寅在阅读了历代古文包括韩、柳古文之后得出的结论，很值得中朝后代作古文者参考借鉴。

最后，柳梦寅对韩、柳古文理论的接受还包括"气"与文学创作的关系、情感与文学创作的关系以及文学对现实的讽喻作用等方方面面。但柳梦寅对每一种理论的接受都不是生吞活剥，而是有所变通，使之更符合本国创作和时代要求。这些都体现了他在散文理论建构上的自主性、时代性和民族性，这也是朝鲜文学对中国文学接受与发展的真实反映。

第四章 柳梦寅散文的思想意涵与中国文化

散文代表了柳梦寅文学创作的最高成就，也是他深邃政治、哲学、文化思想的集中体现。他的散文将视野拓展到社会和生活的各个领域，翔实、生动地为读者展示了朝鲜朝中期的政治格局、思想环境、经济状况、生活图景、民俗风情、国际关系、外交形势，以及他本人的理想和情怀。而他散文的这种关注社会、关注现实人生的思想内容都与中国文化的浸润密切相关。

其一，柳梦寅散文蕴含着中国传统儒家的忠孝节义思想、民本思想，也结合了朝鲜的时代特征和民族特色，体现了新兴的实学思想和强烈的民族意识，是传统儒家思想时代化和民族化的表现。其二，他的一些赠序、书信、游记、随笔也反映了他珍视友情、热爱自然山水、向往闲适田园生活的情怀以及儒释道多元思想融合的精神世界。也就是说，中国多元、复杂的传统文化和朝鲜的时代特征以及自身的经历使得柳梦寅散文的思想意涵更加广博、精深，也表现出以中国传统文化影响为主，兼具时代性与民族文化特色的"多元文化特征"。

第一节 "儒以忠孝节义为尚"——传统儒学的恪守

在柳梦寅的多元文化思想中，儒学是根基，是核心。不管时代风云如何变幻，他始终恪守着传统的儒学，并以此规范自己的行为，指导自己的人生方向。

一 柳梦寅的儒学渊源

第一，柳梦寅的儒学思想有坚实的社会基础。"韩国不仅是世界上最早输入儒家文化的国家，而且在某种意义上讲，它是比儒学的诞生地中国更加遵从儒家文化的国家。"① 史料记载，三国时代初期，儒学在朝鲜半岛已经形成高度的政治理念，成为道德伦理的标准。在新罗时期，儒学成为"国学"，忠孝仁义等思想成为具有朝鲜文化特色的"新罗精神"。高丽时期虽然是佛教的极盛期，但在道德规范和统治理念上，依然以儒学为主要依据。被称为"儒教王朝"的朝鲜朝，更是采取崇儒抑佛、独尊儒术的方针，以程朱理学作为制定治国方略的理论基础。"至第九代成宗时，文物制度皆已确立，儒教思想皆已普及于庶民阶层，奠定了朝鲜王朝五百年的基础。"② 五百年间，"辟异端、遵儒道，人皆以入孝出恭、忠君信友为职分事耳。若有髡首者则并令充军"（崔溥《锦南先生漂海录》)③。柳梦寅正生活于最崇奉儒学的朝鲜朝中期，所以，其浓厚的儒家思想有坚实、厚重的社会基础。

第二，柳梦寅出身官宦之家。他曾在《赠议政府领议政行司赠副正柳公神道碑铭并序》中有所追述：

  始祖讳庇，为丽朝丞相，佐沖王入中国，元世祖改赐名清臣。……始在东国，有一子讳有奇。……是生侍中讳濯，丽季名臣也。其镇全罗，有咸惠。倭寇顺天长生浦，濯赴援，倭望风溃，军士悦之。作《动动曲》以美之。语在《高丽乐志》。恭愍王为鲁国大长公主大起影殿，民苦之。濯谏而死。……入我朝，康献大王梦濯为其子求官，觉而悲之。追赠濯忠靖公，求其子湿官之……是生讳溃，溃生讳好池……好池生讳依，儒士也……生司谏讳忠宽，即公大王父也。……司谏有文武全材，腹稿大庭策。捷文科，又善射。……司谏与内下庭，手自炊黄粱，择萝菖进之。邑民闻之，咸熏其孝。卒赠都承旨。生讳樘，实公考也。……继家风，孝友出天性。父母别与臧获田土饶甚，可以不待禄周一生，悉破券分同腹。居丧不口菜果，哀礼两尽。每月朔十五日，备酒食参家庙如礼，一生不替。④

---

① 徐远和主编《儒家思想与东亚社会发展模式》，南宁：广西人民出版社，2002，第210页。
② 〔韩〕柳承国：《韩国儒学史》，傅济功译，台北：台湾商务印书馆，1989，第114页。
③ 〔韩〕林基中编《燕行录全集》（第1册），汉城：东国大学校出版部，2001，第405页。
④ 〔朝〕柳梦寅：《於于集》（《影印标点韩国文集丛刊》第63辑），汉城：韩国民族文化推进会，1991，第431~432页。

在这篇文章中，柳梦寅从高丽朝的柳清臣写起。而《韩国姓氏大百科·柳氏》记载，柳清臣是高兴柳氏的第七代。柳氏中，柳梦寅一支的完整世系应为"始祖 1 世英—2 世崇济—3 世光—4 世明旦—5 世昱—6 世升茂—7 世清臣—8 世有奇—9 世濯—10 世湿—11 世渍—12 世好池—13 世依—14 世忠宽—15 世樫—16 世梦寅"①。此书也记载了柳氏各代所任官职情况：前三代柳英、柳崇济、柳光均为户长，柳明旦为上将军，柳昱为平章事，柳升茂为门下侍郎平章事，柳清臣为高兴府院君、都金议政丞，柳有奇为判密直司事，柳湿为典书，柳渍为承义校尉，柳好池为都总府都事，柳依为司仆寺正，柳忠宽为艺文直提学，柳樫即柳梦寅的父亲为吏曹判书，柳梦寅在《王考司谏院司谏府君墓碑阴记》中特别强调："樫，儒士也，补荫官至济用主簿。"② 可见，其祖上各代都是职位较高的官员或著名的儒士。柳氏其他支系的各代也多担任各种官职。世代崇儒的家族背景无疑是柳梦寅成为一代大儒的又一坚实基础。

因为出身儒学世家，柳梦寅自幼就开始接受儒学教育，10 岁开始学习《十九史略》，11 岁便能吟诗作赋，12 岁学习《六经章句》及笺注，24 岁中进士，31 岁中文科状元，第二年开始任艺文检阅，此后又任关东亚使、弘文馆修撰、世子侍讲院司书、弘文馆典翰、承政院都承旨、汉城左尹、艺文提学等多种高级文官官职。柳梦寅给自己的定位是："梦寅，拘儒也。"（《题乡校里报礼曹状后》）③ 因此，他一生一直以"修身、齐家、治国、平天下"这一典型的儒家人才发展范式要求和塑造自己，如他在《与尹进士彬书》中所说："夫士生斯世，抱负甚大，经纶天地，参赞化育。自修身齐家，至于国治而天下平，不其重矣乎！"④

社会、家族、本人的崇儒思想构成了柳梦寅散文的儒学思想渊源，因此其散文充斥着传统儒家的"忠孝节义"思想。

---

① 韩国中央日报社编《韩国姓氏大百科》，首尔，1989，第 603~604 页。
② 〔朝〕柳梦寅：《於于集》（《影印标点韩国文集丛刊》第 63 辑），汉城：韩国民族文化推进会，1991，第 560 页。
③ 〔朝〕柳梦寅：《於于集》（《影印标点韩国文集丛刊》第 63 辑），汉城：韩国民族文化推进会，1991，第 442 页。
④ 〔朝〕柳梦寅：《於于集》（《影印标点韩国文集丛刊》第 63 辑），汉城：韩国民族文化推进会，1991，第 417~418 页。

二 柳梦寅散文的"忠孝节义"思想

柳梦寅一直恪守着传统的儒家思想,他始终坚定地认为:"儒以忠孝节义为尚。"(《赠表训寺僧慧日序》)① "所谓'忠孝节义',都意指要尽力维护以敬畏皇权为主要内容的政治秩序、以尊重长辈为主要内容的血缘秩序、以强调女性对家庭的忠诚为主要内容的婚姻秩序和崇尚以超乎现实利害算计的利他主义行为模式为基础的社会秩序。"② 这正是传统儒学的核心内容,也是柳梦寅一生一直在思想认识上坚持、在政治生活中努力践行的基本内容。可以说,他因之而生,亦为之而死。

(一) 孝

朝鲜半岛进入朝鲜王朝(1392~1910)后,统治者确立了"斥佛扬儒"政策,以儒家朱子学说为唯一的正统思想,大力宣扬孝道,渲染孝感故事,广立忠孝牌坊,厉行孝道教育,确定《孝经》为成均馆、四学及乡校的必修科目,译制、编撰和印发《三纲五伦行实图》《孝行录》《五礼仪》等。由于统治者的大力推行,"孝"遂成为上自两班贵族,下至平民百姓尽人皆遵的行为准则和道德规范。此时,不管是上层社会还是民间,都流传着许多感人的孝亲故事。《李朝实录·太祖实录》记载:

> 卓慎,全罗道光州人也。父殁,三年衰经终制,奉养其母尽诚敬,乡党称孝焉。前署令金四知,忠清道全义人也。奉养老母,朝夕进馔,必自亲尝,承顺致孝,久而不息。牙州学生孔都知……前别将金桂同,亦水原人也。性本孝敬,定省惟勤。母殁置祠堂,四时朝望,奉祀不息。右皆孝子顺孙也。(卷8,四年九月十六日)③

这12名孝子顺孙还只是太祖时一次征集来的名录,整个朝鲜朝时期的子女孝亲事迹数不胜数。在朝鲜朝的文学作品中也多有此类主题,如从朝

---

① 〔朝〕柳梦寅:《於于集》(《影印标点韩国文集丛刊》第63辑),汉城:韩国民族文化推进会,1991,第384页。
② 傅谨:《"忠孝节义"有什么不好》,《中国图书评论》2007年第12期,第13~18页。
③ 〔朝〕春秋馆撰,〔日〕末松保和编《李朝实录》(第1册),东京:学习院东洋文化研究所,1953,第327~328页。

鲜朝中期开始流传的《孝子里的三座墓》《朴泰星受天传》等，再如家庭伦理小说《沈清传》《春香传》《九云梦》等也都宣扬了孝道思想。

柳梦寅的家族也是一个世代以"孝"著称的家族，他在散文中曾多次记述族人的孝行。祖父"司谏（柳忠宽）与内下庭，手自炊黄粱，择萝葍进之。邑民闻之，咸熏其孝"（《赠议政府领议政行司赡副正柳公神道碑铭并序》）①。父亲"继家风，孝友出天性"（《赠议政府领议政行司赡副正柳公神道碑铭并序》）②，"事亲诚，居丧毁。……先妣（柳梦寅母）骊兴闵氏，家世甲三韩，参奉祎之女，同知泮之孙。性孝悌有闺范"（《皇考济用监主簿府君墓碑阴记》）③。兄长梦彪"奉老母避寇杨州墓山，寇卒至，挺剑枝母。公与弟梦熊以身翼母，俱受锋。梦熊死之，刃公胁，创深见腑，死而苏。母得全。难定，朝家旌孝烈，以梦熊死故旌其间，公活故旌不及，孝则一也。……（梦彪三子）潚溰活兄弟三人，悉以一世名臣，文章冠时。三家接溜而居，奉两亲各罄诚孝"（《赠议政府领议政行司赡副正柳公神道碑铭并序》）④。侄子柳洸"幼笃孝，闷亲婆，躬拾薪怀米。既长好善，与乡人行吕氏约。母病，鸠药无遐，责调指血"（《兵曹参议柳君洸墓碣铭并序》）⑤。这种优良的家族传统对柳梦寅影响很大，他又长期在朝中任文职官员，因此对"孝"这一儒家文化的重要德目尤为看重。在《题乡校里报礼曹状后》一文中，他自谦说："梦寅，拘儒也，区区寸管，焉足以赞诸贤之德而绍名卿之语哉！"⑥然而提到"孝悌"问题，他对自己是肯定的，他认为自己"平生读书，

---

① 〔朝〕柳梦寅：《於于集》（《影印标点韩国文集丛刊》第63辑），汉城：韩国民族文化推进会，1991，第431页。
② 〔朝〕柳梦寅：《於于集》（《影印标点韩国文集丛刊》第63辑），汉城：韩国民族文化推进会，1991，第432页。
③ 〔朝〕柳梦寅：《於于集》（《影印标点韩国文集丛刊》第63辑），汉城：韩国民族文化推进会，1991，第560页。
④ 〔朝〕柳梦寅：《於于集》（《影印标点韩国文集丛刊》第63辑），汉城：韩国民族文化推进会，1991，第432页。
⑤ 〔朝〕柳梦寅：《於于集》（《影印标点韩国文集丛刊》第63辑），汉城：韩国民族文化推进会，1991，第564页。
⑥ 〔朝〕柳梦寅：《於于集》（《影印标点韩国文集丛刊》第63辑），汉城：韩国民族文化推进会，1991，第442页。

粗知入孝出悌之方"(《题乡校里报礼曹状后》)①。

第一,柳梦寅经常在散文中以"孝"作为评价他人的一个标准。

一般情况,评价一个人,往往首先会想到他的功绩、成就,他对人类、对社会的贡献,还可能会想到他的人品、德行。而柳梦寅在评价他人时则经常将"孝"作为一个重要的标准。如车殷辂是朝鲜时代著名的文人,朝鲜朝的"八文章"之一。柳梦寅在为车殷辂的父亲车轼所作的《赠礼曹参判行平海郡守车公轼神道碑铭并序》中,有这样一段记述:车殷辂十七岁夭折,即将离世时,梦见"有青衣童子立于席上曰'天上新建白玉楼,招汝作记'",而他此时怜惜的不是自己年轻的生命,不是自己锦绣的前程,而是对自己未报父母恩德而遗憾。他说:"生年未二十,未报父母恩德,若为我请上帝丐我数十年,俾得终孝,死无恨矣。"②"八文章"是朝鲜朝时代著名的八位文章大家,十七岁就夭折的车殷辂能成为其中之一,说明其文才出众。而在此,柳梦寅对车殷辂的文学成就只是一笔带过,却以一个极具传奇色彩的故事重点突出了他的一片孝心。

柳梦寅还经常因某人"咸尽孝诚""过于孝""单诚孝"或者以"孝"教导子弟而给予他们很高的评价。如:

  (宋承禧)赋性端雅温重,养偏亲奉先禋,咸尽孝诚。辑先考妣笔迹,贴诸庙中,以寓羹墙之慕。(《赠吏曹参判行司宪府掌令宋公承禧墓碣铭并序》)③

  (权鹄)泊亲亡,时年五十。不成丧礼之权也,而过瘠中丧而殒,惜哉,过于孝也。(《赠吏曹参判权公鹄墓碣铭并序》)④

---

① 〔朝〕柳梦寅:《於于集》(《影印标点韩国文集丛刊》第63辑),汉城:韩国民族文化推进会,1991,第442页。
② 〔朝〕柳梦寅:《於于集》(《影印标点韩国文集丛刊》第63辑),汉城:韩国民族文化推进会,1991,第435~436页。
③ 〔朝〕柳梦寅:《於于集》(《影印标点韩国文集丛刊》第63辑),汉城:韩国民族文化推进会,1991,第563页。
④ 〔朝〕柳梦寅:《於于集》(《影印标点韩国文集丛刊》第63辑),汉城:韩国民族文化推进会,1991,第563页。

第四章　柳梦寅散文的思想意涵与中国文化

（安氏）不出十四，适李氏，事舅姑单诚孝。(《节妇安氏传》)①

第二，柳梦寅多次为孝子、孝女作传，或在文章中细致描述某人尽孝、厚葬父母以及守丧的细节，并以此表达自己对这些至孝之人的敬意。

柳梦寅作过《孝子李至男传》《孝子李基稷传》《孝女处子李氏传》等，褒奖他们的孝行。在这些传记中，柳梦寅饱含感情，将孝子、孝女们的孝亲事迹描绘得细致入微、感人至深。如他在为申熟写的墓碣铭中追述了申熟孝敬母亲的情形："申熟者……四岁而孤，太夫人泣而警其学曰：'吾所望者而，而不成名，吾其如何？'公激昂不懈，暨登朝。禄俸悉献之太夫人，不自私圭撮。"(《赠礼曹判书行承文判校申公熟墓碣铭并序》)② 这只是孝的一种表现，然而，孝的内涵远不限于刻苦攻读、显亲扬名，也不仅仅是让父母得到物质上的享受。正如《论语·为政》所说："色难。有事，弟子服其劳；有酒食，先生馔，曾是以为孝乎？"③又说："今之孝者，是谓能养。至于犬马，皆能有养；不敬，何以别乎？"(《论语·为政》)④ 所以，真正的孝还应该尊敬父母，让父母顺心、开心。这就是所谓的"生，事之以礼"(《论语·为政》)⑤。

然而儒家所倡导的孝道远不限于此。当孟孙问孝时，孔子回答说："生，事之以礼；死，葬之以礼，祭之以礼。"(《论语·为政》)⑥ 如果说子女赡养、尊敬、孝顺在世的父母是全人类都应当遵守的道德准则，而子女在父母去世后要为其举行葬礼并定期祭祀也是各国通行的做法，那么，在父母死后不惜倾其所有甚至负债举行盛大隆重的葬礼，还要以守丧的方式继续表达孝心则是儒家丧葬文化的显著特色。"在个人生活礼仪方面，韩国最先引入的是中国丧葬礼。"⑦ 中国丧葬礼即儒家式的丧葬礼。他们举行葬礼的规模和花费绝不亚于中国，到了朝鲜朝时期，朝鲜

---

① 〔朝〕柳梦寅：《於于集》（《影印标点韩国文集丛刊》第63辑），汉城：韩国民族文化推进会，1991，第574页。
② 〔朝〕柳梦寅：《於于集》（《影印标点韩国文集丛刊》第63辑），汉城：韩国民族文化推进会，1991，第561页。
③ 杨伯峻译注《论语译注》，北京：中华书局，1980，第15页。
④ 杨伯峻译注《论语译注》，北京：中华书局，1980，第14页。
⑤ 杨伯峻译注《论语译注》，北京：中华书局，1980，第13页。
⑥ 杨伯峻译注《论语译注》，北京：中华书局，1980，第13页。
⑦ 陈尚胜：《中韩交流三千年》，北京：中华书局，1997，第196页。

又引进了《朱子家礼》，本国也编撰了《国朝五礼仪》《四礼编览》等礼仪著作。"儒教性理学的丧葬仪礼被加以法制化，普及到了社会的各个阶层。……一个丧主及其亲人对其祖先和父母的葬礼和祭礼举办得愈有诚意，就被看作愈有孝行的人和诚意正心的人。"① 许多倾其所有厚葬父母甚至因贫困而卖身葬父母的事例或故事随之产生并广为流传。

柳梦寅《孝女处子李氏传》的传主李氏就是一个孝女，父亲死后，她"执丧致哀，泣尽而血，啜粥三年，手执奠飨，遂死于毁。临终，泣谓兄弟曰：'今吾且死，从先人于地下，死无所憾，病母在堂，不得终养为恨耳。'言讫而终，时年十八。乡里哀之曰'孝女'"②。

柳梦寅虽然不提倡厚葬，但也认为"凡治丧处心"（《与崔参议铁坚书》）③，认为举办父母葬礼要合于朱子礼法，要有一定的规模，不能为了节约而过于寒酸。比如他说："《家礼》有明文，作灰隔御树根防虫蚁等语。非一二，其徒必谨守而不贰。"（《奉崔牛峰生员行衢二兄弟疏》）④ 当他听说有人安葬长辈不用石灰外棺时，非常痛心，认为这样亡人就"不免蔓草拱木穿之，狐鼠蝼蚁噬之，平生心弱，不自忍于此也"（《与崔参议铁坚书》）⑤。在《奉崔牛峰生员行衢二兄弟疏》中，柳梦寅对尹春年所主张的"去外棺石灰"的做法非常气愤，说尹春年"欺孤儿寡妇，陷人不义，尤不足论也"。他还建议"追施灰椁于先妣之藏，仍推汰轴之余孝，以及亡甥"。最后又说："昔李蓬奉父遗训，葬亲去外棺。以此朝议非之。及其登第，贬而为部主簿。"⑥ 很明显，柳梦寅是在阐明安葬父母不用石灰外棺不合礼法，而且可能影响到自己的前途。相反，对于

---

① 李岩：《朝鲜古代丧葬仪礼及其灵魂崇拜观念探微》，《延边大学学报》（社会科学版）2006年第1期，第5~9页。
② 〔朝〕柳梦寅：《於于集》（《影印标点韩国文集丛刊》第63辑），汉城：韩国民族文化推进会，1991，第576页。
③ 〔朝〕柳梦寅：《於于集》（《影印标点韩国文集丛刊》第63辑），汉城：韩国民族文化推进会，1991，第551页。
④ 〔朝〕柳梦寅：《於于集》（《影印标点韩国文集丛刊》第63辑），汉城：韩国民族文化推进会，1991，第552页。
⑤ 〔朝〕柳梦寅：《於于集》（《影印标点韩国文集丛刊》第63辑），汉城：韩国民族文化推进会，1991，第551页。
⑥ 〔朝〕柳梦寅：《於于集》（《影印标点韩国文集丛刊》第63辑），汉城：韩国民族文化推进会，1991，第552页。

李至男及妻子尽心竭力安葬父母的行为,柳梦寅则非常赞赏。

作为一个正统的儒家官员,柳梦寅对为父母和君王守丧的制度非常认同并坚决遵守。1608年2月,朝鲜宣祖去世。1609年,国丧未终的柳梦寅出使中国明朝。当礼部安排各国使臣赴宴时,柳梦寅曾向礼部两度呈文请求免宴。在《免宴礼部初度呈文》中,柳梦寅恳切地说:"大抵君父一体,方丧三年,有古圣贤遗制。小邦虽僻陋,窃尝熏陶大国,从事古先王之制。凡子有亲丧,必食素服衰二十七朔乃吉。国有恤,必四方遏密如考妣丧,以终三年。自有国来为常典。"① 这表达了他要依礼守丧的决心。在散文中,柳梦寅关于孝的描写,最多的就是子女为故去的父母守丧的情形,这些人往往"三年庐墓侧,日再上冢涕泣"(《孝子李至男传》)②,"衰绖不去体,不一迹其家"(《赠右议政行同中枢南窗金先生行状》)③,"罕进饘粥,所食惟水浆"(《孝子李至男传》)④,有人甚至守终身之丧。

从现代意义上看,这种艰苦的守丧生活既不科学也不人道,对亡人没有任何意义,对生人也是一种考验甚至摧残。但在一向恪守儒家礼仪的柳梦寅看来,这是孝的最高境界,应该被宣扬和嘉奖。

(二) 忠

儒家政治是"家国一体"的伦理化政治,即政治与伦理道德相辅相成。因此用以"齐家"的"孝"就不仅是家庭内部的伦理规范和道德准则,也同样适用于"治国",即服务于国家和君主,因为在儒家文化中,"国为大家",君主为国之父。《孝经》云:"资于事父以事君,而敬同。"(《士章第五》)⑤ 不同的只是在家事父母为"孝",在国事君曰"忠"。

---

① 〔朝〕柳梦寅:《於于集》(《影印标点韩国文集丛刊》第63辑),汉城:韩国民族文化推进会,1991,第550页。
② 〔朝〕柳梦寅:《於于集》(《影印标点韩国文集丛刊》第63辑),汉城:韩国民族文化推进会,1991,第574页。
③ 〔朝〕柳梦寅:《於于集》(《影印标点韩国文集丛刊》第63辑),汉城:韩国民族文化推进会,1991,第437页。
④ 〔朝〕柳梦寅:《於于集》(《影印标点韩国文集丛刊》第63辑),汉城:韩国民族文化推进会,1991,第574页。
⑤ 《十三经注疏》整理委员会整理,李学勤主编《十三经注疏·孝经正义》,北京:北京大学出版社,1999,第14页。

"儒家文化把'在家为孝子,入朝作忠臣'视为理想的人生之路,如果在家不能做父母的孝子,在国就不可能做君主的忠臣,只有'孝慈',才会'忠君';孝是走向忠的出发点,忠是孝的必然归宿,从孝出发走向忠,就完成了个人道德的自我完善,也是实现了治国平天下的理想。"①

朝鲜早在三国时期(高句丽、百济、新罗)就已经认识到"忠"对于一个国家的重要性,如7世纪百济著名儒士成忠就表示忠臣可以为君王而死。到了朝鲜朝时期,"忠"与"孝"同样被强化。对于为国尽忠的人,国家会及时表彰。1619年,金应河将军在萨尔浒战役中战死,光海君马上下命令说:"金应河力战死节,无愧古人。急急立祠于唐将所经处,以旌忠魂。"(《光海君日记》卷140,十一年五月六日)② "金应河死于国事,忠烈可尚,而其妻子将不免饥寒,皇上降诏赐银,皇恩罔极,其家属月俸优给。"(《光海君日记》卷170,十三年十月二十二日)③ 柳梦寅既主张宣扬孝道,又明确指出要"移孝于忠",并解释说:"推家道及国政,何如?曰:'孝也,忠也。'……今者,郑君降台省求外邑,出于孝;扩事亲逮治民,出于忠。"(《送平壤庶尹郑世美士元诗序》)④ 在他的各类散文中,"忠"的思想也贯穿始终,表现如下。

第一,缅怀、赞赏中国和朝鲜的各代忠臣。

柳梦寅有一篇《一士与天争赋》非常引人注意。"一士"指南宋著名的忠臣文天祥,文章详细描述了文天祥为国尽忠的过程,也表达了作者对文天祥的钦敬之情。柳梦寅还明确指出创作目的是"以戒为人臣怀二心全身而畏死者也"。文章首先交代了作此赋的缘起,当柳梦寅阅读《宋史》时,"至文丞相尽忠报国之事,慨然掩卷而叹曰'天不佑大宋,欲使犬羊移其国。天祥为亡国相,欲以只手扶其颠,天不假天祥,天祥不顾天。若天祥者,忠于宋而敌于天者也'"。一部《宋史》,唯文天祥

---

① 朱凤祥:《传统中国"忠"、"孝"矛盾的理论基因和实践表征》,《云南民族大学学报》(哲学社会科学版)2007年第3期,第76~79页。
② 〔朝〕春秋馆撰,〔日〕末松保和编《李朝实录》(第33册),东京:学习院东洋文化研究所,1962,第559页。
③ 〔朝〕春秋馆撰,〔日〕末松保和编《李朝实录》(第33册),东京:学习院东洋文化研究所,1962,第736~737页。
④ 〔朝〕柳梦寅:《於于集》(《影印标点韩国文集丛刊》第63辑),汉城:韩国民族文化推进会,1991,第513页。

第四章 柳梦寅散文的思想意涵与中国文化

一段让柳梦寅大有感触,足以说明柳梦寅对文天祥之忠很是敬佩。柳梦寅认为上天不保佑大宋,而当元灭大宋已成定势,文天祥却只身抵抗,这无疑是以对大宋的一片忠心与天抗争。然后,柳梦寅借梦境先巧妙地设计了天帝与文天祥的一段对话。天帝揭示了宋朝的弱点并指出了宋朝岌岌可危、即将灭亡的形势,同时也指出了文天祥抗争必败的后果。这段话实际上是叙述了文天祥以死报国的政治背景,也为文天祥的英勇抗争和为国尽忠做了铺垫。文天祥没有被天帝吓退,而是义正词严地仰首而呼。他呵斥了蛮夷入侵的罪行,然后表达了自己要抗争到底的决心:"帝如溺之,我当拯之。帝如亡之,我当兴之。惟帝与我,孰负孰胜?"接下来,柳梦寅描述了文天祥为大宋尽忠的艰险过程。此段与《宋史·文天祥传》的记载基本一致,只是以生动的文学手法写史事,且将元军写作天帝,更增加了文天祥尽忠的传奇色彩。最后柳梦寅以一段议论结束文章:"盖天祥以忠,上帝以命。……上帝亦哀其忠,乃命义和戢其曜数日而止也。……大哉!文丞相之忠义。吾用是赋之,以戒为人臣怀二心全身而畏死者也。"① 作者又一次赞赏了文天祥的忠义,并声明以此赋警诫那些不忠不义之臣。

柳梦寅的另一篇文章《题金将军传后》缅怀、赞美了在萨尔浒战役中以身殉国的朝鲜忠臣金应河将军。1619年4月,明军联合朝鲜一部分军队在萨尔浒与努尔哈赤率领的后金大军展开激战,后以明军惨败告终。《李朝实录》记载,在明军战败,朝鲜的最高将领姜弘立、金景瑞已投降的情况下,金应河仍然拼死抵抗,最后战死。《明史纪事本末》记载:"朝鲜裨将金应河据山为营,严铳拒敌。……俄风霾,铳不得发,兵大至,应河犹据胡床,持大弓射之,力屈死。"② 后曾有多位文人为金应河作传。

柳梦寅在《题金将军传后》中以崇敬、悲愤的情感追述了金应河"与刘(綎)、乔(一琦)两将军抗节俱死"的过程,批判了不忠者临阵脱逃的可耻行为,高度赞扬了金应河等人"以死自矢,不念暴骸之难"以及尽忠殉国的悲壮之举,认为他们的事迹不仅可以"戒一世怀二心

---

① 〔朝〕柳梦寅:《於于集》(《影印标点韩国文集丛刊》第63辑),汉城:韩国民族文化推进会,1991,第600~601页。
② (清)谷应泰:《明史纪事本末》,北京:中华书局,1977,第1414页。

者",而且"足以警世奖忠,可附之太史氏,永贻不朽"。① 可知,这篇文章集中表达了柳梦寅对忠臣和不忠者爱憎分明的态度。

第二,宣扬为国尽忠思想。

在《一士与天争赋》与《题金将军传后》中,柳梦寅不仅仅表达了对忠臣的钦敬和赞赏,还强调要以此"戒为人臣怀二心全身而畏死者也""戒一世怀二心者"。由此可知,柳梦寅也借此宣扬了人臣应为国为君尽忠的思想。《左传·昭公元年》曰:"临患不忘国,忠也。"② 柳梦寅也认为"世乱识忠臣",即国家危难时便是人臣尽忠时,所谓"男儿死国正此辰"(《挽金将军应河》)③。

柳梦寅在应制文以及与朋友往来的书信、诗序、赠序中多次宣扬人臣当尽忠的思想。在代宣祖起草的《教京畿左道观察使成泳书》中,柳梦寅满怀激情地说:"予惟人臣事厥君,孰不曰'我为忠,能报君;我为义,能死国'?……古人云:'世乱识忠臣。'……在今戡难排患,惟卿谐。若大水,用卿为堤防;若家室,用卿为藩屏;若人一身,用卿为手足心膂。卿其殚乃忠悃。……其克抗忠义,以报君国。"④ 有褒奖,有鼓励,有期望,总之,其中心目的就是希望成泳能在外敌入侵的危急时刻忠于职守,报效君国。这既是对成泳的嘱托,也是对全国文官武将的期望。

朋友柳老泉将出使中国时,柳梦寅同样委婉地嘱托其"揭虔昭忠",并希望"有心之天"来见证柳老泉的拳拳忠心。在《挽金将军应河》中,柳梦寅说:"立传奖忠何谆谆,太史特书名不沦。"⑤ 可知他既主张将"忠"发扬光大,也主张"立传奖忠",以使忠臣能够青史留名,永垂不朽。

---

① 〔朝〕柳梦寅:《於于集》(《影印标点韩国文集丛刊》第63辑),汉城:韩国民族文化推进会,1991,第442页。
② 杨伯峻编著《春秋左传注》,北京:中华书局,1981,第1205页。
③ 〔朝〕柳梦寅:《於于集》(《影印标点韩国文集丛刊》第63辑),汉城:韩国民族文化推进会,1991,第498页。
④ 〔朝〕柳梦寅:《於于集》(《影印标点韩国文集丛刊》第63辑),汉城:韩国民族文化推进会,1991,第400页。
⑤ 〔朝〕柳梦寅:《於于集》(《影印标点韩国文集丛刊》第63辑),汉城:韩国民族文化推进会,1991,第498页。

第四章 柳梦寅散文的思想意涵与中国文化

柳梦寅不仅在文章中宣扬尽忠思想，还能够以身作则。1592年，日本侵略朝鲜的壬辰之战爆发，柳梦寅作为文官不能亲临战场，但他坚持"武死战"而"文死谏"的尽忠原则，大胆进谏曰："讨贼方急，而接见臣僚之时甚少；深处宫中，亲宦官宫妾之时多。此所以一向委靡，而不能有为也。引进儒臣，讲求恢复之策，甚当。"（《宣祖实录》卷33，二十五年十二月十三日）① 柳梦寅批评了宣祖在国家危难之时仍然亲近宦官宫妾的做法，主张君臣一心，共讨恢复之策。在君主专制的时代，这种尖锐的言辞很容易招致祸患，其祖上柳濯就因进谏而死，而柳梦寅早把个人生死置之度外，"知有忠而不知有身体"（柳活《祭文》）②。在他看来，这正是一个文臣的忠君报国之举。正如他在《政院请上尊号启再启》中所言："臣闻尽忠者不别内外。……苟因忠义节致其祸，则荣莫荣于其祸，故祸之大者，忠益大，义益大，节益大。"③ 由此，柳梦寅作为一个笃诚人臣的忠心尽现无遗。

（三）节

"节"的意思是气节、节操。儒家一向主张守节，守节有两个意思。一是士人（人臣）坚守节操。《左传·成公十五年》曰："圣达节，次守节，下失节。"④ 二是特指妇女谨守礼节，能尽妇道或夫死不再嫁。《韩诗外传》卷一云："夫《行露》之人许嫁矣，然而未往也。见一物不具，一礼不备，守节贞理，守死不往。君子以为得妇道之宜……"⑤ 历史上出现过许多守节者的形象：伯夷、叔齐隐于首阳山不食周粟，苏武留胡十九年节不辱，方孝孺宁死不事新主，各代《列女传》中还记载了很多妇女守节的事迹。这些守节者历来都是被歌颂的对象，是儒家教化士人和妇女的典范。

在强调守节方面，朝鲜更有甚于中国，在他们的观念中，人臣"偷

---

① 〔朝〕春秋馆撰，〔日〕末松保和编《李朝实录》（第27册），东京：学习院东洋文化研究所，1961，第425页。
② 〔朝〕柳梦寅：《於于集》（《影印标点韩国文集丛刊》第63辑），汉城：韩国民族文化推进会，1991，第602页。
③ 〔朝〕柳梦寅：《於于集》（《影印标点韩国文集丛刊》第63辑），汉城：韩国民族文化推进会，1991，第403页。
④ 杨伯峻编著《春秋左传注》，北京：中华书局，1981，第873页。
⑤ 许维遹校释《韩诗外传集释》，北京：中华书局，1980，第2页。

生之可耻，守节之可尚"（《中宗实录》卷39，十五年五月二十七日）①。妇女守节也是一种美德，《李朝实录》载："我国寡妇，失节有重法，故鲜有不守节者，诚国家美风。"（《中宗实录》卷55，二十年十月二十四日）② 守节也是柳梦寅一直认同和坚守的。他"尤好气节，读史至古人伏节死义处，辄击节悲慨"（徐有防《柳公行状》）③。在他的文章中，歌颂妇女、儒士守节者其实也体现了他本人的守节思想。

第一，歌颂守节妇女形象。

柳梦寅一向认为妇女应该遵守"三从四德"。在《与崔参议铁坚书》一文中，他强调："妇女未嫁从父，既嫁从夫，夫死从子，无子复从父。"④ 作为一个女人，就应该"绳己事夫君尽四德"（《呈朝中诸大夫求节孝编诗书》）⑤。对于那些谨遵礼法、恪守妇道的女性，柳梦寅是非常赞赏的。他为多人写过行状、碑铭，如果该人的母亲或夫人有妇德、节行，柳梦寅也会写进去。如："妣李氏……绰有妇德。夫人李氏，璇派也，事舅姑敬，事先生顺，收鞠兄弟之子若己出，闺仪多可观者。"（《赠右议政行同中枢南窗金先生行状》）⑥ "夫人李氏系出牙州……妇德完备，闺门雍睦。"（《赠礼曹参判行平海郡守车公轼神道碑铭并序》）⑦ "淑人生聪慧识事理，妇人解文字，东国所罕，而涉书史稍博。岁五十丧副正，泣血溢米，绝复苏者三年，衣不皂食不肉者二十五载而终。"（《御侮将军训炼院副正申公汝灌墓碣铭并序》）⑧

---

① 〔朝〕春秋馆撰，〔日〕末松保和编《李朝实录》（第21册），东京：学习院东洋文化研究所，1959，第526页。
② 〔朝〕春秋馆撰，〔日〕末松保和编《李朝实录》（第22册），东京：学习院东洋文化研究所，1959，第278页。
③ 〔朝〕柳梦寅：《於于集》（《影印标点韩国文集丛刊》第63辑），汉城：韩国民族文化推进会，1991，第604页。
④ 〔朝〕柳梦寅：《於于集》（《影印标点韩国文集丛刊》第63辑），汉城：韩国民族文化推进会，1991，第551页。
⑤ 〔朝〕柳梦寅：《於于集》（《影印标点韩国文集丛刊》第63辑），汉城：韩国民族文化推进会，1991，第408页。
⑥ 〔朝〕柳梦寅：《於于集》（《影印标点韩国文集丛刊》第63辑），汉城：韩国民族文化推进会，1991，第437页。
⑦ 〔朝〕柳梦寅：《於于集》（《影印标点韩国文集丛刊》第63辑），汉城：韩国民族文化推进会，1991，第435页。
⑧ 〔朝〕柳梦寅：《於于集》（《影印标点韩国文集丛刊》第63辑），汉城：韩国民族文化推进会，1991，第565页。

出于赞赏，柳梦寅还曾专门为两位守节妇女安氏、郑氏婆媳作《节妇安氏传》《烈女郑氏传》。在两传中，柳梦寅描述了两位妇人的感人节行。她们孝敬公婆，侍丈夫如宾，"裁家事得妇道"。丈夫去世，她们尽心竭力安葬，虔诚守丧，甚至"三年不食粟米，取浆沃肠，斥盐酱，伏苫块，泣必血，衣裳尽赤"，"平生未尝对人言笑悦口，便体之物，尽屏之不近"。丈夫死后，她们更加孝顺公婆。柳梦寅将她们当作妇女的典范，认为她们"识见之透，虽男子亦不及知也"（《烈女郑氏传》）①；"学识节行，俱旷古无比，宜编二南"（《节妇安氏传》）②。"二南"即《诗经》中的《周南》《召南》。《诗经》尤其是"二南"，在朝鲜有非常神圣的地位。柳梦寅说将安氏之事编入"二南"即意味着她将永垂不朽，这是极高的褒奖。

在一定程度上，妇女守礼节、尽妇道是一种美德，但如安氏、郑氏这样的守节则不符合人道，甚至是对妇女的一种戕害。柳梦寅没有认识到这一点，这是他思想中落后的一面。

第二，歌颂守节人臣形象，以死守节。

对中国和朝鲜历代的守节人臣，柳梦寅更是赞赏有加。他认为这些人不仅是歌颂的对象，也是学习的榜样。所以柳梦寅不仅在文章中赞扬他们，更在现实中走上了以死守节之路。

《正祖御制貤赠判付》说："时习、梦寅彼二人者，所慕者夷齐也。"③伯夷和叔齐就是柳梦寅多次提及并大加褒奖的两位守节之士。《史记·伯夷列传》载："伯夷、叔齐，孤竹君之二子也。……武王已平殷乱，天下宗周，而伯夷、叔齐耻之，义不食周粟，隐于首阳山，采薇而食之。及饿且死……遂饿死于首阳山。由此观之，怨邪非邪？"④ 商纣王昏庸无道，其臣子姬发（周武王）遂起兵伐纣，建立周朝。这在现代人看来是社会的发展、历史的进步。商人伯夷、叔齐兄弟却不赞同这种

---

① 〔朝〕柳梦寅：《於于集》（《影印标点韩国文集丛刊》第63辑），汉城：韩国民族文化推进会，1991，第574页。
② 〔朝〕柳梦寅：《於于集》（《影印标点韩国文集丛刊》第63辑），汉城：韩国民族文化推进会，1991，第574页。
③ 〔朝〕柳梦寅：《於于集》（《影印标点韩国文集丛刊》第63辑），汉城：韩国民族文化推进会，1991，第292页。
④ （汉）司马迁：《史记》，北京：中华书局，1959，第2123页。

做法，他们认为臣弑君是谓不仁，并坚持一臣不事二君的信念，不食周粟，终于饿死于首阳山中。这虽然是一种落后的思想，却在后世强调忠君爱国的儒家观念中成为被颂扬的对象。

柳梦寅非常敬仰伯夷、叔齐的大忠大节，出使中国时曾特意"入孤竹城而挹夷齐之清风"（《送僚伯李校理朝天序》）①，"庙礼夷齐以蘋蘩"（《送金书状鉴赴京歌序》）②。拜祭夷齐后，柳梦寅又专门作《夷齐庙》一诗。在诗中，他说在中原的众多庙宇中，夷齐庙是自己最钦敬的地方。言外之意是伯夷、叔齐是自己最崇敬的人。他追述了二人的经历，认为他们的节行流传海内外，永垂不朽。柳梦寅还用孔子和孟子的经典语录来佐证自己的观点，即"希怨征尼圣，廉顽信子舆"③。孔子曾评价夷齐说："伯夷、叔齐饿死于首阳之下，民到于今称之。"④"不降其志，不辱其身，伯夷叔齐与？"⑤ 孟子也说："伯夷，目不视恶色，耳不听恶声。非其君，不事；非其民，不使。治则进，乱则退。"又说："故闻伯夷之风者，顽夫廉，懦夫有立志。"⑥ 两位圣人对伯夷、叔齐都持肯定态度，这更加坚定了柳梦寅对他们的敬重。但柳梦寅没有想到，自己有一天也会守节而死。

柳梦寅初事宣祖。1592年，日军入侵，宣祖又多病，立世子（未来的继承人）迫在眉睫。此时宣祖没有嫡子，只有两个庶子临海君和光海君。继任者原本应该是庶长子临海君，但临海君"年长最横，朝野以为忧"（《宣祖修正实录》卷23，二十二年四月一日）⑦，且"荒怠不学，纵奴作弊尤甚"（《宣祖修正实录》卷26，二十五年四月十四日）⑧，而

---

① 〔朝〕柳梦寅：《於于集》（《影印标点韩国文集丛刊》第63辑），汉城：韩国民族文化推进会，1991，第378页。
② 〔朝〕柳梦寅：《於于集》（《影印标点韩国文集丛刊》第63辑），汉城：韩国民族文化推进会，1991，第512页。
③ 〔朝〕柳梦寅：《於于集》（《影印标点韩国文集丛刊》第63辑），汉城：韩国民族文化推进会，1991，第482页。
④ 杨伯峻译注《论语译注》，北京：中华书局，1980，第188页。
⑤ 杨伯峻译注《论语译注》，北京：中华书局，1980，第209页。
⑥ 杨伯峻编著《孟子译注》，北京：中华书局，1960，第232页。
⑦ 〔朝〕春秋馆撰，〔日〕末松保和编《李朝实录》（第31册），东京：学习院东洋文化研究所，1961，第185页。
⑧ 〔朝〕春秋馆撰，〔日〕末松保和编《李朝实录》（第31册），东京：学习院东洋文化研究所，1961，第217页。

"光海饬行服学，中外属心，故上择立之"（《宣祖修正实录》卷26，二十五年四月十四日）①。废长立幼不合礼法，所以朝鲜方面从1592年至1604年多次申请，明朝都没有批准。直到1608年宣祖去世，仁穆王妃也请求立光海君，明朝才承认光海君的合法地位，于1609年正式册封他为朝鲜国王。此后，柳梦寅又全心全意事光海君。

因光海君的即位本来就不合礼法，为了巩固地位，他于即位四年后杀了宣祖年幼的嫡子永昌大君（宣祖正妃仁穆王妃所生）和仁穆王妃的父亲。1623年，仁穆王妃联合一些大臣废了光海君，将宣祖第五庶子定远君的长子李倧（仁祖）推上王位。此时柳梦寅正处罢黜期间，隐居宝盖山灵隐寺中。听说光海君被废，他在《游宝盖山赠灵隐寺彦机、云桂两僧序》中平静地说："余闻之不甚惊者，已见于事之先也。"② 此时，他完全可以像其他人那样回朝求官，但他决定依然隐居山中。因为在他看来，李倧无疑属篡夺君位。他的想法是有一定道理的。虽说光海君的即位不合礼法，但几经周折毕竟征得了明朝的册封。而仁穆王妃在废了光海君，立了李倧之后才向明朝请示，明朝天启皇帝的回复是："李珲袭爵外藩已十五年于兹矣！倧即系亲派，则该国之臣也。君臣既有定分，冠履岂容倒置。即珲果不道，亦宜听太妃具奏，待中国更置，奚至以臣篡君，以侄废伯，李倧之心，不但无珲，且无中国。所当声罪致讨，以振王纲。"③ 由此看来，李倧登基确有篡位之嫌。

深懂儒家纲常的柳梦寅坚持一臣不事二君，在《留别天德庵法师法坚序》中慷慨陈词曰："昔晏子不死内难，子路结缨死之。伯夷饿死首阳，太公鹰扬牧野。商受暴主也，而其亡也圣人去国。昌邑燕山之废，死节无人。荀息之死奚齐，为白圭之玷。荀彧之死汉室，或讥其太晚。建文之禅，鲁山之出。宗社如旧，而一县尽死。六臣不屈，死生去就，君子之大节。我何以处之？且欲以我平生所著述，续《梅月堂集》何如？"④

---

① 〔朝〕春秋馆撰，〔日〕末松保和编《李朝实录》（第31册），东京：学习院东洋文化研究所，1961，第217页。
② 〔朝〕柳梦寅：《於于集》（《影印标点韩国文集丛刊》第63辑），汉城：韩国民族文化推进会，1991，第390页。
③ 刘菁华等选编《明实录朝鲜资料辑录》，成都：巴蜀书社，2005，第291页。
④ 〔朝〕柳梦寅：《於于集》（《影印标点韩国文集丛刊》第63辑），汉城：韩国民族文化推进会，1991，第389～390页。

在历数中国各代守节之事后，柳梦寅又提起了本国的"死六臣"和"生六臣"。1455年，朝鲜的首阳大君（后为世祖）篡夺端宗王位，这十二位大臣坚决反对。其中成三问、朴彭年等六人罹难，称"死六臣"；金时习、南孝温等六人不与世祖同流合污，隐居山野，称"生六臣"。柳梦寅非常钦佩他们，称之曰"君子之大节"。而他认为自己也能诗善文，恰如"生六臣"中的金时习（号梅月堂），所以"续《梅月堂集》"的意思是像金时习那样隐居山林，不事新主。他还在宝盖山寺壁上题写《题宝盖山寺壁》一诗以表达已志（见第三章第一节）。

柳梦寅并非不知道光海君的昏聩，也希望有明君当政，于是嘱托儿子说："我志已坚，今不可改。汝则不必效我，须佐明君，保我家声而已。"然而正当柳梦寅为自己和儿子作打算时，有人报告说："奇自献一队人谋复光海，柳某父子亦入其中。"（徐有防《柳公行状》）在改朝换代之际，这种诬陷往往是杀人的最好时机，于是柳梦寅和儿子同时被捕，儿子马上被处死。柳梦寅的供词是："光海之必亡，妇孺亦知。今王之有圣德，奴隶皆诵之。岂有背明君复昏主之意哉？"又说："父无贤愚而子当尽力，君无明暗而臣当致命。夷齐、方孝孺所遇不同而不事二君，一也。愿从方孝孺，游于地下。"（徐有防《柳公行状》）①《明史·方孝孺传》记载，明成祖朱棣篡位后命方孝孺写诏以告天下，"孝孺投笔于地，且哭且骂曰：'死即死耳，诏不可草。'成祖怒，命磔诸市"②。方孝孺慨然赴死，为旧君惠帝守节。柳梦寅被抓不久也以谋逆罪名被处死，终年65岁，结束了辉煌却坎坷的一生。至此，柳梦寅将执着一生的守节思想付诸实践。

在儒家政治中，以死守节者是被各代的统治者所肯定的。如明成祖之后的明仁宗即位后马上为方孝孺平反。到了神宗初年，"有诏褒录建文忠臣，建表忠祠于南京，首徐辉祖，次孝孺云"（《明史·方孝孺传》）③。朝鲜的"死六臣"和"生六臣"也都很快被平反昭雪，统治者为其建祠立碑并厚遇其后代，以示对其守节的褒奖。正祖十八年（1794）五月，

---

① 〔朝〕柳梦寅：《於于集》（《影印标点韩国文集丛刊》第63辑），汉城：韩国民族文化推进会，1991，第604页。
② （清）张廷玉等撰《明史》，北京：中华书局，1974，第4019页。
③ （清）张廷玉等撰《明史》，北京：中华书局，1974，第4020页。

第四章　柳梦寅散文的思想意涵与中国文化

在柳梦寅被处死的一百七十年后，正祖以《正祖御制伸雪判付》和《正祖御制貤赠判付》为柳梦寅平反昭雪，洗刷了柳梦寅谋反的罪名，将他的死定性为"守节而死"。

改朝换代、江山易主是历史发展的规律。所以，客观地说，柳梦寅为旧主死节的行为是无谓的牺牲，不值得提倡。

（四）义

"义"的基本意义是公正合宜的道理或举动。"义"是儒家提倡的五伦之一。子曰："君子义以为上。"（《论语·阳货》）① 《孟子》曰："义，人之正路也。"（《离娄上》）② "生亦我所欲也，义亦我所欲也；二者不可得兼，舍生而取义者也。"（《告子上》）③ 在儒家的观念中，当人的生命与"义"发生冲突而不能兼得的时候，应该不惜牺牲生命来捍卫"义"的尊严。

"（义）是韩国儒学的精神和原理……是一种对于道德信念的坚持，朝鲜时代的儒学严判'义'与'不义'，严判'义'与'利'。"④ 柳梦寅就是一个重义之人，"知有义而不知有手足"（柳活《祭文》）⑤，为了"义"可以舍弃一切，直至"舍生取义"，其"腔子里从容取义之赤血丹忱，百载相照"（《正祖御制貤赠判付》）⑥。

在柳梦寅的观念中，君臣之间、父子之间、朋友之间的"义"都值得提倡，一切义行、义举都值得褒奖。他的散文也能体现出他重"义"的思想。

1604 年，朝鲜群臣向宣祖上尊号，柳梦寅负责作《上尊号启辞序甲辰》。在序中，柳梦寅认为朝鲜在受到日本侵略时，能得到"天朝"的大力相助就和宣祖的明大义有关。他说："乃今殿下斥绝秀吉者以忠义。故

---

① 杨伯峻译注《论语译注》，北京：中华书局，1980，第 201 页。
② 杨伯峻编著《孟子译注》，北京：中华书局，1960，第 172 页。
③ 杨伯峻编著《孟子译注》，北京：中华书局，1960，第 265 页。
④ 陈来：《简论东亚各国儒学的历史文化特色》，《北京大学学报》（哲学社会科学版）1999 年第 1 期，第 105~108 页。
⑤ 〔朝〕柳梦寅：《於于集》（《影印标点韩国文集丛刊》第 63 辑），汉城：韩国民族文化推进会，1991，第 602 页。
⑥ 〔朝〕柳梦寅：《於于集》（《影印标点韩国文集丛刊》第 63 辑），汉城：韩国民族文化推进会，1991，第 292 页。

秀吉毒我邦，以殿下守忠义，既以忠义被祸，宜以忠义见助。圣天子怜殿下忠义，诸天将感殿下忠义，天下之兵服殿下忠义。人心所在，天道应之，天下顺之，祖宗之灵佑之，所以有今日也。大抵天能天，地能地，人能人，国能国，以有君臣大义也。殿下不以千乘易一大义，自甘颠陷，不负所事，其一隅播越，荣也，非辱也。"① 《上尊号启辞序甲辰》载，壬辰之乱前，日本的丰臣秀吉曾写信给宣祖，希望能借道朝鲜以进攻中国，并许以重酬，希望朝鲜能配合日本的行动，但朝鲜方面严词拒绝了。柳梦寅认为，这正是宣祖深明大义的表现，也是朝鲜一国的荣耀。

在壬辰战争中，朝鲜军民全力抵抗，出现了许多义行、义举，这些义行、义举都是柳梦寅钦佩、歌颂的对象。如金南窗"逮壬辰难，冒兵戈追大驾于成川行在，除礼曹正郎兼备边司郎。陪回銮到延安，授载宁。岁荒兵构，亲党望哺坌集，先生赈活之，对饥民至垂涕，而自奉则甚菲"（《赠右议政行同中枢南窗金先生行状》）②；李光均"平素遇乡人，颇得彼肺腑。逮万历壬辰乱，拔宅避地，饘粥稍有赢，推其衍悉施之。饥人道路之持瓢望哺者，待公而活，不可胜记。识者服其仁曰'李某之赈人周急，古君子莫逮也'"（《御侮将军副司果李公光均墓志铭并序》）③。在壬辰倭乱期间，金南窗和李光均两人都尽自己的能力救助饥民，如此义举让柳梦寅颇为感动，于是在为两人作行状和墓志铭时将其记录进去以示褒扬。

柳梦寅也歌颂了战争之外的一些义行，如金南窗先生"有无分同胞，田仆非老荒，不自取。至如书策杂器，一任姊择取加数，已不与焉。姊亦感其义，不忍占。……拜锦山，时龟峰宋翼弼，通儒也，累父怨将坐。公力庇之，罢官，亦义也"（《赠右议政行同中枢南窗金先生行状》）④。"（申汝灌）兄叔舟方首勋亚台，而独投官不愿。作亭于淳昌，号归来，

---

① 〔朝〕柳梦寅：《於于集》（《影印标点韩国文集丛刊》第63辑），汉城：韩国民族文化推进会，1991，第347页。
② 〔朝〕柳梦寅：《於于集》（《影印标点韩国文集丛刊》第63辑），汉城：韩国民族文化推进会，1991，第437页。
③ 〔朝〕柳梦寅：《於于集》（《影印标点韩国文集丛刊》第63辑），汉城：韩国民族文化推进会，1991，第570页。
④ 〔朝〕柳梦寅：《於于集》（《影印标点韩国文集丛刊》第63辑），汉城：韩国民族文化推进会，1991，第437页。

终老焉。至今湖中人士义之，立书院玉川上祠之。……郡守尹绍，父母两丧俱在殡，火炽殡室。人辟易莫敢近，公躬冒烟焰，独扛两柩而出。远迩睹闻者，皆曰为人排患释难，不避焦烂，非徒勇耳，义也。……铭曰：'……不怕燔灼，惟义之激。'"（《御侮将军训炼院副正申公汝灌墓碣铭并序》）① 金南窗将属于自己的财物分给他人，为别人辩护而丢掉官职；申汝灌不愿借哥哥的权势谋取官职，冒着被烧死的危险将别人父母的灵柩扛出灵堂。这些都是难得的义举，是柳梦寅极为钦敬的。

对于君臣之义、朋友之义，柳梦寅还有这样的一些看法："不忘君父者，义也。"（《上尊号启辞序甲辰》）② "而臣子何可忍见利不见义？"（《拟宋朱阳祖进八陵图表》）③ "圣征乎？圣人以朋友齿五伦，其义顾不重乎？莫大者死生，犹或为朋友许身，矧其余乎？余未知今之世重斯义乎？"（《赠李圣征廷龟令公赴京序》）④

从以上所引内容可知，忠、孝、节、义思想贯穿柳梦寅散文的始终，也支撑了他一生的行动。正如柳梦寅对自己的概括："我能怀忠植节。……吾之忠孝节义，似无愧于今之人古之人也夫！"（《赠表训寺僧慧日序》）⑤ 柳梦寅倡导忠孝节义思想无疑是对儒家传统文化的坚守，但在丧礼和守丧方面的过分坚持和妇女为夫守节、人臣为君死节思想则表现了其儒家思想中的局限。

第二节 "结民心以固邦本"——民本思想的表达

柳梦寅还极为关注社会和现实生活，尤其关注普通人的生活和命运。他的很多散文都表达了对人民的热爱、感激、同情、信任等炽热的情感，

---

① 〔朝〕柳梦寅：《於于集》（《影印标点韩国文集丛刊》第63辑），汉城：韩国民族文化推进会，1991，第565~566页。
② 〔朝〕柳梦寅：《於于集》（《影印标点韩国文集丛刊》第63辑），汉城：韩国民族文化推进会，1991，第346页。
③ 〔朝〕柳梦寅：《於于集》（《影印标点韩国文集丛刊》第63辑），汉城：韩国民族文化推进会，1991，第601页。
④ 〔朝〕柳梦寅：《於于集》（《影印标点韩国文集丛刊》第63辑），汉城：韩国民族文化推进会，1991，第357页。
⑤ 〔朝〕柳梦寅：《於于集》（《影印标点韩国文集丛刊》第63辑），汉城：韩国民族文化推进会，1991，第384页。

还提出了不少具体可行的安民、养民、牧民的建议和措施。在《教全罗道观察使兼巡察使韩孝纯书》中，柳梦寅语重心长地说："卿钦哉！其无失善后之策乎！所谓善后者何？曰'结民心以固邦本'，曰'生民财以裕民天'。"① 这正是柳梦寅散文中大量存在的民本思想的反映，是其散文的重要内容。

民本思想原是中国重要的传统思想之一，夏朝已经萌芽。先秦儒家将传统民本思想进一步发展、完善，此后民本思想成为儒家思想体系的重要组成部分，也是儒家文化的精华。民本思想充分认识到人民在国家社稷中的重要作用，是历代统治者与人民和谐相处、稳固江山的重要前提。古代的中国和朝鲜都是典型的农业社会，在农业社会中，所谓的人民主要为农民，所以本节的"结民心以固邦本"中的"民"主要也指农民。

朝鲜在引进中国传统儒家思想时自然接受了民本思想，如朝鲜有一种农乐舞，起源于2000多年前，表演这种舞蹈时要打出"农者，天下之大本"的条幅。这说明朝鲜早在2000多年前就已经有民本的意识。朝鲜朝时期的各代统治者更提倡以民为本，《李朝实录》中就有多处朝鲜国王和大臣强调民为国之本的记载。如1406年，"京畿都观察使全伯英入见于行幄，上问禾谷丰歉，且曰：'每当损失之时，分遣敬差官，人皆厌之，何也？'伯英对曰：'国以民为本，有民然后有国。为敬差官者，往往不察民病，以国与民为二，欲专利于国，不便于民生者甚多。是以厌之。'上深然之"（《太宗实录》卷12，六年九月十八日）②。1444年，世宗大王下教曰："国以民为本，民以食为天。农者，衣食之源，而王政之所先也。"（《世宗实录》卷105，二十六年闰七月二十五日）③

柳梦寅的生活经历基本上是读书、做官、被罢黜后隐居几个阶段，一生中和下层人民接触并不多。但他做官期间曾多次到地方巡行，足迹遍布八道，对农民的生活状况有所了解。而且他出身儒学世家，一直受良好的儒家文化教育，懂得民为邦本的道理，深知农民对于国家社稷的

---

① 〔朝〕柳梦寅：《於于集》（《影印标点韩国文集丛刊》第63辑），汉城：韩国民族文化推进会，1991，第547页。
② 〔朝〕春秋馆撰，〔日〕末松保和编《李朝实录》（第2册），东京：学习院东洋文化研究所，1954，第747页。
③ 〔朝〕春秋馆撰，〔日〕末松保和编《李朝实录》（第9册），东京：学习院东洋文化研究所，1956，第405页。

重要性。所以在宣扬儒家忠孝节义思想的同时，柳梦寅也表现出了浓厚的民本思想，而这正是其思想和散文中的亮点。

一 "国赢民赖"

人民是物质资料的主要生产者，是整个社会赖以存在的物质基础的提供者，也是社会发展、进步的决定性力量。离开了人民，一个国家就失去了基础，就不能强大起来，甚至其统治也无法维持下去。因此，统治者必须重视人民的存在以及他们的劳动。对此，《论语·颜渊》总结说："百姓足，君孰与不足？百姓不足，君孰与足？"[①] 这里的君在一定程度上就是国家的代表。柳梦寅在《送海运判官曹偗诗序》中也概括了国家与人民的关系："自夏禹分贡九州，别土品为上中下，而赋税之夥鲜得其正。凡朝家宗庙百官军旅之需及大小经费资用于缓急者，悉征于四方万民。输诸上都而仓钟之，然后国家之命脉达焉。"接下来他以具体的人和事证明这个观点并得出结论："萧何之转粟关中，寇恂之给饷河内，耿寿昌之岁输四百万，刘晏之恒运数十万，国赢民赖，运祚随昌。"[②] 一个国家的所有花费都来源于人民，也就是说人民养活了国家，国家的命脉掌握在人民手中。历史上一些事实已经证明了这一观点。

萧何是辅佐刘邦取得天下的得力助手，在旷日持久的楚汉战争中为刘邦的汉军供应粮食和其他军需物资，使汉军一心作战，没有后顾之忧。连年的战争使农业生产严重衰退，可是汉军的粮食从来没有紧张过，其他军需物资也从来没有匮乏过，这全依赖于萧何的运筹帷幄。《后汉书·邓寇列传》记载，在光武帝刘秀起兵期间，任命寇恂为河内太守，行大将军事。刘秀对寇恂推心置腹，殷殷嘱托："河内完富，吾将因是而起。昔高祖留萧何镇关中，吾今委公以河内，坚守转运，给足军粮，率厉士马，防遏它兵，勿令北度而已。"[③] 寇恂没有让刘秀失望，刘秀北伐燕、代时，他统领属县，"讲兵肄射"，砍掉淇园的竹林，造箭百万支，养马两千匹，收租四百万斛，并把这些及时转运前线，以给军资。耿寿昌是

---

① 杨伯峻译注《论语译注》，北京：中华书局，1980，第134页。
② 〔朝〕柳梦寅：《於于集》（《影印标点韩国文集丛刊》第63辑），汉城：韩国民族文化推进会，1991，第376页。
③ （南朝宋）范晔撰，（唐）李贤等注《后汉书》，北京：中华书局，1965，第621页。

西汉著名理财家,宣帝时任大司农中丞,在西北设置"常平仓",用来抑制粮价的上涨。他还减少了漕运的耗费,提高了海租即水产的赋税。经过他的努力,西汉实现了人口增殖,先前在战乱中流离失所的难民又重新成为政府赋税收入和徭役征集的稳定来源,国库也因此日益丰盈。刘晏是唐代著名的经济学家,在唐朝中期执掌财经大权数十年,唐肃宗时任户部侍郎,兼度支、铸钱、盐铁等使;唐代宗时为吏部尚书、平章事,仍兼度支、盐铁、转运、租庸使。在安史之乱中,原漕运被破坏,长安及关中地区严重缺粮。而刘晏的最大功绩便是整顿了江淮漕运,使江南的粮食源源不断地运进长安,保证了长安的粮食供给,稳定了京师的粮价。他还改革了常平仓,设立了平盐仓,稳定了粮价,增加了盐利的收入。刘晏的措施在很大程度上恢复了被摧毁的唐朝经济。

在历史上,这四个人都以为战争提供军需物资或为战后恢复经济做出了巨大贡献而著称并流芳百世。但此处柳梦寅提及他们并非要称赞其功绩,而是另有目的。在柳梦寅看来,他们之所以能成就大业、名垂千古,归根结底还是依赖于人民这一强大的基础。如果不是广大人民生产粮食、缴纳赋税,他们的管理、运筹才华便无法施展,也不可能实现千秋功业,他们所属的国家和时代也就不会国祚昌盛。在这一系列论证之后,柳梦寅顺理成章得出了"国赢民赖"这一令人信服的结论。

二 "哀我斯民"

朝鲜朝中期,内忧外患使人民生活于水深火热之中,饱受煎熬。对此,柳梦寅在《玉堂札子》中沉痛地呼喊:"哀我斯民,亦独何辜。"①那么,当时朝鲜人民的处境究竟如何呢?

在朝鲜国内,统治者实行残酷的"三政"制度,"三政"即"田政""军政""还政"。"田政"指按土地面积征税。有时把有关田结的各种杂税都以现金折算,称为都结钱。这种都结钱大大高于市价,加之其数量按郡县各不相同,给人民带来更大的痛苦。"军政"即1537年开始实行的"军籍收布法",即凡已登记军籍而不服役者要缴纳军布。"三、五岁

---

① 〔朝〕柳梦寅:《於于集》(《影印标点韩国文集丛刊》第63辑),汉城:韩国民族文化推进会,1991,第405页。

第四章 柳梦寅散文的思想意涵与中国文化

的幼儿被编入骑兵或炮兵已是普遍现象,有的婴儿则生下来就被登入军籍……甚至还将死者的军布负担强加于其子孙。"① 而许多特权阶层则免纳军布,贪婪的统治者自然将其负担转嫁到百姓头上。"还政"指还谷,原本是带有赈恤性质的借贷,由政府贷给农民粮食或种子,春借秋还,连本加利后却变为高利贷剥削。但这种剥削"……是在国家施行'仁政'的欺骗口号下推行的。它不同于国家的其它剥削项目,给人造成一种错觉,似乎多少给一点之后才拿走的。……结果,还谷的发放量越来越大,利息高达百分之三十到五十,有的甚至超过百分之百"②。农民在这种带有欺骗性的制度下挣扎,一步步走向深渊。"三政"之外,人民还有纳贡和其他各项不合理的负担。进入16世纪,"随着剥削阶级内部竞相奢侈,王室和官僚贵族对各地特产和精制手工业品的需求更加增长。……农民为了进贡,不得不到京城高价购买头年进献后经宰相之家重新流入市场的贡品。农民生活非常困苦,一年到头勉强糊口,却被迫引纳,即提前缴纳一两年的贡物。此外还有防纳,即无条件地拒绝农民缴纳的贡物,而叫他们以昂贵的价格购买胥吏们事先准备好的物品进贡。引纳和防纳是造成农民破产和农村荒凉的重要原因之一"③。而大量的地方贪官污吏为了获取政绩和金钱,更是不顾人民的死活。他们除了完成国家规定的收缴任务外,还私自搜刮以充实自己的收入。

重重剥削使得民不聊生,这些柳梦寅都看在眼里,痛在心上。在替国王起草的《教成川府使许潜善政加赏书》中,柳梦寅直言不讳地说:"予观今之世,世已末,人心不古。贪官污吏,黩货刻民以私己者,虽触邦宪罹严谴,犹未艾也。"④ 于是,他在各类文章中,真实地描写了人民

---

① 〔朝〕朝鲜民主主义人民共和国科学院历史研究所:《朝鲜通史》(上卷第三分册),吉林省延边朝鲜族自治州《朝鲜通史》翻译组译,长春:吉林人民出版社,1973,第975页。
② 〔朝〕朝鲜民主主义人民共和国科学院历史研究所:《朝鲜通史》(上卷第三分册),吉林省延边朝鲜族自治州《朝鲜通史》翻译组译,长春:吉林人民出版社,1973,第975~976页。
③ 〔朝〕朝鲜民主主义人民共和国科学院历史研究所:《朝鲜通史》(上卷第三分册),吉林省延边朝鲜族自治州《朝鲜通史》翻译组译,长春:吉林人民出版社,1973,第689~690页。
④ 〔朝〕柳梦寅:《於于集》(《影印标点韩国文集丛刊》第63辑),汉城:韩国民族文化推进会,1991,第400页。

受苦受难的惨状,并表达了无限的同情。在《送韩山郡守李子信序》中,柳梦寅悲愤地说:"余目方今病民之政多门,民皆如鼎鱼俎牺。而虽有喙三尺乎,恨发言之无所。"① 在层层剥削下,人民如"鼎鱼俎牺",任人宰割、烹煮。这一比喻形象地概括了当时人民的悲惨处境。而对于人民的如此遭遇,柳梦寅认为自己即使有三尺长的嘴巴,也发言无所。于是他在诗歌《咏梳》中形象表达了铲除那些寄生于人民的剥削者的愿望,诗曰:"木梳梳了竹梳梳,乱发初分虱自除。安得大梳千万尺,一梳黔首虱无余。"② 然而,不幸的是,铲除寄生虫的大梳还没有找到,朝鲜人民又遭遇了更大的灾难。

国内的政治紊乱、经济落后和国防的松懈给了日本侵略者可乘之机。1592年,日本发动了侵略朝鲜的壬辰战争。长期的战争使原本就贫苦、疲惫的朝鲜人民生活更加艰苦。加之战后统治阶级并没有积极采取措施改善政策、恢复生产生活,而是仍然大肆兼并土地、残酷掠夺,人民无法休养生息,甚至陷入绝境。此时,柳梦寅在自己的散文中进一步表达了"哀民"的主题。他曾这样描述黄海道的情况:"加以变乱以来,一道之民,兵而死,饥而死,疫而死,十居八九。而天兵绎骚,闾舍萧然。贡赋徭役之苦,比平时倍之。民之困,极矣。"(《教黄海观察使柳永询书》)③ 战乱、饥荒、瘟疫已经使黄海道的大部分居民死亡,而士兵骚扰、赋税加倍又加重了居民的困窘。令人悲哀的是,并非只有黄海道有这种情况,其他几道的居民也未能幸免。正如柳梦寅被罢黜后居住在表训寺时,曾经向那里的僧人所描述的那样:"即今观国家多事,百姓嗷嗷,剐肌醋骨,左啖右齰,如入汤鼎之里。其夫负妻戴而去也,填坑仆壑,磔犬流尸者相藉。虽其存者,鹊借鸠巢,张换李室,举八道无一安栖。"(《赠表训寺僧慧日序》)④ 八道之民全都饱受搜刮,背井离乡仍然

---

① 〔朝〕柳梦寅:《於于集》(《影印标点韩国文集丛刊》第63辑),汉城:韩国民族文化推进会,1991,第379页。
② 〔朝〕柳梦寅:《於于集》(《影印标点韩国文集丛刊》第63辑),汉城:韩国民族文化推进会,1991,第340页。
③ 〔朝〕柳梦寅:《於于集》(《影印标点韩国文集丛刊》第63辑),汉城:韩国民族文化推进会,1991,第546页。
④ 〔朝〕柳梦寅:《於于集》(《影印标点韩国文集丛刊》第63辑),汉城:韩国民族文化推进会,1991,第384页。

难以保全性命，尸骨遍地的惨象随处可见。此时，柳梦寅自己的处境也很艰难，甚至连吃饭都成了问题，但他"哀民生之多艰"的情感从来都没有改变过。

三 "安民务本"

毫无疑问，民为邦本，而作为国家之本的人民正在饱受煎熬，那么为了国家的发展和稳定，作为统治阶层的君王和各级官员就应该采取一些安民、惠民的策略。这正是柳梦寅多次向朝鲜国王进谏、对各级官员劝勉的一个焦点所在。他曾恳切地向宣祖上《玉堂札子》，希望宣祖能采取措施安民务本。柳梦寅指出："鲸波十载，草木无余。天兵八路，鸡狗靡宁。赪肩甫息，血拇才干，收召剑铓之余魂，民不万一。"战争的血雨腥风使人口剧减，人民损失惨重。而乱后各级官吏更加贪婪奢侈，"拆姓署之缄，千匹文绢；启脯醢之瓿，万颗瓜金。醝舰云翔于碧海，陇木鬼输于朱门。需妻妾之奉，办子孙之资"，因此更加疯狂搜刮，"髓椎肤剥，靡子周余"，致使"民生之毛发无余"①，无以聊生。长此下去，国将不国，所以安民务本势在必行。在此，柳梦寅一针见血地直指统治阶级的痛处，态度既恳切又坚决。

至于如何安民务本，柳梦寅也向国王和地方官吏提出了一些建议和措施。

其一，柳梦寅认为统治者要根据实际情况采取一定的惠民政策。

《李朝实录》记载，1604年，柳梦寅和其他几位承旨一同为灾年惠民之事上书宣祖曰：

> 大乱之后，方域粗定，一国臣民，无不拭目以望渐宁，而天灾时变，出现层叠，反有甚于壬辰之前。人心疑惧，未知此后复有何事。今年水旱，近古所无，已极惨恻，而伏见近日诸道之状，狂风怪雨之变，无处不作，环东土千余里，凡民物草木，获免其害者几希。其所以大警甚怒于冥冥之上者，昭昭可想矣。仁爱之天，奚至于是？思之至此，莫不震栗危惧。伏惟圣明，于畏天应天之诚，所

---

① 〔朝〕柳梦寅：《於于集》（《影印标点韩国文集丛刊》第63辑），汉城：韩国民族文化推进会，1991，第405页。

未尝不用其极,而今日之灾,宜有以另加省惕,思所以消弭之方,不胜幸甚。(《宣祖实录》卷165,三十六年八月八日)①

这段文字的主要意思和目的是,大乱初定,天灾又频繁发生,人民饱受其害,希望国王宣祖能采取措施予以缓解。

对于不利于民的政策,柳梦寅则提出了批判并希望能够改善。在《送公州使君李伯吉善复令公诗序》中,他就以公州为例将朝鲜与中国的治民策略做了对比,指出了朝鲜统治者对人民的态度和政策不如中国。他说自己在出使中国期间了解到中国的田税制度和兵役制度是:"税田,亩三十钱。役民,筹功偿直。养兵,人口粮月给银。一身及全家本与末相资,以裕衣食。令流币泉行,不侵为二事。用是民各生其生,周过而剩,剩过而华,华过而侈,反以赡病焉。无他焉,治民者使之也。"这不仅有利于治民,且利于养兵。而朝鲜则是:"税也尽亩,役也穷年,且不偿一人。兵兼农,力不两任,而又粗治本而专弃末。货不能四方,衣侵食食侵衣,二事相耗。谓泉币彼此异宜,若是则民安得不穷且盗也?"由于沉重的赋税、兵农不分、人民衣食不能两全还异常疲惫,贫困和偷盗就在所难免。在公州这种情况尤其严重:"公之民,困于旱、于山陵、于诏使。有年罄地毛输之官,橡栗以朝夕。多田者赋愈烦贫滋甚,不徙则殍。因此法为此政,虽百龚黄,奈吾民何?"② 农民将全部出产输入官仓,自己只能以橡栗充饥,如果不迁走就难以保命。所以在朋友将赴公州时,柳梦寅诚恳地嘱托他要借鉴中国的田税、兵役制度,以惠公州之民。

其二,柳梦寅主张为官要勤政爱民。

人民不仅是邦国之根本,也是官吏们的衣食父母,正如柳梦寅概括的那样:"余儒者也,向者事事于国,将父母我生民,故不耕不织,衣食须于人。"(《赠乾凤寺僧师洽序》)③ 既然自己生存所需的一切都来源于

---

① 〔朝〕春秋馆撰,〔日〕末松保和编《李朝实录》(第30册),东京:学习院东洋文化研究所,1961,第185页。
② 〔朝〕柳梦寅:《於于集》(《影印标点韩国文集丛刊》第63辑),汉城:韩国民族文化推进会,1991,第518~519页。
③ 〔朝〕柳梦寅:《於于集》(《影印标点韩国文集丛刊》第63辑),汉城:韩国民族文化推进会,1991,第386页。

民，那么勤政爱民、为民服务就是官吏们义不容辞的责任。汉代贾谊曾说："夫为人臣者，以富乐民为功，以贫苦民为罪。"（《新书·大政》）①这也正是柳梦寅对官民关系的概括。

柳梦寅曾多次为即将赴地方做官的朋友或同僚送行，而送行的主题或重要内容往往就是希望其能清廉为官、勤政爱民。在《送韩山郡守李子信序》中，他没有像一般的送行者那样祝愿他一帆风顺或是早日擢升，而是送给他关乎民生的三十个字："曰贡，曰田，曰屯，曰粮，曰银，曰宫，曰刷，曰别，曰收，曰骑，曰步，曰选，曰皂，曰水，曰漕，曰炮，曰防，曰盐，曰生，曰官，曰乡，曰畋，曰状，曰直，曰弓，曰厅，曰邻，曰族，曰豪，曰吏。"又指出这些都是"膏民血民、削肌剐骨民、啖嚼磔膊齑粉民者也"。并语重心长地说："为守者善其政，则三十者不为民病而一邑安；不善其政，则三十者一皆病乎民而已，反为三十害之首。李子，仁者也。仁者之于为政，以公不以私。吾知韩之百政举，岂特三十得其善而已乎！……李子之郡，善行此三十字，毋谓询谋狂也。"②柳梦寅意在嘱托李子信要真正为民造福而不是搜刮害民。在《送宣生时麟南归序》中，柳梦寅更加直白地告诫他："毒我无告之民，守令不可为也。"③

在送别冬至使李昌庭时，柳梦寅说："李君善治民，所历三邑，皆有治行为第一。"（《送冬至使李昌庭序》）④可知，在考察官吏的政绩时，他也主张将其治民的情况作为一条重要的标准。当然，对于勤政爱民的官员要奖励，而对于贪腐害民的官员则要坚决惩处，他在《玉堂札子》中明确表达了这一观点："伏愿殿下严贪赃之法而一切勿宥，奖廉素之风而万世为宪。"⑤ 而他自己也在管理地方官吏时坚决遵守赏罚分明的原

---

① （汉）贾谊撰，阎振益、钟夏校注《新书校注》，北京：中华书局，2000，第340页。
② 〔朝〕柳梦寅：《於于集》（《影印标点韩国文集丛刊》第63辑），汉城：韩国民族文化推进会，1991，第379页。
③ 〔朝〕柳梦寅：《於于集》（《影印标点韩国文集丛刊》第63辑），汉城：韩国民族文化推进会，1991，第364页。
④ 〔朝〕柳梦寅：《於于集》（《影印标点韩国文集丛刊》第63辑），汉城：韩国民族文化推进会，1991，第366页。
⑤ 〔朝〕柳梦寅：《於于集》（《影印标点韩国文集丛刊》第63辑），汉城：韩国民族文化推进会，1991，第405页。

则。《李朝实录》载，1597年，柳梦寅作为巡抚御史查访咸镜道，还朝后奏禀国王说：

> 稳城府使尹安性，居官清简，吏民胥悦；吉州牧使郑文孚，明政惠民，赋役均平；富宁府使李琰，干办官事，得民欢心；洪原县监韩禹臣，慈详爱民，谨慎奉职；甲山府使郑沉，勤干恤民，流亡咸集；惠山佥使张国柱，招还亡卒，缮完防备。似当各别褒赏，以奖他人。（《宣祖实录》卷91，三十年八月十七日）①

而朝鲜在"十五世纪末至十六世纪对农民的剥削进一步加重，这不仅因为两班官僚通过田税、纳贡和军布以及各种高利贷对农民进行残酷剥削，而且胥吏的营私舞弊也起了重要作用。官吏和胥吏的残酷剥削迫使农民流离逃散，村落荒凉，耕地荒芜"②。可见，贪腐害民的官员还是大有人在的，柳梦寅在巡行地方时就惩处了一大批。他曾对朋友郑晔讲他的经历："逮忝行台于七道，谓士夫委质于国，必先去跖徒而后民可安也。于是不问文武之强御，务击贪赃。前后数十人，或拘之金吾，或划其官爵。"（《送郑时晦晔赴京序》）③对于害民者，不管其官职高低、势力大小，柳梦寅决不姑息迁就，或拘捕，或罢官，以此来安定民心。即使是自己的亲友，柳梦寅也不放过。1603年，柳梦寅作为京畿御史了解到申应榘假托明使之名在民间收米一事，马上禀报国王，希望查处。其奏章曰："利川前府使申应榘，托于天使支供，收米民间，几七十余石，稇载江船，竟无置处而见递，民间嫉怨，欲食其肉。应榘，乃有名成浑之高弟，时人比之四皓，而反为盗跖之所不为。请令监司，输上鞫案，核其虚实。"（《宣祖实录》卷160，三十六年三月十七日）柳梦寅也曾学于成浑，那么与申应榘便是同门，而且二人还有亲属关系，《宣祖实录》同一天还记载："应榘，橓之子也，梦寅，栻之婿也。栻、橓为从兄弟，

---

① 〔朝〕春秋馆撰，〔日〕末松保和编《李朝实录》（第29册），东京：学习院东洋文化研究所，1961，第142页。
② 〔朝〕朝鲜民主主义人民共和国科学院历史研究所：《朝鲜通史》（上卷第三分册），吉林省延边朝鲜族自治州《朝鲜通史》翻译组译，长春：吉林人民出版社，1973，第695页。
③ 〔朝〕柳梦寅：《於于集》（《影印标点韩国文集丛刊》第63辑），汉城：韩国民族文化推进会，1991，第525页。

而浑乃杙之妻甥。"① 但柳梦寅不徇私情，坚决要求查处其在任期间的劣行，给百姓一个交代，以平民愤。

总之，柳梦寅尊重人民、同情人民，认为"泽民君子事"（《别侄瀟赴海美任所二首》）②，主张"结民心以固邦本"，并一直努力为改善人民生活状况献计献策。这一切都是宝贵的民本思想的体现。

第三节 "苏民活国之策"——实学思想的践行

内忧外患使朝鲜的社会经济和人民生活遭到严重破坏，人口大量减少，土地荒芜，甚至出现了这样的悲惨景象："自凤山至京城一带直路，荡无人烟，往来公差及商贾行旅亦无过宿之地。"（《宣祖实录》卷131，三十三年十一月二十七日）③ "田野未尽辟，污莱榛莽，满目萧然，畎亩阡陌，无迹可据。"（《宣祖实录》卷159，三十六年二月十二日）④ 然而朝鲜的统治者没有采取根本性措施来恢复经济、改善人民生活、增强国力，而是继续大肆征徭役、收赋税，又大兴土木，修宫殿、造王陵。这使得原本就百孔千疮的社会经济更加萧条，人民生活更加艰辛。国家进行重大的社会改革迫在眉睫。

在这样的历史背景下，致力于"经世致用"和"利用厚生"的朝鲜实学思想逐渐萌生并发展起来。实学的一个重要内容就是主张通过改进生产技术、发展工商农业，从物的角度使国家经济繁荣、人民生活富裕。如学者李甦平指出："所谓韩国实学具有指向近代的价值，是说韩国实学提出的经世致用、利用厚生、实事求是，尤其是开放对外贸易、改革土地所有制、促进工商业发展等进步主张是改革韩国社会的一剂良药，是

---

① 〔朝〕春秋馆撰，〔日〕末松保和编《李朝实录》（第30册），东京：学习院东洋文化研究所，1961，第131~132页。
② 〔朝〕柳梦寅：《於于集》（《影印标点韩国文集丛刊》第63辑），汉城：韩国民族文化推进会，1991，第310页。
③ 〔朝〕春秋馆撰，〔日〕末松保和编《李朝实录》（第29册），东京：学习院东洋文化研究所，1961，第725页。
④ 〔朝〕春秋馆撰，〔日〕末松保和编《李朝实录》（第30册），东京：学习院东洋文化研究所，1961，第120页。

使韩国社会由中世纪向近代迈进的强大推动力。"① 因此目前研究朝鲜实学的国内外学者大多认为李晬光是朝鲜实学的先驱。如葛荣晋说他是"朝鲜半岛传播、倡导'实学'的奠基者和开创者"②。原因是李晬光倡导"懋实"思想,主张"力行之以尽践履之实""以实心行实政",还具体提出了"养民""强兵""用钱币""引进西方先进的科学技术"等"富国之术"和"足兵之策"。李瀷（1681~1763）主张土地改革、减除杂税、为政清廉,被认为是"经世致用"的代表。另一位实学大家朴趾源（1737~1805）认为:"利用然后可以厚生,厚生然后可以正其德矣。不能利用而能厚生鲜矣,生既不足以自厚,亦恶能正其德乎？"(《热河日记·渡江录》)③ 因此他被看作"利用厚生"派的代表。丁若镛（1762~1836）则毫无疑义地成为朝鲜实学的集大成者。

而在研究朝鲜实学时,却极少有人谈及柳梦寅。因为柳梦寅出身书香门第,自幼年读书开始到入朝为官,一直是在性理学的社会思想中成长的。他前期的思想和创作都有较明显的性理学特征。但随着朝鲜社会政治、经济、国际关系的发展变化,空谈性理已经不能解决实际问题。于是,"具有性理学知识的一部分儒学者表现出把注意力转向现实的经济及社会问题的态度"④。柳梦寅就是其中的一个代表。壬辰战争之后,他亲眼见到了朝鲜因内忧外患而产生的种种弊端,社会经济衰退,人民生活困苦,而他原本崇尚的性理学根本无法改变这样残酷的现实。于是,他积极主张务实,强调做人要实事求是,做学问要解决实际问题。柳梦寅生活的"16世纪中叶以来……朝鲜朝儒学走上了谈空说玄、脱离实际的歧路,只追求形而上,而放弃形而下,丧失了经世思想"⑤。在这关键时期,柳梦寅在《二养堂记》中指出:"儒者之学,务着实。"⑥ 有学者

---

① 李甦平:《论韩国儒学的特性》,《孔子研究》2008年第1期,第4~12页。
② 葛荣晋主编《韩国实学思想史》,北京:首都师范大学出版社,2002,第133页。
③ 〔朝〕朴趾源:《燕岩集》(《影印标点韩国文集丛刊》第252辑),汉城:韩国民族文化推进会,2000,第151页。
④ 〔韩〕韩国哲学会编《韩国哲学史》(下卷),韩振乾、王丹等译,北京:社会科学文献出版社,1996,第88页。
⑤ 李甦平:《论韩国儒学的特性》,《孔子研究》2008年第1期,第4~12页。
⑥ 〔朝〕柳梦寅:《於于集》(《影印标点韩国文集丛刊》第63辑),汉城:韩国民族文化推进会,1991,第543页。

说:"发端于 17 世纪初的韩国实学,是韩国儒学发展的一个阶段,是反思性理学末流只尚虚玄,不务实用,导致民穷国弱的弊端而产生的。"①由此看来,柳梦寅所强调的正是实学思想的一个关键所在。柳梦寅在评价自己和他人时也往往以是否务实、懋实为标准,在请求辞掉艺文提学一职时,他的理由也是"年来所著述积案过首者,率是俳优之言,不适于实用。其于当世之好,未免为齐门之瑟"(《辞艺文提学疏》)②。对于能够务实者,柳梦寅是非常赞赏的,如他在《赠右议政行同中枢南窗金先生行状》中说金南窗:"处心制事,无内外矫揉。尊人以自卑,践言而懋实,虽古之君子,恐未能过也。"③ 又在《赠礼曹判书行承文判校申公熟墓碣铭并序》中说申熟:"师友古之人,俯一世空无人。为文章,不蕲时用。懋实行,不求世人知。"④ 而对于不能够务实者,柳梦寅则毫不留情地予以批评,他曾在《无尽亭记》中说:"至若世之闲人不务实,徒以无心出岫为玩。或配之月露,以资讽咏,非盛甫甫述祖勉学之意。"⑤ 如果说这些还不能算作成熟的实学理论,至少也可以说柳梦寅的思想中有实学思想的一些因素。

柳梦寅与李晬光是同时代人,早于李瀷 122 年,早于朴趾源 178 年,早于丁若镛 203 年。我们不能否认李晬光在朝鲜实学史上的先驱地位和李瀷、朴趾源、丁若镛对实学的巨大贡献。但一种思想或学派的产生、发展往往是一代或几代人的功劳,柳梦寅也是朝鲜实学初期的一个功臣,但因为他没有像李晬光、李瀷、朴趾源、丁若镛那样提出系统的实学理论,所以其实学思想长期以来都被忽视了。

最能体现柳梦寅实学思想的,是他结合当时社会的实际情况,提出了一系列有利于国计民生的改革措施。柳梦寅作为巡抚御史到各道巡行

---

① 姜日天、彭永捷、韩相美编著《君子国智慧——韩国哲学与 21 世纪》,上海:华东师范大学出版社,2001,第 75 页。
② 〔朝〕柳梦寅:《於于集》(《影印标点韩国文集丛刊》第 63 辑),汉城:韩国民族文化推进会,1991,第 404 页。
③ 〔朝〕柳梦寅:《於于集》(《影印标点韩国文集丛刊》第 63 辑),汉城:韩国民族文化推进会,1991,第 438 页。
④ 〔朝〕柳梦寅:《於于集》(《影印标点韩国文集丛刊》第 63 辑),汉城:韩国民族文化推进会,1991,第 562 页。
⑤ 〔朝〕柳梦寅:《於于集》(《影印标点韩国文集丛刊》第 63 辑),汉城:韩国民族文化推进会,1991,第 392 页。

期间，了解到朝鲜人民的贫苦，他的《式年殿试策题》说："今中国之民，家殷人足，而我国之民，无不贫窭困苦。如非征赋有轻重，经营有勒慢以致之，必由不识理财裕民之道故也。"① 于是，1610年，他向咸镜监司韩浚谦进上《安边三十二策》。这三十二策就是针对咸镜道实际情况提出的三十二项非常具体而可行的改革措施。在其他散文中，柳梦寅也对改善国计民生提出过建议和措施。用他自己的话说这些措施是"援古酌今"而来的"苏民活国之策"。"苏民活国"也是儒家思想一贯主张和倡导的，但以实学思想和"经世致用"措施来"苏民活国"则是柳梦寅结合朝鲜的时代特征得出的结论，所以是传统儒家思想的时代化、民族化。概括起来，柳梦寅这些"苏民活国之策"主要包括"屯田减税""扩大生产""改革军政""发展经贸"几个关键的方面。

一 屯田减税

根据朝鲜当时地广人稀、大量土地荒芜和赋税沉重、人民生活困窘的实际情况，柳梦寅提出了屯田减税的解决办法。

在古代的东亚，大部分国家属于农业社会，这些国家的绝大部分生活资料来源于田地的出产，所以，田地就是所有人生存的基础。但人口少、生产力水平低下使得大片土地无人开垦，长期荒芜。当统治者认识到土地的重要性时，就开始实施各种形式的屯田制度。屯田是指利用戍卒或农民、商人垦殖荒地。中国的屯田制起源很早，《史记·秦始皇本纪》记载："三十三年，发诸尝逋亡人、赘婿、贾人略取陆梁地，为桂林、象郡、南海，以适遣戍。西北斥逐匈奴。自榆中并河以东，属之阴山，以为四十四县，城河上为塞。又使蒙恬渡河取高阙、阳山、北假中，筑亭障以逐戎人。徙谪，实之初县。"② 以上记载说明，秦在统一六国后，开疆拓土，在北方边疆和岭南驻军、徙民以充实边地，在边地进行了屯田。《汉书》也有西汉屯田的记载。在秦汉以后的各个朝代，屯田制一直实行不辍。屯田制增加了土地出产，增加了国家收入，也改善了人民的生活，以下仅举明代屯田之例来证明这一点。明太祖时期在甘肃

---

① 〔朝〕柳梦寅：《於于集》（《影印标点韩国文集丛刊》第63辑），汉城：韩国民族文化推进会，1991，第599页。

② （汉）司马迁：《史记》，北京：中华书局，1959，第253页。

实行屯田制,"使甘肃屯田的规模、成效都相当可观。至洪武二十二年（1389年）,庄浪、河州、眺州、凉州等荒僻贫清之地,经过军屯的苦心经营,变成了米多价贱的富裕地区。到洪武三十年（1397年）左右,临洮、岷州、庄浪、山丹、永昌、凉州等卫累岁丰熟,不仅粮食可以自给,还可以拨出十分之二的收成,供守御军士的口粮"①。明初也在陕南地区大规模实行屯田制,当时,军饷的大部分由屯田收入支给,做到了"以军隶卫,以屯养军"。由此可见,屯田制不失为一项重要的农业经济政策。在边疆地区屯田,还有利于稳定和防守。

柳梦寅根据当时朝鲜的形势,认为也应该在边疆地区大规模屯田,他的《安边三十二策》中《其二广屯田》全文如下:

> 守国之道,唯在于继饷。继饷之策,不出于转粟。而今者六镇,邈在北海之奥。陆路数千里,阻以磨天、磨云诸岭,车马未易通。水路亦数千里达于他道,而北俗舟小,不能周万卒之馈。今者以堂堂数百载之国,势无一粒之饷以资于六镇。而只以空城数十之卒,欲固其锁钥,不亦难乎?亦一儿戏耳。其势莫若就边地广开屯田。如赵充国、任峻、韩重华古事。且耕且守,岁率以为常,可以救待哺之卒。但向者军兴之际,则列邑亦多开屯田以饷军。而役于屯者,皆自民间南亩而驱来。所谓舍其田而耘人之田者,是以民多怨咨。诚使广募内地之民及诸防戍之卒,多与之食,以劝东作,无瓶罄罍耻之患。曾见北地土腴,百谷秆高丈余,穗如马尾。而即今边上无人,白苇满目,焚之垦之,何往而不可! 军饥因此而可赈,餫夫因此而不劳。民天既裕,元气自固,区区小寇,不足忧也。②

咸镜道地处朝鲜半岛的东北部,庄宪王时期派大将金宗瑞向北拓地千余里,至豆满江（图们江）,并在江边设六镇及兵营。这里距朝鲜的中心地区非常遥远,又有高山峻岭阻隔,陆路、水路都不畅通,所以戍卒就很难得到足够的军饷,这就使得城空卒少,防守虚弱。而这里一向又是

---

① 宁恢:《明代甘肃屯田何以成功》,《发展》1997年第2期,第42~43页。
② 〔朝〕柳梦寅:《於于集》(《影印标点韩国文集丛刊》第63辑),汉城:韩国民族文化推进会,1991,第579页。

女真等异族侵扰严重的地区，原本是应该加强防守的。因此，柳梦寅有根有据地提出了在咸镜道六镇广屯田的措施。

其一，中国历代已经有过先例。赵充国是西汉著名政治家、军事家。宣帝时，西羌谋反，赵充国带兵一举击败了叛军，又上书朝廷，提出著名的《屯田策》，他指出，兵"贵谋贱战"，为了长期维持河湟一带的安定局面，必须"万人留兵屯田以为武备"，赵充国的建议被朝廷采纳。他回京时，留下了大部分淮南、汝南以及中原其他地区的士兵在河湟一带屯田，又从内地移民，提供生产设施供其垦殖。自此，中原先进文化传入河湟地区，羌人学会了定居农业，也为汉朝交通顺利达于河西走廊提供了坚实有力的保障。任峻是曹魏屯田制的具体执行者，在恢复和发展北方农业生产过程中起了重大的作用，为曹操统一北方奠定了经济基础。陈寿这样写道："是时岁饥旱，军食不足，羽林监颍川枣祗建置屯田，太祖以峻为典农中郎将，募百姓屯田于许下，得谷百万斛，郡国列置田官，数年中所在积粟，仓廪皆满。……军国之饶，起于枣祗而成于峻。"① "唐宪宗时振武军饥，以李绛请，命韩重华起代北垦田三百顷。出赃罪吏九百余人，给以耒耜耕牛，假粮种使偿所负粟。一岁大熟，因募民为十五屯，垦田三千八百余里。"[艾元徵《军屯省饷疏（康熙十一年）》]② 这些屯田者为朝鲜提供了可以借鉴的经验。

其二，咸镜道土地辽阔、土壤肥沃，十分有利于谷物生长，因此适合开垦。况且，屯田不仅可以解决很多人的口粮问题，还能够解决军饷问题，有了物质保障，才能鼓舞戍卒全力保卫边疆。因为以往其他地方也尝试过以屯田补充军饷的做法，但因强迫屯田者等具体措施不合理而失败，所以柳梦寅又提出了在此地屯田的具体方案，那就是采取民屯和军屯相结合的方式，即招募内地的农民和守边的士卒一起屯田，前提是给他们优厚的待遇，解决他们的后顾之忧。在这里，柳梦寅提出了改善边地贫困、防守虚弱的方案和具体措施，有理有据，既有必要性，又有可行性。

有了土地，也不能完全解决问题。因为长期以来朝鲜的赋税制度非

---

① （晋）陈寿撰，（南朝宋）裴松之注，吴金华点校《三国志》，长沙：岳麓书社，1982，第334页。

② （清）贺长龄、魏源等编《清经世文编》，北京：中华书局，1992，第1798页。

常残酷,如本章第二节所说的"三政"制度。无论丰歉,土地越多缴纳的赋税就越多,其他各种副业税也沉重得让百姓难以承受,因此柳梦寅又提出了减免各项赋税的措施。《安边三十二策》即以《其一蠲赋税》开篇,其五、其七、其十二、其十三、其二十三等篇目也都强调或谈及减税问题。《其一蠲赋税》中,柳梦寅将商、周等时代的税制"七十而助""百亩而彻""二十而税一"作为标准来说明朝鲜的赋税太高,同时又指出"今者斜科急征,千百其目"①,即成百上千的征税项目是不合理的,造成了许多百姓破产,不得不拖家带口地背井离乡。柳梦寅认为这是把人民当成了敌人。而最得力的措施就是"数十年尽蠲其税敛",以减轻人民的负担,然后才能责成他们一心一意地保国御侮。接下来柳梦寅又补充了至关重要的一点,即不仅要制定减税政策,还要严格监督执行,因为以往国家下达了减税政策后,地方官吏或土地所有者经常不予理睬,照收不误。所以柳梦寅建议,谁不执行减税政策而剥削百姓,一定严惩不贷,这对百姓来说就是仁政。

柳梦寅认为不仅北方农民租种土地要减免赋税,从事狩猎、采集等也同样要减免税务,这才能彻底解决问题。这些建议在《安边三十二策》的《其十二减税》《其二十三免猎税》《其十三资鱼盐》中说得很具体。如:"且戒边邑宰帅,一切蠲税,如有滥征者,以其罪罪之。"(《其十二减税》)② "今可尽蠲其税,如有征之如昔者,以重律论之。"(《其二十三免猎税》)③ "董海民勤于渔采,戒列邑绝勿筭榷税。"(《其十三资鱼盐》)④ 这是柳梦寅经过实地考察和阅读历史文献再结合朝鲜的实际情况提出的具体可行的建议和措施。如果这些措施能够被采纳,朝鲜北方边地的很多问题就会迎刃而解。

---

① 〔朝〕柳梦寅:《於于集》(《影印标点韩国文集丛刊》第63辑),汉城:韩国民族文化推进会,1991,第579页。
② 〔朝〕柳梦寅:《於于集》(《影印标点韩国文集丛刊》第63辑),汉城:韩国民族文化推进会,1991,第582页。
③ 〔朝〕柳梦寅:《於于集》(《影印标点韩国文集丛刊》第63辑),汉城:韩国民族文化推进会,1991,第584页。
④ 〔朝〕柳梦寅:《於于集》(《影印标点韩国文集丛刊》第63辑),汉城:韩国民族文化推进会,1991,第582页。

二 扩大生产

朝鲜自古就是农业国家，在朝鲜人的观念中，"农者，天下之大本"。所以农业是国民经济的基础，朝鲜政府对其极度重视。如《李朝实录》记载：

> 农者食之本，军国所需系焉。田畴荒芜，仓廪虚竭，则虽有金汤之固、兵革之精，亦将何用！乞供上祭祀宾客之用及京外不得已经费外，祀典不载祭祀及杂泛费用，一皆禁断。且前年旱旱晚水，禾谷大损，加以筑城之役，民失秋耕。今春又因其役，流移失业者颇多，京城虽所当筑，有妨于农。乞当农隙，双丁则出一丁，单丁则并出一丁，以毕其役。今后农时则事干叛逆及防倭捕盗外，如奴婢相争、宿债追偿等，杂滥不紧之务，一皆禁断，全务农事。窃闻州县守令，不为用心劝农，以致公私俱乏。乞令各道都观察使以时考察，游手者归农，无食者，先给义仓之粟，疾病不能耕种者，令邻里及族人相助耕种，勿令失时。其多占田地，互相陈荒，禁他人耕作者，十负笞一十，每十负加一等，罪止杖八十，许于无田及田少者给耕，凡可以劝课之事，一皆举行。守令殿最，以垦田多少，分为三等，以凭黜陟。(《太祖实录》卷5，三年四月十一日)①

一切以农业为本，一切以农业为先。因此历代统治者都积极主张安民务本，尽量把农民束缚在土地上，而不是积极扶持其他产业。这就导致了朝鲜生产形式比较单一，农业之外的其他产业不够发达。而由于土地贫瘠、气温偏低、自然灾害频繁、生产力低下以及赋税沉重等，农民的农业收入很低，经常入不敷出，这使得农民耕作的积极性不高，也导致了整个国家比较贫困。柳梦寅在《安边三十二策》中心痛地说："我国之民，所以贫窭困苦，八道同然者，以其只知种作为本，而不以贸迁之末助之也。天下之事，未有徒本而无末者。大本者何，谷也布也。今者我国，以谷与布为商贩，是以一本而兼万末也。吁其拙矣。"(《其三十养

---

① 〔朝〕春秋馆撰，〔日〕末松保和编《李朝实录》(第1册)，东京：学习院东洋文化研究所，1953，第243~244页。

第四章 柳梦寅散文的思想意涵与中国文化

六畜》)① 他三次出使中国，注意到了中国较朝鲜先进的方方面面，又结合朝鲜地理、资源、设施、生产技术方面的实际情况，大胆提出了有悖于传统观念和经济基础的扩大生产的建议。

首先，柳梦寅建议要发展采矿业，充分利用自然资源。朝鲜多山，白银等矿产资源比较丰富，但很长时间以来，政府限制非常严格，极少开采。《李朝实录》载："咸镜道军需不敷，许民纳粟采银矣。自今咸镜及他道产银处，严立禁防，毋得私采。"(《中宗实录》卷26，十一年九月一日)② "今将黄海道凤山所产炉甘石，合生铜试验，与中国所产炉甘石无异。请于产处置看守人，禁其潜隐私采，如有私窃采取人，科罪。"(《世宗实录》卷20，五年六月二十三日)③《李朝实录》还记载了政府不支持采矿的原因："咸镜道，变在朝夕，故已为足食、足兵之策，公贱纳粟，亦其一也。若令采银，则恐或传播中原，而更使之纳贡，故禁之耳。虽或间有盗采者，不如许采之为多也。"(《中宗实录》卷21，十年二月十一日)④ "国家本来多银。赍去中原者，虽痛禁，而间或有犯之者，况许令采之乎？"(《中宗实录》卷21，十年二月十三日)⑤ "'三秋桂子'等闲诗句，尚能起金戻立马吴山之志，况处处银矿之说？流入敌国，则适足以中旁伺之衅。安知不可以起流涎投鞭之志乎？"(《宣祖实录》卷156，三十五年十一月七日)⑥ "倪朝鲜处处银山之说，一落于太监之耳，则彼必举手加额曰：'何相闻之晚也？'"(《宣祖实录》卷156，三十五年十一月七日)⑦ 概括而言，就是担心明朝会加大朝鲜的纳贡数

---

① 〔朝〕柳梦寅：《於于集》(《影印标点韩国文集丛刊》第63辑)，汉城：韩国民族文化推进会，1991，第586页。
② 〔朝〕春秋馆撰，〔日〕末松保和编《李朝实录》(第21册)，东京：学习院东洋文化研究所，1959，第74页。
③ 〔朝〕春秋馆撰，〔日〕末松保和编《李朝实录》(第7册)，东京：学习院东洋文化研究所，1956，第298页。
④ 〔朝〕春秋馆撰，〔日〕末松保和编《李朝实录》(第20册)，东京：学习院东洋文化研究所，1959，第699页。
⑤ 〔朝〕春秋馆撰，〔日〕末松保和编《李朝实录》(第20册)，东京：学习院东洋文化研究所，1959，第700页。
⑥ 〔朝〕春秋馆撰，〔日〕末松保和编《李朝实录》(第30册)，东京：学习院东洋文化研究所，1961，第95页。
⑦ 〔朝〕春秋馆撰，〔日〕末松保和编《李朝实录》(第30册)，东京：学习院东洋文化研究所，1961，第96页。

额,防止有人私自贩到中国,担心敌国抢掠,顾虑明朝太监使臣索要。

而柳梦寅一直认为只要制度合理、管理得当,采矿仍是解决民食军需的良策。1593年,他曾上奏曰:"采银,极是好事,而天朝采银之人,率通事贻弊民间,监采之官,皆是卑微,尤致骚扰。监采官、译官治罪,使不作弊。"上曰:"今日之事,如人病重,气在咽喉,不遑他事。先治急病可也。"(《宣祖实录》卷40,二十六年七月十六日)① 柳梦寅的提议没有得到批准。1610年,他在上《安边三十二策》时,又建议博采银,尤其要充分利用咸镜道的银矿。在《其七博采银》中,柳梦寅首先承认采矿存在的一些弊端,如"穴深不可测,凿之者束火深入,攀绝崖穷幽泉,往往落土石而埋焉,缘绝险而坠焉"。但他又认为更多的弊端是人为造成的,如"官家发军勒役,甚于防秋,民尤苦之。又官禁甚峻,私采者重刑。民视其穴,犹阱窖。是以其利虽广,而其怨亦多"。尽管这样,端川之民还是靠采矿富裕起来,"无不华衣美食,家有蓄储,非他邑民之比"。况且,一些出使朝鲜的中国太监还每每索要大量白银,朝鲜方面无论如何都要满足他们,如果开采了银矿,"虽有顾、刘、冉②之需索,将何忧焉?此《孙子》所谓'日费千金,十万之师举矣'者也"。因此,柳梦寅还是建议以采矿来改善咸镜道军民的生活。为了保障采矿的效益和开采者的利益,他又提出了允许私人开采,"限十年勿责其税"③的条件。这样,从理论上看,所有问题都解决了。

同时,柳梦寅还建议开采更加实用的铅和铁,理由是,当时的战争和防守已经广泛利用火炮,而铅和铁是造火炮和炮弹的最好原料。所以发动北方之民开采铅和铁,既能富民,又能强军、保国,可谓一举多得。

此外,柳梦寅还懂得"靠山吃山,靠海吃海"的道理,建议北方之民充分利用山上和海里的资源。咸镜道境内多高山密林,又靠近海边,有丰富的野生动植物和水产资源。《择里志》记载:"凡海盐、海菜、细

---

① 〔朝〕春秋馆撰,〔日〕末松保和编《李朝实录》(第27册),东京:学习院东洋文化研究所,1961,第596页。
② 顾,顾天峻;刘,刘用;冉,冉登。此三人曾于出使朝鲜期间大肆索要银两。
③ 〔朝〕柳梦寅:《於于集》(《影印标点韩国文集丛刊》第63辑),汉城:韩国民族文化推进会,1991,第580~581页。

布、轻鬃、貂参、棺椁之材皆于此地出贯。"① 这样一个富饶地方的百姓却过着贫困的生活。因此，柳梦寅还建议他们采集、狩猎，以贴补家用，但前提仍是减免税钱。

其次，柳梦寅建议发展制造业、改善基础设施以方便军需、民用。

由于朝鲜的手工制造技术落后，又不积极学习、改进，一些军用和民用的武器、器具、交通运输工具以及城墙、道路等基础设施都存在粗糙、简陋、陈旧等问题，用起来极其不便。针对这种情况，柳梦寅建议咸镜道军民积极向中国甚至胡人学习先进的制造技术，自己制造精巧灵便又实用的弓箭、车船，以备防守、作战，转运军需和民用物资，加强与其他地方的联系和贸易；还要改善基础设施，如改进传统的筑墙方法，烧砖加灰，以求更加坚固。在《其二十五造木箭》《其二十六作巨舰》《其三十一使辽车》《其十五缮城郭》几策中，柳梦寅提出了具体建议和措施。他结合具体实例概括了朝鲜尤其是咸镜道制造业和基础设施的落后，如放着上好的造箭木材而造不出像样的箭来，不得不从南方高价买来竹子造箭；由于造不出大船，咸镜道与外道之间的物资交流还只能靠容量极小的船只来完成，效率极低；连辽人、胡人都能够在山地上熟练使用的车辆也没有；烧不出像样的砖，筑墙还用传统的垒石块的方法，垒不高又不稳固，很容易损毁。制造业和基础设施的落后也导致了经济的落后和军民的生活更加困窘。

柳梦寅进一步指出，造成这种窘境的，除了技术原因，更重要的一点是传统观念的束缚使他们"泥于俗""不肯易其旧""不能肯作俑"，就像他们一直坚持"不畜猪、不畜驴、不用钱"一样，而这些本来可以改变他们的贫困。所以柳梦寅感叹道："吁！我国之人心、国令，有是哉！"② 这表达了他对朝鲜人固守旧俗旧制不思改进的遗憾和无奈。

但柳梦寅仍然没有放弃，还是苦口婆心地说出了自己的想法和建议，即学习辽人的技术，用本地的西修罗木造箭，以备防守；尝试制造巨型船舰，用于在咸镜六镇与外道之间运输军用、民用物资；像辽人那样用辽车转运兵资；像中国那样烧砖砌墙，并以石灰加固。做到

---

① 〔朝〕李重焕：《择里志》，〔韩〕李翼成译，汉城：乙酉文化社，1971，第 294 页。
② 〔朝〕柳梦寅：《於于集》（《影印标点韩国文集丛刊》第 63 辑），汉城：韩国民族文化推进会，1991，第 583 页。

这些，便能够使"六镇之军，坐致鼓腹而边圉无虞矣……土产之相资，军食之有裕"(《其二十六作巨舰》)①，且"敌来不易薄城矣"(《其十五缮城郭》)②。

最后，柳梦寅建议发展种植业、养殖业以助衣食、耕作。

注意到朝鲜长期以来只注重生产粮食作物而不愿意种植经济作物的实际情况和不愿意饲养六畜的现象后，柳梦寅又以先进的思想和独到的经济目光提出了发展种植业和养殖业的建议。

朝鲜北方之民，不仅少食，而且缺衣，寒冷的冬天多数人只能以茅花、芦絮来取暖。1597年，柳梦寅陪母亲避乱期间，偶然听说北方也曾种过木棉，只是因为生长期太长而放弃了。经过考察，柳梦寅认为在北方的南关种木棉还是可行的，于是在《安边三十二策》中，他提出了《其三十二种木棉》一策。从"备闻北田曾种木棉"到"以理推之"，柳梦寅认为北方是可以种木棉的，于是撰文、进策，可见其用心良苦，而他的目的只是让北方之民能温暖地度过寒冬。

人类很早就开始驯养牲畜，驯养牲畜是人类进步的表现。在没有机械的时代，牲畜是人类最得力的助手。有了牲畜，交通运输、耕作、舂碾这些生产活动就不用再耗费人力。柳梦寅在《其三十养六畜》中指出："中国之民，以养六畜资其生，故人赡家裕如彼。北虏至无知也，而犹以此营其生。"③而朝鲜很少饲养牲畜。于是，柳梦寅列举了饲养牲畜的好处："驴以代步，则马专于战，而不劳于致远也；骡以引重，则牛专于耕，而不费于驮载也；驴以为磨，则三人不入于舂，而人力不费矣。骈骡以使车，骈驴马以耕田。"④"北地近胡，冰期相似，宜养六畜弥山以取赡。"⑤ 所以，柳梦寅极力建议北方居民饲养六畜以资其生。

---

① 〔朝〕柳梦寅：《於于集》(《影印标点韩国文集丛刊》第63辑)，汉城：韩国民族文化推进会，1991，第585页。
② 〔朝〕柳梦寅：《於于集》(《影印标点韩国文集丛刊》第63辑)，汉城：韩国民族文化推进会，1991，第583页。
③ 〔朝〕柳梦寅：《於于集》(《影印标点韩国文集丛刊》第63辑)，汉城：韩国民族文化推进会，1991，第586页。
④ 〔朝〕柳梦寅：《於于集》(《影印标点韩国文集丛刊》第63辑)，汉城：韩国民族文化推进会，1991，第586页。
⑤ 〔朝〕柳梦寅：《於于集》(《影印标点韩国文集丛刊》第63辑)，汉城：韩国民族文化推进会，1991，第586页。

在《其十七修马政》中，柳梦寅又专门指出马在日常生活和作战中有重要作用，还指出中国的马"皆龙骧虎跃"，番胡的马"上下山如飞"，"骑之者，亦美衣华食"，而朝鲜的马"弱如羊，瘦如三山"，无法满足生活和作战的需要。柳梦寅对此非常惋惜。因此他特别提出要重修马政，他认为："若依中国之制，分田于骑士，此我国驿卒位田之为，则马政举矣。然则兵书所谓战骑陷骑游骑，可立具矣。"① 由这一策可见，柳梦寅建议发展养殖业，已经不仅限于改善人们的生活，还提升到了扩大军需战备的层面，可谓眼光长远。

三 改革军政

军政是一个国家安全、强大的重要保证。长期以来，朝鲜的军政一直存在很多弊端，边境地区的军事状况尤其不佳。壬辰战争后，这些弊端更加暴露出来。

咸镜道地处边界，防守虚弱，一直是外族经常侵犯的地方。在《安边三十二策》的《其三固候堡》中，柳梦寅指出了这里的虚弱和危险："自夫升平日久，边事疏虚。主关防者，亦狃于姑息。今老贼侦边，所忧倍昔，不可因循以度日。曾闻土民言，贼虏有捷径大路达我界者五六歧。……其有堡者，残薄无形。其无堡者，贼虽歌舞鼓吹而来，莫之知。"对此，柳梦寅十分担忧，一再主张加强边关的防守。在这一策的最后，柳梦寅建议："今就此五六要歧，别设大堡，多置戍卒以谁何，则庶乎可矣。"② 而这些防守之道则涉及了边地的军政问题。于是，柳梦寅在总结了中国和本国的经验教训以及借鉴了古代的兵法后提出了改革边地军政的建议。

其一，柳梦寅提出要改善边地将士的生活条件，保证他们的生活所需。

由于咸镜道一直非常贫困，又地处偏僻，交通运输不便，外地物资难以运达，那里的将士生活非常艰苦。很多人又是长期服役，甚至"青

---

① 〔朝〕柳梦寅：《於于集》(《影印标点韩国文集丛刊》第63辑)，汉城：韩国民族文化推进会，1991，第583页。
② 〔朝〕柳梦寅：《於于集》(《影印标点韩国文集丛刊》第63辑)，汉城：韩国民族文化推进会，1991，第579~580页。

年而入,白首不还,埋骨于六镇三甲之间"(《其十赏久戍》)①。衣食堪忧的疲兵惫卒,防守能力和战斗能力自然越来越弱,很难抵挡外敌的侵犯。针对这种情况,柳梦寅提出了"峙军食""厚月粮""赏久戍"等措施。

《孙子兵法·军争篇》曰:"无粮食则亡,无委积则亡。"② 兵家常言:"兵马未动,粮草先行。"这些都说明了粮食在军备中的重要性。而咸镜道恰恰不能满足守军所需的粮饷。柳梦寅在提倡屯田减税、扩大生产时,已经考虑到要以此满足军需。在《其八峙军食》一策中更着重强调了军粮、军饷的来源问题。他的具体措施是:"或采银参,或务鱼盐,或开屯田于沿边列镇,或造巨舰输四方之货,或广从良许通之路,逐年继之,疏积怨而拓贤路,岂非裕饷之一助耶!"③

柳梦寅的目标不仅是解决守军的基本生活所需,还要解决他们的后顾之忧。因为中国的士兵"必授月银口粮,其所资有裕,足以卫一身而及妻子"④,而在朝鲜,"一入兵籍,视之如鸡豚,以恣其啖食。千里荷戈,雪霜逼骨,半菽无盐,饥色满面。而土兵侵之,堡将渔之。鬻衣货马,犹不能周"⑤,还动辄成为边城之白骨。因此柳梦寅建议提高将士们的待遇,"复给月粮,一遵华式,则人自为名,不以远戍为苦"(《其十一厚月粮》)⑥,一心一意地保边卫国。对于那些长久戍边的士卒,柳梦寅提议还应该另有奖赏,"或迁边将,或升优品"(《其十赏久戍》)⑦,以此提高他们的积极性。

其二,柳梦寅建议以兵法训兵,同时让将士专司其职,不委以杂役。

---

① 〔朝〕柳梦寅:《於于集》(《影印标点韩国文集丛刊》第63辑),汉城:韩国民族文化推进会,1991,第581页。
② 徐兆仁主编《中国韬略大典·孙子兵法》,北京:中国国际广播出版社,1997,第577页。
③ 〔朝〕柳梦寅:《於于集》(《影印标点韩国文集丛刊》第63辑),汉城:韩国民族文化推进会,1991,第581页。
④ 〔朝〕柳梦寅:《於于集》(《影印标点韩国文集丛刊》第63辑),汉城:韩国民族文化推进会,1991,第581页。
⑤ 〔朝〕柳梦寅:《於于集》(《影印标点韩国文集丛刊》第63辑),汉城:韩国民族文化推进会,1991,第581页。
⑥ 〔朝〕柳梦寅:《於于集》(《影印标点韩国文集丛刊》第63辑),汉城:韩国民族文化推进会,1991,第581页。
⑦ 〔朝〕柳梦寅:《於于集》(《影印标点韩国文集丛刊》第63辑),汉城:韩国民族文化推进会,1991,第581页。

柳梦寅熟读古代兵法，深知兵法的重要性，在《安边三十二策》及其他文章中，经常信手拈来，以佐证自己的观点。他还更加注重这些兵法的实用价值，主张将其用于本国的训兵。他强调"强兵之冀北也，宜先训以兵法，令列镇梓兵法五十家，立教师以教将士"（《其十六训兵法》）①，并逐渐使兵法在军中普及。以兵法武装边防将士，这是非常科学的战略措施，体现了柳梦寅在军事国防上的高瞻远瞩。

当时，朝鲜的军队除了练兵还经常要担负起多种任务，柳梦寅说："今者兵以为名，百役丛身，使之于土木，使之于田猎，使之于井臼，朝耕暮商，无适不往。"（《其十八严队伍》）这就减少了应有的训练，又使将士们疲惫不堪，以至于体力减弱甚至丧失战斗能力，于是他主张"严队伍"。在他看来，军队的职责就是练兵、戍边、打仗，而不是兼以百役。对待将士就要"亲之如子弟，爱之如婴儿，勿使他役兼之"，这样才能"成其技服其令，使之赴汤火而不辞"②，才能如吴起所言的"将之所麾，莫不从移；将之所指，莫不前死"（《吴子·论将》）③。

一支军队只有训练有素、军律严整才能担当起保家卫国的重任，这永远是颠扑不破的真理，对此，一介儒生柳梦寅早在四百年前已经有深刻的认识，十分难能可贵。

四 发展经贸

在古代的农业社会，重农抑商是所有农业国家的共同特征。朝鲜是典型的农业国家，衣食自给自足，需要交换时也以粟、布为中介。

柳梦寅认为要使国家和人民富裕起来，就要像中国那样，在全国范围内用钱币交易，并在此基础上发展商业贸易。

长期以来，朝鲜在交易时不用钱币，而用粟、布。虽然受中国的影响，朝鲜自高丽时代就开始铸造钱币，朝鲜政府也一直为是否在全国范围内使用钱币进行论证，结果却是，直到朝鲜朝中期，钱币还不能在全

---

① 〔朝〕柳梦寅：《於于集》（《影印标点韩国文集丛刊》第63辑），汉城：韩国民族文化推进会，1991，第583页。
② 〔朝〕柳梦寅：《於于集》（《影印标点韩国文集丛刊》第63辑），汉城：韩国民族文化推进会，1991，第583页。
③ 娄熙元、吴树平译注《吴子译注·黄石公三略译注》，石家庄：河北人民出版社，1995，第29页。

国范围内流通。明代翰林院侍讲董越于1488年出使朝鲜，其间曾作有《朝鲜赋》，赋中特别提到朝鲜不用钱币一事曰："贸迁一以粟布，随居积以为赢。用使尽禁金银，虽锱铢而亦较。"① 后有注释曰："民间不许储分文金银，以积粟布之多者为富室。其贸迁交易一以此。"② 《宣祖实录》载，1598年，明史杨镐在出使朝鲜期间看到朝鲜民贫国弱，建议说："尔国不用钱，只用米布交易，故货泉不通，无以富国。此禀帖之事，亟宜施行，斯速商量回报。"③ 而朝鲜政府以"我国习俗，与中华不同，祖宗朝亦尝行之而旋废，今不可轻易为之"的理由回应说"必不能行"。杨镐的建议没有被采纳，朝鲜仍然采取物物交换的形式。这种贸易形式非常不方便，也使得朝鲜的经济贸易极不发达。

柳梦寅认为"钱之利，无远不逮"，因此积极支持使用钱币。况且，中国已经在全国范围内使用钱币，经济发达。就连"无知岛夷"日本也因使用钱币而富裕起来，可朝鲜却固执己见，不用钱币，一直以物物交换的形式进行交易。离家外出，一匹马要承担人和马旅途上的所有食用，走得远些，一匹马就无法承担了。如果"用钱币如中国"，交易和外出就方便多了，其结果必定是"生民裕而边圉实矣"。

柳梦寅在中国期间，看到中国因使用钱币而商业、贸易繁荣，人民生活也因各种商贸而富庶起来。于是他又建议朝鲜像中国那样鼓励人民发展商业、贸易以增加收入，改善生活。他认为："夫继食之道，必须乎贸迁。"（《其十二减税》）④ 出使期间，他又看到中国居民多在交通要道两边开酒馆、旅店等商业店铺，而且顾客盈门、生意兴隆，收入丰厚。于是他受到启发说："今日我国亦效此，自边关抵京城二千里之地，路铺栉比而不绝，惟我北边将士往来之康庄也。千军万马，绎骚于朝暮，北

---

① 商务印书馆《四库全书》工作委员会编《文津阁四库全书》（第197册）（影印本），北京：商务印书馆，2005，第138页。
② 商务印书馆《四库全书》工作委员会编《文津阁四库全书》（第197册）（影印本），北京：商务印书馆，2005，第138页。
③ 〔朝〕春秋馆撰，〔日〕末松保和编《李朝实录》（第29册），东京：学习院东洋文化研究所，1961，第270页。
④ 〔朝〕柳梦寅：《於于集》（《影印标点韩国文集丛刊》第63辑），汉城：韩国民族文化推进会，1991，第582页。

民可赖而为生矣。"(《其二十九开路铺》)① 朝鲜自京城至北方边境路途两千余里,也完全可以像中国那样沿途广开店铺,这样既能提高北地居民的收入,又能方便往来的行人,是一举两得的好事,何乐而不为呢? 于是他郑重提出这个建议,还以兵法所云的"市者,所以给战守也"来强调这个建议的可行性。

咸镜道盛产人参,但政府限制私采,结果满山遍野的人参往往被女真人偷采。柳梦寅建议解除禁令,让北方居民采参卖给外地商贩,以贴补家用。《其十二减税》曰:"方今贵参当银,众商归焉。北山素称产参,若劝民以资生业,则百货咸萃,民必赖之。"② 他认为北方之民可以珍贵的人参吸引外地商贩,进而得到其他货物,逐渐将咸镜六镇发展成贸易的集散地,让贸易成为人民生活的收入来源。

总之,不管是屯田减税、扩大生产,还是改革军政、发展经贸,柳梦寅的目的都是富民、强军、保国。这些"苏民活国之策"也完全是针对朝鲜尤其是咸镜道的落后状况在观察、分析、引证和深思熟虑的基础上提出的。在这些策略中,柳梦寅不仅借鉴了中国的先进技术和经验,还参考了相对落后的契丹、女真、日本的可取之处,这说明他主张改变传统观念,吸收异族的先进文化,思想是进步的。每一策中既有合理的建议、具体的措施,又辅以恳切的态度、殷切的期望,足见柳梦寅的良苦用心。此外,柳梦寅还在每一策中都引经据典,这既增强了说服力,又使文章内涵更加丰富、更有文采。

当然,柳梦寅不只是文章家,他不仅提出了这些策略,还真诚地希望自己这些"援古酌今"而得来的"苏民活国之策"能够被采纳,他诚恳地对咸镜监司韩浚谦说:"今阁下富力量足诚悃,声望俶著,不虞于谤议。倪以此言勿视之偏识,历举而施之,或者北事其庶几乎!……今日之立事,唯在阁下智与勇而已。吁!余其穷矣哉!于家则柴援四撤,而于国则欲捍卫万世,所以志大而事替。然而自弱冠闻侪友,以台鼎期阁下,知他日施设,不止于方伯兼连帅,兹将以悃愊陈之。伏愿阁下大者

---

① 〔朝〕柳梦寅:《於于集》(《影印标点韩国文集丛刊》第63辑),汉城:韩国民族文化推进会,1991,第585~586页。
② 〔朝〕柳梦寅:《於于集》(《影印标点韩国文集丛刊》第63辑),汉城:韩国民族文化推进会,1991,第582页。

上闻，小者立变而施之，幸甚！"① 既恳切，又急切，柳梦寅多么希望自己这些精心提出的合理建议能够得到实施，为改善朝鲜的窘境尽一份力。

当时，朝鲜的许多边界地区都和咸镜道六镇有相同或相似的情况，所以柳梦寅提出的建议和措施不只适用于咸镜道，也适用于其他地区，甚至适用于朝鲜全国。柳梦寅并不是实学理论家，他没有像李晬光、李瀷、朴趾源、丁若镛那样提出系统的实学思想理论，而是直接将实学思想付诸实践。如果说李晬光是朝鲜实学理论上的先驱，那么柳梦寅则是朝鲜早期实学阶段的力主践行者。他从当时朝鲜社会的实际出发，不仅分析了问题，而且"援古酌今"提出一系列"苏民活国之策"，这些策略完全关乎朝鲜的国计民生，合理可行，是朝鲜实学的早期形态，也是朝鲜实学思想中关键的一部分。所以完全可以说柳梦寅是朝鲜实学产生、发展过程中的重要先驱之一。

柳梦寅提出的"屯田减税""扩大生产""改革军政""发展经贸"等建议和措施，依据的都是中国的历史和文化，但并非单纯接受中国历史和文化，最主要目的是希望这些借鉴来的措施能够与朝鲜的实际结合起来，进而解决朝鲜的现实问题，使朝鲜能够如中国一样富庶、强大起来。这正是柳梦寅在接受中国文化过程中民族化的表现。

第四节 "彼亦国也，此亦国也"——民族意识的彰显

在柳梦寅的时代，朝鲜是中国的藩属国，无论在文化上还是军事上都比较弱小。其不仅仍以汉语为官方书面语言，文物礼乐制度也一尊华制。此时，周边的日本、女真等国家和民族又经常入侵。这种弱势使朝鲜经常在外交、战争中处于劣势，因此，有些人甚至宁愿自己是中国人。柳梦寅虽然十分热爱中国文化，也以熟稔中国文化为荣，却无比自豪地这样概括自己的国家和民族："逖矣东韩，眇乎偏隅，先万国而受日；天理孔明，密上都而袭治；圣化攸暨，仁贤焉有辞天下；礼义之爱自古

---

① 〔朝〕柳梦寅：《於于集》（《影印标点韩国文集丛刊》第 63 辑），汉城：韩国民族文化推进会，1991，第 578 页。

初。"(《教郑汝昌家庙书》)① 柳梦寅作为一位文官，无论在国内还是在中国，都保持着对本国、本民族的归属感、认同感、自豪感和责任感，表现出浓厚的爱国情感和民族意识。

热爱自己的国家和民族也是儒家思想中的重要内容。而柳梦寅在散文中一再强调的"彼亦国也，此亦国也"，是针对朝鲜当时的国际地位和处境提出的，既是对传统儒家思想的继承，又是传统儒家思想的民族化。

在《送斗峰李养吾骊城君志完赴京序》中，柳梦寅说：

> 国论无三日而二百之历同中国，人心蔑三尺而五伦之教同中国，用货谢泉刀而衣食不死同中国，守国去治兵而边鄙不削同中国。是以鬼神之术，理盘古之世也。然则彼劬我怡，彼骍我恬，彼坚我缦，彼剧我闲，是虽丧犹乎获，虽解愈乎结也乎！虽然，熙熙乎侈食糜衣，嗷嗷乎朝乞暮丐，而曰彼亦民也，此亦民也。天地之大，金汤四固，滨海一隅，藩篱四撤，而曰彼亦国也，此亦国也。则有角有蹄，羌不必仰乎牛；有牙有爪，狸不必希乎虎；有鳞有鳍，鳅不必学乎龙；有羽有嘴，鹦不必慕乎鹏。②

柳梦寅的意思是，朝鲜既有和中国相同的地方，也有不同之处。中国有中国的优势，朝鲜有朝鲜的长处，中国是一个国家，朝鲜也同样是一个国家，不必过分强调孰优孰劣。在《送朴说之东说赴京序》中，柳梦寅又说：

> 余观东国人，头圆趾方，目横鼻竖，兑口坤腹，艮手震足，又具五性七情以为生，则与中国人无不同。而惟其壤偏海徼，言语不相晓，故中国人摈而外之，不之齿。然而惟天所命，无有华裔，而天下之民，莫非王臣。王者一视同胞，何尝有内外服之别哉？矧我东方，于中国最近，其所限者，惟鸭绿一带水，义州去帝京不能二千里。自箕子受瑞东封，俾左衽冠带之，迄数千年文物事为，一与

---

① 〔朝〕柳梦寅：《於于集》(《影印标点韩国文集丛刊》第63辑)，汉城：韩国民族文化推进会，1991，第544页。
② 〔朝〕柳梦寅：《於于集》(《影印标点韩国文集丛刊》第63辑)，汉城：韩国民族文化推进会，1991，第360页。

中国俸。则之地也之俗也，亦一中国也。①

朝鲜人的相貌、性情与中国人相同，朝鲜的文物风俗与中国相同，且朝鲜与中国最近，只有鸭绿江一水之隔，因此，朝鲜并不比中国差。柳梦寅的目的是嘱咐朋友不要一切以中国为是，不要到中国就忘记或忽视自己的国家和文化。这也是柳梦寅一生都坚守的民族意识和爱国情怀，这种意识和情怀主要体现在以下几个方面。

一 对国家历史的关注和自豪

《尚书·召诰》云："我不可不监于有夏，亦不可不监于有殷。"② 唐太宗云："以古为鉴，可知兴替。"（《新唐书·魏徵列传》）③ 近代学者梁启超也说："史学者，学问之最博大而最切要者也，国民之明镜也，爱国心之源泉也。"④ 由此可知，历史的功用是不可忽视的。柳梦寅就是一个十分重视历史的人。《李朝实录》记载，1597 年，壬辰战争还没有结束，日本军队还威胁着朝鲜，江华岛告急，保存在那里的朝鲜史籍面临被毁的危险。宣祖召集大臣商议此事，柳梦寅说："稽古《战国策》，楚之将亡，有一人曰：'与其为国徒死，莫如完护国史。'遂浮海在岛中，保全史籍。厥后乱定出来，则宪章文物，全然在矣。"（《宣祖实录》卷 85，三十年二月十二日）⑤ 可见，柳梦寅以中国文化为支撑，提出无论如何要保存好国史的观点。宣祖采纳了他的意见，对此事做了妥善处理。

了解和热爱民族、国家的历史也很有必要："若一民族对其以往历史了无所知，此必为无文化之民族，此民族中之份子对其民族必无甚深之爱，必不能为其民族真奋斗而牺牲，此民族终将无争存于并世之力量。"⑥

---

① 〔朝〕柳梦寅：《於于集》（《影印标点韩国文集丛刊》第 63 辑），汉城：韩国民族文化推进会，1991，第 359 页。
② 《十三经注疏》整理委员会整理，李学勤主编《十三经注疏·尚书正义》，北京：北京大学出版社，1999，第 399 页。
③ （宋）欧阳修、宋祁撰《新唐书》，北京：中华书局，1975，第 3880 页。
④ 梁启超：《饮冰室合集·文集 9·新史学》，北京：中华书局，1989，第 1 页。
⑤ 〔朝〕春秋馆撰，〔日〕末松保和编《李朝实录》（第 29 册），东京：学习院东洋文化研究所，1961，第 21~22 页。
⑥ 钱穆：《国史大纲》，北京：商务印书馆，1991，第 2 页。

第四章　柳梦寅散文的思想意涵与中国文化

柳梦寅就十分熟悉本国历史，还经常饱含深情地追溯、赞美朝鲜的历史和文化，强调朝鲜的版图，表达了爱国心和民族自豪感。追溯历史如："檀木真人，降于太白。浿都箕父，来自商朝。立的臬以牖民，列条畴以敷教。"（《教郑汝昌家庙书》）① 赞美朝鲜文化如："吾东方箕畴一脉，横千百世。家法之正，不失三代之传。虽五胡五季胡元之溷，不曾波及海东。"（《撰集厅三纲行实跋》）② 强调朝鲜的版图如："昔我东三分，有新罗，有百济，有高句丽。其时，广宁属獯鬻，变而为契丹；辽金、辽东属高句丽。……我朝鲜亦因罗、丽统三之基，自东莱抵龙湾，皆入我版籍。"（《送冬至使李昌庭序》）③ 关于朝鲜历史，柳梦寅的观点有以下两方面。

其一，柳梦寅认为朝鲜民族历史起源于檀君时代。

关于檀君（坛君）的详细记载始见于《三国遗事》（高丽僧人一然约创作于 1278～1283 年）。天神桓雄"率徒三千，将于太伯（太白，今妙香山）山顶神坛树下，谓之神市，是谓桓雄天王也。……时有一熊一虎，同穴而居，常祈于神雄，愿化为人。时神遗灵艾一炷……熊得女身……雄乃假化而婚之，孕生子，号曰'坛君王俭'。以唐高即位五十年庚寅，都平壤城，始称'朝鲜'"④。但朝鲜的第一正史《三国史记》（金富轼约创作于 1145 年）却没有提到檀君朝鲜，而是将箕子定为开国始祖。而且，柳梦寅之后的很多学者甚至君王对檀君开国都持怀疑甚至否定态度，如："檀君统有三国，予所未闻。"（《世宗实录》卷 37，九年九月四日）⑤ "好事者因此杜撰，而后人不觉，收之正史，荒诞可笑，不足辨矣。"（姜再恒《东史评证·三国》）⑥

---

① 〔朝〕柳梦寅：《於于集》（《影印标点韩国文集丛刊》第 63 辑），汉城：韩国民族文化推进会，1991，第 544 页。
② 〔朝〕柳梦寅：《於于集》（《影印标点韩国文集丛刊》第 63 辑），汉城：韩国民族文化推进会，1991，第 558 页。
③ 〔朝〕柳梦寅：《於于集》（《影印标点韩国文集丛刊》第 63 辑），汉城：韩国民族文化推进会，1991，第 365 页。
④ 〔朝〕一然：《三国遗事》，东京：学习院东洋文化研究所，1964，第 32～33 页。
⑤ 〔朝〕春秋馆撰，〔日〕末松保和编《李朝实录》（第 7 册），东京：学习院东洋文化研究所，1956，第 556 页。
⑥ 〔朝〕姜再恒：《立斋遗稿》（《影印标点韩国文集丛刊》第 210 辑），汉城：韩国民族文化推进会，1998，第 135 页。

这说明在柳梦寅的时代,檀君朝鲜还是一个颇有争议的问题。柳梦寅饱读各类经典,熟识历史和文化,对檀君朝鲜一事未必深信不疑,但他在作品中饱含深情和自豪地赞美朝鲜历史时,不仅把檀君作为朝鲜始祖,还把这段历史和中国的唐尧并称,意在表明朝鲜的历史和中国一样长。因为一个民族或国家的历史越悠久,文明程度就越高,文化也就越深厚丰富,而这往往是民族成员骄傲的资本。

其二,柳梦寅还对朝鲜的历史做了赞美性的概括:朝鲜自箕子时代起就是一个遵礼义道德、重教化的国家,而且一直延续下来,没有受到不良文化的影响;同时,朝鲜又是一个富饶、疆域辽阔、军事实力强大的国家。

因此,可以说柳梦寅不仅十分重视、熟悉民族历史,而且以之为荣,有强烈的民族历史意识。

二 对民族文化的认同和坚守

柳梦寅的时代,中朝两国关系最为友好。"明代的朝鲜使臣所作的'朝天录'在华夷观念方面的基调是颂扬中华文化,羡慕大明的文物制度。他们强调明朝文化的中华属性……"① 而柳梦寅博览中国各代典籍,精通中国传统文化,又因官职高和学识广而多次接触中国使臣,并三次出使中国,与中国官吏、文人、百姓有过很多交往,进一步了解了中国的方方面面。所以,他尊崇中国文化,承认中国是无以匹敌的文化大国。但他并没有因此摒弃或忽视自己民族的特色文化。

民族文化"是一个复杂的整体,包括知识、信仰、艺术、道德、法规、习俗以及所有该民族成员所获得的各方面的能力和习惯。是以往民族感情和民族意识扬弃后的积淀"②。虽然随着中国儒家文化的输入,朝鲜的"文物礼乐,悉遵其制"(高丽太祖《训要》)③,但由于地域、生活方式的不同,朝鲜也形成并传承下来一些与中国不同的民族特色文化,如始祖传说、方言俚语、礼俗制度、民间艺术等。柳梦寅虽然精通中国

---

① 王国彪:《朝鲜"燕行录"中的"华夷"之辨》,《外国文学评论》2017年第1期,第33~49页。
② 覃光广、冯利、陈朴主编《文化学辞典》,北京:中央民族学院出版社,1988,第273页。
③ 〔韩〕韩国学文献研究所编《高丽史节要》,汉城:亚细亚文化社,1973,第30页。

文化，热爱中国文化，但无论在国内还是在中国，他始终认同并执着地坚守着本民族的特色文化。

柳梦寅的时代，朝鲜还没有自己的文字，只能使用汉字，但日常交流用本国方言。因此有人认为朝鲜以方音成地名，不能像中国那样用地名作对联或入诗。柳梦寅却持不同观点，他说："我国地号到处多偶语，至于牛峰兔山、青山黄涧、龙岗鱼川……如此等处，不可胜数。以方言称之：老奴项背岩洞，高岭寺求理街……弥助项愁里岭类随地而在，直以我国少诗人，诗中罕有是对。"（《於于野谈》）① 当柳梦寅来到中国时，遇到了语言不通的问题。"五音疾如飙，欲辨吾不及。皆从文字来，清浊纷嘘歔。……犹如瑱在耳，百不能晓十。欲学秋露蝉，逢人口常合。"（《方言叹》）② 在中国人面前，柳梦寅有时会有"触地人民异言语，拦街儿女笑衣冠"（《龙川别尹书状晖赴京二首》）③ 的尴尬。面对中国人的好奇和指指点点，柳梦寅并不自卑或羞愧。他认为两国语言本源于同一种文字，只是发音不同而已，中国人没有理由嘲笑自己。况且语言只是一种交流的形式，比较而言，礼义更加重要，他说："天地自性情，迩遐殊气习。鹤鳧各自悲，牛马不相涉。五帝不袭治，三王不同法。陋哉可奈何，礼义吾不乏。"（《方言叹》）④

然而，"岂徒语言殊，风俗别彼此"（《杂诗》）⑤，礼俗的不同，使柳梦寅在中国遇到了更大的麻烦。1609年，柳梦寅任圣节使兼谢恩使出使明朝，因他身处守丧期间（宣祖于1608年2月薨），请求免礼部宴，曾两度呈文。当时明朝守丧时间是二十七日，但朝鲜依然要守丧三年，在此期间要素服、素食，并杜绝任何娱乐活动。这也是当时朝鲜礼制文化的一个特色。柳梦寅没有因为身在中国就入乡随俗，而是坚决遵守本

---

① 〔韩〕东国大学校韩国文学研究所编《韩国文献说话全集》（六），汉城：太学社，1987，第331页。
② 〔朝〕柳梦寅：《於于集》（《影印标点韩国文集丛刊》第63辑），汉城：韩国民族文化推进会，1991，第321页。
③ 〔朝〕柳梦寅：《於于集》（《影印标点韩国文集丛刊》第63辑），汉城：韩国民族文化推进会，1991，第301页。
④ 〔朝〕柳梦寅：《於于集》（《影印标点韩国文集丛刊》第63辑），汉城：韩国民族文化推进会，1991，第321页。
⑤ 〔朝〕柳梦寅：《於于集》（《影印标点韩国文集丛刊》第63辑），汉城：韩国民族文化推进会，1991，第476页。

国礼制,他在《免宴礼部再度呈文》中说:

> 第以小邦动遵天朝之制,而独于丧制一事,不无异同。国恤三年内张乐宴乐者,以不行君父丧科罪。举一国士大夫皆遏音服素,不敢逾越其规。与中华二十七日之制不同。……而百里不同风,千里不同俗。区区习尚,不必强而同之也。今兹万寿之日,万国咸会,其俗之与中国异制者何限?吴侬楚伧,各殊其音。蜀髻赵躩,亦异其风。琉球之文身不可洗也,剌麻之剃发不可长也,西域之缁衣不可脱也,北房之辫发不可解也。况乎箕子之遗风,先王之经制,自有朝鲜之旧俗,人臣为君丧尽礼,有何所伤于义乎?①

柳梦寅认为朝鲜虽"遵天朝之制",也有不同于中国的礼俗制度,"天朝"也应尊重这种不同,"不必强而同之",其言辞不卑不亢,有理、有据、有节,充分表现了一个使节在与异国、异族交往时坚贞的民族气节。

柳梦寅对民族文化的认同还表现为对本民族民间艺术的重视。《於于野谈》中有这样一段记载:

> 天将杨经理镐以御倭留王京,军过青坡郊时,田中男女锄耘,齐声而歌。经理问通官曰:"彼歌亦有腔调乎?"曰:"皆有曲调。"曰:"可得闻乎?"曰:"用俚语为曲,非文字也。"曰:"令接伴使李德馨翻译以进。"其歌曰:"昔日若如斯,此身安可持。愁心化为丝,曲曲成沓结,欲解又欲解,不知端所在。"经理览之称善,曰:"我行军而过道路无不耸观,而此农人皆锄耘不辍,非徒勤于本业,其歌曲亦甚有理,可赏也。"遂分青布各一匹以赏之。②

男女农人在农田里一边劳动,一边歌唱,自得其乐。这情形被路过的中国使者杨镐看到,他对此种歌唱形式很感兴趣并表示赞赏。柳梦寅自豪地记录了这件事,还完整收录了这首民歌。朝鲜朝前期,统治者为加强

---

① 〔朝〕柳梦寅:《於于集》(《影印标点韩国文集丛刊》第63辑),汉城:韩国民族文化推进会,1991,第422~423页。
② 〔韩〕东国大学校韩国文学研究所编《韩国文献说话全集》(六),汉城:太学社,1987,第333页。

思想统治，召集一些御用文人，对高丽时期流传下来的乐歌进行整理。在整理过程中尽量排斥以国语创作的民间歌谣，并把这些国语歌谣称为"鄙词俚语"。这使得许多有价值的朝鲜国语民歌失传。① 这是朝鲜民族特色文化的巨大损失。作为一个两班士大夫，柳梦寅却注意到了本民族的民间歌谣并借中国人之口给予了肯定，这是非常难能可贵的。

"每一个民族，不论其大小，都有它自己的、只属于它而为其它民族所没有的本质上的特点、特殊性。这些特点便是每一民族在世界文化共同宝库中所增添的贡献，补充了它，丰富了它。"（斯大林《在宴请芬兰政府代表团的宴会上的演说》）② 民族文化是一个民族世代积累而形成的精神财富，是一个民族发展的动力和源泉，"可以造成一个民族的自尊心、自豪感和自强精神。有了它，一个民族在遇到难以应付的历史环境的挑战的时候，就有可能激发民族活力，解决面临的复杂问题，使民族获得新生"③。柳梦寅虽然没有上升到如此高度，不能从理论上进行抽象概括，却意识到了坚守民族文化的重要性，并且做了生动的比喻："有角有蹄，羔不必仰乎牛；有牙有爪，狸不必希乎虎；有鳞有鳍，鳅不必学乎龙；有羽有嘴，鹦不必慕乎鹏。"（《送斗峰李养吾骊城君志完赴京序》）④ 这正是其民族文化意识的形象化表达。

三 对本国人才的敬重和赞颂

在各个时代，人才问题都是治国安邦的关键问题。柳梦寅也深刻认识到各类人才是国家的栋梁，是国家发展、强盛的希望或标志，所以他很敬重本国历代的各类人才，并热情赞颂他们，同时也希望自己的国家和民族能培养出更多的人才。

柳梦寅认为，朝鲜虽偏僻狭小，却不乏人才，他在《教郑汝昌家庙书》中说："鸿儒鹗立于世，硕士汇征于时。……薛聪，表章群籍，昭训六经；崔冲，登坛理窟，建帜道场；郑梦周，学祖东方，道承宋贤。

---

① 此说法参见韦旭升《朝鲜文学史》（北京：北京大学出版社，1986）第189~190页。
② 〔苏〕斯大林：《马克思主义与民族殖民地问题》，张仲实译，北京：人民出版社，1953，第381页。
③ 张岱年、方克立主编《中国文化概论》，北京：北京师范大学出版社，1994，第477页。
④ 〔朝〕柳梦寅：《於于集》（《影印标点韩国文集丛刊》第63辑），汉城：韩国民族文化推进会，1991，第360页。

是皆罗、丽之宗匠,号称海邦之师儒。至于我朝,续以文德,春干秋羽,成礼乐于校庠。沼藻汀蘋,蠲祀享于释菜。于是,金宗直早阐师道于皋比,丕显斯学于绛帐。……"① 这里有著名的文学家、理学家、儒学家、政治家,柳梦寅将其视为朝鲜各代的大贤、大才之人,认为他们将在朝鲜历史上彪炳千古。

对于在各次战争中涌现的民族英雄以及边关将士,柳梦寅也赞赏有加。1619年,建州女真(后金)攻占抚顺、清河期间,朝鲜曾派兵支援。在富车之战中,左营将领金应河在朝鲜的两个元帅已经投降的情况下,仍然和明朝的两个将领一起战死。柳梦寅在《题金将军传后》中表达了自己对英雄的敬意:"始将军以死自矢,不念暴骸之难耳。……惟其义烈所激,眼无白刃,与刘、乔两将军抗节俱死,天下多之。"② 他还认为金将军的行为"足以警世奖忠"。太宗时期的金宗瑞曾费尽周折在咸镜道斥胡开镇,巩固边防。柳梦寅认为他是一个保卫边疆的楷模,对其十分敬重。在送朋友张好古赴任咸镜监司时,柳梦寅就以金宗瑞为榜样激励他:"昔我太宗朝金宗瑞观察斯道,斥胡地开六镇。当时谤语盈箧,吏民愁苦,甚至诅咒蛊毒谋去之。宗瑞不动色,封事连章十余年,然后成之,我国至今赖之。厥后当事者喜因循。边务日坏,郑相国彦信能弥缝补缀之,兵政颇有条理,盖因宗瑞故事,沿袭得其当,北人至今称之。"(《送别咸镜监司张好古晚诗序》)③

柳梦寅甚至认为,朝鲜的人才不仅数量多,而且并不逊色于中国之人才,他说:"向者天朝士夫因东征,多到我邦。听其言,中国士论,多我国文章,以为若使应举中朝,其人才之多,过于湖广、江西。余闻而喜之。尝见中朝应举文,湖广、江西虽多伟作,若使东方佳篇并列于其间,吾侪强彼乎?彼强吾侪乎?"(《送冬至使李昌庭序》)④ 在以科举取

---

① 〔朝〕柳梦寅:《於于集》(《影印标点韩国文集丛刊》第63辑),汉城:韩国民族文化推进会,1991,第544页。
② 〔朝〕柳梦寅:《於于集》(《影印标点韩国文集丛刊》第63辑),汉城:韩国民族文化推进会,1991,第442页。
③ 〔朝〕柳梦寅:《於于集》(《影印标点韩国文集丛刊》第63辑),汉城:韩国民族文化推进会,1991,第367页。
④ 〔朝〕柳梦寅:《於于集》(《影印标点韩国文集丛刊》第63辑),汉城:韩国民族文化推进会,1991,第365页。

第四章 柳梦寅散文的思想意涵与中国文化

士的时代，应举文的优劣是判别人才的一个极重要的标准，柳梦寅即抓住这一点来说明朝鲜的人才可与中国的人才相媲美。他还经常谈及朝鲜一些杰出人才的成就、事迹，并有意无意地与中国人才相比较，从而突出本国人才的优秀。如崔致远就是他多次赞誉的一个人物："昔在前朝，李穑占魁科于元朝；崔致远作官，流声于唐朝。"（《送冬至使李昌庭序》）① "崔致远、李穑，俱捷于中朝。"（《馆试策题》）② "……乃有崔致远，扬旌词林，棹鞅翰苑。"（《教郑汝昌家庙书》）③ "至双溪石门，有崔孤云笔迹。字画不泐，观其书，瘦且硬，绝异世间肥软体，真奇笔也。"（《游头流山录》）④ 柳梦寅分别从仕途、文学、书法三方面赞扬了崔致远。崔致远是新罗时期的宾唐进士，旅居中国16年，先任中国宣州溧水县尉，后在高骈部下做从事官，专司笔砚，曾得到"紫金鱼袋"的赏赐。在朝鲜，崔致远是儒士的代表，又被尊为汉文学的鼻祖。他也是中朝政治文化交流的代表，是联系中朝文化的纽带人物。在后代朝鲜人看来，崔致远杰出便是朝鲜杰出。高丽末期的李穑也是儒学和文学大家，曾"入中国应举捷魁，声名动中国"（《诗话丛林》本《於于野谈》）⑤。柳梦寅也多次提及并引以为荣。

为了更有力地说明朝鲜人才之杰出，柳梦寅还经常借中国人之口来赞美朝鲜的人才。《於于野谈》（《诗话丛林》本）中有这样两段记载：

> 中国文士文鉴甚明，朱天使之蕃曰："朝鲜虽小邦，用阁老必选文章极高者。"首阁老柳永庆文章最高，每见其诗，击案称善，曰："东方第一文章也。"……岂之尝与二宰相联名呈文于辽东，时都御史顾养谦展帖轿上，引三宰相于前曰："高哉！是谁文章？"曰："第二宰相。"养谦熟视之，以手指批点于帖上曰："是文，虽中国

---

① 〔朝〕柳梦寅：《於于集》（《影印标点韩国文集丛刊》第63辑），汉城：韩国民族文化推进会，1991，第365页。
② 〔朝〕柳梦寅：《於于集》（《影印标点韩国文集丛刊》第63辑），汉城：韩国民族文化推进会，1991，第598页。
③ 〔朝〕柳梦寅：《於于集》（《影印标点韩国文集丛刊》第63辑），汉城：韩国民族文化推进会，1991，第544页。
④ 〔朝〕柳梦寅：《於于集》（《影印标点韩国文集丛刊》第63辑），汉城：韩国民族文化推进会，1991，第588页。
⑤ 〔朝〕洪万宗：《洪万宗全集》（下），汉城：太学社，1986，第607页。

亦罕伦也。"①

某年余过永平府万柳庄……余题七言律十六韵于粉壁。时日昏，秉烛而题。有一老秀才来观曰："唉！佳作，佳作。"韩御史……与邻居文士白翰林瑜来观，称誉，刻板悬之壁。自古中国文士少我邦人，数百年来，沿海数千里，无一篇我国诗悬于板者。悬板自我始，其亦荣矣。②

这两段分别以中国使臣、文士、秀才之口赞誉朝鲜的文人和他们的文章、诗歌。从柳梦寅在叙述时使用的"中国""朝鲜""我国""我邦"看，他已经把这种交流上升到国家与国家之间的关系，而不只是个别人的行为。他觉得能受到如此赞誉应该是整个国家、民族的荣耀。

所以，柳梦寅的结论是："溟洲称府库，海国富贤良。民俗敦周礼，人才萃夏庠。"（《关东纪行二百韵》）③ 正是这些杰出的人才书写了朝鲜辉煌的历史，使得朝鲜成为"众夷之首"，在某些方面甚至并不次于中国。因此他希望国家多出人才，在《寿春乡校重修上梁文》中，他表达了自己的愿望："灿人才之星列，沿洄洙泗，贲治道而玉成，朝端之论道经邦。"④他还经常以一些礼贤下士以及人才辅政的故事强化他的人才强国意识，如："周文猎渭滨，后车载匪黑。昨日葛衣叟，今朝王者师。"（《拟李白古诗五十九首》其十五）⑤ "伊尹已老而耕于有莘，太公白首而钓于渭滨。"（《赠金刚山三藏庵小沙弥慈仲序》）⑥ 而当他发现人才时，会不遗余力地向有关人士举荐，如他自己已经被罢官，还极力向当时的吏曹判书李廷龟举荐进士成汝学，他说："顾余落拓散地，将谢簪笏归菟裘，吾身之不能恤，若之何能逮人乎？但念年年都目政，掌铨衡笏初仕者，能得几

---

① 〔朝〕洪万宗：《洪万宗全集》（下），汉城：太学社，1986，第636页。
② 〔朝〕洪万宗：《洪万宗全集》（下），汉城：太学社，1986，第637页。
③ 〔朝〕柳梦寅：《於于集》（《影印标点韩国文集丛刊》第63辑），汉城：韩国民族文化推进会，1991，第456页。
④ 〔朝〕柳梦寅：《於于集》（《影印标点韩国文集丛刊》第63辑），汉城：韩国民族文化推进会，1991，第425页。
⑤ 〔朝〕柳梦寅：《於于集》（《影印标点韩国文集丛刊》第63辑），汉城：韩国民族文化推进会，1991，第335页。
⑥ 〔朝〕柳梦寅：《於于集》（《影印标点韩国文集丛刊》第63辑），汉城：韩国民族文化推进会，1991，第381页。

个孟浩然乎？今成之才，阁下所详知，其不待余言也审矣。……第未知阁下之树高几丈哉，能许仆推而上之树颠乎？今仆适忧采薪，使渊叔颠倒趋之，愿阁下垂察焉。"（《赠吏判月沙书》）① 推荐的理由充分、言辞恳切。

敬重人才、赞美人才、渴望人才、推荐人才，都是柳梦寅人才强国意识的真诚表达，也是其爱国情怀的真挚表现。

四 对国家独立的期待和努力

历史上，朝鲜是一个相对弱小的国家，很多方面依赖中国，重大决策要获得中国的许可，高丽、朝鲜两朝时又曾多次受到蒙古、女真、日本等国家和民族的侵扰。直到柳梦寅的时代，朝鲜还不能完全独立自主。忧国忧民的柳梦寅一直渴望着自己的国家能独立、自强地屹立于世界的东方。

为了邦国独立，朝鲜的反侵略战争不断爆发。反侵略战争往往是对一个民族成员的民族意识和爱国情怀的严峻考验。1592年，日本的丰臣秀吉开始大规模侵略朝鲜（壬辰倭乱），朝鲜整个国家和人民都蒙受了深重的苦难。柳梦寅亲眼看到了侵略者无情地烧杀抢掠："万历壬辰，倭奴犯长安。公奉老母避寇杨州墓山，寇卒至，挺剑枝母。公与弟梦熊以身翼母，俱受锋。梦熊死之，刃公胁，创深见腑，死而苏。母得全。"（《赠议政府领议政行司赡副正柳公神道碑铭并序》）② "火庄、浦防守溃，贼兵渡江。余苍黄同溃卒跃马而北……行数里，顾见农舍焰火涨天，贼已火之矣。"（《於于野谈》）③

柳梦寅为国家和人民遭涂炭而十分悲愤，虽然作为一个文官，他不能像李舜臣那样亲赴战场杀敌卫国，但他以一个文学家同时也是极具民族责任感的政治家的锋利笔触记录、描写了那场战争，激励人们保家卫国，同时也为将士及全国人民呐喊助威。他在《教平安道赴战人父母妻子书》中向将士的家人怒斥了倭寇的罪行，赞扬了将士们的忠勇，并呼吁整个民族为抗击外族势力入侵而奋战："呜呼，自我邦罹丧乱，讫三载

---

① 〔朝〕柳梦寅：《於于集》（《影印标点韩国文集丛刊》第63辑），汉城：韩国民族文化推进会，1991，第406页。
② 〔朝〕柳梦寅：《於于集》（《影印标点韩国文集丛刊》第63辑），汉城：韩国民族文化推进会，1991，第432页。
③ 〔韩〕东国大学校韩国文学研究所编《韩国文献说话全集》（六），汉城：太学社，1987，第353~354页。

于今。死寇假息,尚狺然居南疆。不问八道大小邑,执殳负羽者,孰不出力弃疾于彼,能斫贼营摧贼垒。我邦之忠勤精勇甲诸军,使得保朝夕者,皆乃子、乃夫、乃父力也。"① 有鼓励,有安慰,能够振奋人心,增加民族的凝聚力。

对那些贪婪、凶残的侵略者,柳梦寅给予了激烈的痛斥。他骂日本人为"小丑""大贼""盗贼""倭寇""倭奴""无知岛夷",将蒙古首领忽必烈、女真首领努尔哈赤等贬称为"禽""忽贼""老贼"。柳梦寅用这些词语来描述不友好的"异国(族)形象",这些词语已经成为那个时代朝鲜人想象或言说日本、女真等"异国(族)形象"的套话,是朝鲜人对异国、异族人的集体想象,表达了他们对侵略者的痛恨和蔑视。对顽强抵抗侵略的朝鲜军民来说,柳梦寅的描述和呼吁也是一种精神上的鼓励和支持,增强了他们战胜侵略者的信心。

柳梦寅指出,要反对异族侵略,保家卫国,维护邦国独立,就必须巩固国防。当时,朝鲜还比较弱小,有时不得不求助于明朝。柳梦寅就曾代表朝鲜几次向明朝兵部、礼部呈文,请求明朝的支援。"小邦自壬辰之后,君臣遑遑,朝夕所讲究,除防边固圉外无策。"(《请盐焇弓角兵部呈文》)② "(天朝)向在倭警,百万兵粮,犹且不惜,宁独惜此焇角,不令小邦自买自卫乎?"(《请盐焇弓角礼部呈文》)③

虽然明朝在各方面给朝鲜很多援助,但是柳梦寅认为加强国防最重要的力量还是朝鲜自己。他说:"向者倭寇之变,赖天朝得复疆土。夫不能自强,向人求哀,可一而不可再。况彼倭自南而北,犹假西兵以却之。今此之寇,其来必自西北,援兵之路梗矣。虽欲致天兵之救,其能飞渡海耶?又况天朝之于鞑虏,门庭之寇也。其能舍门庭之虏,而救域外属国耶?其势必不能也。"(《送别咸镜监司张好古晚诗序》)④ 所以,他认

---

① 〔朝〕柳梦寅:《於于集》(《影印标点韩国文集丛刊》第63辑),汉城:韩国民族文化推进会,1991,第399页。
② 〔朝〕柳梦寅:《於于集》(《影印标点韩国文集丛刊》第63辑),汉城:韩国民族文化推进会,1991,第423页。
③ 〔朝〕柳梦寅:《於于集》(《影印标点韩国文集丛刊》第63辑),汉城:韩国民族文化推进会,1991,第551页。
④ 〔朝〕柳梦寅:《於于集》(《影印标点韩国文集丛刊》第63辑),汉城:韩国民族文化推进会,1991,第367页。

为边地重镇必须有良将把守。在送张好古赴咸镜监司任时，柳梦寅语重心长地说："梦寅为御史于西北两界，周行于豆满、白头之间，于边事备尝其本末，不能不为北方长虑却顾也。"（《送别咸镜监司张好古晚诗序》）① 这既是他自己的守边心愿的表达，也是对将担负重任的友人的深切期望。更可贵的是，他向当时的咸镜监司韩浚谦进的《安边三十二策》，对巩固国防提出了具体而可行的措施，如"别设大堡""多置戍卒""傍江设关，聚貔貅严刁斗，以扼其要冲"等。②

柳梦寅的观点很明确，不能每次都向中国求援。靠自己的力量巩固国防，这正是一种可贵的国家独立自强意识的体现。

柳梦寅的时代，还没有很强的民族观念，更没有民族意识的理论。现代人所谓的民族意识即"人们对自己属于那个民族的一种归属感和主体意识，包括对本民族存在与发展、群体价值与历史命运、负有义务与责任的自我联系与理解；对本民族历史、文化、生产生活方式和独有的各种民族特点的认同与热爱；对族内和族际关系的共同认识和看待；等等。民族意识是民族分界和民族认同的主要标志，对民族的统一和凝聚，有着巨大的内向力和推动力"③。根据这一概念，柳梦寅的言行所体现的正是一种不折不扣的民族意识。

也正是由于柳梦寅这样极富民族意识和爱国情怀的民族成员的不懈努力和斗争，曾经在多灾多难的历史中艰难前行的朝鲜民族才能最终实现独立自强的夙愿。

第五节 "仙也释也，亦能养心养生"——佛道思想的濡染

当然，身处多元思想交融的朝鲜朝时代，柳梦寅的思想也十分复杂。在他的散文中，不仅具有浓厚的正统儒家思想，也表现出佛家思想和道

---

① 〔朝〕柳梦寅：《於于集》（《影印标点韩国文集丛刊》第63辑），汉城：韩国民族文化推进会，1991，第366页。
② 〔朝〕柳梦寅：《於于集》（《影印标点韩国文集丛刊》第63辑），汉城：韩国民族文化推进会，1991，第578～586页。
③ 贾平安、郝树亮主编《统战学辞典》，北京：社会科学文献出版社，1993，第229页。

家思想的影响。他认为:"虽然,儒者之学,务着实;彼仙也释也,亦能养心养生者。"(《二养堂记》)① 被罢黜以后,柳梦寅主要寄居于寺院之中,与僧人接触很多,也因此受到佛家思想的熏陶。他居于山中,每日除了读书就是流连于山水之间,看日出日落,赏清风明月,于自然中寻求心灵的宁静,这正是道家所追求的境界。所以,他对佛、道的兴趣更加浓厚,这一时期的散文所体现的佛、道思想也更加明显。

一 与山僧释子的交流

东亚文学和文人与佛教的因缘很深,许多著名文人如中国的谢灵运、王维、苏轼,日本的紫式部、松尾芭蕉,朝鲜的金时习、申纬都在生活与创作上深受佛教的影响。柳梦寅一生足迹遍布朝鲜的名山大川,"遍游咸、平、江、庆诸道之地"(《赠三藏庵上人慈泪序》)②。其间游历过多个寺庙,或者为寺庙的奠基、上梁写写文章,或者作为文人留宿、参观寺庙,感受佛教文化与佛教思想。在这个过程中他与众多僧人有过很多交往,如:

> 余幼清虚寡欲,所癖惟诗书山水。爱京山水钟寺僻且爽,读书屡阅炎凉。与寺僧约游皆骨山③,相然诺牢甚。(《题绀坡崔有海号副墨〈游金刚山录〉后》)④

> 于是有僧玉井住义神、觉性者,自太乘庵而至,皆以诗名。其诗皆有格律可讽者,觉性则笔法临义之,甚清瘦多法度。余谓两僧

---

① 〔朝〕柳梦寅:《於于集》(《影印标点韩国文集丛刊》第 63 辑),汉城:韩国民族文化推进会,1991,第 543 页。
② 〔朝〕柳梦寅:《於于集》(《影印标点韩国文集丛刊》第 63 辑),汉城:韩国民族文化推进会,1991,第 383 页。
③ 即金刚山别名。南孝温《游金刚山记》曰:"白头山起自女真之界,南延于朝鲜国海边数千里。其山之大者,在永安道曰五道山,在江原道曰金刚山,在庆尚道曰智异山。而泉石之最秀且奇者,金刚为冠。山名有六:一曰皆骨;一曰枫岳;一曰涅盘者,方言也;一曰枳怛;一曰金刚者,出《华严经》;一曰众香城者,出《摩诃般若经》,新罗法兴王以后所称也。"(〔朝〕南孝温《秋江集》,《影印标点韩国文集丛刊》第 16 辑,汉城:韩国民族文化推进会,1988,第 91 页)
④ 〔朝〕柳梦寅:《於于集》(《影印标点韩国文集丛刊》第 63 辑),汉城:韩国民族文化推进会,1991,第 443 页。

第四章　柳梦寅散文的思想意涵与中国文化

曰："尔辈皆以离俗绝世，恶入林之不密，而比吾所履历，曾不离于坑阱。尔之居僻则僻矣，而不过友青松群白鹿而止耳。思吾踪迹，出青松白鹿之外而来，吾于尔多矣夫。"两僧抵掌而笑。遂相与更唱迭酬，到夜阑而罢。(《游头流山录》)①

彦机、云桂，两诗僧也。万历三十四年，余与机相遇于香山普贤寺。(《游宝盖山赠灵隐寺彦机、云桂两僧序》)②

柳梦寅有僧人般的清虚寡欲，也喜欢寺庙环境的幽远清爽，年轻时就愿意居住在寺庙，愿意与僧人交往。他或者与僧人相约游览，或者与僧人谈诗论文，"更唱迭酬"，这些都为他们后来的精神层面的交流、儒与释的和谐相融提供了机缘。

光海君时期，柳梦寅基本处于半官半隐的状态，主要居于金刚山③中，辗转于多个寺庙之间，如三藏庵、表训寺、长安寺、乾凤寺、奇奇庵、榆岾寺等。其间，他交往最多的对象就是山僧释子。在他生命的最后一年（1623），又离开金刚山，"入灵珠山文殊庵、灵隐庵、兜率庵、圆寂寺、才人瀑，过逍遥山。二十有三日，归洪福山，拜先墓。松泉听籁庵疫，上道峰山妙峰庵"(《赠道峰山妙峰庵僧性天序》)④。

半官半隐期间，柳梦寅生计艰难，幸好有僧人们相助，才得以安身。对此，柳梦寅十分感激并仔细记录了僧人们对自己的帮助：

僧圆应葡萄我、米我、菜我，僧义能、僧妙庵、僧宗远酱我、菹我，僧性珠酒我、豉我、石芝我，僧法坚饼我、粮我、海菜我、山蔬我、诗我、札简我，圆通僧熙郁菁我、薇蕨我，榆岾僧泰敬糇

---

① 〔朝〕柳梦寅：《於于集》(《影印标点韩国文集丛刊》第63辑)，汉城：韩国民族文化推进会，1991，第592页。
② 〔朝〕柳梦寅：《於于集》(《影印标点韩国文集丛刊》第63辑)，汉城：韩国民族文化推进会，1991，第390页。
③ 〔朝〕成海应《山水记·记关东山水》云："金刚山在东海上，其名有六：曰皆骨，曰枫岳，曰涅盘，曰枳怛，曰金刚，曰众香。皆骨，言其石白也。枫岳，言其产也。涅盘、枳怛、金刚、众香者，皆禅家语也。"〔朝〕成海应《研经斋全集》(Ⅲ)，《影印标点韩国文集丛刊》第275辑，汉城：韩国民族文化推进会，2001，第70页〕
④ 〔朝〕柳梦寅：《於于集》(《影印标点韩国文集丛刊》第63辑)，汉城：韩国民族文化推进会，1991，第390页。

我、石榴我、黄橘我、屏风菜我。(《戏赠涅盘山人慧仁序》)①

在落魄的时候，这些无疑是十分珍贵难得的馈赠，帮柳梦寅一家度过了艰难的日子。然而柳梦寅与山僧释子的交流并不限于此，僧人们久闻柳梦寅的文名，都希望能得到其诗文，每每前来索乞，而柳梦寅也从不拒绝，有求必应。如以下记载：

  余寓表训寺，慈仲与其师坚公住三藏庵。两寺之间，謦欬相闻。坚公为仲求赠言，仲也幼，曷可与言志？只重坚请，是以贻文与诗。仲乎持以示汝师，仍以枫岳大雪诗续之。(《赠金刚山三藏庵小沙弥慈仲序》)②

  故余亦冒非笑于世，栖托表训寺，经岁而不知归者也。余宿稿此文以自遣，会僧有求言，书以赠之。(《赠涅盘山奇奇庵沙弥敬允序》)③

  师之居表训，与余对溜而住。今往山东，求一言以赆，序迄而诗之。(《赠表训寺僧净淳序》)④

  某白，灵运上人师，即榆岾寺名僧也，颇敏慧善楷书。余于表训寺事迹多其笔迹，欲一识面者久矣。乃今为住持，时四月维夏，涉雁门数丈雪来问曰："闻夫子一国文宗，此山诸僧，无不得宝唾者，独贫道未也。专来乞言，以海蔬、芒鞋、白楮献微忱者，赆行也，非敢为润笔资也。"(《与榆岾寺僧灵运书》)⑤

  天启元年季夏，霖潦已两月矣。余处西湖侨舍，天柱山沙弥印

---

① 〔朝〕柳梦寅：《於于集》(《影印标点韩国文集丛刊》第 63 辑)，汉城：韩国民族文化推进会，1991，第 389 页。
② 〔朝〕柳梦寅：《於于集》(《影印标点韩国文集丛刊》第 63 辑)，汉城：韩国民族文化推进会，1991，第 381 页。
③ 〔朝〕柳梦寅：《於于集》(《影印标点韩国文集丛刊》第 63 辑)，汉城：韩国民族文化推进会，1991，第 388 页。
④ 〔朝〕柳梦寅：《於于集》(《影印标点韩国文集丛刊》第 63 辑)，汉城：韩国民族文化推进会，1991，第 388 页。
⑤ 〔朝〕柳梦寅：《於于集》(《影印标点韩国文集丛刊》第 63 辑)，汉城：韩国民族文化推进会，1991，第 419 页。

第四章 柳梦寅散文的思想意涵与中国文化

坚，引其师钟英冒雨来，袖抽数轴诗投余曰："天柱山与阁下加平新卜山垄邻，贫道有沙弥，既得阁下诗数百言，愿以沙弥为绍介，乘阁下闲乞一辞。"（《题天柱山人钟英诗轴序》）①

在僧人们看来，柳梦寅是"一国文宗"，能够得到他的诗文是十分荣幸的。除上面提到的赠序外，柳梦寅还有如下赠予僧人的诗歌及诗序：《安州题僧诗轴》《次望月寺僧慧圆诗轴韵》《次义神庵僧玉井韵》《净土寺次僧卷韵》《光陵斋室赠奉先寺僧德均》《次水钟寺僧性敏诗轴韵》《次中兴寺僧诗卷韵》《赠金刚山僧宗远序》《赠表训寺僧灵訾序》《赠长安寺住持玄修序》《赠表训寺僧慧日序》《赠表训寺僧慧默序》《赠三藏庵沙弥怀贤序》《赠乾凤寺僧师洽序》《赠表训寺僧学悦序》《留别天德庵法师法坚序》等。僧人们拿到这些诗文都如获至宝，谨慎珍藏，尽管有些僧人并不能真正读懂柳梦寅的诗文，只是敬重他的文学地位而已。对此，柳梦寅也很清楚，但他还是为他们写了。这也是柳梦寅创作的重要组成部分，且真实反映了柳梦寅彼时的生活和思想。

在隐居寺庙的几年中，柳梦寅也遇到了一些能够与之进行深层次心灵交流的僧人，这也是柳梦寅倍加珍惜的。如："（法坚）法师，湖南产也，十四，通经涉史暨子家，文义洞然。凡州邑试战艺，克有捷。数奇弃其业，入山为缁髡。又博记禅教诀篆，为空门大师。四方学者，无问儒释，从之如输委。"（《留别天德庵法师法坚序》）② 法坚是一个博学多识、融通儒释的大师，他也希望柳梦寅能够如自己一样，彻底放弃世俗名利，安居于山林。当柳梦寅表示要以死殉节时，法师说："从违之分，各有义理。义理之归，俯仰悬焉。人生浮世，即须臾焉耳，况白首乎？夫子，宰相也，焉得自由？盖有命存焉。去岁之病，幸而不亡，天也，幸亮之，义理之与比。"（《留别天德庵法师法坚序》）③ 柳梦寅深知法师之心与理，也希望"与子遍枳怛诸庵，以终吾余年"（《留别天德庵法师

---

① 〔朝〕柳梦寅：《於于集》（《影印标点韩国文集丛刊》第63辑），汉城：韩国民族文化推进会，1991，第380页。
② 〔朝〕柳梦寅：《於于集》（《影印标点韩国文集丛刊》第63辑），汉城：韩国民族文化推进会，1991，第389页。
③ 〔朝〕柳梦寅：《於于集》（《影印标点韩国文集丛刊》第63辑），汉城：韩国民族文化推进会，1991，第390页。

法坚序》)①,但柳梦寅还是选择了忍痛与之辞别,在他思想的天平上,儒还是较释重了一些。

如果说柳梦寅和法坚大师能够进行心灵交流是因为对方融通了儒释,那么柳梦寅和另外一些僧人能够交流则是因为他也逐渐接受了一些佛理,受到了佛教思想的影响。如他与表训寺僧人慧仁的一段对话:

> 三年春,余寓表训寺,僧慧仁尝与余有松泉之旧。为余近住奇奇庵,一日仁来谒。余谓之曰:"余客于斯久矣,今春过半矣,欲有所往矣,雪深如此矣,将奈之何?"仁曰:"人之一来一往,莫不有宿缘存焉,缘尽则自有所往。令公何忙为?且缘之来,亦有宿债,前生有负债者,必责偿于今生,满其数而后已。"曰:"尔言果信则吾必有宿债于兹,所以淹滞从秋徂岁迄于今也。……且向者三十年太仓之粟、三百六十余邑之珍羞、京师亲旧岁时月日之赒给,有何债见负于彼?而煦濡于向时,断绝于今日耶?抑未知昔之负者,今已偿尽耶?我之受世人之赐于今生者,将以何物尽酬于后生耶?将学今世之人多受债而不少偿乎?且我爵满朝人,玉堂、金马、兰坡、凤池、薇垣、柏府六部百司,大小州府郡县,吏高下青紫,皆出于我手。无虑千百官,而既受之后,迈迈若不相涉,尽背驰而之他,未知我前生受若人之债几许,欲俟后生而偿之否乎?而又有余债,我未毕偿于今,将有待于来月来日乎后生之天地乎?且我今生壮(当为"状")元龙榜,历三司台侍封勋,升秩至金玉之班,有何与债于前生之何许人,而受偿于今世?抑已偿耶,未尽偿,偿之于明年明日乎?"(《戏赠涅盘山人慧仁序》)②

这段对话主要围绕"宿缘"与"宿债"这两个佛教术语展开。宿,指往世。佛教认为现世的遇合别离,皆与往世因缘有关,皆自因果,实非偶然。宿债则是前世所欠的债,今世需要偿还。而今世之债来世也要偿还。根据慧仁的观点,柳梦寅似有领悟,将此前自己的付出与所得以及所交

---

① 〔朝〕柳梦寅:《於于集》(《影印标点韩国文集丛刊》第63辑),汉城:韩国民族文化推进会,1991,第390页。
② 〔朝〕柳梦寅:《於于集》(《影印标点韩国文集丛刊》第63辑),汉城:韩国民族文化推进会,1991,第388~389页。

往的人、处理过的事务都用"宿缘"与"宿债"进行了阐释。如此,他的一些不解和人生遗憾也都有了合理的解释。如果说这一篇中柳梦寅的语气还存有疑问,那么他在《游头流山录》中则毫不迟疑地说:"余欲及春纵游头流,以偿宿债。"①

在《赠乾凤寺僧信阊序》中,柳梦寅则表现出他对佛家的"顿悟见道"深信不疑,而且能将佛与儒联系起来。他说:"余处金刚山,见山中小庵多异释,餐松柏辟五谷积数十年者,式以顿悟见道称。余讨其实,大率不识字,不读一经文。与之语,心地洞然。余瞿然惊曰:'此其成佛者乎?'"② 柳梦寅发现金刚山中有很多奇僧异释,他们没有丰富的文化知识,甚至是不识字的,但却在顿悟见道方面修炼得极其高深,与之谈话,"心地洞然",以至于柳梦寅认为他们已经成佛。长时间和这些僧人交流后,柳梦寅也接受、理解了一些佛法佛理,下面是他在《赠乾凤寺僧信阊序》中讲的两个故事及其顿悟出来的道理:

> 昔者,此山中有三僧,各用大褓赢衣粮而行。相与约曰:"吾三人作谳语,能者解其负,负不能者,其可?"佥曰:"可。"一僧舍褓,卧稻池之阡曰:"夜也,吾将宿。"曰:"何耶?"曰:"东方之语,水田之阡,不与夜同音。"曰:"然。"二僧二其褓,分而担而去。至一处,一僧入棘林中,坐曰:"拘家事不得去。"曰:"何也?"曰:"东方方语拘棘刺,不谓拘家事乎?"曰:"然。"一僧合三褓而负而去曰:"背负二间屋,其无困?"曰:"何耶?"其僧嘿而不答,两僧俱不解也。于是合负三褓上峻岅,流汗洽体。路遇一老释,弊衲蓝缕。问曰:"三僧同行,两僧闲卧中野,子独行负重何耶?"僧以三言告之。老僧合手而拜曰:"子独成佛也夫!东方之语,称屋梁不与褓同音乎?二间之屋,不架三梁乎?两僧之言,破天机死语也。子之不言,全天机活语也。子独成佛也夫!"又闻昔者此山中,有南无大师者,嘿言向壁三年,一日呀呀而笑。群弟子长

---

① 〔朝〕柳梦寅:《於于集》(《影印标点韩国文集丛刊》第63辑),汉城:韩国民族文化推进会,1991,第588页。
② 〔朝〕柳梦寅:《於于集》(《影印标点韩国文集丛刊》第63辑),汉城:韩国民族文化推进会,1991,第530页。

衫裂裟顶礼而问曰:"大师三年向壁无一言,一朝呀呀而笑,其必顿悟大道乎,愿问大道之方。"大师抗声而应曰:"横腐!"群弟子曰:"此淫亵之语也。三年向壁,所悟只一淫辞乎?"或嗤而去,或诟訾而去。吁!引而不发者,活语也;泄而不蕴者,死语也。大道也者,非心得不能语,父不能以传之子,师不能以传之弟子。三年向壁,一朝顿悟,工夫深矣。彼群弟子,俱以蒙学,无心得而欲闻大道,其横腐之流乎!故大师只以慢言浪说戏之,如庄子道在屎尿之喻也。此所以真悟道成佛者也,儒释何尝异道?……吾之文字,如梁如栋,如山如河,取诸心得,绰有余裕,何苦袭古人死语,以为学与文耶?薄有谵语而含喙不鸣,苟鸣之,奚以为道?今尔虽不文,心甚开尔之道。有禅有教,苟能禅,何用教为?尔自反己而内观,如来宝光,其在尔心上,儒与释何异焉?①

从"三僧同行"和"大师向壁三年"这两个故事,柳梦寅收获很多。其一,他懂得了"死语"和"活语"的区别,"死语""破天机","活语""全天机","全天机"者能成佛。"活语""引而不发","死语""泄而不蕴"。其二,"大道"不能学来也不能继承,必由"心得","大道"的顿悟需要长时间的虔诚修炼,不修炼,无心得则无法得"道"。真正"悟道"了方能成佛。由此,柳梦寅联想到自己的创作,其创作丰富、恢宏,也是经年累月读书学习、取诸心得的结果,而不是蹈袭古人。因此,信阖虔诚修炼,努力悟道成佛,自己刻苦钻研儒家学问,努力创作,二者的性质是一样的。所以,柳梦寅最后的结论是:"儒释何尝异道?""儒与释何异焉?"反问的语气实际上加强了对结论的肯定。

在与表训寺僧人慧日的交往中,柳梦寅进一步感悟并总结了对方与自己、释与儒的共性,他认为:"僧以空寂慈悲为道,儒以忠孝节义为尚。"(《赠表训寺僧慧日序》)② 二者是有联系的:僧者"岂忍欺上官暴生灵",而自己"不忍从众"而"虐民庶";僧者"逃禅寂服慈悲……救

---

① 〔朝〕柳梦寅:《於于集》(《影印标点韩国文集丛刊》第63辑),汉城:韩国民族文化推进会,1991,第530~531页。
② 〔朝〕柳梦寅:《於于集》(《影印标点韩国文集丛刊》第63辑),汉城:韩国民族文化推进会,1991,第384页。

躯命而止也",自己"怀忠植节……抱疴忍馁";在国家人民危难之时,僧者的"空寂慈悲"和自己的"忠孝节义""似无愧于今之人古之人也夫"。如果说在《赠乾凤寺僧信阎序》中柳梦寅从理论上抽象概括了释与儒的共性,那么这里他进一步从处世与实践方面总结了二者的一致性。可见,作为一个地道的儒者,柳梦寅也接受了佛家思想文化的熏陶并能够将二者融会贯通。这种融合表现了柳梦寅作为一个儒家臣子的理性和思想的包容性。而柳梦寅晚期的创作证明,他的思想更加矛盾和复杂。

二 对得道成仙的渴望

道教亦对东亚文人影响深远。"道教人物是东亚文学吟唱的对象,借助道教人物的吟唱,东亚文人表现了理想。"① "道教地名是东亚文人共同想象的世界,以至于演化出许多有关道教仙境的各种传说。"② 在柳梦寅的各体作品中,也出现过无数与道教有关的人物和地名,如丁令威、吕洞宾、安期、羡门、容成、三神山、瀛洲、蓬莱、玉京等。

其中三神山在柳梦寅的散文中出现较多,如:

> 余爱金刚山,世称三神山之一。中国人愿生高丽者端为此也,故冒险扶老而来矣。(《赠三藏庵沙弥怀贤序》)③

> 盖三神山,无有则无有。如有之,虽不在皆骨、妙香、智异,必在我国比邻。自古方士知三神山在海外,而不知求之我国之三岛。我国知我国有三神山而求之域内,而不求之我国之比邻。彼三岛者,非所谓三神山耶?(《送李润卿睟光赴安边都护府序》)④

> 头流一名方丈,杜诗有"方丈三韩外"之句,注曰:"在带方国之南。"今按龙城古号,带方,则头流,乃三神山之一。秦皇汉武

---

① 张哲俊:《东亚比较文学导论》,北京:北京大学出版社,2004,第175页。
② 张哲俊:《东亚比较文学导论》,北京:北京大学出版社,2004,第175页。
③ 〔朝〕柳梦寅:《於于集》(《影印标点韩国文集丛刊》第63辑),汉城:韩国民族文化推进会,1991,第385页。
④ 〔朝〕柳梦寅:《於于集》(《影印标点韩国文集丛刊》第63辑),汉城:韩国民族文化推进会,1991,第523页。

浪费功于风舟者，吾侪坐而得之矣。(《游头流山录》)①

三神山指道教神话中东海仙人所居之山。《史记·秦始皇本纪》载："齐人徐市等上书，言海中有三神山，名曰蓬莱、方丈、瀛洲，仙人居之。"② 三神山到底在哪里，争议很大。柳梦寅坚信三神山就在朝鲜，自己隐居的金刚山和曾经游览的头流山都属于三神山。"韩国三神山形成的最重要根源是道教长生不死的神仙思想，还有三神山的绚丽想象。"③ 这也是柳梦寅多次提及三神山的原因。

得道成仙是道教修炼的终极目的，传说中许多道士修成正果，羽化成仙。这是柳梦寅十分羡慕的，他曾多次描述仙境和游仙的场景并表达对仙人的向往，道教神物仙鹤意象也频繁出现在其诗歌和散文中。尤其在晚年不如意之时，他在散文中更是直接表达了对得道成仙的强烈渴望。

其一，柳梦寅在散文中多次描绘仙境、仙人、遇仙、游仙场景和仙鹤，并表达了羡慕、向往之意。

《枫岳奇遇记》描写了柳梦寅在枫岳山寄居期间的一次南楼遇仙经历，他见到了许多仙人、异人，如清溪道流、会稽山丈人、丹冠老仙、青苹逸士、太清太夫人、香城真仙等。柳梦寅当时大病已愈，精神饱满，与这些仙人畅谈吟诗，饮酒食芝，度过了神奇美妙的一夜。另一篇《唤仙亭记》曰："盖以是府介于山海之间，素著佳丽之称。彼东溟方丈之群仙，经过游息于斯，混流俗而人不识者何限？"④ 可以想象方丈群仙缥缈于山海之间的壮观景象。再如《降仙楼记》曰："于是乎君子闻而歌之曰：'楼之高兮仙斯降，珠佩珊珊兮玉女景。从仙之降兮，无久于斯楼。玉京有楼兮，其与众仙游。'"⑤ 这是柳梦寅在关西降仙楼想象出来的奇幻绝伦的游仙场景。在与僧人采药的时候，他也将草药想象成仙家

---

① 〔朝〕柳梦寅：《於于集》(《影印标点韩国文集丛刊》第63辑)，汉城：韩国民族文化推进会，1991，第588页。
② (汉) 司马迁：《史记》，北京：中华书局，1959，第247页。
③ 张哲俊：《东亚比较文学导论》，北京：北京大学出版社，2004，第208页。
④ 〔朝〕柳梦寅：《於于集》(《影印标点韩国文集丛刊》第63辑)，汉城：韩国民族文化推进会，1991，第395页。
⑤ 〔朝〕柳梦寅：《於于集》(《影印标点韩国文集丛刊》第63辑)，汉城：韩国民族文化推进会，1991，第542页。

的灵草,如"有草才抽芽,青茎者曰青玉,紫茎者曰紫玉。僧云此草味甘滑可食。撷之盈掬而来。余曰:'僧称青紫玉,乃仙家所饵瑶草也。'乃植杖手摘之,殆满囊焉。"(《游头流山录》)① 既然认定是仙家之瑶草,柳梦寅便多多采摘。再如以下几段描述:

> 鸭水三沱兮波汩汩汰汰而潺湲,凤凰翼翼兮金石巑岏。凌狼子乱蛇梢跨白鹤而冲霄,邀丁仙兮与之遨。(《送金书状鉴赴京歌序》)②

> 彼安期、偓佺之辈,以鸾翎鹤背为床席。当其薄九万而下视,安知此岳不为秋毫耶?(《游头流山录》)③

> 昔者安期生游东海而只留阜乡之舃,丁令威归辽城而只题华表之诗,黄鹤仙人留连吴江之酒家,纯阳真人三入洞庭之岳阳,而未闻有号召而将迎之者。倘有人知其真仙而挽之,必泠然飘然而逝,唯恐踪迹之或露。(《唤仙亭记》)④

丁令威、安期生、偓佺、吕洞宾这些仙人驾云凌风,畅游九霄,轻盈缥缈而来去无踪,他们居于高远的仙境,行之自由无束,这是柳梦寅最欣羡和渴望的。

鹤由于美丽、擅飞、长寿而成为道教之神物,传说道教始祖张天师就在仙鹤所化的鹤鸣山修道成仙;《相鹤经》说鹤乃"羽族之宗长,仙人之骐骥也";传说中还有"三乔乘鹤""丁令威化鹤""蓝采和驾鹤升天"等许多仙人与仙鹤的故事。鹤意象也频繁出现在柳梦寅的散文中,如:"曾见世尊百川洞之上,九龙庐焉;明镜岩、灵源寺之间,玄鹤居焉。于是乎蓝舆藤杖,自放乎萧瑟泓净之境,则惬深而悦。期久而必,

---

① 〔朝〕柳梦寅:《於于集》(《影印标点韩国文集丛刊》第63辑),汉城:韩国民族文化推进会,1991,第591页。
② 〔朝〕柳梦寅:《於于集》(《影印标点韩国文集丛刊》第63辑),汉城:韩国民族文化推进会,1991,第512页。
③ 〔朝〕柳梦寅:《於于集》(《影印标点韩国文集丛刊》第63辑),汉城:韩国民族文化推进会,1991,第591页。
④ 〔朝〕柳梦寅:《於于集》(《影印标点韩国文集丛刊》第63辑),汉城:韩国民族文化推进会,1991,第395页。

剧解于适,恋抒于觊,不亦乐乎?"(《送江原方伯申湜序效国语押韵》)①
灵源寺位于智异山(又名"头流山""方丈山")中,此山被朝鲜人誉为
灵山。有龙、鹤栖居的地方必定是清净美好的仙境,令人神往。金刚山
也是朝鲜的名山,传说有一万二千峰林立。山中怪石奇岩峭立,绿树繁
茂,溪潭密布,恍如仙境,是仙人的理想居所,也是仙鹤的栖息之处。
"金刚台旧有青鹤寓栖,长子孙。向年山中搜捕逋逆,军民搅扰溪洞,自
此鹤不栖,他鹤亦绝无一只,如相告戒焉。"(《赠表训寺僧灵訔序》)②
"石林石台尤绝。僧言有青鹤每下前溪,洗水苔衔飞而去。非绝粒高僧,
不得处。明镜岩上西峰甚峭,有鹤巢,丹顶青翼赤颈栖焉。余游目见之。
皆骨山金刚台上有鹤巢,余游台下瀑流上,忽有七鹤回翔洞天,诸僧皆
未曾觊。有老释潜相与曰:'仙鹤避人,游人未有见一只,况此七鹤乎?
此宾必非寻常也。'"(《题绀坡崔有海号副墨〈游金刚山录〉后》)③ 柳梦
寅所说的金刚台、石林、石台、明镜岩等处一定是格外安静、清幽、人
迹罕至之所,所以具有灵性、能识别人品的仙鹤才栖居此处,而一旦此
处受到干扰,仙鹤就飞走了。柳梦寅的到来不仅没有惊扰到仙鹤,他还
很幸运地目睹了"七鹤回翔"的神奇罕见之情景,所以老僧认为柳梦寅
非寻常人。这也说明柳梦寅与仙鹤是有因缘的,他也希望自己有朝一日
能够像仙人一样骑山间青鹤神游。

其二,柳梦寅不仅有慕仙情结,还在一些散文中直接表达了成仙的
愿望。如他对僧人宗远说:"今者既入仙山矣,如服饵善其方,为容成,
为羡门。"(《赠金刚山僧宗远序》)④ 容成是传说中著名的仙人,是指导
黄帝学习养生术的老师,曾经栖于太姥山炼药,后隐居崆峒山,寿二百
岁。《黄帝内经·素问》《神仙传》《列仙传》《轩辕本纪》等书都有对
容成事迹的记载。羡门也是传说中的仙人,《史记·秦始皇本纪》记载:

---

① 〔朝〕柳梦寅:《於于集》(《影印标点韩国文集丛刊》第 63 辑),汉城:韩国民族文化推进会,1991,第 356 页。
② 〔朝〕柳梦寅:《於于集》(《影印标点韩国文集丛刊》第 63 辑),汉城:韩国民族文化推进会,1991,第 382 页。
③ 〔朝〕柳梦寅:《於于集》(《影印标点韩国文集丛刊》第 63 辑),汉城:韩国民族文化推进会,1991,第 444 页。
④ 〔朝〕柳梦寅:《於于集》(《影印标点韩国文集丛刊》第 63 辑),汉城:韩国民族文化推进会,1991,第 382 页。

"三十二年，始皇之碣石，使燕人卢生求羡门、高誓。""羡门"，《史记集解》引韦昭曰："古仙人。"① 下面几段更表达了柳梦寅得道成仙的强烈渴望：

> 虽然，事不可无资地独成，遇神仙难于学神仙。而彼功名末事，犹见忌两兼，况神仙加文章一等乎？第闻兹山多神僧异释，能解神通法，传之必于其人。吾师居山，与是人非师即友，未可为我作寒修乎？若因之呼风唤雨，役龙虎缩山河，虽不能骖鸾驭凤于九宵（当为"霄"）之上，犹胜于柴栅轩裳。汩汩风尘中，若然，则当姑舍我文章，日专专于斯。他日术成，当为师呵诟百灵，听仆役于左右。师其为我先焉，秘之勿浪泄。(《赠金刚山僧宗远序》)②

> 且也我今年即吕洞宾化仙之岁也，虽死于山，以青嶂为棺椁，以枫桧为垣卫，香炉峰为香炉，石马峰为石马，以红霞、白云、青岚为朝夕之飧，与永郎、述郎飞吟于东海之畔，吾之死不亦荣乎？于是默合手而拜曰："贫道生不闻仙间绮语，子之言，安期不如。"(《赠表训寺僧慧默序》)③

> 今也归其官，去其事，为一游手之逋民。暨尔无别，指吾腹扪吾舌，能无愧谷若丝乎？今尔茹松却食人也，欲学不食不衣之道，虽勤且劳，吾不辞也。侧闻此山中多五叶松，飧此者身上生碧毛，不帛暖；腹中实香精，不粒饱；腋无羽，能飞上楞伽山；神通自在，至永保神形之域。信斯言，余虽老请学焉。(《赠乾凤寺僧师洽序》)④

> 且我今生饱山水游衍之乐，欲于后生为玉京飞仙。乘岭上白云，御海上清风，骑山间青鹤，得乎否乎？吾欲令尔以此祈之于尔如来，

---

① （汉）司马迁：《史记》，北京：中华书局，1959，第 251~252 页。
② 〔朝〕柳梦寅：《於于集》(《影印标点韩国文集丛刊》第 63 辑)，汉城：韩国民族文化推进会，1991，第 382 页。
③ 〔朝〕柳梦寅：《於于集》(《影印标点韩国文集丛刊》第 63 辑)，汉城：韩国民族文化推进会，1991，第 385 页。
④ 〔朝〕柳梦寅：《於于集》(《影印标点韩国文集丛刊》第 63 辑)，汉城：韩国民族文化推进会，1991，第 386~387 页。

祈之于尔观音，祈之于尔昙无竭。尔能为我酌清溪之水，蒸香峰之熏，精紫芝之糜以祷之乎？仁合掌起拜曰："善哉，绮语也。令公天眼了然，洞观三生。贫道无以赘一语。"遂袖斯文而去。(《戏赠涅盘山人慧仁序》)①

柳梦寅这几篇散文皆创作于隐居金刚山寺庙期间。此时，他年事已高，身体虚弱，收入微薄，连一家人的生计都难以为继。柳梦寅每天或以读书写作打发时间，或与寺中僧人交流思想。此时朝鲜的政治形势复杂，党争依旧存在，柳梦寅明白自己重回朝廷或再入仕途的希望极其渺茫，所以其此前的政治理想几近破灭，只希望余生不至于十分凄惨。而寺庙里的生活以及僧人们的思想对柳梦寅几无裨益，于是他想到了得道成仙这一连他自己也将信将疑的出路（遇神仙难于学神仙）。每次与僧人交流，他总是打听哪里有可以教自己成仙的高人，或者与之探讨成仙的途径。他要在余生成为"玉京飞仙"，他要学习修炼的技能包括"呼风唤雨，役龙虎缩山河""与永郎、述郎飞吟于东海之畔""不帛暖""不粒饱""腋无羽，能飞上楞伽山""神通自在，至永保神形之域""乘岭上白云，御海上清风，骑山间青鹤"，这些技能和行为显然是传说中的仙人所具备的。有了这些技能，便能衣食无忧，无拘无束，彻底摆脱人间苦难。对沉浮宦海多年、晚年更加不如意的柳梦寅来说，这是最完美的人生结局。所以他表示自己虽然年老力衰，如果有机会，也一定会不畏艰难，苦心修炼。为了炼成神仙之术，他甚至愿意放弃自己一生坚持、引以为豪的文学创作。此时，他忘记了自己是一个不应该谈论和信仰"怪力乱神"的儒者，忘记了自己一生执着秉持的"忠孝节义"，也忽略了与自己交往、探讨的对象是僧人。他想成仙却错误地求助佛家的僧人、如来、观音、昙无竭，而佛教与道教修行之道和终极目标是格格不入的。僧人们原本是因为柳梦寅的文名而来，这时对他有些失望，认为他的这些话是"绮语"。"绮语"即轻浮无理的话，佛教中尤指艳丽辞藻及一切杂秽语。所以，僧人们多匆匆而别，而柳梦寅得道成仙的愿望直到他去世也仅仅是个美梦而已。

---

① 〔朝〕柳梦寅：《於于集》(《影印标点韩国文集丛刊》第63辑)，汉城：韩国民族文化推进会，1991，第389页。

第四章　柳梦寅散文的思想意涵与中国文化　　155

　　柳梦寅从小涉猎百家学问，遍读经典，不可能不知道儒、释、道之间的区分，况且他一生也无数次强调自己是一个以"忠孝节义为尚"的儒者，所以晚年这些不切实际甚至荒唐的想法和行为只能说明，他对现实政治和生活绝望了，继而放弃了原有的理想。这正是柳梦寅在晚年绝望之时表现出来的情绪、思想或寄托。

　　值得注意的是，当时天主教也传到朝鲜，柳梦寅对这一教派也有一定的兴趣。他曾说："天竺之西有欧罗巴，欧罗巴者，方言大西也。其国有一道曰'伎利檀'，方言事天也。其道非儒非释非仙，别立一端。"（《於于野谈》）① 由此可知，柳梦寅对利玛窦《天主实义》的内容、思想也有所了解。

　　因此，可以说，柳梦寅的散文真正体现了其儒道释兼容的多元化思想。

第六节　"友朋相聚，如箎如埙"——
珍视友谊的情怀

　　《诗经·大雅·板》曰："天之牖民，如埙如箎。"② 埙和箎两种乐器一起演奏才会十分和谐、悦耳。柳梦寅在《送宋德甫驲赴清州牧诗序》中引用这一典故说："友朋相聚，如箎如埙。"③ 他将朋友相聚比作箎、埙合奏，对友情的理解和概括形象而典雅。

　　在传统的儒家经典中，表达、歌颂友情的内容很多，如："嘤其鸣矣，求其友声。"（《诗经·小雅·伐木》）④《论语》曰："有朋自远方来，不亦乐乎？"（《学而》）⑤ "与朋友交，言而有信。"（《学而》）⑥ "四海之内，皆兄弟也。"（《颜渊》）⑦ 柳梦寅的重情重义也表现在珍视友谊这个方面。他

---

① 〔韩〕东国大学校韩国文学研究所编《韩国文献说话全集》（六），汉城：太学社，1987，第106页。
② 周振甫译注《诗经译注》，北京：中华书局，2002，第448页。
③ 〔朝〕柳梦寅：《於于集》（《影印标点韩国文集丛刊》第63辑），汉城：韩国民族文化推进会，1991，第370页。
④ 周振甫译注《诗经译注》，北京：中华书局，2002，第237页。
⑤ 杨伯峻译注《论语译注》，北京：中华书局，1980，第1页。
⑥ 杨伯峻译注《论语译注》，北京：中华书局，1980，第5页。
⑦ 杨伯峻译注《论语译注》，北京：中华书局，1980，第125页。

散文中的儒家政治伦理思想，除了忧国忧民、忠君孝亲外，还表达出珍视友谊的笃厚情感。《於于集》收录了柳梦寅为朋友所作的赠序90多篇，写给朋友的书信21篇，这不仅反映了柳梦寅朋友众多，更表达了他对朋友的一片深情。在柳梦寅看来，朋友是一生中不可或缺的，是得意时的分享者，是困难时的援助者，既是物质上的帮扶者，也是精神上的慰藉者。在各类散文中，柳梦寅对朋友和友情的阐释和描述都占了较大比重。

一　阐释对友情的认识和理解

柳梦寅十分珍视友情，也经常把这种感情表达出来。在《赠李圣征廷龟令公赴京序》中，柳梦寅说："圣人以朋友齿五伦，其义顾不重乎？"① 在儒家伦理文化中，有"五伦"之说，即父子、君臣、夫妇、兄弟、朋友这五种人伦关系。《孟子·滕文公上》将这种人伦关系的基本准则概括为："父子有亲，君臣有义，夫妇有别，长幼有叙，朋友有信。"② 而"五伦中惟'朋友'最具'人为'色彩而无拘无束：它既无血缘的脐带，也无君臣的名分和夫妇间的礼教约制，故朋友可充分而自由地选择自己的'相与'者"③。柳梦寅首先赞同将朋友列入五伦，又强调了联结朋友关系的"义"的重要性。

柳梦寅还阐释了交友的标准，他认为交朋友的前提是"志趣相同""意气相投殊甚"（《送郑时晦晔赴京序》）④。他说："圣征，少时友也。游泮而始亲，登朝而弥笃，升宰列而愈益密。或者其志与余同乎？人心日薄，世道万变。风波一起于平地，虽兄弟莫保始终，而与圣征相爱，白首如初。"（《赠李圣征廷龟令公赴京序》）⑤ 志不同道不合则不可能成为朋友，志趣、意气相投才能成为永远的朋友。在他的诸多朋友中，绝大多数都是与他性情相投、志向相同者，如著名文人车天辂、李廷龟、

---

① 〔朝〕柳梦寅：《於于集》（《影印标点韩国文集丛刊》第63辑），汉城：韩国民族文化推进会，1991，第357页。
② 杨伯峻编著《孟子译注》，北京：中华书局，1960，第125页。
③ 胡发贵：《儒家朋友伦理研究》，北京：光明日报出版社，2008，第9页。
④ 〔朝〕柳梦寅：《於于集》（《影印标点韩国文集丛刊》第63辑），汉城：韩国民族文化推进会，1991，第525页。
⑤ 〔朝〕柳梦寅：《於于集》（《影印标点韩国文集丛刊》第63辑），汉城：韩国民族文化推进会，1991，第357页。

李晬光、崔岦等。他们时时雅集、互相切磋、互赠诗文，也多有书信往来。但是柳梦寅也十分清醒地认识到，并非所有走得近、交往多的人都能成为朋友。所谓朋友，既有以道义、真情、志趣为纽带的真朋友，也有以利益、应酬为目的的假朋友，而前者才是真正值得交往的朋友，也是柳梦寅欣赏和珍惜的朋友。

柳梦寅更在乎患难或不如意之时依然能够保持来往的朋友。在《平安评事郑斗源西征送别诗序》中，柳梦寅就以自己不同时期的交友经历形象阐释了真正的朋友、真正的友情。他说，当他没有做官时，家里很少有人来，十分冷清；当他做官后，所谓的朋友接踵而来，"填门排户而至者，靡日夜少息"，用自家女仆的话说，"友则曰吏曹之友也，尊宾则曰吏曹之尊宾也"。① 对此柳梦寅也很清楚，很无奈。而当柳梦寅"告病退休"后，以往那些所谓的朋友便也跟着"声沉影绝"了，此时却有客来见。

> 忽有客临门请见，屣履迎之。则郑君告西行，仍索赆行篇矣。吁，郑君乃余世友也，昔先友暨余同年生，为人英发简敏，词翰世寡俦。始以书抵余曰："幸相住迩，须相访数。"自此投分密，相往返无昕夕。居无何，不幸早世。而独朽物以衰白抵今矣。今君，博雅士也，多闻多识，能不坠家声，而又用文武全才，出佐元戎幕。吁，君非吏曹之友，不以官爵要余于闹，乃以篇章索余于静。而后乃今，余庶免儿女之讥也。②

这个朋友就是郑斗源，他没有在柳梦寅辉煌的时候来逢迎，却在其病退后来拜访。柳梦寅称其为"非吏曹之友"，于是欣然命笔，真诚地为他西行写下了送行和勉励的文字。

在柳梦寅看来，表达友情，诗文更胜于酒。古往今来，举杯对酌往往是朋友之间增进感情的有效方式，柳梦寅有时也与好友一起饮酒。但在他看来，酒既能增进感情，也会使人失态，如"眩眼疾首""乱想胡辞""吐茵骂座""卒泻席上"。所以与朋友在一起，他一般很少饮酒，

---

① 〔朝〕柳梦寅：《於于集》（《影印标点韩国文集丛刊》第63辑），汉城：韩国民族文化推进会，1991，第362页。
② 〔朝〕柳梦寅：《於于集》（《影印标点韩国文集丛刊》第63辑），汉城：韩国民族文化推进会，1991，第362页。

并反复强调说:"余素不能酒,于其饯也,不以酒而以诗文。"(《送凤山郡守李绶之绶禄歌序》)① "每于亲友送行,必以诗词替酒……酒藏之胸,宿昔而醒;诗贮于箧,道涂是随。醉里千言,一醒难记;篇中片辞,千里代面。"(《送宋德甫䭾赴清州牧诗序》)② 于是他总是以精心写作的诗文来诠释深厚的友情,也希望以此让友情保持得更加长久。从他流传下来的一篇篇深情的赠友散文,我们能够深切地了解和感受到他曾经有很多朋友,他们的友情也随着他的文章而不朽。

二 描写朋友相聚的和谐与欢愉

孔子曰:"有朋自远方来,不亦乐乎?"这是因朋友相聚而欢愉的最经典概括。柳梦寅的很多散文都描绘了与朋友在一起时的欢愉场面。李绶之、成则优都是柳梦寅的忘年好友,成则优最年长,柳梦寅次之,李绶之小柳梦寅十岁,但年龄的差距没有妨碍三人的友情。在《送凤山郡守李绶之绶禄歌序》中,柳梦寅回忆了壬辰之乱以前,三人"日与会谑于成君则优之碧斋"③ 的情景,他们谈古论今、吟诗作文、饮酒品茶,其乐融融。他们之间的友情也在这欢愉中与日俱增。多年以后,柳梦寅回忆起三人在一起的情景时,仍然感觉很温馨。

昔日柳宗元与朋友遍游永州山水、苏轼与朋友夜泛于赤壁之下的美好情景至今令人回味,他们为之所作的游记也成为古今游记中的经典。柳梦寅与朋友游头流山(智异山)、泛舟汉江的情景也同样美好。美好的是景色,更是朋友相聚时的那种和谐与欢愉。《水镜堂记》写道:"日余携客舟汉江,泊济川亭下。秋涛洞澈,景色澄鲜。咏秋风之辞,歌河广之章。酒阑兴酣,不觉惝然如梦。"④ 汉江是朝鲜著名的景点,中国使臣出使期间也多到此处游览。秋高气爽、江水清澈,周围景色优美。三

---

① 〔朝〕柳梦寅:《於于集》(《影印标点韩国文集丛刊》第63辑),汉城:韩国民族文化推进会,1991,第352页。
② 〔朝〕柳梦寅:《於于集》(《影印标点韩国文集丛刊》第63辑),汉城:韩国民族文化推进会,1991,第370页。
③ 〔朝〕柳梦寅:《於于集》(《影印标点韩国文集丛刊》第63辑),汉城:韩国民族文化推进会,1991,第352页。
④ 〔朝〕柳梦寅:《於于集》(《影印标点韩国文集丛刊》第63辑),汉城:韩国民族文化推进会,1991,第391页。

第四章　柳梦寅散文的思想意涵与中国文化

五友人在船中一边欣赏美景，一边歌唱、吟诗、饮酒，美景与人情相互交融，令人陶醉、令人羡慕。

常言说，"患难见真情"，"有福同享，有难同当"。所以，朋友之间的欢愉与和谐更表现在困难或患难时的互相帮助上。柳梦寅非常赞同这一点，他说："莫大者死生，犹或为朋友许身。"（《赠李圣征廷龟令公赴京序》）① 他认为为了朋友可以献出自己的一切，甚至生命。在散文中，柳梦寅也记录了和朋友之间互相帮助的一些情景。他的朋友成汝学才华出众，但一直怀才不遇。柳梦寅很希望能帮助他，虽然自己也被罢黜，但仍想方设法举荐他。他曾给时任吏曹判书的李廷龟写信巧妙地推荐成汝学说："成之才惟其友知之，独阁下不以丈夫哀之乎？第未知阁下之树高几丈哉，能许仆推而上之树颠乎？"（《赠吏判月沙书》）② 在去世的那一年春天，柳梦寅寄居在涅盘山的寺庙中，没有衣食来源。当地的乡民和僧人将他当作朋友，一直照顾他的衣食。对此柳梦寅十分感激，比如他在《戏赠涅盘山人慧仁序》中说：

> 余之寓此也，此地之人，皆余素昧于平生者。刘乡老天禄惠西瓜我、雉我、鹿我、谷我、食我，僧圆应葡萄我、米我、菜我，僧义能、僧妙庵、僧宗远酱我、菹我、僧性珠酒我、豉我、石芝我，僧法坚饼我、粮我、海菜我、山蔬我、诗我、札简我，圆通僧熙郁菁我、薇蕨我，榆岾僧泰敬糇我、石榴我、黄橘我、屏风菜我。至于杆城生员李之屏、乡人咸廉于士豪等之天赐梨也，箭鱼也，活鳆也，巨口鱼也，断发岭村民献伊、彦方、龙伊之山羊也，山獐也，山猪也，八梢鱼也，银鱼也，魴鱼也。③

柳梦寅虽然此时已是风烛残年之际，但对朋友们的帮助仍然一一认真记下，字里行间流露着感激之情。

---

① 〔朝〕柳梦寅：《於于集》（《影印标点韩国文集丛刊》第63辑），汉城：韩国民族文化推进会，1991，第357页。
② 〔朝〕柳梦寅：《於于集》（《影印标点韩国文集丛刊》第63辑），汉城：韩国民族文化推进会，1991，第406页。
③ 〔朝〕柳梦寅：《於于集》（《影印标点韩国文集丛刊》第63辑），汉城：韩国民族文化推进会，1991，第388～389页。

三 表达对远行朋友的劝慰和鼓励

柳梦寅曾多次送行即将远行的朋友，为他们作赠序。不管朋友即将出使异国他乡，还是离京外任，在赠序中，柳梦寅表达最多的都是对朋友真挚的安慰、鼓励和劝勉之情。

柳梦寅的时代，朝鲜京城之外的许多地方都很不发达，故官员们多愿意留任京城而不愿到地方任职。1603 年，朋友李惟弘由吏部调往永川任太守，柳梦寅便作《送李侯惟弘之永川序》，语重心长地安慰他说，朝鲜地方小，京师之外除了北部若干邑外，其他地方都适合居住。"而京师官冷，人不堪，今尤甚。虽贵之以卿相，曾不若一小宰，岂非可怜者哉？"朝中官员一旦听说地方官有空缺，"求者丛吏部门。非当时望流，不得窥左足"。因此，李惟弘到永川做官并非坏事，而正是大家求之不得的。柳梦寅表示自己就非常羡慕李惟弘有这样的机会，还开玩笑说李惟弘在吏部时一直让柳梦寅"茹苦京师"，而现在他自己却到永川"自图其便"了。柳梦寅还说，自己早晚有一天要"踵李侯后而替之"。① 这样轻松、幽默的送别语自然使朋友宽慰了不少。当朋友黄圣源因即将出任岭南尚州而失落时，柳梦寅也适时地作《送黄圣源洛出宰尚州序》安慰他说："岭之南，地鄙而人才。……纵步于台省廊庙，以大行其志，率岭南人。"况且黄圣源自己就是岭南人，回家乡为官可以积累人气和经验，有朝一日"必达于朝，纵步于台省廊庙，以大行其志也无疑"。② 最后，柳梦寅仍幽默地说自己愿意举家迁到岭南。这样言之有理又不失幽默的安慰远比悲悲切切的同情更有效果，肯定会让原本失落的远行人走得更安心、更轻松。

对那些肩负重担的外任朋友，柳梦寅给他们的更多的是劝勉。当李子信将要出任韩山郡守时，柳梦寅送他三十字，劝勉他要勤政爱民、减轻人民的负担而绝不能鱼肉百姓。当朋友李善复即将出任公州时，柳梦寅劝勉他要学习中国治民养兵的先进方法，改变公州贫困、混乱的状况。

---

① 〔朝〕柳梦寅：《於于集》（《影印标点韩国文集丛刊》第 63 辑），汉城：韩国民族文化推进会，1991，第 353 页。

② 〔朝〕柳梦寅：《於于集》（《影印标点韩国文集丛刊》第 63 辑），汉城：韩国民族文化推进会，1991，第 516 页。

当朋友韩浚谦将赴任贫困落后的咸镜道时，柳梦寅劝勉他要根据当地的特殊情况进行改革，并提出了切实可行的《安边三十二策》。

而对那些即将出使中国的朋友，柳梦寅给他们的更多的则是鼓励。当时，有机会出使中国对朝鲜官员来说是莫大的荣耀，而他们在神圣的"天朝"也往往无所适从。这时，柳梦寅总是鼓励他们要不卑不亢，既承认中国的"天朝"地位，又要突出自己和本国的优势。当朋友朴东说将出使中国时，柳梦寅说朝鲜人和中国人是一样的，朝鲜的礼乐制度也和中国相同，所以不要自卑。在《送朴说之东说赴京序》中，他鼓励朴东说发挥外交特长，相信他"奉使而行也，将有建白于天朝"①。当朋友柳老泉即将出使中国时，柳梦寅又鼓励他带上自己的诗文，以求得到中国文人的认可，进而扬名天下，实现不朽。

不管是安慰、劝勉还是鼓励，都表达了柳梦寅对朋友的爱护、信任和期望，表达了他无比珍视友谊的美好情怀。

第七节 "所思在橘柚梅竹之乡"——乐山悦水的志趣

孔子曰："知者乐水，仁者乐山。"② 山水田园不仅是许多古人向往的良好栖身之所，也是其绝好的精神家园。在现实社会中不如意的庄子、李白、王维、孟浩然、柳宗元、苏轼等都曾在山水田园间找到精神的慰藉。因为山水田园中没有世俗社会的种种纷扰，在那里"被理智操作挤压的情感，被世俗欲望排斥的理想，被功利计较扭曲的人性，就得以唤醒、激发和滋润，就在对自然美的体验中升华到自由境界，同时获得走向现实、创造人生的动力"③。

柳梦寅也酷爱自然山水，他曾反复强调："余幼清虚寡欲，所癖惟诗书山水。"（《题绀坡崔有海号副墨〈游金刚山录〉后》）④ 他也向往田园

---

① 〔朝〕柳梦寅：《於于集》（《影印标点韩国文集丛刊》第63辑），汉城：韩国民族文化推进会，1991，第359页。
② 杨伯峻译注《论语译注》，北京：中华书局，1980，第62页。
③ 邹华：《自然审美》，《西北师大学报》（社会科学版）1998年第1期，第60~66页。
④ 〔朝〕柳梦寅：《於于集》（《影印标点韩国文集丛刊》第63辑），汉城：韩国民族文化推进会，1991，第443页。

生活，说自己"平生喜游山海，而所思在橘柚梅竹之乡"（《游头流山录》）①。他在 32 岁进入官场之前主要居住在山寺中读书，每日面对青山绿水，与大自然结下了很深的缘分。为官期间他也经常找机会畅游山水，足迹遍布八道名胜，还于出使期间领略了自辽东至北京的沿途风光。晚年被罢黜后，柳梦寅又隐居于山林之中，每日与枫岳溪泉、橘柚梅竹为伴。正如他自己在《游头流山录》中所描述的那样：

> 余性疏放，自弱冠来游四方山水。未释褐，以三角山为家，朝夕登白云台，读书于清溪山、宝盖山、天摩山、圣居山。逮奉使遍八道，观清平山，入史吞洞，游寒溪山、雪岳山，春秋览枫岳、九龙渊、毗卢峰。泛东海而下，遍岭东九郡山水。越狄逾岭，溯鸭绿江之源，度磨天、磨云岭。倚剑长白山，饮马波猪江、豆满江，扣枻北海而回，穷三水甲山，坐惠山长岭，俯临白头山，历明川七宝山，陟关西妙香山，转而西过大海，登九月山，泊白沙汀。三入中州，自辽东抵北京，其间佳山美水，无不领略而来。②

这里没有激烈的党争，没有异己的排斥，没有繁重的公务，有的是美好的景物和放松的心情。而对于能够真正回归田园生活，柳梦寅更是十分向往。柳梦寅也在散文中告诉我们，他在山水田园中找到了真正的快乐和慰藉，也悟出了人生真谛。

一 描绘自然风光

自古以来，文人就钟情于自然风光，并能够与之和谐共鸣。对此，郭熙的解释是：

> 君子之所以爱夫山水者，其旨安在？丘园，养素所常处也；泉石，啸傲所常乐也；渔樵，隐逸所常适也；猿鹤，飞鸣所常观也。尘嚣缰锁，此人情所常厌也。烟霞仙圣，此人情所常愿而不得见也。

---

① 〔朝〕柳梦寅：《於于集》（《影印标点韩国文集丛刊》第 63 辑），汉城：韩国民族文化推进会，1991，第 588 页。
② 〔朝〕柳梦寅：《於于集》（《影印标点韩国文集丛刊》第 63 辑），汉城：韩国民族文化推进会，1991，第 594 页。

直以太平盛日,君亲之心两隆,苟洁一身出处,节义斯系,岂仁人高蹈远引,为离世绝俗之行,而必与箕颍埒素黄绮同芳哉!白驹之诗,紫芝之咏,皆不得已而长往者也。然则林泉之志,烟霞之侣,梦寐在焉,耳目断绝,今得妙手郁然出之,不下堂筵,坐穷泉壑,猿声鸟啼依约在耳,山光水色滉漾夺目,斯岂不快人意,实获我心哉!此世之所以贵夫画山水之本意也。①

于是,文人们往往怀着虔诚的敬意和惊奇去欣赏、领悟、描绘自然山水。柳梦寅亦如此。

朝鲜依山傍海,风景秀丽,是旅游观光的好去处。柳梦寅"本性爱山水喜游衍,凡生来足迹所暨,遍八道殆尽"(《答许和仲疏》)②。每游览一处,他总要精心记录自己的行迹,详细描绘所到之处的美丽风光。

金刚山是朝鲜的一座名山,风景奇美。李穀(1298～1351)曾在《创置金刚都山寺记》中说:"海东山水名于天下,而金刚山之奇绝,又为之冠。"③ 柳梦寅在游览金刚山后详细描绘了每一处景点的风光。如他这样描绘金刚潭:

> 金刚潭在江陵岭西五台山月精寺下。苍桧高百尺,围数十尺者立,立五六里。潭可十亩,深过仞,瀑数十尺飞泻舂于潭。有余项鱼数百尾游泳其中。每春三月桃花时,鱼能自衔其尾,一跃之,登其潭上,拨刺相继。或过或不及,皆洋洋争长。真第一奇观。(《题绀坡崔有海号副墨〈游金刚山录〉后》)④

金刚潭掩映在参天古树中间,面积很大,潭水很深,瀑水飞流而下。最有趣的是潭中游鱼自衔其尾跳跃嬉戏的场景,作者惊奇地称这一场景为

---

① (宋)郭熙:《林泉高致集》(《景印文渊阁四库全书》第812册),台北:台湾商务印书馆,1986,第573页。
② 〔朝〕柳梦寅:《於于集》(《影印标点韩国文集丛刊》第63辑),汉城:韩国民族文化推进会,1991,第553页。
③ 〔朝〕李穀:《稼亭集》(《影印标点韩国文集丛刊》第3辑),汉城:韩国民族文化推进会,1990,第115页。
④ 〔朝〕柳梦寅:《於于集》(《影印标点韩国文集丛刊》第63辑),汉城:韩国民族文化推进会,1991,第443页。

"第一奇观"。接下来作者又描绘了灵源庵的景色:

> 灵源庵在皆骨山十王百川洞上流,过明镜岩三四十里,庵介乱峰,石林石台尤绝。僧言有青鹤每下前溪,洗水苔衔飞而去。非绝粒高僧,不得处。明镜岩上西峰甚峭,有鹤巢,丹顶青翼赤颈栖焉。余游目见之。皆骨山金刚台上有鹤巢,余游台下瀑流上,忽有七鹤回翔洞天,诸僧皆未曾觌。有老释潜相与曰:"仙鹤避人,游人未有见一只,况此七鹤乎?此宾必非寻常也。"(《题绀坡崔有海号副墨〈游金刚山录〉后》)①

灵源庵的神奇之处在于不仅有"绝粒高僧",更有世人难得一见的青鹤。作者还非常幸运地目睹了七鹤回翔的奇观。这些奇观给灵源庵披上了神话色彩,令人神往。当读者还回味于金刚潭中游鱼的乐趣,或沉浸于灵源庵青鹤的神奇时,作者又来到了海山亭,这里更是令人向往的人间仙境:

> 海山亭在高城治,太守车轼营之。皆骨仙山天下冠也,中朝人愿生高丽者,正为此也。无数白玉峰,皆在举目间。加以黏天银浪,一面如苍玉屏。蓬壶首矫,鸥波鲸浪,皆作庭除献伎之物。即岭东第一台亭也。(《题绀坡崔有海号副墨〈游金刚山录〉后》)②

此外,柳梦寅对金刚山中九龙渊、侍中台、穿岛、食堂岩的描绘也十分精彩,无不让人产生身临其境之美感。

头流山是朝鲜的又一风景名胜。林熏(1500~1584)《书俞子玉游头流录后》说:"吾东方山水名天下,论其胜者,必以头流为之最。"③柳梦寅也曾畅游头流山,并创作了七千多字的游记《游头流山录》,将头流山的风光描绘得美不胜收。以下摘录几段:

---

① 〔朝〕柳梦寅:《於于集》(《影印标点韩国文集丛刊》第63辑),汉城:韩国民族文化推进会,1991,第444页。
② 〔朝〕柳梦寅:《於于集》(《影印标点韩国文集丛刊》第63辑),汉城:韩国民族文化推进会,1991,第443页。
③ 〔朝〕林熏:《葛川集》(《影印标点韩国文集丛刊》第28辑),汉城:韩国民族文化推进会,1988,第497页。

第四章　柳梦寅散文的思想意涵与中国文化

　　至龙游潭，层峰合沓，皆多石少土。苍杉赤松所攒聚，复以萝薜经纬之。亘一大石，劈两崖成巨峡。东江流其中而奔注之，喷沫舂撞。石为猛浪所簸磨，或成洼，或成堆，或呀然而成嘘，或坦然而成场，高低起伏数百步。万千殊状，不可以殚形。释徒尚诞，指石缺者为龙抓，石嵌圆者为龙蟠。①

　　石既白则苔胡然而青，水既绿则花胡然而紫。天工亦太奢。②

　　山之下，浓阴交翠，而至此花梢未吐叶，尖如鼠耳。岩嘘有积雪盈尺，掬而啖之，可以沃渴喉。有草才抽芽，青茎者曰青玉，紫茎者曰紫玉。③

这几段中，作者重点描绘了头流山中的层峰古树、猛浪怪石、奇花异草，这些奇景将头流山装扮得雄伟、神奇、灵异，让作者与读者都产生无限遐思。

　　除了描写朝鲜的自然山水，柳梦寅还把自己出使期间所见的中国风光绘于笔端。如："尹参知可晦氏将朝燕贺冬至，以余累游燕知燕路熟，作可游者记以赠。由鸭绿江西，取道数十百里，有凤凰山。山最奇秀，望之如横釰矛。……从凤凰渡蛇梢河，东人改以八渡，一水八渡故以云。……渡三叉河，过高平铺盘山铺，一野亘数百里。地与天沓，四眄不见山。至广宁府，有曰医巫闾山，弥二十余里，山童无一大木。"（《燕京沿路可游者记，送冬至副使尹昉可晦参知》）④ 一路上，柳梦寅尽享中国或雄奇或秀美的山川，这些美好的自然风光与深厚的中国文化同样使他陶醉，让他留恋和回味。

　　可见，不管是朝鲜的山水还是中国的风光，都是柳梦寅描绘的对象，

---

① 〔朝〕柳梦寅：《於于集》（《影印标点韩国文集丛刊》第63辑），汉城：韩国民族文化推进会，1991，第590页。
② 〔朝〕柳梦寅：《於于集》（《影印标点韩国文集丛刊》第63辑），汉城：韩国民族文化推进会，1991，第589页。
③ 〔朝〕柳梦寅：《於于集》（《影印标点韩国文集丛刊》第63辑），汉城：韩国民族文化推进会，1991，第591页。
④ 〔朝〕柳梦寅：《於于集》（《影印标点韩国文集丛刊》第63辑），汉城：韩国民族文化推进会，1991，第537页。

都让他的精神得到慰藉，心灵得到休憩。

二 憧憬田园生活

东晋之后，陶渊明笔下的那个远离尘世、风景优美、民风淳朴的世外桃源成了许多文人梦寐以求的寻求精神解脱的理想生活场所。陶渊明辞官后的生活也为归田者提供了田园生活的范式："方宅十余亩，草屋八九间。榆柳荫后园，桃李罗堂前。暧暧远人村，依依墟里烟。狗吠深巷中，鸡鸣桑树巅。户庭无尘杂，虚室有余闲。久在樊笼里，复得返自然。"① 而"采菊东篱下，悠然见南山""开轩面场圃，把酒话桑麻""桑姑盆手交相贺，绵茧无多丝茧多"式的田园日常生活也十分令人神往。

当多年沉浮于宦海的柳梦寅感觉身心疲惫时，也很自然地憧憬起美好的田园生活。在散文中，他多次表露过这种想法。

在游览头流山时，柳梦寅经过一个僻静的山谷，"谷中有两三人家，号羸代村。鸡鸣犬吠，在幽谷乱峰之间"，柳梦寅羡慕地说："真一桃源也。"(《游头流山录》)② 当柳梦寅来到朋友的乡间庭院时，立刻被这里的田园景象所吸引："篁竹与果树，掩翳数亩园矣。庭之中，蔡莽盈尺矣。苍苔满径，步屦滑矣。却马于粪，悬车于梁。关板扉尽日投钥。"于是，他"自不觉抃手击节歌咏"(《自娱窝记》)。③ 在送别朋友宣时麟时，他又强调求取功名就难免贻害其身："莫若卷怀我所学，复返我乡间，稻而饭，黍而酒，网而猎，钩而钓，樵而爨，采而苏，以待其时耳矣。"(《送宣生时麟南归序》)④ 这种以耕种、渔猎自给自足的生活正是柳梦寅十分渴望的，所以他既是在劝勉友人，也是在表达自己的生活理想。在《送江原方伯申湜序效国语押韵》中，他就明确表示自己向往田园

---

① （晋）陶渊明：《陶渊明集》(《景印文渊阁四库全书》第1063册)，台北：台湾商务印书馆，1986，第480页。
② 〔朝〕柳梦寅：《於于集》(《影印标点韩国文集丛刊》第63辑)，汉城：韩国民族文化推进会，1991，第589页。
③ 〔朝〕柳梦寅：《於于集》(《影印标点韩国文集丛刊》第63辑)，汉城：韩国民族文化推进会，1991，第534页。
④ 〔朝〕柳梦寅：《於于集》(《影印标点韩国文集丛刊》第63辑)，汉城：韩国民族文化推进会，1991，第364页。

生活并仔细描绘了理想中的田园生活场景:

> 兹者幸不遇于时,庶自引深藏,以谐我宿想。念高、杆之间,并东溟枕枫岳,饶粳稻富海错,无党评绝剽贼,迹华观邻名刹。此皆栖迟者可怡悦。从此谢人间营为,长往而不顾。则老妻足以结渔网,丑妾足以供野饷,长男足以撷山药,稚子足以吓田雀,溪足以春黍,酒足以赛社。①

远离尘世,摆脱残酷的党争,所居之处风景优美、清幽静谧,自耕自春、粮食充足,还可以临渊垂钓、登山采药。妻妾儿女围绕身边,尽享天伦之乐。这种和谐愉悦的田园生活的确十分美好,令人向往。

被罢黜后,柳梦寅隐居于山林庵寺之中,缺衣少食,对美好的田园生活更加向往。在《赠长安寺住持玄修序》中,柳梦寅描述了自己梦寐中的世外桃源。这完全是乌托邦式的生活图景:

> 近因居僧闻之,金刚山之外,直南抵杨口麟蹄狼川间,地平衍,多大川长林,细柤成灌丛。地号青楠甲沙瑟田,其外弥漫不知几日程。或毁土锄草而种之,谷率秆如股穗如瓮。而自古旷无人踪,惟自金刚峻峰如望高台石马峰之顶下视之,缥缈之间,有麦田浓黄,或火耕烟起云。又金刚僧采鞋具及山下民采参深入,见涧溪水麻骨浮下,知有人家不远。而曾无一人到其村见其人者云。又闻昔者高城南岭炭屯地,有民遇男女二人于绝境。女戴五谷种,男负小褓裹小狭,行向无蹊之境。知其历绝险有平田可居之地云。又其地人买盐于东海杂诸商贾,而人不知所自来云。②

男耕女种,生活宁静,其乐融融。这里虽然没有朝堂上的华贵与威严,没有官场上的富足与得意,也没有陶渊明笔下的桃花源"芳草鲜美,落英缤纷"之美丽,但这里也没有现实世界中的战乱,没有纷争,没有剥

---

① 〔朝〕柳梦寅:《於于集》(《影印标点韩国文集丛刊》第63辑),汉城:韩国民族文化推进会,1991,第356页。
② 〔朝〕柳梦寅:《於于集》(《影印标点韩国文集丛刊》第63辑),汉城:韩国民族文化推进会,1991,第384页。

削、压迫,没有猜忌,没有排挤,生活和平宁谧、清闲自在,所以这里极其适合居住和休养生息,是最难得的居所和精神家园,也正是多年以来沉浮于宦海的柳梦寅梦寐以求的最理想的生活图景。然而遗憾的是,理想和现实总是有很大差距,柳梦寅直到去世也没有真正过上想象中美好的田园生活。

三 领悟人生哲理

文人们饱览山水田园风光,不仅仅是耳目的享受和身体的放松,更是一种精神的休憩、思想的升华。陶渊明于田园生活中感受了"此中有真意,欲辨已忘言"。欧阳修在游览滁州山水后,悟出了"醉翁之意不在酒,在乎山水之间也"这一道理。范仲淹在饱览洞庭湖美景后,总结出士人应"先天下之忧而忧,后天下之乐而乐"这一崇高的儒家理想。苏轼在登临庐山后,领悟了"不识庐山真面目,只缘身在此山中"这一生活哲理。古往今来,无数文人都在山水田园中得到启迪,感悟了人生哲理。

柳梦寅"自少喜山水,平生所炼业,多在名山萧寺之间"(《重答南都宪书》)①。他也在欣赏山水美景、憧憬田园生活的同时,借助比喻、类比、想象、联想等方式,领悟了一些人生哲理。如他的《游头流山录》说:

> 星州之伽倻山也,至于三边之大海周遭。点点岛屿,出没于洪波之中者,如对马诸岛,渺然一弹丸而已。呜呼,浮世可怜哉!醯鸡②众生,起灭于瓮里。揽而将之,曾不盈一掬。而彼窃窃焉、自私焉、是也非也、欢也戚也者,岂不大可噱乎哉?以余观乎今日,天地亦一指也,况兹峰,天之下一小物。登兹而以为高,岂非重可哀也欤?③

---

① 〔朝〕柳梦寅:《於于集》(《影印标点韩国文集丛刊》第63辑),汉城:韩国民族文化推进会,1991,第412页。
② 即蠛蠓,古人认为其是酒醋上的白霉变成的。《列子·天瑞》云:"醯鸡生乎酒。"
③ 〔朝〕柳梦寅:《於于集》(《影印标点韩国文集丛刊》第63辑),汉城:韩国民族文化推进会,1991,第591页。

第四章　柳梦寅散文的思想意涵与中国文化

相对于浩瀚的大海，点点岛屿便如弹丸一般微小。数量众多的醯鸡生生死死都离不开一狭小之瓮，而它们的窃窃私语、自爱自怜、是是非非、悲悲喜喜在人类看来是那样可笑。天地之间也不过一指之遥，而山峰之于天地，实在是更加渺小。如果有人登上山峰就觉得很高，那是非常可悲的事，因为他忘了"山外有山，天外有天"的道理。这是何其透彻的领悟！

被罢黜后，柳梦寅每天在山中欣赏"山之青，江之碧，云之舒卷，月之盈亏，纷然万象"，倾听"鸿吟鹤唳，水触石、风入松、牧竖之笛，樵童之讴，前唱后喝"，而自己"把渔竿""扶藜杖""撷野芳揽汀芷""蹑芒鞋蜡屐，寻梅访竹，陟降巘屼坎坷"，生活悠闲自在，和以往的"奔忙迫遽，日月甚促，一梦未圆，忽觉半生已过"相比，此时一天则长如两日，如果能活八十年，则相当于以往的一百六十年。漫游山水之际，柳梦寅也悟出了这样的人生哲理："呜呼！人于世间，客也。其假荣一世，窃窃以自多，曾不若余客乎兹，假他乡物色以自娱。彼百济四百年之业，只成一场遗墟。况吾生过半，吾茅舍只数间，其能把玩于几时乎？"（《赠南善初复始序》）① 人的一生是那么短暂，只不过是天地之间的匆匆过客而已，何不尽情享受上天赐给人类的美好景致呢？

> 当我们读中国文人诗，看中国文人画的时候，常常感觉仿佛他们时时都在向往着与静谧恬美的山川、溪石融为一体，在松风明月之中，人与大自然静谧地进行着心灵的交流。特别是当他们隐处山岭、高台对月、溪涧悬钓、幽室听琴、禅坛高卧、晨风夜雨的时候，这种在宁静闲适中归复自我的愉悦便格外强烈。当他们被世俗纷争搅得头昏脑胀，深感厌烦的时候，当他们被社会抛弃，感到痛苦与失望的时候，他们就愈向往这种生活。……这种自然恬淡的生活能够带来清净虚明、无思无虑的心境，而这种心境又反过来使生活更加自然恬淡，士大夫在内心里常常渴求这种宁静的喜悦，这种渴求在纷扰喧嚣带来了彷徨与痛苦的时候萌动得特别厉害……当人们进入这种心境时，仕途的坎坷、世事的险恶、人欲的冲动仿佛都不存

---

① 〔朝〕柳梦寅：《於于集》（《影印标点韩国文集丛刊》第63辑），汉城：韩国民族文化推进会，1991，第350页。

在了，人的身心在透明澄澈之中升华，进入一种轻松、自由的境界。①

这就是文人与山水田园的融合，文人对山水田园的理解与依赖，因此，我们便不难理解柳梦寅对山水田园的热爱和留恋了。

---

① 程爱华：《追求生命的永恒与愉悦——道教对中国古代文人的人生哲学与生活情趣的影响》，《武汉科技学院学报》2004年第7期，第119~120页。

第五章　柳梦寅散文的创作艺术与中国文化

柳梦寅的大部分散文都为实用而作，有高度的思想性。但优秀的文学作品应该是思想性与艺术性的有机统一，柳梦寅很清楚这一点，所以他的散文创作一直致力于此。这也是他的散文可以作为优秀的文学作品来研究的重要原因。

从以上各章可知，柳梦寅散文的创作背景、创作意识、文学理论基础、主要内涵等都与中国文化密切相关。不仅如此，中国各时代的各体文学、文化形式也为柳梦寅的散文提供了艺术手段和技巧，尤其是先秦两汉和唐代古文对柳梦寅散文创作有重要影响。如韩国学者申承勋认为，柳梦寅的散文创作以六经为圭臬，有古文之风。[①] 他还认为，柳梦寅散文的创作具有自悟自得、博采古今、由秦入唐三个主要特征。[②] 可以说，在艺术形式方面，中国文化也为柳梦寅的散文创作提供了"集体渊源"[③]。本章从结构、语言、修辞手法、体裁、风格等角度分析柳梦寅散文的创作艺术与中国文化的密切联系。

第一节　吸收先秦两汉散文之精髓

先秦散文是我国散文的源头，亦是高峰，"开创了我国散文的最基本形式，即议论文和叙事文。后世散文尽管有许多发展变化，但与以上两种散文都有密切联系。虽然当时对于散文主要取它的实用性，但其文学

[①] 〔韩〕申承勋：《柳梦寅의古文論에나타난六經중심의시각》，《东洋汉文学研究》第22辑，2006，第191~214页。

[②] 〔韩〕申承勋：《柳梦寅散文论研究》，《东洋汉文学研究》第18辑，2003，第63~90页。

[③] 集体渊源"指一个作家不是受一部外国作品或一国文学的影响，而是受到许多外国文学的影响。换言之，是以一个作家为中心点，探讨他受益于外国文学的一切事实联系"。（孟昭毅编著《比较文学通论》，天津：南开大学出版社，2003，第124页）

性的光芒已不可掩抑,在叙事、写人、寓理于形和语言艺术方面都是后世良好的先导"①。两汉时期是散文发展的又一个高峰期,出现了《史记》《汉书》等散文巨著。

先秦两汉的散文一直被后世创作者和研究者尊为典范。而且,当时的散文也成为整个亚洲汉文化圈散文创作的楷模,受到朝鲜、日本、越南等国散文家的青睐。柳梦寅对先秦两汉散文十分推崇,其《与尹进士彬书》说自己"幼时学韩文、《汉书》于申濩氏"②。他十岁开始学习诸子文章和《史记》等著作。直到去世之前,他还在阅读先秦两汉散文,《题天柱山人钟英诗轴序》说:"余之摈于朝适四载,初年读左氏,次年读杜诗、著杜评,次年诵杜诗,抵今年不替。其隙则阅诸子氏。"③《奉月沙书》说:"梦寅处江湖,闲无事,前年读左氏,今年诵杜诗,此真临年者伴也,以此饯余生足矣。"④

柳梦寅编选的《大家文会》⑤,收录了大量先秦两汉散文,其目录如下:

卷之一 《左传》
《隐公》(六传)、《桓公》(四传)、《庄公》(六传)、《闵公》(二传)、《僖公》(二十五传)、《文公》(十一传)、《宣公上》(八传)
卷之二 《左传》
《宣公下》(五传)、《成公》(十五传)、《襄公上》(二十三传)
卷之三 《左传》
《襄公下》(三十三传)、《昭公上》(二十二传)

---

① 余恕诚:《中国古代散文发展述论》,《安徽师范大学学报》(人文社会科学版)2005年第2期,第131~139页。
② 〔朝〕柳梦寅:《於于集》(《影印标点韩国文集丛刊》第63辑),汉城:韩国民族文化推进会,1991,第416页。
③ 〔朝〕柳梦寅:《於于集》(《影印标点韩国文集丛刊》第63辑),汉城:韩国民族文化推进会,1991,第380页。
④ 〔朝〕柳梦寅:《於于集》(《影印标点韩国文集丛刊》第63辑),汉城:韩国民族文化推进会,1991,第406页。
⑤ 《大家文会》(《东洋文库》本),木板本,21卷11册,四周单边,半郭25.9×18.4cm,有界,11行22字,上下内向三叶花纹鱼尾。此书版心题"文会",万历三十六年(1608)八月内赐吏曹判书郑昌衍,后由日本学者吉田东伍收藏,现藏于东洋文库,藏书编号:Ⅺ-4-B-28。

卷之四《左传》

《昭公下》（三十八传）、《定公》（七传）、《哀公》（二十传）

卷之五《国语》

《周语》（十三传）、《鲁语》（三传）、《齐语》（三传）、《晋语上》（五传）

卷之六《国语》

《晋语下》（四传）、《郑语》（一传）、《楚语》（十传）、《吴语》（七传）、《越语》（七传）

卷之七《战国策》

《周策》（三传）、《秦策》（十四传）、《齐策》（十四传）、《楚策》（九传）

卷之八《战国策》

《赵策》（十八传）、《魏策》（十三传）、《燕策》（六传）、《宋策》（二传）

卷之九《史记》

《伯夷》《老子》《韩非》《伍子胥》《子贡》《苏秦》《张仪》《陈轸》

卷之十《史记》

《孟尝君》《平原君》《虞卿》《信陵君》《春申君》《范睢》《蔡泽》《乐毅》

卷之十一《史记》

《鲁仲连》《屈原》《聂政》《荆轲》《李斯》《滑稽》《货殖》《游侠》

卷之十二《汉书》

《项藉》《张耳陈余》《韩信》《张良》

卷之十三《汉书》

《陈平》《吴王濞》《郦食其》《陆贾》《蒯通》《伍被》《李陵》

卷之十四《汉书》

《苏武》《司马迁》《窦婴田蚡灌夫》《韩安国》《严助》《霍光》

柳梦寅还认为阅读、学习先秦两汉散文是作好古文的一条捷径，因此他的创作有意识地从先秦两汉散文中获取养料，从语体形式、语言风格、说理方式等各方面看，确实颇有先秦两汉散文的韵味。

他不仅自己从先秦两汉散文中受益匪浅，还以此指导后学，《题郑进士百昌拟古诗左》说："盖文章以气为主，须读三代两汉文高其调，然后古可蕲也。"① 因为在他看来，那些经典之作各有特色，如《与尹进士彬书》说："《孟子》、《尚书》顺理也，故虽高于马史，而其功易成；《汉书》朴实也，故下于马史，而学者不病；《国语》赡而奇也，故语繁而不觉其支离；左氏简而详也，故语约而不遗纤微；《庄子》善新其语而善更其端也，故谈锋层现，愈出而愈新。"② 因此，这些经典都有学习、借鉴的价值。柳梦寅在给车云辂的信中，也建议他以先秦两汉散文为模范来完善自己的文章，其《报沧洲道士车万里云辂书》说："今尊文气如许，邃见如许，皆从六经中出来，岂比应举者汲汲训诂中哉！若依《易》、《书》、《左》、《国》、马、班、韩、柳，刻峻其文律，触事著文，日添其编牍，则流传不朽，天下无敌。"③

这些中肯的建议正是柳梦寅自己阅读和创作的经验总结。概括而言，柳梦寅吸收先秦两汉散文之精髓主要表现在以下几个方面。

一 引用、化用先秦两汉散文中的名言

在先秦两汉散文中，有很多经久不衰的至理名言，这些名言或者饱含哲理，或者总结经验教训，成为后人立身处世的座右铭或文章中的论点论据。柳梦寅就经常在写文章时将这些至理名言信手拈来，以支持自己的观点，丰富文章的内容。对这些名言，他有时直接引用，有时则变成自己的说法，即化用。

先看柳梦寅引用先秦两汉散文的情况。在《赠枫岳三藏庵洞敏法师青鹤非鹤论》中，柳梦寅针对有人认为因为青鹤是赤颈，有别于黄鹤、白鹤的青颈，所以青鹤非鹤的观点，进行了论辩，最后说："《诗》曰：

---

① 〔朝〕柳梦寅：《於于集》（《影印标点韩国文集丛刊》第 63 辑），汉城：韩国民族文化推进会，1991，第 556 页。
② 〔朝〕柳梦寅：《於于集》（《影印标点韩国文集丛刊》第 63 辑），汉城：韩国民族文化推进会，1991，第 414 页。
③ 〔朝〕柳梦寅：《於于集》（《影印标点韩国文集丛刊》第 63 辑），汉城：韩国民族文化推进会，1991，第 418~419 页。

'鹤鸣于九皋,声闻于天。'《易》曰:'鸣鹤在阴。其子和之。'真鹤之谓也。"① 柳梦寅引《诗》《易》之言意在证明生活于"清胜绝境"的青鹤是真正的仙鹤。当朋友让柳梦寅为自己的钓隐亭写记时,柳梦寅尚未到过钓隐亭,于是想到了《老子》中的"不出户,知天下"②。在《遁居寓想十咏序》中,柳梦寅开篇就引用《老子》第七十一章中"知不知,上;不知知,病"③,以此来说明人对自己应该有清醒的认识。在《安边三十二策》中,柳梦寅指出朝鲜没有大船,咸镜道与外边进行物资交流非常困难,应该试着造巨舰:"试可乃已,尚者既试其可矣。"这里引用了《尚书·尧典》中的名句:"岳曰:'异哉!试可乃已。'帝曰:'往,钦哉!'"④《论语》中的名句,柳梦寅引用得更多,如《论语·子罕》中的"逝者如斯"⑤;《论语·颜渊》中的"死生有命,富贵在天"⑥;《论语·雍也》中的"知者乐水,仁者乐山"⑦。柳梦寅也一向推崇《孟子》,赞同里面的一些观点,如在《题〈诗经〉郑卫风后》中引用了《孟子·尽心下》中的"尽信《书》,则不如无《书》"⑧,又在《赠乾凤寺僧信闇序》中引用了《孟子·告子下》中的"归而求之,有余师"⑨。在《赠别奇允献守安岳序》中,柳梦寅引用了《战国策·赵策一》中的"士为知己者死,女为悦己者容"⑩。柳梦寅也极其崇拜散文家司马迁,对他的《史记》和其他散文非常熟悉,并在散文中多次引用,如《题〈诗经〉郑卫风后》引用了《太史公自序》:"《诗》三百篇,大抵圣贤发愤之所为作也。"⑪ 而在《安边三十二策》中,每一策都引用了先秦两汉著名兵法中的内容,如《其一蠲赋税》:"是故司马兵法,第一曰'仁

---

① 〔朝〕柳梦寅:《於于集》(《影印标点韩国文集丛刊》第63辑),汉城:韩国民族文化推进会,1991,第450页。
② 杨树达:《老子古义》,上海:上海古籍出版社,1991,第59页。
③ 杨树达:《老子古义》,上海:上海古籍出版社,1991,第93页。
④ 《十三经注疏》整理委员会整理,李学勤主编《十三经注疏·尚书正义》,北京:北京大学出版社,1999,第41页。
⑤ 杨伯峻译注《论语译注》,北京:中华书局,1980,第92页。
⑥ 杨伯峻译注《论语译注》,北京:中华书局,1980,第125页。
⑦ 杨伯峻译注《论语译注》,北京:中华书局,1980,第62页。
⑧ 杨伯峻编著《孟子译注》,北京:中华书局,1960,第325页。
⑨ 杨伯峻编著《孟子译注》,北京:中华书局,1960,第277页。
⑩ (汉)刘向集录《战国策》,上海:上海古籍出版社,1985,第597页。
⑪ (汉)司马迁:《史记》,北京:中华书局,1959,第3300页。

本'。"① 《其六募戎兵》："《太公兵法》曰：'鱼食其饵，乃牵于缗。'"② 《其三十养六畜》："故兵法曰：'六畜未聚，则虽有资，无资矣。'"③

化用先秦两汉散文名句的例子更多，见下表。

柳梦寅散文	先秦两汉散文
"宜君子之体之以自强不息。"（《无尽亭记》）①	"天行健，君子以自强不息。"（《易·乾》）②
"诗人墨客，类多玩物以丧志，过矣……今若冒而居之，必至玩物以丧身。"（《报郑进士梦说书》）③	"玩人丧德，玩物丧志。"（《尚书·旅獒》）④
"圣意若曰：'吾君为重，吾社稷为轻。'乃身当焚溺以防之扑之。"（《政院请上尊号启再启》）⑤	"民为贵，社稷次之，君为轻。"（《孟子·尽心下》）⑥
"故夫子辙环天下，一则登泰山小天下。"（《赠金刚山三藏庵小沙弥慈仲序》）⑦	"孔子登东山而小鲁，登泰山而小天下。"（《孟子·尽心上》）⑧
"余观古之贤豪士，能做大业成大名者，未有不困顿憔悴于始也。……为其非劳苦空乏拂乱，不足而动心忍性，而益其不能也。"（《送洸侄游洪州序》）⑨	"故天将降大任于是人也，必先苦其心志，劳其筋骨，饿其体肤，空乏其身，行拂乱其所为，所以动心忍性，曾益其所不能。"（《孟子·告子下》）⑩
"其生者有涯，而其死者无涯。"（《无尽亭记》）⑪	"吾生也有涯，而知也无涯。"（《庄子·养生主》）⑫
"犹欲兔者，既得而忘蹄。"（《答柳正字书侄活》）⑬	"蹄者所以在兔，得兔而忘蹄。"（《庄子·外物》）⑭
"冰生水寒于水，青出蓝青于蓝。"（《送南原府使高用厚诗序》）⑮	"青，取之于蓝而青于蓝；冰，水为之而寒于水。"（《荀子·劝学》）⑯
"邃古之初，人民少而草木多。"（《虎阱文》）⑰	"上古之世，人民少而禽兽众，人民不胜禽兽虫蛇。"（《韩非子·五蠹》）⑱
"尔不见口中之食乎，初出于农夫也。饲牛也，粪田也，耜而耕也，种而溉也。耘也，获也，干也，打也，舂也，淅也，炊也，而后入口焉。不见身上之衣乎，初出于女工也。"（《赠乾凤寺僧师洽序》）⑲	"一夫不耕，或受之饥；一女不织，或受之寒。"（《汉书·食货志》）⑳

---

① 〔朝〕柳梦寅：《於于集》（《影印标点韩国文集丛刊》第63辑），汉城：韩国民族文化推进会，1991，第579页。
② 〔朝〕柳梦寅：《於于集》（《影印标点韩国文集丛刊》第63辑），汉城：韩国民族文化推进会，1991，第580页。
③ 〔朝〕柳梦寅：《於于集》（《影印标点韩国文集丛刊》第63辑），汉城：韩国民族文化推进会，1991，第586页。

第五章　柳梦寅散文的创作艺术与中国文化

续表

柳梦寅散文	先秦两汉散文
"古者号其君为王，至中古始称皇帝。虽明哲之辟，不得辞焉。古者未有年号，至后世表号以纪年，历代贤君谊辞，俱因之不去焉。矧乎人君之有大功德卓绝古今，臣子揭美号以焕耀之，敬之至也。是故，曰尧曰舜，一字义尽，而放勋重华。犹有加称，加称何有于尧舜？顾乃加之，臣之道也。"（《上尊号启辞序甲辰》）[21]	"自黄帝至舜、禹，皆同姓而异其国号，以章明德。故黄帝为有熊，帝颛顼为高阳，帝喾为高辛，帝尧为陶唐，帝舜为有虞。帝禹为夏后而别氏，姓姒氏。契为商，姓子氏。弃为周，姓姬氏。"（《史记·五帝本纪》）[22]
"今夫人以尺度推天测地，一失于毫厘星雨，则其末之谬，终至于千国万里之辽迥。"（《〈文章指南〉跋》）[23]	"故《易》曰：'失之毫厘，差以千里。'"（《史记·太史公自序》）[24]
"天于人为为天，非人不成天。"（《虎阱文》）[25]	"王者以民为天，而民以食为天。"（《汉书·郦食其传》）[26]
"大抵同文共轨，四海太平。霜露所被，孰不感化。而百里不同风，千里不同俗。区区习尚，不必强而同之也。"（《免宴礼部再度呈文》）[27]	"古者百里而异习，千里而殊俗。"（《晏子春秋·问上》）[29]
"盖闻千里百里，不同风同俗。"（《送回答副使朴典翰梓入日本序》）[28]	

[1]〔朝〕柳梦寅：《於于集》（《影印标点韩国文集丛刊》第63辑），汉城：韩国民族文化推进会，1991，第392页。
[2]《十三经注疏》整理委员会整理，李学勤主编《十三经注疏·周易正义》，北京：北京大学出版社，1999，第10页。
[3]〔朝〕柳梦寅：《於于集》（《影印标点韩国文集丛刊》第63辑），汉城：韩国民族文化推进会，1991，第408页。
[4]《十三经注疏》整理委员会整理，李学勤主编《十三经注疏·尚书正义》，北京：北京大学出版社，1999，第328页。
[5]〔朝〕柳梦寅：《於于集》（《影印标点韩国文集丛刊》第63辑），汉城：韩国民族文化推进会，1991，第403页。
[6]杨伯峻编著《孟子译注》，北京：中华书局，1960，第328页。
[7]〔朝〕柳梦寅：《於于集》（《影印标点韩国文集丛刊》第63辑），汉城：韩国民族文化推进会，1991，第381页。
[8]杨伯峻编著《孟子译注》，北京：中华书局，1960，第311页。
[9]〔朝〕柳梦寅：《於于集》（《影印标点韩国文集丛刊》第63辑），汉城：韩国民族文化推进会，1991，第368页。
[10]杨伯峻编著《孟子译注》，北京：中华书局，1960，第298页。
[11]〔朝〕柳梦寅：《於于集》（《影印标点韩国文集丛刊》第63辑），汉城：韩国民族文化推进会，1991，第392页。
[12]（清）王先谦：《庄子集解》（《新编诸子集成》本），北京：中华书局，1987，第28页。
[13]〔朝〕柳梦寅：《於于集》（《影印标点韩国文集丛刊》第63辑），汉城：韩国民族文化推进会，1991，第407页。
[14]（清）王先谦：《庄子集解》（《新编诸子集成》本），北京：中华书局，1987，第244页。
[15]〔朝〕柳梦寅：《於于集》（《影印标点韩国文集丛刊》第63辑），汉城：韩国民族文化

续表

推进会，1991，第 349 页。
⑯（清）王先谦撰，沈啸寰、王星贤点校《荀子集解》(《新编诸子集成》本)，北京：中华书局，1988，第 1 页。
⑰〔朝〕柳梦寅：《於于集》(《影印标点韩国文集丛刊》第 63 辑)，汉城：韩国民族文化推进会，1991，第 428 页。
⑱（清）王先慎撰，钟哲点校《韩非子集解》(《新编诸子集成》本)，北京：中华书局，1998，第 442 页。
⑲〔朝〕柳梦寅：《於于集》(《影印标点韩国文集丛刊》第 63 辑)，汉城：韩国民族文化推进会，1991，第 386 页。
⑳（汉）班固撰，(唐)颜师古注《汉书》，北京：中华书局，1962，第 1128 页。
㉑〔朝〕柳梦寅：《於于集》(《影印标点韩国文集丛刊》第 63 辑)，汉城：韩国民族文化推进会，1991，第 346 页。
㉒（汉）司马迁：《史记》，北京：中华书局，1959，第 45 页。
㉓〔朝〕柳梦寅：《於于集》(《影印标点韩国文集丛刊》第 63 辑)，汉城：韩国民族文化推进会，1991，第 446 页。
㉔（汉）司马迁：《史记》，北京：中华书局，1959，第 3298 页。
㉕〔朝〕柳梦寅：《於于集》(《影印标点韩国文集丛刊》第 63 辑)，汉城：韩国民族文化推进会，1991，第 428 页。
㉖（汉）班固撰，(唐)颜师古注《汉书》，北京：中华书局，1962，第 2108 页。
㉗〔朝〕柳梦寅：《於于集》(《影印标点韩国文集丛刊》第 63 辑)，汉城：韩国民族文化推进会，1991，第 422 页。
㉘〔朝〕柳梦寅：《於于集》(《影印标点韩国文集丛刊》第 63 辑)，汉城：韩国民族文化推进会，1991，第 528 页。
㉙吴则虞：《晏子春秋集释》(《新编诸子集成》本)，北京：中华书局，1982，第 221 页。

这些化用或将原句紧缩，或将原句扩展，或将原句换一种说法，化用痕迹比较明显。这种做法说明柳梦寅掌握了这些散文中的精华并努力活用到自己的创作中，使自己的创作更丰富，更具传统文化之韵味。

二 吸取先秦散文长于说理的创作特色

先秦散文长于说理的特色是后代评论家所公认的，如："《易》卦爻辞不仅善于叙事，而且也善于说理。"①"《尚书》……十五篇是比较典型的说理散文。……从《国语》我们看到，到西周中后期，人们已经能够比较纯熟地运用先提出核心论点再围绕主题逐层展开论述的说理方式，一席言论往往就是一篇主题突出、结构紧凑、条理清楚的说理散文。"②

---

① 徐柏青：《论我国早期散文的特点与贡献》，《湖北师范学院学报》(哲学社会科学版) 2000 年第 1 期，第 1~6 页。
② 陈桐生：《〈国语〉的性质和文学价值》，《文学遗产》2007 年第 4 期，第 4~13 页。

"诸子文章，以立意为宗，说理见长，不以能文为本。"①《论语》超过五分之四的章节属于说理的性质，因此是"说理散文发展史上的重要突破"②。《荀子》"无论在结构上，主题的集中上，都到了比较成熟的地步，为后代说理文树立了楷模"③。"《韩非子》在先秦说理散文发展史上也可以说是'处于集大成的地位'。"④而这些先秦散文所说之理各有不同，如《孟子》善说政治之理，《老子》《庄子》则充满哲学之理。

先秦散文虽然长于说理，但并非抽象地说理，而总是采取类比说理、因事说理、寓言说理等多种说理方式，将深刻的道理具体化、形象化，使人更容易理解，更愿意接受。柳梦寅熟悉并深深喜爱先秦散文，也在自己的创作中借鉴了先秦散文的各种说理方式，使自己的散文也表现出长于说理的艺术特色。

（一）类比说理

类比论证是一种通过已知事物（或事例）与跟它有某些相同特点的事物（或事例）进行比较类推，从而证明论点的论证方法。这种方法具有深入浅出、触类旁通的特点，是先秦散文常用的一种说理方法。如《战国策》中的《邹忌讽齐王纳谏》就是一篇类比说理的文章，作者把邹忌受到妻、妾、客的不切实际的赞美即受到蒙蔽的这一性质类推到了齐王的身上，生动地证明了"王之蔽甚矣"这一论点。由此可见，客体事物在论证中起着印证主体事物所具有的某些性质，进而证明论点的作用。再如《荀子·劝学》以"蓬生麻中，不扶而直"⑤来说明"近朱者赤，近墨者黑"的道理，《韩非子·喻老》以"千丈之堤，以蝼蚁之穴溃"⑥来说明小隐患也能造成大灾难的道理，都运用了类比说理的方法。

柳梦寅在散文中也十分擅长运用类比论证说理的方式，如《戏效

---

① 陈飞主编《中国古代散文研究》，福州：福建人民出版社，2005，第53页。
② 聂永华：《20世纪〈论语〉散文艺术研究述评》，《孔子研究》2002年第6期，第95～104页。
③ 夏麟勋：《试论荀子散文的风格》，《人文杂志》1959年第5期，第37～43页。
④ 袁行霈主编《中国文学史》（第一卷），北京：高等教育出版社，1999，第123页。
⑤ （清）王先谦撰，沈啸寰、王星贤点校《荀子集解》（《新编诸子集成》本），北京：中华书局，1988，第5页。
⑥ （清）王先慎撰，钟哲点校《韩非子集解》（《新编诸子集成》本），北京：中华书局，1998，第160页。

〈战国策〉,奉赠全州府尹郑公行序》曰:

> 客谓柳子曰:"仕者不得诸朝,则外邑而已矣。子不见郑侍郎尹全州乎?今子仕于朝官不达,胡不图之外邑乎?而挈挈而南为?"柳子曰:"然,有人于此,舍狐腋而好布褐,舍熊蹯而嗜韭菹,是出于天性然乎?原所好,在彼不在此。而直贵者难继,而贱者易求,故从其所欲焉尔。今郑侍郎出朝而之外,其之外也,虽于郑乎为失,是得之吾所不得者,其于吾优矣。而吾且不欲焉,何耶?昔人有遇友于涂,友遑忙然走。追而诘之而焉如,即曰:'朝家设不求闻达科,往且疾求之。'今吾仕于朝官不达,求之外亦知其难继。安知山林之不求闻达,不为真闻达也?吾所以遑忙然走也。郑尹岂久于外者,他日得诸朝,招我以安车蒲轮,我其辞狐腋熊蹯乎哉?"①

该文开头即采用《战国策》的"客谓××曰",如"客谓燕王曰""客谓齐王曰"的形式,在论证说理的过程中又将昔人之友奔赴"不求闻达科"以求闻达的情况类推到自己,说自己寄于不闻达之山林却希望闻达。类比之后自己的观点更明确。

《送南原府使高用厚诗序》也是类比说理的典型。高霁峰在壬辰之乱中为国捐躯,死前将一些诗文留给儿子高用厚并嘱咐说:"刊我遗稿,俾传于世,吾死不朽矣。"高用厚谨遵父亲遗嘱,将其诗文刊刻出来。柳梦寅对他们父子非常钦佩,在《送南原府使高用厚诗序》中,用类比的方式说明了"报之之道,立扬为先"的道理,文章开头就说:"吾闻虎之儿能食牛,骥之子能超母。羊之乳也跪其足,知敬也;乌之哺也反其哺,知养也。鹭不日浴而如雪,鸦不日黔而如漆,其族然也。冰生水寒于水,青出蓝青于蓝,毋忝所生也。"作者列举这一组事物是为了说明它们都继承了本族或本源的主要特征。因此,"良弓之子为箕,良冶之子为裘;其父析薪,其子负荷;其父肯堂,其子肯构",子承父业,天经地义,"反乎是者,逆天理也"。接着,作者把这些事物的特征类推到高用厚对父亲遗志的继承这一孝行上,自然引出"先生死于忠,太守报以孝"这一事

---

① 〔朝〕柳梦寅:《於于集》(《影印标点韩国文集丛刊》第63辑),汉城:韩国民族文化推进会,1991,第529页。

实，因为这个事实和所列举的现象与事实有相似性质，所以不需要复杂的理论解释便水到渠成地得出"报之之道，立扬为先"① 这一较为抽象的道理。

1622 年，柳梦寅隐居在金刚山寺庙期间，结合前人的教训和自身的经历、遭遇悟出了"造物者不欲令天下美事兼备于一夫之身"的深刻道理，并在《赠金刚山僧宗远序》一文中进行了阐述。为了将这一道理形象化，柳梦寅依然采取类比说理的方式，分别以一些动物的特征和古人的遭遇作为类比的客体："天下之事，喜不兼备。龙无耳，虎无角，马无胆，牛无上齿。鼯鼠五技，不护其身；狡兔三窟，犹罹于罝。故郑虔三绝，谪死台州；刘穆之兼视听，卒困于丹徒。"由这些动物和人的特征和意义联想到自己这一主体"德不若人，智不若人，聪明不若人，独于文章，不下于古人。而驯致爵禄，至于二品之列，窃尝忧焉。今者无故失官，流离转徙，抱病于穷山绝谷"。用于类比的客体与要说明的主体性质相同，这样就可以自然而然地得出结论："造物者不欲令天下美事兼备于一夫之身。"② 辩证而又形象地完成了一个道理的论证。

(二) 因事说理

先秦的绝大多数说理散文都不是专为说理而创作的议论文，而往往是为处理具体的事情提出合理的观点和论据，属于就事论理。如《左传·僖公五年》借晋献公向虞国借道攻打虢国，攻下虢国后又顺便灭了虞国这件事说明了"辅车相依，唇亡齿寒"的道理。《战国策·魏策三》借魏国君臣商议如何能使强秦退兵一事论证了"抱薪救火"的荒唐。《国语·周语下》则借周景王不顾大臣反对，劳民伤财铸造大钟一事阐述了"众心成城，众口铄金"的深刻道理。针对具体的"事"进行论证，在解决问题过程中得出抽象的"理"，这是先秦散文为后代创作者留下的好方法。

柳梦寅也很少专门为说理而作文，他的一些说理文经常是针对具体事件或为解决某事而说理。如《请盐焇弓角兵部呈文》一文就是因事说

---

① 〔朝〕柳梦寅：《於于集》(《影印标点韩国文集丛刊》第63辑)，汉城：韩国民族文化推进会，1991，第349页。
② 〔朝〕柳梦寅：《於于集》(《影印标点韩国文集丛刊》第63辑)，汉城：韩国民族文化推进会，1991，第382页。

理的典型。壬辰战争之后,朝鲜的国防意识进一步加强,但一些用于国防的军用物资匮乏,有时不得不向中国请求支援或向中国购买,柳梦寅就曾代朝鲜政府撰文向明朝兵部请求购买盐焇弓角。文中柳梦寅极尽说理之能事,将几个关于中国和朝鲜之间的利害关系的道理说得明白、透彻。柳梦寅的论据有以下三个。其一,朝鲜是中国的东藩,在地理位置上就相当于中国"一云南也,一福建也,一陇蜀也,名虽外藩,其实不能三千里",因此,"脱令小邦无警,非小邦无警,是上国东藩无警也",朝鲜安全则中国安全,朝鲜危险则中国危险,这也正是唇亡齿寒的道理。其二,如果在预防阶段中国不少量投入进行支援,一旦朝鲜遇到大的灾难,中国将不得不投入更多,"是悭小费而忘大费也",壬辰战争已是先例,因此不能因小失大。其三,朝鲜为"二百年尽忠之国",与中国有"一家之情,父子之义",而"圣天子大度天覆,深仁海涵"①,也应该对朝鲜施以仁义。理由正当、充分,足以证明朝鲜向明朝兵部请求购买盐焇弓角的合理性。

　　1609年,柳梦寅任圣节使兼谢恩使出使明朝,因宣祖于1608年2月薨,他正处守丧期间,因此两度呈文请求免礼部的宴请。在《免宴礼部再度呈文》中,柳梦寅针对请求免宴一事提出并论证了"百里不同风,千里不同俗。区区习尚,不必强而同之"②这一道理。他首先提出中心论点,接着以例证法指出前来朝拜的不同国家和民族都有和中国不同的礼制和风俗习惯:"吴侬楚伧,各殊其音。蜀髳赵躧,亦异其风。琉球之文身不可洗也,剌麻之剃发不可长也,西域之缁衣不可脱也,北虏之辫发不可解也。"这些礼制和风俗习惯不能因为到了中国就被强迫改变。而作者又特别指出朝鲜长期以来遵从"箕子之遗风,先王之经制",这就将朝鲜和中国的关系拉近了一层。在这些论据的基础上,再重申免宴一事就显得合情合理了。柳梦寅的《於于野谈》记载,此文呈到礼部以后,免宴一事并没有被批准,但这篇文章却得到了极高的赞扬:"七郎官传示其文,相顾动色。舌人立于庭,终朝至日昃而不得皂白,只巡观者

---

① 〔朝〕柳梦寅:《於于集》(《影印标点韩国文集丛刊》第63辑),汉城:韩国民族文化推进会,1991,第423页。
② 〔朝〕柳梦寅:《於于集》(《影印标点韩国文集丛刊》第63辑),汉城:韩国民族文化推进会,1991,第422页。

三四回。舌人请还其帖，郎官曰：'留之部中。'其年郑经世呈文礼部，郎官称善，允其请曰：'此事甚难，为使臣文章之佳，特允其请。'诸郎官极称引，相与言：'此文虽佳，不如前来使臣柳某之文，其文高古倍此，而以事体不当，不准其请。东方信多文章士也。'"① 这段就事论理是这篇文章的最精彩处，也很可能是被礼部的官员们传阅称善的原因之一。

此外，《与郑秀才泽雷书》一文以郑泽雷屡试不第之事论证了读书求学"指南无异道，惟在多读多制"②的道理，《答柳正字书侄活》一文借侄子欲读柳宗元作品千百遍一事说明人经常有"贵耳贱目"、听信世人"公论"的缺点。这些都是柳梦寅散文中因事说理的典范。

（三）寓言说理

用寓言故事来说明道理，是先秦散文创作的突出特色，如《战国策》中的《画蛇添足》《鹬蚌相争》《抱薪救火》，《孟子》中的《齐人有一妻一妾》《揠苗助长》《二子学弈》，《庄子》中的《螳螂捕蝉，黄雀在后》《涸辙之鲋》《庖丁解牛》，《韩非子》中的《滥竽充数》《守株待兔》《郑人买履》等，都是尽人皆知的经典寓言故事。这些寓言多短小精练，却蕴含着丰富高深的道理，是中国古代说理文中的精品。

"韩国古代一般散文寓言，与中国古代散文体寓言关系密切，相似之处非常多。"③ 在柳梦寅的散文中，就有不少用来阐释某种道理的寓言故事。柳梦寅的侄子柳活因倾慕柳宗元的名声而决心读柳文千百遍，对没有名声的柳梦寅的文章却并不在意。于是，在《答柳正字书侄活》一文中，柳梦寅以两则寓言批判了人们总是相信所谓的"社会公论"和"昧于实而怯于名"的弱点。

> 鼠与虱皆自大，各较其胜负，两不决。虱谓鼠曰："尔不能胜吾大而强自大。吾与尔听公论于路上人可乎？"于是乎鼠伴死仆于遂，虱亦从焉。路人过者咸曰："大哉，鼠如革履；大哉，虱如麦瓮。"

---

① 〔韩〕赵锺业编《修正增补韩国诗话丛编》（第2册），汉城：太学社，1996，第495～496页。
② 〔朝〕柳梦寅：《於于集》（《影印标点韩国文集丛刊》第63辑），汉城：韩国民族文化推进会，1991，第406页。
③ 陈蒲清、〔韩〕权锡焕编著《韩国古代寓言史》，长沙：岳麓书社，2004，第27页。

虱乃谓鼠曰："履与瓮孰大？"鼠卒不能胜虱。吁！鼠虱之胜负，路人之公论，吾已掩耳焉久矣。汝休矣，且余闻之，见之则蔑，闻之则怵；其生也狎，其死也怯。盖人情自古多其类。余请复为汝譬可乎？昔群儿聚山趾，有虎揽一儿，踞而不啮。群儿不知虎也，提巨梴椿其喉，虎毙，推曳而来。路见长者曰："小子，汝安得虎而来？"群儿始知其虎也，皆大怖，弃而趋。向也搏之，今也趋之，是何也？则昧于实而怯于名也。①

在第一则寓言中，虱和鼠都认为自己比对方大，最终虱借助路人的"公论"战胜了鼠，而这与事实并不相符。在第二则寓言中，小儿们在不知情的时候打死了老虎，却在知道是老虎后被死虎吓跑，其实他们所惧怕的只是人们公认的老虎的威名。这两则寓言都很可笑，却真实地反映了人们往往相信所谓的"社会公论"，却忽视了事实真相这一现象。

柳梦寅曾作《虎阱文》，阐明了人和万物平等的道理，文中说："夫天地至大，无物不容。包荒之量，不分善恶。使各赋其性遂其生，咸囿于化育之内。是则天之心也。惟在人自谋其身而自违其害耳。"为了更形象地阐明这个道理，柳梦寅也虚构了一则寓言。因痛恨虎害人，义夫"武人洪公"利用自己之长"奋然唾手，斫山木以为阱"，却在睡梦中听到了虎的代言者"鬼"的一番申诉。"鬼"的意思是：虎有什么罪过，要受到人类如此残害？而"残心暴性者，莫人之甚。凡物之寓于两间，皆天之所生殖也，而人必害之"。石头、树木、鱼、鸟、野兽无一不受到人的残害，就连人类本身也自相残害，"心以中焉，舌以伤焉，兵以克焉，剧焉刖焉绞焉斩焉，甚至族灭焉"。于是，"人间平地一步，百千阱也"。洪公与"鬼"辩论说："不然，天于人为天，非人不成天。汝违天宜死。"② 天是人类的天，虎违背人类的意愿就一定要死。最后，虎落入阱中被俘。

当时，朝鲜的党争非常激烈，不同党派之间互相攻击、互相残杀，

---

① 〔朝〕柳梦寅：《於于集》（《影印标点韩国文集丛刊》第 63 辑），汉城：韩国民族文化推进会，1991，第 407 页。
② 〔朝〕柳梦寅：《於于集》（《影印标点韩国文集丛刊》第 63 辑），汉城：韩国民族文化推进会，1991，第 428 页。

许多人因此而丧命。柳梦寅也曾陷入党争，受到异己的排斥。所以他作此文除了说明人和万物平等的道理外，还有更深层的寓意，但柳梦寅申明是"鬼话"，荒唐的"鬼话"就没有人去追究其用意了。这就是以寓言说理的妙处。

此外，《於于野谈》中还有《野鼠婚天》《悬画择婿》《枫岳奇遇记》等多篇经典寓言，都寄托了深刻的道理，值得人们深思。

三 形式、思想上对《史记》《汉书》的借鉴

《史记》和《汉书》是汉代散文的代表作，柳梦寅对这两部著作也非常欣赏，尤其对司马迁及其《史记》推崇备至。他在《岳把回千字文跋》中概括说："圣极孔子，相极周公，将极太公，文章极太史公。"① 又在《游头流山录》中总结先秦两汉的文章说："屈原哀，李斯壮，贾谊明，相如富，子云玄，而司马迁兼之。"② 很明显，柳梦寅将《史记》推上了先秦两汉文章的顶峰。他认为，司马迁"以汪洋宏肆之才，自少时先长其气，游天下名山大川，以壮其心目，而后约而之学。宗六经述左氏，间取三代篆籀之所传者，发之以已（当为"己"）所自得者，绝千古横百代而为之文。其措语下字，纵横错杂，千变万化，学者莫究其涯渚"（《与尹进士彬书》)③。他又指出，虽然后代文人多将《史记》作为创作的典范，但即使韩愈这样的大家也只是略得一二而已，"峻拔百家之豪才"的苏轼也不得不承认《史记》之不可学。柳梦寅本人在创作上虽善于模仿，也酷爱《史记》，却在《〈文章指南〉跋》中说："学马史者不失于纵逸则失于粗冗。"④ 他自己也"卒未见大效，只一段数句而止耳"（《与尹进士彬书》)⑤。但即使这样，我们也能在柳梦寅的文章中看

---

① 〔朝〕柳梦寅：《於于集》(《影印标点韩国文集丛刊》第63辑)，汉城：韩国民族文化推进会，1991，第447页。
② 〔朝〕柳梦寅：《於于集》(《影印标点韩国文集丛刊》第63辑)，汉城：韩国民族文化推进会，1991，第588页。
③ 〔朝〕柳梦寅：《於于集》(《影印标点韩国文集丛刊》第63辑)，汉城：韩国民族文化推进会，1991，第414页。
④ 〔朝〕柳梦寅：《於于集》(《影印标点韩国文集丛刊》第63辑)，汉城：韩国民族文化推进会，1991，第446页。
⑤ 〔朝〕柳梦寅：《於于集》(《影印标点韩国文集丛刊》第63辑)，汉城：韩国民族文化推进会，1991，第415页。

出其对《史记》的借鉴。

其一,对"列传"这一文体的借鉴。"列传"是司马迁在《史记》中首创的文体,是为中层和下层的人所作的传,也是《史记》中的精华。柳梦寅 10 岁开始读《史记》,自己也像司马迁一样为一些人作过"列传",现存于《於于集》中的列传共七篇,包括《刘希庆传》《节妇安氏传》《孝子李至男传》《烈女郑氏传》《孝子李基稷传》《孝女处子李氏传》《清风李基卨传》等。但这些列传中除了《刘希庆传》的传主是一个文才出众的读书人外,其他六位都是孝子、孝女或节烈妇人,类型单一。从创作上看,这些列传也成就平平,根本无法和《史记》中的列传相比。

其二,借鉴《史记》中"太史公曰"的形式。《史记》的绝大多数篇目在文中或结尾处都有"太史公曰"这种表达方式,这是《史记》的一个特色。柳梦寅也在一些文章中借鉴了这种方式,如在《题金将军传后》这篇文章的开头诙谐地说:"逸史公曰:'余读金将军传,叙事备悉,足以警世奖忠,可附之太史氏,永贻不朽。'"① 既然还没有被载入正史,就只能用"逸史公曰"。《题〈诗经〉郑卫风后》的开篇亦曰:"高兴柳氏曰:'余于髫龀时,学诗郑卫等风。先儒多笺解为淫奔之辞,读至此废书,窃叹曰:'《诗经》已经夫子手,存者即删之余也。'"② "太史公曰"是司马迁的观点,"高兴柳氏曰"就代表柳梦寅的看法了。

而这都只是名称或形式上的简单模拟,正如柳梦寅自己说的那样,在他的散文中,有时会有"一段数句"得《史记》之体格或受到司马迁的影响。比如,柳梦寅一直认为复杂的经历尤其是坎坷不幸的遭遇更能激发人的创作潜能,促使人创作出优秀的作品,因此在《送洸侄游洪州序》中劝导怀才不遇的侄子柳洸时说:

> 余观古之贤豪士,能做大业成大名者,未有不困顿憔悴于始也。吕望王者师,而鼓刀于朝歌;甯戚霸者贤辅,而扣角于齐东门;百

---

① 〔朝〕柳梦寅:《於于集》(《影印标点韩国文集丛刊》第 63 辑),汉城:韩国民族文化推进会,1991,第 442 页。
② 〔朝〕柳梦寅:《於于集》(《影印标点韩国文集丛刊》第 63 辑),汉城:韩国民族文化推进会,1991,第 555 页。

里奚显其君于天下，而七十饲牛于市。是故，《书》曰："天闷愍，我成功所。"张子曰："贫贱忧戚，庸玉汝于成也。"为其非劳苦空乏拂乱，不足而动心忍性，而益其不能也。①

柳梦寅被罢黜后，隐居于寺庙之中，依然坚持创作，在《赠金刚山三藏庵小沙弥慈仲序》中又一次强调：

> 古之人周观博游，耻鲍系一隅。故夫子辙环天下，一则登泰山小天下，一则欲乘桴浮海，一则欲居九夷，是则求行其道，不泥于安土也。司马迁生长河山，足迹遍梁、宋、齐、鲁，而又泛江淮、过洞庭、使巴蜀，是以遂其文章也。李太白生巴蜀，钟山川之秀，又因谪游吴会楚越之郊，杜子美遭难流徙，避地于锦里，又转而游巫峡，遍苍梧、潇湘之间，此皆因播越增益其诗才也。韩退之不谪潮阳，柳子厚不迁百粤，其文章岂臻其间奥？苏东坡窜惠州，而后文益高。邵康节历览无际，而后道成于洛下。②

无论是从基本观点、主要内容还是从表达方式上看，这两段话都受到了《汉书·司马迁传》中司马迁的《报任安书》的影响。

> 古者富贵而名摩灭，不可胜记，唯俶傥非常之人称焉。盖西伯拘而演《周易》；仲尼厄而作《春秋》；屈原放逐，乃赋《离骚》；左丘失明，厥有《国语》；孙子膑脚，《兵法》修列；不韦迁蜀，世传《吕览》；韩非囚秦，《说难》、《孤愤》。《诗》三百篇，大氏贤圣发愤之所为作也。此人皆意有所郁结，不得通其道，故述往事，思来者。③

比较而言，柳梦寅在语言表达上更加富赡详密，更有排偶的倾向，这又和学习《汉书》有一定关系。对此，《与尹进士彬书》中有多处论

---

① 〔朝〕柳梦寅：《於于集》（《影印标点韩国文集丛刊》第63辑），汉城：韩国民族文化推进会，1991，第368页。
② 〔朝〕柳梦寅：《於于集》（《影印标点韩国文集丛刊》第63辑），汉城：韩国民族文化推进会，1991，第381页。
③ （汉）班固撰，（唐）颜师古注《汉书》，北京：中华书局，1962，第2735页。

述。柳梦寅自幼即"学韩文、《汉书》于申濩氏"。他认为:"《汉书》朴实也,故下于马史,而学者不病。"他本人学习《汉书》也取得了一定的成效,他曾说:"始年十九时……仆已读韩文百遍,柳文亦五十遍,《汉书》亦数十读,制诗已数百,赋亦百有奇,论策数十篇,其见小效。"① 柳梦寅散文学习《汉书》主要表现在以下两方面。

其一,柳梦寅一直坚持以正统的儒家思想为立身处世的主导思想,写文章也主要是站在传统儒家的政治立场上,这一点更和班固及其《汉书》相类似。

班固是奉旨修史的,他奉行儒家正统思想,因此《汉书》以"圣人之道"为指导思想。班固认为《史记》"是非颇谬于圣人,论大道则先黄老而后六经",这是他所不能认同的。《汉书》则"强调帝王正统,对历史事件和人物的评价以儒家思想为依据"②。他公开为巩固东汉统治制造舆论,在《律历志》里把从传说中的太昊一直到东汉的刘秀都按五德(木、火、土、金、水)终始说的次序排列起来,宣扬汉家王朝"承尧运""以建帝业";认为汉高祖刘邦"实天生德,聪明神武",代秦继周是"自然之应,顺时宜矣",意思是刘邦建立的汉朝是天予神授的。由此得出的结论便是汉的天下应长治久安。

柳梦寅在创作中也坚持正统思想,维护帝王的专制统治。比如他多次追溯本国的历史,将朝鲜的始祖檀君神化,宣扬"檀木真人,降于太白"(《教郑汝昌家庙书》)③ 的神话,这无疑也是赞同"君权神授"思想的。他还将始祖檀君追溯到尧的时代说:"檀木生君并帝尧,洪荒陶冶岁年遥。"④ 他多次宣扬圣人之道和正统思想,如《撰集厅三纲行实跋》说:"臣窃惟君臣父子夫妇之伦,亘天地贯古今。靡遗一夫,靡息一日者,性也。惟其性也,故上之施化也易,下之从化也速。古者圣王治本乎三纲,以此也。吾东方箕畴一脉,横千百世。家法之正,不失三

---

① 〔朝〕柳梦寅:《於于集》(《影印标点韩国文集丛刊》第63辑),汉城:韩国民族文化推进会,1991,第414~417页。
② 《辞海·文学分册》,上海:上海辞书出版社,1981,第31页。
③ 〔朝〕柳梦寅:《於于集》(《影印标点韩国文集丛刊》第63辑),汉城:韩国民族文化推进会,1991,第544页。
④ 〔朝〕柳梦寅:《於于集》(《影印标点韩国文集丛刊》第63辑),汉城:韩国民族文化推进会,1991,第374页。

代之传。"① 《送洸侄游洪州序》说:"男子生世,将以尧舜君民为志……苟有志气者,宁不欲修名增业,为社稷为寅恭哉!"② 他甚至认为:"父无贤愚而子当尽力,君无明暗而臣当致命。"(徐有防《柳公行状》)③ 而他最终的结局也是殉旧君而死。

其二,柳梦寅的散文在语言风格上也受到《汉书》的影响。

"《汉书》的语言风格与《史记》恰好形成鲜明的对照。它详赡严密,工整凝炼,倾向排偶,又喜用古字,重视藻饰,崇尚典雅。"④ "骈文渐成时代,两汉是也。"⑤ 《汉书》就代表了汉代散文由散趋骈、由俗趋雅的大趋势。如《东方朔传》记载,汉武帝向东方朔问化民之道,东方朔答曰:

> 愿近述孝文皇帝之时,当世耆老皆闻见之。贵为天子,富有四海,身衣弋绨,足履革舄,以韦带剑,莞蒲为席,兵木无刃,衣緼无文,集上书囊以为殿帷;以道德为丽,以仁义为准。于是天下望风成俗,昭然化之。今陛下以城中为小,图起建章,左凤阙,右神明,号称千门万户;木土衣绮绣,狗马被缋罽;宫人簪瑇瑁,垂珠玑;设戏车,教驰逐,饰文采,丛珍怪;撞万石之钟,击雷霆之鼓,作俳优,舞郑女。上为淫侈如此,而欲使民独不奢侈失农,事之难者也。⑥

东方朔只200字左右的一段简短的回答就包括了比较严格对偶的九对偶句,其他地方也多为宽对,体现出工整凝练的特色。

"散文虽欲纯乎散,而不能不受骈文之影响。骈文虽欲纯乎骈,而亦不能不受散文之影响。"⑦ 韩愈和柳宗元虽然倡导古文运动,但二人的文

---

① 〔朝〕柳梦寅:《於于集》(《影印标点韩国文集丛刊》第63辑),汉城:韩国民族文化推进会,1991,第558页。
② 〔朝〕柳梦寅:《於于集》(《影印标点韩国文集丛刊》第63辑),汉城:韩国民族文化推进会,1991,第368页。
③ 〔朝〕柳梦寅:《於于集》(《影印标点韩国文集丛刊》第63辑),汉城:韩国民族文化推进会,1991,第603页。
④ 章培恒、骆玉明主编《中国文学史》,上海:复旦大学出版社,1996,第255页。
⑤ 陈柱:《中国散文史·序》,北京:商务印书馆,1937。
⑥ (汉)班固撰,(唐)颜师古注《汉书》,北京:中华书局,1962,第2858页。
⑦ 陈柱:《中国散文史·序》,北京:商务印书馆,1937。

章中仍然有约百分之二十的骈文,有些还是比较出色的。柳梦寅虽然也反对骈文,崇尚古文,但其文章中也有少量的骈文,一些散体文章中也有骈俪化的倾向。如柳梦寅有一段对朋友的钓隐亭的精彩描绘:

> 旋入于亭,阅其庭实。花则有雪中返魂也,日边倚云也,渔郎逐水也,贵妃饮泪也,陶篱散金也,杜魄啼血也;满院之香架也,当阶之红翻也;华山仙井之移也,沉香倾国之欢也;蜀鸿之所含子也,汉娥之所发哀也。树则有金井之叶,有宋山之械;有相府之翠,有隋堤之绿;有徂徕之贞姿,有淇园之团栾;有植孔坛而实圆,有过杜拳而穰多。①

作者用相同或相近结构的句式写钓隐亭中的花和树,使这段描写具有骈俪之美,同时又引经据典,融入丰富的文化意蕴,一个百花竞开、树木繁茂、风景优美、充满诗情画意的园林就展现在读者眼前了。

"为求得含蓄蕴藉的表达效果,班公常将典籍故实熔铸于对偶之中,以扩大文字的内涵,使语言更为警策精炼。"② 如《蒯伍江息夫传》曰:"昔子翚谋桓而鲁隐危,栾书构郤而晋厉弑。竖牛奔仲,叔孙卒;郈伯毁季,昭公逐;费忌纳女,楚建走;宰嚭谗胥,夫差丧;李园进妹,春申毙;上官诉屈,怀王执;赵高败斯,二世缢;伊戾坎盟,宋痤死;江充造蛊,太子杀;息夫作奸,东平诛:皆自小覆大,由疏陷亲,可不惧哉!可不惧哉!"③ 简短的文字蕴含着丰富的史实典故,又体现出严密富赡的特色。

将丰富典故熔铸于对偶之中也是柳梦寅常用的手法,如《留别天德庵法师法坚序》:

> 昔晏子不死内难,子路结缨死之。伯夷饿死首阳,太公鹰扬牧野。商受暴主也,而其亡也圣人去国。昌邑燕山之废,死节无人。

---

① 〔朝〕柳梦寅:《於于集》(《影印标点韩国文集丛刊》第63辑),汉城:韩国民族文化推进会,1991,第394页。
② 何凌风:《〈汉书〉对偶运用之艺术成就初探》,《中央民族大学学报》(哲学社会科学版)2006年第2期,第101~108页。
③ (汉)班固撰,(唐)颜师古注《汉书》,北京:中华书局,1962,第2189页。

荀息之死奚齐，为白圭之玷。荀彧之死汉室，或讥其太晚。建文之禅，鲁山之出。宗社如旧，而一县尽死。六臣不屈，死生去就，君子之大节。我何以处之？且欲以我平生所著述，续《梅月堂集》何如？①

同样是将丰富的典故一气呵出，表达主旨与上文有异曲同工之妙。但柳梦寅毕竟受到唐代古文运动及明代复古运动的影响，一向反对骈文，所以，这段文字和班固的比起来，骈偶倾向弱了许多。

"总之，《汉书》以宏赡、典雅、严密、笃实、显明著称。其特点对汉代新儒家散文艺术传统的形成深有影响。"② 《汉书》对后世儒家散文艺术的发展也有一定的影响。而柳梦寅的散文在宏赡、典雅、严密、笃实、显明这些方面就明显有受《汉书》影响的痕迹。

柳梦寅从小热爱并坚持学习中国先秦两汉散文，并在创作中有意识地吸收先秦两汉散文之精髓。对先秦两汉散文的接受使得柳梦寅的散文在说理、叙事和抒情方面更具表现力和感染力。

四 《安边三十二策》对先秦两汉兵法的接受

柳梦寅虽是一个地道的文官，却对兵书非常感兴趣，对中国古代的各类兵法有深入的研究，能巧妙地将兵书里的思想、策略用于强军以及治国治民。第四章第三节已经重点论述的《安边三十二策》，是柳梦寅针对当时朝鲜咸镜道地区军民的贫困状况提出的"苏民活国之策"，比较集中地反映了柳梦寅的实学思想。这精心总结的三十二策，无论在内容上还是形式上都受到了中国的兵书《武经七书》的影响。《武经七书》是中国宋代神宗时官方校刊颁行的兵法丛书和军事教科书，包括《孙子》《吴子》《六韬》《司马法》《三略》《尉缭子》《李靖问对》等。校定后的七部兵书统称《武经七书》，其中前六部成书于先秦至汉末，属于"诸子"中的兵家或杂家著作，只有《李靖问对》成书于唐代。《孙

---

① 〔朝〕柳梦寅：《於于集》（《影印标点韩国文集丛刊》第63辑），汉城：韩国民族文化推进会，1991，第389~390页。
② 熊礼汇：《两汉散文艺术嬗变论》，《武汉大学学报》（哲学社会科学版）1997年第5期，第83~89页。

子》又称《孙子兵法》,作者为春秋末年的齐国人孙武(字长卿)。《吴子》又称《吴子兵法》《吴起兵法》,作者为战国的吴起。《司马法》又称《司马兵法》《司马穰苴兵法》,相传是姜子牙所写。《史记·司马穰苴列传》记载,战国初期齐威王命令大臣追述古代的司马兵法,同时也把春秋末期齐景公时的将军司马穰苴的兵法附入其中。《尉缭子》一书的作者,一说是梁惠王时的隐士,一说为秦始皇时的大梁人尉缭。《三略》又称《黄石公三略》,原名《黄石公记》,旧题黄石公撰,大约成书于西汉末年。学者一般认为此书是后人托名伪作,其真实作者已不可考。《六韬》又称《太公六韬》《太公兵法》,一般认为此书成于战国时代,旧说是周朝的姜尚所著,也有学者认为是后人托名伪作。《李靖问对》又称《唐太宗李卫公问对》《李卫公问对》,简称《唐李问对》,旧题李靖所撰,也有人怀疑此书是伪作。这些兵书无论在理论上还是实战中,对后世的影响都非常大,柳梦寅《安边三十二策》对其的借鉴就是一例。

(一)形式上的接受

《安边三十二策》一策(一个主题)一篇,有长有短,最长的一篇445字,最短的一篇98字,每篇前有标题。这种形式基本和《尉缭子》《六韬》相同。《尉缭子》也是每篇一个主题,共24篇,最长的1168字,最短的133字,每篇前也有标题。二者的标题形式也很相似,都包括序号和标题两部分。只是《安边三十二策》序号在前,标题在后,如《其一蠲赋税》《其十赏久戍》。而《尉缭子》则相反,如《天官第一》《兵教下第二十二》《兵令上第二十三》。《六韬》中,每一韬也有若干篇,每篇有标题,如《龙韬》又分《王翼》《论将》《选将》《主将》《将威》《励军》《阴符》《阴书》《军势》《奇兵》《五音》《兵征》《农器》等13篇。

(二)内容上的借鉴

《安边三十二策》的主要内容:一是屯田减税;二是巩固边防;三是招募居民,扩充军队;四是扩大生产,充实军需民用;五是加强练兵,提高士卒待遇,严格军纪;六是发展经贸,富民强军。其中的一部分内容也是《武经七书》中所强调的,如柳梦寅在《其二十设边关》中已经说明"巩固边防"是受到《黄石公三略·上略》"获厄塞之"① 的启示。第五策也与《吴起兵法》中的"进有重赏,退有重刑"(《治兵》)②、"用兵之法,教戒为先"(《治兵》)③、"施令而下不敢犯"(《论将》)④ 非常相似。而扩大生产,广采铅铁以用于制造农具、武器则是受到《六韬·农器》之"战攻守御之具,尽在于人事。耒耜者,其行马蒺藜也。马牛车舆者,其营垒蔽橹也。锄耰之具,其矛戟也。蓑薜簦笠,其甲胄也"⑤ 的启发。

此外,柳梦寅在《安边三十二策》的三十一策中都引用了《武经七书》中的一些原文或主要内容。其中引《太公兵法》的 13 篇,引《尉缭子》的 6 篇,引《黄石公三略》的 5 篇,引《孙子兵法》的 4 篇,引《司马兵法》《吴起兵法》《李卫公问对》的各 1 篇。大部分基本上引用原句,如《其六募戍兵》说:"《太公兵法》曰:'鱼食其饵,乃牵于缗。'"⑥ 引用了《太公兵法·文师》里的一句。再如《其二十九开路铺》说:"《兵法》不云乎:'出不足战,入不足守者,治之以市。市者,所以给战守也。'"⑦《其二十八用钱币》说:"《尉缭子》曰:'万乘无千乘之助,必有百乘之市。'"这是将《尉缭子·武议第八》中的一段话分开来引用了。还有的引文与原文稍有出入,如《其七博采银》说:"此《孙子》所谓'日费千金,十万之师举矣'者也。"⑧《孙子兵法》原文

---

① 娄熙元、吴树平译注《吴子译注·黄石公三略译注》,石家庄:河北人民出版社,1995,第 59 页。
② 娄熙元、吴树平译注《吴子译注·黄石公三略译注》,石家庄:河北人民出版社,1995,第 19 页。
③ 娄熙元、吴树平译注《吴子译注·黄石公三略译注》,石家庄:河北人民出版社,1995,第 22 页。
④ 娄熙元、吴树平译注《吴子译注·黄石公三略译注》,石家庄:河北人民出版社,1995,第 28 页。
⑤ 徐培根注译《太公六韬今注今译》,台北:台湾商务印书馆,1976,第 142 页。
⑥ 〔朝〕柳梦寅:《於于集》(《影印标点韩国文集丛刊》第 63 辑),汉城:韩国民族文化推进会,1991,第 580 页。
⑦ 〔朝〕柳梦寅:《於于集》(《影印标点韩国文集丛刊》第 63 辑),汉城:韩国民族文化推进会,1991,第 586 页。
⑧ 〔朝〕柳梦寅:《於于集》(《影印标点韩国文集丛刊》第 63 辑),汉城:韩国民族文化推进会,1991,第 581 页。

是:"日费千金,然后十万之师举矣。"(《作战篇》)①

由此可见,柳梦寅不仅对先秦两汉的经典兵法《孙子》《吴子》《六韬》《司马法》《三略》《尉缭子》等十分熟悉,还能在散文创作中信手拈来,并活用到本国的军事、国防、经济建设之中,这说明柳梦寅接受这些中国经典并非纸上谈兵,而是切实为朝鲜的国计民生献计献策,这也是其接受中国文化民族化的过程。

第二节 "用韩、柳文立模范"

"朝鲜王朝古典散文作家,则兼宗唐宋,而特别推崇唐代古文,尤其是韩愈的文章。"② 柳宗元与韩愈齐名,也是朝鲜朝散文作家推崇备至的古文大家。柳梦寅就是韩、柳的忠实崇拜者之一,他不仅吸收借鉴了韩、柳的古文理论(详见第三章第二节),在散文创作实践上也有意学习韩、柳。他从小学习韩愈的古文,赞同茅坤"昌黎韩退之崛起八代之衰,又得柳柳州相为羽翼"(《柳柳州文钞引》)③ 的说法,认为韩文是古文的典范之作。他出使中国途经韩愈故里时作诗云:"海山闲物谁能暴,衣钵传心我典刑。自喜酸咸流俗异,任他雷电小儿惊。"(《过昌黎县忆韩退之》)④ 他明确表示自己将不顾世俗非议,继承韩愈衣钵,在东国将古文创作进行到底。柳梦寅学柳宗元也是他自己和后代学者一致承认的事实,柳梦寅认为:"柳文最精劲且古,后世无沿袭。"(《〈大家文会〉跋》)⑤ 又说:"柳文命意明,立语精也。故语虽涩,而趣则畅,文章之捷径也,

---

① 徐兆仁主编《中国韬略大典·孙子兵法》,北京:中国国际广播出版社,1997,第557页。
② 陈蒲清:《略说韩国古典散文与中国古典散文之联系》,《长江学术》2006年第1期,第56~60页。
③ (明)茅坤:《茅鹿门先生文集》(顾廷龙主编《续修四库全书》第1345册),上海:上海古籍出版社,2002,第128页。
④ 〔朝〕柳梦寅:《於于集》(《影印标点韩国文集丛刊》第63辑),汉城:韩国民族文化推进会,1991,第488页。
⑤ 〔朝〕柳梦寅:《於于集》(《影印标点韩国文集丛刊》第63辑),汉城:韩国民族文化推进会,1991,第445页。

此学者不可以不察也。"(《与尹进士彬书》)① 韩国当代学者李家源也说："光海朝文坛，自有於于、乔山两系而已。乔山主罗本、施子安，而於于主柳宗元。"(《玉溜山庄诗话》)②

在《报郑进士梦说书》中，柳梦寅进一步明确了自己的创作是以韩、柳文为模范的，他说："始也虽用韩、柳文立模范，其卒也尽读韩、柳之所学者，目不接周、汉以下书。"③ 柳梦寅以韩、柳文为模范来学习是因为韩、柳文吸取前代百家之长，无论在文体上还是在艺术上，都可以说是集大成者。因此，学韩、柳是古文创作的一条捷径。

柳梦寅的《大家文会》收录韩文136篇、柳文80篇。在《大家文会》中，韩、柳文数量最多。

明万历七年（1579）茅坤编选的《唐宋八大家文钞》直到今天还被看作收录唐宋八大家散文的权威选本，此书收录韩文190篇、柳文130篇。④ 计算一下，柳梦寅所选韩文数量已经占到茅坤选本的71.6%，所选柳文数量占到茅坤选本的61.5%。可见，韩愈和柳宗元散文的大部分精髓都在柳梦寅所选之列。《大家文会》选韩、柳文目录如下，兼与韩、柳文原题相对照（《文渊阁四库全书》下未列的二者相同）。

卷之十五《韩文》

《大家文会》之标题	《文渊阁四库全书》之标题
原道	
原性	
原毁	
行难	
对禹问	

---

① 〔朝〕柳梦寅：《於于集》(《影印标点韩国文集丛刊》第63辑)，汉城：韩国民族文化推进会，1991，第417页。
② 〔韩〕赵锺业编《修正增补韩国诗话丛编》（第17册），汉城：太学社，1996，第703页。
③ 〔朝〕柳梦寅：《於于集》(《影印标点韩国文集丛刊》第63辑)，汉城：韩国民族文化推进会，1991，第408页。
④ 据《唐宋八大家文钞校注集评》之《昌黎文钞》《柳州文钞》（高海夫主编，三秦出版社，1998）统计。

续表

《大家文会》之标题	《文渊阁四库全书》之标题
杂说三首	
获麟解	
师说	
进学解	
守戒	
圬者王承福传	
讳辩	
伯夷颂	
释言	
爱直赠李君房别	
张中丞传后叙	
燕喜亭记	
掌书记厅石记	徐泗豪三州节度掌书记厅石记
蓝田县丞厅壁记	
新修滕王阁记	
郓州溪堂诗序	
争臣论	
太学生何蕃传	
答张籍书	
重答张籍书	
与孟东野书	
答窦秀才书	答窦存亮秀才书
上兵部李侍郎书	上兵部侍郎李巽书
上襄阳于相公书	至邓州北寄上襄阳于𫖯相公书
上宰相书	
后十九日复上书	
后二十九日复上书	
答侯继书	
答崔立之书	
答李翊书	

第五章 柳梦寅散文的创作艺术与中国文化

卷之十六《韩文》

《大家文会》之标题	《文渊阁四库全书》之标题
代张籍与浙东书	代张籍与浙东观察李中丞书
答李秀才书	答李师锡秀才书
答陈生书	
与李翱书	
上张仆射书	上张建封仆射书
与于襄阳书	
与崔群书	
与卫中行书	
上张仆射第二书	
与祠部陆员外书	与祠部陆修员外荐士书
与凤翔邢尚书书	
为人求荐书	
应科目时与人书	应科目时与韦舍人书
答刘正夫书	
答殷侍御书	
答陈商书	
与孟尚书书	与孟简尚书书
答元侍御书	
与鄂州柳中丞书	与鄂州柳公绰中丞书
又一首	
送陆歙州诗序	
送孟东野序	
送许郢州序	送许郢州志雍序
太学听琴诗序	上巳日燕太学听弹琴诗序
送齐皞下第序	
送李愿归盘谷序	
送董邵南序	送董邵南游河北序
赠崔复州序	
赠张童子序	
送浮屠文畅师序	
送杨支使序	送杨仪之支使归湖南序

续表

《大家文会》之标题	《文渊阁四库全书》之标题
送廖道士序	
送王秀才序	送王舍秀才序
送王秀才序	送王埙秀才序
荆潭唱和诗序	荆潭裴均、杨凭唱和诗序
送幽州李端公序	
送区册序	
送高闲上人序	
送殷员外序	送殷侑员外使回鹘序
送杨少尹序	送杨巨源少尹序
送湖南李正字序	送李正字归湖南序
送石处士序	送石洪处士赴河阳参谋序
送温处士序	送温造处士赴河阳军序
送郑尚书序	送郑权尚书序
送韩侍御序	送水陆运使韩约侍御归所治序
盛山十二诗序	开州韦侍讲盛山十二诗序
石鼎联句诗序并诗	

卷之十七《韩文》

《大家文会》之标题	《文渊阁四库全书》之标题
祭田横墓文	
欧阳生哀辞	
题哀辞后	
祭郴州李使君文	
祭河南张员外文	祭河南张署员外文
祭柳子厚文	
吊武侍御所画佛文	
祭十二郎文	祭兄子十二郎老成文
施先生墓铭	
考功员外卢君墓铭	考功员外卢君墓表
杨燕奇碑文	宣武军节度押衙左厢兵马使兼马军先锋兵马使上柱国清边郡王杨燕奇碑文
河东薛君墓志铭	国子助教河东薛君墓志铭

第五章　柳梦寅散文的创作艺术与中国文化

续表

《大家文会》之标题	《文渊阁四库全书》之标题
韦公墓志铭	唐故江西观察使韦公墓志铭
法曹张君墓碣铭	唐故河中府法曹张君墓碣铭
孔君墓志铭	唐故赠朝散大夫司勋员外郎孔君墓志铭
平阳路公神道碑铭	唐银青光禄大夫守左散骑常侍致仕上柱国襄阳郡王平阳路公神道碑铭
乌氏庙碑铭	
荥阳郑公神道碑文	唐故河东节度观察使荥阳郑公神道碑文
沂国公先庙碑铭	魏博节度观察使沂国公先庙碑铭
刘统军碑	唐故检校尚书左仆射兼御史大夫龙武统军赠潞州大都督彭城刘公墓碑
衢州徐偃王庙碑	
袁氏先庙碑	
房公墓碣铭	唐故清河郡公房公墓碣铭
曹成王碑	
王君墓志铭	试大理评事王君墓志铭
扶风郡夫人墓志铭	
殿中侍御史李君墓志铭	唐故殿中侍御史李君墓志铭
董府君墓志铭	唐故朝散大夫商州刺史除名徙封州董府君墓志铭
贞曜先生墓志铭	
张府君墓志铭	唐故尚书虞部员外郎张府君墓志铭
刘公墓志铭	唐故检校尚书左仆射右龙武军统军刘公墓志铭
卫府君墓志铭	唐故监察御史卫府君墓志铭
河南令张君墓志铭	唐故河南令张君墓志铭
陇州节度使李公墓志铭	唐故凤翔陇州节度使李公墓志铭

卷之十八《韩文》

《大家文会》之标题	《文渊阁四库全书》之标题
唐故相权公墓碑	
平淮西碑	
南海神庙碑	
处州孔子庙碑	
柳州罗池庙碑	

续表

《大家文会》之标题	《文渊阁四库全书》之标题
黄陵庙碑	
太原王公神道碑铭	唐故江南西道观察使中大夫洪州刺史兼御史中丞上柱国赐紫金鱼袋赠左散骑常侍太原王公神道碑铭
许国公神道碑铭	唐故司徒兼侍中中书令赠太尉许国公神道碑铭
柳子厚墓志铭	
郑君墓志铭	唐故朝散大夫尚书库部郎中郑君墓志铭
司业窦公墓志铭	唐故国子司业窦公墓志铭
尚书左丞孔公墓志铭	唐故正议大夫尚书左丞孔公墓志铭
殿中少监马君墓志	唐故殿中少监马君墓志
清河张君墓志铭	故幽州节度判官赠给事中清河张君墓志铭
太学博士李君墓志铭	故太学博士李君墓志铭
毛颖传	
送穷文	
鳄鱼文	
论佛骨表	
潮州刺史谢上表	

卷之十九《柳文》

《大家文会》之标题	《文渊阁四库全书》之标题
贞符	
封建论	
断刑论	
晋文公问守原议	
驳复雠议	
桐叶封弟辩	
道州文宣王庙碑	
南府君睢阳庙碑	唐故特进赠开府仪同三司扬州大都督南府君睢阳庙碑并序
段太尉逸事状	
柳公行状	故银青光禄大夫右散骑常侍轻车都尉宜城县开国伯柳公行状
陆文通先生墓表	唐故给事中皇太子侍读陆文通先生墓表

续表

《大家文会》之标题	《文渊阁四库全书》之标题
安南都护张公墓志铭	唐故中散大夫检校国子祭酒兼安南都护御史中丞充安南本管经略招讨处置等使上柱国武城县开国男食邑三百户张公墓志铭
先侍御史府君神道表	
故叔父殿中侍御史墓版	故叔父殿中侍御史府君墓版文
先太夫人祔志	先太夫人河东县太君归祔志
设渔者对智伯	
愚溪对	
对贺者	
晋问	
答问	
起废答	

卷之二十《柳文》

《大家文会》之标题	《文渊阁四库全书》之标题
天说	
捕蛇者说	
说车赠杨诲之	
观八骏图说	
种树郭橐驼传	
梓人传	
乞巧文	
霹雳琴赞引	
沛国汉原庙铭	
东海若	
读毛颖传后题	读韩愈所著毛颖传后题
送崔群书	送崔群序
送苑论诗序	送苑论登第后归觐诗序
送萧炼序	送萧炼登第南归序
送薛存义之任序	送薛存义序
送严公贶诗序	送严公贶下第归兴元觐省诗序
送元秀才序	送元秀才下第东归序

续表

《大家文会》之标题	《文渊阁四库全书》之标题
送辛殆庶序	送辛殆庶下第游南郑序
送从弟谋序	送从弟谋归江陵序
送表弟吕让序	送表弟吕让将仕进序
游燕南池序	陪永州崔使君游燕南池序
愚溪诗序	
送娄图南入道序	送娄图南秀才游淮南序
飨军堂记	岭南节度使飨军堂记
邠宁进奏院记	
兴州江运记	
戴氏堂记	潭州东池戴氏堂记
訾家洲亭记	桂州訾家洲亭记
马退山茅亭记	邕州马退山茅亭记
永州新堂记	
永州崔中丞万石亭记	永州万石亭记
零陵三亭记	
零陵郡复乳穴记	
毁鼻亭神记	道州毁鼻亭神记
龙兴寺东丘记	永州龙兴寺东丘记
游黄溪记	
始得西山宴游记	
钴鉧潭西小丘记	
柳州山水可游者记	柳州山水近治可游者记

卷之二十一《柳文》

《大家文会》之标题	《文渊阁四库全书》之标题
寄许京兆书	寄许京兆孟容书
与杨京兆书	与杨京兆凭书
与裴埙书	
与萧翰林书	与萧翰林俛书
与李翰林书	与李翰林建书
与顾十郎书	
与韩愈论史官书	

续表

《大家文会》之标题	《文渊阁四库全书》之标题
与友人论为文书	
论石钟乳书	与崔连州论石钟乳书
答周君巢书	
与李睦州论服气书	
与杨诲之第二书	
贺王参元失火书	贺进士王参元失火书
与太学诸生书	与太学诸生喜诣阙留阳城司业书
答韦中立论师道书	答韦中立书
报崔黯秀才书	报崔黯秀才论为文书
上李夷简相公书	上门下李夷简相公书
上权德舆启	上权德舆补阙启
上大理崔大卿启	上大理崔大卿应制举启
祭吕衡州温文	

而柳梦寅又明确指出编选《大家文会》的目的是"俾便其模拟焉",从"夜引学徒,揣摩至鸡戒参横乃罢"可知,柳梦寅为研习这些古文确实下了功夫。功夫不负有心人,经过对韩、柳文的长期研习、模拟,柳梦寅的散文创作有了很大进步,而在他现存散文中,受韩、柳影响的痕迹依然非常明显。

一 反对骈文,倡导古文

韩愈在《上宰相书》中说:"而方闻今国家之仕进者,必举于州县,然后升于礼部、吏部,试之以绣绘雕琢之文,考之以声势之逆顺、章句之短长,中其程式者,然后得从下士之列。虽有化俗之方、安边之画,不由是而稍进,万不有一得焉。"[1] 很明显,韩愈对当时国家以骈文取士的做法颇为不满。而对自己应试所作的骈文,韩愈评价说:"乃类乎俳优之辞,颜忸怩而心不宁者数月。"(《答崔立之书》)[2] 又说:"时时

---

[1] (唐)韩愈:《五百家注昌黎文集》(《景印文渊阁四库全书》第1074册),台北:台湾商务印书馆,1986,第293页。

[2] (唐)韩愈:《五百家注昌黎文集》(《景印文渊阁四库全书》第1074册),台北:台湾商务印书馆,1986,第297页。

应事作俗下文字者,下笔令人惭,及示人,人必以为好矣。小惭者,亦蒙谓之小好;大惭者,即必以为大好矣。不知古文真何用于今世也,然以俟知者知耳。"(《与冯宿论文书》)① 虽然有时不得不应试作骈文,韩愈还是希望古文能受到重视,被时人接受。柳宗元曾作《乞巧文》乞求天孙帮自己做到"眩耀为文,琐碎排偶,抽黄对白,啽哢飞走。骈四俪六,锦心绣口,宫沉羽振,笙簧触手"②,以适应时下文风,其实是无奈之下对骈文的讽刺批评,"借一'巧'字,痛骂一场"③。又说骈文"遇事蜂起,金声玉耀,诳聋瞽之人,徼一时之声"(《与友人论为文书》)④,所以认为文章要"本之三代,浃于汉氏,与文相准"(《柳宗直西汉文类序》)⑤。因此,二人的创作都以自由灵活的古文为主,为后人留下了大量经典古文,直到今天这些古文还是十分宝贵的文化遗产。

韩、柳领导的"古文运动"对柳梦寅的影响很大。对于骈文,柳梦寅也有和韩、柳近似的看法,他说:"臣自少攻文,与时尚背驰。所读经传之外,又读世所共弃者,故其为文涩而不畅,其为诗朴而无华。至于妃青配白,尤非所长。四六诸作,多所乖剌。"(《辞艺文提学疏》)⑥ 又说:"仆性嗜古文,谬意今古一体。学经则经,学传则传。圣贤非有定位,我不必让于古。每读五经四书,不读笺注,恶其文不古也。余于文章,知有古而不知有今,未尝挂眼于唐以下之文。"(《答崔评事有海书》)⑦ 所以,他"文虽早成,过三十始登第。虽占魁科,而文不由程序"(《与

---

① (唐)韩愈:《五百家注昌黎文集》(《景印文渊阁四库全书》第 1074 册),台北:台湾商务印书馆,1986,第 313 页。
② (唐)柳宗元:《柳河东集》(《景印文渊阁四库全书》第 1076 册),台北:台湾商务印书馆,1986,第 169 页。
③ 林纾:《韩柳文研究法》,上海:商务印书馆,1933,第 96 页。
④ (唐)柳宗元:《柳河东集》(《景印文渊阁四库全书》第 1076 册),台北:台湾商务印书馆,1986,第 286 页。
⑤ (唐)柳宗元:《柳河东集》(《景印文渊阁四库全书》第 1076 册),台北:台湾商务印书馆,1986,第 203 页。
⑥ 〔朝〕柳梦寅:《於于集》(《影印标点韩国文集丛刊》第 63 辑),汉城:韩国民族文化推进会,1991,第 404 页。
⑦ 〔朝〕柳梦寅:《於于集》(《影印标点韩国文集丛刊》第 63 辑),汉城:韩国民族文化推进会,1991,第 554 页。

尹进士彬书》)①。因为不擅长当时科举的程式之文,才华出众的柳梦寅三十多岁才登第,但他依然无怨无悔地执着于古文创作。在收入《於于集》的 249 篇文章中,骈文或有骈化倾向的不到十分之一,大部分文章都是散行单句,自然随意,不受格式限制,没有雕琢痕迹。这在当时还流行骈文的朝鲜非常难得。

二 文体方面对韩、柳散文的接受

在现存散文中,韩愈运用的文体有表、状、书、序、记、传、原、论、议、辨、解、说、颂、杂著、碑、碑铭、墓志铭、墓志碣铭、哀辞、祭文、行状等 21 种;柳宗元运用的文体有书、启、序、传、记、论、议、辨、说、赞、杂著、碑、墓版、碣、诔、表、状、祭文等 18 种。柳梦寅运用的文体有序、记、疏札、应制文、书、文、墓道文、碑铭、墓志铭、行状、哀辞、列传、题跋、杂著、解、辨、杂识等 17 种,虽然有些文体名称和韩、柳的文体名称稍有差异,文体特点和主要内容却基本相同,如柳梦寅的"列传"与韩、柳的"传"。

韩愈和柳宗元在倡导古文运动、吸收前代古文精华的同时,也丰富和扩大了散文的文体,使原有的文体更加灵活随意,如二人对序这一文体就进行了创造。序是古代常用的一种应用文体,宋代王应麟说:"序者,序典籍之所以作也。"② 即在一部书或一篇诗文前说明写作缘由、内容、体例和目次等的文字。晋以后又衍生出专门为送行而写的赠序,"一般以述友谊、叙交游、道惜别为主,而某些优秀作品,往往表达作者的理想、识见,以及师友亲朋之间互相劝勉和真挚赤诚的感情,成为叙事、说理而又兼抒情的散文"③。这种赠序到唐代尤其是韩、柳手中,又增加了议论时政、申述个人政治主张和文艺观点等内容,写作形式也更为灵活多样。因此韩、柳当之无愧地成为赠序文创作的高手,姚鼐称韩愈的赠序文"冠绝前后作者"④。韩愈表达文艺观点的《送孟东野序》、议论

---

① 〔朝〕柳梦寅:《於于集》(《影印标点韩国文集丛刊》第 63 辑),汉城:韩国民族文化推进会,1991,第 416 页。
② (宋)王应麟:《辞学指南》(《景印文渊阁四库全书》第 948 册),台北:台湾商务印书馆,1986,第 340 页。
③ 褚斌杰:《中国古代文体概论》(增订本),北京:北京大学出版社,1990,第 397 页。
④ (清)姚鼐:《古文辞类纂·"赠序类"目录》,北京:中华书局,1936,第 459 页。

时政的《送董邵南序》、充满诗情画意的《送李愿归盘谷序》等都是古今赠序文中的精品。较韩愈而言,柳宗元赠序文的成就稍差一些,但也不乏优秀之作,如阐明"官为民役"的《送薛存义序》,指出如何"得位""成儒"的《送徐从事北游序》,统合儒释的《送僧浩初序》等。

柳梦寅收入《於于集》的249篇文章中,赠序文就有101篇,创作成就也堪称魁首。这些赠序文也和韩、柳的赠序文一样,内容丰富,表达方式、手法灵活多样。从内容上看:有追溯交往过程,表达亲密不舍之情的,如《爱直送赵遂初存性贺冬至于燕京序》;有劝勉对方,表达期望的,如《送韩山郡守李子信序》;有回顾历史、议论时事,表达政治见解的,如《送别咸镜监司张好古晚诗序》;有谈诗论文,表达文学观念的,如《送洸侄游洪州序》;有谈往昔琐事的,如《送圣节使书状金大德序》;甚至有谈家长里短的,如《平安评事郑斗源西征送别诗序》。而在许多为即将出使中国的友人所作的赠序中,柳梦寅表达得最恳切的就是自己强烈的民族意识和殷殷的爱国之情,如《送冬至使李昌庭序》就属此类。从表达方式看,有叙事,有抒情,有议论,有描写,有时二者兼用,有时三四者共存,如《送朴说之东说赴京序》就兼用了以上四种表达方式。从表现手法看,有时用铺排以强调,如《送宣生时麟南归序》;有时设譬喻求形象,如《送户部尚书李圣征廷龟奏请天朝诗序》;有时靠起兴引人入胜,如《送斗峰李养吾骊城君志完赴京序》。①

在韩、柳的散文中,碑志文占有较大比重,这些文章也是韩、柳散文中的精品,《御选古文渊鉴》卷三十六说韩愈的《唐故司徒兼侍中中书赠太尉许国公神道碑铭》"古气盘纡,风格峭拔,大类先秦文字"②。茅坤说柳宗元的《故襄阳丞赵君墓志》"事奇文亦奇,古来绝调"(《柳州文钞》)③。当代许多学者也高度赞誉了韩、柳的碑志文,如孙昌武先生说韩愈:"写了许多具有一定积极内容的碑志作品。而在写作方法上,更完全打破了固有的碑志格式,达到高度的艺术水平,因而后来有'杜

---

① 本段所举各例见〔朝〕柳梦寅《於于集》(《影印标点韩国文集丛刊》第63辑),汉城:韩国民族文化推进会,1991,第354~379页。
② (清)徐乾学:《御选古文渊鉴》(《景印文渊阁四库全书》第1418册),台北:台湾商务印书馆,1986,第39页。
③ (明)茅坤编《唐宋八大家文钞》(《景印文渊阁四库全书》第1383册),台北:台湾商务印书馆,1986,第309页。

律韩碑'的赞词。他的墓志，善于使用艺术概括的方法，巧于摹写，注意剪裁，把精辟的议论、真挚的抒情运用于其中，注重刻画人物，突出中心，使这些作品成为'一人一样'的生动的传记文。"① 韦燕宁说："只要我们对柳碑通读一遍，就会觉得其中所蕴含的思想价值和认识价值是巨大的。"②

柳梦寅也作过多篇墓道文、碑铭之类的文章，这类文章也多少受到韩、柳的影响。在《赠礼曹判书行承文判校申公熟墓碣铭并序》中，柳梦寅说："昔退之能铭东野、子厚墓，或者余庶几乎！"③ 表明自己也能像韩愈那样作好这类文章。他的碑志文也确实比较出色。他经常打破这类文章以歌功颂德、溢美夸饰为主的常规写法，而运用多种表达方式和表现手法，取材上也不拘一格，甚至还将一些传奇故事和家常琐事写进去。如《赠议政府领议政行司赡副正柳公神道碑铭并序》④和《赠礼曹参判行平海郡守车公轼神道碑铭并序》⑤ 就是碑志文中比较优秀的作品。

此外，柳梦寅的杂著、行状、解、辨等文体也都深得韩、柳精髓，写得自由灵活，不拘一格。

三　思想内容方面对韩、柳散文的接受

韩愈和柳宗元倡导古文运动，反对骈文的通篇骈偶、形式呆板，主张自由流畅、挥洒自如地写作。但二人都不是只强调散文的遣词造句、音韵格律等外在形式，同时也强调散文的思想和内容。这种艺术性和思想性兼顾的创作观念和实践经验也被柳梦寅所吸收。所以他和韩、柳一样，也十分注重散文思想的深刻、鲜明和内容的充实、丰富。

---

① 孙昌武：《论韩愈散文的艺术成就》，《辽宁师院学报》1981年第2期，第20~27页。
② 韦燕宁：《试论柳宗元的碑志文》，《广西民族学院学报》（哲学社会科学版）1990年第2期，第56~60页。
③ 〔朝〕柳梦寅：《於于集》（《影印标点韩国文集丛刊》第63辑），汉城：韩国民族文化推进会，1991，第561页。
④ 〔朝〕柳梦寅：《於于集》（《影印标点韩国文集丛刊》第63辑），汉城：韩国民族文化推进会，1991，第431页。
⑤ 〔朝〕柳梦寅：《於于集》（《影印标点韩国文集丛刊》第63辑），汉城：韩国民族文化推进会，1991，第433页。

韩愈主张"文以明道",其散文的主导思想是尊崇儒家的社会政治、伦理道德,维护君权。他将儒家经典"六经"作为学习和创作的楷模,在《上宰相书》中说"其所读皆圣人之书,杨墨释老之学无所入于其心;其所著皆约六经之旨而成文,抑邪与正,辩时俗之所惑"①,而对于当时盛行的佛老思想,韩愈是坚决反对的,主张"抵排异端,攘斥佛老"(《进学解》)②。他的散文也表达了反对藩镇割据,坚持大一统的尊王思想,在《送董邵南游河北序》中,他说:"明天子在上,可以出而仕矣。"③ 委婉地劝董邵南不要投靠割据势力,因为他坚信大唐王朝一定会彻底统一。韩愈虽然主张对人民加强统治,"使无怠惰"(《袁州刺史谢上表》)④,但同时反对暴虐苛政。适逢"京畿诸县,夏逢亢旱,秋又早霜,田种所收,十不存一"(《御史台上论天旱人饥状》)⑤,韩愈认为"京师者,四方之腹心,国家之根本,其百姓实宜倍加忧恤",因此上书曰:"伏乞特敕京兆府,应今年税钱及草粟等在百姓腹内征未得者,并且停征,容至来年蚕麦,庶得少有存立。"(《御史台上论天旱人饥状》)⑥

柳宗元在散文中所表现的也主要是儒家思想,也尊崇"六经",他说:"大都文以行为本,在先诚其中。其外者当先读六经,次《论语》、孟轲书,皆经言。"(《报袁君陈秀才避师名书》)⑦ 但和韩愈眼光向上,以维护专制统治为先相比,柳宗元更关注民生,他的许多散文都闪烁着民本思想、民主意识和现实主义的光辉。他主张"兴尧、舜、孔子之道,

---

① (唐)韩愈:《五百家注昌黎文集》(《景印文渊阁四库全书》第1074册),台北:台湾商务印书馆,1986,第292页。
② (唐)韩愈:《五百家注昌黎文集》(《景印文渊阁四库全书》第1074册),台北:台湾商务印书馆,1986,第237页。
③ (唐)韩愈:《五百家注昌黎文集》(《景印文渊阁四库全书》第1074册),台北:台湾商务印书馆,1986,第340~341页。
④ (唐)韩愈:《五百家注昌黎文集》(《景印文渊阁四库全书》第1074册),台北:台湾商务印书馆,1986,第532页。
⑤ (唐)韩愈:《五百家注昌黎文集》(《景印文渊阁四库全书》第1074册),台北:台湾商务印书馆,1986,第513页。
⑥ (唐)韩愈:《五百家注昌黎文集》(《景印文渊阁四库全书》第1074册),台北:台湾商务印书馆,1986,第513页。
⑦ (唐)柳宗元:《柳河东集》(《景印文渊阁四库全书》第1076册),台北:台湾商务印书馆,1986,第307页。

利安元元为务"(《寄许京兆孟容书》)①。他的《送薛存义序》振聋发聩地表达了"官为民役"(原文为"凡吏于土者,若知其职乎?盖民之役,非以役民而已也")② 的观点,《捕蛇者说》是永州之民在苛捐杂税的重压下的血泪控诉,《梓人传》和《种树郭橐驼传》则赞美了下层劳动人民的聪明才智。对于佛老思想,柳宗元则能够兼收并蓄。他认为"佛之道,大而多容,凡有志乎物外而耻制于世者,则思入焉"(《送玄举归幽泉寺序》)③,又说"余知释氏之道且久,固所愿也。……因悟夫佛之道,可以转惑见为真智"(《永州龙兴寺西轩记》)④,因此主张"统合儒释"(《送文畅上人登五台遂游河朔序》)⑤;而《种树郭橐驼传》中的"顺天致性"(原句作"顺木之天以致其性焉")⑥ 则又明显体现了道家的自然观。

柳梦寅称自己为"拘儒",他和韩、柳一样,主导思想也是儒家正统思想,在散文中强调"儒以忠孝节义为尚"。对"六经"等儒家经典,柳梦寅也和韩、柳一样推崇备至,他在《与尹进士彬书》中主张写文章"必于六经焉哜其胾,先儒子书焉决其肯綮,然后所见透而立言正",并举例说:"昔董仲舒、扬雄、王文仲、周濂溪、程、朱诸传,何尝从事于训诂,只据四书六经,自悟自得而已。"⑦ 柳梦寅大部分时间在朝中做官,效忠朝鲜王朝,所以他首先和韩愈一样,眼光向上,从维护君权和专制统治的立场出发立言行事。他认为"天下之民,莫非王臣"(《送朴说之东说赴京序》)⑧,又强调"圣君在上,抚群下如子。而群下不肯父

---

① (唐)柳宗元:《柳河东集》(《景印文渊阁四库全书》第1076册),台北:台湾商务印书馆,1986,第267页。
② (唐)柳宗元:《柳河东集》(《景印文渊阁四库全书》第1076册),台北:台湾商务印书馆,1986,第215页。
③ (唐)柳宗元:《柳河东集》(《景印文渊阁四库全书》第1076册),台北:台湾商务印书馆,1986,第239页。
④ (唐)柳宗元:《柳河东集》(《景印文渊阁四库全书》第1076册),台北:台湾商务印书馆,1986,第258页。
⑤ (唐)柳宗元:《柳河东集》(《景印文渊阁四库全书》第1076册),台北:台湾商务印书馆,1986,第234页。
⑥ (唐)柳宗元:《柳河东集》(《景印文渊阁四库全书》第1076册),台北:台湾商务印书馆,1986,第163页。
⑦ 〔朝〕柳梦寅:《於于集》(《影印标点韩国文集丛刊》第63辑),汉城:韩国民族文化推进会,1991,第417~418页。
⑧ 〔朝〕柳梦寅:《於于集》(《影印标点韩国文集丛刊》第63辑),汉城:韩国民族文化推进会,1991,第359页。

圣君,各自私其身,结为党,以眩其是非,是可忍乎"(《报郑进士梦说书》)①,表达了所有臣民都应该效忠君王、维护统治的思想。

　　柳梦寅散文在思想的兼容性和关注民生方面,与柳宗元的散文有更多相似之处。柳梦寅不仅不排斥佛老思想,还对其颇为认同,他少年时曾在山寺中读书学习,自然耳濡目染了佛家思想;罢官后又隐居于寺庙之中,与寺中僧人多有交往和交流,进一步受到佛家思想的影响,他甚至表示愿意跟从寺中高僧修炼,曾说:"欲学不食不衣之道,虽勤且劳,吾不辞也。侧闻此山中多五叶松,飧此者身上生碧毛,不帛暖;腹中实香精,不粒饱;腋无羽,能飞上楞伽山;神通自在,至永保神形之域。信斯言,余虽老请学焉。"(《赠乾凤寺僧师洽序》)②从柳梦寅所描述的生存状态来看,明显又有道家的成仙、长生思想。他的《於于野谈》中也专门有"仙道"篇,记载了一些仙道故事,并表达了向往之情。在《二养堂记》中,柳梦寅总结说:"彼仙也释也,亦能养心养生者。"③

　　柳梦寅虽然大部分时间在朝中做官,但经常到地方巡行,对下层人民的疾苦有一定的了解。在散文中,他也和柳宗元一样表达了对民生疾苦的关注和同情。在《送韩山郡守李子信序》中,柳梦寅悲愤地说:"余目方今病民之政多门,民皆如鼎鱼俎牺。而虽有喙三尺乎,恨发言之无所。"④ 这与柳宗元对捕蛇者的同情、对统治者的痛恨是一致的。于是,他在《玉堂札子》中沉痛地呼喊:"哀我斯民,亦独何辜。"⑤ 忧民情怀令人动容。

四　语言表达方面对韩、柳散文的接受

　　韩愈和柳宗元都十分注重散文的语言艺术,都以精练、形象的语言

---

① 〔朝〕柳梦寅:《於于集》(《影印标点韩国文集丛刊》第63辑),汉城:韩国民族文化推进会,1991,第408页。
② 〔朝〕柳梦寅:《於于集》(《影印标点韩国文集丛刊》第63辑),汉城:韩国民族文化推进会,1991,第386~387页。
③ 〔朝〕柳梦寅:《於于集》(《影印标点韩国文集丛刊》第63辑),汉城:韩国民族文化推进会,1991,第543页。
④ 〔朝〕柳梦寅:《於于集》(《影印标点韩国文集丛刊》第63辑),汉城:韩国民族文化推进会,1991,第379页。
⑤ 〔朝〕柳梦寅:《於于集》(《影印标点韩国文集丛刊》第63辑),汉城:韩国民族文化推进会,1991,第405页。

赢得了后世文人和读者的青睐。柳梦寅曾千百次阅读韩、柳文，对其中一些经典语言片段非常熟悉，有时还信手拈来，如在《自娱窝记》中，柳梦寅开篇便说："余尝读退之序，有曰：'穷居荒凉，草树茂密，出无驴马，因与人绝。一室之内，有以自娱。'"① 韩、柳文的语言模式和风格自然也潜移默化地影响了他的创作。以下分别列表将柳梦寅和韩愈、柳宗元散文的一些语句和片段进行比较，以找出柳梦寅在语言上"用韩、柳文立模范"的痕迹。

柳梦寅、韩愈散文语句比较

柳梦寅	韩愈
"百姓嗷嗷，剐肌醋骨，左啖右醋，如入汤鼎之里。其夫负妻戴而去也，填坑仆壑，磔犬流尸者相藉。虽其存者，鹊借鸠巢，张换李室，举八道无一安栖。"（《赠表训寺僧慧日序》）①	"至闻有弃子逐妻，以求口食，拆屋伐树，以纳税钱，寒馁道涂，毙踣沟壑。"（《御史台上论天旱人饥状》）②
"今阁下方伯兼连帅赴是地。"（《安边三十二策》）③	"方今居古方伯连帅之职。"（《代张籍与浙东观察李中丞书》）④
"洸，吾柳氏主器人也。……少微通鉴，为文操笔立书。"（《送洸侄游洪州序》）⑤ "故正申熟选韩文百首数百读。……为文腹稿，一笔立就。"（《与尹进士彬书》）⑥	"为文章操纸笔立书，未尝起草。"（《张中丞传后叙》）⑦
"若我者，德不若人，智不若人，聪明不若人，独于文章，不下于古人。"（《赠金刚山僧宗远序》）⑧ "圣贤非有定位，我不必让于古。"（《答崔评事有海书》）⑨	"臣受性愚陋，人事多所不通，惟酷好学问文章，未尝一日暂废，实为时辈所见推许。……编之乎《诗》、《书》之策而无愧，措之乎天地之间而无可，虽使古人复生，臣亦未肯多让。"（《潮州刺史谢上表》）⑩
"年来所著述积案过首者，率是俳优之言，不适于实用。……方其年少气锐，犹且反顾忸怩。"（《辞艺文提学疏》）⑪ "未免从俗俯仰，有负平生所学，窃自顾初心忸怩也。"（《答全承旨有亨书》）⑫	"退因自取所试读之，乃类乎俳优之辞，颜忸怩而心不宁者数月。"（《答崔立之书》）⑬

① 〔朝〕柳梦寅：《於于集》（《影印标点韩国文集丛刊》第63辑），汉城：韩国民族文化推进会，1991，第384页。
② （唐）韩愈：《五百家注昌黎文集》（《景印文渊阁四库全书》第1074册），台北：台湾商务印书馆，1986，第513页。

---

① 〔朝〕柳梦寅：《於于集》（《影印标点韩国文集丛刊》第63辑），汉城：韩国民族文化推进会，1991，第534页。

续表

③〔朝〕柳梦寅:《於于集》(《影印标点韩国文集丛刊》第63辑),汉城:韩国民族文化推进会,1991,第578页。

④(唐)韩愈:《五百家注昌黎文集》(《景印文渊阁四库全书》第1074册),台北:台湾商务印书馆,1986,第301页。

⑤〔朝〕柳梦寅:《於于集》(《影印标点韩国文集丛刊》第63辑),汉城:韩国民族文化推进会,1991,第368页。

⑥〔朝〕柳梦寅:《於于集》(《影印标点韩国文集丛刊》第63辑),汉城:韩国民族文化推进会,1991,第416页。

⑦(唐)韩愈:《五百家注昌黎文集》(《景印文渊阁四库全书》第1074册),台北:台湾商务印书馆,1986,第253页。

⑧〔朝〕柳梦寅:《於于集》(《影印标点韩国文集丛刊》第63辑),汉城:韩国民族文化推进会,1991,第382页。

⑨〔朝〕柳梦寅:《於于集》(《影印标点韩国文集丛刊》第63辑),汉城:韩国民族文化推进会,1991,第554页。

⑩(唐)韩愈:《五百家注昌黎文集》(《景印文渊阁四库全书》第1074册),台北:台湾商务印书馆,1986,第530~531页。

⑪〔朝〕柳梦寅:《於于集》(《影印标点韩国文集丛刊》第63辑),汉城:韩国民族文化推进会,1991,第404页。

⑫〔朝〕柳梦寅:《於于集》(《影印标点韩国文集丛刊》第63辑),汉城:韩国民族文化推进会,1991,第413页。

⑬(唐)韩愈:《五百家注昌黎文集》(《景印文渊阁四库全书》第1074册),台北:台湾商务印书馆,1986,第297页。

柳梦寅、柳宗元散文语句比较

柳梦寅	柳宗元
"余幼稚时,家兄诲以艳丽之篇,为诗文多尚艳丽。……自此与之诗文,不炳炳烺烺,与幼稚时大变者。"(《於于野谈》)①	"始吾幼且少,为文章,以辞为工;及长,乃知文者以明道,是固不苟为炳炳烺烺、务采色、夸声音而以为能也。"(《答韦中立书》)②
"百姓嗷嗷,剐肌醋骨,左唊右醋,如入汤鼎之里。其夫负妻戴而去也,填坑仆壑,磔犬流尸者相藉。虽其存者,鹊借鸠巢,张换李室……"(《赠表训寺僧慧日序》)③	"殚其地之出,竭其庐之入,呼号而转徙,饥渴而顿踣,触风雨,犯寒暑,呼嘘毒疠,往往而死者相藉也。"(《捕蛇者说》)④
"今之中国,必有其人,其知东方复有如古之人。"(《送申佐郎光立赴京序》)⑤ "传之通邑大都,流入中国,布之于天下万世,则虽曰死,其惟寿乎?"(《送南原府使高用厚诗序》)⑥	"生北游,必至通都大邑,通都大邑必有显者,由是其果闻传于世欤?"(《送徐从事北游序》)⑦
"历渔家村,溯竹汀,柠长浦,傍江津,摩龟山,逾沙岭,度飞鸿山,穿三巴峡,夏上党城,瞻父母城,掠鸡龙山,迤从大川,陟岭,敖吹笛台,宿葛川寺,旋入于亭。"(《钓隐亭记》)⑧	"日与其徒上高山,入深林,穷回溪,幽泉怪石,无远不到。……遂命仆人过湘江,缘染溪,斫榛莽,焚茅筏,穷山之高而止。"(《始得西山宴游记》)⑨

续表

柳梦寅	柳宗元
"自灵神行四十里许，山之崭绝。过于剑阁，而风磴直下，不作百八盘之势，缘而下者，如自青天落黄泉。牵萝引绳，自卯至申，而俯瞰繁绿之隙，犹黯黯然不见底，深謦太息，几乎龃指而垂戒矣，然后下入幽谷，披高竹寻义神寺而宿。"《〈游头流山录〉》⑩	"自渴西南行，不能百步，得石渠，民桥其上。有泉幽幽然，其鸣乍大乍细。渠之广或咫尺或倍尺，其长可十许步。其流抵大石，伏出其上。逾石而往，有石泓，昌蒲被之，青藓环周。又折西行，旁陷岩石下，北堕小潭。潭幅员减百尺，清深多鯈鱼。又北曲行纡余，睨若无穷，然卒入于渴。"《石渠记》⑪

① 〔韩〕东国大学校韩国文学研究所编《韩国文献说话全集》（六），汉城：太学社，1987，第346页。
② （唐）柳宗元：《柳河东集》（《景印文渊阁四库全书》第1076册），台北：台湾商务印书馆，1986，第304页。
③ 〔朝〕柳梦寅：《於于集》（《影印标点韩国文集丛刊》第63辑），汉城：韩国民族文化推进会，1991，第384页。
④ （唐）柳宗元：《柳河东集》（《景印文渊阁四库全书》第1076册），台北：台湾商务印书馆，1986，第157页。
⑤ 〔朝〕柳梦寅：《於于集》（《影印标点韩国文集丛刊》第63辑），汉城：韩国民族文化推进会，1991，第364页。
⑥ 〔朝〕柳梦寅：《於于集》（《影印标点韩国文集丛刊》第63辑），汉城：韩国民族文化推进会，1991，第349页。
⑦ （唐）柳宗元：《柳河东集》（《景印文渊阁四库全书》第1076册），台北：台湾商务印书馆，1986，第231页。
⑧ 〔朝〕柳梦寅：《於于集》（《影印标点韩国文集丛刊》第63辑），汉城：韩国民族文化推进会，1991，第394页。
⑨ （唐）柳宗元：《柳河东集》（《景印文渊阁四库全书》第1076册），台北：台湾商务印书馆，1986，第261~262页。
⑩ 〔朝〕柳梦寅：《於于集》（《影印标点韩国文集丛刊》第63辑），汉城：韩国民族文化推进会，1991，第592页。
⑪ （唐）柳宗元：《柳河东集》（《景印文渊阁四库全书》第1076册），台北：台湾商务印书馆，1986，第264页。

比较可以看出，柳梦寅散文中的某些语句、片段与韩、柳散文中的语句、片段在用词、句式、结构、表达方式、叙事模式上都有诸多相似之处。

五　柳梦寅散文与韩、柳散文比较示例

虽然"用韩、柳文立模范"，但柳梦寅并非一味模仿韩、柳文，而是在学习借鉴之后能有所创造，体现出自己的特色。比如，和韩、柳相比，柳梦寅的散文除了大量运用中国典故外，还增加了有关本国的一些

历史、时政、文化内容,如《送别咸镜监司张好古晚诗序》①;增加了表现两国关系的内容,如《请盐硝弓角兵部呈文》②。从文体上看,除了运用和韩、柳相同或相似的文体外,柳梦寅还有效国语(朝鲜语)体散文,如《送江原方伯申湜序效国语押韵》③。和韩、柳比较,他最主要的文体——赠序文,内容更加丰富,形式也更加灵活。柳梦寅的《於于野谈》则是融中朝两国的人物逸事、传奇故事、诗文评论于一体的笔记体散文集,是受到中国的笔记体小说如《太平广记》以及诗话类著作如《六一诗话》的影响创作出来的。这是韩、柳散文中没有的内容和文体。

下面将柳梦寅的代表文体赠序文中的《送黄圣源洺出宰尚州序》与韩愈的《送董邵南游河北序》、《送韩山郡守李子信序》与柳宗元的《送薛存义序》做一比较,进一步证明柳梦寅确实是"用韩、柳文立模范",但又在思想内容和艺术表现上突出了自己的特色。

(一)柳梦寅《送黄圣源洺出宰尚州序》与韩愈《送董邵南游河北序》之比较

送黄圣源洺出宰尚州序
柳梦寅

岭之南,地鄙而人才。地鄙,故势约者宰焉;人才,故地著者官多显。余尝默数朝著,纵步于台省廊庙,以大行其志,率岭南人。君,岭南人也。自先世家安东,幼年北学京师,仍居焉。既成名十九年,左授宰于尚,郁郁甚可怜哉!

其始来京师也,岂不以京师所与游多硕士茂阀,由是达于朝,行其志,甚不难乎?今观居鄙者布于内,居内者达于鄙,人与地易焉。虽素居京师者,亦欲挈挈而南,况君舍乡而客,去膏就瘠,以自约宰于尚,不亦宜乎?

虽然,"居移气,养移体",理固有之,虽胡越犹然。矧君生岭

---

① 〔朝〕柳梦寅:《於于集》(《影印标点韩国文集丛刊》第63辑),汉城:韩国民族文化推进会,1991,第366页。
② 〔朝〕柳梦寅:《於于集》(《影印标点韩国文集丛刊》第63辑),汉城:韩国民族文化推进会,1991,第423页。
③ 〔朝〕柳梦寅:《於于集》(《影印标点韩国文集丛刊》第63辑),汉城:韩国民族文化推进会,1991,第356页。

南,复岭南,为政于岭南,岭南风气,如水之投水,而地灵人杰,亦岂复客君也哉?吾知其还也,必达于朝,纵步于台省廊庙,以大行其志也无疑。于其别,申有告焉。观于其地,苟有一尺闲土可居余者乎?余欲举家而移之。①

送董邵南游河北序

韩愈

燕赵古称多感慨悲歌之士。董生举进士,连不得志于有司,怀抱利器,郁郁适兹土。吾知其必有合也。董生勉乎哉!

夫以子之不遇时,苟慕义强仁者皆爱惜焉。矧燕赵之士出乎其性者哉!然吾尝闻风俗与化移易,吾恶知其今不异于古所云?聊以吾子之行卜之也。董生勉乎哉!

吾因子有所感矣。为我吊望诸君之墓,而观于其市,复有昔时屠狗者乎?为我谢曰:"明天子在上,可以出而仕矣。"②

《送董邵南游河北序》是韩愈赠序文中的精品。"文仅百余字,而感慨古今,若与燕赵豪俊之士相为叱咤呜咽,其间一涕一笑,其味不穷。昌黎序文当属第一首。"(茅坤《昌黎文钞》)③ 过琪《古文评注》认为:"唐文惟韩奇,此又为韩中之奇。"④ 所以,此序便成为后代赠序文的楷模,柳梦寅的《送黄圣源洛出宰尚州序》就深受其影响。以下将两篇序简称为《董序》和《黄序》。

《董序》约作于唐德宗贞元十八年至十九年(802~803),没有直接提到赠诗,不过韩愈曾作《嗟哉董生行》一诗,赞美董邵南仁义孝慈,并对他不得志于有司的遭遇深表同情。韩愈当时任四门博士,主管国子监下四门馆(中下层士子受高等教育的部门),虽然一向喜奖掖后进,

---

① 〔朝〕柳梦寅:《於于集》(《影印标点韩国文集丛刊》第63辑),汉城:韩国民族文化推进会,1991,第516页。
② (唐)韩愈:《五百家注昌黎文集》(《景印文渊阁四库全书》第1074册),台北:台湾商务印书馆,1986,第340~341页。
③ (明)茅坤:《唐宋八大家文钞》(《景印文渊阁四库全书》第1383册),台北:台湾商务印书馆,1986,第86页。
④ 高海夫主编《唐宋八大家文钞校注集评·昌黎文钞》,西安:三秦出版社,1998,第324页。

也曾有诗赠董邵南，但董邵南当时只是一个屡试不第的后生，两人身份地位悬殊，况且董生又是去投奔韩愈所坚决反对的割据势力，饯别聚会恐怕不太可能。

《黄序》约作于朝鲜宣祖三十五年至三十六年（明万历三十年至三十一年，1602～1603），柳梦寅时任弘文馆校理兼宣祖的侍读官，地位很高。虽然他的序中也未直接提到赠诗，但是柳梦寅的朋友李廷龟有《即席走笔，赠别黄圣源之任尚州》一诗："三年礼部翁，日以文簿忙。初无袜线补，但与朋友忘。故人作南宰，尺书犹未遑。今朝忽告归，我怀何依依。残年远别苦，末路亲识稀。佳辰少欢趣，春事空芳菲。南州甫疮痍，字牧须君才。王事各努力，临岐莫浪哀。"① 黄、柳、李同朝为官，据此诗可以推测，黄圣源赴任尚州牧使之前，友人可能曾设宴赠诗、属文。

从内容上看，二者都以送别友人、宽慰友人为主，都对友人的仕途不顺表达了同情，也都希望友人此去能遇到机会，有所作为。但如果仅此而已便没有了特色，不能成为赠序的经典之作。"古文家韩愈，扩大了赠序文的内容，他在赠序中，除一般地叙友情、道别情外，还述主张，议时事，咏怀抱，劝德行，极大地扩充了赠序文的思想内容……"② 柳梦寅深受韩愈影响，大部分赠序文也都有此特色。这两篇序的成功之处就在于借送别分析了对方所处的形势，同时表达了自己的政治主张。

韩愈认为董邵南是个人才，"连不得志于有司"令人遗憾，而此去河北"必有合也"。但接下来又说"风俗与化移易"，意在提醒董邵南，今日藩镇割据的河北已不是昔日"多感慨悲歌之士"的燕赵了，他此时前往是凶是吉无法预料。最后，韩愈嘱托董邵南到了河北以后替自己去拜祭"望诸君之墓"并留意那里是否还有昔日的"屠狗者"。望诸君即乐毅，战国时赵人，曾任燕国上将军，助燕昭王攻齐，立下奇功。昭王死后，惠王即位，乐毅遭猜忌，奔赵国，被赵王封为望诸君。屠狗者即战国时燕人高渐离，荆轲死后，他曾以献乐之机刺杀秦王，未遂身死。二人都是不可多得的人才，韩愈说请他们出仕明天子，正和董邵南要投

---

① 〔朝〕李廷龟：《月沙集》（《影印标点韩国文集丛刊》第69辑），汉城：韩国民族文化推进会，1991，第384页。
② 褚斌杰：《中国古代文体概论》（增订本），北京：北京大学出版社，1990，第395页。

靠叛贼形成对照，其实也是委婉暗示董邵南要认清当前形势，不要盲目做决定。到此，韩愈拥护统一、希望人才报国的政治主张已经不言自明。

柳梦寅身为政治家，深谙封建官场的情势。在《黄序》中，柳梦寅也帮黄圣源分析了其面临的政治形势：第一，黄圣源将要赴任的岭南是个培养人才的地方，去那里做官是一个很好的锻炼机会；第二，京城里多"硕士茂阀"，人才济济，黄圣源是很难脱颖而出的；第三，岭南是黄圣源的故乡，回故乡做官如鱼得水，可以积累官场经验和人气。柳梦寅这番有理有据的分析让读者领略了他刚柔并济、胸怀长远的政治智慧以及丰富的官场经验。

二人虽然都鼓励朋友在认清政治形势的前提下大胆出仕，忠君报国，以儒家思想为指归，但在具体内容上仍然有所不同。虽然都是"送"，韩愈的落脚点却是"留"，即送行的真正目的是要他留下，原因是当时的河北属不奉朝命的藩镇，作为一代大儒的韩愈一向坚决反对藩镇割据，拥护统一，当然不赞同董邵南这样的人才离开名主，投奔河北，而是非常希望他能留下来寻求报国的机会。作为四门博士的韩愈虽然对举子求仕之艰辛有深切的体验，对人才饱受压制与摧折有深刻的认识，却无可奈何，但他还是主张招揽人才、削藩平镇，期盼着实现唐王朝的统一。所以我们就看到，韩愈在《董序》中希望董生能够留下来为当今明主服务。柳梦寅则正相反，他的用意是"勉"，即勉励友人到地方去，虽然从李廷龟的赠诗"南州甫疮痍"可想见壬辰倭乱后尚州的破败景象，但这恰恰是黄圣源大显身手的时机，即"字牧须君才"；而且"居移气，养移体"，地位和环境可以改变人的气质，奉养可以改变人的体质。"居移气，养移体"出自《孟子·尽心上》，其后文是"大哉居乎！"①。所以柳梦寅在此侧重于"居"，即黄圣源"居"此地（尚州）其实可以得到锻炼和进步，积累经验和政治资本，回到朝廷后必能"纵步于台省廊庙，以大行其志"。他在这里以充分的理由明白地告诉友人，去才是明智之选。不管是"留"还是"勉"，两位作序者的用心都可谓良苦。

从艺术上看，柳梦寅也受到韩愈的影响，其《黄序》与韩愈的《董序》表现出两方面的共同特色。

---

① 杨伯峻编著《孟子译注》，北京：中华书局，1960，第317页。

第一，一波三折，错落有致。

金圣叹《天下才子必读书》卷七云："送董邵南往燕、赵，却反托董邵南谕燕、赵归朝廷。命意既自沉痛，用笔又极顿折。看他只是百数十余字，凡作几反几复。"① 而《黄序》在结构上也有此顿折反复之特点。

首先，二者均以古事开篇。韩愈说"燕赵古称多感慨悲歌之士"，"感慨悲歌之士"应指乐毅、荆轲、高渐离等不朽的英雄人物，言外之意是董生将要投奔的河北曾经是一个出人才的地方。柳梦寅也说"岭之南，地鄙而人才"，"岭之南"即尚州郡，属庆尚北道。朝鲜朝文献《择里志》记载："庆尚道地理最佳……自高丽至我朝又将千年，上下数千年间，一道之内多出将相公卿、文章德行之士与夫树勋立节之人、仙释道流，号为人材府库。"② 二人都将议论置于深沉的文化背景中展开，引起读者的注意，让人展开充分想象，进而对即将远行之人的命运倍加关注。

接着，韩愈、柳梦寅都抛开古事不谈，而去说远行人所面临的现实处境，并将明利害之分、晓进退之法的家国之思贯穿全文，"将一篇本为朋友间一般送别意义的赠序提升到了另外一个境界"③。行文时，二者均用一个"矧"字，以假设的口吻引出下一重要话题，即提醒远行之人要认清当前的复杂环境，审时度势，做出正确的抉择。同时，不失时机地呈现自己的政治主张，以引发友人的思考或增加友人的信心。

收尾处，二者都附以期望之语、关注之事。韩愈托董邵南延揽乐毅、高渐离之类的人才出仕"明天子"，柳梦寅则进一步说岭南是地灵人杰之宝地，并"欲举家而移之"，其实这既是强化自己的主张，也是对开头古事的一种照应，反映了作者对朋友寄予厚望，希望其能够为恢复优良传统、报国强国而努力。也就是说，二者结尾仍然吸引人们追慕辉煌的过去，展望更加美好的未来，并都以请求进一步深化了主题。这种"深微屈曲"的方法使得全篇别有一番高情远韵。

---

① （清）金圣叹选评《天下才子必读书》，北京：中国国际广播出版社，1997，第262页。
② 〔朝〕李重焕：《择里志》，〔韩〕李翼成译，汉城：乙酉文化社，1971，第300页。
③ 张家壮：《高屋建瓴　大义微言——韩愈〈送董邵南序〉赏析》，《古典文学知识》2000年第6期，第12~16页。

第二，微言大义，语短情长。

为了更巧妙、更流畅地表达观点，二者均使用了关键语句，使上下文一气呵成，观点呼之欲出。《董序》的"风俗与化移易"是说燕赵古风早已荡然无存，董生此去并不合适。《黄序》的"居移气，养移体"意在表达赴任尚州是有好处的。社会风俗很容易改变人，人会随着境遇、地位的改变而改变，均重在一个"变"字。其实，这两句话都是立足于"变"，使友人分别知道"燕赵风气变焉""人与地易焉"的现实，进而改变初衷，为接受作者的主张做好铺垫。两处引用都属微言大义，值得对方深思。两位作者引用的目的很明确，即不是要强行导入某种观念，而是"引用"名人语录及"他人"（"尝闻"）的说法来强化自己的观点。韩愈以此最大限度地提醒了董邵南，而柳梦寅则以此减少了黄圣源的心理负担。使用这样的语句，无疑增强了作品的意味，也给作品增加了厚重感。两篇序虽然篇幅短小，却蕴含了两位作者对友人的同情、宽慰、鼓励、期盼等真挚深长的情意，都可谓语短情长。

当然，两篇赠序在行文气质（风格）方面的艺术差异也是很明显的。

韩愈、柳梦寅都秉承"文以明道"的儒家观念，时时刻刻明大义、识大体，表现了臣子对国家、君王的拳拳之心。不过，在此过程中，韩愈像一位师长，循循善诱、关怀入微；柳梦寅则作为朋友，设身处地地宽慰劝勉。韩愈不能认同董邵南失意之余欲转投河北藩镇的做法，但又无力改变其怀才不遇的境况，因此不便直陈其投身藩镇的错误，只好巧妙构思，期待董生慎择自己的去留。他多用暗示、点拨的手法劝导董生，如讲燕赵古风的今昔变化，委托其拜谒乐毅墓、延访民间豪杰等，还语重心长地两次强调"董生勉乎哉！"，才华出众（"怀抱利器"[①]）的董生自然也心知肚明。全文短小精悍，意旨幽深。而柳梦寅与黄洛同朝为官，私交也非常好，所以他以一个老朋友的口吻分析其家世、时局，展望其未来，娓娓道来，仿佛自家事。说黄洛的不幸遭遇，用"郁郁甚可怜哉！"，回顾黄洛的仕宦经历，用"甚不难乎？"，分析黄洛左迁的利弊形势，用"不亦宜乎？"，这些平白如家常话的语言直接说出，是老友之间

---

① 《三国志·魏书·陈思王植传》："植常自愤怨，抱利器而无所施。"[（晋）陈寿撰，（南朝宋）裴松之注，吴金华点校《三国志》，长沙：岳麓书社，1982，第384页。]韩愈暗用此典，隐含无限同情。

常用的交谈方式。柳梦寅还善用对比、比喻的方式说话,如"地鄙而人才""居鄙者布于内,居内者达于鄙""去膏就瘠""如水之投水"等,非常透彻地道出了自己的观点。结尾他还不失幽默,缓解了老朋友即将远行的失落和哀伤。所以从总体上看,《董序》写得含蓄委婉,令人深思回味;《黄序》则表达得坦诚直率,令人感觉爽快亲切。两种写法都符合作者各自身份及当时的情势,各有千秋。

王文濡《唐文评注读本》下册评《送董邵南游河北序》曰:"不及二百字,却又无数意思,无数波折,冷绝隽绝。"[①] 无论从思想内容还是从艺术上看,《送董邵南游河北序》都是千古赠序中的经典之作,并对柳梦寅的《送黄圣源洛出宰尚州序》产生了深刻影响。而柳梦寅又能根据属文对象和政局的具体情况,在行文风格、思想表达方面进行个性化的书写,因此二者都可谓笔致奇曲,也取得了各臻奇妙的艺术效果。

(二)柳梦寅《送韩山郡守李子信序》与柳宗元《送薛存义序》之比较

送韩山郡守李子信序
柳梦寅

余目方今病民之政多门,民皆如鼎鱼俎牺。而虽有喙三尺乎,恨发言之无所。今于李子之守韩也,敢以平昔欲哭者,列为三十字为赠:曰贡,曰田,曰屯,曰粮,曰银,曰宫,曰刷,曰别,曰收,曰骑,曰步,曰选,曰皂,曰水,曰漕,曰炮,曰防,曰盐,曰生,曰官,曰乡,曰畋,曰状,曰直,曰弓,曰厅,曰邻,曰族,曰豪,曰吏。此皆膏民血民、削肌剐骨民、啖嚼磔脟齑粉民者也。为守者善其政,则三十者不为民病而一邑安;不善其政,则三十者一皆病乎民而已,反为三十害之首。李子,仁者也。仁者之于为政,以公不以私。吾知韩之百政举,岂特三十得其善而已乎!李子曰:"蒙不知所谓,愿闻其详。"余乃疏而释之曰:"所谓贡者贡赋也,田者田税也,屯者官屯田也,粮者漕粮米也,银者接待天将之银也,宫者

[①] 高海夫主编《唐宋八大家文钞校注集评·昌黎文钞》,西安:三秦出版社,1998,第325页。

宫阙布也,刷者刷马也,别者别贡物也,收者别收米也,骑者骑兵也,步者步兵也,选者新选军也,皂者皂隶也,水者水军也,漕者漕卒也,炮者炮手也,防者别赴防也,盐者盐盆税也,生者岁贡生也,官者官屯田耕耘也,乡者乡任三色掌也,弓者弓弩监考也,畋者畋猎也,状者报状也,直者诸处守直也,厅者官厅所纳也,邻者切邻也,族者一族也,豪者豪强也,吏者奸吏也。"李子之郡,善行此三十字,毋谓询谋狂也。且吾闻恩之德元堂有石焉,宜勒字成碑。李子曾守林,林之民取而碑之,至今屹官道。异日者其将浮江而竖于韩如林乎?于是,李子解其绅,觅纸笔而书之曰:敬奉教。①

送薛存义序

柳宗元

河东薛存义将行,柳子载肉于俎,崇酒于觞,追而送之江之浒,饮食之。且告曰:"凡吏于土者,若知其职乎?盖民之役,非以役民而已也。凡民之食于土者,出其十一佣乎吏,使司平于我也。今我受其直、怠其事者,天下皆然。岂惟怠之,又从而盗之。向使佣一夫于家,受若直,怠若事,又盗若货器,则必甚怒而黜罚之矣。以今天下多类此,而民莫敢肆其怒与黜罚,何哉?势不同也。势不同而理同,如吾民何?有达于理者,得不恐而畏乎!"存义假令零陵二年矣。早作而夜思,勤力而劳心,讼者平,赋者均,老弱无怀诈暴憎,其为不虚取直也的矣,其知恐而畏也审矣。吾贱且辱,不得与考绩幽明之说,于其往也,故赏以酒肉而重之以辞。②

柳宗元谪居永州期间,送别离任的同乡——零陵县代理县令薛存义时,作了《送薛存义序》一文,表达赠别之情,但重点阐明了振聋发聩的"官为民役"的政治主张。林纾说:"柳州见解,可云前无古人。"③而谢枋得《文章轨范》卷五则肯定了此文艺术上的成就,认为"章法、

---

① 〔朝〕柳梦寅:《於于集》(《影印标点韩国文集丛刊》第63辑),汉城:韩国民族文化推进会,1991,第379页。
② (唐)柳宗元:《柳河东集》(《景印文渊阁四库全书》第1076册),台北:台湾商务印书馆,1986,第215页。
③ 林纾:《韩柳文研究法》,上海:商务印书馆,1933,第96页。

句法、字法皆好，转换关锁紧，谨严优柔，理长而味永"①。因此，此文也成为柳宗元赠序文的杰出之作。柳梦寅的《送韩山郡守李子信序》一文，对将要赴任的韩山郡守李子信提出希望并意味深长地反复叮嘱，其间也反映了他的一些政治见解。二序在思想内容、艺术形式方面颇为相似，又有所不同，以下简称《薛序》《李序》并进行比较。

《薛序》作于柳宗元被贬永州期间，《李序》作于柳梦寅被罢黜后隐居西湖期间，而二人先前都在朝廷任重职。正如范仲淹所说："居庙堂之高，则忧其民；处江湖之远，则忧其君。"两篇序文都反映了作者的民本思想。

二人都在序中指出了当时人民饱受各级官吏的剥削却敢怒而不敢言的社会现实，不约而同地表达了对人民的深切同情。柳宗元认为许多官吏就如家里雇用的强盗一样，"受若直，怠若事，又盗若货器"，"而民莫敢肆其怒与黜罚"。柳梦寅也说："余目方今病民之政多门，民皆如鼎鱼俎牺。""曰贡，曰田，曰屯……此皆膏民血民、削肌剐骨民、啖嚼磔脾齑粉民者也。"在这里，柳梦寅毫不掩饰地指出人民如鱼肉般成为统治者的盘中美餐，还一口气说了"贡、田、屯、粮、银"等三十种与人民生计、命运息息相关的事务，也是地方官吏经常以之鱼肉百姓而牟私利的三十个方面。但二人都没有仅停留在同情上，而是指出了解决问题的根本措施，那就是要处理好官民关系，即"凡吏于土者，若知其职乎？盖民之役，非以役民而已也。凡民之食于土者，出其十一佣乎吏，使司平于我也"（《薛序》），"为守者善其政，则三十者不为民病而一邑安"，所以"仁者之于为政，以公不以私"（《李序》）。概括而言，即"官为民役，非以役民"。这在等级森严的封建专制时代，无疑是一枚重磅炸弹。

二人民本思想的产生都有现实条件。处于贬谪和罢黜期间的柳宗元和柳梦寅都更近距离地接触到底层民众，看到了乱政给他们造成的苦难。永州之民"殚其地之出，竭其庐之入，呼号而转徙，饥渴而顿踣，触风雨，犯寒暑，呼嘘毒疠，往往而死者相藉也"（《捕蛇者说》）②；朝鲜在

---

① （南宋）谢枋得编《文章轨范》（《景印文渊阁四库全书》第1359册），台北：台湾商务印书馆，1986，第596页。

② （唐）柳宗元：《柳河东集》（《景印文渊阁四库全书》第1076册），台北：台湾商务印书馆，1986，第157页。

内忧（"三政"等各种制度的疯狂盘剥）、外患（壬辰战争）的双重打击下也是民不聊生，如柳梦寅所见："百姓嗷嗷，剐肌醢骨，左啖右齰，如入汤鼎之里。其夫负妻戴而去也，填坑仆壑，磔犬流尸者相藉。虽其存者，鹊借鸠巢，张换李室，举八道无一安栖。"（《赠表训寺僧慧日序》）①原本就有深厚儒家思想的柳宗元和柳梦寅此时更加认识到了人民对国家和统治者的重要性，于是，他们均将关注的目光转向水深火热之中的民众。柳宗元在《贞符》中说"唐家正德受命于生人之意"，意思是说，唐王朝能够建立，不是依靠上天恩赐，而是取决于人民的意愿即民心所向。柳梦寅也认为"凡朝家宗庙百官军旅之需及大小经费资用于缓急者，悉征于四方万民。输诸上都而仓钟之，然后国家之命脉达焉。是以……国赢民赖"（《送海运判官曹佶诗序》）②，并表示"余儒者也，向者事事于国，将父母我生民"（《赠乾凤寺僧师洽序》）③，表达了对人民的尊敬。

带着对人民的敬意和同情，二人十分希望能成为"人民之役"而忠实地为人民服务，以改变人民的命运，但是他们因被贬谪或罢黜而无法实现愿望（柳梦寅作此文第二年，因忠于被废的光海君被杀），只好对自己的朋友和其他清正官吏寄予厚望。所以，在这两篇赠序中，他们看似在鼓励劝勉或者叮嘱将别之人，其实是借送人之机抒发自己的感慨，诉说自己的愿望，也是其民本思想的热切表达。

柳宗元民本思想的来源很容易找到，如孙昌武先生所言："柳宗元在政治思想上，在历史观念上，接受的主要是儒家思想。……柳宗元在儒家思想的传承中，是个重要的、有贡献的人物。他作为一代文化伟人，成就是多方面的。如发展朴素唯物主义思想和进步的社会史观，等等。其中一个重要方面是他发挥了儒家的人本思想，并形成为理论，贯彻为政治主张，提升为历史观念，从而把儒家思想大大向前发展了一步。"④

---

① 〔朝〕柳梦寅：《於于集》（《影印标点韩国文集丛刊》第63辑），汉城：韩国民族文化推进会，1991，第384页。
② 〔朝〕柳梦寅：《於于集》（《影印标点韩国文集丛刊》第63辑），汉城：韩国民族文化推进会，1991，第376页。
③ 〔朝〕柳梦寅：《於于集》（《影印标点韩国文集丛刊》第63辑），汉城：韩国民族文化推进会，1991，第386页。
④ 孙昌武：《柳宗元的"民本"思想及其现代意义——在第三届柳宗元国际学术研讨会上的演讲》，《柳州师专学报》2005年第1期，第7~11页。

柳梦寅的儒家思想也来源于中国。朝鲜朝"至第九代成宗时，文物制度皆已确立，儒教思想皆已普及于庶民阶层，奠定了朝鲜王朝五百年的基础"①，"而且在某种意义上讲，它是比儒学的诞生地中国更加遵从儒家文化的国家"②。柳梦寅出身儒学世家，从小就开始受儒家文化熏陶，儒家思想在其观念中根深蒂固。从儒家思想发展的角度看，他的民本思想也和柳宗元一脉相承。

不仅如此，《李序》和《薛序》在写作目的和艺术上也有相同之处。其一，写作目的相同。两篇赠序篇幅都很短小，且没有以往赠序的叙友情、惜别情的成分，而是主要探讨了当时由官吏搜刮导致的民生之艰，并大胆地提出"官为民役"的观点，这明显是借赠别来表达自己的政治立场，已经超越以往赠序的文体特征。其二，二者在表达观点时，都力图简练、形象，主要运用了比喻和对比两种手法。如《薛序》说"向使佣一夫于家，受若直，怠若事，又盗若货器"，把贪婪凶残的官吏比作家中雇用来的无赖、盗贼；《李序》则认为"民皆如鼎鱼俎牺"，把受盘剥的人民比作任人宰割压榨的鱼肉。再看对比，"盖民之役，非以役民而已也"，"今我受其直、怠其事者，天下皆然。岂惟怠之，又从而盗之"（《薛序》）。官吏本是民之役，应该为人民服务，可实际上却做着害民的事。这一对比极具讽刺效果。《李序》说："为守者善其政，则三十者不为民病而一邑安；不善其政，则三十者一皆病乎民而已，反为三十害之首。"官吏善其政，则安民；不善其政，则病民。简单的对比，鲜明地表达了作者对官民关系的爱憎态度。

然而，两篇序文毕竟来自不同的国家、不同的时代、不同的作者，所以虽然文体相同，政治思想相近，表现手法也相同，但还是体现出迥然不同的艺术风格。首先，从表达上看，《薛序》更简洁，更精练，不管是论述官民关系还是赞扬薛存义的政绩，都点到为止，不拖泥带水，使得短短200余字蕴含着非常丰富的思想内涵。《李序》则相对详尽细致，如在谈到官吏容易犯的错误时，就一口气列出了三十条，并一一做了解释，让对方明白无误，虽详尽却有烦冗之嫌。其次，尽管两位作者

---

① 〔韩〕柳承国：《韩国儒学史》，傅济功译，台北：台湾商务印书馆，1989，第114页。
② 徐远和主编《儒家思想与东亚社会发展模式》，南宁：广西人民出版社，2002，第210页。

在谈到官吏搜刮、人民困苦时都饱含爱憎情感，但两篇序在结构、情感抒发的强度和节奏上明显不同。《薛序》先说饯行，接着说官吏职责，探讨官民关系，再赞扬薛存义政绩，最后又回到饯行，结构完整、缜密，节奏比较平缓，感情也表达得比较含蓄，没有直接抒情的部分。作者对薛存义提出希望和要求也比较委婉，没有直接说他该如何如何。《李序》则开门见山，表达得很直率："余目方今病民之政多门，民皆如鼎鱼俎牺。而虽有喙三尺乎，恨发言之无所。今于李子之守韩也，敢以平昔欲哭者，列为三十字为赠。"首先说人民如何受苦，自己如何悲愤，接着就迫不及待地送对方三十字，其实就是自己的要求和希望。这样还觉得不够，又反复说"李子，仁者也。仁者之于为政，以公不以私""李子之郡，善行此三十字"，唯恐对方不理解自己的意图，愿望之迫切、情感之强烈是《薛序》所不及的。

从比较中我们能看到柳梦寅是受了柳宗元影响的，但他不是完全模仿柳宗元，而是在吸收其精华的基础上形成了自己的特色。总体上看，《李序》不如《薛序》精练、缜密，但在感情和气势上略胜一筹，也不失为赠序文中之佳作。

通过和韩、柳散文的细致比较，可以得出这样的结论：柳梦寅确实是"用韩、柳文立模范"，但在思想内容和艺术方面都有所创新，表现了自己的特色。

第三节　援引中国文化典故

文学创作中的"典故"就是诗文中引用的古代故事和有来历出处的词语、句子。在进行诗文创作中运用这些故事和词语、句子简称"用典"，所运用的典故如果是古代故事，也叫"用事"。用典是古人作诗撰文常用的手段之一，合理适当地用典往往能收到"夺胎换骨""点铁成金"的艺术效果。因此许多著名的文学家如李白、杜甫、韩愈、柳宗元、苏轼、黄庭坚等都是用典的高手。用典也是朝鲜文人极常用的作诗撰文之法。

柳梦寅精通中国文化，熟悉中国历代典籍，经常将中国的各类文化典故信手拈来，引进自己的文章，辅助自己更好地说理、讽喻或抒情、言志。用典也使他的散文具有了更丰富、更深厚的中国文化意蕴和更强的艺术感染力。

一 援引中国文化典故的类型、方式

柳梦寅的散文用典频繁，所用典故的类型丰富多彩，有各类事典和各类语典；用典的角度和方式灵活多样：有的正用，有的反用；有的明用，有的暗用；有的单用，有的叠用。

（一）丰富多彩的典故类型

刘勰的《文心雕龙》将用典分为"引成辞以明理""举人事以征义"（《事类》）① 两类，就是后人所分的语典和事典。在柳梦寅的散文中，语典和事典都很丰富。

柳梦寅常用的语典主要有各类典籍中的原句、有来历出处的词语、化用的词句、俗语谚语等。

用典籍中的原句，如："《书》曰：'帝德广运，乃圣乃神，乃武乃文。'非益谀舜也，舜之德即然也。《诗》曰：'穆穆文王，於缉熙敬止。'非周公私文王也，文王之德即然也。"（《上尊号启辞序甲辰》）② 在此，柳梦寅引《尚书》《诗经》中赞美舜和文王之语来赞美朝鲜的宣祖，以求宣祖接受群臣所上的尊号。

用有来历出处的词语，如："今夫箪食壶浆，一微物也，苟救我饥渴之际，人犹思济于兵戈矢石之难。"（《赠别奇允献守安岳序》）③ "箪食壶浆"语出《孟子·梁惠王下》："箪食壶浆以迎王师，岂有他哉？避水火也。"④

化用的词句，如："犹欲兔者，既得而忘蹄。"（《答柳正字书侄活》）⑤

---

① 周振甫：《文心雕龙今译》，北京：中华书局，1986，第335页。
② 〔朝〕柳梦寅：《於于集》（《影印标点韩国文集丛刊》第63辑），汉城：韩国民族文化推进会，1991，第346页。
③ 〔朝〕柳梦寅：《於于集》（《影印标点韩国文集丛刊》第63辑），汉城：韩国民族文化推进会，1991，第519页。
④ 杨伯峻编著《孟子译注》，北京：中华书局，1960，第44页。
⑤ 〔朝〕柳梦寅：《於于集》（《影印标点韩国文集丛刊》第63辑），汉城：韩国民族文化推进会，1991，第407页。

这是从《庄子·外物》中"蹄者所以在兔,得兔而忘蹄"① 一句化来。

用俗语谚语,如:"尝闻谚曰:'老人有三反常,昼多眠夜无眠,一反常也;笑有泪哭无泪,二反常也;少年事不忘,中年近年事忘之,三反常也。'"(《题金得之大德令公诗卷后诗序》)②

柳梦寅常用的事典更加广泛和丰富,主要有神话故事、历史故事、传说故事、文人及诗文作品故事等。

用神话故事,如:"今者尹继善,文章士也。彼苍者,其知东国鲜文章,命尹继善生于兹欤!何其摘章缀词,若以天孙机杼,织成五色云锦,日挥百箱纸素而不暇给耶!"(《送平安都事尹继善序》)③ "天孙"即织女,柳梦寅借神话故事中织女巧织云锦来赞美尹继善善作文章。

用传说故事,如:"彼老聃以天下为隘,骑青牛而出关。况今天下一家,吾君之所父母在彼,入关求达于上国,有何妨哉!吾虽老,亦有志于斯焉。李君岂无意乎?"(《送冬至使李昌庭序》)④ 老子骑青牛出关是一个流传不衰的道家传说故事,柳梦寅借这个故事鼓励李昌庭入关到中国扬名以求显达。

用历史故事,如:"凡朝家宗庙百官军旅之需及大小经费资用于缓急者,悉征于四方万民。输诸上都而仓钟之,然后国家之命脉达焉。是以,萧何之转粟关中,寇恂之给饷河内,耿寿昌之岁输四百万,刘晏之恒运数十万,国赢民赖,运祚随昌,皆须得其人以济也。"(《送海运判官曹佶诗序》)⑤ 萧何、寇恂、耿寿昌和刘晏都是历史上著名的政治家或经济专家,都以为战争提供军需物资或战后恢复经济做出了巨大贡献而著称并流芳百世(详见第四章第二节)。

用文人及诗文作品故事,如:"吁,世衰矣,文字之误人多矣。昔者

---

① (清)王先谦:《庄子集解》(《新编诸子集成》本),北京:中华书局,1987,第244页。
② 〔朝〕柳梦寅:《於于集》(《影印标点韩国文集丛刊》第63辑),汉城:韩国民族文化推进会,1991,第516页。
③ 〔朝〕柳梦寅:《於于集》(《影印标点韩国文集丛刊》第63辑),汉城:韩国民族文化推进会,1991,第527页。
④ 〔朝〕柳梦寅:《於于集》(《影印标点韩国文集丛刊》第63辑),汉城:韩国民族文化推进会,1991,第365页。
⑤ 〔朝〕柳梦寅:《於于集》(《影印标点韩国文集丛刊》第63辑),汉城:韩国民族文化推进会,1991,第376页。

作《百一》诗,获罪当世者有之;咏桧赋盐,以招时谤者有之。况今诗案被谴,前后不甚鲜,可不惧哉?近代郑判书宗荣不诲子弟以诗,闵右相梦龙亦以诗为祸阶,平生不作一句诗。是虽似近俗,而亦处世之良筹也。足下何以曰不拘时畏谤,得古道甚耶?然而近读李杜诗,杜诗语多触讳,直斥李林甫曰:'阴谋秉钧。'"(《答崔评事有海书》)① 在这封书信中,柳梦寅要和朋友说因作诗文而获罪的事,所以用了相关的三个典故。一是应璩作《百一》诗讽谏获罪之事。《三国志·魏书·王卫二刘傅传》注引《文章叙录》曰:"曹爽秉政,多违法度,璩为诗以讽焉。其言虽颇谐合,多切时要,世共传之。"②《文心雕龙·明诗》也说:"应璩《百一》,独立不惧,辞谲义贞,亦魏之遗直也。"③ 二是"乌台诗案"之典。1079 年,北宋朝廷御史台(旧称"乌台")派人将刚到湖州任上的苏轼押送回汴京,原因是他作讽盐禁诗(《山村五绝》:"岂是闻韶解忘味,尔来三月食无盐。")④ 和讽桧诗(《王复秀才所居双桧二首》:"根到九泉无曲处,世间惟有蛰龙知。")⑤,有人诬陷他讽刺朝廷和意欲谋反。三是杜甫在《奉赠鲜于京兆二十韵》诗中指责李林甫一事。其诗曰:"破胆遭前政,阴谋独秉钧。微生沾忌刻,万事益酸辛。"⑥意思是,回忆当年李林甫执政,真叫人闻之丧胆,他善于玩弄阴谋诡计,专权跋扈,连"我"一介书生,都受到了他的忌妒和陷害。

(二) 灵活多样的用典方式

"作者使用典故来表达自己的事情、态度和情感,一般情况下,可以找到适切的典故,基本不改变其原义而使用于文中。但典故毕竟不是为后世作者而设,所以有时便不得不对典故原义做些引申、改造,而后加

---

① 〔朝〕柳梦寅:《於于集》(《影印标点韩国文集丛刊》第 63 辑),汉城:韩国民族文化推进会,1991,第 554 页。
② (晋)陈寿撰,(南朝宋)裴松之注,吴金华点校《三国志》,长沙:岳麓书社,1982,第 409 页。
③ 周振甫:《文心雕龙今译》,北京:中华书局,1986,第 60 页。
④ (宋)苏轼:《东坡全集》(《景印文渊阁四库全书》第 1107 册),台北:台湾商务印书馆,1986,第 97 页。
⑤ (宋)苏轼:《东坡全集》(《景印文渊阁四库全书》第 1107 册),台北:台湾商务印书馆,1986,第 94 页。
⑥ 《御选唐宋诗醇》(《景印文渊阁四库全书》第 1448 册),台北:台湾商务印书馆,1986,第 296 页。

第五章　柳梦寅散文的创作艺术与中国文化

以使用。"① 柳梦寅在创作时，就经常以不同方式、不同角度、不同侧面运用中国文化典故。

1. 正用和反用

正用就是在诗文中用典时不改变原典的意义，即"故事与题事正用者也"（陈绎曾《文说·用事法》）②。

当柳梦寅被罢黜后，隐居于金刚山寺中，曾对那里的小和尚说："况余傥来之寄，粗享于既往，而始蹇终泰，亦不可豫料。伊尹已老而耕于有莘，太公白首而钓于渭滨。今吾之年貌，比两公尚少年也。青山绿水，苟有继其饘粥，更何规规于小人之怀土乎？"（《赠金刚山三藏庵小沙弥慈仲序》）③ 传说伊尹辅佐商朝直到近百岁，太公90岁在磻溪钓鱼，得遇文王，被重用，柳梦寅在此用这两个典故说明自己虽年岁已高而不得志，但说不定也会有伊尹和太公那样的好运气，有一天也会被发现，被重用。这就是典型的正用典故。

反用典故即"故事与题事反用者也"（陈绎曾《文说·用事法》）④。如柳梦寅在《送光州牧使李养源庆涵绝句序》中，连用五个古人以各种方式送别的典故。第一个典故是"薛君馈孟子以金"，见于《孟子·公孙丑下》："当在薛也，予有戒心；辞曰：'闻戒，故为兵馈之。'予何为不受？"⑤ 第二个典故是"子产赠季札以纻"，出自《左传·襄公二十九年》："（吴季札）聘于郑，见子产，如旧相识。与之缟带，子产献纻衣焉。"⑥ 第三个典故是"昔者绕朝赠行以鞭"，出自李白的诗歌《送羽林陶将军》："莫道词人无胆气，临行将赠绕朝鞭。"⑦ 第四个典故是"古人于送行，折柳枝以赠"，这是诗文中最常见的，最早见于《诗经·小

---

① 罗积勇：《用典研究》，武汉：武汉大学出版社，2005，第79页。
② 商务印书馆《四库全书》工作委员会编《文津阁四库全书》（第496册），北京：商务印书馆，2005，第84页。
③ 〔朝〕柳梦寅：《於于集》（《影印标点韩国文集丛刊》第63辑），汉城：韩国民族文化推进会，1991，第381页。
④ 商务印书馆《四库全书》工作委员会编《文津阁四库全书（第496册）》，北京：商务印书馆，2005，第84页。
⑤ 杨伯峻编著《孟子译注》，北京：中华书局，1960，第93页。
⑥ 杨伯峻编著《春秋左传注》，北京：中华书局，1981，第1166页。
⑦ （唐）李白著，（清）王琦注《李太白全集》，北京：中华书局，1977，第800页。

雅·采薇》："昔我往矣，杨柳依依；今我来思，雨雪霏霏。"① 最后一个典故是"杯水之饯"："古人送太守，有以杯水者。水味淡，不宜以飨尊客。宜以一壶春酒，追送于汉江之滨也。"《隋书·赵轨传》记载："高祖嘉之……征轨入朝。父老相送者，各挥涕曰：'……公清若水，请酌一杯水奉饯。'轨受而饮之。"② 但柳梦寅认为这些古人赠以金钱、纻衣、马鞭、柳枝、清水送别的方式或者不合适，或者自己没有，所以自己并不能这样做。这种所说之事与所用之典相反的做法就是反用典故。

2. 明用和暗用

根据用典的显与隐，又可分为明用和暗用。明用典故就是直接告诉读者自己用了典故或说明所用典故出处，也有的不做说明，但会有一些提示性的词语如"尝闻""古人云""所谓""昔者"等，读者一看就知道是用了典故。柳梦寅在散文中明用典故的例子如："盖古圣人于山水，只取其重于道，而不尚乎景物也。孔子曰：'仁者乐山，智者乐水，其所乐不在山水而在仁智。'又曰：'逝者如斯。'又曰：'美哉水洋洋。'皆意有所寓，非直爱其物称之也。"(《报郑进士梦说书》)③ 作者已经说明自己所用典故的出处。再如："古人以'风雨鸡鸣'，称君子临乱不改其操。"(《题〈诗经〉郑卫风后》)④ "风雨鸡鸣"出自《诗经·郑风·风雨》："风雨如晦，鸡鸣不已。既见君子，云胡不喜？"⑤《毛诗序》的解释是："乱世则思君子不改其度焉。"⑥ 作者虽然不提典故的出处，但也说明了是"古人……称"，读者便知是用了典故。

暗用典故是"用故事之语意，而不显其名迹"（陈绎曾《文说·用事法》）⑦。也就是把古事、古论暗藏于诗文之中："散文用事，当如水中

---

① 周振甫译注《诗经译注》，北京：中华书局，2002，第 243 页。
② （唐）魏徵等撰《隋书》，北京：中华书局，1973，第 1678 页。
③ 〔朝〕柳梦寅：《於于集》（《影印标点韩国文集丛刊》第 63 辑），汉城：韩国民族文化推进会，1991，第 408 页。
④ 〔朝〕柳梦寅：《於于集》（《影印标点韩国文集丛刊》第 63 辑），汉城：韩国民族文化推进会，1991，第 555 页。
⑤ 周振甫译注《诗经译注》，北京：中华书局，2002，第 127 页。
⑥ （汉）毛亨传，郑玄笺，（唐）孔颖达疏，陆德明音义《毛诗注疏》（《景印文渊阁四库全书》第 69 册），台北：台湾商务印书馆，1986，第 305 页。
⑦ 商务印书馆《四库全书》工作委员会编《文津阁四库全书》（第 496 册），北京：商务印书馆，2005，第 84 页。

着盐，但存盐味，不见盐质。"(《春觉斋论文·述旨》)① 暗用典故，"若出诸己"，"不露痕迹"，因此，一般人在不知道它用典的情况下，也能基本了解它的意思。但如果知道其中的典故，就会更深一层地把握其含义。如柳梦寅在《赠别奇允献守安岳序》中说："吁，兄姑去矣。余之为阁下地，岂在兄一出入之间哉？余之期待，实在于三代。而其地位又非屠狗卖浆之贱，为阁下结草于异日者，非余而谁哉！惟吾兄识之。"② 柳梦寅说自己的地位非"屠狗卖浆"之贱，便暗用了《史记》中的典故。《史记·樊哙传》曰："舞阳侯樊哙者，沛人也。以屠狗为事，与高祖俱隐。"③《史记·魏公子列传》曰："公子闻赵有处士毛公藏于博徒，薛公藏于卖浆家。"④ 在古代，"屠狗"和"卖浆"都是卑贱的职业，如果不知用了典故，从词语本身也能了解文义。但如果知道了它的出处和原义，便能更好地理解了。

3. 单用和叠用

单用典故是指"为了叙述一个物件，在一个句子或一个句群内只引用一个典故"⑤。柳梦寅在《赠吏曹参判行司宪府掌令宋公承禧墓碣铭并序》中说："先生赋性端雅温重，养偏亲奉先禮，咸尽孝诚。辑先考妣笔迹，帖诸庙中，以寓羹墙之慕。"⑥ 为了赞美宋承禧怀念父母的举动，柳梦寅单用了"羹墙"这一语典。"羹墙"语出《后汉书·李固传》："昔尧殂之后，舜仰慕三年，坐则见尧于墙，食则睹尧于羹。"⑦ 后来就以"羹墙"喻追念前辈或仰慕圣贤。

叠用典故是指"为了叙述一个物件，在一个句子或句群内引多个典故"⑧。在柳梦寅的散文用典中，叠用中国文化典故的例子非常多。如朋友崔有渊从《庄子》《史记》《汉书》《文选》，以及韩愈、柳宗元的文

---

① 林纾著，范先渊校点《春觉斋论文》，北京：人民文学出版社，1959，第44页。
② 〔朝〕柳梦寅：《於于集》(《影印标点韩国文集丛刊》第63辑)，汉城：韩国民族文化推进会，1991，第519页。
③ （汉）司马迁：《史记》，北京：中华书局，1959，第2651页。
④ （汉）司马迁：《史记》，北京：中华书局，1959，第2382页。
⑤ 罗积勇：《用典研究》，武汉：武汉大学出版社，2005，第206页。
⑥ 〔朝〕柳梦寅：《於于集》(《影印标点韩国文集丛刊》第63辑)，汉城：韩国民族文化推进会，1991，第563页。
⑦ （南朝宋）范晔撰，（唐）李贤等注《后汉书》，北京：中华书局，1965，第2084页。
⑧ 罗积勇：《用典研究》，武汉：武汉大学出版社，2005，第206页。

章中选录一些篇章编成了《文章指南》,让柳梦寅作跋。"指南"原意为行路时辨别方向的依据,后多用来形容指引做事情的方法、技巧、规则等。"文章指南"即作文章的依据。柳梦寅极尽其用典之能事,叠用 20个典故来论证《文章指南》的重要作用。这些典故有的从正面强调"指南"的作用,如开篇就非常切题地用了传说中"昔黄帝与蚩尤战于涿鹿之野,蚩尤能作大雾,黄帝作指南车克之"这一典故,后又用了"老马识途"和"蚁穿九曲珠"的典故。更多的典故是从反面论证没有正确"指南"的损失。如当年项羽和刘邦决战后逃跑,"项王至阴陵,迷失道,问一田父,田父绐曰'左'。左,乃陷大泽中。以故汉追及之"(《史记·项羽本纪》)①。田父指示了错误的路线,以至于使项羽陷入绝境。柳梦寅还叠用了《世说新语·排调》中的"盲人骑瞎马"、《吕氏春秋·察今》中的"引婴投江"、《战国策·魏策》中的"南辕北辙"等17 个典故从反面论证了行路和做事情没有"指南"或"指南"错误所导致的后果。这些典故叠加起来,足以证明《文章指南》对文人创作的重要性了。

二 援引中国文化典故的作用、效果

柳梦寅在散文中大量援引中国文化典故,这些典故也确实发挥了显著的作用,增强了表达效果,为他的文章增色不少。概括而言,柳梦寅散文用典的作用、效果主要表现在以下几个方面。

(一) 更具权威性、说服力

"因为文章总是写给人看的,目的当然在宣传或抒发自己的主张,这就存在着如何使你宣传的主张让人信服。办法多种多样,其中引用古人经典的、闪烁着智能之光的言论和有代表性、典型性的故事,确实能增强文章的说服力。"② 尤其是古代的散文大部分是为实用而作,更需得到认可或达到某种目的。柳梦寅充分认识到这一点,于是经常用典以增加文章的权威性、说服力。比如,儒家经典在朝鲜的思想领域具有绝对的权威地位,而柳梦寅经常以"孔子曰""孟子曰""《书》曰""《诗》

---

① (汉) 司马迁:《史记》,北京:中华书局,1959,第 334 页。
② 祝鼎民:《典故知识查检》,北京:知识出版社,1992,第 211 页。

曰"等儒家经典言论来说理、言志,这就充分利用了这些经典的权威性,使自己的观点更有说服力。

柳梦寅有一个庶出的女儿,这个女儿很不幸,婚后还没有生育丈夫就死了。夫家决定让她在山上墓地守灵三年。柳梦寅及家人不希望年轻的女儿受罪,希望能将其接回娘家居住。于是柳梦寅写信给女儿夫家说:"父母之情,尤不忍于此。寡女闻令有是命,其意欲往守丘墓。愚夫人戒其女曰:'尝观《谚解〈小学〉》,妇女未嫁从父,既嫁从夫,夫死从子,无子复从父。今汝青年寡妇而又无子,从夫之伯叔兄,独处空山,是何礼乎?虽死不可从。'妇人虽愚,其言则圣贤之训也。于令意何如?伏乞使几筵归其妻,而寡女依于其父母,使情、礼两得,幸甚。"(《与崔参议铁坚书》)① 柳梦寅要接回女儿的理由是"妇女未嫁从父,既嫁从夫,夫死从子,无子复从父",据柳梦寅说此语出于《谚解〈小学〉》。"朱子的《小学》一书,是中国教育史上影响较大的一部蒙学教材。……主要是由朱子的门人刘清之编类,最后由朱子修改删订,并作《序》和《题辞》。……该书不仅是宋元直至明初极为流行的小学教材,同时它所倡导的以'做人样子'为核心,即以人格的熏陶和培养为小学阶段首要任务的思想,在蒙学史上也产生了很大的影响。"② 从14世纪末15世纪初开始,朱子学成为朝鲜的正统思想,朱子学的各种著作在朝鲜都被当作权威性著作。朱子《小学》是礼俗教育中的核心课程,也是各级学校的启蒙教材,朝鲜的世子也必须先学《小学》。此外,该书还是科举考试的必考科目。因此,"从某种程度上说,该书在朝鲜被推崇的时间跨度和波及的影响领域均超过了中国,它在朝鲜文化史上的意义绝不仅仅是一部蒙学教材,而是渗透到政教、文化等各个层面,产生了很大的影响"③。为了在朝鲜全国范围内推行《小学》教育,朝鲜又撰成《谚解〈小学〉》。《谚解〈小学〉》就是朝鲜用自己的语言文字翻译、注释朱子《小学》的版本,基本内容不变,但根据朝鲜的具体情况略有修改或补

---

① 〔朝〕柳梦寅:《於于集》(《影印标点韩国文集丛刊》第63辑),汉城:韩国民族文化推进会,1991,第551页。
② 蔡雁彬:《朱子〈小学〉流衍海东考》,《南京大学学报》(哲学·人文科学·社会科学)2002年第4期,第96~105页。
③ 蔡雁彬:《朱子〈小学〉流衍海东考》,《南京大学学报》(哲学·人文科学·社会科学)2002年第4期,第96~105页。

充,如"无子复从父"就不见于朱子《小学》。有了谚解,连朝鲜的妇女和儿童也能读懂《小学》,这也使《小学》在朝鲜的礼俗、教育领域更具有权威性。柳梦寅在给亲家的书信中引用《谚解〈小学〉》的内容并强调让女儿回娘家是"情、礼两得",正是利用了《小学》在礼俗领域的权威性和影响力,因此,这个典故的运用无疑让柳梦寅的请求更具有说服力。

再如 1604 年,因朝鲜战胜了日本侵略者,群臣为宣祖上尊号,宣祖推辞不受,原因是,壬辰战争的胜利不是他一个人的功劳,而是全国军民共同奋战的结果。柳梦寅作《政院请上尊号启再启》① 请求宣祖接受尊号。他以"大禹治水"的典故来劝谏:当初大禹治水也是因九州之民共同努力才成功的,"而天之锡②圭也,禹独受之不辞",现在宣祖"拨乱之功,无异于导刊",所以就应该接受尊号。禹的事迹尽人皆知,禹的功劳世人没齿难忘。几千年来,人们一直把禹当成治水英雄、圣贤之君。用禹的故事来劝谏就更有说服力,更容易令人信服。正所谓"若夫文之以喻人也,征于旧则易为信,举彼所知则易为从"③。

(二) 更具形象性,表达效果更鲜明、生动

古人的许多实用性文章,今人却将其作为文学作品来欣赏。这就是因为古人作文章往往是将实用性与文学性融于一体,有意将具体的事情和许多抽象的道理用形象化的方式来表达,以增强表达效果,这样更容易达到目的。柳梦寅的多数文章就是如此,而他将说理、言志、抒情形象化的一个重要方式就是用典。

柳梦寅被罢黜后,在给朋友的赠序中这样表述自己:"矧余之微有抱负,其自期不下于古人。而举世弃之,曾不若腐鼠。"(《赠别奇允献守安岳序》)④ 他觉得自己不仅理想无法实现,还被世人弃如腐鼠。"腐鼠"一词出自《庄子·秋水》:

> 惠子相梁,庄子往见之。或谓惠子曰:"庄子来,欲代子相。"

---

① 〔朝〕柳梦寅:《於于集》(《影印标点韩国文集丛刊》第 63 辑),汉城:韩国民族文化推进会,1991,第 403 页。
② 通"赐"。
③ 黄侃:《文心雕龙札记》,上海:上海古籍出版社,2006,第 166 页。
④ 〔朝〕柳梦寅:《於于集》(《影印标点韩国文集丛刊》第 63 辑),汉城:韩国民族文化推进会,1991,第 519 页。

于是惠子恐，搜于国中三日三夜。庄子往见之，曰："南方有鸟，其名为鹓雏，子知之乎？夫鹓雏发于南海而飞于北海，非梧桐不止，非练实不食，非醴泉不饮。于是鸱得腐鼠，鹓雏过之，仰而视之曰：'吓！'今子欲以子之梁国而吓我邪？"①

"腐鼠"原指腐败的死老鼠。在这个寓言中，庄子将梁国相位比作腐鼠，以表达自己根本就不屑一顾。后来"腐鼠"就用来比喻微贱而不值一提的人或事物。柳梦寅以"腐鼠"自喻，就将某些人对自己的厌恶、排斥的态度表达得非常形象、生动。

柳梦寅曾为朋友作《晚香堂记》，"晚香"虽是屋名，实际却象征人的品质，简单概括就是：人老了也依然能有所作为。这样虽说出了"晚香"的实质，但表达效果不生动、不鲜明。柳梦寅于是巧妙地借朋友之口用两个典故解释了何为"晚香"："伊尹七十就汤，辅太甲为阿衡，斯香也晚；太公八十佐文王，九十相武王成王业，斯香也晚。"② 伊尹七十岁开始辅佐商汤，太公八十岁辅佐文王，九十岁相武王成大业，这是家喻户晓的故事，无须过多解释，就将人的"晚香"表述得十分生动、鲜明了。

再如柳梦寅以语出《后汉书》的"羹墙"表达对圣贤或长辈的追念，以语出《庄子》的"枯鱼"比喻无法挽救的绝境，以出自《周礼·春官·乐师》的"释菜"（"入学者，舍菜，合舞"③）比喻尊敬老师，都是用典故以使表达形象、鲜明的典型例子。

（三）委婉含蓄、意味无穷

有时用典也能使文章取得委婉含蓄、意味无穷的艺术效果。如初唐王勃在《滕王阁序》中说："冯唐易老，李广难封。"这正是借李广、冯唐的典故委婉地吐露了自己"怀才不遇"的心声。柳梦寅的散文也多处用典故来抒情言志，取得了委婉含蓄的表达效果，令人回味无穷。

---

① （清）王先谦：《庄子集解》（《新编诸子集成》本），北京：中华书局，1987，第148页。
② 〔朝〕柳梦寅：《於于集》（《影印标点韩国文集丛刊》第63辑），汉城：韩国民族文化推进会，1991，第536页。
③ 《十三经注疏》整理委员会整理，李学勤主编《十三经注疏·周礼注疏》，北京：北京大学出版社，1999，第603页。

柳梦寅的侄子柳洸是一个才子,但没有得到充分重视。柳梦寅的《送洸侄游洪州序》曰:

> 敦和醇懿,忠信恢坦,盛为流辈所称。又通《论语》、《孟子》……为文操笔立书,沛然若水之建瓴。人皆曰柳氏有子,自丱角,求举进士。虽未能遽收摘髭之功,而高捷魁科。……而卒不幸见黜焉。今年春,又举国子试。运翰如飞,词意俱融。日之方中,纳卷而回。朋侪拱手咸听其指使,一场聚首而称曰:"今日之举,柳某当为冠。"及其金莲之榜揭于丹闱,则以雍齿尚侯。①

对此,柳梦寅觉得十分惋惜,于是遗憾地说:"而以李广不封,莫非命也,岂可以人力为哉!"他同样用"李广难封"的典故含蓄地表达侄子的怀才不遇。此典故出自《史记·李将军列传》,李广与从弟李蔡俱事汉,"蔡为人在下中,名声出广下甚远,然广不得爵邑,官不过九卿,而蔡为列侯,位至三公"②。后人把这种现象称为"李广难封"。"李广难封"是因为当时的统治者不能充分重视人才,用人制度不合理。柳洸的才高而不得志又是因为什么呢?柳梦寅没有说,这恰好给读者留下了思考的空间,让读者从李广的故事中去寻求答案。

柳梦寅的亲戚郑泽雷是一个秀才,屡试不第。柳梦寅写信给他说:"所谓指南无异道,惟在多读多制。昔陈尧佐称卖油翁手熟,夫泻油钱孔,不濡钱文,为其专攻不放手。"(《与郑秀才泽雷书》)③ 柳梦寅想要说的是郑泽雷还是用功不到,所以想要劝勉其多读书、多作文,但郑当时已经三十多岁,柳梦寅不好说得太直接,所以就引用了欧阳修《归田录》中关于卖油翁的一段记载,含蓄地表达了自己的建议。这样既能让对方领悟到自己的意思,又给对方保留了面子,不愧为巧妙之举。

《李朝实录》记载,1615 年 6 月 25 日,柳梦寅被任命为吏曹参判。因才学出众,同年 7 月 19 日又被任命为艺文提学。但由于当时朝鲜各党

---

① 〔朝〕柳梦寅:《於于集》(《影印标点韩国文集丛刊》第 63 辑),汉城:韩国民族文化推进会,1991,第 368 页。
② (汉) 司马迁:《史记》,北京:中华书局,1959,第 2873 页。
③ 〔朝〕柳梦寅:《於于集》(《影印标点韩国文集丛刊》第 63 辑),汉城:韩国民族文化推进会,1991,第 406 页。

派纷争的形势还很严峻,身居要职的柳梦寅也受到异己的排挤。三年之后,柳梦寅提出辞职,其《辞艺文提学疏》说:"臣本空同,百无一能。从事雕篆,蹈袭古人。生平自期,虽在于立言不朽,而素以懦性谫材,又不借师友提撕之益。年来所著述积案过首者,率是俳优之言,不适于实用。其于当世之好,未免为齐门之瑟。"① 对自己的创作,柳梦寅一向是非常自豪的,他认为自己"德不若人,智不若人,聪明不若人,独于文章,不下于古人"(《赠金刚山僧宗远序》)②。而此处说法为何却又相反?他又为何要辞职呢?对此,《李朝实录》也有记载。1618年4月4日,柳梦寅醉酒后于鞫(审讯犯人为鞫)厅之上作诗曰:"满城花柳拥春游,玉手停杯唱柏舟。壮士忽持长剑起,醉中当斫老奸头。"4月8日,幼学李时亮上疏:"吏曹参判柳梦寅顷于鞫厅之会,作一绝句,以示座上,其柏舟之比、老奸之说,意实有在,必非偶然。而两司之官,徒知有私党,不知有殿下,如聋如瞽,喋无一语。梦寅之有权,可谓重矣;两司之护党,可谓极矣。请详核梦寅柏舟、老奸之说,以治不道之罪,且治两司曲庇其党,不即请问之罪。"(《光海君日记》卷126)③ 对这一罪行,柳梦寅虽据理力辩,但仍然主动提出辞职。因为当时柳梦寅被弹劾,正在等待查实,写辞职书就不能不小心从事,于是用了"齐门之瑟"的典故。该典故出自韩愈的《答陈商书》:

> 齐王好竽,有求仕于齐者,操瑟而往,立王之门,三年不得入,叱曰:"吾瑟鼓之,能使鬼神上下,吾鼓瑟,合轩辕氏之律吕。"客骂之曰:"王好竽而子鼓瑟,瑟虽工,其如王不好何?"是所谓工于瑟而不工于求齐也。今举进士于此世,求禄利行道于此世,而为文必使一世人不好,得无与操瑟立齐门者比欤?④

---

① 〔朝〕柳梦寅:《於于集》(《影印标点韩国文集丛刊》第63辑),汉城:韩国民族文化推进会,1991,第404页。
② 〔朝〕柳梦寅:《於于集》(《影印标点韩国文集丛刊》第63辑),汉城:韩国民族文化推进会,1991,第382页。
③ 〔朝〕春秋馆撰,〔日〕末松保和编《李朝实录》(第33册),东京:学习院东洋文化研究所,1962,第365页。
④ (唐)韩愈:《五百家注昌黎文集》(《景印文渊阁四库全书》第1074册),台北:台湾商务印书馆,1986,第321页。

齐王好竽，因此无论求仕者鼓瑟如何出众，都无法得到齐王的重视。柳梦寅用这个典故也是在说明，不是自己的文章不好，也不是自己不称职，而是像那个求仕者一样，不能投其所好。"齐门之瑟"的典故委婉地表达了柳梦寅的无奈。

（四）表达更典雅，更有文化意蕴

典雅即指文章、言辞有典据，高雅而不浅俗。如何才能让文章典雅，刘勰已经有所阐述："以模经为式者，自入典雅之懿。"（《文心雕龙·定势》）① 现代学者则反过来总结说："典雅性效果历来被看作用典的主要修辞效果。"② 而典故是文化的结晶，用典的文章也就包含了更多的文化内容。柳梦寅在散文中大量用典，这些典故就让他的文章不仅更加典雅，同时也更具有文化意蕴。他有一篇《钓隐亭记》曰：

> 前六七载，钓隐翁走书京师属余曰："我有亭在清安地，邀名公佳言交映梁楣，愿丐公记若诗以辉之。"仍封一小纸盈尺者于牍中，画山岳泉池花树诸公诗韵备悉。余乃傅之壁，赏玩者有年。……余一日叩诸壁，心语于口曰："老子曰：'不出户，知天下。'"矧兹亭有画图了然指点者乎！遂凝睇壁上，游神于尺纸中。……旋入于亭，阅其庭实。花则有雪中返魂也，日边倚云也，渔郎逐水也，贵妃饮泪也，陶篱散金也，杜魄啼血也；满院之香架也，当阶之红翻也；华山仙井之移也，沉香倾国之欢也；蜀鸿之所含子也，汉城之所发哀也。树则有金井之叶，有宋山之械；有相府之翠，有隋堤之绿；有徂徕之贞姿，有淇园之团栾；有植孔坛而实圆，有过杜拳而穰多。于是乎千峰襟合，一川腋分；危构抱翠，曲栏凭虚。③

司空图《二十四诗品》解释"典雅"云："玉壶买春，赏雨茅屋。坐中佳士，左右修竹。白云初晴，幽鸟相逐。眠琴绿阴，上有飞瀑。落花无言，人淡如菊。书之岁华，其曰可读。"④ 这就将"典雅"形象化了。柳

---

① 周振甫：《文心雕龙今译》，北京：中华书局，1986，第 277 页。
② 罗积勇：《用典研究》，武汉：武汉大学出版社，2005，第 257 页。
③ 〔朝〕柳梦寅：《於于集》（《影印标点韩国文集丛刊》第 63 辑），汉城：韩国民族文化推进会，1991，第 394 页。
④ （清）何文焕辑《历代诗话》，北京：中华书局，1981，第 39 页。

第五章　柳梦寅散文的创作艺术与中国文化

梦寅的朋友钓隐翁，在清安置一处风景优美的园林，在园林中建造了一座钓隐亭，邀请文人雅士写诗作赋置于亭中，这正是司空图所说的典雅的生活情趣的极好体现。柳梦寅也是文雅之人，应邀所作之文辞自然也要与这一典雅环境相契合，于是便极力使《钓隐亭记》表现出典雅之特色。很明显，此文的语言、意境就非常典雅，但更能体现典雅特色的还是里面的多个典故，尤其是对园林中花和树的一段描写，句句用典，高雅不俗。

首先看有关花的典故。梅花称"雪中返魂"，典出苏轼的《次韵杨公济奉议梅花十首》（其四）："临春结绮荒荆棘，谁信幽香是返魂。"[1] 宋代戴复古的《腊梅二首》（其一）也曰："谁知蜜脾底，有此返魂花。"[2] 红杏称"日边倚云"，典出唐朝高蟾《下第后上永崇高侍郎》："天上碧桃和露种，日边红杏倚云栽。"[3] 桃花称"渔郎逐水"，典出陶渊明的《桃花源记》："晋太元中，武陵人捕鱼为业。缘溪行，忘路之远近。忽逢桃花林，夹岸数百步，中无杂树，芳草鲜美，落英缤纷。渔人甚异之。复前行，欲穷其林。"[4] 后宋代谢枋得也有《庆全庵桃花》诗曰："花飞莫遣随流水，怕有渔郎来问津。"[5] 梨花称"贵妃饮泪"，典出白居易的《长恨歌》："玉容寂寞泪阑干，梨花一枝春带雨。"[6] 说的是唐明皇梦中见到已死去的杨贵妃。菊花称"陶篱散金"，典出陶渊明的《饮酒》（其五）："采菊东篱下，悠然见南山。"[7] 唐代卢纶的《九日奉陪浑侍中登白楼》也有"红霞似绮河如带，白露团珠菊散金"[8]。杜鹃既是花名也是鸟名，所以称"杜魄啼血"，典出"杜鹃啼血"的故事，如六臣注本《文选》在注左思《蜀都赋》时引《蜀记》云："昔有人姓杜，

---

[1] （宋）苏轼：《东坡全集》（《景印文渊阁四库全书》第1107册），台北：台湾商务印书馆，1986，第282页。
[2] 吴茂云校注《戴复古全集校注》，北京：中国文史出版社，2008，第244页。
[3] 《全唐诗》（第20册），北京：中华书局，1960，第7649页。
[4] （晋）陶渊明：《陶渊明集》（《景印文渊阁四库全书》第1063册），台北：台湾商务印书馆，1986，第512页。
[5] （宋）谢枋得注，（明）王相等选注《千家诗》，长沙：湖南人民出版社，1980，第24页。
[6] 谢思炜：《白居易诗集校注》，北京：中华书局，2006，第944页。
[7] （晋）陶渊明：《陶渊明集》（《景印文渊阁四库全书》第1063册），台北：台湾商务印书馆，1986，第493页。
[8] （唐）卢纶著，刘初棠校注《卢纶诗集校注》，上海：上海古籍出版社，1989，第379页。

名宇,王蜀,号曰'望帝'。宇死,俗说云,宇化为子规。子规,鸟名也,蜀人闻子规鸣,皆曰'望帝'。"①"满院之香架"说的是蔷薇,典出唐代高骈的《山亭夏日》:"水晶帘动微风起,满架蔷薇一院香。"②"当阶之红翻"说的是芍药,典出南朝齐谢朓的《直中书省》:"红药当阶翻,苍苔依砌上。"③"华山仙井之移"说的是莲花,传说华山有玉井,《华岳志》记载:"玉井生千叶白莲,服之可羽化。"④韩愈写《古意》诗道:"太华峰头玉井莲,开花十丈藕如船。"⑤ 元代麻革有诗《阻雪华下》亦曰:"传闻十丈莲,拟扣玉仙井。"⑥"沉香倾国之欢"说的是牡丹,典出李白咏杨贵妃和牡丹的《清平调词三首》(其三):"名花倾国两相欢,长得君王带笑看。解释春风无限恨,沉香亭北倚阑干。"⑦"蜀鸿之所含子"说的是梅杏,《齐民要术》引《广志》曰:"蜀名梅为蒡,大如雁子。"⑧"汉娥之所发哀"似指剪秋纱,此花亦称"汉宫秋",而马致远反映昭君出塞的元杂剧也叫《汉宫秋》,因此柳梦寅巧妙地借昭君故事来说花。但咏汉宫美女的两首诗,唐五代诗人王沈的《婕妤怨》和明初袁凯的《白燕》还都提到了梨花。《婕妤怨》曰:"长信梨花暗欲栖,应门上籥草萋萋。"⑨《白燕》曰:"柳絮池塘香入梦,梨花庭院冷侵衣。赵家姊妹多相忌,莫向昭阳殿里飞。"⑩ 因此"汉娥之所发哀"说梨花亦有道

---

① (南朝梁)萧统编《六臣注文选》(《景印文渊阁四库全书》第1330册),台北:台湾商务印书馆,1986,第104页。

② (宋)谢枋得注,(明)王相等选注《千家诗》,长沙:湖南人民出版社,1980,第51页。

③ (南朝齐)谢朓:《谢宣城集》(《景印文渊阁四库全书》第1063册),台北:台湾商务印书馆,1986,第628页。

④ (清)李榕荫:《华岳志》(沈云龙主编《中国名山胜迹志丛刊》第四辑),台北:文海出版社,1971,第155页。

⑤ (唐)韩愈:《五百家注昌黎文集》(《景印文渊阁四库全书》第1074册),台北:台湾商务印书馆,1986,第71页。

⑥ (元)房祺编《河汾诸老诗集》(《丛书集成初编》本),北京:中华书局,1985,第8页。

⑦ (唐)李白著,(清)王琦注《李太白全集》,北京:中华书局,1977,第306页。

⑧ (后魏)贾思勰:《齐民要术》(《四部备要》本,中华书局据学津讨原本校刊),上海:中华书局,1926,第37页。

⑨ (宋)郭茂倩编撰,聂世美、仓阳卿校点《乐府诗集》,上海:上海古籍出版社,1998,第493页。

⑩ (明)袁凯:《海叟集》(《景印文渊阁四库全书》第1233册),台北:台湾商务印书馆,1986,第202页。

理。但从作者列举的情况看，每种花只提一次，而梨花前面已经提到，所以此处存疑。

再看有关树的典故。梧桐称"金井之叶"，典出王昌龄的《长信秋词五首》（其一）："金井梧桐秋叶黄，珠帘不卷夜来霜。"[1] 枫树称"宋山之械"，典出《山海经·大荒南经》："有宋山者……有木生山上，名曰枫木。枫木，蚩尤所弃其桎梏，是为枫木。"郭璞注："蚩尤为黄帝所得，械而杀之，已摘弃其械，化而为树也。"又注："即今枫香树。"[2] 柏树称"相府之翠"，典出杜甫的《蜀相》："丞相祠堂何处寻？锦官城外柏森森。"[3] 柳树称"隋堤之绿"，典出隋炀帝种柳的故事，白居易也有《隋堤柳》一诗曰："大业年中炀天子，种柳成行夹流水。"[4] "徂徕之贞姿"说的是松树，泰山东南三十里为徂徕山，《水经注·汶水》云："山多松柏。《诗》所谓'徂徕之松'也。"[5] 而因松树不惧严寒用以喻坚贞，所以宋代魏了翁的《续和李参政壁湖上杂咏》有"涧松发贞姿"[6] 之句。"淇园之团栾"说的是竹子，南朝梁代任昉在《述异记》中说："卫有淇园，出竹，在淇水之上。"[7] 《后汉书·寇恂传》记载，寇恂为河内太守时"讲武肄射，伐淇园之竹，为矢百余万……"[8] "团栾"即竹子的别称，谢灵运有咏竹诗曰："澹潋结寒姿，团栾润霜质。"（《登永嘉绿嶂山》）[9] "植孔坛而实圆"说的是杏树，《庄子·渔父》说："孔子游乎缁帷之林，休坐乎杏坛之上。弟子读书，孔子弦歌鼓琴。"[10] 后将孔子讲学处称"杏坛"。"过杜拳而穰多"说的是栗树，杜甫《秋日夔府咏怀奉寄郑监审李宾客之芳一百韵》说："色好梨胜颊，穰多栗过拳。"[11]

---

[1] 李云逸注《王昌龄诗注》，上海：上海古籍出版社，1984，第141页。
[2] 袁珂校注《山海经校注》，上海：上海古籍出版社，1980，第373~374页。
[3] 萧涤非主编《杜甫全集校注》，北京：人民文学出版社，2014，1931页。
[4] 谢思炜：《白居易诗集校注》，北京：中华书局，2006，第427页。
[5] （北魏）郦道元著，陈桥驿校证《水经注校证》，北京：中华书局，2007，第581页。
[6] （宋）魏了翁：《鹤山集》（《景印文渊阁四库全书》第1172册），台北：台湾商务印书馆，1986，第90页。
[7] （南朝梁）任昉：《述异记》（《景印文渊阁四库全书》第1047册），台北：台湾商务印书馆，1986，第629页。
[8] （南朝宋）范晔撰，（唐）李贤等注《后汉书》，北京：中华书局，1965，第621页。
[9] 黄节：《谢康乐诗注 鲍参军诗注》，北京：中华书局，2008，第80页。
[10] （清）王先谦：《庄子集解》（《新编诸子集成》本），北京：中华书局，1987，第273页。
[11] 萧涤非主编《杜甫全集校注》，北京：人民文学出版社，2014，第4836页。

写花、写树却又不直接写,而是将每一种花和树都暗藏于诗词歌赋或故事中,这就使原本普通的一段描写变得典雅不俗、引人入胜。

也因为用了典故,这篇文章融入了哲学(如老子曰"不出户,知天下")、文学(如各类诗词文)、地理(如徂徕山多松)、历史(如隋炀帝种柳)、名胜古迹(如挹翠原是滕王阁之亭)、神话传说(如华山玉井、白莲)等丰富多彩的文化内容,这就使文章更具文化意蕴,更值得读者品读、回味。

第四节 《於于野谈》对中国笔记的接受

《於于野谈》是柳梦寅晚年创作的一部笔记体散文集,共4卷,涉猎广泛,内容丰富,形式灵活。《於于野谈》现存版本较多,每个版本的卷数、条目、数量、顺序有所不同。

"笔记"是中国古代散文大系中的文体之一,也叫"杂识""杂记""笔谈""杂录""笔录""随笔"等。这种笔记体在"左史记言,右史记事"的春秋时期已经萌芽,汉代已经很成熟。各代均有代表性的笔记名作,可以梳理出一部完整的"笔记史"。如西汉有刘向的《说苑》《新序》,晋代有张华的《博物志》、崔豹的《古今注》(或题为《古今杂志》《古今杂记》)。而"笔记"二字最早见于南北朝,《南齐书·丘巨源传》引《与尚书令袁粲书》云:"议者必云笔记贱伎,非杀活所待;开劝小说,非否判所寄。"① 此处的"笔记"即执笔记叙之意。南朝有刘义庆的《世说新语》,唐代笔记代表作有封演的《封氏闻见记》、段成式的《酉阳杂俎》等。"笔记"二字作为文体名称、书籍名称则出现在北宋,宋祁第一次正式用"笔记"二字命名其专集。宋代笔记著作非常丰富,如欧阳修的《归田录》、苏轼的《东坡志林》和《仇池笔记》、沈括的《梦溪笔谈》、洪迈的《容斋随笔》、王应麟的《困学纪闻》、陆游的《老学庵笔记》等。元代有李治的《敬斋古今黈》,明代有胡应麟的《少室山房笔丛》、杨慎的《谭苑醍醐》、张岱的《陶庵梦忆》、冯梦龙的《古今谭概》等,清代笔记精品有顾炎武的《日知录》、王士祯的《池北

---

① (南朝梁)萧子显撰《南齐书》,北京:中华书局,1972,第894页。

偶谈》、何焯的《义门读书记》、纪晓岚的《阅微草堂笔记》等，这些作品都在后代广为流传。

中国的笔记很早就传到了朝鲜半岛，这种趣味性强又灵活自由的创作形式也受到朝鲜文人的欢迎。从柳梦寅的各体散文可知，他对中国明代以前的笔记作品颇为熟悉，散文创作时有涉及，如《〈文章指南〉跋》曰："盲人独骑瞎马，夜半前临大池，不知不数步淹于中渊。"① 语出《世说新语·排调》，原文为："盲人骑瞎马，夜半临深池。"②这说明柳梦寅对《世说新语》极为熟悉。

他对笔记的文体形式也颇有兴趣，晚年闲暇时亦将所见、所闻、所感随笔记录下来，于1620年形成了《於于野谈》，这部散文集在创作形式和风格上充分借鉴了中国古代的笔记，主要表现出以下几方面的特色。

一　随笔而记，不拘形式

人们最初写笔记往往不是为了成文或流传，而是"录以备用"或"录以备忘"，所以一般都是随意地记上几笔，或多或少，或长或短，没有固定篇幅和章法。而记载逐渐积少成多，后稍加整理润色，便由零散的记录成为系统的专集。《於于野谈》是柳梦寅闲暇所作，目的是"以资闲谈"（欧阳修《六一诗话》)③，既然叫作"野谈"，就没有像他创作其他散文尤其是应制文那样严谨而讲求章法、结构，而是随笔而记，即兴成篇，并没有认真构思和仔细推敲。从内容上看，或是自身经历的一件小事，或是听来的一段奇闻，或是感叹某人遭遇，或是评论某人诗文。表达方式灵活自由，或记叙或议论或抒情，创作态度也不拘一格，有时严肃有时随意。

如"昔余寓连山家中"条就是柳梦寅随笔记录的一件怪事：

> 昔余寓连山家中，童仆患疟，余戏作四韵律一首傅其背，疟即愈。其诗曰："土伯盘困九约身，峨峨双角柱穹旻。龙脂乱沸千寻

---

① 〔朝〕柳梦寅：《於于集》(《影印标点韩国文集丛刊》第63辑），汉城：韩国民族文化推进会，1991，第446页。
② （南朝宋）刘义庆：《世说新语》(《景印文渊阁四库全书》第1035册），台北：台湾商务印书馆，1986，第190~191页。
③ （清）何文焕编《历代诗话》，北京：中华书局，1981，第264页。

镬,虎戟交拟万甲神。哆喙吸来尘渤澥,张拳打破粉昆仑。可怜水帝孱儿鬼,星骛风驰地外泠。"盖疟鬼水神,而土克水,故用《楚辞》"土伯"之语也。其后家中有病疟者,以其破纸传相傅背,无不立效。自是邻里有是病者,誊书而付,一邑皆然。至于恩津、石城、扶余、公州、镇岑、锦山之间,互相传写,虽积年老疟,无不一纸见效,可笑之甚也。①

以诗歌来对付疟疾,还"诗到病除",且不是个案,柳梦寅的解释是以"土"克"水"。柳梦寅的诗果真如此神奇吗?这显然没有任何科学根据,连他自己都觉得可笑。短短200字,先叙后议,其中还包含了诗句和典故。从"戏作"和"可笑"来看,作者并非严肃认真,而是谐谑地将自己生活中的一个片段、一种现象随手记录下来。

再如下面一件小事:

> 余忝会试考官,拆封之时,见表弟洪造之子汝明得参,喜甚。与首试官李月沙廷龟连署报喜,忙扰间错书洪造高中,可贺。汝明得报甚疑,之时洪造在原州,梦自家为进士。噫!一字之错,错应梦于百里之外,岂不异哉?时万历四十三年三月也。②

李廷龟也是柳梦寅时代朝鲜的一流文人,但两人竟然都如此粗心,将儿子洪汝明错写成父亲洪造,犯了张冠李戴的错误,而巧合的是洪造竟然梦见自己中了进士。这样的事情原本没有意义,反而会对一向谨慎的柳梦寅和李廷龟造成负面的影响,而柳梦寅还是如实记录下来了。这也体现了《於于野谈》创作上随意性较强的特点。

二 包罗群象,总揽万家

笔记因涵盖范围广、内容繁复而有"小百科"之称,具有包罗群象、总揽万家的特征。根据现存的不同版本可知,柳梦寅的《於于野

---

① 〔韩〕东国大学校韩国文学研究所编《韩国文献说话全集》(六),汉城:太学社,1987,第294~295页。
② 〔韩〕东国大学校韩国文学研究所编《韩国文献说话全集》(六),汉城:太学社,1987,第201~202页。

谈》也有这一特色。《韩国文献说话全集》中《於于野谈》的前言记载，这部散文集包括"人伦篇""宗教篇""学艺篇""社会篇""万物篇"五个部分，每部分又细分为若干类，共60类。

"人伦篇"分为"孝烈、忠义、德义、隐退、婚姻、妻妾、气相、朋友、奴婢、俳优、娼妓"等十一类，如"沈相国守庆少时"条曰：

> 沈相国守庆少时，以直提学为巡抚御使，往关西，于平壤有所眄妓。其城门外有洞名"婵娟"，众妓所葬。相国有诗曰："满纸纵横总誓言，自期他日共泉原。丈夫一死终难免，愿作婵娟洞里魂。"后为忠清监司，女妓进歌谣轴，请诗人权应仁制之，其诗曰："人生得意无南北，莫作婵娟洞里魂。"相国览而笑曰："必权应仁来此也，速邀来。"应仁入谒，相国使赋诗，诗曰："歌传《白雪》知音久，路隔青云识面迟。"平壤妓谓亲戚曰："我死，必书墓石曰：'直提学沈守庆之妾之墓。'"后妓死，相国官已高，亲戚立表其墓而书之曰："直提学沈守庆之妾之墓。"盖国法，两界人勿许移他地，有约未遂而死故也。①

沈守庆官至相国，在文学方面也颇有成就，是朝鲜朝著名的"八文章"之一，有《听天堂诗集》。而这一条则记录了他的一段有趣的轶事，他年轻时的一首戏作为朋友权应仁留下了诗料，也为平壤的妓女在死后墓碑上书"直提学沈守庆之妾"提供了理由。柳梦寅的这段记载使得沈守庆在政治、文学之外的另一面得以展现，这对正史是很好的补充，也使沈守庆的形象更加真实、丰满。

虽然柳梦寅的思想以儒家思想为主，但他也不排斥甚至相信佛教、道教、巫觋、鬼神、梦境等。《於于野谈》中的"宗教篇"就分为"仙道、僧侣、西教、巫觋、梦、灵魂、鬼神、俗忌、风水、天命"等十类，如"尹洁得五言一绝"条曰：

> 尹洁得五言一绝，曰："路入石门洞，吟诗孤夜行。月午涧沙

---

① 〔韩〕东国大学校韩国文学研究所编《韩国文献说话全集》（六），汉城：太学社，1987，第13~14页。

白,山青啼一莺。"言于车轼曰:"此诗何如?"轼朗吟再三曰:"此非人所能,必鬼诗也。"洁曰:"吾果昨夜梦中得之,必有神助也。"①

以梦境和鬼神相助来解释尹洁的五言绝句,这个小故事充满了神秘色彩。据此,读者也可看到柳梦寅学问涉猎广泛以及思想的多元性特征。

"学艺篇"分为"文艺、识鉴、衣食、教养、音乐、射御、书画、医药、技艺、占候、卜筮、博弈"等十二类。柳梦寅爱好广泛、多才多艺。而作为一个文学家,柳梦寅在这一部分特别记载了一些有关文艺的内容,如以下两条:

> 诗关风教,非直哦咏物色。古者,木铎者采之而载之《风》《雅》……今者闵相国梦龙斥诗人曰:"作诗者多讽时事,或成白眼,或致诗案之患,宜不学也。"……郑尚书宗荣亦戒子孙不学诗。余以为两公虽善身谋,殊无古人三百篇遗义也。近世,奸臣金安老构新亭于东湖,扁曰"保乐堂",求申企斋光汉诗,企斋辞不获,赠诗曰:"闻说华堂结构新,绿窗丹槛照湖滨。风光亦入陶甄手,月笛还宜锦绣人。进退有忧公保乐,行藏无意我全真。烟波点检须闲熟,更与何人作上宾?"……其曰"风光亦入陶甄手"者,明其朝家庶政及江山田土,皆入陶甄之手也;其曰"月笛还宜锦绣人"者,明其繁华之事,不宜于风月宜于富贵人也;其曰"进退有忧公保乐"者,明其古人进退皆有忧,安老则独保其乐,不与民共之也;其曰"行藏无意我全真"者,明其无意进取于此时,自全其节也;其曰"更与何人作上宾"者,明其我不愿作上宾于其堂,更有何人附势者为渠宾客乎?此诗句句有深意,千载之下可以暴白君子之心也。安老亦深于文章,岂不知其意?然终不害者,恐为时贤口实,而不欲露其隐也。②

---

① 〔韩〕东国大学校韩国文学研究所编《韩国文献说话全集》(六),汉城:太学社,1987,第17页。
② 〔韩〕赵锺业编《修正增补韩国诗话丛编》(第2册),汉城:太学社,1996,第531~533页。

第五章　柳梦寅散文的创作艺术与中国文化

> 诗者言志，虽辞语造其工，而苟失意义所归，则知诗者不取也。昔先王朝有桃花马，使群臣赋之。郑士龙诗曰："望夷宫里失天真，走入桃源避虐秦。背上落花风不扫，至今犹带武陵春。"士龙自选私稿，三选其诗而三删之，故《湖阴集》中无是诗。其赋桃花可谓巧矣，而扣其中，终无归指。"望夷虐秦"之语，岂合于应教之制乎？宜夫终见删也。①

在这两条中，柳梦寅不仅直接引用了儒家诗论中的"诗关风教"和"诗言志"两个观点，还以本国诗人的具体创作实践予以论证，有理有据，令人信服。这也是许多中国笔记体诗话的常见特色。

"社会篇"分为"科举、求官、富贵、致富、耐久、阴德、朋党、诬罔、古风、外任、勇力、处事、口辩、傲忌、骄虐、欲心、灾殃、生活苦、盗贼、谐谑"等二十类，如"李穑入中国应举捷魁科"条曰：

> 李穑入中国应举捷魁科，声名动中国。到一寺，寺僧礼之曰："饱闻子东方文章士，为中国第一科，今何幸见之！"俄而有一人持饼来馈之，僧遂作一句"僧笑少来僧笑少"，使穑对之。僧笑，饼之别名也。穑仓促不得对，谢而退曰："异日当更来报之。"后远游千里外，见主人把瓶而至，问："何物？"答曰："客谈也。"客谈，酒之别名也。穑大喜，遂对曰："客谈多至客谈多。"半岁后，归而说其僧，僧大嘉之曰："凡得对贵精，晚暮何伤！"得一语之工，而不远千里来报，此奇之奇也。②

李穑是朝鲜朝初期著名汉文学家，有《牧隐稿》，曾在中国中举，声名动中国。但这段在中国与僧人交往的故事却少有流传。据此我们知道，李穑不仅才华卓越，还是十分认真、信守诺言之人。而饼和酒的别名"僧笑"和"客谈"也是鲜为人知的。所以，这一小段记载的信息量很大。

---

① 〔韩〕东国大学校韩国文学研究所编《韩国文献说话全集》（六），汉城：太学社，1987，第279页。
② 〔韩〕东国大学校韩国文学研究所编《韩国文献说话全集》（六），汉城：太学社，1987，第213~214页。

"万物篇"分为"天地、草木、人类、禽兽、鳞介、相克、古物"等七类,如"东海有小鱼全白"条曰:

> 东海有小鱼全白,随风波袭岸上,居民取而食之。我国北道之僧名之草食,食之无忌。有客僧入北道,居僧与白鱼羹满碗。怪而问之,则曰:"北方以此为草食,食之如菜菜。"余闻而甚笑之。及见杜诗以"小白"(当为"白小")为题,其诗曰:"白小群分命,天然二寸鱼。细微沾水族,风俗当园蔬。"其注曰:"《宾退录》云:'《靖州图经》载其俗,居丧者不食盐酪酒肉,而以鱼为蔬。今湖北民多然,谓之鱼菜。'"与我北方之俗,古今一也。①

从这一条记载可见柳梦寅是个非常细心的学者,当他得知朝鲜北方以小白鱼代替素菜食用的习俗时,有些不解,觉得荒唐可笑。而当他读到杜诗《白小》及诗注后,知道中国也自古就有这种风俗,于是这个问题就清楚了。

《於于野谈》中还有一类题材值得关注,那就是有关中国的各类记载,包括中国的名人轶事、风俗、文化,朝鲜与中国各方面的异同,以及朝鲜人与中国人交流的往事等。如以下记载:

> 王世贞一生攻文章,居家有五室。妻居中堂,四室各置一妾。其一室置儒家文籍,有儒客至,则见于其室讨论儒书,其室之妾备礼食待其客。其一室置仙家书籍,有道客至,见于其室讨论道书,其室之妾备道家之食待其客。其一室置佛家书籍,有释客至,见于其室,讨论佛书,其室之妾备释家之食待其客。其一室置诗家书籍,有诗客至,见于其室,讨论诗家,其室之妾备诗人之食待其客。各于宾主前置纸、笔、砚,常以书辞往复,未尝言语相接,客去,遂编而成书。一日有少时友至,犹尚寒士也。俄而,总兵官为亲求碑铭,以千里马三匹、文锦四十匹、白金四千两为润笔之资。世贞立其使者,展纸而挥之,以答之。尽举润笔之资于寒士,不自取一物,

---

① 〔韩〕东国大学校韩国文学研究所编《韩国文献说话全集》(六),汉城:太学社,1987,第6~7页。

其直可数万金。翰林学士朱之蕃,其弟子也,尝在世贞客席,有人为其亲索碑文,其行状成一大册几至万言。世贞一读掩其卷,命书字的秉笔而呼之,未尝再阅其卷。既卒业,使之蕃读之,参诸行状,其人一生履历、年月、官爵无一事或差。其聪明强记如此,非独其文章横绝万古也。①

在明代,中朝各方面交往增多,文人间的面对面交流也空前频繁。像王世贞这样的著名学者,朝鲜人自然愿意与之交流,据说朝鲜朝中期文人崔岦就当面请教过王世贞。因此,关于王世贞的一些传闻和轶事,朝鲜文人也十分关注。这段关于王世贞四个妾才华出众、分工明确以及王世贞本人才学、人品俱佳的记载就反映了朝鲜文人对他的崇拜。这样的记载在中国也难见到,所以是较为珍贵的资料。

柳梦寅有幸三次出使中国,每次都与中国文士有所交流。有一次,他经过永平府万柳庄时,所作之诗被主人刻板悬挂于壁上,这使得柳梦寅十分兴奋。《於于野谈》(《诗话丛林》本)详细记录了这件事的始末:

  某年余过永平府万柳庄,庄即鸿胪丞李浣之别业也。余题七言律十六韵于粉壁。时日昏,秉烛而题。有一老秀才来观曰:"唉!佳作,佳作。"韩御使应庚,李浣之妻弟也,与邻居文士白翰林瑜来观,称誉,刻板悬之壁。自古中国文士少我邦人,数百年来,沿路数千里,无一篇我国诗悬于板者。悬板自我始,其亦荣矣。余观题诗万柳庄者前后几百篇,余所题又非有大异者,而中国文人独于此揭之壁,其文鉴亦异于我国之文士也。其诗曰:"巾我河车指玉京,诸天无际是三清。朝来失路清河迥,物外沾衣白露生。……"②

自己的诗受到如此之高的待遇使柳梦寅受宠若惊,同时他也引以为荣,因为长期以来中国人都轻视朝鲜人的创作。所以,这段记载也表现了柳梦寅在与中国人交往中的民族意识和自豪感。

---

① 〔韩〕东国大学校韩国文学研究所编《韩国文献说话全集》(六),汉城:太学社,1987,第56~57页。
② 〔朝〕洪万宗:《洪万宗全集》(下),汉城:太学社,1986,第637页。

三　荒诞传奇，妙趣横生

儒家文化不相信鬼神，从孔子时代起就禁谈"怪力乱神"。但在民间和文人中又流传着不少荒诞的故事和奇闻琐事，因此一些文人就另辟蹊径，将这些有趣却有违正统文化的故事收进以"野史""野谈""杂录"命名的笔记中。这些故事虽然无法进入正史或正统文章，但具有传奇性和神秘色彩，可读性强，极受文人和普通民众的欢迎。如《搜神记》《酉阳杂俎》《尧山堂外纪》中的一些鬼怪故事就属于这一类。如《尧山堂外纪》卷二十二中关于唐太宗遇鬼的一段记载：

> 太宗征辽，行至定州，路侧有一鬼，衣黄衣，立高冢上，神彩特异。太宗遣使问之，答曰："我昔胜君昔，君今胜我今。荣华各异代，何用苦追寻！"言讫不见。问之，乃慕容垂墓也。①

柳梦寅在《於于野谈》中也记载了不少荒诞不经的人鬼相遇的故事，如下面这一段：

> 壬辰之乱，统制史李舜臣将造战舡，发水军伐材于闲山岛。树上有鬼啸曰："愿勿伐此谷之树，死兵之鬼多托此谷之树。今尔辈来斫树，吾侪多移他树，愿勿伐此树。"军卒问："尔是何人？"曰："吾全罗道儒生宋也，一家男女死于兵，今此来托于水也。"水军遂移他谷。②

旷日持久的壬辰战争给朝鲜人民带来了深重的灾难，有关战争的种种传说也流传下来。这一段人鬼对话看似十分荒诞，却告诉了我们战争导致大量士兵和百姓丧命这一事实。或许，善良的朝鲜人不忍接受这样的事实，所以想象出这些死者化为鬼魅依然生活于某个角落的情景，故而才有这样的荒诞故事出现。

---

① （明）蒋一葵：《尧山堂外纪》，四库全书存目丛书编纂委员会编《四库全书存目丛书》（子部第 147 册），济南：齐鲁书社，1996，第 584 页。
② 〔韩〕东国大学校韩国文学研究所编《韩国文献说话全集》（六），汉城：太学社，1987，第 186 页。

在历代的笔记中，都不乏不见诸经传的有关文人的轶事，这些轶事真假难辨，或传奇或神秘，多趣味横生，有很强的吸引力，让读者看到文人们不为人知的经历或多面性。如《尧山堂外纪》卷五十六中一段有关苏东坡和孙仲益的记载：

> 孙觌，字仲益。相传东坡南迁时，一妾有娠不得偕往，出嫁吾常孙氏，比归觅之，则仲益生六七龄矣。命名曰觌，谓卖见也。后官尚书。东坡归宜兴时，道由无锡洛社，尝至孙仲益家。仲益年在髫齿。坡曰："孺子习何艺？"孙曰："学对属。"坡曰："试对看。"徐曰："衡门稚子璠玙器。"孙应声云："翰苑神仙锦绣肠。"坡抚其背曰："真璠玙器也。"时天微雨，坡绯衣金带，又命对曰："雨湿红袍苏木气。"仲益应声曰："风吹金带荔枝香。"坡大奇之。①

这个孙觌虽然才华出众，但无操守，据说在靖康之难后就是他起草的投降书。在《尧山堂外纪》里，他竟然成了苏轼的儿子，这确实令人诧异，事件本身也难考真伪。

在《於于野谈》中，柳梦寅也记载了朝鲜文人的一些轶事，如下面这一段：

> 李榖以书状官朝天，见路旁青楼上有四美人，隐映于朱帘之内，向李榖嘆水，榖即于橐中出白贴扇，书一绝赠之曰："两两佳人弄夕晖，青楼珠箔共依依。无端一片阳台雨，飞洒三韩御史衣。"榖回时，美人备香醪佳羞，要于路以谢之。近年书状官赵徽赴燕京，途中逢美人，以薄纱罩面而行。徽书一绝于白扇与之曰："也羞行路护冰纱，清夜轻云漏月华。约束蜂腰纤一掬，罗裙新剪石榴花。"徽，宕子也，追至其家。其色绝代，以红锦为裤，待徽极款。又有我国一文士如中原，见路上美姝坐驴车而往。士倚门而望，贴以两句诗索美人联句，曰："心逐红装去，身空独依门。"美人住驴续之而

---

① （明）蒋一葵：《尧山堂外纪》（四库全书存目丛书编纂委员会编《四库全书存目丛书》子部第148册），济南：齐鲁书社，1996，第108页。

去,其两句曰:"驴嗔车载重,添却一人魂。"①

在很多正式的文史著作中,有关朝鲜文人出使中国的记载多是其在中国的政治活动或文学交流,突出了他们的政治和文学才华,一般都十分严肃。如上面提到的李榖是高丽末朝鲜初的著名文人,是前文提到的才子李穑的父亲,有《稼亭集》传世。李榖父子"道德功业,昭载乘牒,余事文章,冠绝今古,东人之仰之若泰山北斗"(李基祚《稼亭集跋》)②。这段记载却描述了李榖等三位文人与中国美女交往、赠诗、联句的趣事,既表现了他们的诗歌才艺又突出了他们幽默、放荡或痴情的一面。同时,我们也看到了当时朝鲜人眼中的中国美女的形象:不仅美丽、多情,还风趣、有才华。这样的记载非常有趣,更具有可读性,也在一定程度上满足了一些朝鲜文人的好奇心理,加强了他们对中国的向往。

在《於于野谈》中,还有一类趣味横生的幽默故事,如"自古难化者,妇人"条:

> 自古难化者,妇人。男子刚肠者几人不畏妇人?古者,有将军领十万兵阵于广漠之东,分东西树大旗,一旗青一旗红,遂三令五申于军曰:"畏妻者立红旗下,不畏妻者立青旗下。"十万之军皆就红旗下而立,有一人独立青旗下。将军传令问之。答曰:"吾妻常戒我曰:'男子三人会,必论女色。三男会处,汝则一切入云。'况今十万男子所会处乎?是以不敢违命,独立青旗下。"③

柳梦寅讲这个故事本来想证明"自古难化者,妇人"这一观点,但读者读到的却是十万怕老婆的士兵齐刷刷立于红旗下的壮观场面,这已经令人捧腹了,而最可笑的还是那个独立于青旗下的更加惧内的家伙。

> 笔记文之内容,均为作者所见、所闻、所悟之精华,是经过自

---

① 〔韩〕东国大学校韩国文学研究所编《韩国文献说话全集》(六),汉城:太学社,1987,第22~23页。
② 〔朝〕李榖:《稼亭集》(《影印标点韩国文集丛刊》第3辑),汉城:韩国民族文化推进会,1990,第240页。
③ 〔韩〕东国大学校韩国文学研究所编《韩国文献说话全集》(六),汉城:太学社,1987,第246页。

觉思维过程筛选后，确认为有保留价值的思维片断、结晶，或某种线索。于创作，其可谓珍箧中的素材；于治学、理史，其可谓知识的积累，成功之舟楫。它的内容，总有着或远或近、或深或浅、或正或侧、或明或隐的意义。所以，有人赋予笔记文以"小百科知识丛著"的美称，这恐怕也是"不登大雅"之区区笔记文得以流传千古的第一奥秘。①

从前面所引文字可知，柳梦寅的《於于野谈》也具备这些特征，也有这些作用，也可称为"朝鲜时代的小百科"，值得阅读，值得珍藏，也将会流传千古。

第五节　精巧缜密的结构艺术

中国古代散文也是一种结构的艺术。所谓文章结构，就是文章的组织方式和内部构造。"文章要靠布局才能达到高度的雄伟，正如人体要靠四肢五官的配合才能显得美……"（朗吉弩斯《论崇高》）② 一个优秀的作家总会精心设计、安排文章的结构布局，尽量使文章结构达到艺术上的完整和谐。柳梦寅阅读过中国的大量散文，深谙优秀的先秦散文、《史记》、《汉书》和韩、柳散文的结构艺术。他自己创作时也很注重散文的结构方式，他的大部分散文都独具匠心，设计得精巧、缜密，概括而言，其最显著的结构特色有以下几个方面。

一　以一句为统帅结构全篇

中国古代散文常用的一种结构就是以一个鲜明的中心论点为统帅来组织全文，如《荀子·劝学》开篇即提出中心论点"学不可以已"③，接下来以一系列的形象比喻进行论证。刘开的《问说》也是如此结构，开

---

① 张惠仁：《古代笔记文初探》，《四川师院学报》（社会科学版）1984 年第 2 期，第 21～26 页。
② 北京大学哲学系美学教研室编《西方美学家论美和美感》，北京：商务印书馆，1980，第 48 页。
③ （清）王先谦撰，沈啸寰、王星贤点校《荀子集解》（《新编诸子集成》本），北京：中华书局，1988，第 1 页。

篇点题:"君子学必好问。"① 柳梦寅的散文大部分也是论点鲜明突出的议论文。这些文章,也经常由一个表达中心论点的句子作为统帅,围绕这个句子结构全文。这就使得文章组织严谨,了无松脱之感。

《赠表训寺僧灵峕序》一文就是这种结构的典型,作者开篇就提出中心论点:"天下之物,必相类也,而后相知之。"接下来的全篇都以这句为统帅展开充分论证。作者分别从正反两个方面选择论据。正面论据是:"鸟与鸟语,惟鸟能知之;兽与兽语,惟兽能知之者:皆相类故也。"鸟与鸟、兽与兽因为相类,所以能听懂对方的语言。反面论据是:"鸟语而兽不知,兽言而鸟不知;鸟兽有声,人亦不知何语也者:不相类故也。"鸟听不懂兽言,兽听不懂鸟语,人和鸟兽不相类,所以也听不懂它们的语言。"今余作诗文赠寺僧,寺僧不知,如鸟兽之不相知。僧诵天竺梵说,余亦不知,如人之昧鸟兽语。余复自负文章,矜耀于世。世人视之如僧之见我之诗文,如我之听僧之梵说。"自己与世人、僧人不相类,所以世人和僧人读不懂自己的文章,而自己也不明白僧人的梵语。最后柳梦寅感叹说:"於乎,五十余年不遇知己,吾何恨为?"② 以自己难遇知己的遗憾进一步证明了"天下之物,必相类也"然后才能"相知"的观点。无论是正反面的论据,还是最后的感慨,都紧紧围绕开头一句展开,都在这一句的统率之下,这就使得文章论点突出,层次清晰。

再如《赠乾凤寺僧师洽序》开篇即提出:"天下之事,未有不勤而后成、劳而后得,不勤不劳,造物不佑之。"③《送洸侄游洪州序》开篇提出:"余观古之贤豪士,能做大业成大名者,未有不困顿憔悴于始也。"④《送冬至使尹金知存中敬立序》开篇说:"我东之通中国,古也,在今皆可征。"⑤ 这些都是文章的中心论点。接下来作者虽然选取古今的

---

① (清)刘开:《刘孟涂集》(顾廷龙主编《续修四库全书》第1510册),上海:上海古籍出版社,2002,第330页。
② 〔朝〕柳梦寅:《於于集》(《影印标点韩国文集丛刊》第63辑),汉城:韩国民族文化推进会,1991,第382页。
③ 〔朝〕柳梦寅:《於于集》(《影印标点韩国文集丛刊》第63辑),汉城:韩国民族文化推进会,1991,第386页。
④ 〔朝〕柳梦寅:《於于集》(《影印标点韩国文集丛刊》第63辑),汉城:韩国民族文化推进会,1991,第368页。
⑤ 〔朝〕柳梦寅:《於于集》(《影印标点韩国文集丛刊》第63辑),汉城:韩国民族文化推进会,1991,第361页。

各类事实论据展开论证，但因为这些论据都被以第一句为中心组织起来，所以显得有的放矢，散而不乱。

有时，柳梦寅也会将作为统帅的这一句放在文章的中间，用论据将其包围起来，形成众星捧月的结构特色。如在《送南原府使高用厚诗序》中，作者就先摆出一组事实论据："吾闻虎之儿能食牛，骥之子能超母。羊之乳也跪其足，知敬也；乌之啄也反其哺，知养也。鹭不日浴而如雪，鸦不日黔而如漆，其族然也。冰生水寒于水，青出蓝青于蓝，毋忝所生也。是故，良弓之子为箕，良冶之子为裘；其父析薪，其子负荷；其父肯堂，其子肯构。反乎是者，逆天理也。今龙城太守，霁峰先生之胤也。先生死于忠，太守报以孝。"作者由这一组论据归纳出一个论点，即"报之之道，立扬为先"。接下来作者仍围绕这一句叙述了高霁峰先生如何死于国难，其子龙城太守高用厚如何遵从父亲遗嘱，刊刻父亲遗稿，然后对高用厚的行为做了总结："贤哉太守，比之虎，鸣震百兽，岂但食牛！比之马，日再千里，岂但超母！跪足之敬由乎天，反哺之诚出于中。不愧其族，不忝所生，不废箕裘，不替负荷与堂构，而能顺天理之正。太守之孝，其有孚于先生之忠矣乎！"① 作者以开头举出的动物为喻，论证了高用厚以自己之"孝"继承、发扬父亲之"忠"的行为正符合"报之之道，立扬为先"的观点。一个完整、缜密的论证过程就完成了。

《赠金刚山僧宗远序》也是这样的结构，作者开篇就说："天下之事，喜不兼备。龙无耳，虎无角，马无胆，牛无上齿。鼯鼠五技，不护其身；狡兔三窟，犹罹于罝。故郑虔三绝，谪死台州；刘穆之兼视听，卒困于丹徒。何者？造物多猜，甚于世情之多忌故也。若我者，德不若人，智不若人，聪明不若人，独于文章，不下于古人。而驯致爵禄，至于二品之列，窃尝忧焉。今者无故失官，流离转徙，抱病于穷山绝谷。"② 由这一组真实可信、尽人皆知的论据再加上自己的实际情况，作者水到渠成地归纳出"造物者不欲令天下美事兼备于一夫之身"的观点，接下来又以自己的具体经历和打算进一步完善了论证过程，使之更

---

① 〔朝〕柳梦寅：《於于集》（《影印标点韩国文集丛刊》第63辑），汉城：韩国民族文化推进会，1991，第349页。
② 〔朝〕柳梦寅：《於于集》（《影印标点韩国文集丛刊》第63辑），汉城：韩国民族文化推进会，1991，第382页。

严密，也使观点更鲜明，更令人信服。

因此，这种"论据—论点—论据"的布局使得文章逻辑更严密，结构更匀称、完整。

二 巧妙迂回，渐入主题

在一些散文中，柳梦寅往往不直接入题，而以某种现象、典故先巧妙迂回一下，再逐渐进入正题。这种写法类似于"起兴"，即"先言他物以引起所咏之辞也"（朱熹《诗经集传》）①。这种手法或借物托起，因物联想，或触景生情，借题发挥。如《诗经·关雎》即先以"关关雎鸠，在河之洲"②起兴。这种写法看似迂回，但并不等于说废话，而是要使谈论的话题更能引起对方的兴趣，或使将要提出的观点更令人信服。有时，巧妙迂回也能收到委婉含蓄的表达效果。

1621年，刘鸿训、杨道寅作为正、副使到朝鲜颁诏，根据惯例，他们在朝期间要和朝鲜陪臣进行诗文应和，其间所作诗文要收入《皇华集》。柳梦寅为此作了一篇《〈皇华集〉序》：

> 尝闻天上有流星无常次，自此至彼，随所往而遗光焉。历象者称之曰"天使之星"。又闻尧时有巨槎浮西海，槎上有光若星，名之曰"挂星槎"。汉时博望侯张骞效之，乘槎使海外国。遣甘英中路而返，涉海四万里，方到洛阳。其它陆贾、司马相如、韩愈之流，柁轴陆海。中国颁诏之使，遍下国无远不届焉。③

和朝鲜其他文臣所作的《〈皇华集〉序》一样，柳梦寅要赞美、感谢中国使臣带来的恩惠。但柳梦寅没有开篇就直接赞美，而是先设情境，巧妙迂回。天上的流星虽然没有固定位置，但从一个地方到另一个地方能"随所往而遗光"，为所到之处带来光明，因此被称为"天使之星"。尧时曾有星槎的传说，西汉时张骞曾乘巨槎出使西域，东汉时甘英曾出使

---

① （宋）朱熹：《诗经集传》（《景印文渊阁四库全书》第72册），台北：台湾商务印书馆，1986，第750页。
② 周振甫译注《诗经译注》，北京：中华书局，2002，第1页。
③ 〔朝〕柳梦寅：《於于集》（《影印标点韩国文集丛刊》第63辑），汉城：韩国民族文化推进会，1991，第514~515页。

罗马帝国，陆贾曾出使南越国，司马相如曾奉命前往西南，韩愈也曾被朝廷派到潮州海边，这些使臣都为所到之处带去了中原的先进文化，正像"天使之星"为所到之处带来光明一样。而中国到朝鲜的使臣就被尊为"天使"。

迂回之后才自然入正题，指出"中国颁诏之使，遍下国无远不届焉"。柳梦寅将赴朝使臣和古代这些为中外文化交流做出贡献的使臣相提并论，无疑会让赴朝使臣更加骄傲和自豪。所以，这样的开篇一定是中国使臣最感兴趣的，最愿意接受的。

柳梦寅针对咸镜道军民的贫困状况所作的《安边三十二策》中，第二策是"广屯田"。柳梦寅没有先提屯田的建议，也没有先说屯田的好处，而是这样开篇："守国之道，唯在于继饷。继饷之策，不出于转粟。而今者六镇，邈在北海之奥。陆路数千里，阻以磨天、磨云诸岭，车马未易通。水路亦数千里达于他道，而北俗舟小，不能周万卒之馈。今者以堂堂数百载之国，势无一粒之饷以资于六镇。而只以空城数十之卒，欲固其锁钥，不亦难乎？亦一儿戏耳。"① 作者先提"守国"这一大事，由"守国"引出"继饷"，"继饷"就需"转粟"。咸镜道地处偏远，水陆交通都很不便，粮食很难运达，这就使得守边的士卒越来越少。而咸镜道又是北方重镇，"以空城数十之卒"来防守等同儿戏。这样的开篇无疑会给对方造成危机感。至此，解决咸镜道粮食匮乏的问题便迫在眉睫。此时，作者才提出"其势莫若就边地广开屯田"这一主题，有了田地就有粮食，有了粮食就有了加强防守的资本，这无疑是解决问题的关键，会让已经倍感危机的对方看到希望，因此也就更加信服，更愿意接受自己的建议。

柳梦寅的朋友成汝学怀才不遇，已经被罢黜的柳梦寅很想推举他，于是想到了时任吏曹判书的朋友李廷龟，于是写了《赠吏判月沙书》表达自己的愿望。此时，如果直接说自己想推举成汝学，让李廷龟帮忙，就显得很唐突，让对方感到突然，不知如何回复。于是柳梦寅先描述了自己的梦："畴昔之夜，梦见有一人攀高树，乍登乍蹉。余乃颠倒趋之，

---

① 〔朝〕柳梦寅：《於于集》（《影印标点韩国文集丛刊》第63辑），汉城：韩国民族文化推进会，1991，第579页。

推而上之树颠。谛其人,乃吾友成进士汝学也。"接着分析了这个梦的寓意:"树者,树立也。树立人,莫如官也。乍登乍蹉,登无阶而高难攀也。推而上之者,荐之之象也。得无荐之者余乎?"① 但柳梦寅又遗憾地指出自己自身都很难保,又如何能推举别人。这就很自然地把重任转给了李廷龟,因为李廷龟是了解成汝学的,又了解当时人才被压制的现实。巧妙地借梦来说事,既委婉地道出了自己的想法,也给对方一个缓冲,让对方逐渐理解并接受自己的建议。而一旦对方不能答应自己的请求,也能以梦并非现实,不要当真的理由含蓄地拒绝,这样双方的面子都能够得以保全。这也是迂回入题的好处。

三 前后照应

中国古代散文多用前后照应之法。前后照应是指文章内容表达上的前后关照、呼应。前后照应能使文章脉络、层次分明,使文章前后紧密联系、首尾圆合,是文章结构中的常用方式。如司马迁的《报任安书》开头曰:"少卿足下:曩者辱赐书,教以慎于接物,推贤进士为务。"结尾又说:"今少卿乃教以推贤进士,无乃与仆之私指谬乎?"② 前后照应,委婉表达了自己无从"推贤进士"的苦衷。柳梦寅在散文中也常用前后照应法以使结构更缜密、完整。

柳梦寅曾为朋友的双岩亭作《双岩记》,在这篇文章中,柳梦寅就采用了首尾呼应的方法。文章开头说:"双岩,亭基也。只度土未胥宇,主人求我记,何早也?"③ 柳梦寅似乎对主人过早请自己作序感到不理解。但他既没有答应也没有拒绝,给读者留下了悬念。接下来作者转移了话题,说起了亭子名称的来历、亭子周围的环境以及亭子主人的情况,又表达了自己的感受。这样,好奇的读者便会继续读下去寻求答案。果然,文章最后说:"为记以勖之,晚也非早也。"至此,读者便会恍然大悟,原来文章中间这一部分就是柳梦寅所作的《双岩记》的全部内容。

---

① 〔朝〕柳梦寅:《於于集》(《影印标点韩国文集丛刊》第 63 辑),汉城:韩国民族文化推进会,1991,第 406 页。
② (汉)班固撰,(唐)颜师古注《汉书》,北京:中华书局,1962,第 2725、2736 页。
③ 〔朝〕柳梦寅:《於于集》(《影印标点韩国文集丛刊》第 63 辑),汉城:韩国民族文化推进会,1991,第 540 页。

最后只用一句和文章开头相照应，这一句既解开了开头的悬念，又自然结束了全文。

在《送斗峰李养吾骊城君志完赴京序》中，柳梦寅开篇就列举了三种有悖常理的现象："余闻马有卵，丁子有尾，龟背之毳长三尺，信乎？"马是胎生的哺乳动物，怎么会有卵？丁子（青蛙）怎么会有尾巴？龟背多是光滑的甲壳，怎么会长有三尺长的毛？这实在令人费解。接下来作者却又放下这个话题，说起朝鲜与中国的关系。作者认为，朝鲜也是一个国家，也有自己的优势，几百年来却处处羡慕中国、事事效仿中国，缺少自己的政治主张，因此需要有人站出来改变这种状况。可这些和前面那几种子虚乌有的事物又有什么关系呢？最后作者给出了答案："吁！我国庙堂之谟，马之卵耶，丁子之尾耶，龟背之三尺毳耶！"①"谟"的意思是计划、谋略。在此，柳梦寅想要说的是，国家制定方针战略要考虑自身的实际情况，寻求合理的治国之策，一味效仿中国，所制定的策略就会像马之卵、丁子之尾、龟背之毛一样荒谬可笑。这样的前后照应既能吸引读者，又能使抽象的理论形象化，使论证过程完整、圆合。

再如在《送柳老泉涧朝天诗序》中，作者先说："有心哉，天欲予之，必夺之，欲扶之，必倾之，古之贤士困心衡虑而得者，皆此也。"那么此说是否正确？有何事实可以验证呢？本文最后一句便是作者对此说的照应："我与公困心衡虑者，永贻不朽于天下万世乎？彼诡诡者，特一时焉耳。"②在《平安评事郑斗源西征送别诗序》中，柳梦寅对世态炎凉很有感慨。当自己做了吏曹参判后，宾客盈门，旁有少妾讥之曰："妾奉主家，未尝见主家有戚友尊宾至，何今之闹也？吏曹之故耶！"③这样的日子持续了三年，柳梦寅也就一直"苦被儿女之讥"。当他病退之后，"向日之填门排户者，声沉影绝"，再也没有当权时门庭若市的景象了。而此时，朋友郑斗源登门求诗文，所以柳梦寅终于可以"庶免儿女之讥也"。可见，"旁有少妾讥之""苦被儿女之讥""庶免儿女之讥也"这

---

① 〔朝〕柳梦寅：《於于集》（《影印标点韩国文集丛刊》第63辑），汉城：韩国民族文化推进会，1991，第360页。
② 〔朝〕柳梦寅：《於于集》（《影印标点韩国文集丛刊》第63辑），汉城：韩国民族文化推进会，1991，第357页。
③ 〔朝〕柳梦寅：《於于集》（《影印标点韩国文集丛刊》第63辑），汉城：韩国民族文化推进会，1991，第362页。

三处互相照应,这种照应既揭示了多数人攀附权贵的丑恶嘴脸,又赞美了郑斗源与柳梦寅之间可贵的君子之交。

从以上各例可见,前后照应使得柳梦寅的散文内容更有条理,结构更严密,主题更突出。结构,在某种意义上也可以说是一种语言。从柳梦寅的散文精心安排的各种结构中,我们可以看到这种"语言"的作用。

第六节 灵活多样的语言特色

在柳梦寅出生的 100 多年前,即 1444 年,朝鲜已经有自己的语言文字训民正音,但官方语言仍然是汉语。虽然也有不少作家开始用本国语言进行创作,但熟稔中国文化的柳梦寅一直坚持用汉语创作。他从小学习中国汉字和文化,熟读各代经典,因此汉语阅读和写作的水平都很高,能够纯熟地使用汉语书面语和口语进行创作,这本身就是对中国语言文化的尊重和热爱。而丰富的汉语言文化也使柳梦寅的散文创作更加出色。

一 用词准确,词汇丰富

词是构成句子和篇章的最小语义单位。用词准确、词汇丰富是文章语言生动、形象、灵活多变的基础,也是作者表达思想、情感的关键。

首先,柳梦寅的散文很注重词语的选择和运用,不管是实词还是虚词,都精心选择、仔细锤炼,使其能最准确、最恰当地表情达意。如《钓隐亭记》中描写庭院中的花卉和树木的一段:

> 旋入于亭,阅其庭实。花则有雪中返魂也,日边倚云也,渔郎逐水也,贵妃饮泪也,陶篱散金也,杜魄啼血也;满院之香架也,当阶之红翻也;华山仙井之移也,沉香倾国之欢也;蜀鸿之所含子也,汉城之所发哀也。树则有金井之叶,有宋山之械;有相府之翠,有隋堤之绿;有徂徕之贞姿,有淇园之团栾;有植孔坛而实圆,有过杜拳而穰多。①

---

① 〔朝〕柳梦寅:《於于集》(《影印标点韩国文集丛刊》第 63 辑),汉城:韩国民族文化推进会,1991,第 394 页。

写花不出现花名,而是以一组主谓短语和一组偏正短语将一系列典故串联起来,第一组主谓短语中运用了六个动词——"返""倚""逐""饮""散""啼",每一个动词都是描绘或概括该典故(典故分析见本章第三节)的最准确、最生动的词语,"返"表现了梅花义无反顾的坚贞,"倚"表现了红杏的美艳和娇羞,"散"表现了菊花盛开的繁茂,渔郎"逐"水才发现了美丽的桃花源,贵妃"饮"泪才如梨花带雨般楚楚动人,杜鹃"啼"血才留下了凄美的传说。而其中的虚词包括十二个"也"和十二个"之",有规律地镶嵌在每句的句中或句末,从而形成了一唱三叹的韵味美和一波三折的复沓回环的旋律美,这种咏叹的句子跟委婉的情意、高雅的趣味结合在一起,给人一种含蓄的、雅致的情韵之美。可见,柳梦寅散文中的虚词运用同样非常准确、恰当。

再如:"我家公之土,税公之田,渔公之海,苏公之山,讽咏调戏于昕夕者,皆公之云烟。"(《送江原方伯申湜序效国语押韵》)①"之"将并列的四个短语的前后两部分连接起来,使这些短语结构匀称、完整,读起来更加顺畅、自然。再看下面两个例子。"起者废者,张者歙者,生者死者,自起自废,自张自歙,自生自死。"(《奉别谢恩奏请使李月沙廷龟四赴燕山诗序》)② 六个"者"将所叙述的各种情况间隔起来,既舒缓了语气,又使整个句子有了顿挫之感。"'所谓贡者贡赋也,田者田税也,屯者官屯田也,粮者漕粮米也,银者接待天将之银也,宫者宫阙布也,刷者刷马也,别者别贡物也,收者别收米也,骑者骑兵也,步者步兵也……直者诸处守直也,厅者官厅所纳也,邻者切邻也,族者一族也,豪者豪强也,吏者奸吏也。'李子之郡,善行此三十字,毋谓询谋狂也。"(《送韩山郡守李子信序》)③ 连续运用三十处"……者……也"的形式,"者"在每句中间起停顿作用,"也"在句末表达肯定的语气,二者联合构成一组肯定的判断。同样的结构循环往复,起伏跌宕,节奏急促,一气呵成,也表现了作者期盼、勉励的情感之强烈。

---

① 〔朝〕柳梦寅:《於于集》(《影印标点韩国文集丛刊》第63辑),汉城:韩国民族文化推进会,1991,第356页。
② 〔朝〕柳梦寅:《於于集》(《影印标点韩国文集丛刊》第63辑),汉城:韩国民族文化推进会,1991,第351页。
③ 〔朝〕柳梦寅:《於于集》(《影印标点韩国文集丛刊》第63辑),汉城:韩国民族文化推进会,1991,第379页。

其次，为了表达准确、精练，柳梦寅经常在散文中将一些实词活用，以最简省的语言表达出最完备的意义，也体现了灵活多变的古汉语的独特魅力。以下是此类活用的一些例句：

1. 名之曰仙山道人。(《赠表训寺僧学悦序》)①

2. 日余携客舟汉江，泊济川亭下。(《水镜堂记》)②

3. 彦机、云桂，两诗僧也。……万历四十六年，桂客我松泉精舍。(《游宝盖山赠灵隐寺彦机、云桂两僧序》)③

4. 今用拙公出伯关东，适会余东征之秋，将地主我也。(《送江原方伯申湜序效国语押韵》)④

5. 鞑奴零寇鼠伏草树中。(《送僚伯李校理朝天序》)⑤

6. 或火耕烟起云。(《赠长安寺住持玄修序》)⑥

7. 花其口粉其底。(《送南原府使高用厚诗序》)⑦

8. 迹远利禄而心深山水。(《山雨亭记金仁龙亭》)⑧

---

① 〔朝〕柳梦寅：《於于集》(《影印标点韩国文集丛刊》第63辑)，汉城：韩国民族文化推进会，1991，第387页。
② 〔朝〕柳梦寅：《於于集》(《影印标点韩国文集丛刊》第63辑)，汉城：韩国民族文化推进会，1991，第391页。
③ 〔朝〕柳梦寅：《於于集》(《影印标点韩国文集丛刊》第63辑)，汉城：韩国民族文化推进会，1991，第390页。
④ 〔朝〕柳梦寅：《於于集》(《影印标点韩国文集丛刊》第63辑)，汉城：韩国民族文化推进会，1991，第356页。
⑤ 〔朝〕柳梦寅：《於于集》(《影印标点韩国文集丛刊》第63辑)，汉城：韩国民族文化推进会，1991，第378页。
⑥ 〔朝〕柳梦寅：《於于集》(《影印标点韩国文集丛刊》第63辑)，汉城：韩国民族文化推进会，1991，第384页。
⑦ 〔朝〕柳梦寅：《於于集》(《影印标点韩国文集丛刊》第63辑)，汉城：韩国民族文化推进会，1991，第349页。
⑧ 〔朝〕柳梦寅：《於于集》(《影印标点韩国文集丛刊》第63辑)，汉城：韩国民族文化推进会，1991，第396页。

第五章　柳梦寅散文的创作艺术与中国文化

9. 而中国之人，莫之重，独于公也，奇之异之。（《送户部尚书李圣征廷龟奏请天朝诗序》）①

10. 其十一厚月粮。（《安边三十二策》）②

11. 帝如亡之，我当兴之。（《一士与天争赋》）③

12. 风土之气能死人。（《送李侯惟弘之永川序》）④

例 1 至例 7 为名词的活用。例 1、2 的"名"和"舟"后面带了宾语"之""汉江"，意为"为之命名"和"泛舟"，表明活用为一般动词。例 3、4 的"客"和"地主"后面也都带上宾语"我"，即"以我为客""以我为地主"。这是名词的意动用法。例 5、6 的"鼠"和"火"表明"伏"和"耕"的方式，做这两个动词的状语。例 7 的"花"和"粉"后带上宾语"其口""其底"，意思是"使其口花""使其底粉"，是名词的使动用法。例 8 至例 10 为形容词的活用。例 8 的"远"和"深"分别带上了宾语"利禄"和"山水"，意为"远离"和"深入"，即活用为一般动词。例 9 的"奇"和"异"也都带了宾语"之"，意为"以之为奇""以之为异"，是形容词的意动用法。例 10 的"月粮"是"厚"的宾语，意为"使……的月粮厚"，是形容词的使动用法。例 11、12 的"亡"和"死"是不及物动词，后面带上了宾语"之""人"，意思是"使之亡""使人死"，这是动词的使动用法。

再如下面一段：

刘乡老天禄惠西瓜我、雉我、鹿我、谷我、食我，僧圆应葡萄我、米我、菜我，僧义能、僧妙庵、僧宗远酱我、苴我，僧性珠酒

---

① 〔朝〕柳梦寅：《於于集》（《影印标点韩国文集丛刊》第 63 辑），汉城：韩国民族文化推进会，1991，第 348 页。
② 〔朝〕柳梦寅：《於于集》（《影印标点韩国文集丛刊》第 63 辑），汉城：韩国民族文化推进会，1991，第 581 页。
③ 〔朝〕柳梦寅：《於于集》（《影印标点韩国文集丛刊》第 63 辑），汉城：韩国民族文化推进会，1991，第 600 页。
④ 〔朝〕柳梦寅：《於于集》（《影印标点韩国文集丛刊》第 63 辑），汉城：韩国民族文化推进会，1991，第 353 页。

我、豉我、石芝我,僧法坚饼我、粮我、海菜我、山蔬我、诗我、札简我,圆通僧熙郁菁我、薇蕨我,榆岾僧泰敬糇我、石榴我、黄橘我、屏风菜我。(《戏赠涅盘山人慧仁序》)①

在这一长句中,作者将大量的名词带上宾语,当作动词用,这种用法比较少见。

最后,柳梦寅擅长以色彩词描绘景物、渲染气氛或烘托心情。如以下各例:

> 绿绨白检,述勋、华之运;金绳玉字,表殷、夏之符。(《教郑汝昌家庙书》)②

> 白檎、红檎、黄柚、青橘、稚莲、软梨、桃杏、李柰堆积如山,不可胜名……白浮屠高不知几百丈,金扁大书曰"蓬莱真院"。……东西班红衣裳金冠,彩绣大带,环佩琅然……金冠红衣。……道士黑巾,以黑帛两绥垂巾后,所服红袍,衣长裳短,四旁有一雙积。僧人黑锦袈裟,初于东班外从行。……儒生有黑袍者一行,是举人也,蓝袍青衿者一行,是监生也。(《万寿节朝天宫演礼诗序》)③

> 以红霞、白云、青岚为朝夕之飧,与永郎、述郎飞吟于东海之畔,吾之死不亦荣乎?(《赠表训寺僧慧默序》)④

> 有粉黛绯紫数十行,是其色不止于碧,而犹爱其碧。(《寒碧堂记》)⑤

---

① 〔朝〕柳梦寅:《於于集》(《影印标点韩国文集丛刊》第63辑),汉城:韩国民族文化推进会,1991,第388~389页。
② 〔朝〕柳梦寅:《於于集》(《影印标点韩国文集丛刊》第63辑),汉城:韩国民族文化推进会,1991,第544页。
③ 〔朝〕柳梦寅:《於于集》(《影印标点韩国文集丛刊》第63辑),汉城:韩国民族文化推进会,1991,第372页。
④ 〔朝〕柳梦寅:《於于集》(《影印标点韩国文集丛刊》第63辑),汉城:韩国民族文化推进会,1991,第385页。
⑤ 〔朝〕柳梦寅:《於于集》(《影印标点韩国文集丛刊》第63辑),汉城:韩国民族文化推进会,1991,第391页。

近则巫山十二峰，紫翠吞吐帘栊外。就池心植芙蕖芿之，夏叶如万翠盖，秋花若千红妆。(《绫城晚香亭记》)①

余笑曰："世有爱丹青绘画，尽其人工，尝以为奢。今见此地，石既白则苔胡然而青，水既绿则花胡然而紫。天工亦太奢。"(《游头流山录》)②

这些色彩词使其散文语言更加生动、形象，也使其描绘之物更加鲜活。

此外，"羹墙""龚黄""释菜""箪食壶浆"等有来历出处的词语的运用，也使得柳梦寅的散文语言表现出典雅的特色。

二 句式灵活多变

柳梦寅善于通过灵活多变的句型，将叙事、议论、抒情、写景熔于一炉，使文章摇曳多姿、神采飞扬；整散相间的句式结构也使其散文既有整齐和谐之美，又有错落参差之美。

其一，句型多样是柳梦寅散文的语言特色之一。

在柳梦寅的散文中，判断句、疑问句、感叹句、倒装句、省略句、被动句等各种句型一应俱全。判断句有肯定判断，如："千万年者仙也，三年者太守也。前之太守，昨日仙而今日俗也。今之太守，昨日俗而今日仙也。"(《送成川假仙洪兄遵之任序》)③ 此句分别以"……者……也"和"……也"的方式表示肯定判断。否定判断如："国事非家事，君恩不可私。"(《柳书状别章帖序》)④ 此句分别以"非"和"不"表示否定判断。疑问句有反问，有设问。反问如："人孰无一死？修短同归一涂。死不立名，与腐草何异？"(《奉崔牛峰生员行衢二兄弟疏》)⑤ 虽是

---

① 〔朝〕柳梦寅：《於于集》(《影印标点韩国文集丛刊》第63辑)，汉城：韩国民族文化推进会，1991，第542页。
② 〔朝〕柳梦寅：《於于集》(《影印标点韩国文集丛刊》第63辑)，汉城：韩国民族文化推进会，1991，第589页。
③ 〔朝〕柳梦寅：《於于集》(《影印标点韩国文集丛刊》第63辑)，汉城：韩国民族文化推进会，1991，第354页。
④ 〔朝〕柳梦寅：《於于集》(《影印标点韩国文集丛刊》第63辑)，汉城：韩国民族文化推进会，1991，第348页。
⑤ 〔朝〕柳梦寅：《於于集》(《影印标点韩国文集丛刊》第63辑)，汉城：韩国民族文化推进会，1991，第552页。

问句，表达的意思却很明确，是典型的反问句。设问如："泊十万大军，俱没于虎口，将军独何为哉？惟其义烈所激，眼无白刃，与刘、乔两将军抗节俱死。"(《题金将军传后》)① 自己提问，自己回答。感叹句如："吁，物之盛衰有是哉！"(《送具子和令公尹义州府序》)② "呜呼！奈何乎天！"(《哭李而立令公哀辞》)③ 这两句分别以感叹词"吁"和"呜呼"领起感叹的内容。倒装句如："踪迹之孤，莫我若者也。"(《与榆岾寺僧灵运书》)④ 正常语序应为"莫若我者也"。"今师，金刚地著人也，必知其处，而问之而不我告。"(《赠长安寺住持玄修序》)⑤ "我"是"告"的宾语，本应置于"告"的后边。省略句如："日余携客舟汉江，泊济川亭下。秋涛洞澈，景色澄鲜。咏秋风之辞，歌河广之章。"(《水镜堂记》)⑥ "秋涛洞澈，景色澄鲜"前面省略了主语"汉江"，"咏秋风之辞，歌河广之章"前面省略了主语"余与客"。被动句如："洸，吾柳氏主器人也。敦和醇懿，忠信恢坦，盛为流辈所称。……深为有司所叹服。"(《送洸侄游洪州序》)⑦ 两个"为"是被动的标志。

这些不同的句型或叙述事实，或表达观点，或抒发感情，语气不同，感情色彩也不同。它们的运用，使柳梦寅的文章叙述更周详、严密，观点更鲜明、有力，感情更丰富、强烈，描写更简洁、传神。

其二，句式整散交替是柳梦寅散文的另一个突出特点。

柳梦寅一向反对形式呆板的骈文，他的散文多以散句为主。散句组

---

① 〔朝〕柳梦寅：《於于集》(《影印标点韩国文集丛刊》第63辑)，汉城：韩国民族文化推进会，1991，第442页。
② 〔朝〕柳梦寅：《於于集》(《影印标点韩国文集丛刊》第63辑)，汉城：韩国民族文化推进会，1991，第355页。
③ 〔朝〕柳梦寅：《於于集》(《影印标点韩国文集丛刊》第63辑)，汉城：韩国民族文化推进会，1991，第439页。
④ 〔朝〕柳梦寅：《於于集》(《影印标点韩国文集丛刊》第63辑)，汉城：韩国民族文化推进会，1991，第419页。
⑤ 〔朝〕柳梦寅：《於于集》(《影印标点韩国文集丛刊》第63辑)，汉城：韩国民族文化推进会，1991，第384页。
⑥ 〔朝〕柳梦寅：《於于集》(《影印标点韩国文集丛刊》第63辑)，汉城：韩国民族文化推进会，1991，第391页。
⑦ 〔朝〕柳梦寅：《於于集》(《影印标点韩国文集丛刊》第63辑)，汉城：韩国民族文化推进会，1991，第368页。

织自由，可以任意挥洒。但"散文虽欲纯乎散，而不能不受骈文之影响"①，骈文中的整句音韵整齐、结构紧凑，可以弥补散句松弛、韵味不浓的不足。柳梦寅有意将一些整句穿插在散句之中，使文句整散结合，变幻多姿，增强了形式和音韵之美。

《月先亭记》就是句式整散交替的一个范例。作者先以一散句交代了月先亭所处的位置："余观夫月先之亭，乃在公山之万舍阴。"然后是一组整句："其东则鸡龙镇之，其南则尼山环之，其北则鸡龙一枝远远而来……"这组句子分别从东、南、北三个方向介绍了月先亭的地理环境。接下来又是一组整句："其藩篱，则松柏仍之；其庭实，则杂卉罗之。若乃春花烂漫，红白相映；夏日舒迟，云霞变态；风霜高洁，万林如锦；冰雪刻镂，千峰玉立。"这一组整句先概述了亭子以松柏为藩篱、以杂卉充庭实的景色，接下来的连续八个四字短语又分别描绘了月先亭一年四季的美丽景色。最后又以一散句作结："是固斯亭四时之景，有以助乎有声之画、无声之诗。"②意思是，四季景色的变化成就了月先亭的诗情画意。其中的散句结构灵巧、活泼自然，整句音节匀称，和谐齐整，节奏感强。整散结合，整饬美和错落美有机统一起来，使这段描写的内容、形式都呈现出强烈的美感。

散句舒展随意，灵活多变，可以使叙事完整、细致；整句抑扬顿挫，音节谐美，气势旺盛，可以把思想感情表达得激烈澎湃。散句柔韧有弹性，整句气势强劲有力。在一篇文章中，散句与整句相间，二者可以互相取长补短，更好地表情达意。如《免宴礼部再度呈文》就先以散句详尽地叙述了请求免宴的依据和先例，即"往在壬辰岁，君臣播越，陪臣申点始请免宴。寇退之后，至壬寅年，陪臣金玏始受宴礼。一国被寇，犹且奏免至于十年之久，况遭君父之丧，独不免于三年之内乎？陪臣之来上国，专为万寿圣节也"，接下来以一组整句描述了自己在中国的不合礼法的行为："当其演礼于天宫，素帛之巾，已自襪之；乌纱之帽，亦已戴之；白锦之衣，亦已解之；黑绢之服，亦已穿之；云雁之章，亦已傅之；鹤顶之金，亦已带之。手之亦已舞之，足之亦已蹈之。"在交代这些

---

① 陈柱：《中国散文史·序》，北京：商务印书馆，1937。
② 〔朝〕柳梦寅：《於于集》（《影印标点韩国文集丛刊》第63辑），汉城：韩国民族文化推进会，1991，第540页。

行为的原因时，又用了散句："以其所重在万寿，安敢以小邦私丧辞？至于天朝之赐宴于今日，只为两三陪臣也。"最后，再以整句作结："其受也何重于万寿，其免也何轻于万寿耶？"① 这种"散句—整句—散句—整句"的句式结构，既详尽、准确地表达了作者的思想观点，又痛快地抒发了作者愤愤不平的感情，显示了散文语言的错综美。使文章于错综中见整齐，整齐中显变化，灵动活泼又抑扬顿挫，可谓二美俱现，具有强烈的艺术感染力。

柳梦寅是一位优秀的语言大师，他根据文章体裁、应用场合、读者对象的不同而选择不同语体、风格的语言进行创作，使散文语言表现出古奥与浅易共存、典雅与通俗互见、庄重与活泼相映的特色。

第七节　异彩纷呈的修辞手法

自先秦起，中国的著名散文大家如孔子、孟子、庄子、贾谊、司马迁、韩愈、柳宗元、欧阳修、苏轼等，都十分善用各种修辞手法。丰富多彩的修辞手法为他们的经典散文增色很多。柳梦寅也充分吸收了中国经典散文的修辞艺术，在创作时能够熟练地运用多种多样的修辞手法，使表达更加准确、形象或传神，增加了其散文的趣味性和可读性。

一　绝妙的比喻

比喻是一种最常用的修辞方式，是形象思维的方法。比喻总是以人们熟悉的事物来比陌生的事物，以具体的形象来比抽象的内容，因此能使难以言状的事物形象化，使深奥的道理浅显化，使要描述的事物和要表达的道理更易被他人理解和接受。在柳梦寅的散文中，用得最多的修辞手法就是比喻。不管是说理文、叙事文还是抒情文，都因比喻的运用而更加精彩。

在叙事、抒情和写景类散文中，柳梦寅都愿意运用各种比喻，使表达更加生动多姿。如《送凤山郡守李绥之绥禄歌序》曰："绥之弱冠，面

---

① 〔朝〕柳梦寅：《於于集》(《影印标点韩国文集丛刊》第63辑)，汉城：韩国民族文化推进会，1991，第422页。

如玉。"① 玉一般具有温和、润泽的特点，是美与纯洁的象征。以玉来形容人的面容娇美在中国古代文学作品中比较多见，如"白茅纯束，有女如玉"（《诗经·召南·野有死麕》）②；"燕赵多佳人，美者颜如玉"（《古诗十九首》其十二）③。李绥之是一个家境较好、年少才高的读书人，当时刚好弱冠（20岁），所以用玉来比喻他的面容是很恰当的。车天辂是朝鲜朝中期著名的文学家，金泽荣评价他的创作说："车五山诗之敏富，固亦一代间气之才也。"［金泽荣《杂言》（六）］④ 郑弘溟《畸翁漫笔》评价说："车五山天辂，牢笼百家，赡纶无比。"⑤ 成涉《笔苑散语》则云："车天辂……文章豪逸，自是宇宙间气，自恨不生鸭江以西。"⑥ "敏富""赡纶""豪逸"这些评价都比较抽象。柳梦寅则用一个比喻概括车天辂的创作说："天辂文章如江河滂沛，云锦炜烨，晷刻之间，注笔千万言。"（《赠礼曹参判行平海郡守车公轼神道碑铭并序》）⑦ 江河、云锦都是人们非常熟悉的事物，而滂沛（水多而湍急）的江河和炜烨（灿烂耀眼）的云锦则是对车天辂文章特色的形象化表述，更容易让读者理解和领悟。

在写景散文《题绀坡崔有海号副墨〈游金刚山录〉后》中，有一段多处用比喻的景色描写，十分精彩：金刚山中，溪水清澈见底，"圆如鞠球"的水母自由自在地游来游去，活泼可爱；各种石头"累累成堆，横如束帛，竖如攒笋根，方如谷石露积，离立如础柱，散峙通东海，奇观殆不可笔状"；从山上飞流而下的瀑布"如烟似霞"，落入"如玉鼎"一般的潭中；而那"苍壁素峰簇簇如矛戟"，"长短瀑如垂绅接统承绪"，

---

① 〔朝〕柳梦寅：《於于集》（《影印标点韩国文集丛刊》第63辑），汉城：韩国民族文化推进会，1991，第352页。
② 周振甫译注《诗经译注》，北京：中华书局，2002，第31~32页。
③ （南朝陈）徐陵：《玉台新咏》（《景印文渊阁四库全书》第1331册），台北：台湾商务印书馆，1986，第637页。
④ 韩国学文献研究所编《金泽荣全集》（二），汉城：亚细亚文化社，1978，第129页。
⑤ 〔韩〕赵锺业编《修正增补韩国诗话丛编》（第3册），汉城：太学社，1996，第22~23页。
⑥ 〔韩〕赵锺业编《修正增补韩国诗话丛编》（第11册），汉城：太学社，1996，第200页。
⑦ 〔朝〕柳梦寅：《於于集》（《影印标点韩国文集丛刊》第63辑），汉城：韩国民族文化推进会，1991，第433页。

掩映于群峰、瀑布间的白云庵则"如烂银浓玉，百态呈奇"。① 这段精彩描写使我们看到了金刚山如仙境般美丽迷人的景色，有强烈的艺术感染力，而正是鲜活、绝妙的比喻增强了这种感染力。

再如："梨花亭畔花似雪兮，素月如盘出没冯夷窟兮。"（《送襄阳使君权云卿缙序》）②"加以比年内，霜雪笼头，牙齿辞辅。"（《重答南都宪书》）③"憸人之利舌如锋，废主之狂威似虎。"（《教郑汝昌家庙书》）④"独东溟颜如酡，鬓如漆。功业于盛时，如日之升。"（《送金正言世濂东归原州序》）⑤"吾之文字，如梁如栋，如山如河。"（《赠乾凤寺僧信闇序》）⑥ 这些也都是想象绝妙、比况贴切的比喻，使文章的叙事、描写、抒情的效果更形象、逼真。

在说理文中，柳梦寅也经常运用比喻，深入浅出，将深奥的道理具体化、浅显化。如《题汪道昆副墨》说："然文章亦非一规。譬之水，万川同流归海。而会泾渭江河，清浊阔狭虽殊，同归于海则一也。"⑦ 作文章虽然没有统一的规制，但主要的目的是相同的。就像万川之水，在流淌的过程中，或清或浊，或宽或狭，但最终入海的结果是一样的。在说理文中用比喻，除了使道理形象化，还能使说理更透彻，更有说服力。如在《送韩山郡守李子信序》中，柳梦寅心痛地说："余目方今病民之政多门，民皆如鼎鱼俎牺。"⑧ 既然人民已经如鱼肉牺牲般被剥削残害，那么作为地方官的李子信就应该清廉勤政，否则韩山

---

① 〔朝〕柳梦寅：《於于集》（《影印标点韩国文集丛刊》第63辑），汉城：韩国民族文化推进会，1991，第443页。
② 〔朝〕柳梦寅：《於于集》（《影印标点韩国文集丛刊》第63辑），汉城：韩国民族文化推进会，1991，第355页。
③ 〔朝〕柳梦寅：《於于集》（《影印标点韩国文集丛刊》第63辑），汉城：韩国民族文化推进会，1991，第412页。
④ 〔朝〕柳梦寅：《於于集》（《影印标点韩国文集丛刊》第63辑），汉城：韩国民族文化推进会，1991，第544页。
⑤ 〔朝〕柳梦寅：《於于集》（《影印标点韩国文集丛刊》第63辑），汉城：韩国民族文化推进会，1991，第521页。
⑥ 〔朝〕柳梦寅：《於于集》（《影印标点韩国文集丛刊》第63辑），汉城：韩国民族文化推进会，1991，第531页。
⑦ 〔朝〕柳梦寅：《於于集》（《影印标点韩国文集丛刊》第63辑），汉城：韩国民族文化推进会，1991，第442页。
⑧ 〔朝〕柳梦寅：《於于集》（《影印标点韩国文集丛刊》第63辑），汉城：韩国民族文化推进会，1991，第379页。

郡的人民将生存得更加艰难。在向明朝兵部请求购买盐焇弓角时，柳梦寅说："今者只因一番冬至之贸，以延周期之用，用之如南金，用之如楚玉，用之如药石。"（《请盐焇弓角兵部呈文》）① 原本并不是十分贵重的盐焇弓角被当作"南金""楚玉""药石"一样来用，说明朝鲜对盐焇弓角的重视和珍惜，也说明这两样物资严重不足。因此，这样的比喻就增加了说理的力度，有利于说服中国兵部官员，达到从中国购买盐焇弓角的目的。

柳梦寅在散文中多用比喻，化平淡为生动，化深奥为浅显，化抽象为形象，化冗长为简洁，取得了很好的表达效果。

二　凝练的对偶

对偶句字数相等，结构相同，语义相关或相反。对偶不仅是诗歌中的常用手法，在中国古代的许多散体文中也多有运用，如："生乎吾前，其闻道也固先乎吾，吾从而师之；生乎吾后，其闻道也亦先乎吾，吾从而师之。"（韩愈《师说》）范仲淹《岳阳楼记》中的两处对偶更加经典："居庙堂之高，则忧其民；处江湖之远，则忧其君。""先天下之忧而忧，后天下之乐而乐。"在散文创作中运用对偶，能使散文的结构形式整齐匀称、节奏鲜明，表达凝练集中，给人以整饬的美感。

在柳梦寅的散文中，也有不少对偶句点缀在散句中，使灵活随意的行文中又略带庄重典雅。如在《绫城晚香亭记》中，作者描写晚香亭的景色说："夏叶如万翠盖，秋花若千红妆。"② "夏叶"对"秋花"，"如"对"若"，"万"对"千"，"翠盖"对"红妆"，平仄相反，词性相同，节奏一致，工整而精美，将晚香亭夏、秋两季的不同景色描绘得准确、细腻。对朋友叙述在中国的遭遇时，柳梦寅说："出则儿童侮慢之，居则吏胥挠屈之。"（《送朴说之东说赴京序》）③ 这一句以一对宽式的对偶句分别说明在玉河馆内外所受到的轻慢甚至侮辱，表达了不满又无可奈何的情

---

① 〔朝〕柳梦寅：《於于集》（《影印标点韩国文集丛刊》第63辑），汉城：韩国民族文化推进会，1991，第423页。
② 〔朝〕柳梦寅：《於于集》（《影印标点韩国文集丛刊》第63辑），汉城：韩国民族文化推进会，1991，第542页。
③ 〔朝〕柳梦寅：《於于集》（《影印标点韩国文集丛刊》第63辑），汉城：韩国民族文化推进会，1991，第359页。

绪。再如"先生死于忠,太守报以孝"(《送南原府使高用厚诗序》)①；"父树不顾之节,子立不匮之行"(《送南原府使高用厚诗序》)②；"出其地而俗,入其地而仙"(《送成川假仙洪兄遵之任序》)③；"无盐焇,未得制火器；无牛角,未得制弓弧"(《请盐焇弓角兵部呈文》)④。

柳梦寅一向反对呆板的骈文,倡导灵活自由的古文。但其散文中的这些对偶句音节整齐匀称,内容凝练集中,恰到好处地点缀于散句中间,使得文章散整有致,别有韵味。

三 整齐的排比

排比"是一种古老而有生命力的辞格,它于统一中有变化,变化中又有统一……所铺排并举的项,语义上能够引发人的比较联想；语势上能够强化突出,造成声势"⑤。排比也是中国古代散文的常用辞格,如"故天将降大任于是人也,必先苦其心志,劳其筋骨,饿其体肤,空乏其身,行拂乱其所为"(《孟子·告子下》)⑥；"故不登高山,不知天之高也；不临深溪,不知地之厚也；不闻先王之遗言,不知学问之大也"(《荀子·劝学》)⑦。在柳梦寅的各类散文中,经常有三个或多个结构相似、字数相当、意义相关、语气一致的词组或句子并排连用的现象,这就是排比。

柳梦寅在描写、叙事、说理中运用排比,都取得了更好的表达效果。

描写中的排比如："海外偏邦虮虱臣,得蒙圣天子鸿恩。敞蠛濩之堂,陈绮丽之筵,排琅玕之器,荐芍药之羞,挹酝酎之爵,插金银之

---

① 〔朝〕柳梦寅：《於于集》(《影印标点韩国文集丛刊》第63辑),汉城：韩国民族文化推进会,1991,第349页。
② 〔朝〕柳梦寅：《於于集》(《影印标点韩国文集丛刊》第63辑),汉城：韩国民族文化推进会,1991,第349页。
③ 〔朝〕柳梦寅：《於于集》(《影印标点韩国文集丛刊》第63辑),汉城：韩国民族文化推进会,1991,第354页。
④ 〔朝〕柳梦寅：《於于集》(《影印标点韩国文集丛刊》第63辑),汉城：韩国民族文化推进会,1991,第423页。
⑤ 李国英、李运富主编《古代汉语教程》,北京：北京师范大学出版社,2007,第391页。
⑥ 杨伯峻编著《孟子译注》,北京：中华书局,1960,第298页。
⑦ （清）王先谦撰,沈啸寰、王星贤点校《荀子集解》(《新编诸子集成》本),北京：中华书局,1988,第2页。

苞。"(《免宴礼部再度呈文》)① 这是对朝鲜使臣在朝拜中国期间出席盛宴的一段描写，宽敞的朝堂、绮丽的筵席、精美的器皿、美味的珍馐、香洌的美酒、灿烂的饰品令人目不暇接，排比的运用使描写的各种事物缤纷多姿。

叙事中的排比如："一道之民，兵而死，饥而死，疫而死，十居八九。"(《教黄海观察使柳永询书》)② "臣之忝据此已四年矣。……至于四年之久，则人之厌之者必诉之。不去则必驱之，不去则必鞭之，不去则必大杖之，而终不去则必挤之不测之渊而后已。"(《再辞吏曹参判疏》)③ 第一例中，作者将一道居民的死因排比列出，深表沉痛之情和对该道观察使柳永询的期望之情。第二例中，作者将自己任吏曹参判四年中所受的排挤和打击一气列出，由此，朝鲜朝时期官场上不同党派之间的矛盾冲突和激烈斗争便显而易见了。叙述中运用排比，使所列事项丁卯纷陈，有条不紊。

说理中的排比如："而百里不同风，千里不同俗。区区习尚，不必强而同之也。今兹万寿之日，万国咸会，其俗之与中国异制者何限？吴侬楚伧，各殊其音。蜀髻赵躧，亦异其风。琉球之文身不可洗也，刺麻之剃发不可长也，西域之缁衣不可脱也，北虏之辫发不可解也。"(《免宴礼部再度呈文》)④ 为了请求免宴得到批准，作者一口气举出四个与中国风俗不同但又不能改变的例子，极力阐明"区区习尚，不必强而同之"的道理。说理全面充分、淋漓尽致、气势磅礴，既有无可辩驳连贯通畅之势，又有诗的回肠荡气、和谐委婉之韵。为了从中国购买盐硝弓角，柳梦寅首先说明朝鲜与中国的利害关系："今者小邦，实上国之一云南也，一福建也，一陇蜀也。"(《请盐硝弓角兵部呈文》)⑤ 几个省份的排比意在强调，朝鲜在地理位置上犹如中国的一个边境省份，和中国休戚

---

① 〔朝〕柳梦寅：《於于集》(《影印标点韩国文集丛刊》第63辑)，汉城：韩国民族文化推进会，1991，第422页。
② 〔朝〕柳梦寅：《於于集》(《影印标点韩国文集丛刊》第63辑)，汉城：韩国民族文化推进会，1991，第546页。
③ 〔朝〕柳梦寅：《於于集》(《影印标点韩国文集丛刊》第63辑)，汉城：韩国民族文化推进会，1991，第404页。
④ 〔朝〕柳梦寅：《於于集》(《影印标点韩国文集丛刊》第63辑)，汉城：韩国民族文化推进会，1991，第422页。
⑤ 〔朝〕柳梦寅：《於于集》(《影印标点韩国文集丛刊》第63辑)，汉城：韩国民族文化推进会，1991，第423页。

相关，因此中国答应卖给朝鲜盐焇弓角才是明智之举。整齐的排比进一步强化了自己的观点。

这些排比使得描写更细腻全面，叙事更详尽完整，说理更充分有力，为柳梦寅的散文增加了表现力和气势。

四 适当的夸张

夸张又叫"夸饰"或"扬厉"，指有意言过其实的修辞现象。适当运用夸张，能更好地突出事物的本质和特征，鲜明表现出作者对该事物的情感态度，增加语言的生动性，引起读者丰富的想象和共鸣。在中国古代诗歌、散文中，用夸张的例子很多，如："飞流直下三千尺，疑是银河落九天。"（李白《望庐山瀑布》）"其里之富人见之，坚闭门而不出；贫人见之，挈妻子而去之走。"（《庄子·天运》）[①]

柳梦寅在散文中也多用夸张。1609年，柳梦寅在赶往万寿节朝天宫演礼仪式的路上大开眼界，又惊又喜，后作《万寿节朝天宫演礼诗序》，文中多用夸张手法，突出了当时的激动情绪，如："纡回入敬德街，灯烛晶煌，商贾毕会，百果照烂，香臭载涂。白檎、红檎、黄柚、青橘、稚莲、软梨、桃杏、李奈堆积如山，不可胜名。其中有长檎如苽，怪状特殊，生来未曾闻者。转过大馆，白浮屠高不知几百丈。"[②] "百果照烂""堆积如山""白浮屠高不知几百丈"显然是夸张的写法。作者从刚刚经历过壬辰战争还比较衰败的朝鲜来到中国的京城，这里繁华的敬德街道、宏伟的白塔让他感到新鲜和震惊，因此在描写时便饱含激动的情感。陈望道曾在《修辞学发凡》中说："说话上所以有这种夸张辞，大抵由于说者当时，重在主观情意的畅发，不重在客观事实的记录。我们主观的情意，每当感动深切时，往往以一当十，不能适合客观的事实。"[③] 柳梦寅当时就处于感动深切时，所以夸张的修辞正符合他当时的情绪。

在《赠长安寺住持玄修序》中，柳梦寅以夸张的手法描绘了自己期望中的隐居之地："地号青楯甲沙瑟田，其外弥漫不知几日程。或毁土锄

---

① （清）王先谦：《庄子集解》（《新编诸子集成》本），北京：中华书局，1987，第126页。
② 〔朝〕柳梦寅：《於于集》（《影印标点韩国文集丛刊》第63辑），汉城：韩国民族文化推进会，1991，第372页。
③ 陈望道：《修辞学发凡》，上海：上海教育出版社，1997，第128页。

草而种之，谷率秆如股穗如瓮。"① "秆如股穗如瓮"的谷物在科学发达的今天也只是一个美好的愿望，更何况 400 年以前呢。但当时柳梦寅隐居于金刚山中，生活非常困窘，连温饱都难以维持，这时他听说附近有一块肥沃的土地可以开垦耕种，便把解决温饱的希望寄托于此地，"秆如股穗如瓮"的夸张正是他热切期望的反映。

再如："千丈盈抱之树，其细如芒针焉。"（《游头流山录》）② "瀑下，长不知其几百丈。"（《题绀坡崔有海号副墨〈游金刚山录〉后》）③ "白头胡山之脉，驰奔融蓄。而成重阻叠险，入黄泉而拔云汉。"（《赠涅盘山奇奇庵沙弥敬允序》）④ "臣等又观丧乱以后，贪风尤甚。……拆姓署之缄，千匹文绢；启脯醢之瓿，万颗瓜金。醛舰云翔于碧海，陇木鬼输于朱门。需妻妾之奉，办子孙之资。民生之毛发无余，邦家之根柢自摇。"（《玉堂札子》）⑤ 这些夸张的写法既凸显了事物的特征，表达了作者的爱憎情感，也给读者以强烈、深刻的印象，引起读者的联想或共鸣。

五 鲜明的对比

对比是把相反、相对的两种事物放在一起，对照、比较，使双方的性质、特征更加鲜明、突出。如："范增说项羽曰：'沛公居山东时，贪于财货，好美姬。今入关，财物无所取，妇女无所幸，此其志不在小。'"（《史记·项羽本纪》）⑥ "同舍生皆被绮绣，戴珠缨宝饰之帽，腰白玉之环，左佩刀，右备容臭，煜然若神人；余则缊袍弊衣处其间，略无慕艳意。"（宋濂《送东阳马生序》）⑦ 对比之下，作者所要表达的观点

---

① 〔朝〕柳梦寅：《於于集》（《影印标点韩国文集丛刊》第 63 辑），汉城：韩国民族文化推进会，1991，第 384 页。
② 〔朝〕柳梦寅：《於于集》（《影印标点韩国文集丛刊》第 63 辑），汉城：韩国民族文化推进会，1991，第 588 页。
③ 〔朝〕柳梦寅：《於于集》（《影印标点韩国文集丛刊》第 63 辑），汉城：韩国民族文化推进会，1991，第 443 页。
④ 〔朝〕柳梦寅：《於于集》（《影印标点韩国文集丛刊》第 63 辑），汉城：韩国民族文化推进会，1991，第 387 页。
⑤ 〔朝〕柳梦寅：《於于集》（《影印标点韩国文集丛刊》第 63 辑），汉城：韩国民族文化推进会，1991，第 405 页。
⑥ （汉）司马迁：《史记》，北京：中华书局，1959，第 311 页。
⑦ （明）宋濂：《文宪集》（《景印文渊阁四库全书》第 1223 册），台北：台湾商务印书馆，1986，第 483 页。

一目了然。

柳梦寅散文也善用对比,即经常不直接在文章中说出对某一事物的看法,而是将两种事物或情况并举出来,以对比出来的事实表明态度,也给读者留下思考的空间。

在《平安评事郑斗源西征送别诗序》中,柳梦寅就巧妙地借对比表达了当时的世态炎凉:"余平生处静,不事参寻请谢,又不肯逐逐当途人,以论议相唯诺。用是余之门阒无人。自余忝吏曹,填门排户而至者,靡日夜少息。……顷者告病退休,殆数十日,向日之填门排户者,声沉影绝。余之门阒无人犹夫前。"① 在柳梦寅没有做官时,没人来拜访;做官之后,门庭若市,拜访者络绎不绝;病退后,又是门可罗雀,非常冷清。由此,世态炎凉不言自明。在《送凤山郡守李绥之绥禄歌序》中,柳梦寅两次描写了李绥之的容貌:"二十年前,余与绥之俱家南山下。……绥之弱冠,面如玉,颐无髯。……及今见绥之,如玉之面带黎黄,无髯之颐欲苍苍。当时之少年者已成老大。"② "面如玉"和"如玉之面带黎黄"、"颐无髯"和"无髯之颐欲苍苍"形成了鲜明的对比,这既是20年岁月流逝的痕迹,也是其间壬辰战争(战争期间,绥之曾守瑞山、郭山等数邑)洗礼的结果。这样的对比既能引起读者对岁月流逝的感叹,又能激起读者对侵略战争的痛恨。

为了表明自己的态度,强调对比中的一方,柳梦寅有时还进一步指出对比的结果。如韩山郡守李子信即将赴任,柳梦寅赠给他三十个字,并强调:"为守者善其政,则三十者不为民病而一邑安;不善其政,则三十者一皆病乎民而已,反为三十害之首。"(《送韩山郡守李子信序》)③ 作为太守,"善其政"和"不善其政"得到的是截然相反的两种结果。这样强调既体现了作者的忧民思想,也表达了作者对李子信勤政爱民的殷切期望。

此外,在柳梦寅的散文中,也有反复、顶针等修辞手法的运用。反

---

① 〔朝〕柳梦寅:《於于集》(《影印标点韩国文集丛刊》第63辑),汉城:韩国民族文化推进会,1991,第362页。
② 〔朝〕柳梦寅:《於于集》(《影印标点韩国文集丛刊》第63辑),汉城:韩国民族文化推进会,1991,第352页。
③ 〔朝〕柳梦寅:《於于集》(《影印标点韩国文集丛刊》第63辑),汉城:韩国民族文化推进会,1991,第379页。

复如:"中国之人曾经我将士者曰:'某地有碑,子之文也。某军有檄,子之文也。'辽广按抚曰:'某年之呈,子之文也。'六部诸官曰:'某事某事之咨,子之文也。'通政司各衙门曰:'某题本某表笺,皆子之文也。'"(《送户部尚书李圣征廷龟奏请天朝诗序》)① 顶针如:"云生雨,雨生谷,谷而生斯民。"(《白云庄记》)② 丰富多彩的修辞手法的运用使柳梦寅的散文色彩纷呈、摇曳多姿。

第八节 变化、多样的艺术风格

风格指"作家、艺术家在创作中所表现出来的艺术特色和创作个性"③。如李白的飘逸、杜甫的沉郁说的就是他们诗歌的艺术风格。"风格是作品的整体所生成的系统质,所呈现出来的某种出色的状貌,它超越于个别形象的塑造,超越于某些细节的处理,超越于局部形式的规定。"④ 马克思曾指出,风格如其人。

影响艺术风格的主要因素也是艺术家所生存的"文化语境"中的一些内容,如"具有特定时间中的共性特征"的"文化氛围"和"具有特定时间中的个性特征"的作家的"认知形态"⑤,而这二者都是不断变化的。因此,一个作家作品的艺术风格也不是一成不变的。如陆游中年投身到抗金的战斗前线,火热的战斗生活更激发了他的爱国热情,扩大了他的诗歌领域,因此他当时的诗歌形成了宏丽悲壮的艺术风格。66岁之后到去世的20年间,陆游大部分时间生活在故乡山阴,这时的诗歌多以农村生活和田园风光为题材,风格便趋于平淡。

柳梦寅作为一个成熟的散文家,其散文不仅内容丰富多彩,修辞手法异彩纷呈,风格亦表现出多样性特征,如写景文的奇丽、抒情文的真挚、应用文的精思、寓言的生动形象、随笔的灵活奇幻等。总的来看,

---

① 〔朝〕柳梦寅:《於于集》(《影印标点韩国文集丛刊》第63辑),汉城:韩国民族文化推进会,1991,第348页。
② 〔朝〕柳梦寅:《於于集》(《影印标点韩国文集丛刊》第63辑),汉城:韩国民族文化推进会,1991,第392页。
③ 《辞海·文学分册》,上海:上海辞书出版社,1981,第6页。
④ 胡家祥:《艺术风格三题》,《江汉论坛》1998年第7期,第69~74页。
⑤ 关于"文化氛围"和"认知形态"的解释见第一章。

柳梦寅的散文以被罢黜为界,可以分为前后两个时期,前期散文主要创作于仕宦期,后期散文创作于流离、隐居期。"文化氛围"和"认知形态"的不同使柳梦寅的散文前后风格也截然不同,前期主要表现为激昂、凌厉,体现出阳刚之美;后期主要表现为平和、冲淡,体现出阴柔之美。

一 前期激昂、凌厉

柳梦寅散文创作的前期跨度较长,即从开始创作直到1618年被罢黜,大约30年,但比较集中于壬辰战争(1592~1598)前后。战争或国家、民族之危难往往更能激起作家的爱国情怀、民族意识和创作激情。而且,当时正是柳梦寅仕宦生涯的顶峰,强烈的社会责任感、爱国热情和对侵略者的痛恨使其激情满怀。于是,柳梦寅将赶走侵略者、实现民族复兴的美好愿望和坚定信心熔铸于创作之中,使当时的散文呈现出激昂、凌厉的风格。

"激昂"的意思是"(情绪、语调等)激动昂扬"①。凌厉的意思是"形容奋勇直前"②,或形容"迅速而气势猛烈"③。因此,笔者认为这两个词最能概括柳梦寅前期大部分散文的艺术风格。这也和柳成龙所概括的"文气高劲,有洪波砥柱之势"(《於于堂文集诸贤批评》)④ 的评价相吻合。

首先,强烈而激动的情感让柳梦寅的散文表现出激昂、凌厉的风格。壬辰战争爆发后,原本就充满爱国情感的柳梦寅更加斗志昂扬。这在《教京畿左道观察使成泳书》中表现得尤为强烈。京畿道是朝鲜的都城所在,也是壬辰战争中保护的重点。战争爆发后,成泳被任命为京畿左道

---

① 中国社会科学院语言研究所词典编辑室编《现代汉语词典》(第6版),北京:商务印书馆,2012,第602页。
② 《简明文言字典》编写组编《简明文言字典》,上海:上海教育出版社,1986,第89页。
③ 中国社会科学院语言研究所词典编辑室编《现代汉语词典》(第6版),北京:商务印书馆,2012,第825页。
④ 〔朝〕柳梦寅:《於于集》(《影印标点韩国文集丛刊》第63辑),汉城:韩国民族文化推进会,1991,第453页。

监司，责任重大。柳梦寅奉命代表国王作"教书"① 时，便倾注了自己强烈的情感。首先，柳梦寅痛斥曰："蕞尔小丑，蹢轹我疆域，越我二百年宗社，为丘为墟。"② 这充分表达了他对日本侵略者的痛恨和蔑视之情。接着，作者追溯了成泳作为一介儒臣却能在战争中"唾手奋起，冲冒矢石，收散亡余民"的英勇行为，表达了无限敬佩之情。然后，作者又巧妙地将成泳比作挡水的堤防、家室的藩屏以及人体之"手足心膂"，并鼓励他继续全力以赴，为国而战，表达了无限的期望之情。对敌人的痛恨，对爱国将领的钦敬、勉励、期望，这些炽热的情感熔铸于一篇之中，使文章表现出激昂、凌厉的整体风格，给读者一种激动、振奋的审美感受。

其次，柳梦寅散文中那种强烈的、勇往直前的气势也是形成激昂、凌厉风格的一个重要因素。

1609 年，柳梦寅出使中国，按中国的礼节要参加宴礼。但宣祖于 1608 年去世，朝鲜正处于国丧期间，按朝鲜的礼节，守丧期间不能参加宴乐活动，所以柳梦寅代表使臣两度上书请求免宴。在《免宴礼部再度呈文》中，柳梦寅陈述了免宴的依据和理由："上年遭恤后陪臣四辈来此，呈单本部，许免其宴，皆班班可考。"其一，"先王于上年二月薨逝。其年告讣使李好闵四月朝京，八月归。亦过二十七日远矣，而不受上下马宴"。其二，"请封使李德馨亦不受宴如李好闵，其后圣节使尹晖免宴如李德馨，其后冬至使申渫、尹昉等亦如尹晖免宴"。其三，"往在壬辰岁，君臣播越，陪臣申点始请免宴"。柳梦寅以不可遏制的气势，一口气说出了三条免宴的理由和依据，充分而有力，不容对方辩驳。

既有先例，就应该遵守。况且为了表达对上国的尊敬，朝鲜使臣已经有所让步。让步的具体表现又是一气呵出，势不可当："当其演礼于天宫，素帛之巾，已自襫之；乌纱之帽，亦已戴之；白锦之衣，亦已解之；黑绢之服，亦已穿之；云雁之章，亦已傅之；鹤顶之金，亦已带之。手

---

① 郑道传《朝鲜经国典》载："汉唐以来，天子之言，或称制诏，或称诰敕。诸侯之言，称教书。尊卑虽殊，其所以立言之义则一也。所谓制诰教书，有亲自制者，有出于文臣之代言者。"（〔朝〕郑道传：《三峰集》，《影印标点韩国文集丛刊》第 15 辑，汉城：韩国民族文化推进会，1988，第 415 页）
② 〔朝〕柳梦寅：《於于集》（《影印标点韩国文集丛刊》第 63 辑，汉城：韩国民族文化推进会，1991，第 400 页。

之亦已舞之，足之亦已蹈之。"让步的原因是："以其所重在万寿，安敢以小邦私丧辞？"但朝鲜的让步并没有打动礼部官员，于是柳梦寅又以"百里不同风，千里不同俗。区区习尚，不必强而同之"的观点继续论辩。其论据是："吴侬楚伧，各殊其音。蜀髳赵躧，亦异其风。琉球之文身不可洗也，剌麻之剃发不可长也，西域之缁衣不可脱也，北虏之辫发不可解也。况乎箕子之遗风，先王之经制，自有朝鲜之旧俗，人臣为君丧尽礼，有何所伤于义乎？"① 广征博引，观点鲜明，论证有力。

三个片段形成了连贯的论辩，使整篇文章理充气盛，势不可遏，激昂、凌厉之风格顿现。

最后，在柳梦寅前期的散文中，经常有铺张的描写、大量的排比句式、整散相间的句式、急促的节奏，这些也有利于促进激昂、凌厉风格的形成。

铺张的描写如："灯烛晶熒，商贾毕会，百果照烂，香臭载涂。白檎、红檎、黄柚、青橘、稚莲、软梨、桃杏、李柰堆积如山，不可胜名。其中有长檎如芯，怪状特殊，生来未曾闻者。转过大馆，白浮屠高不知几百丈。"(《万寿节朝天宫演礼诗序》)② 作者对敬德街的描写色、香、味、形俱全，令人眼花缭乱，精神大振。排比如："是以胡广失其姓，胡寅失其父，朱寿昌失其母，魏徵失其弟，朱买臣失其妻，燕客失其坟，穷子失其宅。中流遇飓而昧其向者，或入于鬼谷，或入于鲛室，或入于裸人之乡，或入于黑齿之邦，或入于乌须之国，皆失其方也。"(《〈文章指南〉跋》)③ 这就从不同侧面说明了"指南"的重要作用，更加令人信服。整散相间的句式如："日晷水臬，阶庭孔夷。倍阴向阳，面势如截。斋廊依旧，盖瓦级砖之隤零。栋宇虽存，松扉柏板之缺落。春秋释菜，轩架之陈莫周。韦布横经，拜跽之位多厌。诸生惭惜，故老咨嗟。"(《寿

---

① 〔朝〕柳梦寅：《於于集》(《影印标点韩国文集丛刊》第63辑)，汉城：韩国民族文化推进会，1991，第422页。
② 〔朝〕柳梦寅：《於于集》(《影印标点韩国文集丛刊》第63辑)，汉城：韩国民族文化推进会，1991，第372页。
③ 〔朝〕柳梦寅：《於于集》(《影印标点韩国文集丛刊》第63辑)，汉城：韩国民族文化推进会，1991，第446页。

春乡校重修上梁文》)① 整句与散句相间，参差错落，有强烈的节奏感，让人感觉寿春乡校的重修势在必行，这也和重修后的乡校形成鲜明的对比，为突出重修的功绩做了铺垫。急促的节奏如："素帛之巾，已自襁之……手之亦已舞之，足之亦已蹈之。"似乎是一口气说出，给人一种紧迫感；一环紧扣一环、层层深入地说理。再如《请盐硝弓角兵部呈文》中，柳梦寅首先指出朝鲜与中国毗邻，地理位置上就相当于中国的一个省，且一直忠心朝贡，那么中国就不应该以外邦视朝鲜。接着说朝鲜面临外族侵扰，也就是说，中国的边地面临侵扰，朝鲜危险则中国危险，朝鲜安全则中国安全，现在不支援，以后损失更大。况且朝鲜一直将中国视为父母之邦，子女有难，岂有父母坐视不救的道理？全文紧凑、连贯，说理层层深入，气势咄咄逼人，让对方找不到破绽，无法回绝。

这些方式和手法的运用，也都有力地促进了柳梦寅散文激昂、凌厉风格的形成，使其前期散文呈现出阳刚之美的特色。

二 后期平和、冲淡

被罢黜后，柳梦寅隐居山里，远离世俗尘嚣，过着清苦、宁静的生活，情绪比较消沉。这样的环境和生活使他有更多的时间来思考和创作，因此他的后期创作虽然只有六年，作品却很多，成就也很高。身份地位、生活环境以及心境的变化使他的后期散文呈现出与前期迥异的平和、冲淡的艺术风格。

"平和"指"（性情或言行）温和"②。关于"冲淡"，司空图在《二十四诗品》中形象地表述为："素处以默，妙机其微。饮之太和，独鹤与飞。犹之惠风，荏苒在衣。阅音修篁，美曰载归。遇之匪深，即之愈希。脱有形似，握手已违。"③ 可见，冲淡既是一种生活方式、生活心态，也可以是一种文章风格。这也恰恰是柳梦寅晚年被罢黜后的生活状况和文章风格的最准确概括。

---

① 〔朝〕柳梦寅：《於于集》（《影印标点韩国文集丛刊》第63辑），汉城：韩国民族文化推进会，1991，第425页。
② 中国社会科学院语言研究所词典编辑室编《现代汉语词典》（第6版），北京：商务印书馆，2012，第1000页。
③ （清）何文焕辑《历代诗话》，北京：中华书局，1981，第38页。

其一，柳梦寅后期生活的方式以及散文内容题材的改变是形成平和、冲淡风格的基础。从繁忙的官场突然转入清静的山林，柳梦寅的生活陡然清闲下来，再也不用每天撰写或处理那些程式化的公文，可以静下心来写点自己喜欢的东西。此时，柳梦寅写得最多的就是书信、赠序，给以前的朋友或给山寺里的僧人。他也有充足的时间漫游山水，于是，以写景为主的游记也成了柳梦寅晚年散文创作的题材之一。以记录奇闻轶事、风土人情和评诗论文为主要内容的《於于野谈》也作于被罢黜之后。而柳梦寅此时的散文大部分是抒写自己的隐居生活和心境的。在《题天柱山人钟英诗轴序》中，柳梦寅描述了自己平静的生活和平和的心态："余之摈于朝适四载，初年读左氏，次年读杜诗、著杜评，次年诵杜诗，抵今年不替。其隙则阅诸子氏，又述酬应自遣长篇短韵并三百数十篇，序、记、辞、说、碑碣文、长言大策四十余篇，小说百许编。未遑盘桓临眺歌酒于暇日。诚以此身已老，诗书中享至乐余日无多。"① 一生大部分时间在朝廷做官，没有充足的时间读书、创作，现在终于有时间了，柳梦寅自然是潜心读书、全力创作。在给李廷龟的书信中，他也平静地说："梦寅处江湖，闲无事，前年读左氏，今年诵杜诗，此真临年者伴也，以此饯余生足矣。"（《奉月沙书》）② 这两段话，完全是一个平和的、恬淡的老人的语气，已经没有半点前期宦海沉浮的痕迹。这就为其散文形成平和、冲淡的艺术风格奠定了坚实的基础。

其二，冷静思考之后的大彻大悟是柳梦寅后期散文平和、冲淡风格形成的标志。被罢黜隐居后，大半生劳碌的柳梦寅突然清闲下来。然而，这样的突变往往会让人无所适从。为了尽快适应这种生活，柳梦寅一边读书创作，一边游山玩水，同时也在冷静思考，不久他就对自己的新生活有了深刻的认识。在《赠南善初复始序》中，柳梦寅对客居山中的京师人南复始描绘了自己的生活和感受：虽然失掉官职，但自己并非无事可做、百无聊赖，反倒比以往更加忙碌，因为眼睛要欣赏"山之青，江之碧，云之舒卷，月之盈亏，纷然万象"的自然景色；耳朵要倾听"鸿

---

① 〔朝〕柳梦寅：《於于集》（《影印标点韩国文集丛刊》第63辑），汉城：韩国民族文化推进会，1991，第380页。
② 〔朝〕柳梦寅：《於于集》（《影印标点韩国文集丛刊》第63辑），汉城：韩国民族文化推进会，1991，第406页。

吟鹤唳，水触石、风入松，牧竖之笛，樵童之讴"这些天籁、人文之音；手要"于水把渔竿，于山扶藜杖，撷野芳揽汀芷，舍酒盏则拈诗笔"；脚要"蹑芒鞋蜡屐，寻梅访竹，陟降巘岯坎坷"；自己还要经常"入黄卷中，追孔孟邀颜曾，沿回历代"，全心全意与古人交流。这样的生活怎么会不忙碌呢？而这样的忙碌却是自愿的、令人心旷神怡的。况且，与以往的"奔忙迫遽，日月甚促"相比，现在"每更一日之长如两日焉。若使余活八十年，是活一百六十年也"。因此作者得出这样的结论：人只是世间的匆匆过客，与其忙忙碌碌、荣耀一生，还不如像自己这样自由自在地纵情于山水。况且，"百济四百年之业，只成一场遗墟"。① 而自己的时日也已不多，所以更要把握这宝贵的时间，好好享受清静的生活。这便是冷静思考之后的一种感悟。如果说这种感悟还掺杂些无可奈何的自我安慰的成分，那么以下论断则是彻底的大彻大悟了：

> 子夏不云乎："死生有命，富贵在天。"使富贵求而可致，则荀卿、韩非年少而南面，何苦落拓于下流？使死生由劳逸引促，则豪华之信陵岂有坟？负薪之荣期岂至于垂白乎？况世路艰危，剧太行羊肠，覆粟折股，前后车相袭，岂比我山海之游，或驾或御，适心怡神于丛桂中哉！"（《赠表训寺僧慧默序》）②

于是当李廷龟提醒柳梦寅争取补太学士之缺时，他毅然拒绝说："去岁年饥，群儿争饼而归，察之鼻液糊矣。……如与群儿争鼻液之饼，非所愿也。"（《奉月沙书》）③ 过了几年隐居生活后，柳梦寅终于领悟到富贵、生死的不可预测和难以把握，因此不再有意识地去争取和努力，而是彻底平和下来，准备"适心怡神于丛桂中"（《赠表训寺僧慧默序》）④，过完最后的时间。基于这样一种心态，柳梦寅最后两年的文章几乎都是

---

① 〔朝〕柳梦寅：《於于集》（《影印标点韩国文集丛刊》第 63 辑），汉城：韩国民族文化推进会，1991，第 350 页。
② 〔朝〕柳梦寅：《於于集》（《影印标点韩国文集丛刊》第 63 辑），汉城：韩国民族文化推进会，1991，第 384 页。
③ 〔朝〕柳梦寅：《於于集》（《影印标点韩国文集丛刊》第 63 辑），汉城：韩国民族文化推进会，1991，第 406 页。
④ 〔朝〕柳梦寅：《於于集》（《影印标点韩国文集丛刊》第 63 辑），汉城：韩国民族文化推进会，1991，第 384 页。

随意、娓娓道来的平和、冲淡之作。

  清代的散文大家姚鼐曾将散文分为阳刚之美和阴柔之美两种，他说："其得于阳与刚之美者，则其文如霆，如电，如长风之出谷，如崇山峻崖，如决大川，如奔骐骥……其得于阴与柔之美者，则其文如升初日，如清风，如云，如霞，如烟，如幽林曲涧，如沦，如漾，如珠玉之辉，如鸿鹄之鸣而入寥廓……"（《复鲁絜非书》）① 对柳梦寅前后两期散文的艺术风格，也可以这样概括。其前期散文激昂、凌厉，呈现出阳刚之美；后期散文平和、冲淡，呈现出阴柔之美。两种截然不同的风格交映，共同成就了柳梦寅散文的不朽魅力。

---

① 郭绍虞主编《中国历代文论选》（下册），北京：中华书局，1963，第204页。

第六章 柳梦寅散文接受中国文化的贡献与局限

毫无疑问,是中国文化的滋养使得柳梦寅成为朝鲜时代成就卓著的散文大家。在"多元文化语境"中,柳梦寅的散文思想性和艺术性都很突出,明显体现了"多元文化特征",其创作贡献卓著,值得后人学习和借鉴,他在朝鲜散文史上的地位和贡献也不容置疑。这是柳梦寅散文创作接受中国文化的贡献。但我们也应该看到,柳梦寅在接受中国文化丰富自己的创作时也存在一些问题,这使得其文学思想和部分作品略显失色。

第一节 接受中国文化的贡献

卢守慎(1515~1590)说柳梦寅"文章甚高,东国百年来,未有之奇文"(《於于堂文集诸贤批评》)①。在朝鲜朝中期的散文创作中,车天辂作文"奇异雄壮"②,崔简易(1539~1612)熟于古文,"文词古雅"③。他们都是当时一流的散文大家,而柳梦寅是少有的能和他们比肩者之一。如著名文人李廷龟说:"当世文章,柳於于与崔简易相上下。"(《於于堂文集诸贤批评》)④ 车天辂说:"柳於于文章,独崔简易可以为对。"(《於于堂文集诸贤批评》)⑤ 现代学者也有同样的看法,如韩国学

---

① 〔朝〕柳梦寅:《於于集》(《影印标点韩国文集丛刊》第63辑),汉城:韩国民族文化推进会,1991,第453页。
② 〔韩〕金台俊:《朝鲜汉文学史》,张琏瑰译,北京:社会科学文献出版社,1996,第128页。
③ 〔韩〕金台俊:《朝鲜汉文学史》,张琏瑰译,北京:社会科学文献出版社,1996,第131页。
④ 〔朝〕柳梦寅:《於于集》(《影印标点韩国文集丛刊》第63辑),汉城:韩国民族文化推进会,1991,第453页。
⑤ 〔朝〕柳梦寅:《於于集》(《影印标点韩国文集丛刊》第63辑),汉城:韩国民族文化推进会,1991,第453页。

者金台俊指出:"在当时可与车五山比肩,叹服百家、独树一帜,应当时之风尚,长于神速酬应而篇什富盛者,则推於于柳梦寅。"①

能得到古人、今人如此之高的评价,足以说明柳梦寅的散文创作确实非常出色。而从前面几章的内容看,柳梦寅的散文不管在创作意识上、思想内容上还是艺术技巧上,都在很大程度上接受了中国文化。概括而言,柳梦寅散文创作在接受中国文化方面取得了很高的成就,也为朝鲜朝的散文发展做出了贡献。

一 超越模仿,"取诸心得"

朝鲜的散文创作一直是在中国散文的影响下发展、成熟的。许多作家的创作都停留在模仿中国散文的阶段,一些作家甚至以中国某些经典文章为模板进行创作。先秦诸子、司马迁、韩愈、柳宗元、苏轼、范仲淹、欧阳修的经典散文都有多篇模拟之作。如欧阳修的名作《醉翁亭记》传到朝鲜后,在文坛产生了巨大的影响,成为文人们纷纷模仿的对象。权应仁和金麟厚都创作了《醉翁亭赋》,尹斗寿则反用其意,创作了《醒翁亭记》。比较可见,这些作品不仅题目效仿《醉翁亭记》,内容、语言也和《醉翁亭记》非常相似。就连著名的散文大家崔岦也愿意模仿古人。而柳梦寅的创作则力求在吸收古人精华的基础上"取诸心得"(《赠乾凤寺僧信聞序》)②,"苟涉古人之陈,犹不屑"(《答年兄林公直书》)③。正如权习斋所评论的那样:"柳某之文,独崔岦可与为比。然崔之文,模仿古人,非自家造化。柳之文,皆出自家胸中造化,此最难处,崔殆不及。"(《於于堂文集诸贤批评》)④ 柳梦寅不仅多方学习,而且能在学习的基础上创新,这是他最重要的贡献,他也因此获得了后代评论家的好评。

---

① 〔韩〕金台俊:《朝鲜汉文学史》,张琏瑰译,北京:社会科学文献出版社,1996,第129页。
② 〔朝〕柳梦寅:《於于集》(《影印标点韩国文集丛刊》第63辑),汉城:韩国民族文化推进会,1991,第531页。
③ 〔朝〕柳梦寅:《於于集》(《影印标点韩国文集丛刊》第63辑),汉城:韩国民族文化推进会,1991,第410页。
④ 〔朝〕柳梦寅:《於于集》(《影印标点韩国文集丛刊》第63辑),汉城:韩国民族文化推进会,1991,第453页。

柳梦寅自己也承认其散文创作从中国先秦至汉唐的散文中得到了丰富的养料,他在广泛阅读、研习的基础上适当引用、化用,或在形式上有所借鉴,但从不直接模拟或抄袭。这便使他的散文创作既得到古人的精髓又有独到的创新之处。如他的朋友成晋善概括其散文"博采孟庄、马班、韩柳,自成造化,不模古人之作"①。

柳梦寅不仅积极呼吁文章创作要"出自家胸中造化",还能以身作则,为后人的创作树立榜样。因此他超越了单纯模拟阶段,真正形成了自己独特的风格,成为朝鲜散文史上一个重要阶段的代表,对扭转朝鲜朝散文的模拟风气起了一定的作用。

二 抵制形式主义的文风

在柳梦寅的时代,朝鲜的文学创作仍然以诗为主,文的创作仍是骈文与散体古文并驾齐驱,科举体文章则助长了形式主义的文风。

在当时,散文的创作本来就处于弱势,很多人又执迷于"妃青配白"的华美骈文或程式化的科举体。"试观今之文,以之而其于乎也以属辞,一句三用语助,使人读之也,其句读流于唇吻,用是捷魁科华一国者何限!虽然,其施于一时则得矣,其如传世寿后何?今仆坐厅事受辞讼也,满庭鱼贯而入者,皆持简牍,乃令吏胥读之,其文章亦流于唇吻,将以是传世寿后可乎?"(《答年兄林公直书》)② 很明显,柳梦寅对形式主义的创作是反对的。他又借朱子之言批判科举害文说:"朱子曰:'举业坏了,多小人。'又曰:'科举累人不浅,人多为此所夺。'"(《与尹进士彬书》)③ 在送别后生宣时麟时,柳梦寅更加明确了这一观点并表达了自己的见解:"所大恨者科举数,不专于学问。而文章日卑,节义蔑蔑甚。士多病之。即者科举之道已废,士将益专三术,岂非盛世之一大幸也?"(《送宣生时麟南归序》)④ 在柳梦寅看来,科举体使"文章日

---

① 〔韩〕赵锺业编《修正增补韩国诗话丛编》(第2册),汉城:太学社,1996,第516页。
② 〔朝〕柳梦寅:《於于集》(《影印标点韩国文集丛刊》第63辑),汉城:韩国民族文化推进会,1991,第410页。
③ 〔朝〕柳梦寅:《於于集》(《影印标点韩国文集丛刊》第63辑),汉城:韩国民族文化推进会,1991,第417页。
④ 〔朝〕柳梦寅:《於于集》(《影印标点韩国文集丛刊》第63辑),汉城:韩国民族文化推进会,1991,第364页。

卑",只有废掉科举体,才能挽救朝鲜的散文创作。这在科举制度鼎盛的朝鲜朝时代无疑是石破天惊之语,也很难做到。

针对形式主义文风的泛滥,柳梦寅提出了创作要"朴陋其辞,藏华于内"(《答年兄林公直书》)① 的建议,因为他认为这样的文章才经得起时间的考验。那么,到底什么样的文章才能"朴陋其辞,藏华于内"呢?柳梦寅又给出了建议。他认为散体的古文在议论、抒情、叙事上具有自由灵活的优势,是值得大力提倡的一种文体。他自己"自毁龀嗜古文"(《〈大家文会〉跋》)②,"十五岁,始遇申校理濩,从事于古文"(《重答南都宪书》)③。此后,除了奉命制述和官场上的应酬之作,柳梦寅的创作绝大部分都是"朴而无华"但内容充实、感情充沛、说理透彻的散体古文。

更可贵的是柳梦寅抱着"新一代文"的美好愿望,"网罗古文最高古者衷一帙",其中包括"《左传》四篇④、《国语》二篇、《战国策》二篇、《史记》三篇、《汉书》三篇、韩文四篇、柳文三篇",编成《大家文会》。

柳梦寅不仅自己学习古文,还带领学生们一起学习《大家文会》:"每簿领余,夜引学徒,揣摩至鸡戒参横乃罢。"(《〈大家文会〉跋》)⑤这种努力学习并积极引导后学的方式有力地促进了中国经典古文在朝鲜文坛的推广,也在一定程度上打击了骈文、科体文的形式主义文风。也正是因为有柳梦寅这样执着于倡导、创作古文的文人们的不懈努力,朝鲜的散文创作才日益摆脱形式主义的影响。

三 总结了散文创作的原则和方法

柳梦寅是一个杰出的散文家,也是一个优秀的理论家。他不仅广泛

---

① 〔朝〕柳梦寅:《於于集》(《影印标点韩国文集丛刊》第63辑),汉城:韩国民族文化推进会,1991,第410页。
② 〔朝〕柳梦寅:《於于集》(《影印标点韩国文集丛刊》第63辑),汉城:韩国民族文化推进会,1991,第445页。
③ 〔朝〕柳梦寅:《於于集》(《影印标点韩国文集丛刊》第63辑),汉城:韩国民族文化推进会,1991,第412页。
④ 此处"篇"应为"卷"之意,下同。
⑤ 〔朝〕柳梦寅:《於于集》(《影印标点韩国文集丛刊》第63辑),汉城:韩国民族文化推进会,1991,第445页。

阅读、学习，努力创作，还在学习、实践的过程中总结了散文创作的一些原则和具体方法，为后人的创作提供了宝贵的经验和教训。

（一）丰富的生活经历是创作的源泉

社会生活是文学创作的唯一源泉。柳梦寅虽然还不能做出如此精辟的概括，却认识到了生活经历对创作的重要作用。他以中国历代名人为例，解释说：

> 至于马迁以汪洋宏肆之才，自少时先长其气，游天下名山大川，以壮其心目，而后约而之学。（《与尹进士彬书》）①

> 司马迁生长河山，足迹遍梁、宋、齐、鲁，而又泛江淮、过洞庭、使巴蜀，是以遂其文章也。李太白生巴蜀，钟山川之秀，又因谪游吴会楚越之郊，杜子美遭难流徙，避地于锦里，又转而游巫峡，遍苍梧、潇湘之间，此皆因播越增益其诗才也。韩退之不谪潮阳，柳子厚不迁百粤，其文章岂臻其闳奥？苏东坡窜惠州，而后文益高。邵康节历览无际，而后道成于洛下。（《赠金刚山三藏庵小沙弥慈仲序》）②

在柳梦寅看来，司马迁、李白、杜甫等著名的文学家能创作出永垂不朽的经典，是和他们丰富的生活经验和复杂的人生阅历密切相关的。所以，以巧妙的构思、形象的语言、丰富的表现手法将自己的经历写出来，将自己的思想感情表达出来，就是文学作品。柳梦寅的很多优秀之作就是自己生活经历的描述或概括。如《送金书状鉴赴京歌序》③《送朴说之东说赴京序》④ 就主要描述了自己在中国期间的经历和遭遇；晚年隐居山林时给僧人们作的序文，则主要是他被罢官后的生活状况的摹写和思想感

---

① 〔朝〕柳梦寅：《於于集》（《影印标点韩国文集丛刊》第63辑），汉城：韩国民族文化推进会，1991，第414页。
② 〔朝〕柳梦寅：《於于集》（《影印标点韩国文集丛刊》第63辑），汉城：韩国民族文化推进会，1991，第381页。
③ 〔朝〕柳梦寅：《於于集》（《影印标点韩国文集丛刊》第63辑），汉城：韩国民族文化推进会，1991，第512~513页。
④ 〔朝〕柳梦寅：《於于集》（《影印标点韩国文集丛刊》第63辑），汉城：韩国民族文化推进会，1991，第359~360页。

情的宣泄。

（二）多读书，多作文

曾有许多后生向柳梦寅请教读书作文之法，柳梦寅给他们的主要建议就是"多读书，多作文"，在他看来，学习和实践是成为文章大家的两个重要环节。

一是多读书。柳梦寅自幼开始阅读中国各家经典，像《史记》、《战国策》、《庄子》、《孟子》、韩文、柳文这些著作他都是反复阅读的。他自己在阅读中受益匪浅，于是也把这宝贵的经验分享给后学。他说："大抵文章之就，徒博则无效，徒约则不周。必须遍读群书，专功一帙，功积而后有就。"（《与尹进士彬书》）[1] 这其实就是"点面结合"法，即读书既要广博，又要突出重点，在阅读中积累知识、学习创作技巧。

二是多作文。针对有人读了很多书还作不出像样的文章这个问题，柳梦寅说：

> 或徒充虚箪而心每驰于鸿鹄，或知读其文而不事制述故也。夫不事制述之害亦大，何者？曾闻崔岦之言，以柳永吉之才，读八百韩文全帙，而不能成一句文，专作诗而不作文故也。若然，则读与制，不可不兼之。故欧阳子曰："多读多作文，疵病自现。"不其信矣乎？……是以，为文有次第有程序，读书作文，不可一厚一薄，必须两济其功。磨以岁月，然后有进步。（《与尹进士彬书》）[2]

在这里，柳梦寅指出了两种弊病：一是徒有幻想而不作文，二是只读书不作文或只作诗不作文。为了增加说服力，他还举出柳永吉的具体事例。最后又语重心长地指出读书作文必须"两济其功"方能取得成效。

（三）由易到难，循序渐进

柳梦寅虽然强调要多读书，多作文，但又指出读书作文要遵循一定的规律，即由易到难，循序渐进。进士尹彬是柳梦寅之子柳豚的朋友，

---

[1] 〔朝〕柳梦寅：《於于集》（《影印标点韩国文集丛刊》第63辑），汉城：韩国民族文化推进会，1991，第415页。

[2] 〔朝〕柳梦寅：《於于集》（《影印标点韩国文集丛刊》第63辑），汉城：韩国民族文化推进会，1991，第416页。

扬言要先读《史记》千遍，然后再应举、作文。柳梦寅认为这样做不合适，原因是《史记》虽是千古佳作，但太难，不适合先学。他在《与尹进士彬书》中说："自古文章之学，虽以此为宗匠，而仅得其一端，未幻其全体。师其简者遗其肆，体其峻者略其法，其长短阖捭，合散消息之态，则百不能得其一二焉。彼苏东坡峻拔百家之豪才，犹曰马史不可学，矧其余乎？独退之颇有脱胎处，亦一语一段而止。"接下来又解释说："然不先其易而先其难，未有食其效者。故传曰：'登高必自卑，行远必自迩。'足下不见夫饮者哉？虽能饮一石乎，自一钟二钟，间以肴若膳，终至尽一石，未见一吸而吞一石者也。且不见夫陟泰山者乎？自一步二步，缘岩嶅历林薮，终跻于绝顶，未有一蹴而能至者。今足下不用小钟而先一石，不由近步而先绝顶，不亦谬乎？"① 他的意思是，不从易者入手而先从难者突破，势必难有成效。就像一个人能喝一石酒，也是从一盅两盅开始，中间还要吃些肴膳，不会一口就吞下一石。又如登泰山者，要一步一步攀登，不可能只踏一步就到达山顶。这两个比喻形象地说明了读书、作文一定要从易到难，循序渐进，否则很难成功。

四　丰富了朝鲜的散文创作，指导了后学

在创作上努力学习、吸收中国文化使得柳梦寅的散文内容广博、主题丰富、风格多样、各种文体应有尽有、艺术形式异彩纷呈，为朝鲜的散文创作和发展做出了很大贡献，柳梦寅也成为朝鲜朝著名的散文大家。如卢守慎评曰："文章甚高，东国百年来，未有之奇文。"（《於于堂文集诸贤批评》）具八谷曰："文章已成大家，举世无匹。"（《於于堂文集诸贤批评》）②

更可贵的是，柳梦寅没有满足于自己的进步，还为晚辈或后学做出了表率，以一个学识渊博、经验丰富、德高望重的长辈、学者的身份教育、指导他们，教给他们学习、创作、做人、为官的态度和方法，希望年轻人在学习中国文化、提高文学创作以及修身、治国方面都能够表现

---

① 〔朝〕柳梦寅：《於于集》（《影印标点韩国文集丛刊》第63辑），汉城：韩国民族文化推进会，1991，第415页。
② 〔朝〕柳梦寅：《於于集》（《影印标点韩国文集丛刊》第63辑），汉城：韩国民族文化推进会，1991，第453页。

出色。

上文提到的《与尹进士彬书》这篇长达 4000 字的书信可以说是柳梦寅劝勉、提携后学，纠正其学习方法错误的经典之作，对年轻人的进步很有帮助。当柳梦寅看见年轻进士尹彬制定的读书、创作目标后，十分担忧："足下之志则壮矣，然窃悲足下谬执己见，浪费无益之功也，不得不为一书以晓之。"接下来柳梦寅以《国语》《史记》《孟子》《战国策》《庄子》《尚书》等经典以及韩愈、柳宗元、李梦阳、王世贞等大家的文章为例，阐述了这些作品的创作经历和特点，概括了学习这些典籍和文章的顺序和方法。如："至左邱明著《春秋传》暨《国语》，其文简雅，亦非后学可易及。而为其专于一体，学之者多祖焉。至于马迁以汪洋宏肆之才，自少时先长其气，游天下名山大川，以壮其心目，而后约而之学。""彼苏东坡峻拔百家之豪才，犹曰马史不可学，矧其余乎？独退之颇有脱胎处，亦一语一段而止，善偷《孟》、《庄》为模样，而杂以百氏缘饰之。欧阳为文，亦多出于此，非专于韩而能之者也。"① 为了增加说服力，柳梦寅还举出了成功者的案例。有描述、列举，有论证、感叹，充分体现了柳梦寅的渊博学识和严谨态度。其中丰富的中国文化对柳梦寅组织论证、提炼观点和表明态度起了十分重要的作用。

当侄子柳洸被罢黜，即将游洪州时，柳梦寅在惋惜的同时又广征博引，以中国历史上的名人及其经历安慰、教导他：

> 余观古之贤豪士，能做大业成大名者，未有不困顿憔悴于始也。吕望王者师，而鼓刀于朝歌；甯戚霸者贤辅，而扣角于齐东门；百里奚显其君于天下，而七十饲牛于市。是故，《书》曰："天闷毖，我成功所。"张子曰："贫贱忧戚，庸玉汝于成也。"为其非劳苦空乏拂乱，不足而动心忍性，而益其不能也。……虽然，男子生世，将以尧舜君民为志，不可争一科一名于聋瞽之世，以得不得为幸不幸也。汝之才不及吕望、甯戚、百里奚，其困穷不如鼓刀、扣角、饲牛，岂可以一失缺缺于中也？当今明良庆会，千载一时。苟有志

---

① 〔朝〕柳梦寅：《於于集》（《影印标点韩国文集丛刊》第 63 辑），汉城：韩国民族文化推进会，1991，第 414 页。

气者,宁不欲修名增业,为社稷为寅恭哉!汝其无意于斯耶?余之望汝,非独为一家也,大有望于吾国家社稷也。行矣勉乎哉!(《送洗侄游洪州序》)①

柳梦寅的观点很明确:"古之贤豪士,能做大业成大名者,未有不困顿憔悴于始也。""虽然,男子生世,将以尧舜君民为志,不可争一科一名于聋瞽之世。"但仅此说服力并不强,于是他举出吕望(姜子牙)、甯戚、百里奚这几位中国历史上的名人,以他们大半生寒微,而后成就大业的事实来证明自己的观点,令人信服,也会让不如意的柳洸感到慰藉。

据柳梦寅的散文可知,他指导和提携过很多年轻人,如宣时麟、李子信等。在给他们的书信、诗序、赠序之中,柳梦寅总是语重心长,晓之以理,动之以情。而不管是安慰、劝勉,还是鼓励、教导,各类中国名人、文化典籍总是能恰到好处地充当有力的佐证。这说明柳梦寅接受中国文化不仅用于创作,还将其用于生活实践,更加体现了中国文化的价值。

五 反映和促进了中朝政治、文化交流

柳梦寅三次出使中国,亲身见证了中朝政治、文化交流的一些细节,并在散文中广泛、深入地接受中国文化,其散文也深刻反映了中朝的政治、文化交流,并为中朝文化交流做出了贡献。

第一,柳梦寅的作品反映了当时中朝的政治、文化交流。朝鲜朝与明朝之间的政治、文化交流达到了顶峰。交流盛况在《明实录》《明史》《李朝实录》这些史书中多有记载。但官方史书出于政治影响,往往过于严肃或多有取舍,很少细致入微地描写或抒发作者的主观情绪。而文学作品却能在一定程度上弥补这个不足。柳梦寅的很多散文就反映了史书中没有记载,因而鲜为人知的两国交流的一些情况。如《於于野谈》记载:"《皇华集》非传后之书,必不显于中国。天使之作不问美恶,我国不敢拣斥,受而刊之。我国人称天使能文者必龚用卿,而问之朱之蕃,不曾闻姓名。祁顺、唐皋,铮铮矫矫,而亦非诗家哲匠。张宁稍似清丽,

---

① 〔朝〕柳梦寅:《於于集》(《影印标点韩国文集丛刊》第63辑),汉城:韩国民族文化推进会,1991,第368~369页。

而又脆软无骨，终归于小家。朱天使之诗驳杂无象，反不如熊天使化之萎弱。其他何足言？"① 在中朝两国的官方记载中，明使们大多品行端正、学问出众。而柳梦寅的散文却提出了相反的观点，且言之有理。这才是当时交流情况的真实反映。再如《万寿节朝天宫演礼诗序》记载的万寿节（明朝皇帝生日）时朝鲜使节朝拜的细节："僧人黑锦袈裟，初于东班外从行。而至进班时，入参班内，在我国班前。儒生有黑袍者一行，是举人也，蓝袍青衿者一行，是监生也，皆在我国班后。"②《万寿日次唐贤早朝诸韵诗序》记载的中国礼待朝鲜人的细节："外国皆不敢入班，而独我陪臣仆隶，无不就列。多见天朝待我礼甚优也。"③《送朴说之东说赴京序》记载的朝鲜使臣在玉河馆居住的情况："及万历二十年，余始奉表如京。入玉河馆，馆吏便投钥其门，非有礼部文字，不许出，拘挛局迫如牢犴然。或者以暹罗、靺鞨畜我也，余甚痛之。其后数年，复奉表如京，见玉河馆重墙极峻，击柝以警，夜益严。是虽缘奉使者纠下不威，以勤华人。然中国待礼让之邦，固不宜若是也。"④ 这些都是史书中很难找到的记载。而在中国受到的截然不同的两种待遇使得柳梦寅对中国产生了复杂的情感，一方面，"中国形象"具有"意识形态"的价值功能；另一方面，"中国形象"又具有"乌托邦"的价值功能。这也体现了在中朝文化交流中，朝鲜作为"接受者"或"叙述者"对中国这一"异国形象"的两极"想象"。

第二，柳梦寅的散文在一定程度上也促进了两国的政治、文化交流。柳梦寅是宣祖、光海君两朝的重要文官，三次出使中国完成政治任务。第三次到中国时，正处于宣祖去世全国守丧期间。柳梦寅代表朝鲜官员两度向礼部呈文，请求免宴。文章说理充分、文采斐然，是非常优秀的外交辞令，得到了中国礼部官员的赞许，也提升了朝鲜官员的政治形象。在本国期间，柳梦寅也多次奉命向中国礼部、兵部呈文，如《请盐焇弓

---

① 〔朝〕洪万宗：《洪万宗全集》（下），汉城：太学社，1986，第633页。
② 〔朝〕柳梦寅：《於于集》（《影印标点韩国文集丛刊》第63辑），汉城：韩国民族文化推进会，1991，第372页。
③ 〔朝〕柳梦寅：《於于集》（《影印标点韩国文集丛刊》第63辑），汉城：韩国民族文化推进会，1991，第373页。
④ 〔朝〕柳梦寅：《於于集》（《影印标点韩国文集丛刊》第63辑），汉城：韩国民族文化推进会，1991，第359页。

角礼部呈文》①《请盐焇弓角兵部呈文》② 等,对两国的政治交流发挥了一定作用。而其散文更大的贡献是促进了两国的文化交流。其一,柳梦寅的散文中有很多关于中国文化的内容,如著名的文化遗迹夷齐庙、华表柱、敬德街、白塔寺等,还引用了很多中国的文化典故(详见第五章第三节),成为在朝鲜宣扬中国文化的载体。其二,明朝文臣出使朝鲜,多愿意以诗文与朝鲜的陪臣酬唱应和,文才出众的柳梦寅无疑有更多和明朝使臣交流的机会。此外,柳梦寅多次为出使中国的朋友饯行、作序,其间对中国的各个方面进行介绍、推荐,让朋友事先就了解了中国,这也间接促进了中朝文化的交流。其三,柳梦寅在出使中国期间结识了不少中国的文人并与他们互赠诗文,如《永平府赠李好学皇明人纪行诗序》③ 就是柳梦寅送给中国文人李好学的一篇文章。在经过万柳庄时,他曾在主人壁上题诗十六韵。这也正是中朝文化交流的具体表现。因此,毫无疑问,不管在国内还是在中国,柳梦寅一直致力于中朝的政治和文化交流,是不折不扣的中朝文化交流的使者。

第二节　接受中国文化的局限

柳梦寅热爱中国文化、熟悉中国文化,更愿意在创作中接受中国文化。各类中国文化确实丰富了柳梦寅散文的内容,增加了其散文的文采。但综观柳梦寅的各体散文,其在接受中国文化的过程中也存在一些问题,如误读、绝对排斥、过度接受等。

一　排斥骈文、倡导古文的态度过于偏激

前面多次提及,柳梦寅大力倡导古文,反对骈文。如:"臣自少攻文,与时尚背驰。所读经传之外,又读世所共弃者,故其为文涩而不畅,其为诗朴而无华。至于妃青配白,尤非所长。四六诸作,多所乖剌。"

---

① 〔朝〕柳梦寅:《於于集》(《影印标点韩国文集丛刊》第63辑),汉城:韩国民族文化推进会,1991,第550页。
② 〔朝〕柳梦寅:《於于集》(《影印标点韩国文集丛刊》第63辑),汉城:韩国民族文化推进会,1991,第423页。
③ 〔朝〕柳梦寅:《於于集》(《影印标点韩国文集丛刊》第63辑),汉城:韩国民族文化推进会,1991,第519~520页。

(《辞艺文提学疏》)① 柳梦寅以这篇辞呈非常明确地表达了自己排斥骈文的态度。而他对古文的态度则处于另一个极端。如:"仆性嗜古文,谬意今古一体。学经则经,学传则传。圣贤非有定位,我不必让于古。每读五经四书,不读笺注,恶其文不古也。余于文章,知有古而不知有今,未尝挂眼于唐以下之文。"(《答崔评事有海书》)② 他自己的散文也绝大部分都是散体古文。以古文代替骈文,是符合文学发展规律的一种进步。况且,朝鲜朝时期,距唐代古文运动已经有近八百年的时间,当时中国的骈文已经成为细枝末流,完全不能和散体古文相抗衡。而在朝鲜,骈文仍然和散体古文并驾齐驱。这无疑是不利于文学发展、进步的,所以柳梦寅排斥骈文、倡导古文的观念是正确的。但客观地说,骈文既然能盛行几百年,也有一定的可取之处,如结构紧凑、音韵和谐,具有整饬之美;不管是先秦古文还是唐宋古文也都或多或少有些骈俪化的成分。柳梦寅自己的散体文也并非绝对的散体,其间也有些骈俪化的句式。所以,柳梦寅倡导古文的初衷很好,但"知有古而不知有今,未尝挂眼于唐以下之文"这种完全排斥骈文、一味追求古文的态度过于偏激,没有认识到骈文的存在也有一定的合理性。这是柳梦寅在文学观念上的一个局限。

二 排斥唐后散文,否定欧、苏的创作

柳梦寅曾多次宣称自己"平生只读古文,不肯挂眼乎宋以下之文"。因为在他看来,宋以后文章已不是古文,而是今文。更加令人不解的是,像欧阳修、苏轼这样曾在朝鲜文坛引起很大轰动,对朝鲜的诗文创作产生过巨大影响的大家,柳梦寅也不赏识,甚至对他们的散文持否定、批判态度。

欧阳修是继中唐韩、柳之后北宋古文运动的领袖,是当时天下文章之宗匠。他提倡平实朴素的文风,其散文"无论状物写景,叙事怀人,

---

① 〔朝〕柳梦寅:《於于集》(《影印标点韩国文集丛刊》第63辑),汉城:韩国民族文化推进会,1991,第404页。
② 〔朝〕柳梦寅:《於于集》(《影印标点韩国文集丛刊》第63辑),汉城:韩国民族文化推进会,1991,第554页。

第六章　柳梦寅散文接受中国文化的贡献与局限

都显得摇曳生姿,具有较强的感人力量"①。故明代茅坤高度赞誉曰:"予所以独爱其文,妄谓世之文人学士得太史公之逸者,独欧阳子一人而已。"(《欧阳文忠公文钞引》)②　苏轼也是宋代杰出的散文家,其散文表现出自由挥洒、壮阔雄奇、圆活流转、自然率真等艺术特色。茅坤云:"予少谓苏子瞻之于文,李白之于诗,韩信之于兵,天各纵之,以神仙轶世之才,而非世之问学所及者。"(《苏文忠公文钞引》)③　当代学者郭预衡也认为其散文"体现了唐宋两代古文运动最积极的成果,具有前代传统的最重要优点"④。朝鲜的一些批评家对欧阳修和苏轼的评价也很高。如"东国文章之冠"李奎报就非常赞赏欧阳修。崔滋的《补闲集》说:"文顺公曰:'曩余初见《欧阳公集》,爱其富;再见,得佳处;至于三,拱手叹服。'"⑤　苏轼的影响更大,在高丽时期,"每及第榜出,则人曰'三十三东坡出矣'"(《盎叶记·东坡体》)⑥。后代文人亦曰:"韩愈《佛骨表》、欧阳修《朋党论》,千古好文字。"⑦　"袁少修曰:'欧公之《归田录》、东坡之《志林》、放翁之《入蜀记》,皆无意于工而工者,此所以为天下之真文也。'"⑧　可见,欧、苏在古文运动中的贡献及其散文的卓越成就是中朝古今批评家一致认可的。

但柳梦寅的观点正相反,他一直认为"宋以下则今文也"。所以,虽然"欧、苏之文世多有"(《〈大家文会〉跋》)⑨,他却没读过,"自幼

---

① 游国恩等主编《中国文学史》,北京:人民文学出版社,1964,第23页。
② (明)茅坤:《茅鹿门先生文集》(顾廷龙主编《续修四库全书》第1345册),上海:上海古籍出版社,2002,第129页。
③ (明)茅坤:《茅鹿门先生文集》(顾廷龙主编《续修四库全书》第1345册),上海:上海古籍出版社,2002,第130页。
④ 郭预衡:《苏轼散文的一些艺术特色》,《光明日报》1962年1月28日。
⑤ 〔韩〕韩国学文献研究所编《破闲集·补闲集》(合本),汉城:亚细亚文化社,1972,第127页。
⑥ 〔朝〕李德懋:《青庄馆全书》(《影印标点韩国文集丛刊》第258辑),汉城:韩国民族文化推进会,2000,第532页。
⑦ 〔朝〕朴胤源:《近斋集》(《影印标点韩国文集丛刊》第250辑),汉城:韩国民族文化推进会,2000,第477页。
⑧ 〔朝〕李夏坤:《头陀草》(《影印标点韩国文集丛刊》第191辑),汉城:韩国民族文化推进会,1997,第558页。
⑨ 〔朝〕柳梦寅:《於于集》(《影印标点韩国文集丛刊》第63辑),汉城:韩国民族文化推进会,1991,第445页。

抵老，义不以欧、苏等文溷眼"（《题汪道昆副墨》）①。朋友们向他推荐后，他便满怀欣喜地买来读，但读后感觉很糟，认为欧文"弛缦无深味，一读之，便令人厌。每见其书，辄伸欠而思睡矣"（《答崔评事有海书》）还不如自己的文章。柳梦寅也同样不喜欢苏轼的文章，认为苏轼是一位"拘儒"，其文章和朱子之文一样"论辨义理，平坦明白"又有"支离"之嫌，思想内容也很荒谬。他还认为，王世贞晚年创作学苏，而"尽弃其学而学焉"，学苏的结果却是"文体趋下，殊不及旧作"，是非常可悲的事。而从"盖生近代气味相类"②的说法可知，柳梦寅不是仅仅否定欧、苏，而是将整个宋代的散文全部否定了。

一代文章有一代文章的特色，宋代散文也有自己的特色，尤其是欧、苏等人的散文，其成就不容忽视。每个人的审美观念虽各有不同，无所谓谁是谁非，但柳梦寅全盘否定欧、苏以至整个宋代散文就显得有些狭隘，也可以说是对宋代散文的"误读"。一个客观的批评家不应该持有这样狭隘的批评态度。

三 过分宣扬伦理教化

柳梦寅出身典型的儒学家庭，又生活于性理学盛行的时代，深受伦理教化思想的影响，也成为一个儒家伦理道德的倡导者和传承者，一生为弘扬儒学而尽职尽责。但在一些散文中，柳梦寅过分宣扬了伦理教化思想。

其一，过分强调孝行。柳梦寅一再宣扬孝亲思想，过分强调孝行，他的七篇人物列传中有六篇是为孝子、孝女所作。这些人物列传的内容、主题都非常单纯，只赞扬孝子、孝女的至孝行为。如父亲死后，李至男"卖田土"以葬，"不接宾客尽其日，为终身之丧"；母亲死后，他"因忧大伤，时时吐血至数升，未几疾逝"（《孝子李至男传》）。李至男本人死后，他的女儿也和他一样，"执丧致哀，泣尽而血，啜粥三年，手执奠飨，遂死于毁。临终，泣谓兄弟曰：'今吾且死，从先人于地下，死无所

---

① 〔朝〕柳梦寅：《於于集》（《影印标点韩国文集丛刊》第63辑），汉城：韩国民族文化推进会，1991，第442页。
② 〔朝〕柳梦寅：《於于集》（《影印标点韩国文集丛刊》第63辑），汉城：韩国民族文化推进会，1991，第554页。

憾，病母在堂，不得终养为恨耳。'"① 人的生死本是自然规律，李至男却因父母的死亡而完全丧失了自己的正常生活，直至死去。更令人惋惜的是，他的女儿年仅十八岁，也因孝而死。两个鲜活的生命就这样逝去了，而他们这一生除了孝便没有任何意义，这并不值得提倡。但柳梦寅在替他们作传时极力赞扬他们的这种孝行，这无疑具有导向的作用，会加大至孝思想的社会影响，导致更多的悲剧发生。

其二，过分强调忠君。《孝经·士章第五》云："资于事父以事君，其敬同。"② 在这一点上，柳梦寅也是一个典型。他认为："父无贤愚而子当尽力，君无明暗而臣当致命。"（徐有防《柳公行状》）③ 他一直站在统治阶级的立场上，主张臣子要无条件地忠于君主，认为臣子的生死荣辱与君主息息相关，"主忧臣辱，主辱臣死"（《政院请上尊号启》）④。他还过分强调忠义节的思想，曾说："苟因忠义节致其祸，则荣莫荣于其祸，故祸之大者，忠益大，义益大，节益大，祸之小者次之。若所树立能自卓尔，而以罹大祸为之尤。"（《政院请上尊号启再启》）⑤ 为实现忠义节而罹祸，有时是一种无谓的牺牲，在柳梦寅看来却永远是莫大的荣耀。所以，尽管柳梦寅很清楚"光海之必亡，妇孺亦知。今王之有圣德，奴隶皆诵之。岂有背明君复昏主之意哉？"（徐有防《柳公行状》）⑥，但为了忠于光海君，他还是毅然赴死。二百年后，朝鲜的大臣们上书曰："盖梦寅忠于所事，不以存亡明暗而易其操。"（《献议》）⑦ 由此可知，柳梦寅的忠君思想之浓厚已经使得他不能明辨是非，这实在有悖于人情

---

① 〔朝〕柳梦寅：《於于集》（《影印标点韩国文集丛刊》第63辑），汉城：韩国民族文化推进会，1991，第574页。
② （汉）孔安国：《古文孝经孔氏传》（《景印文渊阁四库全书》第182册），台北：台湾商务印书馆，1986，第9页。
③ 〔朝〕柳梦寅：《於于集》（《影印标点韩国文集丛刊》第63辑），汉城：韩国民族文化推进会，1991，第603页。
④ 〔朝〕柳梦寅：《於于集》（《影印标点韩国文集丛刊》第63辑），汉城：韩国民族文化推进会，1991，第401页。
⑤ 〔朝〕柳梦寅：《於于集》（《影印标点韩国文集丛刊》第63辑），汉城：韩国民族文化推进会，1991，第403页。
⑥ 〔朝〕柳梦寅：《於于集》（《影印标点韩国文集丛刊》第63辑），汉城：韩国民族文化推进会，1991，第603页。
⑦ 〔朝〕柳梦寅：《於于集》（《影印标点韩国文集丛刊》第63辑），汉城：韩国民族文化推进会，1991，第602页。

和常理。

其三，过分强调妇德、妇道。柳梦寅经常在散文中强调"妇德""妇道"，如："夫人李氏系出牙州，习读继元之女，万户顺命之孙。妇德完备，闺门雍睦。"(《赠礼曹参判行平海郡守车公轼神道碑铭并序》)①"妣李氏，进士重卿之女，广州人，绰有妇德。"(《赠右议政行同中枢南窗金先生行状》)② "安氏裁家事得妇道，外内上下，皆井井有条理。"(《节妇安氏传》)③ 柳梦寅也宣扬"三从四德"思想，如主张"在家从父，既嫁从夫，夫死从子，无子复从父"(《与崔参议铁坚书》)④，赞赏"绳己事夫君尽四德，在兴亡得妇道甚"(《呈朝中诸大夫求节孝编诗书》)⑤ 的典型。"三从四德"思想是压抑女性的枷锁，而在柳梦寅看来却是一种美德。因此他站在统治阶级的立场上对此加以宣扬，无疑会加重对女性身心的压制。

从现代的角度看，过分宣扬忠孝思想和妇德也是柳梦寅接受中国传统文化的一个瑕点，这是柳梦寅散文创作的"伦理环境"("伦理语境")使然。"不同历史时期的文学有其固定的属于特定历史的伦理环境和伦理语境，对文学的理解必须让文学回归属于它的伦理环境或伦理语境中去，这是理解文学的一个前提。"⑥

四 堆砌典故，冗长拖沓

柳梦寅有深厚的中国文化基础和卓越的创作才华，因此希望在散文中充分展示出来。因为优秀，柳梦寅也有一定的自负心理，甚至认为中国的一些一流大家都不如自己。他说："且也余尝病古人为文章，皆偏一

---

① 〔朝〕柳梦寅：《於于集》(《影印标点韩国文集丛刊》第63辑)，汉城：韩国民族文化推进会，1991，第435页。
② 〔朝〕柳梦寅：《於于集》(《影印标点韩国文集丛刊》第63辑)，汉城：韩国民族文化推进会，1991，第438页。
③ 〔朝〕柳梦寅：《於于集》(《影印标点韩国文集丛刊》第63辑)，汉城：韩国民族文化推进会，1991，第574页。
④ 〔朝〕柳梦寅：《於于集》(《影印标点韩国文集丛刊》第63辑)，汉城：韩国民族文化推进会，1991，第551页。
⑤ 〔朝〕柳梦寅：《於于集》(《影印标点韩国文集丛刊》第63辑)，汉城：韩国民族文化推进会，1991，第408页。
⑥ 聂珍钊：《文学伦理学批评导论》，北京：北京大学出版社，2014，第256页。

而不周。太史公、扬雄能文而不能诗；太白、子美能诗而不能文。故一生勤悴，思欲左右兼而两臻其阃。所著积五十余卷，而文半焉诗半焉。"（《赠表训寺僧慧默序》）① 又说："仆卑宋文而傲欧文甚，遂扬言于广众之中曰：'欧文不如吾文。'"（《答崔评事有海书》）② 但柳梦寅总觉得自己身处偏远小邦，知音难遇，才华无法施展。他说："生此偏隅，混混尘埃半世，不见知己则固也。……如以青骡角巾，彷徉天下……以与夫诗书礼乐之儒、忠信道德之士、瑰伟俶傥博雅之流，披心腹、倒肝胆、结义气，使天下之人皆知东国有人也，则虽死吾不恨矣。"（《送朴说之东说赴京序》）③ 作为一种心理补偿，柳梦寅便在散文中堆砌典故，极力展现、炫耀自己的知识和才华，而导致了过分接受中国文化的问题。如柳梦寅为了阐发某个道理，往往罗列多个中国文化典故。如《〈文章指南〉跋》曰：

> 昔黄帝与蚩尤战于涿鹿之野，蚩尤能作大雾，黄帝作指南车克之。指南所以定一方反四方，指其趋向者也。余观夫天下多岐路，行役者一失其方，则穷年跋涉，只顿车弊马，不知其所当止。今夫人以尺度推天测地，一失于毫厘星雨，则其末之谬，终至于千国万里之辽迥。故冥行者贵得钵头。项羽失道阴陵，田父绐曰左，左乃陷大泽。愚夫欲适楚而北辕曰："吾车马良，吾鞿靮鞍鞯新。"不知愈行而愈远于楚。盲人独骑瞎马，夜半前临大池，不知不数步淹于中渊。越人抱婴儿投之河曰："其父善游。"不知儿不学游。故失多岐之路，孰知释老马而随其后。得九曲之珠，孰知因蜜蚁而穿其丝。是以胡广失其姓，胡寅失其父，朱寿昌失其母，魏徵失其弟，朱买臣失其妻，燕客失其坟，穷子失其宅。中流遇飓而昧其向者，或入于鬼谷，或入于鲛室，或入于裸人之乡，或入于黑齿之邦，或入于乌须之国，皆失其方也。文章亦犹是也。自古为文章者，恒若岐路

---

① 〔朝〕柳梦寅：《於于集》（《影印标点韩国文集丛刊》第63辑），汉城：韩国民族文化推进会，1991，第385页。
② 〔朝〕柳梦寅：《於于集》（《影印标点韩国文集丛刊》第63辑），汉城：韩国民族文化推进会，1991，第555页。
③ 〔朝〕柳梦寅：《於于集》（《影印标点韩国文集丛刊》第63辑），汉城：韩国民族文化推进会，1991，第359页。

之非一:老佛失于虚无,庄子失于诞谲,司马相如失于迟,枚皋失于捷,扬雄失于险,刘向失于异。学子方者流于庄周,学马史者不失于纵逸则失于粗冗,学韩子者不失于弛慢则失于忽略。或至王莽纂伪礼以乱周礼,刘歆著美新以害子云,汉儒述《礼记》及《黄庭经》以乱圣仙诸经,此皆眩其方以谬其趋向者也。间或有无书不读,泛博而无不该,唇腐而齿疏,眦昏而鬓素,照萤而穿壁,未知归宿于何所。至于精穷一书,得其要妙者,指约而操博,力省而功多。夫子之韦编三绝,尚矣无以议。揣摩得之阴符,太玄得之周易,欧阳修得之韩文,苏东坡得之《战国策》。子长得之老庄左史,而诬称得之名山大川。退之得之庄子,而伪托儒家曰学孟子而为之。盖因天下书无穷,非聪明所遍及。必须或专门一家,或略抄诸书而得功居多焉。此粗得指南,不失于游方者也。若余者,方洋无边,堉埴冥途。独立大雾之天地,昧东西南北之趋,登太行而摧轮辐,涉湖海而捐桴筏,乌足刺口于作者之话言?适因流徙西湖,与崔上舍有渊为邻并,斯人聪明英伟,翘楚于词林,朝夕讲劘,遂与为忘年之欢。仍示余以一书,目曰《文章指南》,盖自选《庄子》、《史》、《汉》、《文选》、韩、柳诸大家名编,总大一卷。钟王笔法,珠琲阑干,一见便不忍释于手也。空其左请余跋。不料狂僭,传之瞽言云。①

这一篇近900字的跋文简直就是一篇中国文化的资料汇编,柳梦寅用一大堆典故分别从正反两面来论证《文章指南》的重要作用,信手拈来,足见其对中国文化的熟稔。但同类典故的大量运用反而淹没了中心论点,破坏了文章的简洁、精练,使这篇跋文表现出冗长、拖沓的不足,而作者的炫耀心理也可见一斑。

五　偶见表述不够准确、客观之处

柳梦寅对中国文化的熟悉程度和使用的频繁令人震惊,从整体上看,其散文中所引用的中国文化多且准确、适当。如果深入文本,也能发现极少的表述不准确、不客观或自相矛盾之处,如以下几例。

---

① 〔朝〕柳梦寅:《於于集》(《影印标点韩国文集丛刊》第63辑),汉城:韩国民族文化推进会,1991,第446页。

第六章　柳梦寅散文接受中国文化的贡献与局限

柳梦寅是中国古文的倾慕者，也极力在朝鲜倡导古文，反对骈文。他认为"宋以下则今文也，欧、苏之文世多有，余未尝一窥其文"（《〈大家文会〉跋》）①，并多次表示自己"自幼抵老，义不以欧、苏等文溷眼"（《题汪道昆副墨》）②；而在《无尽亭记》中，柳梦寅又说："而苏轼，一拘儒也，乃敢贪天之物，以江上山间之清风明月为无尽藏，不亦异哉？"③ 很明显，此说出自苏轼《前赤壁赋》："惟江上之清风，与山间之明月，耳得之而为声，目遇之而成色，取之无禁，用之不竭。是造物者之无尽藏也，而吾与子之所共适。"只有熟读才能运用，这便和柳梦寅之前所说的"未尝一窥其文"不符了。在《送忠清监司郑时晦晔序》中，柳梦寅又说："又疑苏东坡与两程生一时，胡不受学于两程，闻大道之要？及读东坡文，乃知以彼明达峻敏，当自立门户，必不承颜于程氏也。"④ 对苏轼文章的评价"明达峻敏，当自立门户"，可谓很高了，没有认真读过，不会有这样的结论，这也和此前说法相矛盾。此外，宋代其他文人如欧阳修、朱熹、张载等的作品，柳梦寅也一定都读过，这从他的一些散文中可以看出。如："张子曰：'贫贱忧戚，庸玉汝于成也。'"（《送洸倕游洪州序》）⑤ 此句出自宋儒张载的《西铭》。

在柳梦寅写给僧人的多篇赠序中，都谈到了飞升、羽化成仙等道教内容或术语，甚至求助佛门以使自己成仙，如《戏赠涅盘山人慧仁序》曰：

> 且我今生饱山水游衍之乐，欲于后生为玉京飞仙。乘岭上白云，御海上清风，骑山间青鹤，得乎否乎？吾欲令尔以此祈之于尔如来，祈之于尔观音，祈之于尔昙无竭。尔能为我酌清溪之水，蓺香峰之

---

① 〔朝〕柳梦寅：《於于集》（《影印标点韩国文集丛刊》第63辑），汉城：韩国民族文化推进会，1991，第445页。
② 〔朝〕柳梦寅：《於于集》（《影印标点韩国文集丛刊》第63辑），汉城：韩国民族文化推进会，1991，第442页。
③ 〔朝〕柳梦寅：《於于集》（《影印标点韩国文集丛刊》第63辑），汉城：韩国民族文化推进会，1991，第392页。
④ 〔朝〕柳梦寅：《於于集》（《影印标点韩国文集丛刊》第63辑），汉城：韩国民族文化推进会，1991，第525页。
⑤ 〔朝〕柳梦寅：《於于集》（《影印标点韩国文集丛刊》第63辑），汉城：韩国民族文化推进会，1991，第368页。

熏,精紫芝之糜以祷之乎?仁合掌起拜曰:"善哉,绮语也。令公天眼了然,洞观三生。贫道无以赘一语。"遂袖斯文而去。①

慧仁是金刚山表训寺中的僧人,闻柳梦寅的文名前来请求文章。柳梦寅却与慧仁大谈道教之"玉京飞仙",还要求佛家的如来、观音、昙无竭来帮助自己达到道教的理想境界。将僧道混为一谈,明显不合情理。而最后僧人慧仁自称"贫道"也十分荒唐,不知柳梦寅如此表达的目的何在。

此外,柳梦寅在引用中国典籍的过程中也偶有不准确之处,如:"杜子曰:'乃知五岳外,别有他山尊。'"(《题汪道昆副墨》)② 此句出自杜甫的《木皮岭》,杜诗原句为"始知五岳外,别有他山尊。"柳梦寅引用时将"始"写成"乃"。在《於于野谈》中,柳梦寅将杜甫诗《白小》写成了《小白》。

限于时代和所处的环境,柳梦寅散文创作在接受中国文化时体现出一些局限,可以理解,但这并不能抹杀其散文接受中国文化的贡献,更不能因此忽视他在两国文化交流中的重要作用。

---

① 〔朝〕柳梦寅:《於于集》(《影印标点韩国文集丛刊》第63辑),汉城:韩国民族文化推进会,1991,第389页。

② 〔朝〕柳梦寅:《於于集》(《影印标点韩国文集丛刊》第63辑),汉城:韩国民族文化推进会,1991,第442页。

结　语

　　从以上各章内容可知，柳梦寅有深厚的文学理论基础、强烈的创作意识和丰富的创作实践经验。他的散文是特定时代"多元文化语境"的产物，其中中国文化是其创作的最主要文化语境，是其散文创作的"集体渊源"。对中国文化的接受使得柳梦寅的散文既有深邃的思想意涵，又有很高的艺术性。

　　中国文化博大精深，为柳梦寅的散文创作提供了丰富的养料。综之，柳梦寅散文创作对中国文化的接受表现出这样几个特点。其一，柳梦寅散文对中国文化的接受十分广泛、深入。柳梦寅出身儒学世家，自幼广泛学习中国儒家经典，少年及成年后又扩大了自己的阅读范围，将中国的各家文化都纳入学习、创作之中。他的散文引用或涉及了中国的诸子百家、经史子集，不仅包含人文、社会学科的内容，有些还涉及自然学科，如医学、天文学。柳梦寅散文接受中国文化的深入程度也令人惊叹，中国的很多典籍柳梦寅都反复阅读，把握了其精髓，且能够信手拈来，为己所用。其二，柳梦寅散文接受中国文化的方式灵活丰富，有引用，有点评（赞赏居多，兼有批评指瑕），有比较；有的用以说理，有的用以叙事，有的辅助抒情；有些严肃处理，有些诙谐对待。其三，柳梦寅散文并非完全被动地吸收、接受中国文化，而是有所创新，能够结合时代、国情，使其所接受的中国文化自然融入自己的创作，表现出时代化、民族化的特色。这样的创作态度和方式也使得其散文表现出鲜明的"多元文化特征"，成为中朝文学交流的典范，也是东亚比较文学研究领域的一个精彩案例，足以不朽于世。而借文章实现"不朽"也是他一生中最强烈的愿望，能在中国扬名不朽更是柳梦寅梦寐以求的。

　　1832年，即在柳梦寅去世的209年后，后人倾其所有将他遗留下来的大部分诗文刊印出来，题名《於于集》（包括《於于集后集》）。在《后叙》中，他的八世旁孙柳荣茂对他的创作和人格进行了总结和评价，言辞准确、中肯。他说：

然窃惟是集之刊，将不朽于千百世。先生之平生著述，多出于忧国伤时，而简而严赡而实，亦可谓《国语》也，《诗》、《史》也。且有征于诸贤之所批评，野史之所记载。而至若投诗而触神龙、焚文而走众魑、黑风雪意之咏、南麓柏舟之唱、悟释掺袖之语、穷山题壁之句，不徒续《梅月堂集》，不徒寓《离骚》遗意，堪与《采薇》歌并传，而亦足为血泪交流之词。可藏之名山，可布之通邑大都，可传之天下后世。而中国人之纱笼悬板，琉球使之下床便拜，庶复睹于来世，窃有感于斯。敢以言志节义夷齐、方正学，文章左、马、杜工部。卓乎千古於于翁，天下皆知东国柳。①

柳荣茂无比崇敬自己的这位祖上，也希望柳梦寅的作品、人格能够流传不朽。他们柳氏家族的共同努力使柳梦寅的作品开始流传于世并产生了很大影响。

　　第一，柳梦寅的散文在朝鲜半岛广泛流传，我们今天所阅读参考的即主要为柳氏后人整理刊刻的版本。后有一些抄本在半岛出现，如韩国学中央研究院藏本《於于集抄》（见下图），汉文笔写本，不分卷1册（51张），24.5×20.5cm，抄录人、时间及地点不详。《於于集抄》抄录柳梦寅的散文44篇，其中记21篇（主要是为亭、轩等建筑所作的记），诗序和赠序22篇，游记1篇。另有《诸贤批评》（柳梦寅集评）1篇，诗歌2题15首。其中所有散文和诗歌均载于《於于集》，此处不再列出。

　　第二，《於于集》也传到周边国家和地区如日本、中国、琉球等，且在流传地出现了一些抄本，如日本东洋文库本《於于集略抄》②。

　　该版本抄录55篇文章，其中有序言《义贞公於于柳先生文集序》；有一篇未见于《於于集》的《月波亭记》，不知来源；《挽诗》为诗，非散文；《送回答使从事官李景稷入日本国辞》不属于本书所研究的散文范畴。所抄录散文的题目有些与《於于集》略有差异，可能抄录有误，以下列出《於于集略抄》所有篇目标题，同时与《於于集》中的标题进行对比，《於于集》下未列的二者相同。

---

① 〔朝〕柳梦寅：《於于集》（《影印标点韩国文集丛刊》第63辑），汉城：韩国民族文化推进会，1991，第607页。
② 抄于朝鲜纯祖、宪宗年间，不分卷1册（46张），无界，11行32字，无版心，30.7×20.2 cm，编号：Ⅶ-4-361。

《於于集抄》

《於于集略抄》

《於于集略抄》之标题	《於于集》之标题
义贞公於于柳先生文集序（新篇目）	
送光州牧使李庆涵养源序	送光州牧使李养源庆涵绝句序
赠李令公廷龟圣征别序	赠李圣征廷龟令公赴京序
送冬至使尹敬立金知存中序	送冬至使尹金知存中敬立序
奉别谢恩奏请使李月沙廷龟四赴京序并诗	奉别谢恩奏请使李月沙廷龟四赴燕山诗序
降仙楼记	
与尹进士彬书	
梁琴新谱跋	
行窝记	
哭女侄正顺哀辞	
题辽东伯金将军传后	题金将军传后
挽诗	
送回答副使朴典翰梓渡海入日本	送回答副使朴典翰梓入日本序
送回答使从事官李景稷入日本国辞	送回答使从事官李实稷入日本国辞
送表兄洪师古赴顺天任所序	送表兄洪师古遵赴顺天任所序
送东莱府使赵存性遂初序	送东莱府使赵遂初存性诗序
送崔汝以赴留守于开城序	送崔汝以天健赴留守于开城序
送斗峰养吾骊城君赴京序	送斗峰李养吾骊城君志完赴京序
送南原府使高用厚序	送南原府使高用厚诗序
寒碧堂记	
《文章指南》跋	
岳破回千字文跋	岳把回千字文跋
送成川假仙洪兄之任序	送成川假仙洪兄遵之任序
撰集厅三纲行实跋	
平海郡守车公讳轼神道碑铭	赠礼曹参判行平海郡守车公轼神道碑铭并序
送洪牧润卿令公序	送洪牧李润卿晬光序
送襄阳使君权缙云卿序	送襄阳使君权云卿缙序
送公州使君李善复伯吉令公序	送公州使君李伯吉善复令公诗序
送圣节书状金大德序	送圣节使书状金大德序
送韩山郡守李子信序	
奉别宋德甫牧罗州走笔序	奉别宋德甫驲牧罗州走笔序
李润卿令公出为安边都护府使送别序	送李润卿晬光赴安边都护府序

续表

《於于集略抄》之标题	《於于集》之标题
晚香堂记	
解辨（为人作）	解辨
白云庄记	
送户部尚书李圣征令公奏请天朝序	送户部尚书李圣征廷龟奏请天朝诗序
送冬至副使郑士信令公谷神子序	送冬至副使郑令公谷神子士信序效《国语》
赠别韩侍郎德远使上国谢恩序	
送别宁边判官南斗瞻序	送宁边判官南斗瞻诗序
题金大德得之令公诗卷后诗有序	题金得之大德令公诗卷后诗序
赠别奇允献守安岳序	
送忠清道监司序	送湖西李观察使称念湖中亲旧序
送宣秀才时翰南归序	送宣生时麟南归序
送柳监司再赴湖西序	送柳尚书根再按湖西诗序
燕京沿路可游者记，送冬至副使尹昉可晦参知	
在涧堂记	
顺天府唤仙亭记	唤仙亭记
绫城晚香亭记	
月波亭记（新篇目）	
用拙轩记	
重答南都宪书	
答浚源殿参奉尹弼世书	
教郑汝昌家庙致祭后书	教郑汝昌家庙书
亡兄奉直郎缮工监监役官柳君墓志	亡兄奉直郎缮工监监役官柳公墓志铭并序
自娱窝记	

这两个版本都以散文为主，可知抄录者更欣赏柳梦寅的散文，这也说明柳梦寅的散文成就的确很高。

《於于集》和各种柳梦寅散文的抄本成为后人阅读研习的典范，其中的一些优秀之作如他所愿，受到朝鲜、中国、日本文人的共同赞誉。

柳梦寅的作品也同样受到国内外现代人的重视，各种版本的《於于集》《默好稿》《於于野谈》不断出版发行。如1937年，日本的鲇贝房之进将其作品集《默好稿》（三卷）影印出版。1988年，韩国景仁文化社刊行的影印本《韩国历代文集丛书》的第 124 辑收录了《於于堂文集》。1991 年，韩国民族文化推进会刊行的《影印标点韩国文集丛刊》第 63 辑收录了《於于集》。《於于野谈》也有多种版本，如 1986 年被太学社出版的《洪万宗全集》收录出版，1987 年被东国大学校的韩国文学研究所收入《韩国文献说话全集》收录出版，1996 年被赵锺业编选的《修正增补韩国诗话丛编》收录出版。

随着柳梦寅作品的出版与传播，阅读者和研究者越来越多，其影响也越来越大。在柳梦寅去世后近 400 年的今天，笔者作为一个中国的研究者就正在潜心研究他的文章，并希望让更多人了解他的文学、经历和人格，而这也正是他生前所殷殷期盼的。

每读柳梦寅的一篇文章都感觉是在同他对话，听他娓娓叙说着他的经历、他的文学观、他的人生观还有朝鲜朝那段历史以及他对中国文化的炽烈之情。以后，赏识他的人、聆听他的人会越来越多，先生"不朽"的愿望真的实现了！

参考文献

国外文献

〔朝〕朝鲜民主主义人民共和国科学院历史研究所:《朝鲜通史》,吉林省延边朝鲜族自治州《朝鲜通史》翻译组译,长春:吉林人民出版社,1973。

〔朝〕春秋馆撰,〔日〕末松保和编《李朝实录》,东京:学习院东洋文化研究所,1953~1967。

〔朝〕洪万宗:《洪万宗全集》,汉城:太学社,1986。

〔朝〕李重焕:《择里志》,〔韩〕李翼成译,汉城:乙酉文化社,1971。

〔朝〕李晬光:《芝峰类说》,汉城:景仁文化社,1970。

〔朝〕一然:《三国遗事》,东京:学习院东洋文化研究所,1964。

〔朝〕郑麟趾等:《高丽史》,汉城:亚细亚文化社,1972。

〔韩〕成均馆大学校大东文化研究院编《许筠全集》,汉城:成均馆大学校出版部,1981。

〔韩〕东国大学校韩国文学研究所编《韩国文献说话全集》,汉城:太学社,1987。

〔韩〕韩国民族文化推进会编《影印标点韩国文集丛刊》(1~350辑),汉城:韩国民族文化推进会,1988~2007。

〔韩〕韩国学文献研究所编《高丽史节要》,汉城:亚细亚文化社,1973。

〔韩〕韩国学文献研究所编《破闲集·补闲集》(合本),汉城:亚细亚文化社,1972。

〔韩〕韩国哲学会编《韩国哲学史》,韩振乾等译,北京:社会科学文献出版社,1996。

〔韩〕金台俊:《朝鲜汉文学史》,张琏瑰译,北京:社会科学文献出版社,1996。

〔韩〕李成茂:《高丽朝鲜两朝的科举制度》,张琏瑰译,北京:北京大学出版社，1993。

〔韩〕 林基中编《燕行录全集》（100 辑），汉城：东国大学校出版部，2001。

〔韩〕 柳承国：《韩国儒学史》，傅济功译，台北：台湾商务印书馆，1989。

〔韩〕 申承勋：《於于柳梦寅散文论研究》，《东洋汉文学研究》第 18 辑，2003。

〔韩〕 申翼澈：《柳梦寅的文学观与表现手法的特征》，首尔：成均馆大学，1994。

〔韩〕 赵文珠：《柳梦寅散文研究》，首尔：檀国大学博士学位论文，2009。

〔韩〕 赵锺业编《修正增补韩国诗话丛编》，汉城：太学社，1996。

〔苏〕 斯大林：《马克思主义与民族殖民地问题》，北京：人民出版社，1953。

中国古代文献

（北魏）郦道元著，陈桥驿校证《水经注校证》，北京：中华书局，2007。

（汉）贾谊撰，阎振益、钟夏校注《新书校注》，北京：中华书局，2000。

（汉）刘向集录《战国策》，上海：上海古籍出版社，1985。

（汉）司马迁：《史记》，北京：中华书局，1959。

（后魏）贾思勰：《齐民要术》（《四部备要》本，中华书局据学津讨原本校刊），上海：中华书局，1926。

（晋）陈寿撰，（南朝宋）裴松之注，吴金华点校《三国志》，长沙：岳麓书社，1982。

（南朝宋）范晔著，（唐）李贤等注《后汉书》，北京：中华书局，1965。

（南朝梁）萧子显撰《南齐书》，北京：中华书局，1972。

（唐）韩愈：《五百家注昌黎文集》（《景印文渊阁四库全书》第 1074 册），台北：台湾商务印书馆，1986。

（唐）柳宗元：《柳河东集》（《景印文渊阁四库全书》第 1076 册），台北：台湾商务印书馆，1986。

（唐）魏徵等撰《隋书》，北京：中华书局，1973。

（宋）欧阳修、宋祁撰《新唐书》，北京：中华书局，1975。

（宋）苏轼：《东坡全集》（《景印文渊阁四库全书》第 1107 册），台北：台湾商务印书馆，1986。

（明）茅坤：《唐宋八大家文钞》（《景印文渊阁四库全书》第 1383 册），

台北：台湾商务印书馆，1986。
（清）谷应泰：《明史纪事本末》，北京：中华书局，1977。
（清）方东树著，汪绍楹校点《昭昧詹言》，北京：人民文学出版社，1984。
（清）何文焕辑《历代诗话》，北京：中华书局，1981。
（清）金圣叹选评《天下才子必读书》，北京：中国国际广播出版社，1997。
（清）王先谦：《庄子集解》（《新编诸子集成》本），北京：中华书局，1987。
（清）王先慎撰，钟哲点校《韩非子集解》（《新编诸子集成》本），北京：中华书局，1998。
（清）王先谦撰，沈啸寰、王星贤点校《荀子集解》（《新编诸子集成》本），北京：中华书局，1988。
（清）姚鼐：《古文辞类纂》，北京：中华书局，1936。
（清）张廷玉等撰《明史》，北京：中华书局，1974。

中国近现代文献

北京大学哲学系美学教研室编《西方美学家论美和美感》，北京：商务印书馆，1980。
蔡美花、赵季主编《韩国诗话全编校注》，北京：人民文学出版社，2012。
曹顺庆主编《比较文学概论》，北京：高等教育出版社，2015。
陈飞主编《中国古代散文研究》，福州：福建人民出版社，2005。
陈尚胜：《中韩交流三千年》，北京：中华书局，1997。
陈望道：《修辞学发凡》，上海：上海教育出版社，1997。
陈柱：《中国散文史》，北京：商务印书馆，1937。
褚斌杰：《中国古代文体概论》（增订本），北京：北京大学出版社，1990。
《辞海·文学分册》，上海：上海辞书出版社，1981。
干永昌等选编《比较文学研究译文集》，上海：上海译文出版社，1985。
高海夫主编《唐宋八大家文钞校注集评》，西安：三秦出版社，1998。
葛荣晋主编《韩国实学思想史》，北京：首都师范大学出版社，2002。
顾廷龙主编《续修四库全书》，上海：上海古籍出版社，2002。
郭绍虞主编《中国历代文论选》，北京：中华书局，1963。
胡发贵：《儒家朋友伦理研究》，北京：光明日报出版社，2008。

贾平安、郝树亮主编《统战学辞典》，北京：社会科学文献出版社，1993。
《简明文言词典》编写组编《简明文言字典》，上海：上海教育出版社，1986。
姜日天、彭永捷、韩相美编著《君子国智慧——韩国哲学与21世纪》，上海：华东师范大学出版社，2001。
金柄珉、金宽雄：《朝鲜文学的发展与中国文学》，延吉：延边大学出版社，1994。
李国英、李运富主编《古代汉语教程》，北京：北京师范大学出版社，2007。
李岩：《朝鲜李朝实学派文学观念研究》，北京：北京大学出版社，1994。
李岩：《中韩文学关系史论》，北京：社会科学文献出版社，2003。
梁启超：《饮冰室合集》，北京：中华书局，1989。
林纾：《韩柳文研究法》，上海：商务印书馆，1933。
林纾著，范先渊校点《春觉斋论文》，北京：人民文学出版社，1959。
刘菁华等选编《明实录朝鲜资料辑录》，成都：巴蜀书社，2005。
娄熙元、吴树平译注《吴子译注·黄石公三略译注》，石家庄：河北人民出版社，1995。
罗积勇：《用典研究》，武汉：武汉大学出版社，2005。
孟华主编《比较文学形象学》，北京：北京大学出版社，2001。
孟昭毅编著《比较文学通论》，天津：南开大学出版社，2003。
孟昭毅：《东方文学交流史》，天津：天津人民出版社，2001。
聂珍钊：《文学伦理学批评导论》，北京：北京大学出版社，2014。
钱穆：《国史大纲》，北京：商务印书馆，1991。
钱锺书：《七缀集》，上海：上海古籍出版社，1985。
任范松、金东勋主编《朝鲜古典诗话研究》，延吉：延边大学出版社，1995。
商务印书馆《四库全书》工作委员会编《文津阁四库全书》（影印本），北京：商务印书馆，2005。
《十三经注疏》整理委员会整理，李学勤主编《十三经注疏》，北京：北京大学出版社，1999。
孙德彪：《朝鲜诗家论唐诗》，北京：民族出版社，2006。
覃光广、冯利、陈朴主编《文化学辞典》，北京：中央民族学院出版社，1988。

王晓平：《亚洲汉文学》，天津：天津人民出版社，2001。
韦旭升：《韦旭升文集》，北京：中央编译出版社，2000。
徐培根注译《太公六韬今注今译》，台北：台湾商务印书馆，1976。
徐远和主编《儒家思想与东亚社会发展模式》，南宁：广西人民出版社，2002。
徐兆仁主编《中国韬略大典》，北京：中国国际广播出版社，1997。
许维遹校释《韩诗外传集释》，北京：中华书局，1980。
严绍璗、陈思和主编《跨文化研究：什么是比较文学》，北京：北京大学出版社，2007。
杨伯峻编著《春秋左传注》，北京：中华书局，1981。
杨伯峻译注《论语译注》，北京：中华书局，1980。
杨伯峻编著《孟子译注》，北京：中华书局，1960。
杨树达：《老子古义》，上海：上海古籍出版社，1991。
杨树增：《儒学与中国古代散文》，北京：中国社会科学出版社，2017。
游国恩等主编《中国文学史》，北京：人民文学出版社，1964。
袁珂校注《山海经校注》，上海：上海古籍出版社，1980。
袁行霈主编《中国文学史》（第一卷），北京：高等教育出版社，1999。
张伯伟：《作为方法的汉文化圈》，北京：中华书局，2011。
张朝柯：《东方文学与比较文学》，北京：东方出版社，2015。
张哲俊：《东亚比较文学导论》，北京：北京大学出版社，2004。
章培恒、骆玉明主编《中国文学史》，上海：复旦大学出版社，1996。
赵季等笺注《诗话丛林笺注》，天津：南开大学出版社，2006。
中国社会科学院语言研究所词典编辑室编《现代汉语词典》（第6版），北京：商务印书馆，2012。
周秉钧注译《尚书》，长沙：岳麓书社，2001。
周振甫：《文心雕龙今译》，北京：中华书局，1986。
朱自清：《诗言志辨》，南宁：广西师范大学出版社，2004。

期刊论文

蔡雁彬：《朱子〈小学〉流衍海东考》，《南京大学学报》（哲学·人文科学·社会科学）2002年第4期。

陈来：《简论东亚各国儒学的历史文化特色》，《北京大学学报》（哲学社会科学版）1999年第1期。

陈蒲清：《略说韩国古典散文与中国古典散文之联系》，《长江学术》2006年第1期。

陈桐生：《〈国语〉的性质和文学价值》，《文学遗产》2007年第4期。

程爱华：《追求生命的永恒与愉悦——道教对中国古代文人的人生哲学与生活情趣的影响》，《武汉科技学院学报》2004年第7期。

傅谨：《"忠孝节义"有什么不好》，《中国图书评论》2007年第12期。

何凌风：《〈汉书〉对偶运用之艺术成就初探》，《中央民族大学学报》（哲学社会科学版）2006年第2期。

胡家祥：《艺术风格三题》，《江汉论坛》1998年第7期。

李生龙：《"三不朽"人生价值观对古代作家文学观之影响》，《衡阳师范学院学报》2005年第2期。

李甦平：《论韩国儒学的特性》，《孔子研究》2008年第1期。

聂永华：《20世纪〈论语〉散文艺术研究述评》，《孔子研究》2002年第6期。

宁恢：《明代甘肃屯田何以成功》，《发展》1997年第2期。

孙昌武：《柳宗元的"民本"思想及其现代意义——在第三届柳宗元国际学术研讨会上的演讲》，《柳州师专学报》2005年第1期。

孙昌武：《论韩愈散文的艺术成就》，《辽宁师院学报》1981年第2期。

王国彪：《朝鲜"燕行录"中的"华夷"之辨》，《外国文学评论》2017年第1期。

王向远：《东方学研究》，《社会科学研究》2018年第1期。

王向远：《近四十年来我国"东方文学史"的三种形态及其建构》，《社会科学文摘》2019年第4期。

王晓路：《文化语境与文学阐释——简论西方汉学界的中国古代文论研究》，《文艺理论研究》2002年第2期。

韦燕宁：《试论柳宗元的碑志文》，《广西民族学院学报》（哲学社会科学版）1990年第2期。

夏麟勋：《试论荀子散文的风格》，《人文杂志》1959年第5期。

邢丽菊：《试论韩国儒学的特性》，《中国哲学史》2007年第4期。

熊礼汇：《两汉散文艺术嬗变论》，《武汉大学学报》（哲学社会科学版）1997 年第 5 期。

徐柏青：《论我国早期散文的特点与贡献》，《湖北师范学院学报》（哲学社会科学版）2000 年第 1 期。

阴志科：《修辞叙事视野中的中国古代散文研究》，《江汉学术》2013 年第 2 期。

余恕诚：《中国古代散文发展述论》，《安徽师范大学学报》（人文社会科学版）2005 年第 2 期。

张斌荣：《西汉散文的特点及其研究方法简论》，《鲁东大学学报》（哲学社会科学版）2007 年第 4 期。

张惠仁：《古代笔记文初探》，《四川师院学报》（社会科学版）1984 年第 2 期。

张家壮：《高屋建瓴 大义微言——韩愈〈送董邵南序〉赏析》，《古典文学知识》2000 年第 6 期。

张永刚：《论作家"创作意识"的构成》，《洛阳师范学院学报》2001 年第 1 期。

周楚汉：《柳宗元的文章理论及其历史地位》，《贵州社会科学》2001 年第 1 期。

周振甫：《柳宗元的文章论》，《文学遗产》1994 年第 2 期。

朱凤祥：《传统中国"忠"、"孝"矛盾的理论基因和实践表征》，《云南民族大学学报》（哲学社会科学版）2007 年第 3 期。

邹华：《自然审美》，《西北师大学报》（社会科学版）1998 年第 1 期。

附　录

附录1　柳梦寅集评

卢苏斋：文章甚高，东国百年来，未有之奇文。
柳西厓：文气高劲，有洪波砥柱之势。
尹月汀：新进中柳某高文章，当今无可颉颃者。
具八谷：文章已成大家，举世无匹。
权习斋：柳某之文，独崔岦可与为比。然崔之文，模仿古人，非自家造化。柳之文，皆出自家胸中造化，此最难处，崔殆不及。
李月沙：当世文章，柳於于与崔简易相上下。
车五山：柳於于文章，独崔简易可以为对。
申象村：东方无可方此集，独李相国集稍可相上下。
权草楼：柳於于文过欧阳修，诗轶李奎报。
车沧洲：柳於于文非但擅东国，当旷世无比。
洪鹤谷：舅氏文章与天通。
洪万宗《小华诗评》：柳於于诗，可见所立卓荦。
洪万宗《小华诗评》：其《西关诗》"春游关塞王三月，花发江南帝六宫"，极其富丽。且如《山行诗》"蚌螺粘石何年海，萝葍生山太古田。蹢躅背岩多白蕊，鼪鼯食柏或青毛"等联，皆极幽奇。
洪万宗《小华诗评》：《於于野谈》述金仁福语，文胜滑稽，传优孟铜历之说。其记白头山，亦绝奇。
张维：柳梦寅著《於于野谈》，多记闾巷鄙事，间以诗话，或及国朝故实。余偶得一卷观之，其文俚甚，所记亦多失实。
朴泰淳：其所著述，散亡殆无余存。独《野谈》传行于世。以其多说委巷可笑之事，人颇称道。然梦寅为人浮诞，其说国朝典故，失实甚多。又以妇孺俚谚，参错其间。张文忠公于《漫笔》，固已讥之矣。以今观之，传奇小说，虽不必一一据实，而亦自有其体。乃欲驰骋其文辞，模拟庄马篇法，亦已失小说之体矣。及其文章信美矣，自许太过，至欲凌驾欧阳，可见浮诞之一事也。兹并录之。

金若炼：於于之死，其事则冤，而其心不可谓无罪也。是以其为文章甚高，有不可以人废之者。然文者言之实也，言者心之华也。以公案案其文，昭然知其根于心者，不正不固。不正故其出或斜，不固故其发或浅。初见之则骇，再见之则奇，三四见，便觉其意味不厚。噫！好其文者，必须知其病，然后其文之功罪，亦可得而论也。

宋焕箕：柳梦寅忠节可并夷齐，而以南人之故出斩之，如是而其能服人心耶？

洪直弼：於于翁孤忠贞节，当匹美于冶隐梅月诸贤。以各为其主，不以存亡明昧而易其操焉耳。伯夷丑周，饿死首阳山。而文武不以其故贬王，此伯夷太公之为两是也。愚常诵斯义，慕悦此翁，与生六臣无差殊观。每愿尊阁其遗书而不可得，今蒙惠我一部，可以擎绎绪论。用遂苦情，岂少幸哉！尊门既为之吁洗丹书，又从以印布文稿，为傍亲尽分。孰有若贵宗者哉？是固於于翁名义风节之所致然，而亦可验亲亲之仁。赞叹切切。

南克宽：《於于野谈》，述金仁福语，文特瑰丽，胜滑稽传优孟铜历之说。记白头山亦奇。

柳重教：义贞公於于堂讳梦寅，以文章节义，为世名臣。

柳重教：承旨孙於于堂梦寅，以文章气节伏一世。

柳重教：则在穆陵盛际，於于堂一门诸公文章节行，卓有可述。

成海应：柳於于诗主奇险，故少平和之音。然其《寡妇诗》独恳恻感人。

柳麟锡：昔我十一世旁祖於于堂少日读书九月山多年，成就大文章。

金平默：旨孙於于堂梦寅，文章气节仗一世。

赵秀三：於于柳公善为谑，《野谈》一篇供人噱。

附录2　柳梦寅年谱（重要文学纪年）

嘉靖三十八年　朝鲜明宗十四年　1559　己未　一岁

十一月，出生于汉阳明礼坊。父柳㭭，母闵氏。

[徐有防《柳公行状》："考讳㭭，主簿赠吏曹判书。……妣骊兴闵氏，

参奉祎女，追封贞夫人。公以嘉靖己未冬生。"（《於于集》附录）]

隆庆元年　朝鲜明宗二十二年　1567　丁卯　九岁
九月，丁外艰。

[柳梦寅《皇考济用监主簿府君墓碑阴记》："先考讳樘，字大支。……中进士，补靖陵参奉。改察访时兴道，清以供职，邮隶怀之，迁军资直长，升主济用簿。隆庆丁卯终于家，寿五十。先妣骊兴闵氏……万历己亥终，寿八十，与考先合葬于杨州洪福山司谏王考兆下。"（《於于集后集》卷五）]

[柳梦寅《重答南都宪书》："仆九岁失所怙。"（《於于集》卷五）]

隆庆五年　朝鲜宣祖四年　1571　辛未　十三岁
受学于宋承禧、金玄成。

[柳梦寅《赠吏曹参判行司宪府掌令宋公承禧墓碣铭并序》："维万历纪元四十二年，嘉善大夫、黄海道观察使兼兵马水军节度使宋駰走传，遽以书属梦寅曰：'间为先人墓备丽牲片石，要假好辞镌之莫工。吾子知先人，亦莫吾子若也。子盍记诸。'曰：'於戏！余自稚龀，兄吾兄而弟之。抠衣奉杖于吾先生函丈下，敢不揄扬盛德，以列于幽明！'"（《於于集后集》卷五）]

[柳梦寅《赠右议政行同中枢南窗金先生行状》："梦寅弱龄，居与先生接巷。服先生行谊，闻人所未闻。又尝抠衣受学，至白首尊慕。顾知公者莫余若也。"（《於于集》卷六）]

万历元年　朝鲜宣祖六年　1573　癸酉　十五岁
与高灵申氏成婚。受学于成浑、申濩。

[徐有防《柳公行状》："稍长，眉宇端严，才思颖发，长者期以远大之器。配高灵申氏，判官栻女。"（《於于集》附录）]

[徐有防《柳公行状》："牛溪成先生与判官公有通家之谊，一见公奇之，自是文望渐蔚。"（《於于集》附录）]

[柳梦寅《重答南都宪书》："十五岁，始遇申校理濩，从事于古文。"（《於于集》卷五）]

万历十年　朝鲜宣祖十五年　1582　壬午　二十四岁
中司马试。

万历十三年　朝鲜宣祖十八年　1585　乙酉　二十七岁
在成均馆和李廷龟一起学习。
[柳梦寅《赠李圣征廷龟令公赴京序》："圣征，少时友也。游泮而始亲，登朝而弥笃，升宰列而愈益密。"(《於于集》卷三)]

万历十七年　朝鲜宣祖二十二年　1589　己丑　三十一岁
增广试文科一等合格。

万历十八年　朝鲜宣祖二十三年　1590　庚寅　三十二岁
任艺文检阅、刑曹郎官兼江原都事。
撰诗集《关东录》。
[徐有防《柳公行状》："庚寅，由艺文检阅出为江原都事，旋以质正官赴京。"(《於于集》附录)]

万历十九年　朝鲜宣祖二十四年　1591　辛卯　三十三岁
以质正官身份出使中国。
撰诗集《星槎录》。

万历二十年　朝鲜宣祖二十五年　1592　壬辰　三十四岁
任世子侍讲院司书、户曹正郎、司宪府持平等职。
[《李朝实录》(宣祖二十五年十月六日)："以李海寿为大司谏，郑昌衍为世子左宾客……柳梦寅为世子侍讲院司书，李守一为密阳府使，李篑宾为利川府使，赵景禄为原州牧使。"(《宣祖实录》第31卷)]
[《李朝实录》(宣祖二十五年十一月七日)："以柳梦寅为户曹正郎，李春英为户曹佐郎。"(《宣祖实录》第32卷)]
[《李朝实录》(宣祖二十五年十一月十五日)："司宪府执义李好闵、掌令李时彦、持平柳梦寅上札曰……"(《宣祖实录》第32卷)]

[徐有防《柳公行状》："明年壬辰，复命于西狩行在。俄迁司书，间与月沙李公周旋经略幕府。"(《於于集》附录)]

万历二十一年　朝鲜宣祖二十六年　1593　癸巳　三十五岁
任侍讲院文学、司宪府持平等职务。
以持平、问安使的身份在开城接待明将提督李如松。
与李廷龟等一起接待明使经略宋应昌。
[《李朝实录》(宣祖二十六年二月十六日)："柳梦寅为侍讲院文学，南以恭为侍讲院司书，黄洛为司宪府持平，申泳为艺文馆检阅。"(《宣祖实录》第35卷)]
[《李朝实录》(宣祖二十六年四月十四日)："宋经略移咨，请以世子讲官二三人，将该讲经传，前来讨论。文学柳梦寅、司书黄慎、说书李廷龟就学。"(《宣祖实录》第37卷)]
[《李朝实录》(宣祖二十六年六月十二日)："以任国老为汉城府左尹，柳永吉为汉城府右尹，柳梦寅为司宪府持平，崔沂为司宪府持平，沈源河为司谏院正言。"(《宣祖实录》第39卷)]
[李廷龟《大学讲语》(上)："癸巳春，天朝经略兵部左侍郎、右佥都御史桐江宋公应昌按节东来，移咨本国。令选书筵讲官文学之士数人来候幕中，讲论道学。司书黄慎、文学柳梦寅及余皆以春坊讲官实膺是选而往。经略礼遇甚隆，军务之暇，间日相接，辄讲《大学》旨义。盖天朝多尚陆氏之学，经略学于王阳明之门。"(《月沙集》卷十九)]

万历二十四年　朝鲜宣祖二十九年　1596　丙申　三十八岁
任司谏院献纳、世子侍讲院文学等职。
冬，以谢恩兼进慰使书状官出使中国。
[《李朝实录》(宣祖二十九年一月二十五日)："以李山海为大提学，金瓒为礼曹判书，申点为同知中枢府事，郑期远为司宪府掌令，柳梦寅为司谏院献纳……金尚容为弘文馆副应教。"(《宣祖实录》第71卷)]
[《李朝实录》(宣祖二十九年十一月三十日)："以朴弘长为顺天府使，柳梦寅为世子侍讲院文学，金荩国为弘文馆校理，洪世英为兵曹参议。"(《宣祖实录》第82卷)]

[柳梦寅《杏山记梦诗序》："至二十四年，余以谢恩兼进慰使书状官如北京。"(《於于集后集》卷三)]

万历二十五年　朝鲜宣祖三十年　1597　丁酉　三十九岁

任侍讲院掌令、文学、弼善，咸镜道巡抚御史，司谏院献纳等职。

[《李朝实录》(宣祖三十年二月十二日)："卯正，上御别殿，讲《周易》。司谏李覮、掌令柳梦寅启曰……"(《宣祖实录》第85卷)]

[《李朝实录》(宣祖三十年二月二十八日)："以南以恭为司宪府持平，柳梦寅为侍讲院文学，金光烨为弘文馆修撰。"(《宣祖实录》第85卷)]

[《李朝实录》(宣祖三十年四月二十三日)："以黄佑汉为开城留守，闵浚为汉城府左尹……柳梦寅为侍讲院弼善……崔东望为林川郡守，成晋善为海州判官。"(《宣祖实录》第87卷)]

[《李朝实录》(宣祖三十年八月十七日)："咸镜道巡抚御史柳梦寅启曰……"(《宣祖实录》第91卷)]

[《李朝实录》(宣祖三十年八月十七日)："以金荩国为吏曹正郎，成以文为司宪府持平……柳梦寅为司谏院献纳……南以恭为成均馆直讲。"(《宣祖实录》第91卷)]

万历二十六年　朝鲜宣祖三十一年　1598　戊戌　四十岁

任平安道巡边御史、军资正、司谏院献纳等职。

撰诗集《西绣录》。

[徐有防《柳公行状》："时八路创残。朝廷以公练达，辄授绣衣，或巡边按抚之任，遍行诸道。"(《於于集》附录)]

[《李朝实录》(宣祖三十一年五月二十日)："以金功为大司成，柳梦寅为军资正。"(《宣祖实录》第100卷)]

[《李朝实录》(宣祖三十一年八月八日)："以李尔瞻为持平，成安义为司艺，洪庆臣为弘文馆校理，柳梦寅为献纳。"(《宣祖实录》第103卷)]

万历二十七年　朝鲜宣祖三十二年　1599　己亥　四十一岁

四月，丁母夫人忧。

任司宪府执义、弘文馆副校理等职务。

[《李朝实录》（宣祖三十二年二月二十八日）："以李庆全为弘文馆校理，宋锡庆为司宪府持平，庆暹为司宪府掌令，柳梦寅为司宪府执义，宋应洵为通礼院相礼，崔东立为成均馆直讲。"（《宣祖实录》第109卷）]

[《李朝实录》（宣祖三十二年四月二十三日）："以李墍为大司宪，赵挺为大司谏……柳梦寅为弘文馆副校理……任守正为司谏院正言，庆暹为侍讲院弼善。"（《宣祖实录》第111卷）]

[柳梦寅《皇考济用监主簿府君墓碑阴记》："先妣骊兴闵氏，家世甲三韩，参奉祎之女，同知泂之孙。性孝悌有闺范，凡祀享躬鼎俎，病且盡不替。万历己亥终，寿八十，与考先合葬于杨州洪福山司谏王考兆下。"（《於于集后集》卷五）]

[徐有防《柳公行状》："己亥，丁母夫人忧。服阕，升阶授同副承旨，移大司谏，历银台及诸曹佐贰。"（《於于集》附录）]

万历三十年　朝鲜宣祖三十五年　1602　壬寅　四十四岁

任弘文馆校理、应教、典翰，侍讲院辅德，经筵侍读官等职。

撰诗集《湖西录》《玉堂录》。

[《李朝实录》（宣祖三十五年闰二月二十九日）："弘文馆副应教姜签、校理柳梦寅、副校理朴震元、修撰金大来、副修撰宋锡庆启曰……"（《宣祖实录》第147卷）]

[《李朝实录》（宣祖三十五年四月十七日）："戊申/御别殿，讲《周易》。参赞官尹暄、侍读官柳梦寅、检讨官具义刚入侍。"（《宣祖实录》第149卷）]

[《李朝实录》（宣祖三十五年五月四日）："黄暹为吏曹参议，宋骏为礼曹参议，柳梦寅为弘文馆应教……尹安国为成均馆典籍，尹三聘。"（《宣祖实录》第150卷）]

[《李朝实录》（宣祖三十五年六月二十一日）："以金悌男为领敦宁府事，李元翼为判中枢府事……柳梦寅（善撰文）为弘文馆典翰……金应瑞为忠清兵使，沈克明为吉州牧使。"（《宣祖实录》第151卷）]

[《李朝实录》（宣祖三十五年十一月十日）："以金晬为右参赞，洪汝谆为大司宪……郑毅为弘文馆典翰，柳梦寅为侍讲院辅德……崔起南

为兵曹佐郎，金台佐为尚州牧使。"（《宣祖实录》第156卷）]

万历三十一年　朝鲜宣祖三十六年　1603　癸卯　四十五岁

春，任京畿道暗行御史。

后任司赡副正、弘文馆副应教、侍讲官、同副承旨、参赞官、承政院右副承旨等职。

撰诗集《畿甸暗行录》，撰《送李侯惟弘之永川序》等文。

[《李朝实录》（宣祖三十六年二月十日）："政院启曰：'柳梦寅等牌招矣。'传曰：'此封书，分持往来。'（盖以暗行御史分行八道）"（《宣祖实录》第159卷）]

[《李朝实录》（宣祖三十六年三月十七日）："京畿御史柳梦寅启曰：'利川前府使申应榘，托于天使支供，收米民间，几七十余石……'"（《宣祖实录》第160卷）]

[《李朝实录》（宣祖三十六年三月二十三日）："以尹暾为兵曹参判，申钦为副提学，李廷馨为大司成，柳梦寅为司赡副正……申桡为兵曹佐郎。"（《宣祖实录》第160卷）]

[《李朝实录》（宣祖三十六年三月二十八日）："有政。柳梦寅为弘文馆副应教，朴东彦为司赡寺副正……朴楗为结城县监。"（《宣祖实录》第160卷）]

[《李朝实录》（宣祖三十六年六月二日）："丁亥/上御别殿，领事柳永庆，同知事沈喜寿，特进官宋言慎、卢稷，参赞官李庆涵，侍讲官柳梦寅，记事官任兖，司经闵官基，持平李幼渊，正言申栗，记事官丁好宽、裴龙吉入侍讲《周易》。"（《宣祖实录》第163卷）]

[《李朝实录》（宣祖三十六年七月二十三日）："卯正，上御别殿，领事李德馨、知事韩应寅、特进官大司宪宋言慎、特进官尹泂、大司谏权憘、参赞官柳梦寅、侍讲官姜签、侍读官李德泂等入侍。"（《宣祖实录》第164卷）]

[《李朝实录》（宣祖三十六年八月八日）："承政院（行都承旨尹暾、左承旨姜绽、右承旨尹晠、左副承旨尹晖、右副承旨李庆涵、同副承旨柳梦寅）启曰……"（《宣祖实录》第165卷）]

[《李朝实录》（宣祖三十六年十月四日）："以权悏为户曹参议，柳

梦寅为承政院右副承旨……李绥禄为广州牧使，韩希吉为昌城府使。"（《宣祖实录》第 167 卷）]

万历三十二年　朝鲜宣祖三十七年　1604　甲辰　四十六岁

任承政院右承旨、左承旨等职。

撰诗集《银台录》，撰《上尊号启辞序甲辰》《送光州牧使李养源庆涵绝句序》《送湖西李观察使称念湖中亲旧序》等文。

[《李朝实录》（宣祖三十七年五月十六日）："以李恒福为鳌城府院君……申钦为弘文馆副提学，柳梦寅为承政院右承旨……申景滨为熊川县监。"（《宣祖实录》第 174 卷）]

[《李朝实录》（宣祖三十七年十一月四日）："庚辰/左承旨柳梦寅（吏房）启曰：'吏曹堂上尽递，台谏时方论启。虽未捧承传，似当急速差出。何以为之？'传曰：'递差承传捧之。'"（《宣祖实录》第 181 卷）]

万历三十三年　朝鲜宣祖三十八年　1605　乙巳　四十七岁

任承政院右承旨、兵曹参议、兵曹参知等职。

撰诗集《骑省录》，撰《送具子和令公尹义州府序》《送李而立尚信赴贺冬至于燕京序》等文。

[《李朝实录》（宣祖三十八年五月十一日）："以柳思瑗为汉城府右尹，洪湜为承政院都承旨，柳寅吉为承政院左承旨，柳梦寅为承政院右承旨。"（《宣祖实录》第 187 卷）]

[《李朝实录》（宣祖三十八年十月十九日）："以柳梦寅为兵曹参议，洪庆臣为弘文馆副提学……李守一为吉州牧使。"（《宣祖实录》第 192 卷）]

[《李朝实录》（宣祖三十八年十一月三十日）："以李辂为工曹判书，申钦为汉城府判尹……柳梦寅为兵曹参知……柳穑为弘文馆修撰。"（《宣祖实录》第 193 卷）]

万历三十四年　朝鲜宣祖三十九年　1606　丙午　四十八岁

以辽东都司延慰使身份接待明使朱之蕃。

任黄海监司。

在芙蓉堂编选《大家文会》。

撰诗集《西偠录》《霜台录》《海营录》，撰《哭尹生哀辞》等文。

[许筠《丙午纪行》："乙巳冬，皇长孙诞生。帝遣翰林修撰朱之蕃、刑科都给事梁有年奉诏而来。余时罢辽山在京邸，远接使柳公根启请带行。丙午正月初六日，授义兴卫大护军。……三月初二日，戴监生接使伴闵仁伯入来。……六日，都司延慰使柳梦寅入来。"(《惺所覆瓿稿》卷十八)]

[徐有防《柳公行状》："丙午，出按海西节。"(《於于集》附录)]

[《李朝实录》(宣祖三十九年五月八日)："以柳梦寅为黄海监司，李惟弘为兵曹佐郎……金荣国为果川县监。"(《宣祖实录》第199卷)]

[柳梦寅《〈大家文会〉跋》："万历三十四年，余忝按海西。……欲网罗古文最高古者裒一帙，以新一代文。……凡《左传》四篇、《国语》二篇、《战国策》二篇、《史记》三篇、《汉书》三篇、韩文四篇、柳文三篇，皆余手自抄拣。每簿领余，夜引学徒，揣摩至鸡戒参横乃罢。凡裒诸什，惟余意所归。"(《於于集》卷六)]

万历三十五年　朝鲜宣祖四十年　1607　丁未　四十九岁

任承政院左承旨、上护军等职。

撰诗集《终南录》。

[《李朝实录》(宣祖四十年六月十二日)："以柳梦寅为承政院左承旨，宋锡庆为尚衣院正……洪霁为兵曹佐郎，卢景任为宁海府使。"(《宣祖实录》第212卷)]

[《李朝实录》(宣祖四十年八月二十八日)："以曹倬为承政院同副承旨，柳梦寅为上护军，金顺命为司直……柳惺为世子侍讲院文学。"(《宣祖实录》第215卷)]

万历三十六年　朝鲜宣祖四十一年　1608　戊申　五十岁

任承政院都承旨。

为宣祖遗教七大臣之一，受此事牵连而退居西湖。

撰诗集《终南散闲录》。

[《李朝实录》(宣祖四十一年一月二十八日)："以柳梦寅为承政院都承旨，赵廷坚为司谏院司谏……尹滉为内资寺正。"(《宣祖实录》第

220卷）]

[徐有防《柳公行状》："戊申，升拜都承旨。二月，宣祖升遐，仁穆大妃下先王手教于七大臣。公在院即颁之，尔瞻等嗾凶党攻公甚力。公退居西湖。"（《於于集》附录）]

万历三十七年　朝鲜光海君元年　1609　己酉　五十一岁

以圣节使兼谢恩使身份出使中国。

撰诗集《朝天录》，撰《免宴礼部初度呈文》《免宴礼部再度呈文》《请盐焇弓角兵部呈文》《请盐焇弓角礼部呈文》《万寿节朝天宫演礼诗序》《万寿日次唐贤早朝诸韵诗序》《赠沈阳举子宝都、宝印昆季赴北京诗序》《永平府赠李好学皇明人纪行诗序》等文。

[徐有防《柳公行状》："己酉，以圣节使兼谢恩使朝京，遇琉球国使。琉球使闻公名，惊曰：'作《行窝记》柳某耶？'便下床拜。"（《於于集》附录）]

[柳梦寅《於于野谈》："万历己酉，余以圣节使到燕京。"（《於于野谈卷二》）]

万历三十八年　朝鲜光海君二年　1610　庚戌　五十二岁

退居南山。

撰《二难轩记》《降仙楼记》《亡兄奉直郎缮工监监役官柳公墓志铭并序》《安边三十二策赠咸镜监司韩益之浚谦》等文。

万历三十九年　朝鲜光海君三年　1611　辛亥　五十三岁

任南原府使。

游览头流山。

辞职后，到顺天曹溪山，寄居在临镜堂。

撰诗集《南归录》《头流录》，撰《梁琴新谱跋》《顺天乡校重修记》《御侮将军训炼院副正申公汝灌墓碣铭并序》《游头流山录》等文。

[柳梦寅《甘露亭记》："万历三十九年，余休官归高兴。高兴乃余姓所籍，始祖创起于兹四百载，先墓暨后昆在焉。"（《於于集后集》卷四）]

[徐有防《柳公行状》："辛亥，左迁南原府使。"（《於于集》附录）]

[《李朝实录》（光海君三年七月二十九日）："辛亥七月二十九日丙寅，掌令朴承业司宪府启曰：'……举其守令中最不治者言之，全州府尹郑光绩、罗州牧使宋锡庆、南原府使柳梦寅，俱乏吏才，官事不举……请并命罢职，其代各别择遣。'答曰：'依启。郑光绩、宋锡庆、柳梦寅，递差。'"（《光海君日记》第43卷）]

万历四十年　朝鲜光海君四年1612　壬子　五十四岁

在兴阳虎山建甘露亭。

任礼曹参判、黄海监司、同知中枢府事、左尹等职。

撰诗集《瀛州录》。

[《李朝实录》（光海君四年四月五日）："有政。以柳梦寅为礼曹参判，金时献为兵曹参判，睦大钦为同副承旨。"（《光海君日记》第52卷）]

[《李朝实录》（光海君四年五月二十九日）："营建厅启曰：'黄海监司柳梦寅，铁物别备数，多至四万斤，盐一千石，助工，为诸道监司之最。……'传曰：'知道。柳梦寅加资。'"（《光海君日记》第53卷）]

[《李朝实录》（光海君四年六月五日）："以崔瓘为户曹参判，李庆全为忠洪道观察使……柳梦寅为同知中枢府事，朴彝叙为佥知中枢府事。"（《光海君日记》第54卷）]

[《李朝实录》（光海君四年闰十一月十五日）："柳梦寅为左尹，尹重三为刑曹参议，李惺为大司成，赵国弼为遂安郡守，李圣求为副校理。"（《光海君日记》第60卷）]

[柳梦寅《甘露亭记》："万历三十九年，余休官归高兴。……越明年，营小亭。"（《於于集后集》卷四）]

万历四十一年　朝鲜光海君五年　1613　癸丑　五十五岁

因壬辰倭乱时建功，封瀛阳君。

[徐有防《柳公行状》："癸丑，除同义禁。凡为西宫而得罪者，一切平反，凶徒侧目。自是公不乐于仕，拜吏曹参判、艺文提学、汉城左尹，或一再膺而非其志也。尝游南麓有诗曰：'满城花柳拥春游，玉手停杯咏柏舟。壮士忽持长剑起，醉中当斫老奸头。'书揭京兆府壁，盖指三昌也。凶党欲构诗案而未果。"（《於于集》附录）]

万历四十二年　朝鲜光海君六年　1614　甲寅　五十六岁

任汉城左尹。

撰《悲白发，赠京兆旧僚朴叔彬而章之青松诗序》《甘露亭记》《赠吏曹参判行司宪府掌令宋公承禧墓碣铭并序》等文。

万历四十三年　朝鲜光海君七年　1615　乙卯　五十七岁

任大司谏、副提学、吏曹参判、同知义禁、艺文提学、同知成均等职。

撰诗集《天官录》，撰《刘希庆传》《撰集厅三纲行实跋》等文。

[《李朝实录》（光海君七年五月三日）："乙卯五月初三日戊申，以柳梦寅为大司谏，李挺元司谏，崔应虚掌令，郑遵持平，李大烨吏曹正郎，朴鼎吉、柳活吏曹佐郎，李惟达注书，柳铧检阅，柳渝、南溟羽兼说书。"（《光海君日记》第90卷）]

[《李朝实录》（光海君七年六月八日）："乙卯六月初八日癸未，以吴翊为承旨，赵希辅、李廷馦分承旨，柳希亮执义，柳梦寅副提学，柳希发典翰……黄中允正言，前参奉赵闳中加通政。"（《光海君日记》第91卷）]

[《李朝实录》（光海君七年六月二十五日）："乙卯六月二十五日庚子，以柳梦寅为吏曹参判，朴弘道吏曹佐郎，柳潚副提学。"（《光海君日记》第91卷）]

[《李朝实录》（光海君七年七月九日）："以南省身为检阅，宋谆户曹判书……柳梦寅同知义禁。"（《光海君日记》第92卷）]

[《李朝实录》（光海君七年七月十九日）："以柳穑为长湍府使，奇允献为安岳郡守……柳梦寅为艺文提学，洪庆臣为兵曹参知，李大烨为兼文学。"（《光海君日记》第92卷）]

[《李朝实录》（光海君七年闰八月二十九日）："以任性之为献纳，李弘烨为副校理……崔瓘为分兵曹参判，柳梦寅为同知成均。"（《光海君日记》第94卷）]

万历四十四年　朝鲜光海君八年　1616　丙辰　五十八岁

任吏曹参判、同知义禁等职。

[《李朝实录》（光海君八年七月二十七日）："吏曹参判柳梦寅启曰：

'判书荐望事,问于领相奇自献……云。'答曰:'知道。'"(《光海君日记》第 105 卷)]

[《李朝实录》(光海君八年九月二十日):"同知义禁柳梦寅、李庆涵、尹寿民启曰:'臣等俱以无状,待罪王府……臣等尸居不职之罪大矣。不胜惶恐,伏地待罪。'答曰:'勿待罪。'"(《光海君日记》第 107 卷)]

万历四十五年　朝鲜光海君九年　1617　丁巳　五十九岁

任吏曹参判、同知义禁等职。

撰诗集《京兆录》,撰《送金书状鉴赴京歌序》等文。

[《李朝实录》(光海君九年一月二十六日):"判义禁朴承宗,同知义禁李庆涵、柳梦寅、尹寿民启曰:'今此凶憝之变,诚千古所无之事。……今承圣教,臣等不忠不职之罪,无所逃矣。依圣教汲汲举行之意,敢启。'传曰:'依启。'"(《光海君日记》第 111 卷)]

[《李朝实录》(光海君九年十二月九日):"吏曹参判柳梦寅,以被儒疏之斥,上札辞职。答曰:'省(札)〔疏〕,具悉。安心勿辞。'"(《光海君日记》第 122 卷)]

万历四十六年　朝鲜光海君十年　1618　戊午　六十岁

任吏曹参判、同知事等职。议论仁穆大妃是否收议期间,被派往外地。

隐居在西湖。九月,夫人申氏卒。

撰诗集《西湖录》。

[徐有防《柳公行状》:"戊午,废母论起,收议在廷。公抗言曰:'有大臣焉?台谏焉?'散官非所当,与尔瞻等共摈斥之。公乃放迹湖山,深栖枫岳,不问山外事者五六年。公之从子副学公潚亦同时屏居。与李月沙及李东皋、朴南郭诸名流作甲稧,有时痛饮,相视歔欷。"(《於于集》附录)]

[《李朝实录》(光海君十年一月十四日):"吏曹参判柳梦寅上疏,大概:'前后儒疏,拈臣诋斥,多至四五度,不可腼然在职。请命镌去臣职。'答曰:'勿辞。'"(《光海君日记》第 123 卷)]

[《李朝实录》(光海君十年四月九日):"大司宪南瑾启曰:'顷日

鞫厅之会，同知事柳梦寅被酒末至，坐未定，急呼下吏曰："欲写所占诗句，觅纸笔来。"臣即正色责之以"吟弄风月，此非其地"。梦寅离席少退，大书七言绝二件，一件送于南山会集所，一件传示座上，果有"柏舟老奸"四字。一座齐问"老奸指谁？"云，则答以安处仁兄弟。至于柏舟，则自言小儿能唱云，故看过不问矣。昨日李时亮之疏，以臣等不知君臣大义斥之，加以两司护党为言。臣实未知其意，第不以作戏于公厅之罪，旋即纠劾，则臣之所失亦大，不可仍冒以正他人。请亟命罢斥臣职。'答曰：'勿辞。（退待物论）'"（《光海君日记》第 126 卷）]

[徐有防《柳公行状》："申夫人先公五年卒。"（《於于集》附录）]

万历四十七年　朝鲜光海君十一年　1619　己未　六十一岁
隐居在西湖。
撰诗集《松泉录》，撰《紮驹亭记》《报沧洲道士车万里云辂书》等文。

万历四十八年　朝鲜光海君十二年　1620　庚申　六十二岁
隐居西湖期间，住在松泉精舍，与僧人云桂等往来。
撰成《於于野谈》。
撰《赠南善初复始序》《奉别谢恩奏请使李月沙廷龟四赴燕山诗序》《题天柱山人钟英诗轴序》《赠吏曹参判权公鹄墓碣铭并序》《务功郎南宫公构墓表铭》等文。

[柳梦寅《咏怀题〈於于野谈〉》："三年京兆宦情疏，清梦长游水竹居。绅笏本非庄氏物，春秋焉继仲尼书？孤帆蹈海知无恙，八翼凌天总是虚。付与痴儿公事了，玉堂金马亦吾余。"（《於于集》卷二《金刚录》）]

天启元年　朝鲜光海君十三年　1621　辛酉　六十三岁
撰《〈皇华集〉序》《自娱窝记》《代太学诸生谢杨天使道寅惠纸启》等文。

天启二年　朝鲜光海君十四年　1622　壬戌　六十四岁
冬，入金刚山，在榆岾寺、表训寺等处停留。

撰诗集《金刚录》，撰《李正七十六岁，重回壬戌年，夫妇再行同牢宴诗序》《赠表训寺僧慧默序》《枫岳奇遇记》等文。

［柳梦寅《赠表训寺僧慧默序》："天启二年冬，於于子隐居于金刚山之表训寺。"（《於于集》卷四）］

［柳梦寅《枫岳奇遇记》："於于柳先生栖枫岳之表训寺，病三月始起。"（《於于集》卷六）］

天启三年　朝鲜仁祖元年　1623　癸亥　六十五岁

屏居杨州西山。八月五日死，葬于加平榛坪里。

撰《赠表训寺僧净淳序》《戏赠涅盘山人慧仁序》《游宝盖山赠灵隐寺彦机、云桂两僧序》《赠道峰山妙峰庵僧性天序》等文。

［柳梦寅《赠道峰山妙峰庵僧性天序》："天启元年春，殿树震。夏，官门震。三年秋，於于子入枳怛山。冬大雪。三年春三月，大星落西兵门于庄义门，于敦化门。王及世子执，新王立。山中饥。四月七日，於于子离表训寺到丰田，送篑姬、潭姬、江姬归。历三釜落、孤石台，入灵珠山文殊庵、灵隐庵、兜率庵、圆寂寺、才人瀑，过逍遥山。二十有三日，归洪福山，拜先墓。松泉听籁庵疫，上道峰山妙峰庵。五月一日，京人来，王命削黜我子瀹，罢不叙。四日下山，端午日祭墓。诘朝，挈三姬及男僮女奴，大归头流山隐居焉。"（《於于集》卷四）］

［成海应《题柳於于寡妇诗后》："柳於于当昏朝时，与逆臣李尔瞻不相得，退居金刚山之榆岾寺者七年。及仁祖反正，又不入城中，直返杨州之西山。作《寡妇诗》以取祸。盖其心非敢薄汤武也，直以臣事昏朝之故，欲为之守志。然世道更化，朝着清明，而独自讴吟累欷，去就之分为人所疑，宁不取祸乎？然其心切可悲也。夫西山，即柳氏坟墓之乡也。特以其名偶同于伯夷采薇之山，而谓之有伯夷不食周粟之志者，宁不过乎？前乎於于而有金时习焉，不仕于光庙朝，不闻当时以此罪之者；比乎於于而有金垍焉，不起于仁庙朝，不闻当路以此罪之者。於于何独被诛剧哉？此功臣等之指，非圣祖意也。正宗时赠吏曹判书，赐谥义贞。"（《研经斋全集续集》卷十七）］

［徐有防《柳公行状》："癸亥，仁庙改玉。公以此时之不可偃处，即日下山。别同寺高僧，历叙古今死节之臣，如子路、荀息之死，亦不

为非。题诗于宝盖山寺壁曰:'七十老孀妇,单居守空壶。惯诵(柳梦寅原诗为"读")女史诗,颇知妊姒训。傍人劝之嫁,善男颜如槿。白首作春容,宁不愧脂粉。'径还西山之楸下。语其子修撰瀹曰:'我志已坚,今不可改。汝则不必效我,须佐明君,保我家声而已。'有文晦李佑者上变告曰:'奇自献一队人谋复光海,柳某父子亦入其中。'于是公父子同时被逮,修撰先公拷(通"拷")死。公供曰:'光海之必亡,妇孺亦知。今王之有圣德,奴隶皆诵之。岂有背明君复昏主之意哉?'委官曰:'何往而不参贺班?'公对曰:'往在西山。'又曰:'父无贤愚而子当尽力,君无明暗而臣当致命。夷齐、方孝孺所遇不同而不事二君,一也。愿从方孝孺,游于地下。'回诵孀妇诗曰:'以此为罪,死无所辞。'委官李梧里元翼欲义而释之,元勋金鎏独以为其在严堤防之道,不可不杀,遂论以极律。……公之亲属敛公遗骸,葬于加平榛坪里酉坐原。"(《於于集》附录)]

附录3　柳梦寅《於于集》《於于集后集》散文目录

《於于集》卷之三

序

1. 上尊号启辞序 甲辰
2. 送户部尚书李圣征廷龟奏请天朝诗序
3. 送崔汝以 天健 赴留守于开城序
4. 柳书状别章帖序
5. 送南原府使高用厚诗序
6. 赠南善初复始序
7. 送宁边判官南斗瞻诗序
8. 奉别谢恩奏请使李月沙廷龟四赴燕山诗序
9. 别冬至副使睦汤卿 大钦 诗序
10. 送凤山郡守李绥之绥禄歌序
11. 送李侯惟弘之永川序
12. 送光州牧使李养源 庆涵 绝句序

13. 送成川假仙洪兄遵之任序
14. 爱直送赵遂初存性贺冬至于燕京序
15. 送襄阳使君权云卿缙序
16. 送具子和令公尹义州府序
17. 送江原方伯申湜序效国语押韵
18. 送表兄洪师古遵赴顺天任所序
19. 送柳老泉涧朝天诗序
20. 赠李圣征廷龟令公赴京序
21. 送崔简易之杆城郡诗序
22. 送洪牧李润卿晬光序
23. 送朴说之东说赴京序
24. 送斗峰李养吾骊城君志完赴京序
25. 送东莱府使赵遂初存性诗序
26. 送冬至使尹佥知存中敬立序
27. 送圣节使书状金大德序
28. 平安评事郑斗源西征送别诗序
29. 送冬至使俞景休大桢序
30. 送申佐郎光立赴京序
31. 送宣生时麟南归序
32. 送冬至使李昌庭序
33. 送别咸镜监司张好古晚诗序
34. 送洗侄游洪州序
35. 送湖西李观察使称念湖中亲旧序
36. 送宋德甫駉赴清州牧诗序
37. 送尹静春晖海州诗序

《於于集》卷之四

序

1. 万寿节朝天宫演礼诗序
2. 万寿日次唐贤早朝诸韵诗序
3. 慈恩寺诗序

4. 赠沈阳举子宝都、宝印昆季赴北京诗序
5. 题李金知升亨梅鹤帖诗序
6. 遁居寓想十咏序
7. 送高书状用厚序
8. 送海运判官曹佶诗序
9. 送僚伯李校理朝天序
10. 李正七十六岁，重回壬戌年，夫妇再行同牢宴诗序
11. 送韩山郡守李子信序
12. 送柳尚书根再按湖西诗序
13. 题天柱山人钟英诗轴序
14. 赠金刚山三藏庵小沙弥慈仲序
15. 赠金刚山僧宗远序
16. 赠表训寺僧灵岂序
17. 赠三藏庵上人慈泪序
18. 赠长安寺住持玄修序
19. 赠表训寺僧慧日序
20. 赠表训寺僧慧默序
21. 赠三藏庵沙弥怀贤序
22. 赠乾凤寺僧师洽序
23. 赠表训寺僧学悦序
24. 赠涅盘山奇奇庵沙弥敬允序
25. 赠表训寺僧净淳序
26. 戏赠涅盘山人慧仁序
27. 留别天德庵法师法坚序
28. 游宝盖山赠灵隐寺彦机、云桂两僧序
29. 赠道峰山妙峰庵僧性天序

记

1. 行窝记
2. 水镜堂记
3. 寒碧堂记
4. 无尽亭记

5. 白云庄记

6. 二难轩记

7. 用拙轩记

8. 钓隐亭记

9. 唤仙亭记

10. 江月轩记崔有海轩

11. 山雨亭记金仁龙亭

12. 香翠窝记

13. 絷驹亭记

《於于集》卷之五

应制文

1. 教平安道赴战人父母妻子书

2. 王妃册封教文

3. 教京畿左道观察使成泳书

4. 教成川府使许潜善政加赏书

5. 教黄海监司李庆涵书

疏札

1. 政院请上尊号启

2. 政院请上尊号启再启

3. 再辞吏曹参判疏

4. 辞艺文提学疏

5. 玉堂札子

书

1. 奉月沙书

2. 赠吏判月沙书

3. 与郑秀才泽雷书

4. 答柳正字书侄活

5. 呈朝中诸大夫求节孝编诗书

6. 报郑进士梦说书

7. 答成察访以敏书
8. 答年兄林公直书
9. 答南都宪季献书
10. 重答南都宪书
11. 答海州牧使宋德甫驲书
12. 答全承旨有亨书
13. 与尹进士彬书
14. 报沧洲道士车万里云辂书
15. 与榆岾寺僧灵运书

文

1. 免宴礼部再度呈文
2. 请盐焔弓角兵部呈文
3. 寿春乡校重修上梁文
4. 伽倻山八万大藏经殿上梁文
5. 虎阱文
6. 南原赴任礼状呈监司

《於于集》卷之六

墓道文

1. 赠议政府领议政行司赡副正柳公神道碑铭并序
2. 赠礼曹参判行平海郡守车公轼神道碑铭并序

行状

1. 赠右议政行同中枢南窗金先生行狀

哀辞

1. 哭李而立令公哀辞
2. 代龙仁哭尹继善哀辞
3. 哭坡州牧赵汝实稢哀辞
4. 大兴县监辛汝和挽章

列传

1. 刘希庆传

题跋

1. 题乡校里报礼曹状后
2. 题金将军传后
3. 题汪道昆副墨
4. 题绀坡崔有海号副墨《游金刚山录》后
5. 《大家文会》跋
6. 《文章指南》跋
7. 梁琴新谱跋
8. 岳把回千字文跋

杂著

1. 玉川五贤书院通文
2. 赠枫岳三藏庵洞敏法师青鹤非鹤论
3. 枫岳奇遇记

《於于集后集》卷之三

序

1. 送李而立尚信赴贺冬至于燕京序
2. 送圣节使李同枢立之春元序
3. 奉别宋德甫驲牧罗州走笔序
4. 赠别韩侍郎德远使上国谢恩序
5. 别尹时叔昌鸣陪使相归营，仍酬短绝以赆行序
6. 送金书状鉴赴京歌序
7. 送平壤庶尹郑世美士元诗序
8. 送李培迪迪夫知子春县序
9. 送冬至副使郑令公谷神子士信序效《国语》
10. 《皇华集》序
11. 悲白发，赠京兆旧僚朴叔彬而章之青松诗序
12. 送黄圣源洛出宰尚州序
13. 题金得之大德令公诗卷后诗序
14. 送权仲明盼宰江华序

15. 送公州使君李伯吉善复令公诗序
16. 赠别奇允献守安岳序
17. 永平府赠李好学皇明人纪行诗序
18. 杏山记梦诗序
19. 别金药山伟男贺千秋诗并引
20. 送金正言世濂东归原州序
21. 送李士立好信佐北道戎幕序
22. 送李润卿晬光赴安边都护府序
23. 哭具二相思孟贞敬夫人挽诗序
24. 博古书肆序
25. 送忠清监司郑时晦晔序
26. 送郑时晦晔赴京序
27. 送李而远尚毅令公之成川序
28. 奉赆冬至副使申季收令公诗序
29. 送平安都事尹继善序
30. 送回答副使朴典翰梓入日本序
31. 戏效《战国策》，奉赠全州府尹郑公行序
32. 试艺宗室稧轴序
33. 赠佳云庵曹南溟白云书院斋宫僧正和诗序
34. 赠乾凤寺僧信闾序

《於于集后集》卷之四

记

1. 甘露亭记
2. 耀荣亭记
3. 自娱窝记
4. 盆菊记
5. 耻斋记
6. 晚香堂记
7. 任实东轩重修记
8. 燕京沿路可游者记，送冬至副使尹昉可晦参知

9. 顺天乡校重修记

10. 赠金书状朝天记押韵

11. 养真亭记

12. 双岩记

13. 月先亭记

14. 沙溪堂记

15. 在涧堂记

16. 绫城晚香亭记

17. 降仙楼记

18. 二养堂记

19. 赵秀才书斋记

应制文

1. 教郑汝昌家庙书

2. 改制

3. 教黄海观察使柳永询书

4. 教全罗道观察使兼巡察使韩孝纯书

5. 领议政李德馨身病呈辞不允批答

6. 左议政奇自献呈辞不允批答

7. 右议政尹承勋呈辞不允批答

8. 赐祭拙轩朴应福文

文

1. 免宴礼部初度呈文

2. 请盐焇弓角礼部呈文

书

1. 与崔参议铁坚书

2. 奉崔牛峰生员行衢二兄弟疏

3. 答许和仲疏

4. 答浚源殿参奉尹弼世书

5. 与岭伯李而立尚信令公书

6. 答崔评事有海书

题跋

1. 题《诗经》郑卫风后
2. 题郑进士百昌拟古诗左
3. 题汪道昆游城阳山记后
4. 题收税官李璈卷帖
5. 题权学官佚西征录
6. 撰集厅三纲行实跋

《於于集后集》卷之五

墓道文

1. 王考司谏院司谏府君墓碑阴记
2. 皇考济用监主簿府君墓碑阴记
3. 赠礼曹判书行承文判校申公熟墓碣铭并序
4. 赠吏曹参判行司宪府掌令宋公承禧墓碣铭并序
5. 赠吏曹参判权公鹄墓碣铭并序
6. 兵曹参议柳君洸墓碣铭并序
7. 御侮将军训炼院副正申公汝灌墓碣铭并序
8. 朴公起宗墓碣铭并序
9. 崔甥衎墓碣铭并序
10. 资宪大夫汉城府判尹崔公俊海墓碣铭并序
11. 通政大夫顺天府使宋公圻墓志铭并序
12. 御侮将军副司果李公光均墓志铭并序
13. 亡兄奉直郎缮工监监役官柳公墓志铭并序
14. 文义县令许公宙墓志铭并序
15. 怀仁县监李公衍墓志铭并序
16. 务功郎南宫公构墓表铭

列传

1. 节妇安氏传
2. 孝子李至男传
3. 烈女郑氏传

4. 孝子李基稷传
5. 孝女处子李氏传
6. 清风李基嵩传

哀辞

1. 哭尹生哀辞
2. 哭女侄正顺哀辞
3. 哭妻叔姑夫李都事毅哀辞

杂著

1. 安边三十二策赠咸镜监司韩益之浚谦
2. 承政院紫檀书板铭

《於于集后集》卷之六

杂识

1. 游头流山录
2. 解辨
3. 十三山辨
4. 工拙辨
5. 代太学诸生谢杨天使道寅惠纸启
6. 馆试策题
7. 式年殿试策题
8. 礼罗赋
9. 一士与天争赋
10. 拟宋朱阳祖进八陵图表

附录4 柳梦寅《於于野谈》条目

(韩国东国大学校韩国文学研究所编《韩国文献说话全集》(六),
汉城:太学社,1987)

《於于野谈》卷一

1. 祖考司谏公讳忠宽,中别试

2. 貌不如心者
3. 昔者中朝诏使入我国
4. 向者十万唐兵久住我国
5. 东海有小鱼全白
6. 饮食与风俗,中国人所嗜,东国人不之重
7. 金云鸾者,成均进士也
8. 善陋者金禔,年暮头童
9. 俞大修,故判书俞绛之孙
10. 江阳君者,宗室人也
11. 韩明浍得《渭川钓鱼图》,绝笔也
12. 禹弘绩早有才命
13. 蔡寿有孙曰无逸
14. 白光勋以能诗善草书名于湖南
15. 沈相国守庆少时,以直提学为巡抚御史
16. 崔孤竹庆昌寻僧舍入谷
17. 郑礎儿时随诸长者游江阁
18. 赵士秀与洪暹赵彦秀、郑士龙(郑惟吉)会饮于其家
19. 金颖达,文官也
20. 尹洁得五言一绝
21. 佔毕斋金宗直,岭南人也
22. 近来学唐诗者皆称崔庆昌、李达
23. 金时习五岁能文草
24. 洪裕孙,隐君子也
25. 张应斗,湖南古阜人,能文章
26. 李毂以书状官朝天
27. 李穑入中国应举捷魁科
28. 正月十五日,农家候月,未著古记
29. 琉球国无王号,只称世子
30. 临海君喜畜狗鸡鹅鸭
31. 齐安大君见安平大君诸君,多不令其终
32. 嘉靖壬寅年京师大水

33. 自古优戏之设非为观美，要以裨益世教
34. 李之蕃，高士也
35. 杨经理将攻岛山倭镇
36. 向者我国被倭患，十万天兵来救之
37. 西厓柳成龙为都体察使
38. 昔大驾住永柔，设科取二百武士
39. 罗极者，南中人，为生员
40. 李济臣、金行、金德渊自少相友
41. 同知郑文孚子虚为咸镜评事
42. 有李谓宾者，为人路野不文武
43. 昔余陪鹤驾在洪州，忝文学
44. 玄风人郭赳，字卷静，笃学力行
45. 副提学洪庆臣弱冠有诗名
46. 休静自号清虚道人，东国名僧也
47. 金净未释褐有诗名
48. 学官朴枝华号守庵，自少游名山
49. 郑之升幼时未有室家，有所私娼女
50. 夫雕镂万物使万物各赋其形者，天之才也
51. 李洪男与罗世绩相酬唱
52. 柳克新，梦鹤之子也
53. 高敬命字而顺，在光州闲居
54. 东湖设读书堂录文学之士，赐暇读书
55. 《皇华集》非传世之书，必不显于中国
56. 文章之士或言其文之疵病，则有喜而乐闻
57. 真伊者，松都娼女也
58. 王世贞一生攻文章，居家有五室
59. 吴谦为光州牧使
60. 参议金颖男喜作诗
61. 杨礼寿，昭敬大王朝太医也
62. 京城南部小公主洞，有申莫定家
63. 先王初年朝廷无朋党，沈义谦、金孝元互相抵排，仍成东西党

64. 万历丙申年，宣传官柳肇生与友人闲话
65. 韩无畏，西原儒士也，少时好任侠
66. 李春英、尹吉元、南以英雪中打话于成好善家
67. 万历壬辰癸巳间，统制使李舜臣之军闲山岛也
68. 申叔舟少时赴谒圣试
69. 李之菡先墓在保宁海边
70. 苏世让先人未贵而解相地法
71. 朴府院绍，先朝国舅也
72. 惠庄大王朝处士洪裕孙，时年九十无室
73. 潘硕枰者，宰相家奴也
74. 安庭兰，吏文学官也，解华语如中国者
75. 李玉坚者，王孙也
76. 郑希良成庙朝为内翰
77. 燕山朝有一判书之子，士人也，行己悖妄
78. 黄辙者，术士也
79. 李贺，僧之还俗者，善推占
80. 正郎柳东立，初名惺岁
81. 黄建中者，宕子也
82. 康献大王御丰壤行官
83. 赠礼曹判书赵宪
84. 海州山寺有沉香佛，自中原来，不知其几百年
85. 高丽新破之后，松都有一空第咸以多魅
86. 有具玄晖者，庶孽也
87. 金汝岉多勇力
88. 俗谈有张其始而缩其终者，郑蕃之呈才人也
89. 奴儿阿赤，胡酋也
90. 郭之元、洪纯彦，舌人之巨擘也，皆善华语
91. 万历丁酉戊戌间，中原发舟师防倭
92. 古者石乙者，国相儿名也
93. 朴烨少时与余侄柳潋友
94. 李潘臣，相地官之魁杰者也

95. 昔者朝廷治军籍，分遣敬差官于八道

96. 金汉英，义州牙兵也

97. 谚曰：燕读《论语》，故其鸣也

98. 朝家差试官既落点之后，使礼宾寺供馈

99. 鳌城府院君李恒福曰：骏马生子于京师，宜养之外方

100. 司仆正尹遥，尹新之子也

101. 嘉靖乙卯年倭寇，全罗道水使元绩军珍岛败死

102. 佥知柳忠弘夫人许氏，承旨许宽之女也

103. 天竺之西有欧罗巴

104. 国初设成均馆

105. 世俗多忌讳事

106. 古者通中国以水路

107. 安德寿，昭敬大王朝老神名医也

108. 倭将平调信有婢妾，容姿绝丽

109. 闲良申汝楱者，兴阳庶孽也

110. 柳辰仝未冠也，丧二亲

111. 万历己酉，余以圣节使到燕京

112. 余按参判成寿益所著《三贤朱玉》

113. 李贵玉汝，吾少时友也

114. 南师古在江陵谓邑人曰：今年必有大兵

115. 尹月汀根寿解华语

116. 曹南冥植高蹈一世

117. 洪石壁为弘文馆正字，时其母夫人乘轿在路

118. 尚相国震为人宽厚，度量弘大

119. 洪相国彦弼亲丧，居庐墓下

120. 丞相黄守身，丞相喜之子也

121. 李相国浚庆为监司时

122. 参赞朴启贤贰相，忠元之子也

123. 李相国恒福有爱马癖

124. 益城君洪圣民尝与洪渊论御倭

125. 沈相国喜寿解华语

126. 万历丁酉，杨经理镐在平壤也
127. 李施爱之构乱也
128. 韩明浍性虐，凡奴仆下卒有罪，系之柱，辄射之
129. 尹元衡为兵曹判书
130. 金安老权势张甚
131. 柳子光监司，规之妾产也
132. 黄耆老嗜饮酒，善草书
133. 崔兴孝草书妙绝
134. 康靖大王朝华使金湜来
135. 金季愚，恭僖大王再从舅也
136. 金宗瑞之开六镇，为国任怨
137. 论介者，晋州官妓也
138. 天朝官人刘海者，乃我国晋州人也
139. 林亨秀死于丁未
140. 右议政郑芝衍年四十五登第
141. 嘉靖乙巳年士祸
142. 尹任，外戚也
143. 洪大谏天民五月五日生
144. 凡人作事宜以十九年期
145. 鲁认、柳汝宏皆湖南儒士也
146. 尹秀才希宏，儒士也
147. 译官申应澍者，译官判事申诞之子也
148. 朴礼寿者，仁寿之弟也
149. 李后白与宋赞偕往赵彦秀第
150. 成倪微时出游郊园
151. 译官表宪朝天，过斗岑宿高三家
152. 惟政者，东国豪僧也
153. 懒翁者，丽末神僧也
154. 李之菡，之蕃之弟也，亦奇士也
155. 李之菡哀流民蔽衣乞食，为饥民作巨室以馆之
156. 崔演者，江陵人也

157. 博弈者，小技也

158. 吾里中西川令，宗室人也

159. 顷年有申求止者，私奴也

160. 李相国子常名恒福，号弼云

161. 昔者高丽恭让王死于三陟

162. 韩浚谦以平安方伯遭外忧

163. 权擘少时，闻友人阖家染时气，将不救

164. 黄大任，顺怀世子嫔之外祖父也

165. 明川君，宗室人也，中年病疫而死

166. 壬辰之乱，兵曹佐郎李庆流为防御使从事官

167. 兴阳有民死疫，葬于山中

168. 壬辰之乱，统制使李舜臣将造战舡

169. 龙泉驿在黄海道路旁，而燕山朝杀洪贵达于此

170. 万历己未冬，参奉申友颜年少，喜楷书

171. 有何允沈者，不知何许人，善吹玉笛

172. 汉江之南，青溪之北，有果川官舍

173. 先王朝，余为春塘辅德，有天将营东关王庙讫辞归

《於于野谈》卷二

174. 李圣锡作自牖篇

175. 朴赞成忠元为文，未尝起草

176. 郑湖阴新及第，未学诗

177. 黄汝献文章高世，而任侠使气

178. 卢苏斋守慎谪珍岛十九年

179. 苏斋尝燕坐，有朴生光前者自山寺来

180. 金驲孙少时盛有才声

181. 安自裕应进士试，赋以《竹宫》为题

182. 万历壬寅年，昭敬大王试士泮宫，余忝试官

183. 余忝会试考官，拆封之时，见表弟洪造之子汝明得参

184. 翰林李嵥文章早就，十三中进士

185. 国家每于丙年设重试科

186. 义州府尹朴烨少时遭乱离，转客东西
187. 李希辅读书万卷，自少至老手不释卷
188. 应举之法
189. 庶孽姜文佑改名应举
190. 庶孽郑番中谒圣及第
191. 正德庚辰年取武士一千为及第
192. 科目取士有六经义、四书疑
193. 柳永忠每作科文多脱题
194. 郑礥与朴忠侃同榻做科业
195. 读书堂老吏谓书堂之官曰：儒生虽贫贱，待之不可下也
196. 申应榘曰：儒者应举虽不得已
197. 李白虽豪宕不羁，必有所感发
198. 政院故事，诸承旨敬都承旨，而莫敢戏言
199. 郎官各带书吏为陪
200. 弘文馆轮番递直
201. 凡人言语之发皆由性情
202. 文官李玄培为晋州牧使时，渔人进白鱼全体如冰雪
203. 李芝峰晬光为安边府使
204. 生员进士初中试也
205. 古者舟楫通中国
206. 平昌郡守权斗文，壬辰之乱为倭所房
207. 韩俊（疑为"浚"）谦少时涉杨花渡
208. 倭人性急，以杀伐为尚
209. 倭将清正严摄管下人
210. 鹅溪李山海谪平海
211. 李尔瞻父亲有所眄生男子
212. 珍福者，宰相侧室女也
213. 有士人金伟，松都人也
214. 三年更丧，蔬食水饮，著在《礼经》
215. 金时习性轻锐，无容人之量
216. 汉高祖以圣人之姿粗传吕公之相法

217. 文天祥忠烈有余而智略不周

218. 参议权擘一生攻诗，诗鉴甚明

219. 林悌，侠士也

220. 金继辉、姜克诚、郑礥、洪天民俱是丙戌生

221. 李好闵、韩俊（疑为"浚"）谦、李恒福少时共游中学

222. 曩者我国士林之祸荐仍

223. 燕山朝有一判书之子，士人也

224. 嘉隆间，有汉阳侠士金僴者，寒门人也

225. 湖南有一豪士

226. 国家升平时，乡吏皆着济罗笠

227. 李忠义有儿，长曰仁祥，季曰孝祥

228. 金行有口给善谈

229. 自古难化者，妇人

230. 今年春刊中原书

231. 有李某、金某相友甚密

232. 画师黄顺常居数间蜗室

233. 京城有贫生过西京

234. 全罗道灵岩郡守坐衙受民秋籴

235. 梁松川应鼎为郡治

236. 金仁福有口辩，善诙谐

237. 京城武士有别业在密城

238. 男女之间大欲存焉

239. 南衮为方伯，有所昵妓

240. 蔡世英以内翰为曝晒别监

241. 柳辰仝为监军御史

242. 星山月者，星州妓也，选入长安，为第一名姝

243. 中国有莽汉的往来辽蓟间

244. 崔生者，文官继勋之子也

245. 石介者，砺城君宋寅之婢也

246. 沈义者，沈贞之弟也

247. 尹铉长于理财

248. 俗谈有凡孔金八字
249. 金纽能文章
250. 清原君韩景录，先王朝驸马也
251. 郑湖阴士龙与鱼叔权学官欢甚
252. 郑湖阴新及第
253. 郑磏，高士也
254. 北窗先生郑磏解音律
255. 尹春年知音律
256. 诗者言志
257. 诗者，出于性情
258. 郑北窗磏九月念后咏晚菊
259. 郑士龙入中原游山寺
260. 滕王阁序，关山难越
261. 蔡桢先，儒士也，好古文
262. 郑礥为海州牧使
263. 余于往年宿松泉精舍，梦觉闻有声如雨
264. 中国文士文鉴甚明
265. 昭敬大王大佳之时，余入直王堂
266. 昔余寓连山家中
267. 进士朴悌生为亡舅申公求墓碣
268. 柳仁淑枉死于逆籍
269. 李后白未释褐，犯路于观察使
270. 具英俊者，大司宪寿聃之子也
271. 公州官庭有一树，香烈叶广，花色微紫
272. 朴继金，市井商贾之子
273. 长者高蛋，忠州人
274. 儒生六七人以科举期
275. 有一书生骑一驴，从一童，午饭于溪边
276. 万历三十五年，昭敬大王不豫已累月
277. 郑彦慤家甚贫，儿时善属文
278. 沈相国守庆少时美风仪，解音乐

附 录

279. 万历辛卯年，韩孝纯奉表朝燕

280. 鹅溪李山海遇南格庵师古于宋松亭

281. 余少时游汉江梦赉亭

282. 金继辉聪明罕古今

283. 李德馨为李提督如松接伴使

284. 姜宗庆善记诵

285. 国初汉阳之始开都也

286. 李俊民与府使文益成通家相善

287. 普雨者，妖僧也

288. 有士人张甲居汉城南郭

289. 许琮者，燕山朝议政也

290. 宁边校生郭太虚，定虏卫金无良之甥也

291. 嘉靖中，罗州牧使逸其姓名，官满而归

292. 贰相赵元纪微时与郑希良交

293. 李贺者，京山释子也，少时居三角山僧伽寺

294. 金调新生员自南来

295. 曹伟，名儒也

296. 古人有梦为牵牛而死者

297. 康靖大王试士于成均馆

298. 凡人大小艺自私其业，不传于人

299. 万历戊戌己亥之间，天将满京城

300. 我国人以莼菜鲈鱼，不详真假

301. 闵齐仁年少英迈

302. 栗谷李先生为兵曹判书

303. 余少时遇诗人郑之升于外舅申汝樑家

304. 高丽王氏承统者，左胁下皆有金鳞三只

305. 或曰中国地名皆用文字

306. 中国之士读书为句

307. 天将杨经理镐以御倭留王京

308. 昔倭使滕安吉来

309. 黄耆老善草书，慕张汝弼

310. 李忠绰，孝子也，家贫，事亲至诚
311. 李穆、金千龄文声相埒
312. 郭再佑，岭南玄风人，监司郭越之子也
313. 曹胤禧为监察司
314. 万历甲午即兵后翌年也，举国饥馑，人相食
315. 昔吕不韦僭《春秋》，扬雄拟《周易》
316. 林亨秀早年能文章，为时辈所推
317. 郑翰林百昌弱冠读书山寺，厌诸僧烦聒
318. 卢仝月蚀诗曰
319. 吾侄柳承旨谈丧女
320. 逆贼许筠聪明英发，生九岁，能作诗
321. 苏世让三昆季为亲卜葬地
322. 夫占时候潮，莫切于日用
323. 参判李泽，余亡兄之妻父也
324. 吾侄副提学柳潚甲子生也
325. 昔余避地北道之高原锦水村
326. 万历壬辰之乱，余以质正官赴中原
327. 李执中者，荫官也
328. 金衔贬官为济州判官，泊楸子岛
329. 余为御史，自江界放舟鸭绿江
330. 胡人擒貂鼠、黄鼠皆有机阱，遍地无虚
331. 朴烨为咸境南道兵使
332. 沃野监者，宗室也
333. 万历四十七年，岁次己未，我国八道年谷大无，饿莩相望
334. 是岁，有京城士人因京市米贵，出数百里贸来一驮
335. 我国虽贫，平时官人者各有骑从
336. 鸳雕鹰鹊，皆鸷鸟也
337. 灵光有大池，弥亘大野
338. 兴阳为邑，在海中如岛屿，多有异事
339. 郑大司宪协幼时新婚，着新衣与友生同往灵谷书院
340. 万历四十三年三月朔日，日有食之

后　记

　　签完出版合同，我匆匆启程，来到台北东吴大学访学。很幸运，我被安排在东吴大学环境、条件最好的东桂学庐居住，且住了有厨房的一套。我和管理员开玩笑，你们知道我爱吃，和厨房有缘？这是依山而建的最高一栋两层三个单元的公寓，绿树环绕，住着不到10个人，非常安静。虽然时节已过中秋，这里依然草木葱茏，鸟语虫鸣，桂香弥漫，可爱的蜗牛和松鼠也经常出现。住在这里，身心放松，十分平静。离出版合同规定的期限还有几天时间，就写个后记吧。

　　2010年5月，我的博士学位论文《朝鲜柳梦寅散文研究——兼论与中国文化的关联》顺利通过答辩。只有我自己知道，做这个论文有多么艰辛。柳梦寅（1559～1623）有200多篇用古汉语创作的散文，至今没有点校、注释本。我一遍又一遍阅读，经常卡住，好几次为了弄清一个生僻的典故费了一两天时间，有时我甚至出现一种迷狂的状态，想发个邮件向柳梦寅本人请教。答辩后，我一度暗下决心，再也不碰这些散文了。但博士学位论文这个半成品毕竟是我呕心沥血两年半的成果，放在电脑里睡大觉有点可惜。于是，一年以后，我又继续研读柳梦寅的散文，继续修改、补充、完善我的论文，进一步探究柳梦寅散文与中国文化的渊源，补充了比较文学和文化研究的相关理论，整合了原文的结构和内容，又补充了部分章节，最后形成了篇幅、结构、章节标题、内容都有较大变化的新文本《朝鲜柳梦寅散文与中国文化》，由原来的19万字扩充到26万字。2015年，这个新的文本获批国家社科基金后期资助项目。

　　在这样一个清爽静谧的环境里，往事时时浮现，当然也包括很多和我的博士学位论文、和这本书有关的记忆，很多人和很多事。

　　我的博士研究生导师李岩先生自己学问做得好，对学生要求也严格，在我论文选题和写作的过程中一直悉心指导。李老师说话语速较慢，但很有逻辑性，每句话都掷地有声，让我信服并难忘。师母朴花顺老师也将我们这些学生照顾得无微不至，让我们感到了母亲般的温暖。

忘不了博士三年我们一家三口住在中央民族大学一间博士公寓的情景。我和爱人王国彪同一年考上中央民族大学相近专业的博士研究生，他跟文日焕老师学习。于是我们一起带着读小学二年级的儿子进京读书了。中央民族大学的公寓管理非常人性化，让我们三人住一间公寓。我们虽然很忙很辛苦，但总会忙里偷闲、苦中作乐，不仅学有所获，生活也有滋有味。我们都坚持认为只要一家人在一起，就是幸福的。我们两个都能在三年之内顺利获得博士学位且获得博士研究生最高奖，和我们在斗室中的"学术争鸣"、互帮互助，以及和谐美满的家庭氛围息息相关。

论文答辩前，李老师很严肃地告诉我们，这次答辩他要请几位大家，言外之意是，我们必须好好准备。果然都是大家，包括"中国比较文学终身成就奖"获得者、北京大学严绍璗老师，著名文化学者、北京大学张颐武老师，著名作家、民族出版社副总编黄凤显老师，中国少数民族文学学会副会长、中央民族大学文日焕老师，著名满族语言文学研究专家、中央民族大学季永海老师。这些老师在肯定我论文的同时也从不同角度提出了非常中肯、合理的修改意见。比如严绍璗老师温和地说："你虽然用了我提出的理论，我还是要提点意见。"大意是我的理论用得还稍显生硬。黄凤显老师铿锵地说："任何人都不是铁板一块，作家也要有自己的生活和情趣！"虽然答辩距提交论文的时间很短，我还是根据老师们的意见进行了修改，比如其中"所思在橘柚梅竹之乡"一部分就是根据黄凤显老师的意见补充的。遗憾的是，我这个人不擅交往，疏于与人联系，答辩之后除了文老师，便没有再和其他老师联系过。不过至今我还记得答辩的场景，也一直十分感谢这几位老师。

毕业后，我们举家来到位于孔子故里的曲阜师范大学，这里虽然很小，却是个有历史、有文化的地方，人文环境和学术氛围都很好，是我们俩这种性格喜欢并能适应的地方。在这里我们遇到了可敬的师长、真心的朋友、友好的同事、热心的邻居、可爱的学生。这些人或在学习、工作上给我们指导，或在生活上给我们帮助，让我们这东北一家人很快融入了山东大家庭。如果说我取得了一点小成绩，那么也要感谢他们。

2015年末，我收到国家社科基金立项通知，这项资助又一次解决了我出版的后顾之忧。同时我也收到了五位匿名专家的修改意见。据此，我继续修改、检查、校对，又整理、补充了附录，到提交结项时书稿达到了30万字。他们还真是做了好事不留姓名，直到现在我也不知道其中的任何一位，所以只能在这里由衷地说一声谢谢。

出版社联系我之后，我才想起，应该找人写个序，就试着联系了长江学者、东方文学学会会长、北京师范大学的王向远老师。王老师看过我和国彪合著的《朝鲜诗家论明清诗歌》，对我有些了解，爽快地答应了。让我惊讶的是，发出书稿和一点基本资料的第二天，我就收到了王老师的序。虽然我觉得有愧于王老师的肯定和表扬，但还是欣然接受了。王老师的秒回复和热情鼓励让我十分感激并由衷钦佩。我似乎明白了真正的大家是如何炼成的。

在交稿之前，我已经看了好几遍，审美都会疲劳，何况这书稿也算不得美。我的眼睛和心都累了，于是找了我的研究生，让他们再看一遍。他们几个都很认真，还真找出了一些小毛病。其实我们之间不仅仅是师生关系，更像家人和朋友。开始他们都觉得我很严肃，慢慢发现我这个老师有时也"不正经"。谢谢他们，他们的成长、进步和对我的陪伴都让我感到欣慰。

很幸运，这部书稿被安排到社会科学文献出版社出版，责任编辑李建廷老师和文稿编辑程丽霞老师的认真负责、一丝不苟让我十分感动，真心感谢他们！

要感谢的人很多，无法一一列举，排名也不分先后，前面提到的都是按照时间排序的，再悄悄告诉关心我帮助我的所有人，我一直记得你们，感谢你们！

1993年9月，我到延边大学报到的那一天，校园里回旋着孟庭苇的《冬季到台北来看雨》，我觉得真好听，真浪漫。可是台北离我们东北是多么遥远啊，那是多么神奇的一个地方啊！转眼间，20多年过去了，不管我们愿不愿意接受，这世界和我们身边都发生了很多事。接下来我要在台北度过一整个冬天，可是曾经和我约定的人没能一起来，我也不知道这个冬天台北有没有雨。

曹春茹

2019年9月于东吴大学东桂学庐

图书在版编目(CIP)数据

朝鲜柳梦寅散文与中国文化/曹春茹著. -- 北京：社会科学文献出版社，2021.7
国家社科基金后期资助项目
ISBN 978 - 7 - 5201 - 8548 - 6

Ⅰ.①朝… Ⅱ.①曹… Ⅲ.①柳梦寅 - 散文 - 文学研究②中华文化 Ⅳ.①I312.076②K203

中国版本图书馆 CIP 数据核字(2021)第 116995 号

国家社科基金后期资助项目
朝鲜柳梦寅散文与中国文化

著　　者 / 曹春茹
出 版 人 / 王利民
责任编辑 / 李建廷

出　　版 / 社会科学文献出版社
　　　　　 地址：北京市北三环中路甲 29 号院华龙大厦　邮编：100029
　　　　　 网址：www.ssap.com.cn
发　　行 / 市场营销中心（010）59367081　59367083
印　　装 / 三河市龙林印务有限公司

规　　格 / 开　本：787mm × 1092mm　1/16
　　　　　 印　张：23　字　数：365 千字
版　　次 / 2021 年 7 月第 1 版　2021 年 7 月第 1 次印刷
书　　号 / ISBN 978 - 7 - 5201 - 8548 - 6
定　　价 / 128.00 元

本书如有印装质量问题，请与读者服务中心（010 - 59367028）联系

▲ 版权所有 翻印必究